KB030152

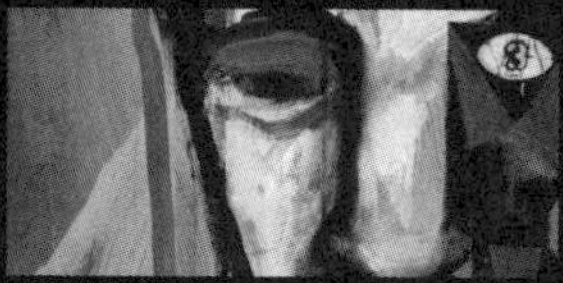

슈틸러

STILLER
by Max Frisch

Copyright © Suhrkamp Verlag, Frankfurt am Main 1954
Korean translation copyright © MUNHAKDONGNE Publishing Corp., 2019
All rights reserved.
Korean translation rights arranged with Suhrkamp Verlag through MOMO Agency, Seoul

이 책의 한국어판 저작권은 MOMO Agency를 통해
Suhrkamp Verlag와 독점 계약한 (주)문학동네에 있습니다.
저작권법에 의해 한국 내에서 보호를 받는 저작물이므로 무단 전재 및 무단 복제를 금합니다.

이 도서의 국립중앙도서관 출판예정도서목록(CIP)은 서지정보유통지원시스템 홈페이지(http://seoji.nl.go.kr)와
국가자료공동목록시스템(http://www.nl.go.kr/kolisnet)에서 이용하실 수 있습니다.
(CIP제어번호: CIP2019019960)

세계문학전집
178

Max Frisch : Stiller

슈틸러

막스 프리슈 장편소설

김인순 옮김

문학동네

일러두기

1. 번역 대본으로는 *Stiller* (Max Frisch, Suhrkamp, 1973)를 사용했다.
2. 주석은 모두 옮긴이주이다.
3. 본문의 고딕체는 원서에서 영어, 프랑스어 등 독일어 이외의 언어가 사용된 부분이다.

차례

이 책을 경애하는 친구 페터 주어캄프에게

감사하는 마음으로 바친다.

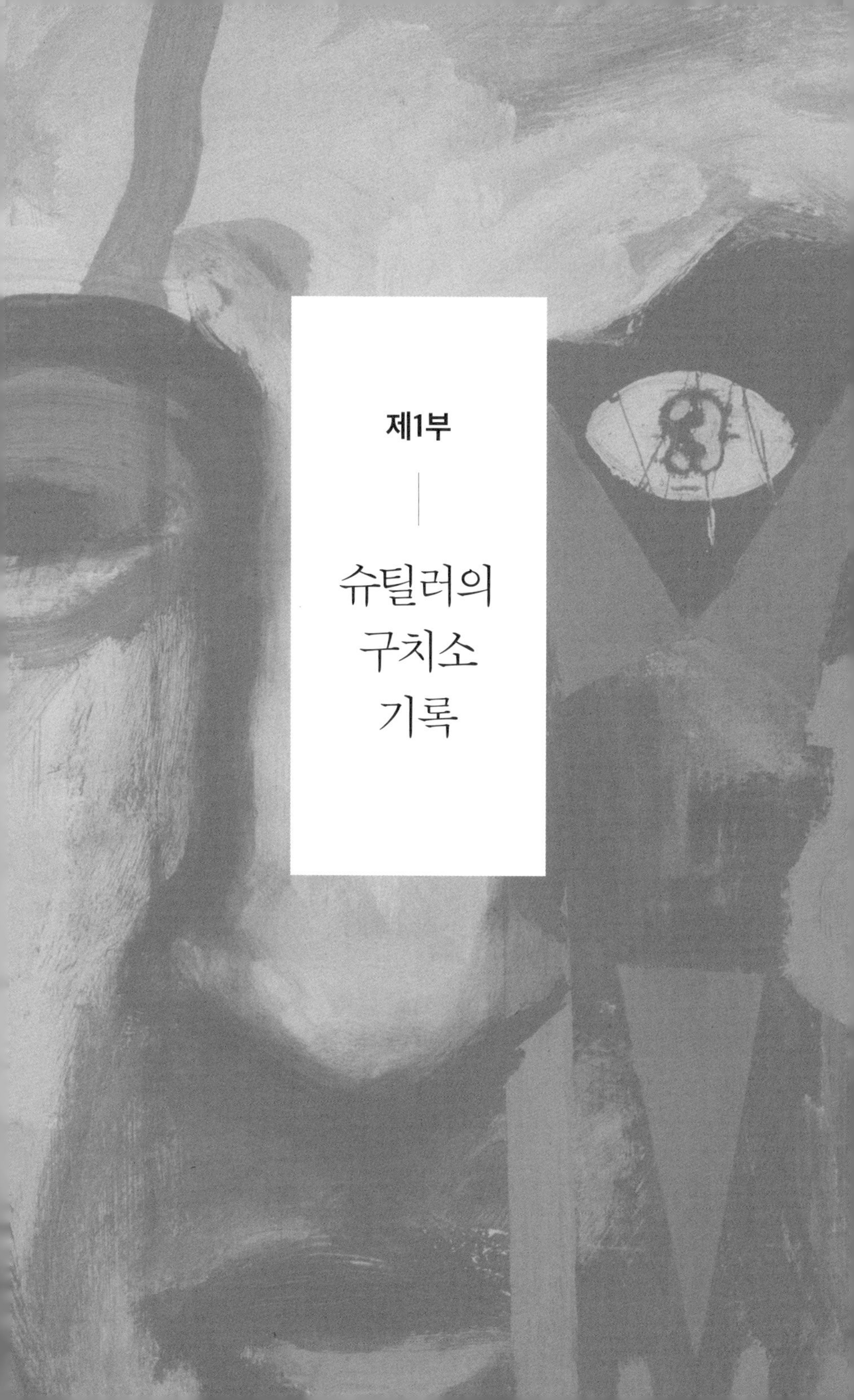

제1부

슈틸러의 구치소 기록

"보라, 자신을 선택한다는 것은 이토록 어려운 것이다. 이 선택에서 절대적인 고립은 극히 심오한 지속성과 일치하며, 이러한 선택을 통해 다른 것이 될 수 있는 가능성, 더 정확히 말해 자신을 다르게 개조할 수 있는 모든 가능성이 무조건 배제되기 때문이다."

"—그의 내면에서 자유의 열정이 깨어나면서(선택 자체에서 전제되는 자유의 열정은 선택하는 과정에서 깨어난다), 그는 자신을 선택하고 자신의 지고의 행복으로써 스스로를 소유하기 위해 투쟁한다. 이것이 그의 지고의 행복이다."

—키르케고르, 『이것이냐 저것이냐』

첫번째 노트

나는 슈틸러가 아니다!—나는 지금 묘사하려는 이 구치소에 수감된 이래, 날마다 이렇게 말하고 이렇게 맹세하며 위스키를 요구한다. 위스키 없이는 앞으로 모든 진술을 일절 거부한다. 위스키 없이 나는 나 자신이 아니며, 그들이 보여줄지 모를 온갖 호의어린 영향에 굴복해 그들의 마음에는 들겠지만 나와는 아무 상관 없는 역할을 하게 될 것임을 잘 알고 있기 때문이다. 지금 이 어처구니없는 상황에서 (그들은 나를 이 작은 도시의 행방불명된 한 시민으로 여긴다!) 중요한 것은 오로지 그들의 설득에 넘어가지 않는 것, 나를 낯선 사람으로 꿰맞추기 위한 온갖 친절한 시도를 경계하고 뻔뻔스러울 정도로 동요하지 않는 것이다. 나는 분명히 말한다. 지금 오직 중요한 것은, 유감스럽게도 실제의 내가 아닌 다른 사람이 되어서는 안 된다는 것이다. 그러니 나는 앞으로도 누군가가 내 감방에 가까이 다가올 때마다 위스키를 가져오라고 계속 외칠 작정이다. 게다가 꼭 최상품일 필요는 없으며, 내 정신이 말짱하기 위해서는 어쨌든 그럭저럭 마실 만하기만 하면 된다고 이미 며칠 전에 통고했다. 그러면 그들은 나를 원하는 대로 마음껏 신문할 수 있을 것이다. 그래봤자 아무것도 드러나지 않을 테지만. 최소한 진실은 드러나지 않을 것이다. 헛수고다! 오늘 그들은 내게 이 두툼한 노트를 가져다주었다. 나의 삶을 여기에 기록하라는 것이다! 내가 그들의 행방불명된 슈틸러 씨의 삶과는 다른 삶을, 나의 삶을 살고 있다는 사실을 증명하라는 말이겠지.

"그저 진실만 쓰십시오." 내 담당 국선변호사는 말한다. "솔직히 있는 그대로의 진실만을. 잉크가 더 필요하면 언제든지 말씀하시고요!"

내가 따귀를 갈기고 체포된 지 오늘로 일주일이 되었다. 나는 (경찰 조서에 따르면) 상당히 취해 있었다. 그래서 사건 경과를, 외적인 경과를 묘사하기가 쉽지 않다.

"저를 따라오십시오!" 세관원이 말했다.

"이봐요." 나는 말했다. "일을 번거롭게 만들지 마시지요. 내 기차가 곧 출발한단 말입니다—"

"하지만 당신을 태우지 않고 출발할 겁니다." 세관원은 말했다.

세관원이 승강대에서 나를 끌어내린 방식은 그의 질문에 대답하고 싶은 마음을 송두리째 앗아갔다. 세관원은 내 여권을 손에 들고 있었다. 승객들의 여권에 스탬프를 찍는 다른 관리는 아직 기차 안에 있었다. 나는 물었다.

“이 여권에 무슨 문제라도 있습니까?”

세관원은 대답하지 않았다.

“저는 제 의무를 다할 뿐입니다.” 그는 여러 차례 말했다. “잘 아시지 않습니까.”

세관원은 내 여권에 무슨 문제가 있느냐는 질문에는 대답하지 않고—그것은 내가 지구를 반 바퀴 도는 내내 사용한 여권이었다!—스위스 억양으로 다시 말했다.

“저를 따라오십시오!”

“이봐요.” 나는 말했다. “따귀를 맞고 싶지 않으면, 내 팔소매는 잡지 마시지요. 난 팔소매 잡아당기는 건 딱 질색이란 말입니다.”

“자, 앞으로 가십시오!”

내가 정중하고도 분명하게 경고했는데도, 젊은 세관원은 법의 비호를 받는 오만한 표정으로 내가 실제로 누구인지 곧 알게 될 거라고 주장했다. 그 순간 따귀를 날렸다. 그의 검푸른색 모자가 나선을 그리며 승강장 위를 굴렀다. 예상보다 더 멀리 굴러갔다. 모자를 쓰지 않은 젊은 세관원의 모습이 종전보다 훨씬 더 인간적으로 보였다. 그가 한순간 얼마나 어리벙벙해 있었는지, 화도 내지 못하고 얼마나 얼이 빠져 있었는지, 나는 그 즉시 기차에 올라탈 수도 있었을 것이다. 그때 마침 기차가 움직이기 시작하면서, 사람들이 차창 밖으로 손을 흔들었다. 게다가 기차문도 하나 열려 있었다. 왜 그 기차에 올라타지 않았는지 모르겠다. 그때 세관원의 손에서 충분히 여권을 낚아챌 수도 있었을 것이다. 이미 말했듯이, 그 젊은이는 얼이 빠져 있었기 때문이다. 마치 그의 영혼이 모자와 함께 굴러가는 듯했다. 그 빳빳한 모자가 구르다가 멈췄을 때에야 비로소 당연한 분노가 그를 덮쳤다. 나는 사람들 사이로 몸을 굽혔다. 스위스 십자가 문장이 그려진 검푸른색 모자를 젊은 세관원에게 건네주기 전에 조금이나마 먼지를 털어보려고 했다. 세관원의 귀가 새빨갰다. 참 이상하게도 나는 예의범절을 강요받은 사람처럼 순순히 그의 뒤를 따라갔다. 세관원은 내 소매를 붙잡지 않고 말 한 마디 없이 나를 세관 초소로 데려갔다. 사실 소매를 붙잡을 필요가 전혀 없었다. 초소에서는 나를 50분이나 기다리게 했다.

"자, 앉으시지요!" 초소의 경감이 말했다.

여권이 책상 위에 놓여 있었다. 달라진 말투, 애쓰고는 있지만 어설퍼 보이는 정중함에 즉각 의아하다는 생각이 들었다. 그래서 나는 그들이 내 여권을 한 시간 가까이 조사한 결과 내 미국 국적에 의심의 여지가 없었을 거라 추정했다. 경감은 젊은 세관원의 무례한 행동을 만회하려는 듯 의자까지 권했다.

"제가 듣기로는, 독일어를 할 줄 아신다면서요." 경감이 말했다.

"못할 이유가 없지 않습니까?" 나는 물었다.

"자," 경감은 미소 지었다. "자리에 앉으시지요."

나는 그대로 서 있었다.

"저는 독일 출신입니다." 나는 설명했다. "독일계 미국인이지요—"

경감은 빈 의자를 가리켰다.

"앉으시지요." 그는 이렇게 말하고는 자신도 앉을까 잠시 망설였다…… 내가 기차 안에서 독일어에 대꾸하지만 않았다면, 아마 이 모든 일을 겪을 필요가 없었을 텐데! 한 스위스인 남자 승객이 내게 말을 건 것이다. 파리에서부터 신경에 거슬렸던 그 여행객도 내가 따귀를 갈

긴 현장에 증인으로 있었다. 나는 그 신사가 누구인지 모른다. 전에는 한 번도 그를 본 적이 없었다. 그는 파리에서 객실에 들어왔고, 잠든 내 발에 걸려 비틀거리는 바람에 나를 깨웠다. 짐을 올려놓고서, 프랑스어로 미안하다고 사과하며 열린 차창 쪽으로 비집고 다가가 스위스 사투리로 어떤 여인과 작별인사를 나눴다. 기차가 출발하자마자, 그가 나를 유심히 훑어본다는 느낌에 불쾌해졌다. 나는 내 동승객의 호기심이 언젠가는 바닥나겠지 기대하며 너덜너덜 해어진 『뉴요커』로 방어벽을 쳤다. 거기 실린 유머는 이미 환히 꿰고 있는 터였다. 내 동승객도 취리히 신문을 읽었다. 우리가 프랑스어로 차창을 닫기로 합의한 후, 나는 차창 밖의 풍경을 바라보는 것으로 그 한가한 시선을 피했다. 그 시선을 제외하면 그 신사는 호감형이었으며, 나와 대화를 나눌 기회를 기다리는 눈치가 역력했다. 그 편에서 너무 관심을 보여, 결국 식당차로 피하는 것 말고는 나로서는 다른 도리가 없었다. 나는 식당차에서 다섯 시간 동안 죽치며 술을 몇 잔 들이켰다. 뮐루즈*와 바젤** 사이에 이르러 국경이 가까워진 탓에 어쩔 수 없이 객실로 돌아갔다. 그 스위스 남자는 마치 나를 잘 아는 양 또다시 내게 눈길을 주었다. 그 남자가 갑자기 무엇에 용기를 얻어 내게 말을 걸었는지는 모른다. 어쩌면 우리가 이제 그의 조국땅에 들어섰다는 단순한 상황 때문일 수도 있었다. 실례합니다! 그가 약간 당황한 표정으로 물었다. 혹시 슈틸러 씨 아니십니까? 이미 말했듯이, 나는 위스키를 몇 잔 마신 터였고 그의 말을 알아듣지 못했다. 그리고 손에는 내 미국 여권을 들고 있었다. 그 스위스 남자는

---

* 프랑스 동부에 위치한 도시.

** 프랑스와 독일의 국경에 접해 있는 스위스의 도시.

자신의 고향 사투리로 말하면서 잡지를 뒤적였다. 우리 뒤에는 벌써 관리 두 명, 세관원과 손에 스탬프를 든 또다른 관리가 서 있었다. 나는 여권을 건네주었다. 그제야 내가 술을 많이 마셨다는 게 느껴졌다. 의심의 눈초리가 나를 훑어보았다. 내 짐은 단출했으며 아무 문제가 없었다. 이게 당신 여권입니까? 다른 관리가 물었다. 처음에 나는 물론 웃음이 나왔다. 그럼 아니란 말입니까? 나는 결국 발끈해서 물었다. 이 여권에 무슨 문제라도 있습니까?

내 여권이 의심을 받은 것은 그때가 처음이었다. 그것도 오로지 그 신사가 잡지에 실린 사진과 나를 혼동했기 때문이다……

"박사님," 경감은 예의 그 신사에게 말했다. "박사님을 더이상 붙잡지 않겠습니다. 어쨌든 이렇게 알려주셔서 고맙습니다."

경감이 고맙다는 표정으로 문손잡이를 잡고 있는 동안, 그 신사는 마치 우리가 서로 잘 아는 사이인 양 문에서 고개를 끄덕였다. 그는 세상의 많고 많은 박사 중 한 명이었다. 나는 고개를 끄덕여야 할 필요성을 눈곱만큼도 느끼지 못했다. 그런 다음 경감은 내게 돌아와 다시 의자를 권했다.

"앉으시죠." 그는 말했다. "제가 보기에, 슈틸러 씨는 지금 상당히 취하셨습니다—"

"슈틸러?" 나는 말했다. "제 이름은 슈틸러가 아닙니다!"

"—그래도 제가 지금 슈틸러 씨에게 드리는 말씀을 이해하시기 바랍니다." 경감은 내 말에는 개의치 않고 계속 말을 이었다.

나는 고개를 저었다. 게다가 그는 내게 뭉툭한 스위스제 시가까지 권했다. 나는 당연히 거절했다. 경감이 내가 아니라 슈틸러라는 사람에게 시가를 권하는 게 분명했기 때문이다. 또 경감은 많은 대화를 나누려고 자리에 앉았지만, 나는 서 있기를 고집했다.

"본인 여권이 맞는지 물었을 때 왜 그렇게 흥분하셨습니까?" 경감이 물었다.

그는 내 미국 여권을 뒤적거렸다.

"경감님," 나는 말했다. "저는 누가 제 소매를 잡아당기면 못 참습니다. 그 젊은 세관원에게 그 점을 여러 번 경고했어요. 저도 따귀를 때린 건 유감으로 생각합니다, 경감님. 저는 물론 이 나라의 관습대로 과태료를 낼 준비가 되어 있습니다. 그거야 당연한 일이지요. 벌금이 얼마죠?"

경감은 슬쩍 호의어린 미소를 지었다. 그러고는 유감스럽게도 일이 그리 간단하지는 않을 거라고 말했다. 그는 뭉툭한 갈색 시가를 입술 사이로 살짝 굴리면서 신중하게, 시간은 전혀 중요하지 않은 듯 침착하고 꼼꼼하게 불을 붙였다.

"당신은 아주 유명한 분이신가봅니다—"

"제가요?" 나는 물었다. "어째서요?"

"저는 그런 일들에 대해서는 전혀 모릅니다." 경감은 말했다. "하지만 당신을 알아본 그 박사님은 당신을 아주 높이 평가하는 듯 보이더군요."

사람을 잘못 보았는데도 도저히 어떻게 해볼 도리가 없었다. 내가 무슨 말을 해도 점잔을 피우거나 아니면 겸손을 떠는 소리로 알아들었다.

"왜 이름이 화이트라고 주장하십니까?" 경감이 물었다.

나는 말하고 또 말했다.

"이 여권은 어디서 나셨죠?" 경감이 물었다.

그는 느긋하게 굴면서 냄새가 약간 고약한 시가를 피웠다. 양손의 엄지손가락은 바지 멜빵에 걸쳤다. 후덥지근한 오후였고, 어차피 나를 더이상 외국인으로 여기지 않는 터여서, 날씨에 맞지 않는 재킷의 단추를 조금 풀어헤치고 있었다. 그는 내가 하는 말에는 조금도 귀기울이지 않은 채 나를 유심히 훑어보았다.

"경감님," 나는 말했다. "저는 취했습니다. 경감님 말씀이 맞아요, 백번 맞고말고요. 그런데 어디서 굴러왔는지 모를 그 박사라는 사람이 천부당만부당하게도—"

"그 사람은 당신을 안다고 했습니다."

"어떻게 안답니까?" 나는 물었다.

"잡지에서 봤답니다." 경감은 말했다. 그러고는 내 경멸어린 침묵을 틈타 덧붙였다. "—당신에겐 파리에 살고 있는 부인이 있어요. 맞습니까?"

"저한테요? 부인이 있다고요?"

"이름이 율리카지요."

"저는 파리에서 오는 길이 아닙니다." 나는 설명했다. "경감님, 저는 멕시코에서 오는 길이라고요."

나는 내가 탔던 배의 이름, 항해한 기간, 르아브르*에 도착한 시각, 베라크루스**를 떠난 시각을 경감에게 진술했다.

---

* 프랑스 서북부의 항구도시.

** 멕시코 동부 해안에 위치한 항구도시.

"그럴 수도 있지요." 경감이 말했다. "하지만 당신 부인은 파리에 살고 있어요. 제가 제대로 알고 있다면 무용가죠. 그림처럼 아름다운 부인이라고 들었습니다."

나는 침묵을 지켰다.

"율리카는 예명이지요." 경감은 내게 알려주었다. "부인은 전에는 폐병 때문에 다보스*에서 지냈다고 합니다. 하지만 지금은 파리에서 발레 학원을 운영하고 있어요. 맞습니까? 6년 전부터."

나는 그저 경감을 빤히 쳐다보았을 뿐이다.

"당신이 행방불명된 후로."

나는 나도 모르게 의자에 앉아 담배를 집어들었다. 그 박사의 눈에 나와 아주 닮아 보였다는 사람에 대해 잡지의 독자들이 도대체 뭘 알고 있는지 들어볼 셈이었다. 그러자 예의 그 박사가 퍼뜨린 존경심에 이미 전염된 경감이 담배에 불을 붙여주었다.

"그러니까 당신 본인은 조각가지요."

나는 웃음을 터뜨렸다.

"맞습니까?" 경감은 내 대답을 기다리지 않고 물었다. 즉시 또다른 질문이 이어졌다. "왜 가명으로 여행을 다니시죠?"

경감은 내 맹세도 믿지 않았다.

"유감이군요." 그는 이렇게 말하며 서랍을 뒤적거리더니 푸른색 용지를 한 장 꺼냈다. "―유감이군요, 슈틸러 씨. 하지만 당신이 원래 여권을 보여주길 계속 거부하신다면, 저로서는 당신을 사법경찰에 넘길

* 스위스의 유명한 요양지.

수밖에 없어요. 이 점을 명심하셔야 합니다."

그러면서 경감은 시가의 재를 털었다.

"저는 슈틸러가 아닙니다!" 경감이 커다란 용지를 꼼꼼히 작성하기 시작했을 때, 나는 다시 말했다. 그는 내 말을 더이상 귀담아듣지 않는 듯 보였다. 나는 말투를 바꿔가며 그를 설득하려 했다. 엄숙하고 냉정하게 말했다. "경감님, 제게 다른 여권은 없습니다!" 또는 웃으면서 말했다. "이건 말도 안 되는 소리라니까요!" 내가 말을 거듭할수록 경감이 점점 더 귀기울이지 않는다는 것을 취중에도 정확히 느낄 수 있었다. 결국 나는 버럭 소리를 지르고 말았다. "저는 슈틸러가 아니라니까요, 빌어먹을!" 나는 주먹으로 책상을 내리치며 소리질렀다.

"대관절 왜 이렇게 흥분하십니까?"

나는 몸을 일으켰다.

"경감님," 나는 말했다. "이제 제 여권을 주시지요!"

경감은 눈조차 들지 않았다.

"당신은 체포되었습니다." 경감은 말했다. 그는 여권번호, 발행 날짜, 멕시코 주재 미국 영사의 이름 등, 푸른색 용지가 이런 경우에 알고자 하는 모든 것을 베끼기 위해 왼손으로 여권을 뒤적거렸다. 그러면서 꽤 친절한 어투로 말했다. "—앉으시지요."

내 감방은—나는 30센티미터 조금 못 되는 내 구두로 방금 감방의 크기를 재봤다—이 나라의 모든 것이 그렇듯 작고, 숨을 못 쉴 정도로 청결하며, 모든 게 어찌나 정확하고 적절하고 충분한지 가슴까지 답답하다. 모자라지도, 넘치지도 않는다! 이 나라의 모든 것은 숨막히게 적당하다. 나는 감방을 재봤다. 길이 3.10미터, 폭 2.40미터, 높이 2.50미터. 인도적인 구치소, 흠잡을 데 없다. 그런데 바로 이 점이 비열하다. 벽에 거미줄도, 곰팡이도 전혀 눈에 띄지 않는다. 분노를 정당화시켜 줄 것이 하나도 없다! 국민이 알게 되면 허물어뜨릴 감옥들이 있다. 여기엔 허물어뜨릴 것이 하나도 없다. 나는 수백만의 사람이 지금 나보다 더 나쁜 상황에서 살아가는 것을 알고 있다. 침상엔 스프링이 설치되어 있다. 창살 창에 아침 햇살이 비친다. 이 계절에는 11시 무렵까지 비친다. 책상에 서랍이 두 개 있고 성경책과 스탠드도 있다. 용변을 보고 싶을 땐 흰 단추를 누르기만 하면 된다. 그러면 해당 장소로 나를 데려가는데, 그곳에는 가령 용변을 보기 전에 읽을 수 있는 헌 신문지가 아니라 부드러운 화장지가 있다. 그런데도 감옥은 감옥이고, 울부짖고 싶은 순간들이 있다. 물론 회사에서 거의 울부짖지 않듯이 여기서도 울부짖지 않으며, 수건에 손을 닦고 리놀륨 복도를 걸어 다시 감방에 갇히면 고맙다고 말한다. 이미 가을 단풍이 든 밤나무 말고는 아무것도 보이지 않는다. 스프링이 설치된 침상에 올라가도 보이지 않는다. 게다가 (신발을 신은 채) 침상에 올라가는 것은 금지되어 있다. 어디서 들려오는지 모를 소리가 물론 가장 괴롭다. 이 작은 도시에 아직 전차가 다닌다는 사실을 알게 된 후로, 그 덜커덩거리는 소리는 흘려들을 수 있게 됐다. 옆방 라디오의 이해할 수 없는 아나운서 소리, 날마다 달그락달그락 쓰레기 치우는 소리, 메아리치는 뜰에서 툭탁툭탁 거세게 양탄자의 먼지를 터는 소리는 여전히 귀에 거슬린다. 이 나라에서는 오물을 거의 병적으로 두려워하는 듯 보인다. 어제 그들은 공기착암기의 털털거리는 소리로 나를 즐겁게 해주었다. 어딘가에서 도로를 파헤치고는 나중에 다시 포장을 깐다. 내가 이 작은 도시에서 유일하게 한가한 사람이라는 느낌이 종종 든다. 길에서 공기착암기가 잠깐 조용해진 틈을 타 들려오는 목소리들로 미루어 짐작하건대, 이곳 사람들은 툭하면 욕설을 하고 좀처럼 웃지 않는다. 한밤중에 모든 술집이 문을 닫으면 술 취한 사람들이 고래고래 소리를 지른다. 독일의 심장부에서 그렇듯이 대학생들이 노래를 부른다. 그러다 1시 무렵 조용해진다. 하지만 불을 꺼 봤자 별 소용이 없다. 멀리 있는 가로등 불빛이 내 감방에 비치고, 쇠창살 그림자가 벽을 지나 천장으로 꺾어진다. 바깥에 바람이 불어 가로등이 흔들리면, 흔들리는 쇠창살 그림자 때문에 돌아버릴 것만 같다. 아침에 햇살이 비치면 창살 그림자는 최소한 바닥으로 내려앉는다.

식사를 가져오는 내 담당 교도관이 없다면, 나는 여기서 실제로 무슨 일이 벌어지는지 아직까지도 모르고 있을 것이다. 이곳에서 신문을 읽는 사람이면 누구나 슈틸러가 어떤 사람이었는지 아는 듯 보인다.

그래서 더 정확한 내용을 알아내기가 거의 불가능하다. 모두들 당연히 알고 있는 것처럼 구는데, 사실은 대략적인 것을 알고 있을 뿐이다.

"—한동안은 호수 속에서 그를 찾아봤다고 알고 있어요." 교도관이 말한다. "하지만 아무 성과가 없었지요. 그러다 별안간 그가 프랑스 외인부대에 있다는 소문이 돌더군요."

그러면서 교도관은 수프를 뜬다.

"이곳이 마음에 안 들어서 그 외인부대에서 일하는 스위스 사람들이 아직도 많거든요." 그는 내게 알려준다.

"프랑스 외인부대에 지원한다고요?"

"1년에 300명이나 된다니까요!"

"왜 하필이면 외인부대지요?" 나는 물었다.

"이곳이 마음에 안 들기 때문이죠."

"그야 물론 그렇겠지요." 나는 말한다. "그런데 왜 하필이면 외인부대냐고요? 거기야말로 훨씬 더 고약하잖아요."

"나야 알 바 아니죠."

"그래서," 나는 묻는다. "병든 부인을 다보스에 그냥 내버려두었답니까?"

"부인한테는 차라리 잘된 일인지도 모르죠!"

"그렇게 생각해요?"

"내 알 바 아닌걸요." 교도관은 말한다. "그후로 부인은 파리에 살고 있어요."

"나도 알아요!"

"무용가죠."

"나도 안다고요!"

"절세미인이죠."

"그럼 폐병은 어떻게 되었답니까?" 나는 동정하는 표정으로 묻는다.

"다 나았어요."

"누가 그래요?"

"부인이 직접 그렇게 말했어요."

"그런데—당신은 이런 얘기를 전부 어디서 알게 된 겁니까?"

"어디서냐고요?" 내 교도관은 말한다. "—잡지에서 읽었죠."

더이상은 알아낼 수 없다.

"드세요!" 내 교도관은 말한다. "수프가 식기 전에 드세요. 넋 놓고 있지 말고요, 미스터 화이트. 그 박사라는 사람들은 그러기만을 기다리고 있을 겁니다. 내가 잘 알죠!"

수프, 미네스트라*는 만족할 만하다. 전체적으로 급식에 대해서는 별로 흠잡을 게 없다. 내 교도관은 내게 호의를 품고 있다. 어쨌든 (다른 모든 사람과는 달리!) 나를 슈틸러 씨가 아니라 꼭 미스터 화이트라고 부른다.

나더러 이야기하란다! 정확히 말하면 내 인생의 진실을 말하란다. 오로지 있는 그대로의 진실만을! 하얀 종이뭉치, 국비로 언제든 다시 채울 수 있는 잉크와 만년필, 게다가 약간의 선의—내가 펜으로 종이에 옮긴다면, 뭐라도 진실이 남지 않겠느냐는 것이다! 내 변호사 말로는, 내가 오직 품위 있게 사실만을 고수할 경우에, 우리는 말하자면 손으로 붙잡을 수 있는 진실을 안전하게 확보하자는 것이다.

내가 글로 기록한다면 진실이 어디로 가겠느냐는 것이다. 내 변호사는 예를 들어 직업이나 그 밖의 수입, 체류기간, 자녀의 수, 이혼 횟수, 종교처럼 확인 가능한 자료를 사실이라고 이해한다.

PS.

1946년 1월 18일에 내가 어디에 있었더라?

* 주로 쌀과 치즈, 고기나 야채를 넣고 끓인 수프.

구치소 뜰에서의 산책.

예상만큼 결코 그렇게 나쁘지도 않고 굴욕적이지도 않다. 비록 원을 그리며 맴돌 뿐이지만, 다시 걸을 수 있어서 사실 기쁘다. 구치소 뜰은 상당히 널찍하다. 이끼 낀 포석, 한가운데에는 아름다운 단풍나무 한 그루, 담장의 아이비. 우리가 죄수복이 아니라 아직 체포되었을 당시의 사복을 입고 있어서 꽤나 자연스러워 보인다. 원을 좀더 크게 그리며 돌면, 빨래가 나부끼는 옥상이 보인다. 그 밖에는 비둘기가 구구구 우글거리는 주변의 지붕들 위로 하늘만이 보일 뿐이다. 유감스럽게도 우리는 한 줄로 대열을 유지해야 하고, 그래서 실제로 대화를 나누기는 불가능하다. 머리가 (나처럼) 반들반들 벗어지고 목덜미에 굵은 주름이 잡힌 뚱뚱한 남자가 내 앞에서 양팔을 휘휘 내저으며 걷는다. 아마 새로 들어온 사람인가보다. 친절한 교도관이 어서 걸으라고 말해도 어리둥절한 표정으로 고집스럽게 주위를 둘러보지만, 체력적으로 힘들어한다.

그는 말없이 눈빛으로 도움을 구한다. 뭘 도와주길 기대하는 것일까? 샤워하면서 노래를 즐겨 부르는 이탈리아 남자가 내 뒤를 따라 걷는다. 교도관들은 웃음을 참지 못한다. 그 이탈리아 남자가 내 흉내를 내며 장난을 치기 때문이다. 나는 어떻게 내 흉내를 내는지 보려고 한번 뒤돌아본다. 그 모습은 충분히 우스꽝스럽다. 뒷짐을 진 채 골똘히 생각하는 자세로 멍하니 자꾸만 대열에서 벗어난다. 먼 곳을 동경하는 표정으로 가까운 벽돌담 너머를 외로이 주시한다. 나는 원래 이곳에 있을 사람이 아니라고 소심하니 상상하는 표정이다. 게다가 지성인의 어설프게 겸손한 태도. 그 흉내내는 솜씨가 제법 그럴싸하다.

어쨌든 수감자 중에서 유일한 지성인인 유대인마저 웃지 않을 수 없다. 그 유대인은 애석하게도 원의 반대편을 따라 돌고 있어서, 우리는 다만 표정과 몸짓으로만 대화를 나눌 수 있다. 그는 스위스의 정의에 완전히 절망한 듯 보인다…… 누가 시작했는지는 모르지만, 갑자기 날감자 하나로 모두들 축구를 한다. 날렵한 콤비플레이가 몇 차례 이어진다. 뭔가 규정에 어긋나는 일이 벌어질 때마다 극히 개인적으로 모욕당했다고 느끼곤 하는 상급교도관, 그 무척 꼼꼼한 남자가 마침내 감자를 낚아챈다. 전원 정지! 진지한 질문이 이어진다. 감자는 어디서 났습니까? 우리는 둥그렇게 둘러서서 침묵을 지키며 비죽이 웃는다. 상급교도관은 여기저기 긁힌 감자를 손에 들고서 한 사람 한 사람 앞으로 걸어간다. 눈을 똑바로 마주보며. 다들 어깨를 으쓱한다. 상급교도관은 감자를 그냥 버릴 수 있는 순간을 놓쳤다. 원래의 의도와는 달리 갑자기 일이 심각해졌다. 원칙의 문제가 되었다. 모든 게 장난이고, 상급교도관 자신도 웃지 않으려 애쓰면서 우리 모두를 그냥 보내려 한다는 느낌이 든다. 그와 동시에 그들은 이미 고문할 준비를 갖췄으며 뜨겁게 달군 쇠를 동원하는 데는 훔친 감자 하나로 충분하다는 느낌도 든다. 유대인이 자신이 한 짓이라며 불쑥 나선다. 다들 웃음을 터뜨린다! 심지어는 상급교도관도 그 자백이 (그는 축구를 하는 유대인을 결코 본 적이 없다) 조롱일 수 있음을 알아챈다. 날감자를 훔친 것보다 더 나쁜 짓이다. 유대인은 제풀에 흥분해 하얗게 질린 얼굴로 대열에서 제외되고, 나머지 사람들은 전부 5분 동안 구보를 해야 한다. 내 앞의 불쌍한 뚱보는 고무물주머니처럼 흐물흐물거리더니 당연히 첫 바퀴부터 뒤처져서는, 길을 단축하려고 나선형으로 달린다. 그러자 교도관이 그에게 그만 달리라고 말한다. 비인간적이지는 않다. 다만 질서와 모종의 진지함이 유지되어야 한다. 당연하다. 어쨌든 우리는 구치소에 있다…… 내 감방에 혼자 있으면, 이따금 이 모든 것이 꿈인 듯 느껴진다. 언제든 자리에서 일어나 얼굴에서 두 손을 떼고 자유롭게 주변을 둘러볼 수 있을 것 같은 느낌. 감옥은 오로지 내 안에 있는 듯한 느낌이 든다.

"당신이 이 구치소에 머무는 시간이 짧기를 바라지만," 내 국선변호사는 말한다. "어쨌든 가능한 한 편히 지낼 수 있도록 제가 애썼습니다—위스키는 허용되지 않지만요!—당신은 이 건물에서 가장 좋은 방을 쓰고 있어요. 제 말을 믿으십시오. 가장 큰 방은 아니지만 아침 햇살이 비치는 유일한 방입니다. 저기 늙은 밤나무가 보이지요. 대성당의 종소리는 사실 아주 시끄럽긴 하죠, 저도 인정합니다. 하지만 뭐 어쩌겠습니까! 제가 대성당을 다른 곳으로 옮길 수는 없지 않습니까!"

내 변호사가 말하는 모든 것이 일반적으로 그렇듯 이 말도 옳다. 설득력은 전혀 없는데도 계속 내 생각이 틀렸다고 지적하는 점에서는 옳다. 대성당의 종소리, 하루에 두 번, 결혼식이나 장례식이 없어도 최소 하루에 두 번은 쩌렁쩌렁 울리는 금속성의 굉음, 더이상 생각에 집중하지 못하게 하는 소음, 공기의 전율, 억양 없는 진동, 다이빙대에서 물속으로 뛰어내릴 때와 같은 소리. 그것은 귀를 멀게 하고 현기증을 일으키고 머리를 멍하게 만든다. 하지만 내 변호사의 말이 옳다. 그가 대성당을 다른 곳으로 옮길 수는 없는 노릇이다! 내가 침묵을 지키자, 절망한 나머지 침묵을 지키자, 변호사는 서류를 집어들며 말한다. "좋아요—우리, 본론으로 들어갑시다!"

내 변호사는 선량하고 어쨌든 악의 없는 사람이다. 좋은 집안 출신이고 옷차림도 단정하며, 약간 주저하는 경향은 있지만 그것마저 예의범절의 일부다. 무엇보다도 그는 정의롭다. 이 점은 의심의 여지가 없다. 그는 사소한 일에까지 정의롭다. 절망스러울 정도로 정의로우며, 적어도 법치국가, 적어도 스위스에는 정의가 존재한다는 거의 선천적인 확신에 차서 정의롭다. 게다가 그는 멍청하지 않다. 아주 많은 것을 알고 있으며, 특히 스위스의 관심사와 관련해서는 백과사전처럼 믿을 만하다. 그래서 내 변호사와 스위스에 대해 이야기하는 것은 사실 부질없는 짓이다. 가령 스위스를 문제삼는 모든 의견은 반박할 수 없는 많은 역사적 사실에 제압되어버린다. 그리고 스위스를 무조건 칭찬하지 않으면, 결국 언제나 부당한 사람이 된다. 당장 대성당의 종소리가 바로 그런 경우다. 아마 나를 이렇듯 극도로 자극하는 것은 그의 냉담함, 꼼꼼함, 자제심일지도 모른다. 그는 지성 면에서 나보다 우월하지만, 그 지성을 오로지 잘못을 저지르지 않는 데 사용한다. 나는 이런 사람들을 보면 소름이 끼친다! 나는 내 변호사를 조금도 비난할 수 없다. 내 변호사는 나를 선량하고 어쨌든 악의 없고 근본적으로 아주 이성적인 사람, 선한 의지를 지닌 사람, 스위스 사람으로 여긴다. 그는 이런 의미에서 나를 변호해 번번이 나를 폭발하게 만든다. 그러면 나는 냉큼 돌아서서 그를 침상에 앉게 만든다. 그에게 등을 돌리고 두 손을 바지주머니에 넣은 채 늙은 밤나무를 바라보며 야비할 정도로 침묵을 지킨다. 자신은 절대 살인을 저지르지 않을 것이며 그래서 나도 절대 살인을 저지르지 않을 것이라고 믿는 그런 유의 사람들을 나는 오래 참아내지 못하기 때문이다.

"저는 당신을 충분히 이해합니다." 내 변호사는 말한다. "충분히 이해하고말고요! 당신을 구류로 맞아들인 스위스에 당신은 분개하고 있습니다. 당연하지요. 그러니까 제 말은, 당신이 분개하는 게 당연하다는 뜻입니다. 쇠창살 사이로 고향을 바라보는 심정이 쓰라리겠지요—"

"고향이라니, 무슨 뜻이죠?" 나는 묻는다.

"다만,"—그는 상당히 핵심적인 내 질문을 한 귀로 듣고 한 귀로 흘려버린다—"제 변호를 힘들게 만들지는 마십시오. 당신이 체포된 것과 관련해 했다는 말들이 유감스럽게도 이미 언론으로 흘러들어갔어요. 괜히 적개심을 일으킬 필요가 어디 있겠습니까! 당신 자신의 이익을 위해서, 결국 당신의 고국이기도 한 우리 스위스에 대한 모든 비판을 앞으로 일절 그만두시길 간곡히 부탁합니다."

"제가 도대체 뭐라고 말했는데요?"

"이곳 사람들은 매우 예민합니다." 변호사는 아주 솔직하게 대답한다. 그와 동시에 자신의 입으로 스위스를 비방하는 말을 하지 않겠다는 거부감이 느껴진다. 내 변호사는 말을 잇는다. "—우리 본론에서 벗어나지 맙시다. 저는 그동안 모든 서류를 처음부터 끝까지 읽어보았습니다. 당신이 지난 6년 동안 어디서 무엇을 하며 지냈는지 최소한 대략적으로라도 제게 알려주셨으면 합니다—"

내 변호사는 번번이 이 점에 대해 묻는다. 그렇지만 나는 위스키 없이는 단 한 마디도 하지 않겠다고 굳게 다짐했다. 변호사가 가죽가방에서 꺼내는 서류다발이 얼마나 두툼한지, 먼저 사무용 집게를 풀지 않고서는 넘겨지지도 않는다. 나는 맞대놓고 조롱하는 웃음을 터뜨렸다. 변호사는 그 서류다발이 나에 대한 것이라 확신하고 있어서, 아무리 말려도 그 서류를 몇 시간씩 읽는 짓을 그만두지 않는다. 마치 그가 날마다 내게 들이대는 지루함이 일종의 고문이라는 걸 전혀 모른다는 듯이!

"박사님," 나는 오늘은 변호사의 말을 끊었다. "저는 멕시코에서 곧장 오는 길이었습니다—"

"그렇게 주장하신다는 건 저도 잘 알고 있지요."

"—저는 멕시코에서 곧장 오는 길이었다니까요." 나는 한 번 더 말했다. "제 말 좀 믿으세요. 산 사람의 심장을 도려내 우상들에게 바치는 아즈텍의 그 유명한 인간제물도, 누군가가 증명서 없이—아니면 가짜 증명서를 가지고—스위스 국경을 넘다가 받는 대접에 비교하면 어린애 장난이지요, 어린애 장난이라니까요!"

변호사는 다만 미소 지을 뿐이다.

"그러니까 슈틸러 씨, 당신의 미국 증명서에 문제가 있다는 걸 인정하시죠?"

"내 이름은 슈틸러가 아니라고요!"

"제가 알아낸 정보에 의하면," 내가 버럭 고함을 질렀는데도 변호사는 침착하게 말했다. "당신이 바로 아나톨 루트비히 슈틸러라고 예상됩니다—예상되고 있습니다! 취리히에서 태어났고 조각가이고 율리카 슈틸러 추디 부인과 결혼했으며 6년 전에 행방불명됐지요. 마지막 거주지는 취리히 슈타인가르텐가세 11번지입니다. 제 임무는—"

"아나톨 슈틸러 씨를 변호하는 일이지요."

"그렇습니다."

"제 이름은 화이트입니다."

하지만 이 사실을 내 변호사에게 납득시키기는 불가능하다. 아무리 골백번 말해도. 우리의 대화는 바늘이 특정한 자리에서 계속 같은 홈으로 미끄러지는 축음기 음반처럼 흘러간다.

"어째서," 내 변호사는 묻는다. "어째서 당신이 슈틸러가 아니란 말입니까?"

"제가 슈틸러가 아니기 때문이지요."

"어째서 아니냐고요!" 내 변호사는 묻는다. "저는 이미 들어서 알고 있습니다."

결국 나는 입을 다문다. 그의 시간은 제한되어 있다. 이것은 내가 내 변호사라고 자처하는 이 선량한 남자에게서 벗어날 수 있는 유일한 탈출구다. 그는 모든 서류를 읽은 후 자신의 뜻대로 되지 않자 모욕감을 느낀다. 결국 그는 서류를 가죽가방에 쑤셔넣고는, 찰칵 채워질 때까지 가방고리를 이리저리 말없이 돌린다. 자리에서 일어나 만년필이나 안경 같은 물건을 전부 챙겼는지 살펴본다. 그러고는 마치 테니스 경기에서 패배한 사람처럼 내게 손을 내밀며, 다음날 언제 다시 올 것인지 알려준다……

PS.

변호사는 내가 무죄임을 확신한다고 한다. 이게 무슨 뜻일까? 행방불명된 슈틸러에게 모종의 혐의가 있을지도 모른다는 생각이 불현듯 뇌리를 스친다. 그래서 여기 관청은 뭔가를 밝히기 위해 행방불명된 시민을 시급하게 찾아내야 할 필요가 있는 것이다.

크노벨(내 교도관의 이름이다)은 내 이야기를 믿어주는 유일한 사람, 다시없이 좋은 사람이다. 크노벨이 감방을 청소하면, 나는 침상에 눕는다. 그는 걸레에서 마실 수 있을 만큼 맑은 물이 나올 때까지 닦는다. 그들은 모든 외면적인 것에 무척 까다롭게 군다. 이 나라에서는 심지어 쇠창살의 먼지도 닦는다.

"당신 입으로 말했잖아요." 내 교도관은 말한다. "당신이 당신 부인을 살해했다고—"

예전에, 14년 전에, 그는 야채상인이었으며 뢰슬리라는 이름의 말과 수레를 소유하고 있었다. 크노벨은 뢰슬리에 대해 매우 다정한 어조로 말한다. 처음에 나는 그가 부인 이야기를 하는 줄만 알았다. 그는 부인과 사별한 후 교도관으로 일한다. 그리고 지금까지 교도관으로 일하는 동안, 감방을 닦을 때마다 자신의 무죄를 맹세하지 않은 사람은 내가 처음이라고 말한다. 그는 그 정직한 남자들의 헛소리를 더이상은 들어줄 수 없다고 말한다. 틀림없이 역겨울 것이다. 내 바로 옆 감방에 수감된 은행가는 몇 시간씩 운다고 한다. 그리고 그다음 감방에는 마찬가지로 오로지 명예만을 들먹이는 뚜쟁이가 수감되어 있다. 내가 있어 내 교도관이 기뻐한다는 생각이 든다. 아내의 바가지에 시달리던 야채상인 시절만 해도, 그는 구치소를 아주 다르게 상상했다. 그곳에는 뭔가 들을 만한 이야기가 있겠지! 그는 생각했다. 그러나 천만의 말씀! 범죄자의 이야기를 들으려면, 다른 사람들처럼 극장으로 달려가야 한다(그는 이렇게 말한다)…… 크노벨은 내가 내 아내를 살해한 첫번째 살인에 대해 별로 말하고 싶어하지 않는 것을 이해한다.

"그렇다면 두번째 살인은요?" 그는 묻는다.

"내 두번째 살인," 나는 소시지 껍질을 벗기며 말한다. "그건 시시한 일이었지요. 그때는 이미 나 자신이 살인범이라는 걸 알고 있던지라, 특별한 기분 같은 건 필요 없었어요—그 일은 정글에서 일어났죠."

"당신이 정글에 있었단 말이에요, 미스터 화이트?"

"그렇다니까요."

"원 세상에!" 그는 말한다. "원 세상에!"

"정글이 어떤 곳인지 알아요?"

"영화에서 본 게 다예요, 미스터 화이트."

"그거하고 똑같아요." 나는 본론으로 들어가기 전에 상당히 오래 뜸을 들인다. "—나는 그 슈미츠가 자메이카에서 떠도는 걸 알고 있었어요. 그래서 몇 개월 동안 왼쪽 장화 안에 단도를 넣어 가지고 다녔죠."

"슈미츠가 누구죠?"

"슈미츠 사장 말입니다!"

"모르는 사람인데요."

"머릿기름을 처바른 악당!" 나는 말한다. "질서 있는 법치국가에선 처치 곤란한 그런 백만장자죠."

"그렇다면 당신이 단도로 그 사람을—?"

"물론이죠."

"원 세상에!" 그는 말한다.

"인디언 단도로."

유감스럽게도 크노벨이 여덟 개의 감방을 담당하는 탓에, 그의 시간은 매번 한정되어 있다. 그렇지 않아도 그는 다른 사람들, 그러니까 정직한 남자들의 감방보다 내 감방에 더 오래 머무른다. 수감자들은 유효

기간 지난 스위스 치즈를 먹어야 하는데, 그는 내게 세르벨라*를 가져다주는 정말 좋은 사람이다. 그것도 자기 호주머니를 털어서. 세르벨라(맥주소시지)도 내가 좋아하는 음식은 아니다. 특히 맥주가 없을 경우에는. 세르벨라는 먹고 나서 몇 시간이 지나 다른 일들을 생각하는데도 마늘처럼 계속 냄새를 풍기는 소시지다. 하지만 그의 태도는 내 가슴을 뭉클하게 한다.

율리카 슈틸러 추디 부인, 행방불명된 남자의 부인은 파리에서 이곳까지 괜히 헛걸음하는 일이 없도록 좀더 선명한 사진을 요구했다. 그들은 45분 동안 나를 전등으로 에워쌌고, 나는 당연히 땀을 뻘뻘 흘린다. 게다가 번번이 이런 지시까지 한다.

"자연스러운 포즈를 취하세요!"

나는 내 감방에서 벽을 마주보고 앉아 있다. 사막이 보인다. 예를 들면 치와와 사막**. 전혀 꽃이 피지 않는데도 꽃이 만발한 듯한 색채, 작열하는 정오의 색채, 황혼의 색채, 말로 형용하기 어려운 밤의 색채로 가득찬 드넓은 황야가 보인다. 나는 사막을 사랑한다. 하늘을 나는 새도, 졸졸 흐르는 물도, 곤충도 보이지 않는다. 주변에는 오로지 정적만이 흐르고, 오로지 모래, 모래, 또 모래뿐이다. 매끄럽기보다는 바람에 쓸려 주름져서, 햇빛 아래 흐릿한 금이나 뼛가루처럼 보이는 모래. 사이사이 이 잉크처럼 푸르스름한, 그야말로 잉크로 채워진 듯한 그늘로

---

* 쇠고기와 돼지고기를 갈아 소 창자에 넣고 훈연해서 만드는 스위스의 전통 소시지.

** 미국과 멕시코의 국경에 위치한 사막.

가득한 모래언덕의 골. 구름 한 점, 운무 한 오라기 보이지 않고, 도망치는 짐승들 소리도 들리지 않는다. 다만 선인장이 드문드문 눈에 띌 뿐이다. 파이프오르간의 관이나 일곱 개의 대가 달린 촛대처럼 수직으로, 집채처럼 우뚝 서 있는 선인장들. 식물인데도 건축물처럼 뻣뻣하니 움직이지 않는다. 선인장들은 실제로 초록색이 아니다. 햇빛이 비치는 동안은 호박琥珀 같은 갈색이고, 푸른 밤이 내려앉으면 가위로 오려낸 듯한 검은색을 띤다—눈을 뜨고 있는데도 이 모든 것이 보인다. 결코 말로는 묘사할 수 없다 하더라도. 꿈을 꾸는 게 아니라 맨정신으로, 그리고 눈에 보일 때마다 언제나 그렇듯이 우리 존재의 비현실성에 붙들려서. 우리가 손님으로 머무는 이 성좌에 얼마나 많은 사막이 있는지, 나는 예전에는 전혀 알지 못했으며 글로 읽은 적도 없었다. 우리의 삶을 지탱해주는 모든 것이 작은 오아시스의 선물이라는 것도 전혀 알지 못했다. 은총처럼 비현실적으로 느껴진다. 언젠가 우리는 바람 한 점 없는 정오의 살인적인 열기 아래 어딘가에 차를 세웠다. 그것은 며칠 만에 처음 마주친 빗물 수조였고, 그 여행길에서 처음 만난 오아시스였다. 인디언 몇 명이 우리 차량을 구경하려고 말없이 머뭇머뭇 다가왔다. 다시 선인장들, 게다가 메마른 용설란 몇 그루, 시든 야자수 몇 그루, 그것이 오아시스였다. 사람들은 이곳에서 무엇을 할까 하는 의문이 든다. 인간이 이 땅에서 도대체 무엇을 할까 하는 의문이 고개를 쳐든다. 그리고 뜨겁게 달아오른 엔진을 식힐 수 있어서 기쁘다. 당나귀 한 마리가 녹슨 골함석 아래, 상상하기 어려울 만큼 머나먼 문명의 쓰레기 아래 그늘에 서 있었다. 그리고 불에 굽지 않은 점토로 지은 오두막 다섯 채, 천 년, 아니 2천 년 전처럼 창문 없는 오두막 주변에는 물론 아이들이 바글바글 모여 있었다. 이따금 우리는 더 멀리 갔다. 멀리 붉은 산악지대가 보였다. 그러나 산들은 가까이 다가오지 않았다. 펄펄 끓는 엔진소리가 들리는데도, 내가 정말로 차를 몰고 가는 것인지 아닌지 종종 구분이 되지 않았다. 마치 더이상 공간이 존재하지 않는 듯했다. 오직 하루의 시간 변화만이 우리가 아직 살아 있음을 알려주었다. 저녁 무렵, 집채처럼 우뚝 솟은 선인장들의 그림자와 우리의 그림자가 길게 늘어났다. 100미터 길이의 그림자들은 우리 옆을 지나 이제 꿀 색깔을 띤 모래 위로 줄달음질쳤다. 일광이 갈수록 엷어지면서, 텅 빈 우주를 가린 투명한 베일이 되었다. 하지만 햇살은 여전히 비치고 있었다. 마지막 햇살에 닿은 모래언덕과 같은 색깔의 거대한 달이 연무에 덮이지 않은 보랏빛 황혼으로부터 모습을 드러냈다. 우리는 지프가 달릴 수 있는 한 달렸다. 우리의 눈이 이 모든 것을 보는 유일한 눈이라는 장엄한 의식이 없지 않았다. 우리의 눈이 없으면, 이 사막을 뚫고 달리는, 언젠가는 죽어야 할 우리 인간의 눈이 없으면, 태양도 존재하지 않았다. 그저 엄청나게 많은 맹목적인 에너지가 존재할 뿐이었다. 우리의 눈이 없으면 달도 존재하지 않았다. 우리의 눈이 없으면 지구도 세계도 존재하지 않았고, 창조에 대한 의식도 존재하지 않았다. 장엄한 자만심이 우리를 가득 채웠던 기억이 난다. 그 직후에 뒷바퀴가 펑크가 났다.

나는 그 사막을 결코 잊지 못할 것이다!

나는 내 감방에서 벽을 마주보고 앉아 있다. 멕시코가 보인다. 멕시코의 물 위를 떠다니는 정원들, 반짝이는 푸른색이 비치는 갈색 물 위를 떠도는 곤돌라들, 거의 소리 없이 미끄러지듯 움직이고 하나같이 싱싱한 꽃으로 장식되어 있는 곤돌라들. 운하의 꽃마차 행렬, 영원한 봄으로 가득한 주변의 정원들, 행복의 나라. 하지만 인디언식이다. 갓난 아기를 등에 업은 늙은 인디언 여인이 카누의 노를 저으며 다가온다. 갈색 물이 노에 부딪쳐 물방울을 튀기며 폭 좁은 카누 난간에 넘실거린다. 여인은 나긋나긋한 목소리로 작은 꽃다발을 사라고 권한다. 생전 처음 보는 서양란이 전통적인 방식으로 아주 멋들어지게 묶여 있다. 아즈텍인의 축제에는 절대 꽃이 빠지지 않았다. 어느 혼혈인이 용설란즙으로 빚은 멕시코 민속주 풀케를 팔려고 한다. 그는 탁한 물에 잔을 담가 헹구더니 그 음료를 담아 내게 내민다. 부글부글 끓는 듯한 맛, 열대의 끈적끈적하게 후덥지근하고 달콤한 맛이 난다. 주변 곤돌라들 안에 온 가족이 둘러앉아 있다. (오늘처럼) 일요일이다. 모두들 먹고 마시며 즐거운 시간을 보낸다. 갓 사랑에 빠진 연인 한 쌍이 나란히 앉아서 손을 맞잡고 있다. 그들은 악사와 기타, 커다란 멕시코 모자, 산적 같은 거무스름한 얼굴에서 나오는 달콤한 목소리로 가득찬 곤돌라를 빌렸다. 민중의 꽃마차 행렬이다. 반은 순수하고 반은 유치하다. 나는 사막을 떠올린다. 이건 바로 사람들이 이 땅에서 하는 일이다! 어린 소녀가 곤돌라 뱃머리에 배를 깔고 엎드려 있다. 서서히 움직이는 물속에 양팔을 늘어뜨린 채, 어딘가에서 웃음소리가 까르르 요란하게 들리는데도 가만히 있다. 하지만 이미 말했듯이, 사람들은 대부분 조용하다. 거의 무감각해 보이거나 아니면 적어도 멍한 표정을 하고 있다. 잃어버린 낙원에서 온 듯한 아름답고 낯선 얼굴들이 보인다. 아즈텍 대도시의 마지막 남은 잔재. 그 도시는 호수에 에워싸여 있었고 오로지 두 개의 둑을 통해서만 접근할 수 있었다. 스페인의 연대기 작가가 일컬은 것처럼, 인디언의 베네치아. 바퀴라는 것을 몰랐던 인디언에게 물은 최상의 길이었고, 호수는 틀림없이 낙원이었을 것이다. 호숫가의 땅이 여기저기 떨어져나와 꽃이 만발한 섬처럼 떠다녔다고 전해진다. 꽃의 민족 인디언은 갈대로 뗏목을 엮어 그 위에 흙을 얹고 수초를 심었다. 심지어는 작은 나무도 심었으며, 꽃 피는 그 섬들을 이리저리 노를 저어 몰고 다녔다. 그래서 그 섬들은 물 위를 떠다니는 정원이라고 불렸다. 호수는 나중에 늪으로 변했으며 이런 초라한 웅덩이만 남기고 메말라버렸다. 지금 이 웅덩이에서 일요일이면 반은 순수하고 반은 유치한 곤돌라들이 떠다니며 불가사의했던 민족의 몰락을 겨우 상기시킨다. 현대의 멕시코, 좋고 나쁜 고층 건물로 가득찬 도시는 말 그대로 수렁에 세워졌다. 건물들이 바닥으로 가라앉는 것이 눈에 보인다. 해마다 몇 센티미터씩 끊임없이 가라앉는다…… 그리고 주변의 불그스름한 땅, 피라미드, 용암, 거리에서 자동차 바퀴에 으깨져 죽은 뱀, 먹이를 기다리는 콘도르가 보인다. 그리고 전화선을 무성하게 뒤덮은 서양란, 멕시코 남자들의 버섯처럼 생긴 커다란 모자와 흰색 면직 블라우스, 그들의 불그스름한 피부도 보인다. 멕시코의 시장! 총천연색 영화가 연상된다. 총천연색 영화처럼, 그림처럼, 정말 그림처럼 아름답다. 그런데도 사실은 별안간 두려움에 사로잡히는 순간들이 있다. 죽은 개의 악취가 진동한다. 아이들이 벌거벗은 엉덩이로 오물, 오래되어 썩은 과일 위에 앉아 있다. 상인들은 물건을 바닥에 놓고 판다. 지금도 그 물건들이 눈에 보인다. 강낭콩과 완두콩, 견과, 생전 처음 보는 과일, 그 사이에 파리가 우글거리는 단 과자와 사탕, 작열하는 햇살 아래서 썩어가는 생선. 그 옆에서 목수가 아이들 관을 짠다. 조악한 싸구려 관들이 높이 쌓여 있다. 농촌 아낙들이 도로의 포석 위에 쪼그리고 앉아 인디언 문양을 연상시키는 조악한 싸구려 오지그릇을 판다. 무척 아름답지만 향기가 없는 많은 꽃. 햇빛 아래서 부패한 끔찍한 육류가 썩은 악취를 풍기지 않는 곳에서는 하수구 냄새가 코를 찌른다. 사람들에게 구역질을 전염시키지 않으려면 정신을 바짝 차려야 한다. 내 눈에 보이는 것은 슬럼이 아니라 노천 시장이다. 그리고 그곳의 이름은 아메카메아, 즉 아름다운 시장일 것이다. 슬프기보다는 왠지 으스스하다. 그 지저분함은 꽃을 피우고 향기를 풍길 수 있는 모든 것을 악취, 부패와 부식으로 변화시키는 저주, 악마적인 것을 품고 있다. 그리고 인간은 거기에 더이상 저항하지 않는다. 아무도 죽은 개를 한쪽으로 치우지 않는다. 토르티야를 입속으로 밀어넣기 전에 피곤한 몸짓으로 파리를 쫓는 사람 정도나 간혹 있다. 안짱다리를 비롯한 장애인들은 당연히 그 일부를 이루고, 태양과 푸른 하늘은 순전히 조롱처럼 여겨진다. '이게 대체 무슨 일일까?' 하는 감정이 기이하게도 나를 떠나지 않는다. 하지만 아무 일도 아니다! 모든 것이 정말 그림처럼 아름답다. 커다란 차양 아래 은은히 빛나는 호박 빛깔, 그 아래 낯선 여인들의 얼굴, 그 위에는 바스러져가는 스페인식 바로크 교회, 녹청색 십자가, 곳곳에 서양란. 너덜너덜한 대형 깃발처럼 늘어진 바나나나무의 초록색 잎 사이로 포포카테페틀산의 만년설이 순백의 텐트처럼 더없이 신비롭게 보인다. 포포카테페틀은 연기 나는 산이라는 뜻이지만 이제는 더이상 연기를 내뿜지 않는다. 왜 으스스할까? 우리 자동차가 휘발유를 채우려고 멈출 때마다 어디선가 맹인이 나타나 손을 내민다. 커피농장의 파리에 물리면 처음에는 살갗이 부풀어오르고 곪는다. 그 종기를 제거할 수는 있을 테지만, 의사도 없고 의사에게 지불할 돈도 없다. 구더기들이 핏속을 타고 다니다 결국 눈에 이르고, 그러면 눈이 계란프라이처럼 흐물흐물해져서 희뿌옇고 노르스름한 곤죽이 된다. 그들, 앞을 보지 못하는 노인들과 소년들은 거기 그렇게 빈손을 내밀고 서 있다. 누군가가 오르골에 맞춰 노래한다. 지붕 위에 콘도르들이 앉아 있다. 인적 없는 길을 차로 달리다보면, 종종 그 악취 풍기는 커다란 새들이 죽은 짐승, 으깨진 뱀이나 썩은 당나귀, 아무도 찾지 않는 살해된 시신에서 우르르 날아오른다. 어디를 가든 그 새들이 보인다. 그 새들은 그림처럼 아름다운 시장의 지붕 위에 검고 흉측하게 볼품없이 웅크리고 있다. 썩은 고기를 먹는 콘도르들, 멕시코의 새들.

그런데도 아름다웠다!

왜 나는 바다 너머 그곳에 머물지 않았을까—

다행히도 내 검사(아니면 예심판사. 나는 이런 방면은 잘 모른다)는 호감이 가는 인물이다. 그는 자기 자신도 완전히 믿지 않는 회의론자다. 게다가 감방에 들어오기 전에 노크를 할 정도로 예의범절 면에서도 단연 으뜸이다.

"제가 누구인지 아실 것 같은데요." 그는 미소 지었다.

"검사님이신가요?"

나로서는 그 미소가 무슨 뜻인지 도저히 이해할 길이 없다. 검사는 두 손을 상의 호주머니에 찔러넣은 채 왠지 당혹스러운 표정으로—내 첫 인상: 이 남자가 내게 뭘 털어놓을 생각이지?—나를 오랫동안 유심히 살펴본다. 자신과 관련된 비밀스러운 생각에 잠겨 잠시 귀가 먼 사람처럼 보인다. 검사는 나를 노골적으로 살펴본다. 성인 사이에서 그런 일은 흔치 않다. 어쨌든 예의에 어긋날 정도로 오래 쳐다보다가, 자신도 그걸 깨닫고 얼굴을 조금 붉힌다. "담배 피우시죠?" 그는 묻는다. 내가 거절하자, 담배를 한 대 입에 물고는 라이터를 찾으며 덧붙인다. "—저는 그저 개인적으로 사사로이 찾아왔습니다. 절대 신문이라고 생각하지 마십시오. 당신이 어떤 사람인지 알고 싶었습니다……"

침묵이 흐른다.

"정말 한 대 안 피우시겠습니까?" 검사는 묻는다.

"전 시가만 피웁니다."

"제 집사람이 당신에게 안부 전하라더군요." 우리가 오래전부터 알고 지내는 사이인 양 검사는 침상에 걸터앉으며 말한다. 그리고 오로지 나를 보지 않기 위해 재떨이를 찾는 척한다. "—당신이 실제로 슈틸러 씨라면 말입니다!"

"내 이름은 화이트요!" 나는 말한다.

"저는 절대 사건을 미리 조사할 생각은 없어요." 그의 말에서 변명하거나 아니면 안도하는 기색이 느껴진다. 그는 담배를 피운다. 이런 상황에서 어떻게 말을 이어야 할지 난감해하는 눈치다. 그는 오늘 거리가 너무 소란스러웠고, 특히 스쿠터 소리가 시끄러웠으며, '유감스럽게도' 구류기간에는 위스키, 아니 모든 알코올이 극히 엄격하게 금지된다는 등 전혀 개인적이지 않은 말을 뜬금없이 늘어놓는다. 그런 말들은 그의 멍한 표정 때문에 별로 실감나게 들리지 않는다. 그런 후에야, 그렇게 몇 분이 지난 후에야 비로소 그는 불쑥 설명한다. "—저로 말하면, 슈틸러를 본 적이 전혀 없습니다. 적어도 의식적으로 본 적은 없어요. 당신도 아실지 모르겠지만, 언젠가 한번 통화를 한 적은 있지요. 파리에서 걸려온 전화였어요. 하지만 그 사람이 당신이었는지는 모르겠군요."

그러더니 그의 말투가 바뀐다. 갑자기 그는 느긋해진다.

"당신은 부인을 살해했지요, 미스터 화이트?"

이 사람도 내 말을 믿지 않는다는 느낌이 든다. 그는 미소를 짓는다. 하지만 우리가 말없이 서로 마주보는 순간, 그의 얼굴에서 미소가 사라진다. 그는 내게 왜 아내를 살해했냐고 묻는다.

"그녀를 사랑했기 때문이지요." 나는 말한다.

"그게 이유입니까?"

"이것 보세요." 나는 그에게 설명한다. "제 곁에서 사는 건 아내에게 희생이었습니다. 저를 아는 사람들은 전부 그렇게 생각했어요. 그러니 제 아내를 아는 사람들은 말할 것도 없죠. 저 때문에 얼마나 시달리는지 그 사람은 거의 한 마디도 하지 않았어요. 성품이 아주 고결한 사람이었죠. 검사님, 아무나 잡고 물어보십시오. 다들 그렇게 생각했다니까요. 제 아내처럼 고상한 사람, 우아한 사람은 결코 본 적이 없다고 다들 말했어요. 그리고 우리는 거의 전적으로 교양 있는 사람들하고만 어울렸습니다. 게다가 저 자신도 그렇게 생각했지요. 아시겠지만, 저는 아내에게 경탄했어요. 그 사람의 고상함에 매혹당했지요. 그것이 아내의 불행이었습니다. 그 여인이 얼마나 자주 저를 용서했는지 말로 설명할 수 없어요. 얼마나 자주 용서했는지!"

"뭘 용서했단 말입니까?"

"있는 그대로의 저를요."

검사는 이따금 내게 질문을 던진다. 예를 들어 이렇게 묻는다.

"부인과 자주 다투셨습니까?"

"한 번도 다투지 않았어요."

"부인을 살해하기 전에도 다투지 않았단 말입니까?"

"전혀 다투지 않았다니까요." 나는 말한다. "만일 그랬다면 그런 일은 벌어지지 않았을 겁니다. 검사님은 살해된 제 아내가 어떤 사람이었는지 상상 못하시는 모양이군요. 높은 언성은 그 사람하고 도대체 어울리지 않아서, 저는 감히 언성을 높일 생각도 하지 않았죠. 검사님에게 분명히 말씀드리는데, 제 아내는 무척 고상한 사람이었습니다. 우리를 아는 사람들 전부 그렇게 고상한 사람을 본 적이 없었지요. 검사님은 그런 고상한 사람과 결혼해 산다는 걸 상상할 수 있으시겠습니까? 이것 보세요, 저는 9년 동안 양심의 가책 탓에 진땀을 흘리며 살았어요. 제가 일주일에 한 번 양심의 가책을 참지 못해 가령 접시를 벽에 내동댕이치면, 아내 앞에서 저 자신이 마치 살인범인 듯한 느낌이 들었어요—그랬지요, 아내를 살해한 것만 같았다고요. 그러니 저하고 사는 것이 그 가녀린 여인에게 얼마나 힘들었겠습니까!"

"흠." 그는 말한다.

"미소 지을 일이 아닙니다." 나는 말한다. "제가 아내의 살인범이라는 사실을 깨닫고 마침내 결론을 이끌어내기까지 여러 해가 걸렸단 말입니다."

"흠." 그는 말한다.

"저는 아무것도 부정하지 않습니다." 나는 말한다. "그렇다고 제게 양심의 가책을 기대하지는 마십시오, 검사님. 저한테는 이제 양심의 가책이 남아 있지 않아요. 모종의 방식으로 다 소모돼버렸습니다. 아내가 살아 있는 동안에는 양심의 가책에 무척 시달렸지요. 그 사람에게 제 옆에서 살아야 하는 운명은 끔찍한 거였어요. 정말 끔찍했죠."

"그래서 부인을—살해했습니까?"

나는 고개를 끄덕인다.

"이해합니다." 검사는 말한다.

"그걸 참아낸다는 건 어렵습니다." 나는 말한다. "검사님, 왜 양심의 가책을 느끼는지 이유도 모른 채 언제까지나 양심의 가책에 시달리며 살아갈 수는 없어요!"

기타 등등.

검사가 내 말을 이해했는지 나는 모른다.

일주일에 한 번, 금요일마다 우리는 샤워를 할 수 있다. 10분씩, 수감자 열 명이 한 조를 이루어. 그때 말고는 옆 감방의 사람들을 볼 기회가 전혀 없다. 하지만 그 시간이 되면 실오라기 하나 걸치지 않은 알몸으로, 김이 오르는 물줄기 아래서 서로를 보게 된다. 그래서 대화를 나누기는 어렵다. 자신이 무죄라고 생각하는 사람이 하나 있는데, 그는 반항하는 뜻에서 비누칠을 하지 않는다. 키 작은 이탈리아 남자는 번번이 노래를 부른다. 다들 머리카락이 물에 젖고 비누거품으로 범벅이 되어서 어떤 인상인지 알아보기 어렵다. 게다가 온통 벌거벗고 있다. 유일하게 얼굴만 벌거벗은 상태로 보는 데 익숙하다보니, 마치 온몸을 살펴보라고 강요받는 듯한 느낌이 든다. 별로 즐거운 일은 아니다. 기껏해야 노동자, 지식인, 운동선수, 회사원이겠지 추측할 수 있을 뿐이다. 전체적으로 우리의 알몸은 곤혹스럽기 짝이 없다. 아무 표현이 없는데다가 잘해봐야 자연스럽고 대부분은 좀 희극적이기 때문이다. 나는 독일계 유대인과 동맹을 맺었다. 그도 손이 구석구석 닿지 않는 것은 마찬가지라, 우리는 서로 등에 비누칠을 해주면서 날마다 샤워를 해야 마땅하다고 맞장구를 친다. 상급교도관이 몸의 물기를 닦는 곳으로 우리를 몰아넣기 위해 별안간 차가운 물을 튼다. 그러면 모두들 애들처럼 비명을 지른 후 조용해져서는 수건으로 몸의 물기를 닦는다. 얼굴은 젖먹이처럼 벌겋게 상기되고 머리카락은 어린 사내아이처럼 보인다. 나 말고는 중범을 저지른 사람은 아무도 없는 듯하다. 그들이 나를 ('슈틸러'로 여기고) 알파벳 순서대로 끝에 세우는 덕에, 나는 번번이 독일계 유대인과 잠시 이야기를 나눌 수 있다. 우리 두 사람은 스위스인의 신체위생이 매사에 깔끔한 척하는 평소의 태도와 상당히 모순된다고 생각한다. 독일계 유대인은 스위스에 있는 자신의 집에 대해 이야기한다. 그 집에서도 계약 조건상 주말에만 따뜻한 물로 샤워할 수 있다고 한다. 그런 다음 목욕수건을 목에 두르고 각자 감방으로 돌아간다.

오늘 나는 이런 편지를 받았다.

"사랑하는 형! ―형도 충분히 짐작하겠지만, 그곳 주 경찰에게 소식을 들은 후 나는 거의 눈을 붙이지 못했어. 안니도 무척 흥분해 있어. 안니는 내 사랑하는 아내야. 형하고 안니는 틀림없이 서로 좋아할 거야! 하지만 내가 이 길로 당장 취리히에 가지 못한다고 너무 섭섭해하지는 마. 지금은 이곳을 떠나는 게 불가능해. 형이 최소한 아프지만 않았으면 좋겠어. 사랑하는 형, 형의 비쩍 마른 사진을 보고 깜짝 놀랐어. 그래서 하마터면 정말로 형을 못 알아볼 뻔했어. 양로원에 계신 아버지는 벌써 찾아가 뵈었어? 아버지를 보고 당황하지 마. 아버지는 이제 연세가 드셨어. 형도 아버지를 잘 알잖아. 그리고 어머니가 돌아가신 것도 알고 있지. 어머니는 우리가 우려했던 것보다는 고통에 덜 시달리셨어. 나중에 우리 둘이 함께 어머니 묘지에 가자. 형이 다시 돌아왔다는 주 경찰의 통지를 받고, 어머니 생각이 가장 많이 났어. 어머니가 내색은 안 하셨지만, 형이 오길 이제나저제나 애타게 기다리셨거든. 우리는 어머니가 왜 주무시지 않고 늦게까지 깨어 계신지 잘 알고 있었어. 어머니는 저녁이면 늘 형이 올 거라고 굳게 믿고 계셨지. 어머니는 항상 형을 감싸주셨어. 형이 그 점을 알아줬으면 좋겠어. 그리고 어머니는 형이 적어도 행복한 삶을 살기 바란다고 입버릇처럼 말씀하셨어.

사랑하는 형, 우리는 물론 궁금한 게 아주 많아. 이곳에서는 그다지 많은 일이 일어나지 않았거든. 나는 이곳에서 관리인으로 일하고 있어. 그러니까 아르헨티나의 농장은 없었던 일이 됐어. 하필 그때 어머니를 혼자 계시게 할 수 없었거든. 하지만 우리는 아주 잘 지내고 있어.

그런데 형 친구 알렉스가 스스로 목숨을 끊은 소식은 들었어? 사람들 말로는, 가스레인지 아래 누워 있었다고 했던 것 같아. 아니면 알렉스가 형 친구가 아니었던가? 하지만 죽은 사람 이야기는 이제 그만하고, 우리가 얼마나 기뻐하고 있는지만 한 번 더 말할게. 율리카 형수에 대해서는 굳이 형에게 말할 필요 없겠지. 신문기사를 보니까, 요즘 형수는 훨씬 더 잘 지내는 것 같아. 형수는 어머니 장례식에 왔었어. 그때 나는 형수가 형의 가족인 우리를 더이상 보고 싶어하지 않는다는 걸 알았어. 형수는 여전히 파리에 살고 있을걸. 형이 벌써 형수하고 이야기했겠지.

내가 유감스럽게도 지금 펜을 내려놓는다고 형이 화내지 않았으면 좋겠어. 마침 연방정부에서 우리 과일을 시찰하러 오기로 했거든. 형이 어떻게 살고 있고, 어떤 계획을 가지고 있는지도 아직 제대로 물어보지 못했네. 사랑하는 형, 형이 곧 자유롭게 풀려났으면 좋겠다! 그때까지 잘 지내.

빌프리트.

내가 이곳에서 이틀 휴가를 얻게 되면 곧바로 형을 만나러 갈 생각이야. 오늘은 그냥 형이 언제든지 우리집에서 지낼 수 있다는 말만 쓰려고 했어."

사람들은 내 말을 도통 믿지 않는다. 그래서 결국 내가 들고 맹세하는 손가락이 내 손가락이라고 맹세해야 한다. 정말로 웃음이 나올 정도다. 오늘 나는 내 변호사에게 말한다.

"저는 물론 슈틸러입니다."

그러자 변호사는 나를 뚫어져라 쳐다본다.

"그게 무슨 말입니까?"

이런, 내가 실제로 그들의 행방불명된 슈틸러 씨가 아닌 다른 사람일 수 있다는 생각이 그의 성실한 뇌에서 최초로 깨어난다. 그렇다면 나는 누구일까? 나는 변호사에게 여러 가지 제안을 한다. 혹시 미국 신분증을 소지한 소련의 정보원이 아닐까요? 변호사는 농담을 사절한다. 소련과 관계된 일은 어차피 전부 농담에 적합하지 않다는 것이 그의 의견이다. 스위스와 관계된 일은 모두 농담하기에 더할 나위 없이 좋듯이, 소련과 관계된 일은 전부 농담하기에 더할 나위 없이 조악하다. 나는 제안한다. 내가 혹시 한동안 잠적했다가 다시 출동할 기회를 감지한 나치 친위대원, 무명의 전범이 아닐까요? 요즘 그런 전범들이 동부전선에서 쌓은 경험에 대한 수요가 많다. 그런데 내가 전범이라는 사실을 어떻게 증명할까? 내가 아무리 솔직하게 주장해도, 증거가 없으면 그들은 내 말을 곧이듣지 않는다. 내 변호사는 멕시코가 스위스보다 더 아름답다는 말조차 믿지 않는다. 내가 그 이야기를 꺼내자마자, 그는 신경질적으로 변한다.

"그게 우리 일하고 무슨 상관입니까!" 내 변호사는 인디언의 그 유명한 뱀춤에 사용하기 위해 코브라의 독니를 어떻게 뽑는지 아무런 관심이 없다. 인디언들이 죽음에 대해 어떤 생각을 갖고 있는지에는 더더욱 말할 것도 없다. 누가 멕시코 혁명가들을 살해하도록 사주했는지도 전혀 관심 없다. 또한 멕시코 하늘은 콘도르의 것이지만 멕시코의 지하자원은 미국의 것이라는 말도 믿지 않는다. 그 남자와 매일 한 시간씩 대화를 나누기는 정말이지 쉽지 않다.

적어도 나 자신은 열광해서 한창 이야기를 하고 있는데, 변호사가 불쑥 내 말을 끊는다.

"오리자바*—거기가 어디에 있지요?"

그는 재빨리 에버샤프**를 꺼내 들고서, 내 정중하면서도 짧은 대답을 메모할 수 있을 때까지 잠시도 가만히 있지 않는다. 그러고는 지체 없이 계속 묻는다.

"그러니까 그곳에서 노동을 했단 말씀입니까?"

---

* 멕시코의 화산지대.

** 미국에서 처음 상품화된 자동연필의 상품명.

“그렇게 말한 적 없어요!” 나는 대답한다. “저는 거기에서 살았고 돈을 벌었죠.”

“어땠습니까?”

“아주 좋았죠.” 나는 말한다. “고맙습니다.”

“제 말은, 당신이 어떻게 돈을 벌었냐는 겁니다.”

“다들 버는 식으로 벌었지요—” 나는 말한다. “어쨌든 직접 노동을 하지는 않았어요.”

“그게 아니면?”

“아이디어로 벌었지요.” 나는 말한다.

“좀더 자세히 설명해주십시오.”

“저는 일종의 관리위원이었습니다—” 나는 이렇게 말하면서 정직하게 돈을 벌었다는 몸짓을 한다. “—아시엔다에서.”

변호사는 이 몸짓을 못 본 척한다.

“아시엔다가 무슨 뜻입니까?”

“대농장.” 나는 내 지위에 대해 충분히 상세하게 묘사한다. 나는 지위는 별 볼 일 없었지만, 양쪽에서 반드시 건네주는 뇌물의 집합지였다. 그리고 이것과 관련한 내 아이디어, 낙원 같은 오리자바의 지리적 위치에 대해서도 묘사한다. 오리자바는 견디기 힘들었던 열대지방과 가깝다. 숨막힐 정도로 수목이 무성하고, 곳곳에 나비가 날아다니고, 공기는 미끈거리고, 햇빛은 눅눅하고, 끈적거리는 정적 속에서 살인적인 수정이 이루어지는 열대지방 바로 위쪽 고원에 오리자바가 위치한다. 산속에서 고원으로 바람이 불어온다. 뒤쪽에는 포포카테페틀의 흰 눈이 보이고, 앞쪽에는 푸른 멕시코만과 푸르스름한 대왕조개가 보이지만,

주변의 스위스 칸톤주 넓이만한 정원에는 꽃이 만발한다. 잡초처럼 무성하게 자라는 서양란이 만발하고, 대추야자, 무화과, 야자수, 오렌지, 레몬, 담배, 올리브, 커피, 파인애플, 카카오, 바나나 등 유용작물도 꽃을 피운다. ……오늘 내 변호사는 이렇게 말한다.

"당신은 멕시코에 대해 그리 많이 알고 있는 것 같지 않습니다."

내 변호사는 그동안 열심히 조사했다.

"어제 당신이 한 이야기는 앞뒤가 맞지 않아요. —자, 보십시오."

그는 시립도서관에서 빌린 책을 내게 보여주며 말한다. "베니토 후아레스*가 이미 대농장을 폐지하려고 노력했지요. 실패했어요. 포르피리오 디아스**는 대농장주들과 힘을 합해 통치했기 때문에 실각했고요. 당신도 아마 아실 테지만, 그후 대농장을 폐지하기 위한 일련의 유혈혁명이 이어졌습니다. 수도원이 불에 타고, 대농장주가 총살당하고, 결국 혁명가들의 독재로 끝났지요. 이 모든 것이 여기에 쓰여 있습니다. 자, 읽어보십시오. 그런데 당신은 스위스의 칸톤만한 넓이에 꽃이 만발한 아시엔다 이야기를 하는군요—"

"그래요," 나는 말한다. "칸톤보다 더 넓지는 않을 겁니다."

내 변호사는 고개를 설레설레 젓는다.

"왜 그런 망상을 이야기하지요?" 그는 묻는다. "이런 식으로는 우리에게 절대 진전이 없다는 걸 깨달으셔야 합니다. 도대체 말이 안 되잖

---

* 멕시코의 26대 대통령. 토지개혁을 실행했으나 성직자들과 대지주들의 반대에 부딪쳐 내란을 겪었다.

** 1876년 쿠데타로 국가원수 자리에 오른 멕시코의 독재자. 후아레스가 추방한 가톨릭 성직자들을 다시 불러들였으며, 그 지지를 받아 30여 년 동안 멕시코를 통치했다.

아요! 당신은 분명 멕시코에 가본 적이 없는 겁니다."

"마음대로 생각하십시오." 나는 말한다.

"도대체 누가 그런 아시엔다를 소유할 수 있단 말입니까?" 그는 말한다. "오늘날의 멕시코에서—모든 대농장을 엄연히 금지하는 정부 아래서?"

"정부요원이 직접 소유하지요—"

내 변호사는 이 말에 대꾸하지 않을 것이다. 그는 불법적인 일이 문제가 되면 신경질적으로 변한다. 특히 성실한 스위스 사람으로서, 부당한 일을 단호하게 철의 장막 뒤로 내몰고 비난하는 대신 재미있어하는 걸 용납하지 않는다. 또한 그는 즉각 멕시코가 공산주의적이라고 지적하는 것으로 버틴다. 내가 알고 있는 전문지식에 비추어 그것은 동의할 수 없는 해석이다. 멕시코의 지하자원이 우선적으로 미국의 손에 있다는 것, 그러니까 우선적으로 보호받고 있다는 상황을 제외하면, 나는 대농장을 좇는 성향을 공산주의적인 것이 아니라 인간적인 것으로 여긴다. 우리가 이렇게 자유로운데 왜 모든 인간적인 것에 대해 이야기해서는 안 되는가?…… 내 변호사는 말한다.

"본론으로 들어갑시다!"

하지만 나는 내 아시엔다 장관의 이야기가 너무 재미있어서 도저히 입을 다물 수가 없다. —그는 원래 공장주였다. 어느 나라에서든 많이 필요로 하는 사무용 의자를 생산하는 공장주였다고 나는 믿는다. 그의 공장 말고도 사무용 의자를 생산하는 공장은 많았다. 그는 언젠가 통상부장관으로 발탁되었으며, 친히 국가 소유의 사무용 의자에 앉아 뭔가 일을 할 생각으로 모종의 수입금지령을 발표했다. 사무용 의자를 주로 생산하는 사람들의 원성이 커졌다. 곳곳에서 자재 부족 사태가 발생했기 때문이다. 충분히 짐작할 수 있듯이, 통상부장관은 마음 편히 앉아 있을 수 없었다. 그러다 마침내 때가 되었을 때, 즉 그가 동이 난 자재를 미국에서 사들여 국경 너머 미국 땅에 차곡차곡 쌓아두었을 때, 경쟁자들의 한없는 원성에 굴복하지 않을 수 없었다. 수입금지령이 두 주일 동안 중단되었다. 다른 사람들은 물론 뒤늦게 자재를 사들이기 시작했고, 결국 모두 파산했으며, 신탁관리 제안에 기뻐했다. 하지만 통상부장관은 전혀 비난받지 않았는데도, 더이상 조국을 위해 몸 바쳐 일할 필요를 느끼지 못했다. 그는 국가에게서 약간의 보상으로 제공받은 쇠락한 아시엔다로 물러났으며, 수천 명의 농장 일꾼과 함께 온갖 정성을 들여 농장을 가꾸었다. 나는 그 일꾼들이 묵었던 그림같이 아름다운 밀짚오두막을 결코 잊지 못할 것이다. 그늘진 베란다에 앉아 있으면, 꽃이 만발하고 뜨겁게 달아오른 들판에서 하얀 버섯 같은 그들의 모습이 보였다. 머지않아 실제로 그곳은 가히 모범적인 아시엔다, 지상의 낙원이 되었다……

검사를 통해 이런 사실을 알게 되었다.

1946년 1월 행방불명될 때까지 취리히 슈타인가르텐가세의 아틀리에에서 살았던 조각가 아나톨 루트비히 슈틸러는 모종의 혐의를 받고 있다. 그런데 내가 누구인지 입증되기 전에는 어떤 혐의인지 자세히 말해줄 수 없다는 것이다. 절대 사소한 일은 아닌 듯싶다. 첩보활동일까? 내 추측이 왜 하필이면 이런 방향으로 흘러가는지는 모른다. 게다가 나와는 아무 상관 없는 일이다. 나는 슈틸러가 아니지 않은가. 그들은 내가 슈틸러이기를 얼마나 바랄까! 그에게 죄가 있든 없든 전체 사건을 마무리짓기 위해서 그들에게 체스의 작은 폰*처럼 슈틸러가 필요한 것이 분명하다. 마약 거래일까? 내 직감은 그보다는 정치적인 냄새가 난다고 말한다. 그런데 연방경찰 측에서 품고 있는 혐의를 뒷받침해줄 근거가 미약한 것이다(검사의 표정으로 미루어 그렇다고 추측된다). 한 남자가 돌연히 행방불명된 단순한 사실은 당연히 여러 가지 억측을 낳기 마련이다.

PS.

두 사람, 그러니까 내 변호사와 내 검사가 러시아어를 알아들을 수 있느냐고 내게 이따금 물었던 일이 뒤늦게 (그동안 나는 성경을 다시 한번 읽었다) 뇌리를 스친다. 나는 애석하게도 러시아어를 모른다고 대답했다. 러시아어가 근사한 언어라고 생각했기 때문이다. 슬라브어는 전부 근사하지 않을까⋯⋯ 여기서 이런 말을 하면 안 되는 것일까?

나는 그 어떤 것에서도 벗어날 수가 없다! 그들은 파리에서 온 부인과 나를 곧 대질시키려고 한다. 사진으로 보아 그 부인은 금발 아니면 붉은색 머리이고 아주 매혹적으로 생겼다. 조금 말랐지만 우아하다. 그들은 내 사진을 행방불명된 자의 동생에게 보냈듯이 그 부인에게도 보냈다. 그 부인은 나와 결혼했다고 주장하고 있으며 비행기를 타고 올 예정이다.

---

* 체스의 말 중 하나로, 가장 약한 말이다.

구치소 뜰에서 하는 산책—혼자서! 기분이 매우 산뜻하다. 그런데 분위기가 심상치 않다. 이런 특혜는 권위 있는 신사들이 나를 여전히 (아니면 더욱더) 그들의 행방불명된 슈틸러로 간주한다는 것을 알려준다. 그들은 심지어 교도관 없이 나를 혼자 둔다. 그래서 나는 굳이 원을 그리며 맴돌 필요가 없으며, 양지 바른 벤치에 앉아서 작은 나뭇가지로 모래에 그림을 그린다. 다만 무슨 일이 있어도 나중에 그림을 신발로 지우는 것을 잊어서는 안 된다. 그렇지 않으면 그들은 그것을 예술로 여기고서 내가 행방불명된 자라는 또다른 증거로 삼을 것이다. 가을이 깊어간다. 노란 단풍나무 잎이 마치 텅 빈 하늘에서 떨어지듯 여기저기 모래에 떨어진다. 하늘을 올려다본다. 푸른빛이 벌써 옅어지고 투명해지고 있다. 공기는 신선하다. 특히 오전에 그렇다. 이상하게도 드넓은 곳에 있는 듯한 느낌이 든다. 비둘기들이 구구거린다. 대성당의 종소리가 굉음을 울리면, 비둘기들은 은회색의 구름처럼 우르르 날아오른다. 그 뒤를 이어 그림자들이 소리 없이 벽 위로 파닥거린다. 비둘기들은 용마루와 처마 위에서 파닥거린다. 그러다 나중에 다시 내 고요한 뜰에 내려앉는다. 내 벤치 주변을 뒤뚱뒤뚱 돌아다니며 구구거린다.

나는 그녀에게 이지도르에 대한 짧은 이야기를 들려줄 것이다. 그 이야기는 실화다! 이지도르는 약사였으며, 고약한 일을 당해야 할 이유가 없는 성실한 사람이었다. 몇 명의 자녀를 둔 아버지였고 한창나이의 남편이었다. 이지도르가 충실한 남편이었다는 사실은 굳이 강조할 필요조차 없다. 그런데 그는 늘 어디 갔었느냐고 묻는 소리를 들으면 참지 못했다. 그러면 미칠 것만 같았다. 마음속으로는 미칠 것 같았지만, 겉으로는 아무런 내색도 하지 않았다. 다투는 것은 바람직하지 못했다. 이미 말했듯이, 근본적으로 행복한 결혼이었기 때문이다. 어느 날씨 좋은 여름에 그들은 당시의 유행을 좇아 마요르카섬으로 여행을 떠났다. 속으로 복장 터지게 하는 그 끊임없는 질문만 빼면, 모든 게 더없이 순조로웠다. 이지도르는 휴가를 떠나기만 하면 무척 다정한 남편이 되었다. 두 사람은 아름다운 아비뇽에 매혹되었으며 팔짱을 끼고 걸었다. 이지도르와 무척 사랑스러운 여자라고 생각되는 부인이 마르세유에 도착했을 때는 결혼한 지 꼭 9년이 될 즈음이었다. 지중해는 포스터의 사진처럼 반짝였다. 이미 마요르카행 기선에 올라탄 부인 입장에서 내심 짜증스럽게도, 이지도르는 마지막 순간에 신문을 사겠다고 고집했다. 또 어디 가느냐는 부인의 질문에 그냥 분풀이하고 싶은 마음이 조금 있었을 수도 있다. 장담컨대 그 자신은 그걸 의식하지 못했을 것이다. 기선이 아직 출발하지 않아서 그는 남자들이 흔히 그렇듯 조금 어슬렁거리며 돌아다녔다. 이미 말했듯이 순전히 분풀이하는 마음에서, 프랑스 신문을 읽는 데 몰두했다. 그의 부인이 실제로 그림처럼 아름다운 마요르카를 향해 가는 동안, 이지도르는 요란한 기적 소리에 놀라 마침내 신문에서 눈을 들었다가 부인 옆이 아니라 상당히 지저분한 화물선 위에 있다는 것을 깨달았다. 노란 제복 차림의 남자들만 가득한 화물선은 마찬가지로 출항 준비를 마치고 방금 굵은 밧줄을 푼 뒤였다. 이지도르의 눈에는 멀어져가는 부두만이 보였다. 곧이어 이지도르의 의식에 접수된 것이 지독한 더위였는지 아니면 프랑스 병장의 어퍼컷이었는지는 알 수 없다. 하지만 이지도르, 그 약사가 낯선 타지에서 예전보다 더 혹독한 삶을 살았다는 것만은 단호하고 과감하게 확신한다. 도망친다는 것은 생각할 수도 없는 일이었다. 이지도르가 남자가 되는 교육을 받은 노란색 요새는 쓸쓸히 사막 한가운데에 있었다. 이지도르는 그곳에서 일몰을 헤아리는 법을 배웠다. 많이 피곤하지 않은 날은 물론 이따금 부인을 생각했으며 편지도 쓰고 싶었다. 하지만 편지는 허용되지 않았다. 프랑스는 식민지를 사수하기 위해 싸웠으며, 이지도르는 곧 세상 곳곳을 질리게 돌아다녔다. 자신이 그런 삶을 살게 될 줄은 꿈에도 생각하지 못했다. 다른 사람들이 범죄를 저지른 과거를 잊듯이 이지도르는 당연히 약국을 잊었다. 시간이 흐르면서, 심지어는 서면상으로 그의 고향이기를 요구한 나라에 대한 향수도 잃어버렸다. 그러다—오랜 세월이 흐른 후—어느 아름다운 아침에 이지도르가 수염을 덥수룩하게 기르고 비쩍 마른 모습으로 자신의 집 대문에 들어섰을 때 그는 실제로 품위 있어 보였다. 약사가 오래전에 죽었다고 믿는 이웃 사람들이 어쨌든 독특한 복장에 흥분하지 않도록 그는 열대지방의 모자를 팔 아래 끼고 있었다. 물론 허리춤에는 권총도 차고 있었다. 일요일 아침이었다. 그 오랜 세월 동안 비록 카드 한 장 보내지 않았지만, 이미 말했듯이 그가 사랑했던 부인의 생일이었다. 그는 대문에 한 손을 얹은 채 여전히 변함없는 집을 바라보며 한순간 망설였다. 대문도 예전처럼 기름칠하지 않아서 삐걱거렸다. 이지도르를 많이 닮았지만 7년 동안 부쩍 자라 낯설게 느껴지는 아이들 다섯이 멀리서부터 외쳤다. 아빠! 돌아갈 수는 없었다. 이지도르는 혹독한 전투를 통해 다시 태어난 남자로서 앞으로 발걸음을 내디뎠다. 사랑하는 아내가 집에 있다면 남편에게 해명을 요구하지 않기를 바랄 뿐이었다. 그는 아프리카나 인도 차이나반도가 아니라 여느 때처럼 약국에서 돌아오듯 잔디 위를 느릿느릿 걸었다. 그의 부인은 새 양산 아래 말없이 앉아 있었다. 부인이 걸친 값비싼 모닝가운도 이지도르는 처음 보는 것이었다. 하녀도 그에게는 새로운 점이었는데, 그녀는 수염 덥수룩한 신사를 위해 즉시 커피잔을 하나 더 내왔다. 하녀는 별다른 의심 없이 그 신사를 집안의 새 친구로 여겼지만, 미심쩍어하는 기색이 없지는 않았다. 이 나라는 쌀쌀하구려, 이지도르는 걷어올린 소매를 도로 내리면서 말했다. 아이들은 열대지방의 모자를 가지고 놀 수 있어서 신이 났다. 그러다보니 당연히 옥신각신 다툼이 벌어졌다. 새로 끓인 커피가 나왔을 때, 그 목가적인 정경, 종소리가 들리고 생일케이크가 있는 일요일 아침은 완벽했다. 이지도르로서는 무엇을 더 바라랴! 이지도르는 그때 마침 식탁을 차리는 새 하녀를 개의치 않고 부인의 손을 잡았다. "이지도르!" 부인은 도저히 커피를 따를 수 없었다. 그러니 수염을 덥수룩하게 기른 손님이 직접 커피를 따라야 했다. "왜?" 그는 부인의 잔에도 커피를 따르면서 다정하게 물었다. "이지도르!" 부인은 눈물이 북받쳤다. 그는 부인을 팔에 안았다. "이지도르!" 부인은 물었다. "그렇게 오랫동안 도대체 어디 있었어요?" 한순간 마비된 것 같았던 남자는 커피잔을 내려놓았다. 그는 자신이 결혼했다는 사실이 낯설었다. 두 손을 바지주머니에 찔러넣은 채 장미나무 앞에 가 섰다. "왜 카드 한 장 안 보냈어요?" 부인은 물었다. 그러자 이지도르는 어리둥절해하는 아이들에게서 말없이 열대지방의 모자를 낚아채서는 평소 습관대로 날렵하게 머리에 썼다. 그 모습은 아이들에게 앞으로 평생 지울 수 없는 인상을 남길 것이었다. 열대지방의 모자를 쓰고 권총을 찬 아빠. 모든 게 진짜였을 뿐만 아니라 오래 사용해서 닳은 흔적이 역력했다. "이지도르, 어떻게 당신이 그럴 수 있어요!" 부인이 이렇게 말했을 때, 이지도르는 그 단란한 귀향을 더 이상 참을 수 없었다. 그는 허리춤에서 권총을 빼 들어 (이번에도 평소 습관대로 날렵하게 빼 들었다고 나는 생각한다) 설탕거품으로 장식된, 아직 손도 대지 않은 하얀색 케이크 중앙에 총알을 세 번 발사했다. 충분히 상상이 되겠지만, 그것은 상당히 비열한 사태를 야기했다. "맙소사, 이지도르!" 부인이 외쳤다. 부인의 모닝가운은 완전히 생크림범벅이 되었다. 그랬다. 천진난만한 아이들이 그 광경을 함께 목격하지 않았더라면, 부인은 10분도 채 걸리지 않은 그 방문을 송두리째 환각으로 여겼을 것이다. 부인은 니오베*처럼 다섯 명의 아이들에 에워싸여서, 이지도르, 그 무책임한 자가 희한한 열대지방 모자를 머리에 쓰고 침착한 걸음걸이로 대문을 나서는 것을 보았을 뿐이다. 그런 충격적인 일이 있고 나서, 그 가련한 여인은 케이크만 보면 이지도르를 생각하지 않을 수 없었다. 그 상태는 부인을 비참하게 만들었으며, 대략 열여덟 명의 사람들이 단둘이 있는 자리에서 부인에게 이혼하라고 충고했다. 하지만 그 용감한 부인은 희망을 버리지 않았다. 책임 소재는 분명했다. 그런데도 부인은 남편이 후회하길 바라며, 그와의 사이에 낳은 다섯 아이들을 위해 살았다. 그리고 부인에게 호감을 느끼고 자주 찾아와 이혼을 재촉하는 젊은 변호사를 페넬로페**처럼 1년 동안 거절했다. 그

---

* 그리스신화에 등장하는 테베의 왕비. 일곱 명의 아들과 일곱 명의 딸을 자랑하다 레토 여신의 분노를 사 자식을 모두 잃고 자신은 돌로 변했다.

** 그리스신화의 영웅 오디세우스의 아내. 트로이전쟁에 출정한 남편이 돌아올 때까지 20년을 기다렸다.

리고 실제로 1년 후, 이지도르는 다시 부인의 생일날에 돌아왔다. 여느 때처럼 반갑게 인사를 나누고 자리에 앉아서 옷소매를 내렸으며, 이번에도 다시 아이들이 열대지방 모자를 가지고 놀도록 허락했다. 그러나 이번에는 아빠와 함께 지내는 기쁨이 3분도 채 지속되지 않았다. "이지도르!" 부인은 말했다. "또 어디 갔다 왔어요?" 이지도르는 자리에서 일어났다. 그는 총을 쏘지도 않았고 다행히 죄 없는 아이들에게서 열대지방 모자를 빼앗지도 않았다. 이지도르는 다만 몸을 일으켜 옷소매를 다시 올리고는 대문을 나갔고 다시는 돌아오지 않았다. 그 가련한 부인은 이혼서류에 사인을 하며 눈물을 흘렸다. 하지만 이지도르가 법적인 기한 내에 나타나지 않았기 때문에 그럴 수밖에 없었다. 그의 약국은 팔렸다. 두번째 결혼은 소박하고 간소하게 이루어졌으며 법적 기한이 지난 후 구청의 승인을 받았다. 만사가 순조롭게 진행되었고, 이는 특히 자라나는 아이들에게 중요했다. 아빠가 남은 일생을 어디서 보내느냐는 질문에 대한 답변은 한 번도 돌아오지 않았다. 엽서 한 장 오지 않았다. 엄마도 아이들이 묻는 것을 원하지 않았다. 엄마 자신도 아빠에게 묻지 않았으면 좋았을 것이다……

그들에게 위스키 살 돈은 없다. 그러나 오리자바라는 이름의 초라한 촌구석뿐만 아니라 꽃이 만발한 아시엔다가 실제로 멕시코에 다수 있는지 확인하기 위해서 멕시코 주재 스위스 대사관에 전보를 보낼 돈은 있다. 그중 일부에 실제로 전직 장관들이 거주하는지, 또 일부가 취리히 칸톤보다 더 넓은지, 일부는 그렇지 않은지 확인하겠다는 것이다. 하지만 (내 유능한 변호사의 말에 의하면) 대사관은 멕시코의 아시엔다에서 스위스 국민이 활동했는지 여부는 확인할 수 없다.

"자," 나는 말한다. "이제 아시겠지요!"

"뭘 말입니까?"

"제가 스위스 국민이 아니라는 사실 말입니다, 박사님. 그러니 여러분의 행방불명된 슈틸러 씨일 리가 없지 않겠어요." 우리 두 사람 중 어느 한쪽이 매우 예리하게 생각할 때마다 번번이 그렇듯, 이번에도 결코 상대방을 설득시키지 못한다. 내 변호사는 진짜로 가죽 서류가방에서 시가를 꺼내 내게 내민다. 특별히 나를 위해 샀는데, 유감스럽게도 내가 원하는 상표가 아니다. 그런데도 나는 감동받은 표정을 짓는다.

"맹세코—정말로 멕시코에 있었습니까?" 그는 묻는다. "농담은 그만두십시오!"

우스운 일이다. 1프랑짜리 시가 한 개비처럼 사소한 것이 즉시 사람에게 의무를 지우고, 그것을 선물한 사람의 질문에 대한 답변으로서 말없이 등 돌리는 일을 불가능하게 하다니…… 내가 정말로 멕시코에 있었냐고? 이 질문에는 누구나 그렇다고 대답할 수 있지만, 이런 시가의 담뱃잎 하나가 농장에서 담뱃잎을 따는 가련한 사람에게 어떤 등 통증을 야기하는지는 누구나 설명할 수 없다는 생각이 든다. 그 담뱃잎은 담배나무의 맨 아래에 달려 윗부분의 잎보다 더 질기며, 흙에 물들어 잿빛이고 모래가 묻어 꺼칠꺼칠해서 너무 쉽게 부러지기 때문이다. 하지만 담뱃잎을 따는 사람은 상품에 아무런 흠집이 없어야만 돈을 받을 수 있다. 바로 그 담뱃잎으로 고급 시가를 만다. 오로지 하자 없는 상품만이 고려의 대상이다……

"그야 그렇겠지요." 내 변호사는 말한다. "그런데 그것이 제 질문과 무슨 관계가 있죠?"

나는 시가를 피운다. 그리고 우루아판*의 담배 농장에서 한 일에 대해 설명한다. 힘든 시기였다. 아침부터 저녁까지 무릎 꿇고 일해야 했다. 담배나무 맨 아래에 달린 담뱃잎을 따려면 다른 방법이 없었다. 또 무릎을 꿇은 채로 몸을 숙여야만 가장 좋은 담뱃잎을 찾아낼 수 있었다. 그때도 멕시코 밀짚모자를 머리에 쓰고 그렇게 웅크린 채로, 주변에서 담뱃잎을 따는 다른 사람들은 쳐다보지도 않고, 이 담배나무에서 저 담배나무로 옮아갔다. 나는 그때 일을 결코 잊지 못할 것이다. 아무리 기다려도 감독관의 휘파람 소리는 들리지 않았다. 경제적인 상황이 어려웠지만 품삯이 날아가는 한이 있어도 도저히 더는 열기를 참아낼 수 없었다. 유황 냄새가 점점 더 코를 찔렀다. 나는 갑자기 겁에 질려 소리를 질렀다. 바로 내 뒤에서, 잿빛 흙에서 별안간 누르스름한 연기 구름이 피어오른 것이다. 다른 일꾼들을 불렀지만 아무 대답이 없었다. 일꾼들은 대부분 인디언이었는데, 다들 이미 도망치고 없었다. 내 발도 더는 열기를 견디지 못했다. 나는 달렸다. 그런데 어디로 갈 것인가? 남자들 모임에서 시가를 피울 때처럼 사방에서 연기가 피어올랐다. 주변의 땅이 갈라지는 게 보였다. 아무 소리 없이 땅이 갈라졌고, 갈라진 틈에서 유황 냄새가 진동했다. 나는 숨이 차서 더는 달릴 수 없을 때까지 무작정 달렸다. 그러다 우리 농장을 돌아봤다. 농장이 위로 불룩하게 솟아오르더니 작은 언덕이 생겨났다. 긴장감 넘치는 광경이었지만, 열기와 냄새가 나를 앞으로 몰아댔다. 나는 마을에 그 사실을 알렸다. 여

* 멕시코의 미초아칸주에 위치한 도시.

자들이 아이들을 불러모으며 훌쩍였고, 남자들은 화산으로 변한 농장의 주인에게 전보를 치기로 결정했다. 마을은 끊임없는 경보 상태에 처했고, 며칠 밤과 며칠 낮이 지나자 누런빛과 초록빛의 연기에 에워싸인 상당히 커다란 산이 솟아났다. 마을에선 일을 할 수도 잠을 잘 수도 없었다. 해는 예나 다름없이 비쳤지만, 유독하고 뜨거운 유황 냄새가 지독해서 차라리 숨을 쉬지 않는 편이 더 나을 정도였다. 밤에는 구름 한 점 없이 달이 떴지만 굉음이 천지를 흔들었다. 작은 교회는 사람으로 넘쳤으며, 종소리가 끊임없이 울려퍼졌다. 종소리는 이따금 화산이 폭발하는 소리에 묻혔다. 전보에 대한 답신은 도착하지 않았고, 사람들은 스스로 살길을 찾아야 했다. 달을 가린 연기 속으로 활활 타오르는 불길이 보였다. 그런 다음 용암이 흘러왔다. 서서히, 그러나 멈추지 않고, 대기 속에서 차가워져 굳으면서, 희끄무레한 수증기의 소용돌이에 에워싸인 검은 죽. 그 돌죽 속에서 작열하는 빛은 오로지 밤에만 보였다. 돌죽은 점점 더 가까이 다가왔다. 집 높이만한 것이 점점 더 가까이. 하루에 10미터씩. 둥지를 찾지 못한 새들이 미친듯이 날아다녔고, 뜨겁게 작열하는 암석 아래서 숲이 사라져갔다. 1킬로미터씩. 사람들은 마을에서 철수했다. 목숨을 잃은 사람은 한 명도 없었다고 나는 믿는다. 그들은 우는 아이들을 팔에 안거나 등에 업고, 그리 값진 물건도 없는 보따리를 짊어지고서, 당황한 짐승들을 앞으로 몰았다. 사람들이 필사적으로 채찍을 휘두를수록 당나귀들은 고집스럽게 굴며 크게 소리 내어 울었다. 용암은 유유히 마을을 가르고 흘러서 마을을 채우고 마을을 삼켰다. 구해야 할 짐승이 없던 나는 언덕에 올라 용암이 다가오는 광경을 바라보았다. 용암은 앞을 가로막는 물을 모조리 증기로 변화시키면서 뱀처럼 혀를 날름거렸다. 게다가 용암은 부드럽고 뜨겁고 유연한 내부를 단단히 감싸고 있는 금속성의 잿빛 살갗, 뱀 같은 살갗을 갖고 있었다. 마침내 용암은 교회에 이르렀다. 교회 탑 하나가 무릎을 꿇고 쓰러지면서 흩날리는 파편과 함께 용암의 아가리 속으로 꿀꺽 삼켜졌다. 나머지 탑 하나는 무사히 살아남아서 지금도 건재하다. 스페인식의 둥근 지붕이 있는 탑, 현재 마을에 남아 있는 유일한 것…… "마을 이름은 파리쿠틴이었지요. 현재는 그 화산 이름이기도 합니다."* 나는 이야기를 이렇게 끝마쳤다. "박사님, 언제가 멕시코에 가시게 되면, 파리쿠틴에 가보세요. 도로는 형편없지만, 특히 밤에는 볼 만합니다. 벌겋게 달아오른 돌들이 500미터 높이까지 날아오르는데다 소리가 우르릉 쾅쾅 아주 요란하지요. 마치 산사태 때처럼 요란하답니다. 그 직전에 매번 분화구에서 연기가 뭉클뭉클 피어올라요. 연기 모양은 거대한 꽃양배추처럼 보이지만, 색깔은 검고 붉답니다. 그러니까, 아래쪽에서 뜨거운 불길이 연기를 비추거든요. 얼마 전까지만 해도 화산 폭발은 상당히 빠른 주기로 이어졌어요. 6분, 10분, 3분. 그때마다 뜨겁게 달아오른 돌들의 색깔이 달랐고, 대개는 땅에 부딪치기 전에 이미 빛이 사라졌지요. 그건 최고의 불꽃놀이입니다, 제 말을 믿으시라니까요. 하지만 단연코 으뜸은 용암이지요! 죽은 용암의 암흑, 달빛도 없애지 못하는 그 어둠 한가운데서 마치 검은 수소에서 피가 콸콸 솟구치듯 밝은 자줏빛이 쏜살같이 용솟음치지요. 그 용암은 가늘게 흐르는데, 거의 번개처럼 빠르게 산을 넘어 내려옵니다. 그리고 다음 분출이 시작될 때까지 서서

* 멕시코 중앙부에 위치한 활화산.

히 밝은 빛을 잃어버리지요. 용광로처럼 뜨겁게 작열하고 태양처럼 빛나며 모든 생명의 은인인 치명적 열기, 우리 혹성의 심부로 밤을 밝게 비춰요. 박사님도 직접 보셔야 할 겁니다! 지금도 제 기억에 생생한데, 우리의 영혼 안에서 환희가 깨어나지요. 오로지 춤, 그중에서도 가장 격렬한 춤에서만 솟아날 수 있는 환희 말입니다. 살아 있는 몸에서 따뜻한 심장을 도려내본 불가사의한 사람만이 이해할 수 있는 공포와 황홀경이 넘치지요."

내 변호사는 메모를 한다.

"파리쿠틴이라고요?" 그는 묻는다. "어떻게 쓰지요?"

"소리 나는 대로 쓰면 됩니다."

우리는 이런저런 일에 대해 조금 더 이야기를 나눈다. 시가 맛이 익숙하진 않지만 그런대로 썩 괜찮다. 이번에도 우리는 본론(내 변호사는 서류뭉치를 이렇게 일컫는다)에 이르지 못한다.

"박사님!" 나는 복도에 대고 외친다. "제가 그 농장에서 일한 걸 확인할 필요는 없습니다. 박사님, 괜히 헛수고하지 마세요. 스위스 대사관은 아무것도 알아낼 수 없을 겁니다."

"왜죠?"

"용암 때문이지요."

그렇지만 변호사는 전보를 보낼 것이다.

나는 그들이 찾는 슈틸러가 아니다. 그들은 도대체 내게 무얼 원할까! 나는 삶, 그야말로 삶을 전혀 체험해보지 못한 불행하고 시시하고 별 볼 일 없는 사람일 뿐이다. 내가 무엇 때문에 괜한 소리로 허풍을 치겠는가? 그래봤자 그들은 내게 내 공허함, 내 하찮음, 내 현실만을 남겨줄 뿐이다. 도망갈 길이 없기 때문이다. 그들이 내게 제공하는 것은 자유가 아니라 도피, 역할로의 도피일 뿐이다. 그들은 왜 그만두지 않을까?

보넨블루스트(내 변호사의 이름이다) 박사는 공항으로 내 아내라고 자처하는 부인을 마중나갔다. 그는 파리에서 온 그 부인에게 무척 매료당한 눈치이다.

"저는 다만 그 부인이 무사히 도착했다는 사실을 알려주려 했을 뿐입니다." 내 변호사는 말한다. "부인은 물론 당신에게 안부를 전하라고 했어요—"

"고맙습니다."

"지금 호텔에 있어요."

내 변호사는 안절부절못하며 자리에 앉지 않는다. 파리에서 온 부인이 나를 항복시킬 수 있는 커다란 무기인 양, 의기양양하게 두 손을 마주 비빈다.

"박사님," 나는 말한다. "그 부인이 찾아온 것에 대해서는 전혀 이의가 없습니다. 그저 얼마 전에 했던 경고의 말을 한 번 더 반복하고 싶을 따름이지요. 저는 감각적인 사람입니다. 이미 말했듯이 자제가 안 돼요. 특히 요즘 같은 계절에는."

"제가 부인에게 벌써 말해두었습니다."

"그래서요?"

"부인은 당신과 단둘이서 이야기하겠다고 고집합니다." 그는 말한다.

"월요일 10시에 이곳에 도착할 겁니다. 부인은 남편에 대해 남편 자신보다 더 잘 안다고 확신하고 있어요. 부인 말로는, 무절제는 말도 안 된다고 합니다. 무절제는 옛날부터 남편의 간절한 염원이었다면서, 당신과 단둘이 일을 해결할 수 있다고 자신하고 있어요."

내 변호사는 다시 시가를 권한다.

"월요일 10시라고요?" 나는 말한다. "—얼마든지."

나와 결혼했다고 주장하며 파리에서 온 부인에 대해 내가 꼬치꼬치 캐묻자, 교도관 크노벨은 결국 화를 낸다.

"내가 말했잖습니까," 그는 투덜거린다. "우아한 부인이라고. 온 복도에 향수 냄새가 꽉 찼다니까요."

"머리카락은요?"

"붉은색이에요." 내 교도관은 말한다. "들장미열매잼 같은 색깔이요."

크노벨은 내 질문에 꼬박꼬박 대답하면서도 실제로 어떤 모습인지는 묘사하지 못한다. 그의 말을 들을수록 그 부인의 모습을 상상하기가 더 어려워진다.

"자, 이제 식사하세요!" 그는 말한다. "어차피 직접 보게 될 거 아닙니까. 그 부인이 당신과 결혼했다고 여전히 주장하고는 있지만, 당신이 좋아하는 타입이 전혀 아닐 수도 있어요."

"내가 좋아하는 타입!" 나는 웃음을 터뜨린다. "—내가 당신에게 작은 물라토* 여자 이야기를 하지 않았던가요?"

---

* 백인과 흑인의 혼혈.

"아니요."

"그 여자가 내 타입이었어요." 나는 말한다.

"물라토 여자요?"

"리오그란데* 강변에서 있었던 일입니다." 내가 이야기를 꺼내는 말투를 듣고 크노벨은 자리에 앉는다. "갑자기—그런데 빵 가진 거 없어요?" 내가 이야기를 중단하자, 크노벨은 벌떡 일어나 빵 반 덩어리를 탁자에 올려놓는다. 나는 빵을 두툼하게 잘라 먹는다. 그러는 동안 크노벨은 다시 자리에 앉아 내가 입안을 조금 비울 때까지 기다린다. 나는 다시 말을 잇는다. "갑자기—그때 마침 우리는 불가에 웅크리고 앉아 있었어요. 사막에서는 저녁이 되면 모질게 춥거든요. 물론 아무리 둘러봐도 주변에 땔감이 전혀 없어서 걸레를 태웠는데 온기보다 냄새가 더 지독했어요. 우리는 어떻게 밤에 밀수꾼들을 따라 무사히 국경을 넘을 수 있을지 의논하는 중이었죠. 내가 또 지명수배당했거든요 —그때 갑자기 붉은 바위를 돌아 나타난 겁니다!"

"누가 말입니까?"

입에 빵을 가득 문데다가 뜨거운 미네스트라까지 떠먹다보면 당연히 이야기하기는 곤란한 법이다.

"누가 말입니까?" 크노벨은 묻는다. "누가 바위를 돌아 나타났냐고요?"

"리무진." 이윽고 나는 대답한다. 그리고 그 맛좋은 빵을 한입 더 베어 먹지 않을 수 없다. "물론 훔친 것이었죠. 게다가 황금빛 먼지가 깃

* 미국과 멕시코의 국경을 따라 흐르는 강.

발처럼 날리는 광경이 대단했어요. 최후의 저녁 햇살이 비쳤거든요. 리무진이 사막을 가로질러 질주하면 보트처럼 흔들거려요. 당연하지요, 모래 파도를 타고 위로 아래로."

"당연하지요."

"리무진은 물론 우리 모닥불을 봤죠."

"그래서요?"

"'탕' 하는 총성!" 나는 말한다. "하지만 녀석은 계속 질주했고, 우리는 물론 미국 경찰일 거라 생각했죠. 그러니까 탕! 탕! 또 한 번 탕! ─ 그 안에 누가 타고 있었을까요?"

"도대체 누군데요?"

"조."

나는 미네스트라를 수저로 뜬다.

"조가 누군데요?"

"그 여자 남편."

"물라토 여자 말인가요?"

"그렇다니까요."

"이런 세상에!……"

"흑인." 나는 설명한다. "원래 선량한 녀석이지만, 누군가 제 아내를 유괴하면 당연히 달라지기 마련이지요. 그렇게 어둠 속에서 오직 눈부시게 빛나는 흰 이빨만을 보게 된다면─건배!"

"그래서요?"

"우리는 서로 사랑했거든요."

"물라토 여자와 당신 말인가요?"

"나는 그 여인에게 나를 사랑하는지 아니면 그를 사랑하는지 물었지요. 그 여인은 내 말을 정확하게 이해했어요. 그러고는 고개를 끄덕였고요. 그리고 탕. 그후로 조에 대한 이야기는 단 한 마디도 듣지 못했어요."

"죽었나요?" 내 교도관은 묻는다.

"그 자리에서."

"이런 세상에!……"

"그녀는 내게 입맞췄어요." 나는 말한다. "그게 내 타입이에요."

크노벨은 또다시 접시에 수프를 가득 뜬다. 그는 웨이터처럼 부유한 사람들에게 정중하다. "난 흑인을 좋아해요." 나는 말한다. "하지만 아무리 흑인이래도 결혼한 남자들하고는 잘 지내기 어렵다니까요. 항상 배려하는 것, 그건 내 취향에 맞지 않아요! 물론 우리는 그 즉시 국경을 넘었지요—"

"멕시코로?"

"불을 켜지 않고서. 왼편에는 리오그란데강, 오른편에는 보름달."

"그게 당신의 세번째 살인이었나요?"

"내 생각으로는……"

사실 크노벨은 그렇게 오랫동안 내 감방에 머물러서는 안 된다. 그러면 다른 사람들이 차가운 음식을 먹게 된다. 내 교도관은 이미 수프통을 손에 들고 있다. 나는 그가 무엇을 더 기다리는지 모른다.

"인간은 맹수예요." 나는 좀 일반적으로 말한다. "이 말만은 믿어도 돼요, 크노벨. 다른 말은 모두 허튼소리고요."

그런데도 그는 여전히 기다린다. "내가 플로렌스를 처음 만났을 때를 생각하면—그때 불타는 제재소에서!"

"플로렌스가 누군데요?"

"내 물라토 여자."

"아, 그렇군요."

"저 위쪽 오리건에서의 일이었지요." 나는 말한다. "그때 해안에서 고기를 잡으려고 했어요. 수중에 음식 사 먹을 돈이 한 푼도 없었거든요. 그 무렵에는 도둑질이라도 해야 할 형편이었어요. 며칠 동안 물고기 한 마리, 그야말로 피라미 한 마리 못 잡았을지언정, 그때만 해도 나는 정직한 사람으로 자처했지요! 바다에서 물고기를 잡는 건 쉬운 일이 아니거든요. 그것도 파도가 부서지는 가파른 해안에서 말입니다. 위태위태한 일이죠. 몇 시간 동안 마른 모래톱 위에 서 있으면, 부서지는 파도의 물거품이 오르락내리락하지요. 하지만 절대 모래톱 위로는, 모래톱보다 더 높게는 오지 않아요. 도시의 시민처럼 안전하다고 느끼죠. 그런데 돌연 모래톱보다 더 높은 큰 파도가 솟구치는 겁니다. 이유는 알 수 없지만 4미터도 넘는 높은 파도가 말입니다. 그걸 제때에 알아채지 못하면, 저 멀리서 물개들이 있는 모래톱을 휩쓰는 파도를 보지 못하면, 그대로 익사하지요. 정직한 사람이고 뭐고 없다니까요. 바위에 으깨져서, 신원을 확인할 길 없는 시신이 되어 이리저리 떠다니지요…… 어느 청명한 정오에 나는 부서지는 파도 소리에 무감각해진 채 거기 서 있었어요. 그런데 갑자기 내 뒤의 해안 너머에서 연기가 피어오르는 것이 보였어요. 연기가, 이봐요, 마치 일식이 일어난 것처럼 보이더라니까요. 이 외딴 곳에서, 저것은 틀림없이 커다란 제재소일 거야, 이런 생각이 금방 떠오르지 뭡니까. 한번 상상해보세요. 주변 20마일 이내에는 집 한 채 없고, 오로지 바위와 양들뿐이었지요. 그리고 울창한 숲 속에서 나무줄기를 끌어내릴 때 쓰는 강철로프 하나. 내가 숨을 헐떡이며 언덕 위에 올랐을 때, 하늘은 이리저리 날리는 불티로 가득차 있었지요. 그렇게 큰 불은 난생 처음 봤습니다. 불이 탁탁 소리를 내며 무섭게 타오르는데, 물론 소방대는 흔적도 보이지 않고 여자들만 둘러서서 울부짖고 있더라고요. 손톱을 깨물며 제발 바람이 그치게 해달라고 기도하고 있더라니까요. 불을 끌 물도 보이지 않고, 그날따라 일요일이어서 남자들은 어딘가 멀리에서 죽치거나 볼링을 하고 있었죠. 그런데 그곳에서는 불꽃이 자줏빛 깃발처럼 펄럭이고 나부꼈어요. 멋진 광경이었죠. 지붕마다 불길이 이글거리는데, 어떻게 해볼 도리가 없더라고요. 저 육지 밖에 바람을 잔뜩 안고 있는 커다란 바다가 있어서 그 바람이 엄청나게 높이 쌓인 마른 목재로 불어닥치는데, 백 걸음 떨어진 곳에서도 그 열기를 참기 어려웠지요. 그리고 거기 한복판에는 휘발유가 가득 찬 기름탱크도 있었다니까요."

"이런 세상에!"

"나는 그 여자에게 제정신이냐고 물었어요. 기름탱크가 언제 폭발할지 모르는데, 그 여자가 오두막 안으로 달려가더라니까요—"

"누가 말입니까?"

"연기가 자욱하게 피어오르는 한가운데로 말입니다." 나는 말한다. "그 물라토 여자요."

"이런 세상에!"

"그래서 내가—그 여자 뒤를 쫓아갔지요!"

"그야 당연하지요."

"그게 왜 당연합니까?" 나는 말한다. "그건 완전히 미친 짓이었어요. 하지만 저 여자가 혹시 아이를 구하려는 게 아닐까, 이런 생각이 퍼뜩 뇌리를 스치더군요—나는 그 장면을 결코 잊지 못할 겁니다. 이봐요, 내가 그 오두막에 들어섰을 때, 밖에서는 이미 지붕의 널빤지가 불타고 있었어요. 흑인 노인이 연기 나는 지붕 위에서 원숭이처럼 이리저리 뛰어다니며, 어처구니없게도 정원용 고무호스로 활활 타오르는 널빤지의 불을 끄려 하고 있었죠. 널빤지 하나씩 하나씩. 물줄기가 더 멀리는 나가지 않았거든요. 나 참, 어이가 없어서. 오두막 안은 질식할 정도로 연기가 자욱했지요. 여보세요? 나는 외쳤죠. 여보세요? 거기 그 여자가 울부짖으며 꼼짝 않고 서 있었어요. 두 손으로 허리를 받친 채, 멀거니 서 있더라니까요. 젊은 물라토 여자. 친애하는 크노벨, 당신에게 분명히 말하는데, 동물처럼 아름다운 여자였어요. 열여덟 살, 그런 여자가 있다니! 나머지는 모두 구할 가치가 없는 허섭스레기였지요. 매트리스와 그릇 나부랭이. 분통이 치밀어서 그 여자를 움켜잡고 마구 흔들었지 뭐요!"

"왜요?" 크노벨은 묻는다.

"냉장고를 꺼내야 해요! 그 여자가 이렇게 말하더라니까요. 방법이 없어요! 나는 이렇게 외쳤죠. 밖에서는 흑인 노인이 여전히 가느다란 정원용 호수로 물을 뿌리고 있어서 우리에게로 물방울이 떨어졌어요. 뭘 원하세요? 그녀가 묻더라고요. 당신을! 나는 외쳤죠. 내가 그녀를 붙잡자, 그녀는 하얀 이를 전부 드러내고 웃었어요. 나한텐 남편이 있어요! 그녀는 말했어요. 자, 갑시다! 나는 말했죠. 당신, 자동차 있어요? 그녀가 묻더군요. 자동차야 얼마든지 있지, 나는 생각했죠. 내가 좀더 쉽게 안고 나갈 수 있도록 그녀가 내 어깨에 팔을 둘렀을 때는 이미 지붕이 우지끈 무너지고 불티가 춤을 췄죠. 나는 길가에 세워져 있는 좋은 자동차들 중에서 아무 차에나 무작정 그녀를 부상당한 사람처럼 태우고 출발했어요. 그 차는 플리머스*였는데, 영업사원처럼 보이는 차 주인은 내가 바로 옆을 지나가도 전혀 눈치채지 못하더군요. 모두들 언제 폭발할지 모르는 기름탱크만 입 벌리고 바라보고 있었거든요."

"그리고 당신, 미스터 화이트는 흔적 없이 사라졌고요!"

다른 사람의 일이 잘 풀렸을 때 크노벨이 기뻐하는 모습은 멋있다. 그의 얼굴이 환히 빛난다.

"네 시간 후에," 나는 말한다. "우리는 사람들 눈에 띄지 않는 조용한 만灣에 앉아서 낚시를 했어요. 캘리포니아 땅이었지요. 그런데 이름이 뭐예요? 내가 물었죠. 플로렌스! 그녀는 말했어요. 그녀의 눈은 벨라도나** 같았고, 피부는 커피색이었어요. 조가 우리를 붙잡으면 당신을 죽일 거예요, 그녀는 말하더군요. 나는 웃기만 했어요. 우리에겐 자동차가 있어요! 나는 이렇게 말하고는, 낚싯밥으로 쓸 조개를 어떻게 벌리는지 그녀에게 보여줬지요."

마침내 크노벨은 밖에서 부르는 소리에 내 감방을 나설 수밖에 없다. 그는 열쇠 꾸러미를 손에 들고 묻는다. "그래서 물고기를 잡기는 했어요?"

"잡고말고요!" 나는 두 팔을 길게 펼쳐 보인다. "이만했지요."

---

* 1928년부터 2001년까지 판매된 크라이슬러의 자동차 브랜드.

** 가짓과의 식물. 검고 동그란 열매가 열리고, 독성이 있다.

내 검사는 현재 내가 정말이지 얼마나 어려운 처지에 있는지 거의 가식 없이 그대로 털어놓을 수 있는 유일한 사람이다. 그런데 그 검사가 작별인사를 한다. 그는 부인과 함께(부인은 다시 내게 안부 인사를 전한다) 열흘 동안 폰트레지나*로 휴가를 떠난다. 우리는 서로 '좋은 일'이 있기를 빌어준다.

그녀의 머리카락은 붉은색이다. 요즘 유행에 맞게 아주 붉다. 하지만 들장미열매잼보다는 마른 연단** 가루에 더 가깝다. 매우 독특하다. 게다가 피부색이 아주 곱다. 주근깨가 있는 설화석고***. 마찬가지로 매우 독특하지만 아름답다. 그러면 눈은? 빛난다고 말할 수 있을 것이다. 말하자면 눈물을 흘리지 않을 때도 촉촉하고, 무색의 창유리 가장자리처럼 푸르스름하면서도 초록빛이고, 물론 생기에 넘치면서도 의중을 드러내지 않는다. 유감스럽게도 양 눈썹을 가늘게 밀어버렸는데, 그래서 우아하게 완고한 듯한 인상과 함께 가면을 쓴 듯한 느낌을 준다. 마치 놀란 표정이 그대로 굳은 듯하다. 특히 옆에서 보면 코가 무척 기품 있어 보이고 콧구멍이 무의식중에 많은 것을 표현한다. 입술은 내 취향에 비해 지나치게 얇은 감이 있고, 상당히 관능적이지만 먼저 그 관능을 깨워야 한다. 그리고 (검은 테일러드슈트**** 차림의) 몸매는 마르고 소년 같은 면이 있다. 무용가라는 말이 실감난다. 또는 십대 후반의 청년

* 스위스의 휴양지.

** 일산화납을 가열해 얻는 물질. 선명한 붉은색을 띤다.

*** 입자가 곱고 치밀한 흰색 석고. 조각상이나 공예품의 재료로 쓰인다.

**** 남성 양복처럼 지은 여성용 슈트.

같다고 말하는 편이 더 적절할 수도 있는데, 이런 특성은 그 나이의 여인에게 뜻밖의 매력을 선사한다. 그녀는 담배를 많이 피운다. 다 피우지도 않은 담배를 눌러 끄는 손은 가느다랗지만 결코 힘이 없지 않으며 무의식적인 폭력성을 상당히 많이 드러낸다. 그런데도 스스로는 완전히 연약하다고 생각하는 듯하다. 그녀는 상대방이 크게 소리지르지 않도록 아주 조용조용 말한다. 자신을 보호하려는 계산이 깔려 있다. 이런 술수도 무의식적이라는 생각이 든다. 크노벨이 말한 것처럼, 정신이 멍할 정도로 향수 냄새가 진동한다. 유명 제품이 틀림없다. 그 즉시 파리 방돔광장의 향수가게들이 뇌리에 떠오른다.

"어떻게 지내?" 그녀는 묻는다.

질문에 항상 다른 질문으로 답하는 그녀의 방식은 많은 여자들, 실제로 모든 여자에게서 나타난다. 나는 그 방식에 대해 잘 알고 있다. 그럴수록 그녀를 언젠가 한번 만난 적이 있다는 위험한 감정에 휘말리지 않도록 주의해야 한다.

"내가 누군지 모르겠어?" 그녀는 묻는다.

내가 자신의 행방불명된 남편이라는 고정관념은 일부러 꾸며낸 것이 아니다. 모든 사소한 말에서 그런 고정관념이 드러난다.

"담배 끊었어?" 그녀는 묻는다.

나중에—그녀가 오직 하나의 답변만을 인정하고 나머지 모든 답변은 그냥 핑계로 여겨 무시하는 탓에, 진정한 질문이라고 할 수 없는 질문들이 이어지면서 도통 대화를 할 수 없기 때문이다—나는 그 익살스럽고 짧은 이지도르 이야기를 내 아름다운 방문객에게 적절히 맞춰 들려준다. 그러니까 다섯 명의 아이들은 빼고, 내가 최근에 꾼 꿈을 자유롭게 활용해서. 이지도르는 나타날 때마다 케이크에 총을 쏘는 것이 아니라 다만 흉터 난 양손을 보여줄 뿐이다…… 참 별난 꿈도 다 있다!

"휴," 그 부인은 한숨을 내쉰다. "당신은 조금도 달라지지 않았어. 당신하고는 도대체 이성적인 대화를 나눌 수가 없어. 당신은 늘 그런 망상을 늘어놓는다니까!"

우습다. 그러다 서서히 화가 치민다. 그런데도 왠지 가슴 뭉클하다. 검은 테일러드슈트 차림으로 내 침상에 앉아 줄담배를 피우는, 파리에서 온 부인은 절대 아둔한 인물이 아니다. 어느 날 오후 그 부인과 함께 매혹적인 대화를 나누는 장면을 상상해볼 수 있다. 아니, 오후 한때만이 아니라 더 오랫동안. 약간 피곤한 듯하면서도 무슨 이유에선가 씁쓰름한 미소가 특히 매력적이며, 과거에 무슨 일을 겪었을까 알고 싶은 호기심을 일깨운다. 나도 모르게 자꾸만 그녀의 입술에 시선이 가고 나 자신의 입술을 의식하게 된다. 하지만 그녀는 나를 잘 안다는 고정관념에서 벗어나지 못하는 듯 보인다. 내가 자신의 행방불명된 남편 슈틸러가 아닌 다른 사람일 수 있다는 것을 믿지 못한다. 그녀는 시종일관 자신의 결혼생활에 대해 이야기한다. 내가 들은 바에 따르면, 그 결혼은 여느 결혼과는 많이 달랐다. 나는 여러 차례 유감을 표한다. 그녀는 장황하게 말을 늘어놓기보다는 오히려 쉬엄쉬엄 말한다. 그 쉬는 틈을 서둘러 담배로 채우고, 그 사이에는 상당히 길고 쓰라린 침묵이 흐른다. 그 침묵은 장광설보다 더 끊기 힘들다. 그러다 드디어 내게 발언권이 주어졌을 때 나는 말한다.

"부인, 부인께서는 지금 살인자와 이야기하고 있다는 사실을 들어 알고 계실 텐데요—"

그녀는 이 말이 빗나간 농담인 양 무시한다.

"저는 살인자입니다." 나는 기회가 주어지는 즉시 이 말을 반복한다. "스위스 경찰이 밝혀낼 수 없을지라도 사실이 그렇습니다. 저는 제 아내를 살해했습니다—"

그래봤자 아무 소용 없다!

"웃기지 마!" 그녀는 말한다. "당신이 지금 얼마나 웃기는지 알아. 반평생을 서로 얼굴도 못 봤는데, 이제 와서 또 그런 망상, 유치한 망상을 늘어놓는다고 꼭 내 입으로 말해야겠어!"

그녀의 진지함에 내가 순간적으로 잠깐잠깐 흔들리는 건 인정한다. 하지만 내가 아내를 살해했다는 사실과 관련해 흔들리는 것이 아니라, 이 불행한 부인을 고정관념에서 벗어나게 해줄 수 있을지 자신이 없어서 흔들릴 뿐이다. 이 여인은 과연 내게 뭘 원하는 것일까? 우리 사이에 결혼 같은 것은 절대 없었다고 나도 마찬가지로 진지하게 그녀를 설득해보려 한다. 비록 그녀가 내 침상에서 벌떡 일어나 감방 안을 이리저리 거닐며 붉은 머리카락을 절레절레 흔들고, 창살 앞에 서서 담배를 피우고, 몸에 꼭 끼는 테일러드슈트의 빠듯한 호주머니에 가느다란 두 손을 집어넣은 채 말없이 가을의 밤나무를 바라보아서 얼굴이 보이지 않을지라도.

"부인," 나는 그녀의 담배를 꺼내 피우면서 말한다. "부인은 행방불명된 남편분을 용서하려고 비행기를 타고 오셨습니다. 그리고 이런 진지한, 아니 그야말로 엄숙한 시간을 여러 해 동안 기다리셨지요. 저는 충분히 이해할 수 있습니다. 제가 부인께서 모든 것을 용서하려는 일념으로 기다린 남편이 아니라는 사실은 물론 충격일 겁니다. 저는 아닙니다, 부인—" 이 말에 그녀는 오로지 담배연기만을 내뿜을 뿐이다.

"저는 이것이 명백한 사실이라고 생각합니다." 나도 마찬가지로 담배연기를 내뿜는다. "여기에 대해 더이상 이야기할 필요도 없습니다."

"뭐가 명백한 사실이라는 거야?" 그녀는 묻는다.

"제가 부인의 행방불명된 남편이 아니라는 것 말입니다."

"왜 아니야?" 그녀는 내게 눈길을 주지 않으며 묻는다.

적어도 그녀의 가냘픈 뒤통수는 내 눈에 보인다.

"부인," 나는 여전히 진지한 어조로 말한다. "부인의 불행한 결혼에 대한 이야기를 들으니 제 마음도 뭉클합니다. 하지만 곡해하지는 마십시오. 저는 부인의 이야기를 들을수록 이해가 되지 않습니다. 그리고 사실 부인이 제게 뭘 원하시는지 전혀 모르겠습니다. 저로 말하자면, 이미 말씀드렸듯이 아내를 살해했습니다. 다행히도 불행한 결혼을 이렇듯 멋지게 극복하신 부인 같은 분이—솔직히 말해서 부인이 저의 어떤 점을 용서하려고 하시는지 이해되지 않습니다."

침묵이 흐른다.

"파리에서 사신다고요?" 나는 묻는다.

이 질문에 여인이 몸을 돌린다. 순간적으로 당황해서 말없이 가면을 살짝 벗은 얼굴이 좀전보다 더 아름답고 생기 있다. 그래서 혹시 만남이, 진정한 만남이 가능하지 않을까 하는 생각이 든다. 그녀의 얼굴이 그런 표정이어서, 나는 그녀의 이마에 입맞추고 싶다. 잠깐 동안. 그녀가 오해하든 말든 그래야 할 것 같다. 잠깐 동안. 그러다가 그녀의 얼굴이 다시 닫히는 듯하더니 다시 고정관념이 자리한다.

"아나톨, 당신 왜 그래?"

나는 다시 말한다.

"제 이름은 화이트입니다."

그녀는 역습을 가한다—자신이 아니라 마치 내가 고정관념에 사로잡힌 양 군다. 불 붙은 담배를 쇠창살 밖으로 휙 내던지고는 (이곳에서는 그것도 다른 많은 것들처럼 엄격하게 금지되어 있다) 내 앞에 선다.

물론 그녀는 나를 붙잡지는 않는다. 하지만 내가 자신을 붙잡을 것이라고, 내가 갑자기 깊이 뉘우치며 자신에게 용서를 청할 것이라고 확신한다. 그리고 실제로 나는 한순간 무방비 상태이다. 전혀 우습지 않은데도 미소를 짓는다. 나는 놈*이나 미노타우로스**—아니면 뭔지는 모르겠지만—어쨌든 그 비슷하게 보일 것이다. 그리고 그것은 그 무엇도, 그야말로 그 무엇도 변화시키지 않을 것이다. 그녀는 자신의 행방불명된 슈틸러 아닌 다른 존재를 인지할 능력이 전혀 없다.

"당신이 대머리가 될 줄은 생각도 못했어!" 그녀는 말한다. "하지만 절대 밉상은 아니야."

나는 그냥 말문이 막힌다. 온몸에서 힘이 빠진다. 이 부인을 움켜잡고 목을 조르고 싶은 충동이 치민다. 그래도 이 부인은 내가 자신의 행방불명된 남편이라는 믿음을 포기하지 않을 것이다.

"왜 한 번도 편지를 안 보냈어?"

나는 침묵을 지킨다.

"난 당신이 살아 있는지도 몰랐다고—"

나는 침묵을 지킨다.

---

* 난쟁이처럼 작고 못생긴 요정. 땅속에서 산다.

** 그리스신화에 나오는 괴물로, 사람 몸에 소의 머리를 하고 있다.

"그 기나긴 세월 동안 도대체 어디서 지냈어?"

나는 침묵을 지킨다.

"그렇게 입을 다물고만 있을 거야!"

나는 침묵을 지킨다.

"어떻게 아무 말 없이 사라질 수 있어!" 그녀는 말한다. "어떻게 소식 한 자 전하지 않을 수가 있어! 그것도 하필이면 그때! 나는 죽을 수도 있었는데—"

그러다 나는 말한다.

"이제 그만하시지요!"

그녀가 무슨 말을 더 했는지는 기억나지 않는다. 그녀는 계속 나를 다그쳤고, 나는 급기야 그녀를 움켜잡았다. 그런데도 그녀는 자신의 고정관념에 사로잡혀서 요지부동이었다. 내가 웃음을 터뜨리든 부르르 전율하든, 내 쪽의 모든 움직임을 오로지 자신의 말에 대한 확증으로 받아들이면서, 나를 용서하는 것을 그만두지 않았다. 나는 그녀를 움켜잡고 마구 흔들었다. 빗 모양의 머리핀에서 머리카락이 우수수 흘러내렸다. 나는 그녀를 딱딱한 침상에 내동댕이쳤다. 블라우스의 솔기가 터지고 테일러드슈트가 엉망으로 구겨지고 머리는 마구 헝클어진 채 그녀는 천진하고 당황한 표정으로 거기 누워 있었다. 내가 침상에 무릎을 꿇고서 왼손으로 그녀의 뜨거운 두 손을 붙잡고 있었기 때문에 그녀는 몸을 일으킬 수 없었다. 좀더 정확히 말하자면, 그 부인은 아픔을 이기지 못하고 더없이 아름다운 두 눈을 감았다. 그녀의 흘러내린 머리카락은 멋지고 향긋하고 실크처럼 가벼웠다. 그녀는 달리기를 하고 난 사람처럼 입을 벌린 채 가슴을 들썩거리며 숨을 헐떡였다. 그녀의 앞니는 참으로 보기 좋았다. 땜질한 데는 있었지만, 그 밖에는 진주처럼 아름답게 빛났다. 내 오른손이 그녀의 부드러운 아래턱을 꽉 움켜쥐고 있던 탓에 그녀는 말을 하지 못했다. 나는 갑자기 아주 냉정하게 그녀를 물건처럼 관찰했다. 여자, 어떤 낯선 여자였다. 내 교도관 크노벨이 재떨이를 가지고 오지 않았더라면—

도망칠 길이 없다. 나는 이 사실을 알고 있으며, 또 날마다 이 사실을 나 자신에게 말한다. 도망칠 길이 없다. 나는 살인하지 않으려고 도망쳤으며, 그 도망치려는 시도가 바로 살인이라는 것을 알았다. 오직 한 가지 방법밖에 없다. 내가 한 생명을 살해했다는 사실을 아무도 나와 공유하지 않을지언정, 이 사실을 받아들이는 방법밖에 없다.

망상! 나더러 내 삶을 이야기하라고 한다. 그러면서 내가 나라는 사람을 이해시키려고 하면, 그들은 '망상!'이라고 말한다. (이제 최소한 내 변호사가 이 말을 어디서 주워들었고 또 왜 그 거만한 미소를 짓는지는 알 수 있다.) 내가 오클랜드의 내 집이나 흑인 같은 사실에 대해 말하면, 내 변호사는 귀기울여 듣는다. 그러다 내가 진짜로 일어났지만 사진으로 증명할 수 없는 일에 대해 이야기하는 즉시, 이를테면 제 관자놀이를 총으로 쏜 후 무슨 일이 일어나는지 알려주려고 하는 즉시, 그는 손톱을 매만지면서 뭔가 하찮은 일로 내 말을 끊을 수 있기만을 기다린다.

"오클랜드에 당신 집이 있었습니까?"

"그럼요." 나는 짧게 말한다. "왜요?"

"오클랜드가 어디에 있죠?"

"샌프란시스코 맞은편에."

"그렇군요." 내 변호사는 말한다. "사실입니까?"

그 집은 너비 4미터, 길이 13미터였으며(내 변호사는 메모를 한다. 이게 바로 그가 알고 싶어하는 것이다!), 엄밀히 말하면 작은 판잣집이었다. 예전에 농장에서 일하던 머슴들 숙소였다. 농장은 도시에 잠식되었고, 이제 그 작은 판잣집만이 쇠락한 채로 남아 있었다. 거기에다 거대한 나무 한 그루, 유칼립투스. 나는 은빛으로 사그락거리던 그 잎사귀들을 결코 잊지 못할 것이다. 주변에는 오로지 지붕뿐이었다. 하늘은 이웃집 흑인들의 빨래가 나부끼는 삐딱한 전신주들로 가득차 있었다. 또 엄밀히 말하면, 우리집 오른쪽에는 중국인들이 살았다. 그리고 수풀이 무성한 작은 정원도 잊어서는 안 된다. 일요일에는 목재로 지은 교회에서 흑인들의 노랫소리가 들렸다. 그 밖에는 조용했다. 아주 조용했다. 이따금 항구에서 둔탁한 뱃고동소리와 심금을 파고들듯 딸그락거리는 사슬 소리가 들려왔다. 그런데 나는 그 작은 판잣집의 주인이 아니라 세입자였다. 그 당시 나는 돈이 없었다. 집세는 고양이의 먹이를 주는 것으로 대신했다. 나는 고양이를 좋아하지 않는다. 하지만 그 대신 조리대와 냉장고, 게다가 라디오까지 있는 부엌을 얻었다. 그리고 고양이 먹이로 붉은 통조림 캔이 준비되어 있었다. 무더운 밤이면 종종 정적을 견디기 어려웠고, 나는 라디오가 있어서 좋았다.

"그러면 거기서 혼자 살았습니까?"

"아니요," 나는 말한다. "고양이와 함께 살았지요."

변호사는 고양이는 메모하지 않는다…… 그런데 지금 나는 그 고양이가 최초의 징후였다고 믿는다. 고양이 주인들은 고양이를 '리틀 그레이'라고 불렀으며, 먹이를 항상 부엌에서 줬다. 나는 냄새 때문에라도 그 관습을 더이상 지속할 의향이 없었다. 나는 날마다 통조림을 따서 그 역겨운 내용물을 마당의 접시에 쏟아부었다. 그런데 그때까지 응석에 길들여진 고양이 편에서는 그 변화에 응할 의향이 없었다. 고양이는 창문턱으로 뛰어올랐다! 그러고는 열린 창문에서 크르렁거리며 초록빛 눈으로 매섭게 나를 노려보았다. 그런 상황에서 내가 무엇을 읽을 수 있었겠는가? 나는 그 녀석, 네 발을 버둥거리는 털뭉치를 캘리포니아의 밤 속으로 홀쩍 내던지고는 창문을 모조리 닫았다. 고양이는 크르렁거리며 창문 밖에 앉아 있었다. 내가 쳐다볼 때마다 크르렁거렸다. 몇 시간씩, 몇 주일씩. 나는 고양이에게 통조림 먹이 주는 일을 절대 게을리하지 않았다. 그것은 내 의무, 그 당시 내 삶의 유일한 의무였다. 그리고 고양이는 어딘가 창문만 열렸다 하면 집안에 들어와서 (여름 내내 창문을 닫고 살 수는 없는 노릇이다!) 내가 행복해하는 찰나 별안간 내 다리 사이에 몸을 비비는 일을 절대 게을리하지 않았다. 본격적인 투쟁이 시작되었다. 우스꽝스러운 인내심 투쟁, 섬뜩한 투쟁. 고양이가 내 오두막 주변에서 야옹야옹 울어대며 온 이웃 사람들에게 나를 잔인한 인간이라고 비방하는 바람에, 나는 며칠씩 잠을 이루지 못했다. 그러다 고양이를 집안에 들여서 냉장고 안에 넣어두었는데도 잠을 이룰 수 없었다. 내가 불쌍히 여겨주자 고양이는 더이상 크르렁거리지 않았다. 나는 따뜻한 우유를 주었고, 고양이는 우유를 토했다. 고양이의 눈빛은 죽어버리겠다고 협박했다. 고양이는 내 모든 것을 망칠 수 있었다. 작은 판잣집, 작은 정원. 고양이는 눈앞에 없어도 있는 것이나 다름없었다. 그리고 어두워지자 자신을 찾아 나서게 만들었다. 나는 길가의 흑인들에게 '리틀 그레이'를 보지 못했느냐고 물었다. 그들은 포동포동한 어깨를 으쓱했다. 고양이는 열흘 낮밤을 돌아오지 않았다. 어느 무더운 저녁, 마침 헬렌이 찾아왔을 때, 고양이가 창문턱으로 뛰어오른다. 어머나! 헬렌은 외친다. 고양이의 얼굴에 찢어진 상처가 있다. 고양이는 피를 뚝뚝 흘리며 마치 내가 상처를 입혔다는 듯한 눈빛으로 앉아 있다. 일주일 동안 나는 부엌에서 고양이에게 먹이를 주었다. 고양이는 뜻을 이루었다. 적어도 거의 이룰 뻔했다. 한번은 자정이 지나서 고양이 꿈을 꾸었다. 그때 나는 침대에서 일어나 고양이가 둥지를 튼 따뜻한 베개에서 고양이를 집어들었다. 그러고는 먼저 얼굴의 상처가 다 나았는지 확인하고서 깜깜한 정원으로 고양이를 데려갔다. 모든 것이 처음부터 다시 시작되었다. 고양이는 다시 창문 밖에 웅크리고 앉아서 크르렁거렸다. 나는 그 짐승을 끝내 떨쳐버리지 못했다—내 변호사는 미소를 짓는다.

"하지만 그때 말고는 당신 혼자 살았다고 생각되는데요."

"아니요." 나는 말한다. "헬렌하고 함께 살았지요."

"헬렌이 누굽니까?"

"여자죠!" 나는 번번이 사소한 일로 물고 늘어지는 변호사의 능란한 기술과 즉시 이름을 메모하는 에버샤프에 화를 내며 말한다.

"솔직하게 다 얘기하십시오." 변호사는 말한다. 그리고 내가 상당히 방탕했던 여성 편력담을 들려주자, 이렇게 단언한다. "—물론 이런 일은 우리만의 비밀로 남을 겁니다. 어쨌든 슈틸러 부인에게는 한 마디도 하지 않겠어요."

그가 제발 그 이야기를 떠들고 다니면 좋으련만!

성경을 읽었다.

(율리카 슈틸러 추디 부인과 대질하는 무례한 꿈을 꾸었다—행방불명된 자라고 추정되는 젊은 남자가 테이블 사이로 걸어가는 모습이 창문 밖으로 보인다. 그 남자는 넓적한 두 손을 들어 선홍색 얼룩을 보여주며, 그것이 이른바 성흔이라고 떠벌린다. 아무도 그 남자의 말을 믿지 않는다. 민망한 일이다. 이미 말했듯이, 나 자신은 밖에 서 있고 내 옆에는 파리에서 온 부인이 있다. 처음 보는 얼굴이다. 그 부인은 성흔이라고 떠벌리는 남자가 자신의 남편이라고 조롱하듯 설명하며 마찬가지로 자신의 두 손을 보여준다. 거기에도 마찬가지로 선홍색 흉터가 보인다. 내 추측에 의하면, 두 사람 사이에서 누가 십자가고 누가 십자가에 못박혔는가 하는 것이 문제인 듯하다. 나는 이 모든 것을 입 밖에 내어 말하지 않는다. 카페의 작은 테이블에 앉아서 잡지를 보는 사람들……)

내 교도관은 헬렌이 누구인지 알고 싶어한다. 그는 방금 검사 집무실에서 그 이름을 들었다. 내 교도관은 그 여자가 미국 병장의 부인이라는 것을 이미 알고 있다. 더욱이 그 문제의 병장이 어느 이른 새벽에 해군에서 집으로 돌아와 우리를 소스라치게 놀라게 한 사실도 알고 있다…… 나는 또 살인에 대한 이야기를 하기에는 너무 피곤해서 이렇게만 말한다.

"그는 매력적인 녀석이었어요."

"그 여자의 남편 말입니까?"

"그 남자하고 그 여자는 서로 상대방이 정신분석 전문의를 찾아가길 요구했지요."

"그래서요?"

"그게 전부예요."

내 교도관은 실망했다. 하지만 나는 이런 이야기에 좋은 점도 있다는 것을 점차 깨닫는다. 온전한 끝도 없고 그래서 온전한 의미도 없는 실망스러운 이야기야말로 진짜처럼 들린다.

그 밖에 새로운 일은 없다.

PS.

그들이 그런 현장검증에서 무엇을 기대하는지 나는 모른다. 그들은 그 여자의 행방불명된 남편이 쓰던 아틀리에로 나를 데려가려는 계획은 포기한 듯하다. 내가 이토록 나를 성가시게 만드는 그 녀석의 모든 것을 박살내고 말 거라고 말하자, 일단 뒤로 미루었다. 이제 그들은 나를 다보스로 데려갈 거라고 한다. 도대체 무엇 때문에?

우리는 모든 것을 이야기할 수 있지만, 다만 우리의 실제 삶만은 이야기할 수 없다—이런 불가능성 때문에 우리는 우리의 동반자들이 우리를 보고 우리를 비추는 대로 머물 수밖에 없는 운명을 짊어진다. 그들은 나를 잘 안다고 주장한다. 그들은 내 친구라고 자처하며 내가 변하는 것을 절대 허용하지 않는다. 그리고 모든 기적(내가 이야기할 수 없는 것, 증명할 수 없어서 말로 표현할 수 없는 것)을 망가뜨린다—오로지 '내가 너를 잘 안다'고 말할 수 있기 위해서.

내가 조만간 이런 순간이 오리라고 예상했듯이, 내 변호사는 제정신이 아니다. 그렇다고 자제하지 못하는 것은 아니다. 다만 자제하느라고 얼굴이 창백할 뿐이다. 아침 인사도 없이, 아무 말도 없이, 그는 가죽가방으로 무릎을 괸 채 잠에 취한 내 눈을 바라본다. 내가 제대로 정신을 차려서 자신이 격분한 이유를 알고 싶어할 만큼 충분히 호기심이 발동했다고 생각될 때까지 기다린다.

"당신은 거짓말하고 있어요." 내 변호사는 말한다.

그는 내가 얼굴을 붉힐 것이라고 예상했던 모양이다. 그는 아직도 사태를 파악하지 못했다.

"앞으로 어떻게 당신 말을 믿겠습니까?" 그는 불만을 털어놓는다. "당신 입에서 나오는 모든 말이 의심스러워지기 시작했어요. 그 앨범을 받아본 후로는 정말 의심하지 않을 수가 없군요—자, 보십시오!" 그는 말한다. "이 사진을 직접 보십시오!"

그것은 사진들이다. 이 점은 인정한다. 그리고 그 행방불명된 슈틸러와 내가 상당히 닮은 것도 부정하지 않는다. 그런데도 나 자신은 전혀 다르게 생각한다.

"왜 거짓말을 하십니까?" 내 변호사는 거듭 묻는다. "저한테조차 진실을 전부 말하지 않는다면, 어떻게 당신을 변호할 수 있겠어요?"

그는 도대체 이해하지 못한다.

"이 앨범은 어디서 났습니까?" 나는 묻는다.

대답이 없다.

"지금 당신은 결코 이 나라에서 산 적이 없다고, 그래요, 이 도시에서의 삶을 상상조차 할 수 없다고 주장하려 합니다!"

"위스키 없이는 상상할 수 없어요." 나는 말한다.

"자," 그는 말한다. "여기 보십시오!"

이따금 나는 그를 도와주려 한다.

"박사님," 나는 말한다. "모든 것은 우리가 삶을 어떻게 이해하느냐에 달려 있습니다! 진정한 삶, 누렇게 변한 앨범이 아니라 살아 있는 것 속에 침전된 삶, 그런 삶은 맹세코 대단할 필요가 없습니다. 역사적일 필요도 없고 불멸일 필요도 없어요. 제 말 이해하시겠어요, 박사님? 진정한 삶, 그것은 지극히 소박한 어머니의 삶일 수도 있고 또는 위대한 사상가, 세계사에 침전되는 창시자의 삶일 수도 있습니다. 하지만 저는 반드시 그래야 할 필요는 없다고 생각합니다. 우리의 의미는 중요하지 않아요. 삶이 진정한 삶이기 위해서 무엇이 중요한지는 말하기 어렵습니다. 중요한 것은 바로 이겁니다. 저는 이것을 현실이라고 부르지요. 하지만 그게 무슨 의미가 있겠습니까! 자기 자신과 일치하는 사람이 있다고 박사님은 말할 수도 있겠죠. 그렇지 않다면 그 사람은 결코 존재하지 않았다고요! 이것 보세요, 박사님, 제 말은 과거에 존재했다는 뜻입니다. 설령 그것이 보잘것없었다 할지라도 말입니다. 그래요, 심지어는 결국 순전한 잘못일 수도 있습니다. 우리의 삶이 오로지 잘못에, 예를 들어 살인에 침전된다면 가혹하지요. 그런 일도 있어요. 그리고 콘도르가 그 위를 맴돌 필요는 없습니다. 박사님 말이 맞아요. 이 모든 것은 오로지 돌려 말하는 것이지요. 제 말 이해하십니까? 제가 긴장을 풀기 위해 입에서 나오는 대로 떠드는 거짓말 말고는, 무슨 말인지 아주 모호하지요? 침전도 다만 하나의 낱말일 뿐입니다, 저도 알아요.

그리고 어쩌면 우리는 이해하지 못하는 일들, 아쉬워하는 일들에 대해서만 이야기하는지도 모르죠. 신은 하나의 침전입니다! 신은 진정한 삶의 총계입니다. 아니면 이따금 적어도 그런 총계인 듯 생각되거나요. 낱말은 침전일까요? 어쩌면 삶, 진정한 삶은 단순히 말이 없고—아무런 형상을 남기지 않을 수도 있습니다. 박사님, 죽은 것조차 남기지 않을 수 있어요!……"

그러나 내 변호사에게는 죽은 것으로 충분하다.

"자, 보십시오!" 그는 말한다. "여기, 당신이 백조에게 먹이를 주고 있지 않습니까. 당신이 분명합니다. 당신 눈에도 취리히의 그로스뮌스터*가 뒤쪽에 보이지요! 자, 보십시오."

반박의 여지가 없다. 뒤쪽에(약간 흐릿하게) 일종의 작은 대성당, 변호사가 말한 그로스뮌스터가 보인다.

"실제로 모든 것은 우리가 삶을 어떻게 이해하느냐에 달려 있습니다—" 나는 거듭 말한다.

"여기 보십시오!" 내 변호사는 계속 앨범을 뒤적거리면서 말한다.

"자, 보시라니까요. 생애 첫번째 아틀리에에서의 아나톨, 피츠팔뤼**에서의 아나톨, 머리를 박박 깎은 신병 아나톨, 루브르 앞의 아나톨, 시상식에서 시의원과 대화를 나누는 아나톨—"

"그래서요?" 나는 묻는다.

우리는 갈수록 서로를 이해하지 못한다. 내 변호사가 분을 삭이면서 시가만 가져오지 않았다면, 나는 그와 더이상 한 마디도 이야기하지 않

---

* 스위스 최대의 로마네스크 양식 교회.

** 스위스와 이탈리아 국경지대에 위치한 산.

왔을 것이다. 그리고 차라리 그 편이 더 낫다는 생각이 든다. 이런 신문에서 무슨 결과가 나오겠는가! 나 자신도 완전한 진실은 모르며, 그렇다고 내가 실제로 누구인지 백조나 시의원으로 하여금 입증하게 할 의향도 없고, 앞으로 내 감방에 가져오는 모든 앨범을 그 자리에서 찢어버릴 거라고 변호사를 설득하려 한다. 아무 소용 없다! 내 변호사는 오로지 나를 변호하기 위해서 내가 슈틸러임이 틀림없다는 생각을 머릿속에서 떨쳐버리려 하지 않는다. 그리고 내가 나 자신 이외의 그 누구도 아니라고 버티면, 그것을 말도 안 되는 위장이라고 부른다. 그러다 보면 또다시 서로 고함치는 것으로 끝난다.

"나는 슈틸러가 아닙니다!" 나는 고함친다.

"그럼 누구입니까?" 그는 고함친다. "그럼 누구란 말이냐고요?"

PS.

그의 시가는 나를 부끄럽게 만든다. 방금 나는 시가의 꺼칠꺼칠한 꼭지 부분을 입으로 떼어냈다. 그러고는 늘 유난히 뽀송뽀송하고 유난히 향긋한 몇 모금을 빨았다. 그 향에 깜짝 놀라, 시가를 입에서 빼내어 정신 차리고 자세히 살펴본다. 다네만!* 내가 좋아하는 상표! 진짜배기! 그는 이렇게 또다시—

어제 다보스에 다녀왔다. 토마스 만이 묘사한 그대로다.** 게다가 온종일 비가 내린다. 그런데도 나는 다람쥐를 봐야 한다는 율리카의 강요

* 독일의 세계적인 시가 제조업체.

** 토마스 만의 『마의 산』은 다보스를 무대로 한다.

에 못 이겨 특정한 산책로를 걸어야 한다. 내 변호사는 냄새를 맡아보라며 여러 차례 전나무열매를 내민다. 마치 내가 전나무열매의 향긋한 냄새를 부정하기라도 하는 양! 나중에 나는 특정한 레스토랑에서 달팽이 요리를 먹어야 한다. 다들 알고 있겠지만, 그 요리는 아주 맛있는 대신 먹고 나면 마늘 냄새가 진동한다. 그러면서 나는 두 사람, 율리카와 내 변호사가 거듭 눈길을 마주치는 것을 놓치지 않는다. 두 사람은 내가 불현듯 고백을 하거나 아니면 적어도 눈물을 쏟기를 어떤 식으로든 기다린다. 하지만 나는 오랜만에 흰 테이블보가 깔린 테이블에서 식사하게 되어 즐거울 뿐이다. 대화가 이어지지 않자 나는 멕시코 이야기를 한다. 다보스 주변의 산들은 아주 작은데도 포포카테페틀 화산, 파소 데 코르테스*를 연상시킨다. 나는 여전히 멕시코 정복을 더없이 매혹적인 이야기 중의 하나로 여긴다.

"그럴지도 모르지요." 내 변호사는 말한다. "하지만 우리는 당신에게 코르테스와 몬테수마** 이야기를 들으려고 이곳에 있는 게 아니에요!"

그들은 율리카가 그 당시 입원했던 요양원을 내게 보여주려 했다. 그러나 요양원은 그동안 불타 없어졌고, 내 변호사는 매우 낙담한다. 식사를 마친 후 커피, 버찌, 시가를 선택할 수 있다. 그들이 무엇 때문에 그런 돈을 쓰는지 의아하다. 그 짧은 나들이에 200프랑 가까이 비용이 든다. 내 변호사와 나는 구치소의 관용차량을(운전기사와 경찰관 식사 비용도 추가된다!), 율리카는 기차를 이용한다. 날씨가 더 좋으면

---

* 남쪽의 포포카테페틀 화산과 북쪽의 이스탁시우아틀 화산을 이어주는 고갯길.

** 16세기 초 아즈텍 제국을 정복한 스페인의 군인 에르난 코르테스와 당시 아즈텍 제국의 황제였던 몬테수마 2세.

경치도 근사할 것이다. 그것은 분명하다. 아래 골짜기에서 우리는 기차를 추월한다. 율리카가 손을 흔든다.

내 두려움. 똑같은 일이 반복된다—!

율리카 슈틸러 추디 부인은 내 오른쪽 귀 뒤에서 오래된 흉터를 발견하고, 그 흉터가 어디서 생겼는지 알고 싶어한다. 그녀는 날 잠시도 가만히 내버려두지 않는다. 나는 말한다.

"누군가가 절 총으로 쏘려고 했습니다."

"아니." 그녀는 간절하게 말한다. "진지하게—"

나는 그녀에게 이야기를 들려준다.

PS.

율리카는 자주 볼수록 처음 찾아왔을 때의 인상과 많이 다르다. 그녀가 어떤 사람인지는 말하기 어렵다. 그녀가 예기치 못하게 우아한 순간이 있다. 특히 내 변호사가 옆에 없을 때 그렇다. 사람을 무장해제시키는 천진한 순간. 소녀시절을 거치지 않고 갑자기 활짝 피어난 듯하다. 창조자의 숨결이 최초로 일깨운 듯한 얼굴. 그러면 그녀 스스로도 놀라는 듯하다. 검은 테일러드슈트 차림에 파리풍의 모자를 쓰고서 보통 담배연기 베일에 둘러싸여 있는 부인. 어떤 남자도 아직까지 자신을 알아보지 못한 것에 놀라는 듯하다. 그 행방불명된 슈틸러를 이해할 수 없다! 그녀는 여성적인 원숙함의 껍질에 에워싸여 기다리는 비밀스러운 소녀다. 순간 너무 아름다워서 당혹스럽다. 슈틸러는 그것을 보지 못했을까? 이 여인은 모든 여성적인 것을 적어도 가능성으로라도 품고 있다. 그것은 어쩌면 깊이 파묻혀 있을지도 모른다. 다만 그녀의 눈만은 (그녀가 한순간 나를 슈틸러로 여기지 않을 때!) 솔직한 기대로 빛나서, 언젠가 그녀를 깨울 남자를 향한 질투심이 솟구치곤 한다.

똑같은 일의 반복! 나는 모든 것이 이 반복되는 것 밖에서의 삶을 기대할 수 있느냐에 달려 있지 않다는 걸 잘 알고 있다. 오히려 '이것이 나다!'라고 인정하고서, 이 벗어날 길 없이 반복되는 것을 자발적으로 (비록 강요받았지만) 자신의 삶으로 만들 수 있느냐에 모든 것이 달려 있다. ……하지만 말 한 마디, 나를 깜짝 놀라게 하는 표정, 내 기억을 상기시키는 풍경 하나로도 충분하다(이것도 반복된다). 그것만으로도 내 안의 모든 것은 도주, 어딘가에 이를 수 있다는 희망 없는 도주, 오직 똑같은 일이 반복되는 것에 대한 두려움에서 벗어나려는 도주로 치닫는다—

오늘 샤워시간에 작은 유대인이 비누칠을 하면서, 아마 이게 우리의 마지막 만남일 거라고 말했다. 자신은 곧 목을 매달 생각이라는 것이다. 나는 웃으면서 그러지 말라고 충고했다. 그런 다음 목욕수건을 목에 두르고 각자 감방을 향해 복도를 걸었다—

새로운 소식.

"이제 오래 걸리지 않을 겁니다." 크노벨은 말했다. "드디어 위스키를 마시게 될 겁니다, 미스터 화이트. 잘하면 이번주에!"

그게 무슨 말이냐는 내 질문에 크노벨은 입을 다문다. 나는 크노벨이 무슨 말인가를 들었지만 함부로 발설해서는 안 되는 상황임을 즉시 눈치챈다. 하지만 결국 그는 수프통을 손에 든 채 말한다.

"그 부인은 당신이 아주 맘에 드는 모양입니다."

"그래서요?"

"어쨌든 그 부인이 영치금을 넣었어요." 크노벨은 목소리를 낮추어 말한다. "꽤 많아요!"

"왜죠?"

"그거야—미스터 화이트 당신을 위해서죠!" 그는 비죽이 웃으며 한쪽 눈을 찡긋한다. "당신이 그 부인과 산책할 수 있도록 하기 위해서요—!"

또다시 (마지막으로!) 나는 오늘 내 부지런한 변호사를 내 처지에 대한 감동적인 오해로부터 끌어내려는 시도를 감행했다. 그 오해 탓에 내 변호사는 많은 노고를 기울이고 부질없는 일을 하고 나와 많은 갈등을 빚는다. 다른 한편으로는 그 갈등 덕분에 나는 매일 그에게 시가를 얻어 피운다—

"립 밴 윙클 이야기*를 아십니까?" 나는 이렇게 물으며 마침 시가의 마른 꼭지를 다시 깨물었다.

내 변호사는 대답 대신 불을 내밀었다.

"미국 동화죠." 나는 시가를 입에 문 채 말했고, 그래서 발음이 좀 불분명했다. "어린 시절, 그러니까 몇십 년 전에 이 동화를 한 번 읽은 적

* 미국 작가 워싱턴 어빙의 단편집 『스케치북』에 수록된 소설.

이 있어요. 아마 스벤 헤딘*의 책에서 읽었지 싶습니다. 박사님도 아시지요?"

그러면서 (이것이 중요하다) 나는 작은 불꽃이 이는 은색 라이터를 손에 들었다. 하지만 그 향긋한 시가, 어쨌든 내 구류생활의 유일한 희열에 불을 붙이지는 않았다. 아니, 불을 붙이고 싶은 욕망을 애써 억누르며 한 번 더 물었다.

"아니면 모르십니까?"

"뭘 말입니까?"

"립 밴 윙클 이야기 모르세요?"

나는 한 손에 라이터를 들고서 불이 꺼질 때마다 다시 라이터를 켰다. 그리고 다른 한 손에는 그 근사한 시가를 들고 이제 금방이라도 불을 붙일 듯이 굴었다. 그렇다. 이제는 빨갛게 이글거리는 시가를 빨아들이기만 하면 되는데, 그 동화가 내 시가보다 더 시급한 것인 양 마지막 순간에 번번이 립 밴 윙클의 방해를 받았다. 오로지 이런 꾀를 써야만 그 분주한 변호사로 하여금 내 말에 귀를 기울이고 주의를 기울이게 할 수 있었다.

그 동화는 대략 이런 내용이다.

일찍이 헨리 허드슨** 휘하에서 미국 땅을 개척한 대담한 밴 윙클의 후손인 립 밴 윙클은 타고난 게으름뱅이였다. 그 선량한 인간은 고기

---

* 스웨덴 출신의 탐험가.

** 영국의 탐험가. 1609년 아메리카대륙에 이르러 허드슨강을 발견하고 뉴암스테르담 식민지의 기초를 구축했다.

를 낚기 위해서가 아니라 몽상에 잠기기 위해서 낚시를 하는 듯 보였다. 그의 머릿속은 말하자면 현실과는 거의 무관한 생각으로 가득차 있었기 때문이다. 온 마을 사람들이 그의 현실, 그의 부인을 보며 동정하거나 혹은 대단하다며 감탄했다. 무척 성실한 부인은 그런 남편과 사는 게 쉽지 않았다. 립은 직업, 남성적인 직업의 필요성을 느꼈으며, 스스로 사냥꾼인 척하는 것을 즐겼다. 그러면 사람들 눈에 띄지 않는 곳에서 며칠씩 떠돌아다닐 수 있는 이점이 있었기 때문이다. 그는 대부분 양심의 가책만을 가득 안고서 비둘기 한 마리 없이 빈손으로 돌아왔다. 그의 오두막은 온 마을에서 가장 지저분했고 뜰은 더 말할 것도 없었다. 그의 뜰만큼 잡초가 무성하게 자란 곳은 눈을 씻고 찾아봐도 없었다. 그의 염소들은 길을 잃고 골짜기로 추락하기 일쑤였으나, 그는 별로 원통해하지도 않았다. 립 밴 윙클은 옛 그림 속에서 왕성한 활동력을 자랑하는 선조들과는 반대로 내면적인 사람이었기 때문이다. 그는 턱을 주먹으로 받친 채 며칠씩 지저분한 오두막 앞에 웅크리고 앉아서, 자신은 왜 행복해지지 않았을까 고심했다. 아내와 두 아이가 있었지만 그는 행복하지 않았다. 그는 자신에게 더 많은 것을 기대했다. 그의 나이는 어느덧 오십 줄에 접어들었으며 성실한 아내와 친구들은 그를 비웃었지만, 여전히 희망을 버리지 않았다. 립이 다람쥐 사냥을 가려고 엽총을 들면 오로지 바우츠, 털이 덥수룩한 그의 개만이 주인을 이해하고서 꼬리를 흔들었다. 엽총, 장식이 많이 달린 그 묵직한 물건은 조상에게 물려받은 것이었다. 립이 사냥에 대해 이야기하면, 조상들은 은밀히 미소 지었다. 그는 항상 총을 쏘기보다는 세상을 경험하기를 더 즐겼기 때문이다. 그의 이야기들은 구워 먹을 수 없었기 때문에, 두 아이의 어머니인 그의 아내는 이미 오래전에 거기에 신물이 났다. 그녀는 남편에게 게으름뱅이라고 아주 노골적으로 드러내놓고 욕했으며, 립은 그런 말을 참기 어려웠다. 급기야 립은 이야기를 늘어놓고 싶어서 거의 매일 저녁 마을의 술집에서 죽치기에 이르렀다. 그의 이야기는 구워 먹을 수 없었는데도, 그곳에는 항상 귀기울여 듣는 사람이 몇 명 있었다. 립이 사냥에 대해 이야기할 때, 그의 근사한 총과 발치의 피곤한 개만으로도 증거는 충분했다. 사람들은 그를 아주 좋아했다. 립은 그 누구에게도 해가 되는 이야기는 하지 않았으며, 오히려 항상 세상을 조금 두려워하는 듯 보였고, 사람들이 자신을 좋아해주길 기대했기 때문이다. 또 그는 좀 거나하게 술을 마시기도 했다. 귀기울여 듣는 사람이 전혀 없어도 손해볼 것은 없었다. 어쨌든 그들, 립과 그의 개는 자정이 되기 전에 집으로 돌아갔다. 개는 밴 윙클 부인이 오는 소리를 듣는 즉시 뒷다리 사이로 꼬리를 감췄다. 립이 장화를 벗는 동안 주인과 마찬가지로 거의 알아듣지 못하는 잔소리를 저녁마다 들어야 했기 때문이다. 물론 일상이 그런 식으로 계속될 수 없다는 것은 명백했다. 사실은 이미 오래전부터 명백했다…… 그러다 그들, 립과 그의 충실한 개는 또다시 다람쥐 사냥을 나섰다. 마을이 보이는 동안에는 강행군을 했다. 그런 다음 늘 그렇듯이, 립은 일차로 걸음을 멈추고 싸온 음식을 조금 먹었다. 바우츠는 혹시 언덕을 돌아 나오는 사람이 없는지 지켰다. 그리고 늘 그렇듯이, 그에 대한 대가로 작은 뼈다귀를 얻었다. 립은 앙상한 뼈다귀를 보고 크게 으르렁거리는 충직한 개에게 시간을 충분히 줄 요량으로 파이프 담배에 불을 붙였다. 마침내 그들은 아침을 향해 터벅터벅 계속 걸음을 옮겼다. 반짝이는 허드슨강을 넘어 먼 구릉지를 향해. 오늘날에도 확인할 수 있듯이 그곳은 멋진 곳이었다. 그리고 다람쥐도 있었다. 왜 립이 사람들 앞에서 줄곧 사냥꾼 행세를 했는지 누가 알겠는가! 그는 생각에 깊이 잠겨 어슬렁어슬렁 숲을 지났다. 그때 무슨 생각을 했는지는 알 길이 없다. 그곳에는 토끼도 있었고, 심지어는 노루도 있었다! 립은 걸음을 멈추고 깜짝 놀란 그 짐승을 경건하게 바라보았다. 두 손을 재킷 호주머니에 집어넣고 엽총을 어깨에 둘러메고 입에 파이프 담배를 문 채. 노루는 립이 사냥꾼이 아니라고 여긴 듯, 유유히 풀을 뜯기 시작했다. 사람은 모름지기 사냥꾼이어야 해! 립은 불현듯 저녁의 술집과 착실한 아내를 떠올리며 혼잣말하고는 엽총을 조준했다. 그는 자신을 바라보는 노루를 겨누었다. 그리고 방아쇠도 당겼다. 그런데 아쉽게도 탄약이 들어 있지 않았다! 이상한 일이었다. 총알이 날아가지 않았는데도 개가 짖었다. 바로 그 순간 골짜기에서 외치는 소리가 들렸다. 립 밴 윙클, 립 밴 윙클! 한 별난 젊은이가 무거운 짐을 짊어지고 숨을 헐떡이며 바위투성이 골짜기에서 올라왔다. 그곳에 그런 골짜기가 있을 줄은 짐작도 못한 터였다. 젊은이가 몸을 숙이고 있어서 얼굴은 보이지 않았다. 하지만 옷차림부터가 어처구니없었다. 옛날 그림에서나 볼 수 있는 조끼와 끈으로 묶은 헐렁한 바지를 입고 있었다. 게다가 예전 선조들처럼 턱수염을 길게 기르고 콧수염은 위로 동그르르 말았다. 그리고 브랜디가 가득 든 근사한 술통을 어깨에 메고 있었다. 립은 부르는 소리를 듣고 냉큼 달려갔다. 당신은 예의 바른 사람이군요! 수염 기른 젊은이는 말했다. 당신은 남을 잘 도와주는 사람이지요! 립이 평소에 듣기 좋아하는 이런 말을 하면서, 젊은이는 술통을 립의 어깨에 얹었다. 그래서 립은 더이상 질문하기를 포기했다. 먼저 산을 올라간 다음, 다른 골짜기로 내려갔다. 립은 처음 보는 곳이었다. 충직한 개 바우츠도 편안하지 않은 듯 주인의 다리에 바싹 붙어서 깽깽거렸다. 골짜기에서 천둥이 치듯 뭔가 구르는 소리가 들렸기 때문이다! 마침내 아픈 어깨에서 단단한 술통을 내려놓게 되었을 때에야, 립은 몸을 일으켜 주변을 둘러볼 수 있었다. 이 사람이 립 밴 윙클입니다! 수염 기른 젊은이는 말했다. 립은 늙은 신사 무리가 자신을 에워싼 것을 보았다. 네덜란드 모자, 뻣뻣하고 근엄한 얼굴, 고풍스러운 곱슬머리. 아무도 말을 하지 않았으며, 오직 립만이 고개를 끄덕였을 뿐이다. 그들은 볼링을 하는 무리로 밝혀졌다. 그래서 골짜기에서 천둥 치듯 뭔가 구르는 소리가 들렸던 것이다! 립은 즉시 술잔을 채워야 했다. 늙은 신사들은 각자 술을 한 모금 꿀꺽 들이켜고는 말없이 다시 볼링을 하러 갔다. 립은 일단 예의 바른 사람으로 입증된 이상, 볼링핀 세우는 일을 하지 않을 수 없었다. 다만 짬짬이 급하게 술잔의 술을 한 모금 마실 수 있었다. 그가 좋아하는 술인 두송주였다! 하지만 금방 다시 볼링핀들이 튕겨져나갔다. 그럴 때마다 요란한 소리가 났으며, 그 메아리가 온 골짜기에 울려퍼졌다. 립은 눈코 뜰 새 없이 바빴다. 요란하게 부딪치는 소리와 구르는 소리는 끝이 날 줄 몰랐다. 립이 약간 흔들거리는 무거운 볼링핀을 다시 나란히 세워놓고 두송주를 향해 손을 뻗자마자, 다음 신사가 볼링 레인에 들어서서 왼쪽 눈을 감고 조준한 다음 돌로 만든 공을 굴렸다. 공은 천둥소리를 내며 굴러갔다. 상당히 별난 무리였다. 앞에서도 얘기했듯이, 다들 한 마디도 말하지 않았다. 그래서 립도 그 노역에서 언제 벗어날 수 있는지 감히 물어볼 엄두가 나지 않았다. 옛날 선조들처럼 네덜란드 모자를 쓰고 머리카락이 고풍스럽게 곱슬곱슬한 얼굴들은 위엄이 있었다. 다만 립은 자신이 다시 볼링핀을 세우는 순간에 등 뒤에서 누군가 비죽이 웃고 있다는 불쾌한 느낌이 들었다. 하지만 뒤돌아볼 수 없었다. 흔들거리는 핀을 모두 세워놓기가 무섭게 다음 공이 굴러오는 소리가 들려서, 다리를 으스러뜨리지 않으려면 얼른 옆으로 비켜나야 했기 때문이다. 그 노역이 대체 언제 끝날지 알 수 없었다. 술통의 술은 무궁무진한 듯 보였다. 립은 거듭 술잔을 채워야 했고, 그들은 거듭 술을 한 모금 마시고는 다시 말없이 볼링 게임으로 돌아갔다—오로지 한 가지 방법밖에 없었다. 립이 잠에서 깨어나야 했다! ……립이 눈을 비비면서 몸을 일으켰을 때는 이미 해가 갈색의 저녁 안개 속으로 가라앉은 뒤였다. 집으로 돌아가야 할 시간이었다. 급히 서둘러야 했다. 하지만 아무리 휘파람을 불어도 개는 응답이 없었다. 립은 여전히 꿈에 취해서 골짜기와 볼링하는 사람들을 잠시 돌아보았다. 네덜란드 모자를 쓰고 머리카락이 고풍스럽게 곱슬곱슬한 사람들을. 그런데 아무것도 보이지 않았다! 저 너머에서 넓은 허드슨 강만이 예나 다름없이 반짝거렸다. 개만 충직하게 꼬리치며 돌아왔더라도, 립은 더이상 꿈을 생각하지 않았을 것이다. 그는 마을 사람들에게 무슨 이야기를 할지 집으로 돌아가는 길에 생각할 예정이었다. 물론 그 이야기들은 흔들거리는 볼링핀, 다른 사람들이 쓰러뜨리도록 끊임없이 다시 세워야 하는 볼링핀처럼 여겨졌다. 바우츠는 흔적도 보이지 않았다! 마침내 립은 풀숲에서 엽총을 집어들었다. 그런데 이런, 엽총은 무성한 노간주나무에 뒤덮여 있었다. 그뿐이 아니었다. 녹슨 모양새가 영락없이 세상에서 가장 볼품없는 엽총이었다! 나무로 만든 총대가 썩어 있었다. 립은 고개를 절레절레 흔들며 그 물건을 이리저리 몇 번 돌려보았다. 그러고는 엽총을 휙 내던지고서 몸을 일으켰다. 해가 이미 지고 있었기 때문이다. 보따리 옆에 놓여 있는 빛바랜 뼈가 충직한 개의 잔해, 바우츠의 해골일까? 립은 그게 사실이라고 믿고 싶지 않았다. 하지만 그게 아니면 무엇일까? 사실이었다. 그는 꿈을 꾼 것이 아니었다. 턱을 문지르는데, 가슴까지 닿은 수염, 흰 수염이 손에 잡혔다. 많은 세월이 흐른 것이다. 얼마나 많은 세월이 흘렀을까? 어쨌든 늦은 시각이었다. 그 시시한 볼링 게임 후 자신에게 삶이 얼마나 남아 있을지 알고 싶은 호기심과 굶주림에 쫓겨, 립 밴 윙클은 친숙한 마을로 돌아갔다. 그런데 집과 거리를 알아볼 수 없었다. 순전히 낯선 것들뿐이었다! 자신의 집만은 예전과 다름없이 여전히 쓰러질 듯 서 있었다. 집안이 텅 비고 유리창도 없었으며 바람만이 그 안에 살고 있었다. 내 아내 한네는 어디 있을까? 그는 서서히 공포에 사로잡혔다. 항상 꼭 필요한 소식을 알 수 있던 옛 술집도 사라지고 없었다. 그는 외로움에 절망하고 당황하고 두려움에 떨었으며, 낯선 아이들에 둘러싸여 옛 친구들에 대해 물었다. 사람들은 묘지를 가리키거나 어깨를 으쓱했다. 마침내 그는 (목소리를 낮춰) 자기 자신에 대해서도 물어보았다. 혹시 립 밴 윙클을 아는 사람이 있습니까? 그들은 웃었다. 립 밴 윙클, 그 다람쥐 사냥꾼은 유명했다. 그는 아이들도 다 알고 있는, 20년 전에 골짜기로 추락했거나 아니면 인디언의 손에 떨어진 남자에 대한 익살스러운 이야기들을 들었다. 이제 어떡하지? 그는 그 다람쥐 사냥꾼의 아내 한네에 대해 머뭇머뭇 물어보았다. 한네가 벌써 오래전에 슬픔을 이기지 못하고 세상을 떠났다는 말을 들었을 때, 그는 울면서 그곳을 떠나려 했다. 그런데 댁은 누구시오? 사람들은 그에게 물었고, 그는 정신을 가다듬었다.

맹세코! 그는 말했다. 맹세코, 어제까지만 해도 나는 내가 누구인지 안다고 생각했소. 그런데 잠에서 깨어난 오늘 내가 그것을 어찌 알 수 있겠소? 주위에 둘러 서 있던 사람들이 저마다 손가락으로 이마를 두드리면서 미친 사람 아니냐는 동작을 했다. 그는 볼링에 얽힌 기이한 이야기, 잠으로 일생을 보낸 짧은 이야기를 들려주었지만 허사였다. 그들은 무슨 말인지 전혀 알아듣지 못했다. 그렇다고 다르게 말할 수도 없었다. 곧 사람들은 제각기 갈 길을 갔고, 예쁘장한 젊은 여인만이 그 자리에 남았다. 립 밴 윙클은 우리 아버지였어요! 그 여인은 말했다. 우리 아버지에 대해 뭘 알고 계세요? 그는 잠시 그 여인의 눈을 바라보며, 자기가 아버지라고 말하고 싶은 유혹을 느꼈다. 하지만 그는 정말 그들 모두가 기대했던 사람, 그들이 웃으면 항상 조금 앞뒤가 맞지 않는 엉성한 이야기를 들려주던 다람쥐 사냥꾼이었을까? 이윽고 그는 말했다. 네 아버지는 죽었어! 그래서 그 젊은 여인도 그를 두고 가버렸다. 마음이 아팠지만 그럴 수밖에 없었다. 그가 깨어난 것은 괜한 헛수고였을까? 그는 마을에서 몇 년을 더 살았다. 낯선 세계에서 낯선 사람으로서. 그리고 강과 땅을 발견한 헨리 허드슨과 이따금 골짜기에 모여 볼링을 하는 그의 선원들 이야기를 하면서, 그곳에서 립 밴 윙클을 찾아야 할 거라고 말하면서, 사람들이 믿어주기를 바라지는 않았다. 사람들은 미소 지었다. 물론 무더운 여름날에 이따금 언덕 뒤에서 뭔가가 둔탁하게 굴러가는 소리, 볼링핀이 우당탕 넘어지는 소리가 들렸다. 그러나 어른들은 언제나 흔히 들을 수 있는 천둥소리로 여겼다. 그리고 그랬을 수도 있다. —이것으로 동화는 끝이 났다.

"그래서요?" 내가 이야기를 마치고 마침내 시가에 불을 붙이자, 내 변호사는 물었다. "그게 도대체 우리 일하고 무슨 상관이 있지요? 9월 말에 큰 재판이 열리는데, 당신은 지금 동화 이야기나 합니까? 동화를! 저더러 그걸로 당신을 변호하란 말입니까?"

"아니면 뭘로 변호하겠습니까?"

"동화!" 그는 탄식한다. "분명하고 명백하고 쓸모 있는 진실은 단 한 번도 말하지 않고!"

PS. —머지않아 이 노트를 다 채울 거라 나는 내 변호사에게 새 노트를 가져다달라고 부탁했다. 그는 내 노고에 기뻐한다. 나는 아직까지 그에게 내 노트를 읽어보게 하지 않았다. 그는 이 노트를 이용해서 이른바 내 삶을 자신의 서류가방 속에 쑤셔넣을 수 있기를 진지하게 바라는데, 나는 서서히 걱정이 된다.

취리히는 매력적인 도시라 할 수 있다. 이 작은 도시는 정겨운 호수의 아래쪽 끝에 위치한다. 호수를 에워싼 구릉지대는 공장이 아니라 빌라 때문에 미관이 손상되었다. 우리가 어제 시내를 산책할 때는 날씨가 쾌적했다. 은빛 안개가 살포시 깔린 푸른 9월이었다. 나는 황홀한 기분을 만끽했다. 그것은 관대하게 영치금을 넣어줘 매주 이런 나들이를 가능하게 해준 율리카 부인 때문만은 아니었다. 물론 이런 나들이에는 항상 정해진 시간에 정확하게 구치소로 돌아가야 한다는 조건이 붙어 있다. 이것과 관련해 나는 내 변호사가 우리를 따라오는 일을 방지하기 위해서 맹세를 해야 했는데, 그 맹세는 율리카에 대한 자연스러운 배려보다도 더 구속력이 없다. 내가 도망치면 율리카는 내가 결코 갚을 수 없는 금액을 잃게 되니까. 그러고 보니 위스키도 한두 병 허락된다! 이 부인은 참 대단하다는 생각이 거듭 든다. 햇빛 아래서 활활 타는 듯한 머리카락, 그 위에 파리풍의 흰색 모자, 가냘픈 몸매, 나는 그야말로 황홀하다.

나는 한번은 쇼윈도에 비친 그녀의 모습을 보고서, 몸을 돌려 그녀의 턱을 잡고 입맞추지 않을 수 없었다.

"어머," 그녀는 말한다. "우리는 취리히에 있어!"

무엇보다도 이 작은 도시의 위치가 나를 황홀하게 한다. 아늑한 언덕과 시골로 산책하라고 유혹하는 자연림이 양편에서 도시를 에워싸고 있다. 그리고 초록빛의 작은 강이 도시 한복판을 가르며 반짝인다. 강은 (물론 모든 하천이 그렇듯이) 넓은 바다가 어느 쪽에 있는지 알려주면서 끊임없이 생동하는 것을 일깨운다. 세상, 해안을 향한 동경을. 구치소에 머물지 않는다면, 취리히에서 보내는 삼주일은 틀림없이 무척 근사할 것이다. 특히 1년 중 이 무렵에는. 또한 거리에서 들을 수 있듯이, 세계 각지에서 온 이방인도 있다. 취리히의 문장紋章이 흰색과 푸른색으로 이루어진 데는 이유가 있다. 갈매기의 흰 빛깔로 수놓인 푄*, 토착민에게도 많은 두통을 야기하는 푄의 반짝이는 푸른빛을 통해 취리히는 실제로 독특한 마법을 발휘한다. 다른 어느 곳보다도 대기에서 많이 드러나는 특성, 적어도 토착민들의 표정에 어린 불만과 기이하게 대립되는 대기의 광채, 그리고 특히 경사스러운 분위기, 낭랑하게 울려퍼지는 것, 취리히 문장처럼 청초하고 산뜻한 것, 많은 특별한 자질 없이 푸

* 알프스산맥에서 불어 내리는 건조한 열풍.

르고 하얀 것. 아마 취리히는 무엇보다도 풍광이 매력적인 도시라고 말할 수 있을 것이다. 선착장에 내려서 사진을 찍고는 이탈리아를 향해 여행을 계속하는 이방인들이 어쨌든 이해가 된다. 또한 사람들이 사진을 많이 찍는 것을 자랑스러워하는 토착민들도 이해가 된다. 미시시피강 너비만한 가느다란 호수가 오르락내리락 굽이치는 초록빛 대지를 향해 굽은 낫처럼 빛을 발한다. 평일에도 작은 요트를 타는 사람들로 붐빈다. 상인들의 만남의 장소인 취리히는 분주하게 북적대는데도 휴양지 같은 면이 있다. 알프스산맥은 다행히도 엽서에서 보이는 것처럼 가까이 있지 않다. 알프스산맥은 파도치는 앞산들, 순백의 만년설과 푸르스름한 구름으로 이루어진 물보라를 적절한 거리에서 꾸며준다. 어쩌면 율리카가 취리히의 현실적인 구역은 내게 보여주지 않았을 수도 있다. 나중에 기억을 더듬어보니, 거지나 장애인을 단 한 명도 만나지 않았다는 생각이 떠오른다. 사람들은 우아하지는 않지만 질 좋은 옷을 입어서 결코 동정심을 느낄 필요가 없다. 거리들은 아침부터 저녁까지 깨끗하다. 이미 말했듯이 걸인에게 방해받는 일 없고 또 우리의 대화를 중단시킬 만한 특별한 문화재에 방해받는 일도 없이, 우리는 한 시간 가량 시내를 어슬렁어슬렁 돌아다닌다. 그들이 현대적인 교통을 통제하는 방식은 이방인에게 금방 이해되지 않는다. 경찰관들은 갖은 애를 쓰고 있으며 무척 진지해 보인다. 그들에게는 무엇보다도 정의가 중요한 듯하다. 교통은 별로 문제되지 않는 듯 보인다. 모든 사거리에서 일종의 도덕적인 교육을 받는 듯한 느낌이 든다. 이방인들이 호숫가에서 말하자면 자신만의 독자적인 분위기를 조성해서 그것이 취리히의 분위기인 줄 아는데, 거기에 가까이 다가갈수록 백주대로에서 기분좋게 웃어도 별로 눈에 띄지 않는다. 율리카도 그 부근에서는 좀더 자유로워지는 것이 느껴진다. 그녀가 파리에서 어떻게 지내는지 상상이 간다. 그녀의 어머니는 헝가리 사람이었지만, 그녀는 취리히에서 태어나고 자랐다. 예를 들어 취리히 시의회가 찰리 채플린을 제대로 영접할 줄 모르면, 율리카는 심하게 화를 낸다. 15분 동안 오로지 그 이야기만 한다. 회의에 참석한 손님인 듯 보이는 인도의 커플이 아름다워 보인다. 이곳에서는 회의가 많이 열린다. 커다란 구식 버스나 독일의 가죽바지 무리와 더불어 전체적으로 조금 국제적이다. 그리고 모든 유흥업소의 종업원들은 미국식 영어를 한다. 세계적인 것이 이 작은 도시의 본질을 이루고, 그 점은 이미 말했듯이 이방인들을 편하게 해준다. 지루하지 않으면서도 시골스럽다. 푸르트벵글러*의 연주회, 장 루이 바로**의 초청 공연, 렘브란트에서부터 피카소에 이르는 그림 전시회, 독일 망명인들의 연극 공연, 토마스 만의 정착, 또한 바깥세상에서 뭔가 업적을 이루는 온갖 특별한 두뇌들과 더불어 시골스럽다. 이런 두뇌들의 명성은 그들의 조국을 서서히 우쭐하게 만들지만, 조국 자체는 시골스러워서, 즉 역사와 무관해서 그런 명성을 쌓지 못한다. 하지만 그게 나하고 무슨 상관이랴! 이방인에게는 이 작은 도시를 거니는 것이 즐거움이다.

특히 돈이 있다면. 그리고 이미 말했듯이—율리카가 나를 행방불명된 남편이라고 여기는 고정관념에 사로잡히지만 않았다면, 황홀한 오후가 될 수도 있었을 것이다.

---

* 독일의 세계적인 지휘자.

** 프랑스의 배우, 연출가.

율리카는 문득 걸음을 멈춘다.

"여기!" 그녀는 말한다. 그리고 국가기관이 구매했는데도 별로 나을 게 없는 청동 형상을 가리킨다. 일종의 조각품, 솔직히 말해서 뭐라고 반응해야 할지 모르겠다. 내가 계속 걸음을 옮기려 하자, 율리카가 내 소맷부리를 잡으며 받침돌을 가리킨다. 거기에 상당히 큰 글씨로 A. 슈틸러라고 쓰여 있다. (다행히도 나는 내 의견을 표명하지 않았다. 내가 그녀의 행방불명된 남편 슈틸러의 작품에 대해 의견을 말하는 순간, 그것을 내가 슈틸러라는 또하나의 증거로, 자기비판으로 여길 것이기 때문이다.) ……율리카가 다시 성가시게도 내 소맷부리를 잡아당기고 싶은 욕구를 느끼는데, 이번에는 다행히 조각품이 아니라 백조들이 보인다. 햇살에 흰 깃털이 빛나는, 살아 있는 백조떼. 주변의 초록빛 물에 백조의 작은 깃털이 떠 있다. 율리카가 내 걸음을 멈추게 하자, 뒤쪽에 이른바 그로스뮌스터 교회가 보인다. 나는 무슨 영문인지 이해한다. 앨범의 사진과 똑같다! 율리카가 이것으로 뭘 증명하려는 것인지는 모른다. 결국 나는 길(횡단보도) 한복판에 서 있다. 나는 묻는다.

"이 근처에 위스키 마실 데 없을까요?"

율리카는 고집 센 당나귀에 절망한 사람처럼 다시 내 소맷부리를 잡아끌지만 소용없다.

"여기 이렇게 서 있을 수는 없어!"

이미 스쿠터들이 우리 양편으로 쌩쌩 달려가고 택시가 내게 경적을 울린다. 트레일러를 끄는 트럭 소리에 묻혀 우리 말소리도 들리지 않는다. 신호등에 다시 초록불이 들어왔는데도 율리카는 백지장처럼 창백하다. 내가 아무 짓도 안 했는데도, 한 보행자가 도덕적으로 격분해서 내게 욕설을 퍼붓는다. 날마다 자유를 뽐내는 나라에서 마치 내 목숨을 거는 것은 허용되지 않는 양…… 나중에 야외 레스토랑의 화려한 파라솔 아래서 나는 율리카에게 묻는다.

"그런데 파리에서 어떻게 살아?"

나도 이제 편하게 말을 놓는다. 맹세코 영치금 때문이 아니라 다정하게 대하고 싶은 마음에 나도 모르게 그렇게 말이 나온다. 뭔가 불가사의한 것, 질풍처럼 덮치는 최초의 친밀감, 갑자기 붕 뜨는 듯한 온 세상 위의 마술지팡이 같은 것, 모든 것을 압도하는 그윽한 것이 끊임없이 느껴진다. 나는 무의식적으로 그녀의 어깨에 한 손을 올려놓았다. 우리의 작은 신체 접촉 외의 나머지 것은 거의 인지할 수 없을 정도로 예기치 않은 환희에 취해서. 새롭게 말을 놓는 것도 다시 익숙해져서 말하자면 아무런 감흥이 없어질 때까지는 한동안 환희에 차서, 위스키를 가져오는 종업원을 포함해 모든 사람과 형제자매가 된 듯한 느낌이 든다. 이 세상에서 나 자신을 더이상 꾸밀 필요가 없다는 느낌, 평온하고 들뜬 기분에 사로잡힌다. 구치소 따위가 다 무엇이랴! 새롭게 말을 놓는 대상이 원숙하지만 쾌활한 여인인 경우에는, 들떠서 그다지 진지하거나 절실하지 않은 자연스러운 욕구, 다른 어떤 남자들이 이 여인과 연루되었는지 알고 싶은 장난기어린 호기심이 인다. 파리, 물론 수도원은 아닌 듯싶은 발레학원에 대한 이야기에서 남자는 전혀 등장하지 않는다. 프랑수아, 앙드레, 피에르, 자크, 그 누구도 등장하지 않는다. 아마존족의 파리일까? 그게 무슨 뜻일까? 결국 나는 솔직히 터놓고 묻는다.

"파리에서 많이 행복해?"

이 정도는 물을 수 있지 않겠는가.

"행복하냐고?" 그녀는 말한다. "행복하다는 게 무슨 뜻이야?—"

참 이상하다. 내가 율리카 슈틸러 추디 부인을 건강하고 행복한 사람으로 여기면, 그녀는 왠지 좋아하지 않는다. 그 즉시 그녀는 다보스, 의심의 여지 없이 끔찍했던 시간, 행방불명된 남편 슈틸러에게 버림받고서 아르누보 양식의 올리브그린색 유리문이 달린 쓸쓸한 베란다에서 보낸 시간으로 다시 돌아간다. 나는 또다시 그때 이야기를 듣는다. 그리고 과거의 끔찍했던 일에 대해 조금도 의심하지 않으며, 그녀의 생기 넘치는 현재 모습과 테이블보에 반사된 빛을 받아 밝게 빛나는 독특한 얼굴을 바라본다. 얼굴이 마치 무대조명을 받는 듯하다. 나는 그녀를 갈망한다. 나는 그녀가 용서하고 싶어하고 또 용서하기 위해 그토록 상세하게 묘사하는 과거로부터 우리의 제한된 오후시간으로, 현재로 마침내 돌아오기를 기다린다.

"율리카," 나는 말한다. "당신은 당신의 그 슈틸러가 얼마나 소름 끼치게 굴었는지 내내 그 이야기만 하고 있어. 누가 그걸 부정하겠어? 당신 주장에 따르면, 그 남자는 당신을 병들게, 죽을 정도로 병들게 만들었어. 그는 당신을 버렸어. 당신은 하마터면 죽을 뻔했지. 그런데도 내가 보기에, 당신은 오직 그 사람만 찾고 있어—당신이 실제로 죽은 것이 아니라 여기 이렇게 생기 넘치는 모습으로 앉아 있는 걸 그냥 그 사람 덕분으로 여기면 안 될까?"

이 말은 농담이 아니었다. 아니, 나 자신은 그렇게 생각했다. 율리카는 내게 눈길 한번 주지 않고 파리풍의 하얀 핸드백에서 누렇게 변한 짧은 편지를 꺼냈다. 내 말을 반박하기 위한 것이 분명했다! 그 비열한 슈틸러가 당시 다보스 요양원의 그녀에게 보낸 편지였다. 율리카는 나더러 그 편지를 읽으라고 말했다. 그것은 사실 편지라기보다는 쪽지, 흐물흐물한 낡은 종잇장, 수첩에서 뜯어낸 바둑판무늬의 종이였다. 연필로 휘갈겨 쓴 것이었는데, 무슨 이런 글씨가 있을까 싶은 의구심을, 아니 혐오감을 일깨웠다.

"그래서?" 나는 조금 당황해서 물었다.

율리카는 허둥지둥, 그야말로 허둥지둥 성냥개비를 그어 불을 붙이려 했다. 성냥개비가 여러 차례 부러졌다. 그 짧은 글, 그녀의 행방불명된 슈틸러에게 받은 마지막 글에 대해 논평을 들을 생각은 없는 듯 보였다. 그녀는 담배를 피웠다.

"율리카." 나는 그 흐물흐물한 쪽지를 돌려주면서 말했다. "나는 당신을 사랑해—"

그녀는 이 말이 믿기지 않는 듯 소리 없이, 맥없이 웃었다.

"나는 당신을 사랑해—" 나는 한 번 더 말했다. 그리고 그녀의 과거나 나의 과거가 아니라 우리의 만남, 이 시간에 느끼는 내 감정, 이 시간을 벗어나는 내 희망과 관련된 일에 대해 몇 가지 말하려고 했다. 그러나 그녀는 내 말을 듣지 않았다. 침묵하고 있을 때도 내 말을 듣지 않았다. 다만 주의 깊게 듣는 척할 뿐이었다. 그녀의 정신은 다보스에 가 있었다. 그게 눈에 환히 보였다. 내가 말하는 동안, 심지어 그녀는 눈물을 흘리기 시작했다. 서로 마주보고 앉아 있는 두 사람이 서로를 인지할 수 없는 것도 슬프다는 생각이 들었다. "율리카?" 나는 그녀의 이름을 불렀다. 마침내 그녀는 아름다운 얼굴을 내게로 돌렸다. 그러나 그녀는 나를 본 것이 아니라 슈틸러를 보았다! 나는 그녀가 깨어

나도록 그녀의 가느다란 손을 붙잡았다. 그녀는 내 말에 귀기울이려고 애썼다. 내가 사랑한다고 맹세할 때마다, 그녀는 미소를 짓고 내 말을 들었다. 그런 것 같았다. 하지만 내가 하려는 말을 귀담아 듣지는 않았다. 그녀는 다만 슈틸러가 지금 내 의자에 앉아서 했을 말만을 들었다. 그 사실을 느끼는 건 고통스러운 일이었다. 나로서는 입을 다물 수밖에 없었다! 나도 모르게 그녀의 손을 놓았다. 가까이 있는 그녀의 손을 바라보는데, 그 어처구니없는 흉터 꿈이 뇌리에 떠올랐다. 율리카는 나더러 계속 말하라고 부탁했다. 무엇 때문에? 나도 별안간 절망적인 기분이 들었다. 이 여인과 나 사이의 모든 대화는 시작도 하기 전에 끝났다는 생각이 들었다. 내가 언젠가 하게 될 모든 행위는 사사건건 오로지 행방불명된 슈틸러의 적절한 행위나 적절하지 못한 행위로, 예상된 행위나 예상 밖의 행위로 보이면서, 내 현재의 본성과는 무관하게 지레 해석되고, 결코 나 자신의 행위로 보이지 않는다. 결코 나 자신의 행위로 보이지 않는다!…… 내가 종업원에게 손짓하자, 율리카는 즉시 걱정스러운 표정으로 다정하게 말한다. "그렇게 많이 마시면 안 돼!……"

솔직히 말해서, 이 말에 나는 움찔하며 자제해야 했다. 이 부인은 대체 무슨 생각을 하는가? 첫째, 나는 더이상 술을 마실 생각이 전혀 없었다. 그거야 아무래도 상관없었다! 그녀는 나를 자신의 슈틸러처럼 다룰 수 있다고 믿었다. 순간적으로 나는 순전히 반발심에서 위스키를 한 잔 더 마시고 싶은 기분이 들었다. 그러나 마시지는 않았다. 반발은 진정한 독립의 반대이기 때문이다. 나는 미소 지었다. 그녀가 안쓰러웠다. 나는 그녀의 모든 행동이 내가 아니라 환영에 관련되어 있음을 이해했다. 그리고 일단 그녀의 환영으로 오인받으면 무방비 상태가 된다. (그녀가 찾는 남자는 필시 존재하지 않기 때문이다!) 그녀는 나를 인지하지 못한다. 유감이군! 나는 생각했다.

"기분 나쁘게 생각하지 마." 그녀는 말했다. "하지만 당신은 정말로 많이 마시면 안 돼. 난 좋은 뜻에서 그렇게 말했을 뿐이야."

유감스럽게도 종업원은 금방 오지 않았다.

"난 아무것도 주문할 생각이 없었어." 나는 조금 피곤한 표정으로 반박했다—율리카는 미소 지었다. 그래서 나는 조금 과민하게 덧붙였다. "이봐, 잘못 생각하셨어. 정말 아무것도 주문할 생각이 없었거든. 나는 계산할 생각이었다고! —유감스럽게도 내 수중에는 돈이 없지만……" 하지만 율리카는 이것도 예상했다는 듯이, 내가 계산할 수 있도록 그동안에 이미 붉은 모로코가죽 지갑을 내 팔꿈치 아래에 밀어놓았다(분명 슈틸러에게 자주 그렇게 했던 모양이다). 내가 뭘 어쩌겠는가! 나는 계산했다. 그런 다음 붉은 모로코가죽 지갑을 그녀에게 돌려주고 정신을 가다듬고서 말했다.

"가자고!"

나는 정각 6시에 구치소로 돌아왔다.

PS.

요컨대, 내게는 현실을 표현할 언어가 없다. 나는 침상에 누워서 몇 시간씩 잠을 이루지 못하고, 무엇을 해야 할지 생각하려 한다. 여기서 항복할 것인가? 거짓말, 단 한 마디, 이른바 자백으로 당장 해결될 것이다. 나는 '자유롭다'. 다시 말해, 내 경우에는 나와 아무 상관 없는 역할을 하도록 운명 지워져 있다. 다른 한편으로, 자신이 실제로 누구인지 어떻게 증명할 수 있는가? 나는 증명할 수 없다. 내가 누구인지 나 자신은 아는가? 이것은 여기 구치소에서의 무서운 체험이다. 내게는 내 현실을 표현할 언어가 없다.

서로 등에 비누칠을 해주기로 동맹을 맺은 작은 유대인이 오늘 샤워 시간에 보이지 않는다. 내가 그에게 자유를 준다고 말하자, 그들은 눈썹을 찌푸릴 뿐이다. 그는 현명한 남자였다. 그가 자살했다는 소문에 영 신경이 쓰인다. 그런데도 물론 우리는 열 명이 한 조를 이룬다. 우리가 서로 등에 비누칠을 해주지 않았더라면, 그의 퇴장은 분명 내 눈에 띄지도 않았을 것이다. 또한 그가 없어서 아쉬운 것도 아니다. (비누칠은 웬지 늘 곤혹스러웠다.) 죽음을 기다리지 못하는 자들이 하필이면 늘 현명한 사람이라는 사실에 영 신경이 쓰인다. 뭔가 비밀을 알고 있는 듯한 그의 현명한 눈을 생각하면, 그 남자가 무엇이 자신을 기다리는지 몰랐다는 사실이 믿기지 않는다. 심지어 지금은 그 남자가 내 경험을 털어놓을 수 있었을 유일한 사람이라는 생각마저 든다—말로 표현하기 어려운 내 천사와의 만남을.

또다시 그 친숙한 감정이 나를 덮친다. (불타는 집의?) 난간에 서 있어서 날아야 할 것 같은 감정, 별안간 날지 못하면 살아날 길이 없을 것 같은 감정. 그와 동시에 거리로 추락해봤자 아무 소용 없으며 자살은 환상이라는 확신이 든다. 이것은 허공이 나를 품어준다는 믿음 속에서 날아야 하는 것, 즉 날개 없는 도약을 뜻한다. 공허한 것으로의 도약, 결코 살아보지 못한 삶으로의 도약, 태만에 의한 죄로의 도약, 유일하게 나의 일부이며 나를 품을 수 있는 현실적인 것으로서 허공으로의 도약을 뜻한다……

두번째 노트

내 변호사는 지금까지 쓴 기록을 읽고는 화낼 기력도 없는지 고개만 절레절레 젓는다. 이것으로는 나를 변호할 수 없다고 말하며, 노트를 가방 안에 집어넣지도 않는다—

그런데도 나는 계속 기록한다.

(내 변호사가 친절하게 선물한 시가를 입에 물고서.)

아름다운 율리카와 행방불명된 슈틸러의 관계는 차이코프스키의 호두까기인형 조곡으로 시작되었다. (그 당시만 해도 젊었던 슈틸러는 마찬가지로 젊은 율리카에게 어떤 식으로든 깊은 인상을 심어주고 싶어 안달했으며, 그 음악을 비누거품 마법, 기교가 뛰어난 발기불능, 색소를 탄 레모네이드, 중년을 위한 통속물 등으로 부르면서 젊은 무용가를 화나게 했다.) 율리카가 최근에 암시한 바에 따르면, 그게 두 사람의 결혼생활 동안 유일한 호두까기인형 조곡이었다. 그 당시 율리카는 발레를 했다. 율리카가 그저께 내게 슬쩍 보여준 낡은 사진에서, 그녀는 시동 아니면 왕자의 모습을 하고 있었다. 변장한 모습이 아주 행복해 보였는데, 실제로 그녀에게 매혹적으로 어울렸다. 그 당시 그녀의 앳된 청년 같은 우아함은 아무리 보아도 질리지 않았다. 크고 무척 아름답고 솔직해 보이는 눈에, 그 당시에는 지금과는 반대로 특이하게도 겁먹은 기색이 어려 있었다. 황홀한 변장을 통해 이따금 잠시 벗어날 수 있는 자신의 성별에 대한 두려움이든, 아니면 무대장치 너머 어딘가에서 그녀가 은빛 변장을 포기하길 기다리는 남자에 대한 두려움이든, 남모르는 두려움의 베일 같은 것이 드리워져 있었다. 그 무렵 율리카는 스물세 살이었다. 어느 정도 경험 있는 남자라면—슈틸러는 전혀 아니었던 듯 보인다—그 매혹적인 아가씨에게서 심한 불감증을 어렵지 않게 인지했을 것이다. 적어도 단숨에 눈치채고서 거기에 맞게 기대치를 조절했을 것이다. 그 당시 율리카는 발레계의 인정받는 유망주였다. 그 독특하고 매혹적인 아가씨가 예술(발레)을 그 무엇보다도 중요하게 여겨서 예술 이외의 일은 처음부터 전부 방해물로 느끼지 않았다면, 얼마나 많은 남자들, 명성 높은 취리히 남자들, 뛰어난 인물들이 즉석에서 율리카와 결혼했을까. 춤은 그녀의 인생이었다! 율리카는 킥킥 웃으며 신사들을 불쾌하게 하거나 아니면 적어도 진지한 대화를 불가능하게 만들어 그들을 멀리 밀쳐냈다. 당신이 믿든지 말든지, 아름다운 율리카는 그 당시 수녀처럼 살았다. 물론 율리카를 요부처럼 보이게 하는 소문이 무성했지만, 그것에 대해서도 그녀는 그저 킥킥 웃어넘길 수 있었다. 사람들은 왜 율리카를 있는 그대로 두지 않았을까? 그녀는 극장을 나설 때마다 항상 팔에 싱싱한 꽃을 안고 있었으며, 솔직히 말하면 다음 숭배자, 이 꽃을 보낸 사람, 어쩌면 대학생이나 번쩍거리는 자동차 주인이 밖에서 기다리고 있지 않을까 내심 두려움에 떨었다. 율리카는 자동차를 두려워했다. 다행히도 그들은 대부분 율리카를 전혀 알아보지 못했다. 그녀는 붉은 머리카락이 보이지 않도록 여학생처럼 털모자를 머리에 눌러쓰고서 재빨리 지나갔다. 조명의 홍수에서 벗어나는 즉시 율리카는 눈에 띄지 않는 수수한 소녀가 되었다. 물속에서만 색채의 기적을 일으키는 바다동물처럼 율리카도 오로지 춤출 때에만, 무엇보다도 춤출 때에만 신비한 아름다움을 발산했다. 그런 후에는 피곤했다. 당연히 그녀는 춤을 추면서 최선을 다했다. 그러니 당연히 피곤했다. 율리카는 기다리는 숭배자들에게도 피곤하다고 말했다. 다만 슈틸러만은 율리카가 자기만 만나면 항상 피곤해한다고 믿었다. 그가 율리카에게 포도주를 마시라고 권하거나 또는 율리카가 술을 마시지 못하면 차를 권하는 것에 무슨 이득이 있었겠는가? 슈틸러는 마치 혼자서 대화를 이끌어야 할 책임이 있다고 생각하는 사람처럼 말을 아주 많이 한 듯 보인다. 율리카는 피곤했고 침묵을 지켰다. 그 당시 슈틸러는 스페인에 대해 많이 말했다. 그때 막 스페인내전에서 돌아와 스위스 군법회의에서 유죄 판결을 받은 뒤였다. 율리카가 그를 불쌍하게 여긴 것은 코앞에 닥친 징역형 때문이 아니었다. 그는 무슨 자랑거리인 양 징역형을 볼썽사납게 떠벌렸다. 율리카는 그가 그냥 불쌍하다는 생각이 들었다. 사실 율리카도 그 이유는 몰랐다. 그녀가 미소만 지었다 하면, 슈틸러는 진지한 대접을 받지 못할까봐 두려워하며 손을 이마나 입에 갖다댔다. 그리고 멀지 않은 집으로 돌아가는 길에 율리카가 팔짱을 끼길 거절했을 때는 당황했다. 그녀의 집 앞에서 슈틸러는 치근대서 미안하다고 오랫동안 사과했으며, 스스로도 혐오스럽게 생각된다고 말했다. 그때의 그처럼 율리카의 마음에 든 사람은 없었다. 또한 슈틸러는 아름다운 율리카에게서 두세 줄의 짧은 편지를 받은 첫번째 사람, 어쨌든 몇 안 되는 사람 가운데 하나였다. 그 편지에서 율리카는 자신이 유감스럽게도 매우 피곤했음을 시인하고 재회의 기회를 암시했다. 그녀는 그 젊은 남자가 자신을 얼마나 열망하는지 알고 있었으며, 동시에 그가 자신을 결코 덮치지 않을 것도 알고 있었다. 그러기에는 그에게 뭔가가 부족했고, 그의 그런 점이 특히 맘에 들었다. 그리고 율리카가 거의 한 시간 가까이 극장 앞에서 기다리게 했어도, 얼마 전까지 스페인에서 전쟁에 참여했던 이 남자, 율리카보다 머리통 하나는 더 크고 호리호리하면서도 힘 있어 보이는 이 남자가 사과받길 조금도 기대하지 않는 것이 마음에 들었다. 오히려 그 남자는 자신이 고집스럽게 기다린 것을 사과했으며, 그녀를 귀찮게 하지나 않을까 지레 걱정했다. 이미 말했듯이, 이런 모든 점이 율리카의 마음에 들었다. 어쨌든 그녀는 옛날을 회상하면, 행방불명된 슈틸러를 언제나 지극히 진심으로 칭송한다. 3월이었다. 그들은 처음으로 시골로 산책을 갔는데, 연약한 율리카에게 너무 오래 걸리고 힘들고 지저분한 일이었다. 햇살이 따뜻하게 비쳤는데도 땅이 너무 질퍽거렸다. 슈틸러가 들판을 가로질러 인도할 수밖에 없었을 때, 한번은 심지어 그녀의 왼쪽 구두가 질퍽한 진창에 박히기도 했다. 율리카가 스타킹만 신은 발로 지저분한 곳을 딛지 않도록, 슈틸러는 그녀를 붙잡고 있어야 했다. 그때 슈틸러가 처음으로 그녀에게 입맞추는 일이 발생했다. 율리카는 그때 자신도 그에게 입맞췄다고 굳게 믿고 있다. 게다가 슈틸러는 율리카를 괴롭히지 않으려고 그것으로 만족했다. 그런데도 계속 산보하는 동안 무척 쾌활했으며, 사내아이처럼 버들가지를 꺾어서 그것으로 자신의 펄럭이는 코트를 치며 걸었다. 율리카는 그가 오빠처럼 느껴졌다. 그 점도 마음에 들었다. 율리카가 경치를 보면서도 오로지 발레, 특히 발레에 관계된 사람들, 지휘자나 무대장치가, 미용사, 발레 감독에 대해 수다를 떨어도 슈틸러는 기분 나빠하지 않았다. 어쨌든 그것은 그녀의 세계였다. 다른 숭배자들은 율리카의 머릿속에 온통 남에 대한 험담밖에 들어 있지 않다고 비난했다. 슈틸러는 그렇지 않았다. 그는 귀담아 들으려고 무척 애썼으며, 이따금 아주 아름다운 전망을 가리켰다. 그러나 아름다운 전망은 율리카의 관심을 돌릴 수 없었다. 그러면 슈틸러는 자신이 발레 예술에 대해 너무 아는 것이 없다는 데 부끄러워했다. 슈틸러가 높이 평가한 듯 보이는 소박한 농가의 식당에서 그들은 베이컨과 빵을 먹었다. 율리카는 처음으로 두렵지 않은 남자를 만났다는 기쁨을 만끽했다. 그는 다시 스페인전쟁 이야기를 했다. 며칠 후면, 스위스연방의 담요를 팔 아래 끼고서 어딘가로 출두해 몇 개월 복역해야 했기 때문이다. 그들은 오랫동안 서로 보지 못했다. 그 시기에 율리카는 여러 통의 편지를 썼다. 원래 수줍은 성격인지라 슈틸러에 대한 사랑을 글로 표현하지는 않았다. 하지만 드러내놓고 말하지는 않았어도, 슈틸러처럼 섬세한 남자라면 아름다운 율리카가 그 수줍은 성격에 맞게 느꼈을 감정을 틀림없이 알아챘을 것이다. 어쨌든 율리카 슈틸러 추디 부인은 행방불명된 슈틸러를 얼마나 진심으로, 헌신적으로 다정하게 사랑했는지 보여주는 명백한 증거로 지금도 그 편지들을 내세운다.

1년 후, 그들은 결혼했다.

이방인으로서 율리카의 이야기를 듣다보면, 그녀와 행방불명된 슈틸러, 그 두 사람이 서로에게 불운한 방식으로 어울렸다는 느낌이 든다. 그들은 두려움 때문에 서로를 필요로 했다. 정당하든 부당하든, 아름다운 율리카는 자신이 여자가 아니라는 두려움에 남몰래 시달렸다. 그리고 슈틸러도 그 당시 자신이 어떤 의미에선가 충분하지 못하다는 두려움에 끊임없이 시달린 듯 보인다. 그 남자가 얼마나 자주 사과해야 한다고 믿었는지가 주목을 끈다. 그의 두려움이 어디서 비롯되었는지 율리카는 모른다. 율리카는 행방불명된 슈틸러와의 애석한 결혼생활에 대해 이야기하면서 두려움은 전혀 입에 올리지 않는다. 하지만 율리카가 이야기하는 거의 모든 것에서, 그녀가 오로지 슈틸러의 양심의 가책, 실패자라는 두려움을 통해서만 그를 묶어둘 수 있다고 믿었던 사실이 암시된다. 그녀는 현실적이고 자유로운 남자를 만족시켜서 곁에 붙잡아둘 자신이 없었던 듯 보인다. 슈틸러도 그녀의 약점에 매달렸다는 느낌이 든다. 다른 여자, 건강한 여자였더라면, 그에게 힘차게 살라고 요구했거나 아니면 그를 거부했을 것이다. 율리카는 그를 거부할 수 없었다. 그녀는 자신이 계속 용서할 수 있는 사람을 곁에 둔 것으로 연명했다.

——

그러나 나는 율리카 슈틸러 추디 부인이 자신의 결혼에 대해 나나 내 변호사에게 직접 이야기한 것만을 이 노트에 기록하려 한다. 그 부인이 나를 자신의 남편으로 여기지 않게 하기 위해서라도 나는 그녀를 올바르게 평가하고 싶다—벌써 몇 년 전에 극장의 주치의는 그녀에게서 가벼운 결핵, 실제로 걱정할 필요 없는 가벼운 결핵을 확인했으며, 율리카가 무조건 고지에서 여름을 보내야 한다고 거듭 말했다. 그것은 바람직한 조언이었지만, 당연히 돈을 전제로 했다. 그 당시 슈틸러, 그녀의 남편은 조각을 해서 한 푼도, 거의 한 푼도 벌지 못했다. 어쨌든 그 가엾은 부인이 일손을 놓을 수 있을 만큼 충분히 벌지 못했다. 율리카는 여느 사장처럼 돈을 벌지 못한다고 슈틸러를 비난한 적이 한 번도 없었다. 심지어는 남편에게 돈을 못 번다는 생각을 일깨우지도 않고, 남편을 감싸주려고 의사의 조언도 비밀에 부쳤다. 다만 율리카는 남편도 자신을 조금 감싸주길 기대했을 뿐이다. 결혼하고 처음 몇 해 동안은 아주 좋았다고 한다. 율리카는 발레를 해서 매달 620프랑을 벌었다. 그리고 슈틸러가 어쩌다 운이 좋아서 공용우물 아니면 그런 비슷한 것을 위해 조각을 팔게 되면 넉넉해졌다. 율리카는 겸손했다. 사랑하는 남편에게 아내를 부양하기 위해 재능을 배반하라고 진지하게 요구하기에는 율리카 자신이 지나치게 예술가였다. 기껏해야 농담 삼아 슬쩍 말했을 뿐이다. 그녀의 행방불명된 슈틸러가 과연 얼마나 재능이 있었는지에 대해서는 처음부터 의견이 분분했던 듯 보인다. 슈틸러를 결코 예술가라고 여기지 않은 사람들이 있었다. 율리카는 물론 그를 믿었다. 그리고 어쨌든 그는 줄기차게 일했다. 율리카가 발레에서 거둔 성공에 맞먹을 만한 것을 제시할 수는 없었지만. 율리카의 성공은 그를 조금 고심하게 만들었고 그가 사람들과의 만남을 상당히 꺼리게 하는데 일조했다. 모든 모임에서 사람들은 율리카 주변을 맴돌았으며, 그는 율리카의 남편으로 인사받았다. 두 사람의 그 당시 수입으로 자녀는 생각도 할 수 없었다. 그것은 율리카에게 곧 1년 휴업을 뜻했을 것이다. 그렇다고 슈틸러가 아버지가 되고 싶다는 억제하기 어려운 욕구에 휩쓸린 것도 아니었다. 그는 율리카가 말하자면 자신 때문에 아이를 포기하는 것에 대해 간혹 야릇한 양심의 가책을 느꼈으며, 특히 율리카에게 아이가 무척 중요하지 않을까 이따금 생각하곤 했다. 어째서 특히 율리카에게 중요하단 말인가? 아이가 슈틸러 자신은 결코 충족시킬 수 없는 방식으로 여자인 율리카를 충족시킬 수 있을 거라 생각했기 때문이다. 그것은 아무리 해도 말릴 수 없는 생각이었고, 슈틸러는 번번이 아이 문제를 들고 나왔다. 그는 율리카에게 무엇을 원했을까? 그녀는 왠지 슈틸러가 그녀의 예술성을 진지하게 받아들이지 않는다고 느꼈다. 어쩌면 그녀의 성공을 무의식적으로 질투해서일 수도 있었다. 어쨌든 그가 번번이 아이 문제를 들고 나오자 율리카는 기분이 상했다. 그녀가 충분히 충족되지 못했단 말인가? 율리카는 남편이 자신을 예술가로서 모욕한다고 솔직히 말했고, 그때서야 비로소 그는 입을 다물었다. 특히 대체 왜 결핵에 걸린 어머니에게서 아이를 원하느냐고 묻는 것으로 아이 문제는 깨끗이 해결되었다. 그 대신 슈틸러는 이제 결핵 문제를 들고 나왔으며, 의사의 진찰을 받아야 한다고 시도 때도 없이 율리카에게 경고했다. 가엾은 율리카는 이제 기침도 마음 놓고 못했다. 그만큼 그의 경고가 신경에 거슬렸던 것이다. 그는 율리카에게 도대체 무엇을 원했을까? 슈틸러는 감동적으로 잘해주면서도, 율리카가 삶을 마음껏 누리지 못한다는 생각에서 헤어나지 못했다. 율리카는 함께 오래오래 산책할 수 있는 동반자나, 친구들과 같이 며칠 밤씩 주거니 받거니 술을 마실 수 있는 동지는 확실히 아니었다. 맹세코 그녀는 보호를 필요로

했다. 하지만 당시에 율리카는 실제로 자신의 삶에 완전히 만족했다. 슈틸러는 왜 만족하지 않았을까? 발레 연습공연을 하는 동안 바깥 날씨가 급변하면, 슈틸러는 무대 출구에서 율리카의 따뜻한 코트를 들고 기다렸다. 우산과 목도리도 잊지 않고 챙겼다. 실제로 그는 안타깝게도 위험에 처한 아내의 건강을 지키는 감동적인 보호자였다. 다만 의사에게 가라고 끊임없이 채근하는 것만은 율리카를 짜증나게 만들었다. 율리카는 그것을 다정한 배려를 은밀히 취소하는 행동으로, 심지어는 애정이 없다는 증표로 느꼈다. 그 모든 것은 오히려 그녀를 고집스럽게 만들었다. 그녀는 그가 오로지 자기 양심을 달래기 위해서 의사에게 보내고, 밀치고, 강요한다고 느꼈다. 그의 남성적인 이기심이 더이상 배려하지 않아도 되기 위해서. 슈틸러가 의사에게 갔다왔는지 묻기만 해도 그녀는 화가 치밀었다. 율리카의 그런 행동은 좀 분별 없었을지 모르지만 이해할 수 있는 일이었다. 그녀는 천성이 예민했다. 그래서 여러 해 동안 그녀는 언젠가 무대 한가운데서 쓰러질지 모르는 위험을 안고 춤을 추었다. 단장, 발레단원들, 오케스트라 단원들 모두 율리카의 이런 에너지에 감탄했다. 오직 슈틸러만 그러지 않았다. 그는 그것을 바보 같은 짓이라고 했다! 자신이 진지하게 받아들여지지 않는다는 두려움 탓인지 발작적으로 상스럽고 난폭하게 굴었으며, 그런 행동은 오로지 율리카가 흐느껴야만 멈추었다. 이제 율리카의 모든 점이 탐탁지 않았다. 이를테면 율리카가 식탁에서 부엌으로 가는 길에 그릇을 내가지 않았다고 슈틸러는 불평불만을 터뜨렸다. 율리카가 조금만 이성을 사용하면, 자신에게서 조금만 배우면, 지금 체력의 절반만으로 살 수 있을 거라고 그는 끈질기게 주장했다. 율리카가 거기에 뭐라고 대답하겠는가? 그런 사소한 일은 그녀를 슬프게 했다. 슈틸러는 스스로 총명한 사람이라고 생각했으며, 율리카가 식탁에서 부엌으로 가는 길에 그릇을 내가지 않은 것에 대해 꼬박 한 시간을 말할 수 있었다! 율리카는 머리를 싸쥐었다. 율리카는 발레 연습과 집안일로 기진맥진해서 쓰러질 것만 같은데, 그는 그런 일을 가지고 거의 철학적인 이론을 만들어낼 수 있었다. 그러고는 다시 황홀하게 굴었다고 한다. 그러나 그가 화를 내는 일이 점점 늘어난 듯 보인다. 한번은 가엾은 율리카가 고열에 시달리면서도 저녁 공연을 포기하려 하지 않은 적이 있었다. 그날 저녁 자신이 맡은 역에 얼마나 많은 것이 달렸는지 잘 알고 있었기 때문이다. 그러자 슈틸러는 침대에 누워 있는 율리카의 의견을 말 그대로 완전히 무시하고서 수화기를 들고는, 아내가 오늘 저녁 유감스럽게도 공연에 출연할 수 없다고 말했다. 그것은 예술가인 그녀가 도저히 받아들일 수 없는 독단적인 행동이었다. 도대체 슈틸러는 무슨 착각을 하는 것일까? 율리카는 그 즉시 남편의 손에서 수화기를 낚아채서는 극장에 타고 갈 택시를 불렀다. 큰소리가 오갔다. 그것은 처음으로 벌어진 부부싸움이었다. 곧이어 택시가 도착했다. 슈틸러는 층계참에서 아래를 향해 고래고래 소리를 질렀다. "그래, 당신 스스로 망가뜨리라고, 나는 상관없어. 망가뜨리라고, 하지만 내 책임은 아니야……" 그런 순간이면 율리카는 슈틸러에게 소스라치게 놀랐다. 슈틸러는 그런 순간에 자신이 누구와 결혼했는지 망각하는 듯 보였다. 그는 부유하지는 않지만 교양 있는 집안의 딸과 결혼했다. 헝가리 출신의 어머니는 상류사회, 어떤 식으로든 귀족 계급의 부인이었으며, 작고한 아버지는 어쨌든 부다페스트의 외교관이었다. 그에 비해 슈틸러는 (이 점을 짚고 넘어가야 한다) 소시민적인 환경에서 자랐다. 사실은 환경이랄 것도 없었다. 그는 어딘가 양로원에 수용되어 있는 의붓아버지에 대해 기껏해야 한번 이야기한 적은 있지만, 친아버지에 대해서는 한 번도 말한 적이 없었다. 그의 어머니는 철도원의 딸이었다. 서로 사랑하는 두 사람 사이에서 그런 일들이 갑자기 중요한 역할을 하는 것이 우스우면서도 소름 끼친다. 하지만 사실이 그렇다. 물론 율리카는 이런 일에 대해 한 마디도 하지 않았다. 거의 한 마디도. 다만 예를 들어 슈틸러가 층계참에서 그렇게 울부짖을 때면 느꼈을 뿐이다. 끔찍한 일이 틀림없다. 그렇게 폭발하고 나면 슈틸러는 번번이 후회했다. 그는 용서를 구했으며, 잘못을 보상하기 위해서 종종 멋진 생각을 해냈다. 가령 율리카가 좋아하는데 요리할 줄은 모르는 음식을 준비하거나, 율리카가 최근에 잃어버린 실크 머플러를 새로 선물하거나, 극장으로 율리카를 데리러 가는 길에 어딘가 울타리 너머에서 몰래 라일락을 꺾었다. 그러면 다시 모든 게 최상이 되었다. 실제로, 엄밀히 말하자면, 더없이 행복한 결혼이었다고 한다—다른 여자가 나타날 때까지.

그것은 약 7년 전의 일이었다.

율리카는 전혀 짐작조차 하지 못했다. 그런 가능성에 대해서는 결코 생각하지 못했다. 남편을 이 세상 무엇보다도 사랑하는 젊은 여인으로서 율리카에게는 슈틸러가 그런 배신을 할 가능성은 아예 없는 듯 보였다. 그렇다. 이미 말했듯이, 그녀는 그런 일에 대해서는 전혀 생각도 하지 않았다. 직업과 남편에 완전히 헌신적이었던 가엾은 율리카는 슈틸러가 몇 년 전부터 계속된 그녀의 고질적인 고열을 더이상 진지하게 여기지 않는 데서 그 사실을 눈치챘다. 율리카가 저녁에 공연을 끝내고 돌아오면 커튼콜을 몇 번이나 받았냐고 묻기는 했지만, 조롱하는 기색이 엿보였다. 그는 그런 어조로 이렇게 묻기도 했다. 당신 결핵은 좀 어때? 또는 율리카가 자신에 대해 전혀 언급하지 않은 평론가의 터무니없는 뻔뻔함에 대해 말하면, 그녀의 남편 슈틸러는 그야말로 무례할 만큼 공명정대해졌다. 그는 율리카더러 그런 걸 중요하게 여겨서는 안 되며, 평론가가 아마 순전히 부주의해서 그녀를 언급하지 않았을 거라고 말했다. 그 밖에는 아무 일도 아니라는 것이었다. 그러나 무엇보다도 율리카를 어처구니없게 만든 것은 따로 있었다. 슈틸러는 이제 자신의 조각술을 그 무엇보다도 높이 평가하기 시작했으며, 그래서 며칠씩 아틀리에에 머무는 걸 정당하게 여겼다. 심지어 한번은 일주일 내내 머무른 적도 있었다. 그래서 어느 날 오전, 마침내 율리카는 그의 아틀리에로 찾아갔다. 마침 그는 휘파람을 불며 유리잔의 물기를 닦고 있었다. 그녀는 어젯밤에 누가 다녀갔다는 것을 즉시 간파했지만, 남부끄러워서 차마 묻지는 못했다. 율리카가 바닥에서 주워 말없이 탁자 위에 올려놓은 머리핀, 그리고 샤토네프 뒤 파프* 빈 병 두 개. 절대 값싼 포도주는 아니었다. 어찌되었든 율리카는 속 좁은 사람은 아니었다. 그의 밝은색 바지에 묻은 검은 머리카락 한 올. 그것만 보아도 명백히 알 수 있었다! 슈틸러는 웃었다. 그러나 율리카를 그 자리에서 쓰러지게 만든 것은 어젯밤 여자가 다녀갔다는 사실이 아니었다. 겉으로만 위로하는 듯한 그의 웃음, 시샘하는 여자를 일으켜세워야 한다고 말하는, 근본적으로 사디즘적인 그의 다정함은 맹세코 온당하지 못했다. 머리핀

* 프랑스산 고급 적포도주.

하나 때문에 무슨 히스테리냐며 당장 그만두라고 말한 난폭함도 마찬가지였다. 그 모든 것은 매우 온당하지 못했다. 가엾은 율리카는 흐느끼느라 오랫동안 말할 수 없었다. "율리카?" 그는 마침내 율리카의 흐느낌이 그 시시한 머리핀과는 아무 상관 없는 것임을 어렴풋이 예감하고서 물었다. "무슨 일이야?—율리카?—말하라고!—"

율리카는 병원에 다녀왔다.

"병원에?" 그는 물었다. 그녀는 마음을 가다듬으려고 애썼다. "그래서?" 그는 물었다. 절망한 율리카가 다시금 어깨를 떨며 흐느끼고 두 손으로 쿠션을 찢어질 정도로 꽉 움켜쥐는 동안, 슈틸러는 유리잔과 마른 행주를 손에 든 채 그녀 옆 소파에 앉아 있었다. 율리카가 그렇게 운 것은 처음이었다. 그리고 슈틸러는 어찌할 바를 몰랐던 듯 보인다. 그는 마른 행주를 내려놓고, 자유로워진 손으로 율리카의 머리카락을 쓰다듬으려 했다. 마치 다정한 척하는 몸짓으로 그녀의 목숨을 구할 수 있다는 듯이. 그는 율리카가 병원에 다녀온 것이 마땅치 않은 듯 보였다. 그것은 그의 쾌활한 휘파람을 방해했다. 율리카는 쿠션을 찢었고, 슈틸러는 그저 이렇게 물었다. "의사가 뭐래?—" 그가 관심을 보이는 방식은 소름 끼쳤다(지금도 율리카는 그렇게 생각한다). 다정한 신중함, 친절한 염려, 그것도 어젯밤의 유리잔을 손에 들고서. 율리카는 연신 목이 메는 듯 띄엄띄엄, 다시금 북받치는 눈물에 휩싸여 더듬더듬, 될수록 빨리 다보스로, 다보스의 요양원으로 가야 한다고 말했다. 이 말은 처음에는 슈틸러에게서 무덤덤한 질문만을 이끌어냈다. "그걸 언제 알았어?"—"거의 일주일 전에!" 그녀는 그 일주일이 얼마나 끔찍했는지 슈틸러도 짐작할 수 있을 거라고 추정하면서 말했다. "—일주일

전에!" 그러나 슈틸러는 이렇게 물었을 뿐이다. "그런데 왜 오늘에야 그걸 나한테 말하는 거야?" 슈틸러의 태도는 어처구니가 없었다. 심지어는 이렇게 묻기까지 했다. "정말이야? 정말이냐고?……" 처음에 율리카는 큰 소리로 웃었고, 그런 다음엔 펄쩍 뛰어 일어났다. 그리고 슈틸러가 어떤 눈빛으로 자신을 쳐다보는지 보았다. 마치 그녀가 전날 밤의 즐거운 기억을 망칠 생각으로 속임수를 쓰고, 속 보이게 과장하는 거 아니냐는 듯한 눈빛이었다. 율리카는 외쳤다. "꺼져! 꺼져! 내 눈앞에서 당장 꺼지라고!" 슈틸러는 고개를 저었다. "꺼져, 제발. 여기서 꺼져!"—"율리카." 그는 말했다. "여기는 내 아틀리에야." 그의 침착함은 명백한 조롱이었고 비인간적인 처사였다. 율리카는 도저히 이럴 수는 없다고 생각했다. 그렇다, 율리카가 자신이 죽을지도 모른다고 말하는 동안, 슈틸러는 심지어 미소를 짓기까지 했다. 그는 미소 지었다! 근 일주일 전부터 이미 혼자서 의사의 진단에 시달린 가엾은 율리카는 자신의 눈과 귀를 믿을 수 없었다. 슈틸러는 다시 전날 밤의 유리잔을 닦기 시작했다. 마치 그 유리잔이 가장 절박한 일, 가장 깨지기 쉬운 것, 진실로 걱정해야 하는 일인 양. 그러더니 다정한 말투를 유지하면서, 당황한 율리카가 어떤 무서운 일을 상상하는지가 아니라 의사가 뭐라고 말했는지 알아내려고 했다. 아주 정확하게, 아주 객관적으로, 말 그대로. "내가 말하잖아! 당장 다보스로 가야 한다고, 의사가 그렇게 말했다니까. 당장 요양원으로. 그러지 않으면 때를 놓칠 거래." 슈틸러가 이 말이 무슨 뜻인지 전모를 파악한 듯 보이기까지는 잠시 시간이 걸렸다. 그는 무슨 생각이 뇌리를 스쳤는지는 말하지 않았다. 아니, 다만 아랫입술을 깨물었으며, 흔들면 축 처지는 자루처럼 왠지 풀이 죽어서는,

갑자기 어쩔 줄 모르겠다는 눈빛으로 율리카를 바라보았다. 그의 소원은 늘 율리카가 한 번 더 엑스레이 검사를 하는 것이 아니었던가? 이제 그녀가 그의 소원을 들어준 것이다. 그뿐이었다. 그런데 왜 그녀를 그렇게 뚫어져라 쳐다봤을까? 그녀의 왼쪽 폐가 문제였다. 의사는 의학적인 전문용어를 끌어들이지 않고 오로지 인간적으로 위로한 듯 보인다. 의사는 직접 눈으로 본 완치사례들에 대해 말했다. 그 의사는 인간적으로 아주 훌륭했다. 막연히 뭔가를 보장하지 않았다. 그러기에는 율리카를 중요한 인물로서 너무 진지하게 여겼다. 어쨌든 의사는 아름다운 율리카의 극심한 절망에 직면해서, 언젠가는 다시 발레로 돌아가는 일이 가능하다고, 전적으로 가능하다고 여겼다. 물론 보장하지는 않았지만, 그거야 충분히 이해할 수 있었다. 그가 책임을 의식한 의사로서 보장할 수 있는 유일한 것은, 율리카가 즉시 요양원으로 가지 않을 경우 젊은 나이에 죽음을 면할 수 없다는 것이었다. 율리카는 스물일곱 아니면 스물여덟 살이었다. 게다가 그녀는 숲 가장자리 아름다운 곳에 위치한 요양원의 이름과 대략의 비용도 이미 알고 있었다. 비용은 대부분 의료보험에서 부담할 것이었다. 슈틸러, 그녀의 남편이 진작 알아보고서 그런 비용은 의료보험이 부담한다는 걸 말해줬더라면, 그녀는 벌써 오래전에 요양원에 갔을 것이다. 그리고 지금쯤은 분명 다시 건강해졌을 것이다. 슈틸러는 자신이 그 점을 소홀히 여긴 것을 부정하지 않았다. 율리카는 자신의 악의 없는 말이 그에게 충격을 주고 그를 당황케 하는 것을 보고 깜짝 놀랐다. 슈틸러는 금방이라도 눈물을 쏟을 것만 같았다. 이제 율리카가 남편까지 위로해야 한단 말인가? 그녀는 한 팔로 그의 어깨를 감싸안았다. 원래 수줍은 성격의 율리카에게 그것은 많은 걸 뜻했다. 특히 이제 다른 온갖 일을 처리해야 했기 때문이다. 라벨의 〈라 발스〉*와 파야의 〈삼각모자〉**, 이 두 편의 아름다운 발레곡 초연이 율리카의 마지막 공연이 될 예정이었다. 그다음날, 정확히 며칠인지는 모르지만 어쨌든 목요일에 슈틸러는 그녀를 다보스로 데려가야 했다. 율리카는 이미 그 날짜에 X 표시가 되어 있는 작은 달력을 그에게 보여주었다. 그리고 그날 시간이 되느냐고 물었다. 슈틸러는 달력에는 눈길도 주지 않고 소파에서 일어나, 물기를 닦은 유리잔을 아틀리에 구석의 주방에 내동댕이쳤다. 유리잔은 산산조각났다. 그는 두 입술, 창백하고 가느다란 두 입술 사이에 담배를 밀어넣고는, 두 손을 바지주머니에 찔러넣은 채 동상처럼 말없이 커다란 창문 앞에 서 있었다. 다보스에 가야 하는 것이 마치 율리카의 잘못인 양 등을 돌리고서. 그뿐이 아니었다. 마치 율리카가 빤한 절망으로 그의 계획을 망쳐놓은 양. 그게 전부인 양. "왜 아무 말 안 해?" 그녀는 물었다. "미안해." 그는 율리카를 깜짝 놀라게 한 유리잔과 관련해 말했다. 하지만 율리카에게 그런 것은 중요하지 않았다. "무슨 생각을 그렇게 하는 거야?" 슈틸러는 찬장에 다가가 진이 조금 남아 있는 병을 꺼냈다. 작은 유리잔 두 개에 남은 진을 따라서 일종의 위로로 율리카에게 권했다. 율리카는 상냥하지만 단호한 어투로 거절했다. 슈틸러가 진이나 훔친 라일락으로 뭔가를 보상하려 할 때, 그녀는 그의 다정한 제스처가 이따금 견디기 어려웠다. 슈틸러가 그런 감정적인 제스처를 과시하면서 자상한 남편, 세심한 친구, 믿을 만한 보호자, 선량한 사람이라고 너무 값싸게 자처하

* 프랑스의 작곡가 모리스 라벨의 발레곡.

** 스페인의 작곡가 마누엘 데 파야의 발레곡.

는 듯 보였다. 그랬다. 하지만 혹시 요양원 비용이 의료보험으로 충당되는지 알아보려는 생각은 그 착한 슈틸러에게 그 오랜 세월 동안 단 한 번도 떠오르지 않았다. "고마워." 그녀는 말했다. "난 안 마실래."—"왜 안 마셔?"—"알코올은 아무것도 변화시키지 않아." 슈틸러는 자신의 잔을 단숨에 들이켰다. "아니," 이윽고 그는 말문을 떼더니 율리카의 잔도 한 번에 쭉 비웠다. "아니—당신이 지금 요양원에 가야 하는 것은 물론 당신 잘못이 아니야, 율리카. 그건 절대 아니야. 그건 물론 내 잘못이야."—"나는 그런 말 전혀 안 했어!"—"모든 게 내 잘못이야." 슈틸러는 고집스럽게 말을 이었다. "이봐, 당신은 아무 걱정도 할 필요 없어. 이 가엾은 사람, 당신은 이제 다보스로 가는 거야. 건강한 나는 여기 도시에 남아 있을게—내 양심의 가책이 당신에게 더없이 편안한 잠자리를 선물할 거야." 이 말을 하면서 슈틸러는 비열하게 웃었다. "그게 무슨 뜻이야?" 율리카는 물었다. "당신은 늘 그런 식으로 말해." 슈틸러는 빈 술병을 손에 들고서, 자기 자신이 못마땅한 듯 고개를 절레절레 저었지만 침착해 보였다. 그는 빈 술병도 주방 구석에 내동댕이쳤다. 병조각이 튀었다. 그것은 율리카가 오늘날까지 잊지 못한 행동이었고, 내가 보기에도 행방불명자측의 무절제한 자기중심적 생각의 표출이었다.

—

행방불명된 슈틸러는 언젠가 친구들 모임에서 술에 약간 취해 농담 삼아 말했다. "나는 정말 멋진 여자하고 결혼했어. 그 사람을 볼 때마다 기분이 좋아. 그리고 그 사람이 곁에 있을 때마다, 마치 내가 수정처럼 맑은 물의 요정과 함께 있는 어부, 기름범벅에 땀에 절고 고약한 냄새를 풍기는 어부처럼 느껴져!" 결혼 직후에 있던 일이었다…… 행방불명된 슈틸러가 율리카에게 너무 매료되어 있어서 그 여인의 어떤 본성을 전혀 받아들이지 않았다는 느낌이 든다. 아니 아예 인지조차 못했을 수도 있다. 바로 그녀의 불감증 말이다. 그런 것이 존재한다는 사실, 병적인 것으로서가 아니라 오히려 자연적인 현상으로서 존재한다는 사실을 아름다운 율리카 스스로는 몰랐던 듯 보인다. 그녀가 지금은 알고 있을까? 얼마 전에 내가 여자를 제외하면 이른바 오르가슴을 느끼는 암컷은 자연계를 통틀어 단 하나도 없다는 학문적 논제를 지나가는 말로 언급했을 때, 그녀는 상당히 당혹스러운 표정을 지었다. 우리는 그 논제에 대해 더는 말하지 않았다. 아름다운 율리카는 남성적인 관능 앞에서 늘 혐오감이 일었던 탓에 극히 외롭게 혼자서 괴로워했으리라. 물론 스스로 불완전한 창조물, 실패한 여자, 또는 예술가라고 생각해야 할 이유가 전혀 없었는데도 실제로 괴로워했다. 특히 행방불명된 슈틸러에 대해 말할 때면, 많은 점에서 그 여인의 가슴 뭉클할 정도로 완강한 자기기만이 엿보인다. 그렇다. 의사가 증명했을뿐더러 그녀의 삶에서 그토록 엄청난 대가를 치른 결핵조차 그대로 믿고 싶지 않은 기분이 든다. 왜 율리카는 아무하고도 이야기할 수 없었을까? 남자와의 만남에서 기대하는 매혹적인 관능의 도취를 아무런 가식 없이 체험하는 여자들은 어쩌면 소수에 지나지 않을 수도 있다. 남자들이 쓴 소설, 늘 관능의 도취에 대해 은밀히 속닥거리는 소설들을 근거로 관능의 도취를 기대해야 한다고 믿는 여자들. 게다가 여자들 사이 허영심에서 비롯된 거짓말도 한몫을 담당한다. 아름다운 율리카는 아마 좀더 솔직할 수도 있었겠지만, 겁에 질려서 밖을 향해서는 입을 다물었다. 왕자와 시동으로 변장하고, 어떤 남자도 좇아올 수 없는 고독한 고난의 수풀 속으로 기어든 것이다. 그러니 항상 발레나 발레와 관련 있는 모든 것, 시립극장에서 흔히 접하는 평범한 종류의 발레까지도 그녀에게 그 무엇보다 중요했다는 사실이 전혀 놀랍지 않다. 어쨌든 슈틸러보다 중요했다. 레즈비언이 되어볼까 몇 번 소심하게 시도했지만 그것도 상황을 변화시키지 못한 듯 보인다. 발레는 율리카에게 유일한 쾌감의 가능성이었다. 다른 여자들은 어머니가 되는 대가로 발레를 그만둔다. 그리고 반드시 필요한 생식자로서 남자를 참아낸 다음 남자를 뛰어넘어서, 발레리나에게 발레가 소중하듯 그 무엇보다도 소중한 아이들과 행복해진다. 그들은 오로지 아이들 이야기만 한다. 언뜻 다른 아이들에 대해 이야기하는 듯 보일 때도 사실은 자신의 아이들에 대해 이야기한다. 그들은 아이들을 통해 자신을 더 듬뿍 사랑할 수 있기 위해서 스스로를 포기하는 듯 보인다. 그러고는 그것을 모성애, 헌신, 희생, 심지어는 자녀교육으로 여긴다. 그것은 물론 순전한 자아도취이다. 아름다운 율리카의 경우에는, 불감증 여인의 자아도취가 적어도 우선권을 쥐고 있었기에 살아 있는 사람이 아니라 오로지 예술, 차이코프스키, 림스키코르사코프, 때로는 라벨, 그리고 스트라빈스키를 악용했다. 그러나 오로지 그 하나의 어머니만을 가졌을 아이들은 악용하지 않았다. 만일 내가 예술계의 여인들은 대부분 의심스러워 보인다고 솔직히 말한다면, 율리카 슈틸러 추디 부인은 물론 펄쩍 뛰며 흥분할 것이라는 생각이 든다. 내가 결코 여성을 경멸하는 것도 아니고 또 예술을 경멸하는 것도 아니라고 맹세해도 소용없을 것이다. 행방불명된 슈틸러는 무의식적으로 이와 비슷하게 느꼈을 것이다(더욱이 그 행방불명자와 내 의견이 일치하든 말든 내게는 별로 중요하지 않다). 다만 그는 율리카가 결코 자신과 함께 쾌감을 체험하지 않은 것을 다정함 속에 숨겨 은근히 비난한 듯 보인다. 율리카를 비난하고, 어이없게 자기 자신도 비난한 듯 보인다. 마치 모든 여인이 이런 의미에서도 남자의 동반자가 되기 위해 창조됐다는 듯이! 이미 말했듯이, 독특하게도 그 남자가 계속 사과해야 한다고 믿었던 점은 주목을 끈다. 그는 아마 다른 아가씨들보다 좀더 솔직할 아름다운 발레리나가 자신과 입맞추면서 도취하지 않았을 때, 그것을 자기 남성다움의 패배로 받아들였던 게 분명하다. 그녀의 냉담함은 너무 놀라웠다. 그랬을 것이다. 하지만 정직한 것이었다. 그녀는 상대방을 자극할 셈으로 부러 냉담한 척한 것이 아니었다. 오히려 율리카는 모든 자극을 피하기 위해서 상대방의 뜻을 따르려고 했다. 하지만 그럴수록 혐오감, 무슨 일이 있어도 반드시 숨겨야 하는 고독한 혐오감이 치미는 것을 곧 체험했다. 그녀는 슈틸러에게 상처를 입히고 싶지 않았다. 그를 잃고 싶지 않았다. 그녀에게 슈틸러는 그 어떤 남자보다도 소중했다. 다른 한편으로는 격렬하게 녹아들어서 환희에 넘쳐 어쩔 줄 모르겠다는 듯한 표정을 꾸미는 것이 싫었다. 그러면 남자들은 우쭐대면서 거의 언제나 그것이 사실이라고 믿는다. 남자들이 여인의 사랑과 특히 자신의 남성다움을 믿기 위해서 필요한 그 압도당한 표정을 연기하기란 쉽지 않다. 아, 끔찍했다! 그에 비해서 무대에 서는 것은 그야말로 청량제였다. 몸에 와닿는 수천 개의 낯선 눈길, 여러 종류의 눈길, 고등학생과 건실한 유부남의 눈길, 모든 걸 무용의 기예로 파악하는 눈길을 느끼는 것. 실제로 조각 때문에 꺼칠하고 굳은 슈틸러의 손이 몸에 닿는 것보다 나았다. 피곤하다는 율리카의 궁색한 변명은 그를 충분히 자주 불쾌하게 만들었다. 슈틸러는 스스로 애정의 화신이라고 자처했지만, 피곤하다는 것만은 도저히 이해가 되지 않았다. 슈틸러는 늘 모든 것을 자신과 연관지었다!…… 폐에 약간의 문제가 있으며 어쨌든 조심해야 한다는 말을 극장 주치의에게 처음 들었을 때, 율리카는 왠지 한시름 덜은 기분이었다. 항상 먼지 날리는 무대의 공기는 율리카에게 특히나 이롭지 않았지만, 직업이 직업이니만큼 어쩔 수 없는 일이었다. 그럴수록 율리카는 무대 밖에서 몸을 보호해야 했다. 의사가 그렇게 말했다. 그러니 아름다운 율리카가 보호받고 배려받고 많은 휴식을 취해야겠다 요구했다면 결코 변덕이 아니었다. 그것은 이성의 명령이었다. 그녀의 건강이 문제였다. 율리카는 어쨌든 가녀린, 유난히 가녀린 여자였다. 그렇다고 슈틸러에 대한 사랑이 식은 것은 아니었다. 이미 말했듯이, 그는 다만 이해심을 발휘해야 했다.

부인에 대한 이해심은 갈수록 줄어든 듯 보인다. 심지어는 의학적으로 증명된 부인의 피로를 자기 자신, 오로지 자기 자신과 연관시킬 정도로 그의 자기중심적인 사고는 심화되었다. 단지 율리카가 피곤하다고 말했다는 이유로, 슈틸러가 말없이 문을 쾅 닫고 집을 나가는 일이 발생했다. 그러다 한밤중에 역겨운 술집 냄새를 풍기며, 이제 실제로 강압적인 요구나 다름없는 숨결을 풍기며 집에 돌아왔다. 또는 슈틸러는 이렇게 말했다. 난 피곤하지 않을 때의 당신을 한번 체험해보고 싶어! 그의 목소리는 비난으로, 분노로 가득차 있었다. 율리카가 뭘 어떻게 해야 했을까! 당신은 여자가 아니야! 그는 결코 이런 말을 하지는 않았다. 하지만 율리카는 그가 자신을 다른 여자들과 비교하는 것을 분명히 감지했다. 슈틸러는 결국 그녀를 절망으로 내몰았다. 자기 자신과 슈틸러와 세상에게 사실은 그 반대라는 것을 증명하려면, 율리카에게는 가능한 한 노골적으로 다른 남자들과 시시덕거리는 것 말고는 다른 방법이 없었을 것이다. 그때까지는 그런 일이 단 한 번도 없었다. 슈틸러가 그렇게 하도록 내몬 것이다. 슈틸러는 율리카가 여행중인 남자들, 무엇보다도 곧 다시 멀어질 운명의 남자들에게 즐겨 구애받는 것을 천박하게 여겼다. 율리카는 예술에 대한 칭송에 곁들여 아름다움을 칭송받는 것이 즐거웠다. 그 밖의 것은 도에 지나치다고 여겼다. 슈틸러는 자신의 율리카가 레스토랑 안에서, 레스토랑 앞 거리에서 작별인사로 키스를 남발하면, 이 사람 저 사람하고 키스하면, 결코 질투는 하지 않았고 오로지 충격받을 뿐이었다. 그리고 다만 이렇게 말했다. 당신이 온갖 사람한테 키스했다는 거 확실히 알고 있지? 슈틸러는 그것을 유치한 장난으로 여겼다. 한번은 분통을 터뜨린 적도 있었다. 무도회 후의 일이었다. 율리카, 술의 신 바쿠스의 그 가냘픈 추종자는 이 신사 저 신사의 무릎에 앉아서 '멋진 부인' 행세를 하는 것을 그만두려 하지 않았다. 슈틸러는 그녀의 코트를 들고 기다렸으며, 그건 구역질 나는 짓이라고 자신만의 저속한 방식으로 표현했다. 아름다운 율리카에게 상당한 매력과 재담으로 관심을 표한 사람들은 매우 현명하고 또 사실 유쾌한 신사들이었을 것이다. 그 재담에 율리카 편에서는 아름다움으로 응대했다. 슈틸러는 대체로 동성애적인 성향의 신사들만이 그 자리에 있었다는 견해를 항상 고집했다. 그의 미소는 당연히 율리카에게 모욕감을 느끼게 했다. 그 미소를 어떻게 받아들여야 할지 율리카로서는 결코 알지 못했기 때문이다. 가엾은 율리카를 점점 더 멀리, 천성적인 충동 이상으로 멀리, 결국 어느 젊은 홍보전문가의 품속으로 내몬 것은 무엇보다도 그 미소였을 것이다. 젊은 홍보전문가는 자타가 공인하는 남성다움을 갖춘데다가 아스코나*에 그림 같은 집을 소유하고 있었다. 슈틸러는 율리카가 설마 그런 모험을 감행할 줄은 예상하지 못했다. 슈틸러는 그 홍보전문가와 아는 사이였으며 그가 오래전부터 발레리나에게 반했다는 사실을 잘 알고 있었다. 슈틸러는 왠지 자신이 직접 첫 만남을 주선하고 싶어 근질근질했다. 율리카가 정말 여자인지 시험해보고 싶었을까? 그러다 막상 그런 일이 실제로 벌어졌을 때, 그 착한 슈틸러는 거의 이성을 상실했다. 그는 베로날**을 먹고 며칠 동안 내리 잠만 잤으며 아틀리에 문을 걸어 잠그고 두문불출했다. 그러자 이제 율리카가 그를 천박하게 여기게 됐다. 슈틸러가 이제 남자, 천생연분의 남자가 등장했을지 모른다는 두려움에 시달렸을 수도 있다. 그리고 자신은 전혀 모르는 상태에서 이미 항복하고 말았다. 비탄에 잠긴 편지에서 그는 율리카, 유모차를 끄는 자신의 발레리나, 마조레*** 호숫가의 엄마를 보았다. 그 사건 자체는 짧게 끝난 듯 보인다. 아마 아스코나에서의 일주일이 전부였을 것이다. 그런 만큼 그의 행동은 율리카에게 더욱 부담스러웠으리라. 율리카가 당연히 연습공연을 계속하는 동안, 젊은 홍보전문가는 근엄한 생활을 하며 비행기를 타고 이리저리 돌아다녔다. 왜 아스코나로 가지 않느냐고 슈틸러는 율리카에게 이틀에 한 번꼴로 물었다. 그러면서 항상 그녀가 모종의 질문에 모종의 답변을 해야 한다는 듯한 눈길로 바라보았다. 그러나 전혀 가식 없는 율리카는 그

---

* 스위스 남부의 휴양도시.

** 수면제의 일종.

*** 스위스와 이탈리아의 국경지대에 위치한 아름다운 호수.

질문을 알아채지 못했다. 슈틸러는 그녀에게서 무엇을 알고 싶었을까? 원래 별로 말이 없는 내성적이고 수줍은 성격이라는 점은 차치하고라도, 율리카에게 그 일은 이야기할 가치도 없었다. 그녀는 전부 끝난 일이라는 사실을 슈틸러가 결국 알아챌 것이라고 생각했다. 슈틸러는 그 사실을 알아채지 못했거나 아니면 확신이 없었던 듯 보인다. 비행기를 타고 돌아다니는 홍보전문가는 그에게 율리카를 행복하게 해줄 수 있던 유력한 남자로 남아 있었다. 슈틸러는 두려움에 질린 첫 순간부터 그랬다고 확신했으며, 자신의 율리카가 전혀 변하지 않았다는 사실을 보지 못했다. 그는 율리카가 남편을 보호하기 위해 속마음을 감추고 행복을 숨긴다고 믿었다. 그런데 슈틸러가 그동안 자신에게 했던 모든 행동 때문에 율리카는 그를 보호하고 싶은 욕구를 조금도 느끼지 못했다. 그러고도 몇 개월 동안 슈틸러는 기회를 벼르는 사람처럼 살았으며, 심지어 한번은 편지나 아스코나행 기차표, 달력의 메모 같은 표시를 찾아내려고 율리카의 핸드백을 뒤지는 일까지 감행했다. 하지만 달력에는 오로지 공연연습, 미용실, 치과치료 일정만 적혀 있었다. 슈틸러가 비록 입 밖에 내어 말하지는 않았지만 여전히 그 일에 매달리는 것이 율리카에게 얼마나 성가셨을지, 무엇보다도 비난은 하지 않았지만 쫓기는 사람의 표정으로 항상 뭔가를, 구원의 말을 기다리는 것이 얼마나 성가셨을지 충분히 상상할 수 있다. 율리카가 그에게 뭐라고 말해야 했을까? 홍보전문가가 도대체 율리카에게 어떤 의미가 있는지 슈틸러가 한번 솔직히 알고자 했을 때, 그녀는 말했다. "당신은 나를 절망으로 몰았어. 슈틸러, 우리 그 이야기는 더이상 하지 말자. 나는 돌아왔잖아. 제발 나를 절망으로 몰지 마!……" 어쨌든 율리카는 죄의식을 느끼지 않았다. 죄라면 이미 슈틸러 편에서 몇 배 더 많이 짓지 않았던가. 그러니 그에게로 돌아온 율리카가 그의 곁에서 행복해지기 위해 온갖 애를 쓸지는 전적으로 슈틸러에게 달려 있었다.

다시 몇 개월 동안은 더없이 근사했다.

비행기를 타고 돌아다니는 홍보전문가에게 이미 오래전에 새 여자친구가 생겼다는 소식을 간접적으로 전해들은 슈틸러는 극장 앞에서 율리카를 기다렸고, 발렌시아 쌀을 요리했으며, 율리카가 연습에 지쳐서 거의 아니 전혀 입에 대지 않아도 기분 나빠하지 않았다. 또 감독과의 끔찍한 불화에 관심을 보이고 율리카의 말이 옳다고 편을 들었다. 슈틸러는 의사의 요구대로 그녀를 보살피거나 아니면 적어도 보살피려고 노력했다—몇 개월 동안. 그런 다음엔 다시 자기중심적인 사고에 빠져서 율리카가 오로지 자신에게만 신경쓰기를 바란 듯 보인다. 그는 다시 말없이 문을 쾅 닫고 집을 나가서 곤드레만드레 취했다. 예를 들어 율리카가 너무 피곤해서 그의 조각술에 몇 시간 동안 관심을 보이지 않았기 때문이다. 다음날 그녀는 그의 음주에 돈이 너무 많이 들어간다고 의견을 제시하는 용기를 발휘했다. 슈틸러는 그녀가 침묵을 지켜도 곡해했고, 그녀가 말을 해도 곡해했다. 율리카는 남편이 근본적으로 앙심에 가득차 있는 것을 감지했다. 그런 남자에게 어떻게 다정히 대하겠는가? 어느 날 아침, 슈틸러는 식사를 하다 말고 왜 자신의 새 코트, 미국산 군용코트를 그녀의 돈으로 샀다는 말을 발레단에서 했느냐고 물었다. 율리카는 무슨 말인지 이해하지 못했다. "왜 발레단 사람들 앞에서 그 이야기를 했냐고?" 그는 사소한 일을 크게 부풀려 분노에 떨며 물었다. "그게 어쨌단 말이야?" 율리카는 물었다. 슈틸러는 그녀의 손에서 신문을 낚아채고는, 그게 어떤 일인지 자신의 생각을 반 시간 동안이나 설명했다. 그의 해석은 파렴치했다. 율리카는 눈물을 쏟았으며, 그래도 슈틸러가 그만두지 않자 소리를 질렀다. "여기서 나가! 제발 여기서 나가라고!" 슈틸러는 자신의 파렴치한 해석이 율리카에게 얼마나 상처를 입혔는지 눈으로 보면서도 나가지 않았다. "그럼 내가 나가지!" 율리카는 말했다. 하지만 슈틸러는 그녀가 나가게 내버려두지 않았다. "당신을 더는 보고 싶지 않아!" 그녀는 시달리다 못해 외쳤다. "당신은 비열해, 정말 비열해!" 게다가 율리카가 분개해서 그런 식으로 분명하게 표현한 것은 그때 단 한 번, 아마 단 한 번뿐이었을 것이라고 한다. 슈틸러는 자신이 그 여인에게 얼마나 부당하게 굴었는지 알아차렸을까? 그는 변명할 생각 같은 건 추호도 하지 않았다. 그리고 앙금은 그대로 남았다. 슈틸러가 사소한 일을 아무런 거리낌 없이 얼마나 파렴치하게 해석하는지 일단 깨닫게 되자, 율리카는 무슨 말이든 꺼내기 힘들어졌다. 침묵, 싸움보다 더 고약한 침묵이 무성하게 번식했다. 슈틸러는 자신이 율리카에게 얼마나 큰 상처를 입혔는지 짐작도 못하는 듯 보였다. 그는 율리카의 모든 행동을 자신의 자기중심적인 사고에 맞춰 해석했으며, 고집스럽게 굴며 남의 말을 도통 받아들이려 하지 않았다.

그뿐이 아니었다!

그 당시 율리카는 개, 자식 없는 부부에게 잘 어울리는 폭스*를 길렀다. 그 개는 폭슬라인 혹은 그다지 낭랑하지는 않지만 훍냄새 나고 구체적이고 잘 들어보면 상당히 정겹고 매우 사랑스러운 언어, 이 나라의

* 영국이 원산지인 폭스테리어 품종의 개.

언어로 폭슬리라고 불렸다. 율리카는 당연히 그 개를 사랑했다. 그렇지 않았다면 개를 기를 필요가 없었을 것이다. 그것이 개의 좋은 점이다. 개를 사랑하든지 아니면 개를 기를 필요가 없든지. 슈틸러는 폭슬리를 그렇게 사랑할 수 있다는 것을 결코 이해하지 못했다. 또한 영혼이 깃든 폭슬리의 눈을 읽을 줄도 몰랐다. 그는 율리카가 어디에든 이 나무에서 저 나무로 킁킁거리며 달려가는 폭슬리를 데려오느라 늦게 도착하면 율리카의 모성적인 인내심을 조롱했으며, 신성한 짐승이라고 비웃었다. 사람들은 율리카가 늦게 올 줄 알았고, 나쁘게 여기지도 않았다. 폭슬리는 그만큼 사랑스러웠다. 레스토랑에서 폭슬리는 아름다운 주인 덕분에 슈틸러와 마찬가지로 푹신한 의자에 앉을 수 있었다. 어느 정도 교양 있는 종업원들은 그 주인의 뜻을 감히 거스르려고 하지 않았다. 슈틸러가 그 상황을 결코 받아들이려 하지 않은 것은 그의 문제였고 그의 고집이었다. 게다가 원래 그다지 많이 먹지 않는 율리카가 그 맛있는 필레미뇽*을 무엇 때문에 절반이나 고스란히 버려야겠는가? 입 밖에 내어 말하지는 않았지만, 어쨌든 음식값은 대부분 율리카가 지불했고 그 대신 슈틸러는 포도주를 마셨다. 그 역시 아무 말도 하지 않았다. 그런데도 율리카는 종종 폭슬리를 보호해야 할 것 같은 느낌이 들었다. 그리고 폭슬리도 정확히 그렇게 느꼈다. 폭슬리는 율리카 편이었다. 그 사실은 아마 슈틸러의 화를 돋우었을 것이다. 율리카와 폭슬리, 그들은 다수였다. 그 둘은 어디서나 감탄을 샀으며, 모든 결정적인 문제에서 슈틸러에게 거부권을 행사했다. 슈틸러가 그녀의 소중한

* 소고기의 안심 중 가장 연한 부위로 만드는 프랑스식 스테이크.

개를 때리지는 않았을 것이다. 그러지는 않았다! 하지만 슈틸러는 개를 좋아하지 않았다. 그는 폭슬리가 존재하지 않는 듯 굴었다. 슈틸러가 복도에 들어서자마자 폭슬리가 폴짝폴짝 뛰며 진심으로 반갑게 맞이해도, 오로지 우편물만 챙겼다. 돈을 지원하겠다는 후원자라도 나타난 양, 늘 오로지 자신의 우편물에만 집중했다. 한번은 누군가가 이렇게 말했다. 어머, 율리카, 개가 너무 귀여워! 그러자 슈틸러가 대답했다. 무척 귀엽지요. 그래요, 그래서 곧 그걸로 잼을 만들 겁니다!* 슈틸러는 단순히 개를 질투했지만, 그 사실을 인정하기보다는 살아 있는 폭슬리와는 아무 상관 없는 이론을 다시 만들어냈다. 그리고 뭐든 다 안답시고 율리카의 (폭슬리가 아니라) 정신생활에 대해서만 거듭 이야기했다. 가령 슈틸러는 왜 폭슬리를 아틀리에에 절대 들이지 않은 걸까? 그러면서도 아내가 종종 몇 달씩, 한번은 거의 1년 내내 아틀리에에 오지 않은 것을 의아하게 여겼으며, 자신의 창작 활동에 거의 관심을 보이지 않는다고 실망했다. 사실 율리카로서는 폭슬리를 안심하고 매어둘 만한 곳이 마땅치 않았다. 아니면 슈틸러 스스로 늘 한탄하듯 아무 진척도 없는 그의 창작활동을 한 번 더 보여달라고 하기 위해서 폭슬리를 낯선 골목길에 방치해야 했단 말인가? 슈틸러는 실제로 남성적인 예민함의 화신이었던 듯 보인다. 그가 여러 해 동안 율리카의 발레 연습에 찾아온 것은 그 자신에게 이득이 되는 일이었다. 연습 광경을 스케치할 수 있었으니까. 그런데 냉정하게 말해서, 그가 몇 년 동안 거의 같은 것만 작업하고 있는 아틀리에, 대개는 먼지가 수북히 쌓여 있는 그곳에서

* 귀엽다는 뜻을 가진 독일어 'süß'에는 달콤하다는 의미도 있다.

율리카가 어슬렁거려봤자 무엇을 얻었겠는가? 그러다가 혹시 그의 아틀리에에서 감기라도 걸렸으면 어쩔 뻔했는가? 슈틸러는 자기중심적 사고에 빠져서 그런 모든 일에는 단순히 아무 관심이 없었다. 그는 율리카에게서 늘 무엇을 기대한 걸까? 체면상 입 밖에 내어 말하지 않았지만, 그가 느끼는 모욕감은 가엾은 율리카에게 무거운 짐이었다. 슈틸러는 종종 동료들과 밤 늦게까지 조각술에 대해 많은 대화를 나눌 때 발레리나인 그녀가 단 한 마디도 하지 않는다며 슬퍼했다. 그는 그것을 관심 부족으로 해석했으며, 조각술에 대해 눈곱만큼도 이해하지 못하는 율리카 입장에서 그것이 오로지 자연스러운 겸손함의 발로였으리라는 생각은 결코 하지 못했다. 율리카의 원래 소극적이고 수줍은 성격은 차치하고라도 말이다. 그러다 마침내 동료들이 가고 나면, 그는 무례하게 굴기까지 했다. 적어도 밀가루 수프 정도는 끓일 수 있었잖아! 그는 퉁명스럽게 말하곤 했다. 적어도 그 정도는 할 수 있잖아. 율리카는 그의 하녀가 될 생각은 없었다. 그리고 다른 여자가 등장한 그날부터 그의 감정이입 능력은 완전히 바닥났다. 믿기지 않겠지만, 슈틸러는 율리카가 그 베란다에서 자신이 아니라 폭슬리를 그리워한 것에 격분했다. 그리고 병들고 버림받은 율리카가 다보스에서 다정한 편지 한 통 보내지 않았다고 심각하게 놀라워하기도 했다. 사실이긴 하다. 율리카는 슈틸러가 도시에서 처리해야 할 일을 적은 쪽지 말고는 단 한 통의 편지도 보내지 않았다. 하지만 율리카는 편지를 쓸 수 있는 상황이 아니었다! 그리고 나중에, 그해 여름이 지나도록, 슈틸러 자신도 몇 주일 동안 편지를 쓰지 않았을 때는, 율리카도 그에게 편지를 쓰지 않았다는 진부한 핑계를 서슴지 않고 늘어놓았다. 상대방의 처지는 조금도 헤아리지 않고서……

그런 식이었다.

나는 아름다운 율리카와 그녀의 행방불명된 남편 사이에서 중재역을 맡고 싶은 생각은 없다. 하지만 율리카에게 번번이 그 언짢은 시절에 대한 이야기를 듣다보면, 당연히 그 전후관계를 추측하게 된다. 마치 가로세로 낱말 맞추기를 할 때처럼 그냥 재미 삼아. 내 감방에서 따로 무슨 할일이 있겠는가!…… 전후관계를 알아맞히기는 쉬운 일이 아니다. 하지만 행방불명된 슈틸러를 에워싼 낱말을 맞추려면, 아름다운 율리카가 이미 오래전에 한 사소한 발언이 반드시 필요하다. 율리카 자신은 그게 어떤 발언이었는지 언급하지 않는다. 아무런 악의 없는 발언. 사소한 발언. 하지만 내가 듣기로, 슈틸러는 그 말을 잊지 못했다. 실제로 시간이 지날수록 더 잊지 못했다. 슈틸러가 자신을 수정처럼 맑은 요정과 함께 있는 악취 풍기는 어부라고 여긴 것은, 율리카가 오래전에 잊어버린 그 발언, 그 사소하고 하찮은 발언과 틀림없이 어떤 식으로든 관계 있었을 것이다. 그 발언은 두 사람이 처음으로 함께 지낸 밤에 생긴 일이었다. 보아하니 슈틸러는 미모사처럼 예민한 사람, 병적으로 자기중심적이고 과민한 사람이었다. 그래서 율리카가 아무 남자에게나 했을 말들을 모조리 자신과 연관지었다. 그뿐만 아니라 뭐든 두고두고 곱씹는 사람이었다. 그것은 가엾은 율리카에게 종종 견디기 어려운 일이었다. 갑자기, 오랜 시간이 지난 후에, 그런 시시한 말을 다시 떠올리다니! 그런데 율리카 편에서는 첫날밤에 했던 그 사소한 발언을 벌써 오래전에 잊었다고 단언한다. 슈틸러는 도무지 거기에서 벗어나지 못했다. 그는 그 몇 마디 말을 카인의 낙인처럼 이마에 달고 다녔다. 누구보다도 다정다감한 율리카가 늘 조금 헝클어진 그의 머리카락을 이마 위로 쓸어올려줘도 별 소용이 없었다. 율리카는 감동적일 정도로 그에게 다정했다. 아마도 그날 밤 그녀는 남자 품에 처음으로 안긴 아가씨라면 누구든 느꼈을 것을 말했을 뿐이리라. 슈틸러는 그 점을 이해했어야 했다. 그리고 또 이해는 했다. 다만 그것이 사랑하는 율리카가 처음으로 포옹한 후 그에게 할 수 있던 유일한 말이었다는 사실에 괴로웠던 모양이다. 갑자기, 오랜 시간이 지난 후에, 그는 그 지난 일에 깊이 빠져들었다. 그것이 그를 얼마나 괴롭히는지, 그의 영혼이 어떻게 이른바 하나의 점으로 오그라드는지, 그렇듯 사소하고 악의 없고 어쨌든 아주 객관적인 발언이 어떻게 그의 기억에서 메아리치기 시작해 다른 모든 것을 압도하는지, 그의 눈을 보면 알 수 있었다. 율리카가 특별히 다정하게 대하려고 애를 쓰면, 몇 년 전에 그녀의 입에서 나온 말이 다시 그를 소스라치게 했다. 슈틸러는 자신을 지저분한 사람으로 여겼다. 그는 율리카가 자신에게 혐오감을 느끼는 것처럼 굴었으며, 이미 말했듯이 율리카가 특별히 다정하게 대하려고 무척 애를 쓰면 뒷걸음질 쳤다. 자리를 피하기도 했다. 슈틸러는 수영선수처럼 수영을 잘했다고 한다. 몇 년 동안 그는 매일 한 번씩 호수를 왕복했다. 비가 오든 말든 상관하지 않았으며, 때로는 10월에도 종종 수영을 했다. 그는 힘들게 고행했다. 율리카는 그 수영선수 같은 짓을 그의 기벽이라고 부르곤 했다. 슈틸러에게는 좋은 컨디션을 유지하기 위해 필요한 일이었다. 그는 물이 넘실거리는 호수를 필요로 했던 듯 보인다. 땀흘리는 것을 끔찍하게 여겼기 때문이다. 가령 사람들이 모인 자리에서 땀을 흘리거나 그럴 것 같으면, 그는 모든 유머 감각을 잃었다. 당황해서 말없이 앉아 있었으며 대화의 흐름을 좇아가지도 못했다. 가끔은 그의 눈빛에 율리카에게 나쁜 영향을 미치지 않을까 두려워하는 기색이 역력해지기도 했다. 그는 종종 몸에 뾰루지가 났다고 상상했다. 대개는 그저 상상일 뿐이었다. 그러면 피츠팔뤼 정상에서 자신의 땀흘린 얼굴에 입맞췄던 낯선 여인에게 다시 열광했다. 그것은 그에게 절대 잊을 수 없고 유일무이하고 웅장한 피츠팔뤼였다. 슈틸러의 육체와의 싸움은 오로지 자신의 육체와만 관련되었던 듯 보인다. 슈틸러는 해수욕장의 아이들에게 열광하고 아이들의 피부에 열광했다. 그리고 예를 들어 발레를 하는 인간의 육체도 항상 그에게서 감탄을 자아냈다. 그의 감탄에는 고통스러운 면, 장애인의 절망적인 갈망 같은 면이 담겨 있었다. 슈틸러는 이미 서른 살이 넘은 남자였다. 그러나 여자가 (장갑을 끼지 않은) 손을 그의 손에 올려놓고서 잠시 그대로 있으면, 또는 그의 흐릿한 머리카락을 좁은 이마에서 쓸어올리며 단정하게 매만져주고 그의 머리카락과 이마에 손을 대면 그는 소년처럼 당황했으며, 그래서 많은 여인의 마음을 끌었다. 이미 말했듯이, 슈틸러는 가망성이 많은 사람이었으면서도 그 가망성을 믿지 않았다. 그것이 슈틸러를 무엇보다도 혼란스럽게 만들었다. 그러니까 이른바 가망성이 아니라 사람들에게 바보 취급을 받을지 모른다는 두려움이. 그는 의심했고 불안에 떨었으며, 자신의 손에 손을 올려놓는 부인이 혐오감을 느끼지 않는다고 믿으려 하지 않았다. 그는 매일 한 번씩 샤워를 했지만, 그것은 다만 일시적으로 몸을 정갈하게 해줄 뿐이었다. 샤워 후, 그 불행한 사람이 자주는 아니지만 이따금 율리카, 그의 수정처럼 맑은 요정의 혐오감을 자아낼 만한 것이 없나 살펴보려고 거울 앞에 섰으리라 추측할 수 있다. 그리고 이런, 슈틸러는 실제로 자신의 모든 점에 혐오감을 품었다. 슈틸러는 남자들을 아주 멋지다고 생각했다. 그는 끊임없이 남자들을 그렸다. 여자들도 그렸다. 다만 슈틸러라는 이름을 가진 자신만은 사랑하는 연인을 더럽히는 남자의 몸으로 사는 불행을 맛보았다. 율리카, 그 정직한 사람은 아주 솔직하게, 아무런 악의 없이, 아주 객관적으로 말했을 뿐인데, 그 말이 결국 그녀의 유일한 발언으로 남아버리면서 곤란한 입장에 처한 것이다. ……간단히 말해서, 슈틸러는 실제로 기벽을 부렸다. 그리고 가엾은 율리카, 천성적으로 부끄럼 많고 소녀처럼 말이 없고 자신의 진실한 본성을 오해하는 해석에 무방비한, 그 더없이 가녀린 사람이 신경증적인 증세를 보이는 남편과 살기는 틀림없이 쉽지 않았으리라. 다른 사람들도 그렇게 생각한 게 분명했다. 즉, 슈틸러가 그녀의 진실한 본성을 오인했다고 생각한 것이다. 그 점에 대해 슈틸러에게 충고했다가 배은망덕만을 돌려받은 친구들도 없지 않았다. 슈틸러는 그것을 참아내지 못했다. 맙소사, 그런 대화를 나눈 후, 슈틸러는 남의 결혼생활에 끼어드는 자는 지옥에 떨어져야 마땅하다고 말했다. 그들이 오로지 선의에서 이런 말을 하는 건데 그런 선의를 알아줘야 하지 않겠냐고 말했기 때문이다. 슈틸러는 그들이 선의로 하는 이야기의 3분의 1도 채 이해 못했으면서 그런 말을 해대곤 했다! 아무리 우정어린 말들도 슈틸러에게는 그것으로 끝이었다. 자신이 모든 걸 더 잘 알고 있다는 것이다. 사람들은 가엾은 율리카가 그를 사랑하는 정도가 아니라 그에게는 과분할 정도로 넘치게 사랑한다고 말했다. 그러면 슈틸러는 기껏해야 이렇게 대답할 뿐이었다. 그런 말을 해주시다니 친절하기도 하셔라! 하지만 실제로 명심할 맘 따위는 없었다. 슈틸러는 율리카가 주변 사람들을 부추긴다고 의심했다. 하지만 율리카는 원래 부끄러움이 많아서 제삼자에게 속마음을 털어놓지 못한 듯하다. 그런 부인에게 많은 점에서 부당하게 굴었듯이, 그 의심도 부당한 것이었다. 사람들은 직접 눈으로 보았다. 그리고 슈틸러는 그런 상황을 참아내지 못했다. 그들이 오랫동안 교분을 쌓은 정다운 부부가 있었다. 남편은 수의사였고, 부인은 인정받는 소아과 의사였다. 두 사람은 활발하게 교양을 쌓아 감정이 풍부하고 재기 넘쳤으며, 슈틸러가 많은 신세를 진 친구들이었다. 그들은 슈틸러에게 여러 차례 맛좋은 저녁식사를 대접했을 뿐만 아니라 온갖 종류의 자극을 주고 취리히 사교계로 인도해줬으며 심지어는 작품 의뢰까지 주선해주었다. 슈틸러는 그 소아과 의사와 수의사 부부를 아주 훌륭한 사람들이라고 생각했다. 이따금 율리카와 단둘이 만나곤 했던 그 여의사가 슈틸러와 단둘이 만난 자리에서 자신이 품고 있던 생각을 말할 때까지. 그러니까 율리카 부인은 소아과 의사인 자신이 지금까지 살아오면서 거의 만나본 적 없는 섬세하고 마음속 깊이 고매한 인품의 소유자, 더없이 멋진 사람이라는 생각 말이다. 슈틸러는 즉각 그 의사의 말을 끊었다. "그런데 나한테 왜 그런 얘기를 하는 겁니까?" 소아과 의사는 농담으로 말했다. "솔직히 말해서, 슈틸러, 나는 그런 율리카가 무슨 업보로 당신 같은 사람하고 결혼하게 되었을까 이따금 궁금해요!" 의사는 자신의 말이 농담이라는 것을 분명하게 알리기 위해서 미소를 지었다. 슈틸러는 아주 냉랭했다고 한다. "진짜라니까요!" 의사는 정말로 우정어린 마음에서 이렇게 덧붙였다. "나는 당신이 너무 늦기 전에, 노인이 되기 전에 그걸 깨달았으면 좋겠어요. 슈틸러, 당신 곁에 얼마나 멋진 부인이, 얼마나 소중한 부인이 살고 있는지 말이에요. 진짜예요, 슈틸러, 당신을 위해서 진심으로 그렇게 되길 바란답니다!" 그러나 슈틸러는 그런 진심도 참아내지 못한 듯 보인다. 어느 레스토랑에서의 일이었다. 그 여자 친구, 소아과 의사가 계속 율리카에 대해 이야기하는 동안, 슈틸러는 종업원에게 손짓했다. 그는 문제의 핵심에 대해 한 마디도 하지 않고서 음식값을 계산했다. 그리고 그후로는 그 훌륭한 소아과 의사-수의사 부부가 슈틸러 부부를 초대하려 할 때마다 자신은 시간이 없다고만 대답했다. 정말이지 더없이도 진부한 대답이었다. 당연히 율리카는 거기에 반발했고, 소아과 의사-수의사 부부를 자기가 초대하기 시작했다. 외출에서 돌아온 슈틸러는 집에 누가 왔는지 복도에서 듣자마자 그 길로 몸을 돌리려고 했다. 율리카는 그 무례한 행동을 간발의 차로 저지할 수 있었다. 슈틸러는 함께 저녁식사는 했지만, 아틀리에에 '꼭' 가야 할 일이 있었다. 단순히 그 자리를 피한 것이다. 때로는 실제로 피해망상에 가까웠다. 슈틸러는 분명 율리카의 친구들에게 친절히 대하려고 노력했겠지만, 그들은 당연히도 그의 거부감, 그의 편협함을 느꼈다. 착한 슈틸러는 자신의 주변이 갈수록 쓸쓸해지는 것에 놀랐다. 위기에 처한 부부를 기꺼이 찾아가는 사람은 당연히 없다. 비록 무슨 일인지 자세한 내막은 알 수 없지만 분위기가 심상치 않다. 방문객은 휴전의 증인이 된 느낌이 든다. 자신이 비상용 임시 다리 같다는 생각이 든다. 왠지 악용당하고 모종의 목적에 동원된 듯 느낀다. 대화가 어색해지고 밤늦은 시간의 들뜬 분위기가 위태로워진다. 갑자기 지나치게 신랄하고 악의적인 농담들이 오간다. 방문객은 집주인들이 드러내고 싶은 것 이상을 눈치챈다. 이처럼 위기에 휘말린 부부를 방문하게 되면 마치 지뢰밭에 있는 듯한 기분이 들기 마련이다. 아무것도 폭발하지 않는데도 사방에서 뜨겁게 자제하는 냄새가 진동한다. 이렇게 유쾌한 저녁은 오랜만이라는 집주인의 말이 맞는데도 그렇다. 그 말이 무슨 뜻인지는 이해할 수 있다. 하지만 더이상 초대받고 싶은 마음이 들지 않는다. 그리고 자신도 모르게 초대에 응하지 못하도록 가로막는 장애물들이 늘어난다. 실제로 저녁에 거의 시간이 나지 않게 된다. 위기에 휘말린 부부하고 관계를 끊는 것은 아니다. 그것은 확실히 아니다. 다만 좀 뜸하게 만날 뿐이다. 그러다보면 이쪽에서 초대를 하지 않는 경우에는 무의식적으로, 본의 아니게 그 부부를 잊게 된다. 그냥 그게 다였다. 슈틸러가 호의적인 사람들이 왜 저럴까 의아하게 여길 이유가 전혀 없었다. 다행히 율리카에게는 적어도 발레단 친구들이 있었고, 또 무엇보다도 일이 있었다고 말할 수 있다. 무대 위에서, 조명의 홍수 속에서, 율리카는 모든 것으로부터 자유로웠다. 다른 사람, 행복한 사람, 행복의 화신이 되었다. 슈틸러는 연습공연에도 발길을 끊었다. 그는 자신의 일 속에 숨었다. 어느 날 아침 그 여자 친구의 남편, 수의사가 그의 아틀리에에 나타나 남자 대 남자로서 대화를 시도한 일도 아무 도움이 되지 않았다. 그 자리에서 결코 비난은 오가지 않았다. 이런 말이 전부였다. "슈틸러, 내 생각에는 당신이 부인에게 너무 부당한 것 같아요." 슈틸러는 대답했다. "물론이죠!" 그의 어조는 야유 그 자체였다. "그럴 줄 몰랐어요?" 그는 말했다. "내가 부당하게 굴지 않는 걸 본 적 있어요?" 수의사는 온갖 시도를 해봤지만, 슈틸러는 그를 하릴없이 세워두고는 흙손*을 닦았다. 그러고는 방문객을 문까지 배웅하지도

* 이긴 흙이나 시멘트 따위를 떠서 바르고 그 표면을 반반하게 하는 연장.

않고서 잘 가라고 말했다. 율리카와 친구인 사람들을 즉시 자신의 은밀한 적으로 간주해버리는 것은 실제로 일종의 피해망상이었다. 율리카가 뭘 어쩔 수 있었겠는가! 그녀는 슈틸러가 안됐다는 생각이 들었다. 그는 스스로를 외롭게 만들었다. 율리카는 시도해보지 않은 것이 없었다! 슈틸러가 이해받지 못하는 남편이라는 감정에 빠지면, 율리카는 그것을 유머로 받아들였다. 또한 슈틸러는 종종 마비된 사람처럼 아무 일도 안 하고 고집스럽게 말없이 생각에 잠겼다. 아마 다른 사람이라면 지루해서 숨이 넘어갔을 것이다. 사람 만나기를 싫어하고 매사에 시큰둥하게 굴고 무관심하고 아무런 의욕도 갖지 않았다. 결코 한 여자를 행복하게 해줄 수 있는 남자가 아니었다. 그러면 율리카는 잠시 그의 어깨에 손을 올려놓고는 미소 지었다. "그래, 그래—당신은 불쌍한 사람이야!……"

—

다보스에서의 여름, 건초 냄새가 나고 다람쥐가 보이는 아르누보풍 베란다에서의 삶은 물론 쉽지 않았다. 그 고지에 처음 도착한 신참들은 대부분 율리카처럼 지내는 듯 보였다. 최초의 경악의 시간이 지난 후, 어서 이곳을 떠나야겠다고 결심한 두세 밤이 지난 후, 담요로 몸을 감싼 채 항상 똑같은 베란다로 나갈 때마다 마치 죽음을 준비하는 듯한 혐오스러운 감정을 맛본 후, 율리카는 뜻밖에도 그 다른 일상에 익숙해졌다. 그랬다. 심지어 그녀는 이젠 아무것도, 정말 아무것도 할 필요가 없는 상황을 즐기기까지 했다. 휴식은 그녀가 바라던 유일한 것이었다. 율리카는 이 세상에 존재한다는 감정을 정말 오랜만에 생생하게 만끽했다. 다보스는 전혀 끔찍하지 않았다. 골짜기들이 흔히 그렇듯이, 그곳도 초록빛이고 평화롭고 아마 조금 지루한 골짜기였다. 가파른 숲과 평평한 풀밭과 여기저기 돌투성이 계곡이 있는 골짜기. 하나의 풍경. 그뿐이었다. 죽음이 낫을 든 해골의 형상으로 돌아다니거나 하지는 않았다. 아니, 그곳에서는 오로지 풀만 베였다. 상큼한 건초 냄새가 아래쪽에서 올라왔고, 가까운 숲에서 송진 냄새가 물씬 풍겼다. 어디선가 거름을 펼쳐놓고 말렸다. 베란다 앞의 낙엽송에서 장난꾸러기 다람쥐 한 마리가 재주를 넘었다. 낮에는 마치 휴가를 보내는 사람처럼 살았다. 아마 그랬던 것 같다. 옆방 남자가 날마다 15분씩 율리카 침대의 발치에 앉아 있곤 했다. 그는 병세가 많이 좋아져서 산책을 허락받을 때마다 들꽃을 꺾어왔다. 게다가 상당히 젊은, 율리카보다 더 젊은 사람이었지만, 요양원 고참이어서 새로 도착한 사람들을 아주 친절하게 돌봐주었다. 그 젊은 남자가 율리카를 많이 진정시켜준 듯 보인다. 그는 율리카에게 책을, 전에 슈틸러가 가져온 것과는 다른 책을, 즉 새로운 세계를 가져다준 사람이었다. 이런 세계가 있었다니! 율리카는 플라톤, 『소크라테스의 죽음』*을 읽었다. 어려웠지만, 젊은 요양원 고참은 선생처럼 잘난 척하지 않고, 스스로 뭐든 아주 쉽게 깨닫는 까닭에 우리의 머리로 이해할 수 없는 것은 존재하지 않는다고 믿는 사람처럼 쾌활하게 지나가는 말로 도와주었다. 늘 영리해 보이는 그의 여윈 얼굴과 커다란 눈은 매력적이었지만, 두 사람은 결코 사랑에 빠지지 않았다. 율리카는 아마 발레 이야기를 했을 것이고, 죽은 사람들의 옷을 물려입은 젊은 요양원 고참은 이따금 기침 소리는 들리지만 얼굴은 한 번도 본

* 독일의 종교철학자 로마노 구아르디니의 저서.

적 없는 요양객들에 대해 조금 이야기해줬다. 살아온 이야기가 아닌 그저 익살스러운 이야기였고 결코 비밀 누설은 아니었다. 욜리카는 그게 즐거웠다. 처음에는 그의 '경박한' 말투에 당혹했지만, 신랄한 농담이 진정성을 배제하는 것이 아니라 다른 형태의 농담, 치근거리지 않는 더 순결한 종류의 농담이라는 것을 결국 깨달았다. 간단히 말해서, 율리카는 그 15분을 즐겼으며, 어느 날 젊은 요양원 고참이 나타나지 않았을 때는 초조하게 기다리기까지 했다. 무슨 일이 있었냐고? 아무 일도 없었다. 그의 가족이 찾아왔을 뿐이다. 이튿날 젊은 요양원 고참은 다시 찾아왔으며 율리카에게 엑스레이 사진에 대해 설명했다. 본인 사진인가요? 이 질문에 그는 침묵을 지켰으며, 무엇이 '음영'이라고 불리는지 보여주었다. 그리고 그런 뼈대를 아름답게 여기고, 하나의 그래픽처럼 보고, 보이지 않는 심장의 투명함에 황홀감을 느끼며, 갈비뼈와 척추 사이의 비밀스러운 구름에 매혹되는 법을 서서히 율리카에게 알려주었다. 그 형태들을 오랫동안 바라보고 있노라면 정말로 부글부글 부풀어오르다가 모든 것이 몽환적인 여명으로 빠져들었다. 결국 그 악동이 이건 율리카 슈틸러 추디 부인의 엑스레이 사진이라고 알려줬을 때, 그녀는 전혀 놀라지 않았다. 이 사진을 어디서 입수했어요? 어제 진료를 기다리면서 몰래 훔쳤죠. 요양원에서는 좀 짓궂은 장난을 칠 필요가 있다고 그는 생각했다. 사람들이 스스로를 너무 진지하게 여긴다는 것이었다. 특히 요양원에서 그렇지만, 다른 곳에서도 마찬가지라면서. 율리카는 슈틸러를 떠올리지 않을 수 없었다. 침대 발치의 그런 방문이 슈틸러의 의무적이고 규칙적인 편지보다 더 많은 관심을 끈 것은 당연했다. 율리카가 느낀 것처럼, 그와는 반대로 슈틸러의 편지들은 아무것도 밝혀주지 않았다. 그 편지들은 수다스러운 침묵이었다. 율리카가 거기에 뭐라고 답변할 수 있었겠는가! 그 편지들의 유일한 장점은, 수석의사와 간호사가 편지를 보면 마음을 놓는다는 것이었다. 슈틸러 씨가 한 번도 면회를 오지 않는 것을 그들이 의아하게 여겼기 때문이다. 완곡하게 말해서, 아주 이상하게 여겼다. 율리카는 그를 감싸주어야 했다. 남편은 곧 올 거예요! 그녀는 종종 말했다. 이제 오실 때가 되었지요! 수석의사도 말했다. 남편분께 혹시 기차시간표가 없으면 제가 기차시간을 적어드릴게요!…… 다들 율리카 부인을 매우 좋아했다. 낮에는, 특히 날씨가 좋으면, 시간이 수월하게 지났다. 젊은 요양원 고참, 가톨릭 신학교 대학생은 정말로 하늘이 주신 선물이었다. 그렇듯 많은 교양과 그렇듯 많은 개구쟁이 기질을 겸비하다니, 율리카는 그런 일이 설마 가능할 줄 몰랐다. 그렇게 박식한 사람과 대화를 나누기는 처음이었다. 율리카는 종종 자신이 문맹이면서도 다른 한편으로 성숙한 여인인 것처럼 느꼈다. 이미 말했듯이, 그는 개구쟁이 소년이었기 때문이다. 어쨌든 율리카는 침대 발치에서 나누는 대화, 그의 학식과 개구쟁이 기질을 무척 즐겼다. 어쩌다 그가 모르는 것을 질문하면, 그는 마치 돌멩이나 전나무열매를 어딘가로 훌쩍 던져줄 때의 폭슬리처럼 즐거워했다. 며칠 후 돌아왔을 때는, 그 질문과 관련해 어디서 무엇을 읽을 수 있는지 훤히 알고 있었다. 그는 율리카로 하여금 현대물리학에 눈뜨게 해주었다. 그것은 실제로 흥미로웠다. 그는 슈틸러에게 없는 학문적인 정확함으로 설명했다. 슈틸러는 강연을 듣고 곧장 집에 왔어도, 자신이 무척 열광하는 원자의 구성에 대해 율리카에게 설명하지는 못했다. 그런데 율리카는 그곳에서 처음으로 모든 것을, 거의 모든 것을 이해했다.

또 성모마리아의 어떤 점이 중요한지도 알게 되었다. 개신교도들은 전혀 짐작도 하지 못하는 여성적인 것의 숭상. 그가 뛰어난 지식을 바탕으로 그 모든 것을 설명했기에, 무지한 사람들조차도 무슨 말인지 이해하거나 적어도 사상 흐름의 결정적인 전환을 인식할 수 있었다. 그랬다. 그녀의 착한 슈틸러가 과거에 스페인에서 공산주의 편에 서서 싸웠는데도, 실제로 공산주의 이념이 무엇인지, 무엇이 헤겔에게서 유래하며 무엇이 헤겔에 대한 오해인지, 변증법은 무엇인지, 공산주의의 어떤 점이 철저하게 기독교적이며 어떤 점이 반기독교적인지, 세속화는 무엇이며 초월성은 무엇인지, 율리카는 그때 생전 처음 냉정하게 객관적으로 알게 되었다. 얼굴이 여위고 눈이 해골처럼 움푹 들어간 그 젊은 예수회 수도사가 쉽게 생각할 수 없는 것, 요점을 짚어 간결하고 냉정하게 설명할 수 없는 것은 그야말로 존재하지 않는 듯 보였다. 그가 말하는 방식이 즐거워서, 성모마리아 이야기든 절대광속 이야기든 율리카는 종종 웃음을 터뜨리지 않을 수 없었다. 게다가 그것(냉정한 설명 방식)은 결코 직관을 배제하지 않는 듯 보였다. 그곳에서 율리카는 일단 아무 일도 하지 않아도 되는 현실을 즐겼다. 슈틸러는 늘 뭔가를 강요했다. 그래놓고는 나중에 그런 견해들을 스스로 반박했다. 하지만 일단 뭔가에 열광한 순간에는 어찌나 장황하게 강의를 해대는지, 율리카는 감히 반박할 엄두도 나지 않았다. 젊은 가톨릭 교인은 완전히 달랐다! 율리카는 전혀 반박하고 싶은 충동을 느끼지 않았다. 그녀는 베란다에 누워서, 마치 주변 숲의 공기처럼 그것을 들이마셨다. 흔히 알려진 생각, 즉 주변 사람이나 다른 누군가에게 '너는 이러저러한 사람이며 그렇게 정해져 있다'라고 말하면서 그 사람을 고정된 틀에 집어넣는 것은 사랑이 아닌 죄악의 표현이라는 생각 역시, 율리카는 날마다 찾아오는 방문객에게서 들은 걸로 보인다. 그 생각은 즉시 아름다운 율리카의 마음을 사로잡았다. 남편 슈틸러가 율리카를 바로 그런 식의 틀에 집어넣었던 것은 아니었을까?…… 간단히 말해서, 율리카는 지루하지 않았다. 해가 비치든 비가 내리든, 날이 밝을 동안에는 별 어려움 없이 병을 참아냈다.

밤은 달랐다.

율리카는 그에 대한 이야기는 거의 하지 않는다. 하지만 이따금 아침에 간호사가 불 켜진 방의 제멋대로 헝클어진 침대에서 식은땀에 젖은 채 지쳐 잠든 율리카를 발견했다는 말은 내비친다. 체온곡선은 무슨 일이 있어도 절대 흥분하지 말라는 선의의 경고를 가엾은 율리카가 얼마나 지키지 않았는지 명확하게 보여주었다. 율리카는 몸을 씻어주고 침대시트를 새로 갈아주고 미리 전기방석과 차를 가져온 좀 아둔한 간호사에게 사사건건 타박을 놓았다. 몇 주일 전부터 약속된 첫번째 산책이 또, 또, 또 미뤄지지 않도록 선수를 치려는 것이었다. 아마도 그런 견디기 힘든 밤에 이따금 율리카는 슈틸러의 절대 잊지 못할 모습을 보았을 것이다. 전날 밤의 유리잔을 닦고, 율리카의 불쾌감을 더이상 자극하지 않도록 전날 밤 찾아온 여자의 머리핀을 바지주머니에 찔러넣고, 율리카가 죽을병에 걸렸다는 소식을 듣고서 전날 밤의 유리잔을 벽에 내동댕이치는 슈틸러의 모습을, 오로지 그 모습만을……

이제 슈틸러는 그나마 편지도 쓰지 않았다.

다른 여자가 있긴 했지만 최소한 자신을 그리워해주길 바랄 만큼은 아직 사랑한 부인이 거기 산 위 다보스에서 무슨 일을 겪고 있는지,

(가엾은 율리카가 직접 편지를 쓸 수 없었는데도) 슈틸러와 단둘이 있는 자리에서 아무도 알려주지 않았던 걸까 하는 궁금증이 물론 든다. 그러나 슈틸러는 단둘이 있는 자리에서 그런 소식을 들을 용의가 없었다. 몇몇 친구들이 한번 시도는 해보았으나 결국 포기했다. 슈틸러가 새로 사귀었을 친구들은 슈틸러 본인 못지않게 율리카의 끔찍한 밤에 대해 짐작조차 못했다…… 도대체 누가 그것을 알겠는가? 가엾은 율리카는 아무에게도 그런 말을 내비치지 않았다. 그런데도 한 사람은 그 사실을 눈치챈 듯 보인다. 바로 젊은 요양원 고참이었다. 그는 교부敎父들과 절대광속(두 개의 광선이 서로를 향해 질주해도 속도는 곱으로 빨라지지 않는다), 속도의 덧셈과 뺄셈에 대한 고전적인 법칙(빛에서는 통용되지 않는다), 불교에 대해 말할 때처럼 그 일에 대해서도 가볍고 쾌활하게 말했다. 그는 그런 지식으로 무장한 채 또다시 그녀의 침대 발치에 앉아 있었다. 기진맥진한 율리카는 그의 말을 귀담아 들으려고 노력했다. 그는 마침 어느 잡지에서 취리히 셰러 교수*의 논제, 즉 질량은 동결계좌 안의 에너지라는 논제를 읽고 감격한 참이었다. "비유가 재치 있지 않아요?" 그는 물었다. "그래요." 율리카는 말했다. "거봐요!" 그는 계속 잡지를 뒤적이며 말을 이었다. 그의 어조에는 조금도 변함이 없었다. "—낮에는 체스를 두고 책을 읽고 밤에는 운다. 이 건물에서 당신만 그런 게 아니에요. 율리카, 절대 그런 생각 하지 마요. 여기서는 다들 그래요. 처음에, 그러니까 처음 몇 주일이나 몇 개월은 이곳이 아름다워서 어리둥절해요. 건초, 송진, 다람쥐 같은 것들. 하지만

* 스위스의 물리학자 파울 셰러.

그런 다음 공포가 엄습하지요. 베개에 얼굴을 묻은 채 엉엉 울면서 자신이 왜 우는지도 몰라요. 그건 몸에 해로울 뿐이에요. 열에 들뜬 우리 몸이 재처럼 스러질 거라는 건 다 아는 사실이잖아요. 그러다 어느 정도 시간이 지나면 다들 이곳을 탈출할 생각을 해요. 특히 밤에 혼자 있으면, 온갖 엉뚱한 계획들이 우리 머릿속을 점령하지요. 다들 자신만의 나폴레옹이 되거나 히틀러가 된다니까요. 아무도 러시아에 못 가요. 우리 같은 사람은 산 아래로도 못 내려가죠. 율리카, 기차로 네 시간, 란트크바르트에서 한 번 갈아타기. 간단한 일이죠. 해마다 실제로 시도하는 사람도 몇몇 있어요. 몰래 칫솔을 챙기고서 화장실에 간다고 간호사에게 말해요. 그러고는 기차를 타고 골짜기로 내려가는 거예요. 운이 좋으면, 날씨가 좋으면, 그럭저럭 멀리 가요. 그러다 숨넘어간다 싶을 만큼 탈진해 쓰러진다니까요. 결국 구급차에 실려서 말없이 다시 이곳으로 오지요. 그게 무슨 짓이에요?" 그는 미소 지었다. "우린 그런 사람들은 동정도 안 해요. 그건 어리석은 짓이에요. 이미 검증되었다니까요. 우리의 동료 관계는 그것에 대해 전혀 모르는 척하는 정도로 그치지요. 율리카, 그런 허튼짓은 절대 하지 않겠다고 맹세할 수 있겠어요?" 율리카는 맹세했다. "안 돼요!" 젊은 요양원 고참은 웃었다. "낙타털 담요 아래서는 안 돼요. 친애하는 부인, 하느님도 좀 보고 싶어하시거든요." 율리카는 담요에서 나와 맹세했다. "그래요!" 그는 다시 잡지에 몰두하면서 덧붙였다. "—그리고 당신도 알게 될 거예요. 율리카, 여기서는 누가 죽더라도 대단한 일이 아니에요. 혹시라도 우리에게 깊은 인상을 남기길 바라는 사람이 있다면, 완전히 헛죽는 거지요. 여기서는 오로지 삶만이 중요해요! 게다가 내가 보니까, 사람들은 대부분 크리스마스 무렵에 죽더라고요. 순전히 감상에 빠져서."

(그런 그는 9월 말에 죽었다.)

그러다 8월에 슈틸러가 나타났다. 예고도 없이 불쑥. 그런 방식이, 오랫동안 나타나지 않은 것보다 더욱더 수석의사를 놀라게 했다고 율리카는 생각한다. 그는 아름다운 율리카가 완전히 부당하게 아르누보풍 베란다에 붙잡혀 있는 듯 굴었으며, 즉시 아내와 함께 산책하게 해줄 것을 간호사에게 요구했다. 최소한 한 시간. 율리카와 할 이야기가 있다면서. 무슨 일이 있는 걸까? 좌우 양쪽에 듣는 귀가 있을 게 빤한 베란다는 말을 꺼낼 장소가 아니라는 것이다. 슈틸러는 모자는 벗었지만, 여름이고 겨울이고 할 것 없이 애용하는 단벌 군용코트는 그대로 입고 있었다. 율리카는 물었다.

"어떻게 지내?"

슈틸러는 부자연스럽게 굴었다. 모자를 이리저리 비틀며, 율리카와 단둘이 이야기하기를 바라는 자신을 요양원에서 마땅히 배려해야 한다는 듯 흥분해 있었다. 그는 율리카가 상냥하게 안부를 묻는 말은 흘려들었다. 곧이어 관례적으로 회진을 온 수석의사에게 그는 또다시 율리카와 산책하겠다고 요청했다. 수석의사는 기습적인 요청에 당황했다. 환자의 현재 상태로 보아서 산책은 꿈도 꾸면 안 된다고 환자 앞에서 솔직하게 말할 것인가? 몇 주일 전부터 율리카는 그 허락이 떨어지기만을 기다렸다. 슈틸러가 하는 작태로 봐서는 그 요청을 단칼에 거부해야 마땅했지만, 그렇지 않아도 이미 겁먹은 율리카를 감안하면 단칼에 자를 수는 없는 노릇이었다. 대체 수석의사가 뭐라고 말해야 했겠는가? 그는 자신의 말을 듣고 싶지 않은 듯 다른 곳을 보면서 어물어물

30분간의 산책을 허락했다. 최대 45분까지는 괜찮다고 말했다. 하지만 자신이 먼저 슈틸러와 할 이야기가 있다며, 슈틸러에게 바깥 복도에서 기다리라고 부탁했다……

율리카는 그새 마치 달팽이집처럼 익숙해진 요양원을 몇 달 만에 처음으로 벗어났다. 갑자기 주위에 베란다가 없다는 것이 당혹스러웠다. 하지만 예상했던 것보다 기운이 더 없었다. 슈틸러는 그녀를 병자 취급하려는 의도는 없이 가볍게 부축했다. 그들은 팔짱을 끼고서, 율리카가 베란다에서 그토록 자주 바라보았던(몸을 일으키면 보였던) 오솔길을 천천히 걸었다. 아, 그것은 가엾은 율리카에게 대사건이었다. 눈물, 기쁨의 눈물이 흘렀다. 신발로 흙을 밟고 전나무열매를 손에 들고 손가락에 묻은 송진 냄새를 맡는 것, 이 모든 게 그녀에게는 너무나 큰 행복이었고 슈틸러도 그 사실을 감지했을 것이다. 어쨌든 그는 곧바로 말을 꺼내지는 않았다.

"수석의사가 뭐라고 말했어?"

슈틸러는 그 얘기는 하려 하지 않았다. "말해줘!" 그녀는 간청했다.

슈틸러는 당황한 듯 보였다.

"의사가 뭐라고 말했냐고?" 이윽고 그는 말했다. "당신을 절대 흥분시켜서는 안 된대. 그 말뿐이었어. 그 수석의사라는 사람이 그냥 짧게 말했어. 그 사람 말로는, 당신은 원래 산책하면 안 된대. 당신 상태가 내가 생각하는 것보다 훨씬 더 심각하다는 거야."

"그렇구나." 그녀는 말했다.

"그래."

"나한테는 그런 말 생전 안 하는데!"

"그래." 슈틸러는 율리카에게 말하지 않는 편이 나을 의학적인 내용으로부터 화제를 돌리려고 덧붙였다. 그러면서 고약하지 않게, 그저 독특하게, 그저 슬프게 미소 지었다. "—그리고 물론 당신이 우아하고 훌륭한 사람이라는 말도 했어. 아주 연약해서 많은 보호를 받아야 하는 사람, 소중한 사람이라더라. 모두들 나한테 가르치려고 들어. 나는 바보 천치인가봐!"

"아이참, 슈틸러!" 그녀는 웃었다.

"아냐." 그는 말했다. "나는 정말 바보 천치인 거 같아. 당신을 다시 보니까 좋네. 당신도 알지, 서로 얼굴을 보지 않으면 괜히 쓸데없는 생각이 든다니까, 어쨌든 나는 그래."

율리카는 다시 물었다.

"거기 아래서 뭐하고 지내?"

"아, 그냥." 그가 웅얼거렸다.

"폭슬리는 한번 봤어?"

"아니."

"늘 일만 해?"

슈틸러는 별로 즐거운 기분이 아니었다.

"그래." 그는 다시 말했다. "사실 의사가 나한테 한 말은 이게 전부야. 당신은 고상한 사람이고, 한 남자에게 소중한 대접을 받아 마땅하대. 그리고 어쨌든 우리는 당신이 어떤 식으로든 흥분하지 않도록 조심해야 해. 당신에게 해로워. 당신 상태는 상당히 심각하대. 율리카, 의사가 나한테 세 번이나 그렇게 말했어. 그랬던 거 같아."

율리카와 슈틸러는 그렇게 팔짱을 끼고 걸어본 적이 별로 없었다.

두 사람은 중요한 얘기는 이미 다 한 듯, 이제는 오로지 청명한 8월의 날씨와 그 유명한 공기에 매료되는 일만이 남았다는 듯, 전나무열매가 굴러다니고 다람쥐들이 귀찮게 구는 모범적인 산책로를 말없이 걸었다. 최근에 내 변호사와 율리카가 그 사진을 보여주었다. 실제로 아주 멋진 산책로였다. 때로는 숲이, 때로는 풀밭이 이어졌다. 산 아래 도시는 끔찍했다. 천둥번개가 치고 비바람이 몰아치기 전처럼 계속 숨막히게 후덥지근했다. 하지만 비바람은 끝내 몰아치지 않았다. 더위가 기승을 부렸고 사람들은 땀을 흘렸다. 그런데 거기 산 위에서는 전혀 땀이 나지 않았다. 슈틸러는 그것을 즐겼다. 풀밭에서는 상큼한 냄새가 났다. 그런데도 그들은 그리 멀리 가지 않았다. 가엾은 율리카 때문이었다. 슈틸러는 갈색 군용코트를 벗었다. 실제로 실용적인 물건이었다. 그들은 전나무 잎이 푹신하게 깔리고 햇살이 따스하게 비치는 뽀송뽀송한 바닥에 앉았다. 참 아름다웠다. 무슨 말이 필요할까! 율리카는 생각했다. 그리고 실제로도 두 사람은 거의 말을 나누지 않았다. 본론을 꺼내기 전에 뭔가 대화를 나누는 게 불가능하다는 사실이 입증된 셈이다. 이윽고 율리카는 물었다. "무슨 일이야? 나하고 할 말이 있다고 하지 않았어?—" 푸르스름한 정오 어딘가에서 보이지 않는 돌이 구르는 소리가 들렸다. 곤충들이 윙윙거렸다. 은회색 산들은 침묵을 지켰다. 율리카는 슈틸러가 말하기를 기다렸지만 슈틸러는 입을 열지 않았다. 그는 붉은 흙을 손가락 사이로 잘게 부수었다. 그러다 마침내 율리카가 맹세코 트집을 잡기 위해서가 아니라 그저 뭔가 말을 꺼내기 위해서, 흙이 묻어 지저분해진 그의 길쭉한 손톱에 주의를 환기시켰다. 전혀 악의 없이 한 말이었다. 그런데 그 착한 슈틸러, 남성적인 미모사는 아무

대꾸 없이 또 그 말을 곡해했다. (나중에야 비로소 편지에서 그 일을 언급했다.) 그는 잘게 부서진 흙을 바닥에 떨어뜨렸다. 말없이. 손을 탈탈 털고는 가느다란 나뭇가지를 바닥에서 집어들어 손톱을 청소했다. 물론 율리카가 원한 건 그런 일이 아니었다. 그러면서 슈틸러는 뜬금없이 물었다. "당신, 나를 정말 사랑하기는 했어?" 이 말에 율리카가 또 뭐라고 대답할 수 있었겠는가? 하지만 슈틸러는 손톱을 하나하나 청소하면서, 그 어처구니없는 질문을 고집했다. 율리카로서는 밑도 끝도 없는 황당한 질문이었다. "그게 당신의 지저분한 손톱하고 무슨 상관이 있는데?" 그녀는 조금 농담조로 물으면서, 흥분한 탓에 파르르 떨리는 그의 입술을 바라보았다. "—그거 물으려고 여기까지 온 거야?" 이 말투는 적절하지 않았고 상황에 도움이 되지 않았으며 고요한 숲의 수려한 경관에도 어울리지 않는다고 두 사람은 생각했다. 베란다가 아닌 곳에서 그 숲을 보고, 아르누보풍의 유리문 밖으로 벗어나보고, 들꽃을 젊은 예수회 신도의 손에서 넘겨받는 것이 아니라 직접 자신의 손으로 꺾어보고, 낙타털 담요에서 벗어나 그동안 거의 잊고 살다시피 한 외출복을 다시 입는 것이 가엾은 율리카에게 무엇을 의미하는지, 슈틸러는 전혀 짐작도 할 수 없는 듯 보였다. 어느새 반 시간이 지나갔다. 슈틸러는 담배를 피워도 되는지 율리카에게 묻지도 않고서 담뱃불을 붙였다. 율리카는 풀줄기를 잇새로 잡아뺐다.

"당신의—그 귀부인은 어떻게 지내?" 그녀는 물었다.

"누구 말이야?" 그는 물었다.

"아직도 그 여자 사랑해?"

실제로 율리카는 그에게 가능한 한 부담되지 않게끔 말했다. 그런데도 슈틸러는 더할 수 없이 비겁했다. 그는 (나중에 사실로 밝혀진 것처럼) 그 여자를 거의 매일 만난다는 얘기는 한 마디도 하지 않았다. 율리카를 빤히 쳐다보며 침묵만 지켰다. 그는 율리카에게 무엇을 기대했을까? 율리카는 그 짧은 산보에 지쳐서 따스한 풀밭에 누웠다. 몸이 피곤했지만 경치를 더 감상하기 위해서 오른쪽 팔꿈치로 몸을 받쳤다. 대롱거리는 기다란 풀줄기를 입에 문 채. 그녀는 슈틸러가 자신을 유심히 살펴보는 것을 느꼈다. 붉은 머리카락, 섬세한 코, 그 당시 햇볕에 그은 갈색 피부(평소의 설화석고 같은 창백한 피부가 율리카에게 더 잘 어울렸을 것이다), 립스틱을 바르지 않은 입술, 앞가슴, 온몸, 말하자면 발레리나의 몸을. 슈틸러는 여자를 생전 처음 보는 사람처럼 그녀를 바라보았다. 율리카를 그 다른 여자와 비교했을까? 슈틸러가 열렬히 사랑에 빠진 듯 보인다고 율리카는 생각했다. 사랑에 빠진 동시에 절망한 듯 보였다. 도대체 이유가 무엇일까? 율리카는 물었다. "무슨 일이야?" 별안간 (율리카는 그때를 회상하면 지금도 조금 미소를 짓곤 한다) 슈틸러는 타잔처럼 율리카를 움켜잡았다. 맹세코 슈틸러는 원래 그런 사람이 아니었다. 그는 조각가의 거친 손으로 율리카의 여윈 얼굴을 붙잡고는 믿어지지 않을 정도로 격렬하게 입맞췄다. 물론 그 격렬함에 즉석에서 응답할 수는 없었다. 그는 마치 율리카를 으스러뜨리려는 듯 그녀의 허약해진 몸을 꽉 끌어안았다. 사실 율리카는 너무 아팠다. 그래도 곧바로 아프다는 말을 하지는 않았다. 슈틸러는 왜 그렇게 그녀를 뚫어지게 바라봤을까? 율리카는 잠시 그가 하는 대로 내버려두었다. 하지만 이게 대체 무슨 뜻일까? 율리카는 미소 짓지 않으려고 조심했다. 그러나 바로 그 사실, 그러니까 조심한다는 것을 슈틸러는 알아챘다. "—당신은?" 그는 외쳤다. "—당신이!" 실제로 그는 율리카가 마치 다른 편 골짜기에 누워 있는 듯 외쳤다. 그러고는 그녀의 잇새에서 대롱거리는 풀줄기를 확 낚아챘다. 하지만 당연하게도 풀줄기는 그녀가 당황했음을 알려주는 소도구였을 뿐이다. 율리카는 자신이 잇새에 풀줄기를 물고 있다는 사실조차 몰랐기 때문이다. 왜 아무 죄 없는 풀줄기에 화가 난 걸까? 그의 눈은 실제로 빛을 발하며 촉촉해졌다. 슈틸러는 자신이 눈물을 흘리는 것을 깨닫고는, 율리카의 품에 머리를 묻고서 양팔로 그녀를 꼭 부둥켜안았다. 드넓은 자연 풍경과 조금 떨어진 곳의 요양원, 다보스 마을의 익숙한 작은 교회, 그때 마침 기적을 울리며 숲에서 빠져나온 빨간 기차가 갑자기, 물론 갑자기 율리카의 눈에 보였다. 그 모든 것이 눈에 보이는데, 율리카가 뭘 어쩔 수 있었겠는가? 슈틸러는 그녀의 품에서 흐느꼈다. 전쟁포로 수용소에서 고향의 역으로 돌아온 사람처럼, 얼굴의 열기가 율리카에게 느껴질 정도로 흐느꼈다. 율리카는 혹시 요양원에서 자신들의 모습이 보이지 않을까 생각했다. 슈틸러의 손은 맹수의 발톱 같았다. 율리카는 그가 자신의 엉덩이를 붙잡고 있는 것이 민망하고 곤혹스러웠다. 그가 흐느낌을 멈추지 않아서, 결국 율리카는 땀에 축축이 젖은 그의 목덜미에 한 손을 올려놓았다. 손을 그의 마른 머리카락 쪽으로 움직이면서, 그가 마음을 가다듬기를 기다렸다. 그는 마음을 가다듬지 못했다. 가다듬으려고 하지도 않았다. 심지어는 (우스꽝스럽게 말하면) 그녀의 무릎을 물어뜯으려고, 개처럼 물어뜯으려고 했다. 하지만 튼튼한 맨체스터 스커트 탓에 물어뜯을 수는 없었다. "자!" 율리카는 말했다. "—이제 그만해." 다보스의 그 산책로에서 어떻게 했어야 했는지 율리카는 지금도 모른다. 낯선 산보객 두 명이 이미 2분 전에 산책로에 나타났다. 그들은 걸음걸이는 느렸지만 점점 더 가까이 다가왔다. 슈틸러의 행동거지가 약간 연극을 연상케 한다는 점은 차치하고라도 곤혹스러운 상황이었다. 모티머*나 클라비고** 같은 역이 떠오르긴 했지만, 정확하게 꼭 들어맞는 역은 생각나지 않았다. 하지만 어쨌든 곤혹스러웠다. 이제 슈틸러가 마치 죽은 사람처럼 맨체스터 치마폭에 누워 있었기 때문이다. 슈틸러는 꼼짝하지 않고 무겁게 내리눌렀다. 흐느낌은 멎었지만, 욕구를 충족시킨 사람처럼 양팔을 옆으로 쭉 뻗고 볼썽사납게 누워 있었다. "있잖아!" 율리카는 아주 상냥하게 말했다. "저기 사람들이 와—!" 그 사람들은 벌써 100미터 가까이 다가와 있었다. 슈틸러는 그 말에 반박할 수 없었다. 그는 주변을 돌아봐서 정말로 사람들이 가까이 오는지 확인조차 하지 않고, 물속에서 다시 수면 밖으로 나온 잠수부 같은 몽롱한 얼굴로 몸을 일으켰다. 그 사람들, 노부인 둘이 지나갈 때까지, 그는 두 손으로 얼굴을 감싸고 있었다. 그러다가 얼굴에서 손을 떼어 무릎 위로 내려뜨리고는 멀리 골짜기를 바라보았다. 자기 자신을 매우 비극적이라고 여기는 듯 보였다. 어쨌든 그런 그를 바라보는 율리카에게는 늘 조금 헝클어져 있는 이마의 머리카락을 쓸어올려주며 미소를 짓는 것 말고 다른 할 수 있는 일이 생각나지 않았다.

"그래, 그래—당신은 불쌍한 사람이야!"

---

* 독일의 극작가 프리드리히 폰 실러의 희곡 『마리아 슈투아르트』의 등장인물. 주인공 마리아를 구하려는 계획이 실패로 돌아간 후 자살한다.

** 독일의 문호 요한 볼프강 폰 괴테의 희곡 『클라비고』의 주인공. 약혼녀를 배신한 후 약혼녀의 오빠에게 죽임을 당한다.

슈틸러는 아무 대답도 하지 못했다. 다만 일어서서 후줄근한 바지를 추슬렀으며, 율리카가 부축도 받지 못한 채 혼자 일어난 후에야 자신의 구겨진 군용코트를 집어들었다. 율리카에게 한 팔을 내밀어 기대게 하고는 다시 요양원으로 인도했다. 요양원에 도착해서 슈틸러는 율리카가 다시 담요에 싸여 베란다로 옮겨질 때까지 복도에서 기다리겠다고 약속했다. 채 20분도 걸리지 않았다. 그러나 간호사가 나중에 복도를 둘러보았을 때, 슈틸러 씨는 더이상 없었다. 작별인사도 없이 그냥 가버린 것이다……

행방불명되기 전 끝에서 두번째 만남이었다.

크노벨, 내 교도관이 부담스럽게 느껴진다. 그는 신문을 구독하는 사람처럼 내 삶의 이야기가 날마다 계속되기를 기다린다. 그래서 내 기억력을 좀 번거롭게 만든다.

"실례지만, 미스터 화이트, 그럴 리가 없어요. 그러니까 당신은 맨 먼저 당신 부인을 살해했어요—"

"맞아요."

"그런 다음 슈미츠 사장을—"

"맞아요."

"당신은 그게 정글에서 있던 일이었다고 말했지요. 자메이카에서. 그 후 작은 물라토 여자의 남편이 왔고, 이어서 당신은 멕시코로 도주했고요—그다음에 무슨 일이 있었지요?" 그는 손에 수프통을 든 채 말한다. "당신은 멕시코에서 여기로 왔어요."

"맞아요."

"그렇다면 당신이 저지른 나머지 두 번의 살인은 어디에서 있었던 일이죠? 당신은 살인을 다섯 번 저질렀다고 말했잖아요."

나는 수프를 수저로 뜨며 말한다.

"아마 세 번뿐이었을걸요."

"농담하지 마요." 크노벨이 말한다. 여기서 그는 유머를 모르는 사람이라는 게 드러난다. 그가 부담스럽게 느껴진다…… 나는 그저 말을 이었다.

"한 사람을 살해하거나 아니면 적어도 그 영혼을 살해할 수 있는 방법은 아주 많아요. 이 세상의 경찰들은 그걸 모르죠. 말 한 마디, 적절한 순간에 솔직한 말 한 마디로 충분한데요. 미소 하나로 충분하지요. 미소나 침묵으로 살인할 수 없는 사람이 있다면 보고 싶네요. 물론 이런 살인들은 전부 천천히 일어나지요. 크노벨, 당신은 대부분의 사람들이 진짜 살인, 가시적이고 증명 가능한 살인에 왜 그토록 관심이 많은지 한 번도 생각 안 해봤죠? 아주 빤해요. 우리가 날마다 흔히 저지르는 살인을 못 보기 때문이지요. 그러다 별안간 총성이 울리거나 피가 흐르거나 누군가가 단순히 아내의 침묵이 아니라 진짜 독 때문에 죽으면, 안심하는 겁니다. 예전에, 그러니까 가령 르네상스 시대에는 인간의 성격이 행위를 통해 드러나는 것은 웅대한 일이었어요. 오늘날에는 모든 게 내면화되었지요—그리고 친애하는 크노벨, 그런 내면적인 살인에 대해 이야기하려면 시간이 필요해요, 그것도 아주 많이!"

"얼마나요?" 그가 묻는다.

"몇 날 몇 시간."

그러자 내 교도관은 말한다.

"미스터 화이트, 다음 일요일에 나는 일이 없어서 시간이 많아요."

그러니까 슈틸러가 침묵을 지켰는데도, 율리카는 그해 여름 남편이 다른 여인과 관계를 맺고 있다는 사실을 알고 있었다. 관계라는 말이 듣기 좋은 낱말은 아니다. 그럴 것이다. 하지만 율리카가 (그 일을 생각하면서) 무엇 때문에 낭만적으로 표현하려고 애써야겠는가? 그러니까 율리카는 그 사실을 알고 있었다. 그렇다고 유리 베란다에 갇혀 지내는 환자가 무엇을 할 수 있었을까? 아무것도 할 수 없었다.

참고 또 참고 또 참는 것 말고는 아무것도……

이제 정말로 나한테는 예술밖에 없어, 가엾은 율리카는 이따금 생각했다. 그리고 아름다운 율리카, 무용가 율리카의 사진이 실린 스위스 잡지의(친구들이 마침 그 잡지를 보내주었다) 겉표지를 또다시 보았다. 율리카의 독사진! 그것은 아주 멋진 사진이었다고 한다. 발레리나의 망사스커트에 빛이 마법처럼 어른거리는 모습이 드가*를 연상시켰다. 게다가 그것은 지난겨울에 찍은 사진이었다. 율리카는 그 당시 무척 번거롭게 찍은 사진이 언젠가 발표될 거라고는 전혀 믿지 않았다. 그런데 지금, 8월 말에, 의미심장하게도 새로운 공연 시즌의 개막에 맞춰 발표된 것이다. 그 사진, 뒤쪽에서 본 율리카의 모습, 왼쪽 다리를 힘차게 흔드는 율리카, 밝게 비치는 옆얼굴. 양팔은 부드럽게 흐르는 듯하면서도 단호했고, 두 손은 마치 양팔에서 피어나는 꽃 같았다. 모든 게 완벽했다. 사진 아래의 글귀, 흔히 그렇듯 좀 유치했지만 적어

* 프랑스의 화가 에드가르 드가. 발레 그림을 많이 그렸다.

도 완전히 틀린 말은 아니었다. 이런 잡지에서는 그 정도만 되어도 충분히 의미가 있다고 율리카는 생각했다. 게다가 시시한 잡지도 아니고. 율리카는 판매부수를 보고 살짝 전율했다. 이제 아주 많은 율리카가 있었다. 가판점에 율리카가, 기차 안에 율리카가, 단란한 가정에 율리카가, 카페에 율리카가, 우아한 신사의 코트 호주머니 안에 율리카가, 수프접시 옆에 율리카가, 곳곳에 율리카가 있었다. 어딘가 해변의 텐트 안에 율리카가, 모든 품격 있는 호텔의 로비에도 율리카가. 게다가 무엇보다도 가판점, 이 나라의 모든 가판점은 물론이고 외국의 일부 가판점까지 율리카가 있었다. 일주일 내내. 그리고 나중에 언젠가는 치과 대기실에 율리카가, 또한 원하면 언제든지 빌려볼 수 있는 뉴욕 공공도서관에 율리카가. 그리고 여기저기 쓸쓸한 방의 침대 위에도 율리카가. 율리카는 자랑스럽지 않았다. 아니, 그건 아니다. 하지만 그 약간 싸구려 종이를 손에 들 때마다 어리둥절했다. 무엇보다도 아주 멋진 사진이라 기뻤다. 발레리나의 관점에서는 흠잡을 데 없이 완벽했다. 자신이 아름답다는 것, 그것도 무척 아름답다는 것을 율리카는 놓치지 않았다. 언제, 도대체 언제 다시 춤을 출 수 있을까? 그녀는 눈을 감은 채 몸을 뒤로 기대고서, 드가의 발레 스커트를 입은 율리카가 빈 무대의 밝은 조명이 비치는 곳으로 등장하는 모습을 머릿속에 그려보려고 했다. 푸르스름한 조명의 홍수 속에서 먼지가 흩날리는 가운데 어둠에 둘러싸여. 빛의 홍수는 그녀, 율리카를 지상의 모든 무거움 너머로 데려가고, 모든 인간적인 집요함으로부터 벗어나게 해줄 것이다. 그런 다음, 그래, 그런 다음, 첫번째 막이 사르르 오르면, 율리카는 이미 발끝으로 서 있다. 두번째 막, 8초 동안 바스락 소리를 내는 무거운 막이 오르고

문이 열리면, 앞쪽 관람석의 환한 얼굴로 가득찬 다른 어둠을 향해 문이 열리면, 그리고 이미 오래전부터 음악을 연주하고 있는 오케스트라가 그녀의 발에 파도처럼 부딪쳐 소리를 내면, 화음이 힘차게 울려퍼지면, 아아, 그 음악은 마력을 발휘한다. 율리카를 에워싸고 마력을 발휘한다. 모두들 율리카를 눈으로는 보지만 붙잡을 수는 없다. 그런 다음 무대 전면의 각광, 위쪽 조명대의 조명이 어떻게 작열하는가. 어떻게 각광이 눈을 부시게 해서 율리카는 이 세상의 그 무엇도 알아보지 못하고 자신의 공간만을 느끼는가. 어떻게 기다리고 있는 자신의 공간만을 느끼고, 평소에는 그 어디에서도 느끼지 못하는 것, 환희, 말로 형용할 수 없는 환희를 느끼면서 두려움에 침을 꿀꺽 삼키는가. 그런 다음 어떻게 고개를 돌리고(정확하게 잡지의 겉표지에서처럼), 어떻게 자신의 눈에서 발산되는 광채가 맨 위층의 관람석에서도 보인다는 것을 아는가. 그런 다음, 그래, 그런 다음, 첫번째 스텝. 마치 모든 음악이 오로지 그녀의 몸속에 있는 듯하다. 머리카락이 얼굴 앞으로 흩날리도록 부지런히 몸을 놀리는 현악기 연주자들. 양볼이 푸토*처럼 불룩 튀어나온 관악기 연주자들. 제비꼬리 연미복을 입은 유명한 지휘자. 그의 눈길은 율리카, 오로지 율리카만을 주시하고 있다. 나무꾼이 톱질하듯 콘트라베이스를 연주하는 씩씩한 젊은이들. 마침내 쿵쿵 손을 놀리는 말쑥한 타악기 연주자. 그는 다소곳이 주의를 집중하는 신경다발 같다. 이런, 세상에. 그들 모두 소리를 낸다. 테마들이 요동친다. 소리들이 연이어 크게 부풀어올랐다가 다시 사그라든다. 그러나 음악은 율리카

* 팔과 다리가 통통한 아기 천사.

안에 있다. 음악은 율리카의 몸속에서 산다. 율리카의 몸속에서 태어난다. 율리카의 몸을 통해 눈에 보인다. 하지만 상상 속에서 율리카는 첫 번째 스텝을 벗어나지 못했다. 이상한 일이었다! 베란다 앞 낙엽송 위의 다람쥐, 속 빈 전나무열매를 떨어뜨리는 다람쥐, 그러니까 무척이나 감지하기 어려운 소음, 또는 아래쪽 골짜기를 달리는 기차의 귀에 익은 기적 소리, 농부들이 브레이크를 건 채 가파른 비탈길을 밀고 내려가는 수레의 신음소리, 또는 아래층 베란다의 기침 소리, 갓 구운 빵을 배달해주고 다시 자전거에 훌쩍 올라타서는 휘파람으로 유행가를 불며 숲속으로 사라지는 빵집 소년의 활기찬 웃음소리, 그런 소리 하나 하나가 발레에 대한 율리카의 상상을 중단시키기에 충분했다. 감격적인 공연을 처음부터, 또다시 푸르스름한 조명의 홍수에서부터 시작하는 것을 가로막는 다른 임무가 전혀 없는데도, 시간이 남아도는데도, 이미 말했듯이 율리카는 첫 스텝을 결코 벗어나지 못했다. 이해할 수 없는 일이었다. 물론 그녀는 많은 발레 안무를 한 스텝 한 스텝 전부 외우고 있었는데도. 율리카는 그 무거움 없는 형상이 될 수 없다는 사실에 당황해서 한 번 더 그 시시한 잡지의 도움을 받으려고 했다. 종이 사진만 아니라면, 최근에 착한 슈틸러가 그녀를 부둥켜안았듯이 부둥켜안았을 형상. 하지만 허사였다. 눈물이 쏟아졌다. 율리카가 경력 단절과 연관짓는 바람에 눈물은 조금 유치하게 여겨졌다. 음악에 대한 향수가 갈수록 더 자주 율리카를 덮쳤다. 그러다 마침내 젊은 예수회 수도사가 어디선가 검은 합성수지로 만든 기적의 상자를 구해왔다. 율리카는 음악을 들어도 좋다는 허락을 받았고 작은 기적의 상자에서 음향이 울려퍼졌다. 둘이서 함께 그토록 바라던 음악을 들었을 때, 그 소리는 물론 작았지만 그래도 또렷하고 무척이나 청아했다. 율리카가 수없이 춤을 추었던 음악. 이런, 음악은 남아 있었다. 그녀는 발레와 전혀 상관 없는 음악도 기꺼이 들었다. 아주 간단했다. 율리카가 결코 인정하고 싶지 않았을지라도, 갑자기 춤은 그녀에게 흘러간 지난날의 유희처럼 변했다. 소중했지만 이제는 더이상 가능하지 않았다. 마음속으로부터 가능하지 않게 된 것이다. 율리카는 경악했다. 그녀의 성공을 시샘해서 그녀의 춤을 항상 대용품으로 여긴 슈틸러의 말이 옳았을까? 율리카는 그 말을 믿지 않았다. 지금도 믿지 않았다. 그녀는 춤이 언젠가는 다시 돌아올 것을 알고 있었다. 하지만 지금은 아니었다, 지금은 발레 음악을 듣고 싶지 않았다. 그보다는 젊은 예수회 수도사가 음반에서 불러낼 수 있는 다른 모든 것을 듣고 싶었다. 음악에도 조예가 깊은 사람! 하지만 마음속에서 발레에 대해 느끼는 거리감은 율리카를 고심하게 만들었다. 혹시 그 여름에 율리카가 맛본 인간적인 실망, 극장 사람들에 대한 실망에서 비롯된 것일까? 거기 산 위의 베란다 감옥에 아직 아무도 찾아오지 않았으니까. 믿기지 않지만, 반년 전만 해도 그들은 율리카에게 인사하려고 양팔이 찢어지도록 휘저었다. 반가운 마음에 10미터 거리에서부터 아무리 크게 소리쳐도 충분하지 않은 진정한 친구들이었다. 율리카, 이 멋진 사람아, 어떻게 지내? 사실은 이미 오전에 만난 사이면서도. 종잡을 수 없는 종족이다. 유별난 무리다. 슈틸러는 그들과 어떻게 지내야 할지 몰랐다. 하지만 슈틸러가 부당했다. 그 사람들을 인간적인 신의로 측정해서는 안 된다. 그들의 진심은 순간적으로 충만한 감정에 제한된다. 하지만 그들은 모두 율리카를 진정으로 사랑했다. 아마 발레단의 여자들은 조금 덜 사랑했을 수도 있다. 그들은 율리카의 비길 데 없이 아름다운 머리카락을 시샘했기 때문이다. 하지만 모든 남자 단원과 가수, 심지어는 운영진의 몇몇 신사들, 그리고 율리카의 비인간적으로 답답한 분장실에 종종 찾아와 그녀의 손에 입맞추고는 기우뚱한 소파에 앉아서 그녀가 앞으로 외국에서도 성공을 거둘 거라고 예언한 유명 지휘자들, 그들은 모두 어디에 있는가? 한번은 카드 한 장이 왔다. 율리카 없이도 유례없는 성공을 거둔 초연 후 기쁨에 들뜬 사람들의 인사. 그 아래 율리카를 지독히 그리워한다고 간단명료하게 몇 줄 쓰여 있었다. 심지어 친구들이 뒤죽박죽으로 아무렇게나 서명한 순전히 장난스러운 카드였다. 물론 다정한 편지도 몇 통 왔다. 연습 도중 쓴 것으로 보이는 갑자기 쓰다 만 짧은 편지들. 동료들에 대한 수다, 전부 아주 다정한 편지들이었다. 그리고 율리카가 담요를 벗어던지고 찾아가기만 한다면 분장실 곳곳에 솔직한 환호성이 울려퍼질 것은 의심의 여지가 없었다. 입맞춤 세례를 받고, 결승점에 도착한 투르 드 스위스* 우승자처럼 얼싸안기고, 사방에서 한도 끝도 없이 악수 요청이 빗발치고, 뜻깊은 눈길이 와닿고, 그렇다, 이따금 대담하고 충격적인 말도 오갈 것이었다. 내가 지금 하는 말은 절대 듣기 좋으라고 하는 소리가 아니야. 흔히 그렇다고들 말하는데, 나는 진심이야. 율리카, 너를 얼마나 그리워했는지 몰라, 요 몇 달 내내. 율리카, 너 같은 동료는, 어쨌든 지금 감상적으로 굴 생각은 없지만, 정말이지, 나는 우리의 율리카와 함께 보낸 시간을 종종 생각했어. 지금 이 사람이 저기 산 위에 누워 있다니, 제기랄, 난 너를 종종 생각했어. 내 말을 믿어도 돼. 너 같은

* 해마다 스위스에서 열리는 세계적인 사이클 대회.

동료는, 정말이지, 하지만 다 말할 필요는 없겠지, 제기랄, 네가 돌아오다니! 그런 다음 또다시 입맞춤이 오가고 오레스테스와 엘렉트라*처럼 포옹. 그리고 율리카는 그 모든 말을 믿을 것이다. 물론 당연히 믿고말고. 슈틸러는 그 사람들을 결코 이해하지 못했다. 슈틸러는 근본적으로 시민, 스페인내전에 참전했지만 그와는 상관없이 항상 시민이었다. 극장 사람들과는 오로지 함께 일하는 경우에만 잘 지낼 수 있다. 함께 일하는 동안에는 한 마음, 한 영혼이다. 그렇다. 가령 초연을 앞두고서 오로지 무대 뒤에서만 접할 수 있는 초기 기독교 같은, 영원히 하나의 공동체라는 착각에 빠지는 순간들이 있다. 누구나 그렇게 단순하다. 한 계절 만에 그 진솔한 사람들에게서 잊히는 데는 결핵 같은 건 전혀 필요하지 않았을 것이다. 한동안 춤추지 않고 어느 화창한 아침에 가령 교부나 절대광속 같은 다른 일에 관심을 보이는 것으로 충분했을 것이다. 다음 초연을 인류의 대사건으로 간주하지 않는 것으로 충분했을 것이다. 그러다 보면 이미 열외로 밀려난다. 오, 그들의 분장실에서 내쫓기지는 않을 것이다. 그건 분명 아니다. 마음의 평정만 잃지 않는다면 그들은 거의 전적으로 친절한 사람이기 때문이다. 하지만 극장에 대해 이야기하지 않는 자들에게는 아무 관심도 없는 사람이다. 내게 폐가 없다고, 정말 하나도 없다고 말한다면, 그들은 귀기울여 듣는 것처럼 보일 것이다. 거울을 들여다보거나 눈가의 화장을 지우며 말없이 부지런히 움직이면서. 그리고 끝으로 화장솜을 쓰레기통에 버리면서 물을 것이다. 그런데 너 오늘 공연에 참석했어? 그들은 배우이고, 연기자 이외

* 그리스신화에 등장하는 인물들. 오레스테스는 어린 시절 아버지를 살해한 어머니와 그녀의 정부의 손을 피해 외국으로 도피했다가 훗날 누이 엘렉트라와 상봉한다.

에는 그 무엇도 되려 하지 않는다. 그들은 타고난 재능 덕분에 다른 것이 될 수 없다. 율리카는 달랐던가? 슬프게도, 그녀는 지금 자신을 곤경에 빠뜨린 건 그야말로 바로 자기 자신이라는 느낌을 받았다…… 언젠가 한 사람이 찾아와서 율리카의 베란다에 20분 동안 서 있었다. 발레단 단원이었다. 그는 온갖 익살스러운 일들, 지난 정기 페스티벌 때 있던 사건들, 이제 율리카에게는 전부 고대의 마차 경주처럼 요원한 일에 대해 이야기했다. 또 비극을 공연할 때 같은 눈빛을 하고 두 손으로 율리카를 붙잡았다. 그렇게 느껴졌다. 의심의 여지가 없었다. 그는 바퀴가 펑크나는 바람에 폭스바겐을(율리카는 그가 폭스바겐을 가지고 있는지도 몰랐다) 자동차 정비소에 맡겨야 했다. 그래서 중간에 다보스에 들른 것이다. 바로 그날 시내에 볼일이 있었기 때문에 애석하게도, 정말 애석하게도 시간이 별로 없었다. 하지만 그는 율리카가 아주 좋아 보인다고, 예전보다 더 좋아 보인다고 생각했다. 극장의 그 지긋지긋한 먼지, 그렇다니까, 그런데도 운영진은 아무런 대책도 취하지 않아. 항상 그 모양이야. 그는 예정보다 10분 늦게 작별 인사를 했다. 율리카가 곧 건강해질 거라고 쾌활하게 장담하며, 그리고 율리카가 동료 모두에게 보내는 안부를 전할 생각에 가슴이 잔뜩 부풀어서. 율리카는 베개에 얼굴을 묻었다. 그러나 폭스바겐을 타고 다니는, 눈물나게 감동적인 동료는 밖에 나서자마자 손을 흔들기 위해 한 번 더 베란다를 향해 휘파람을 불었다. 율리카도 손을 흔들었다. 그렇지만 그 1분 동안 마치 온 세상과 작별하는 듯했던 기억이 지금도 아주 생생하게 남아 있다. 물론 실제의 온 세상이 아니라 푸르스름한 조명이 홍수처럼 넘치는 그녀만의 세상과. 그 빛의 홍수는 율리카를 말하자면 지상의 무거움 너머로 더이상 데려갈 수 없었다……

율리카는 매우 외로웠다.

자신의 가냘픈 몸이 재처럼 타버리는 듯한 느낌이 들수록 그때까지 몰랐던, 남자를 향한 혼란스러운 욕구가 치밀었다. 적어도 꿈속에서는 쫓아버릴 필요가 없는 욕망. 게다가 바로 그 밤에 슈틸러가 자신을 배신하고 있다는 끊임없는 의식. 이 모든 것은 가엾은 율리카로 하여금 보낼 수도 없는 편지를 쓰도록 몰아세웠다. 절대, 절대 보낼 수 없는 편지를. 그녀는 슈틸러 꿈은 전혀 꾸지 않았다. 정확히 말하자면, 수석의사, 빵집 젊은이, 생판 모르는 남자들 꿈을 꿨다. 늘 약간 현명한 표정을 짓던 젊은 요양원 고참은 온기가 느껴질 정도로 율리카의 침대 발치에 날마다 바싹 붙어 앉아 있었지만 그녀를 수녀처럼, 아니 수녀가 아니라 중성처럼 대했다. 은근한 애정의 기미는 전혀 보이지 않았다. 율리카가 베개를 좀 반듯이 해달라고 청할 때, 그는 실수로라도 율리카를 건드리는 법이 없었다. 그 대신에 공산주의, 토마스 아퀴나스나 아인슈타인, 베르나노스*에 대해 말할 때처럼 쾌활하고 침착하게 에로스에 대해 이야기했다. 살아서 이용할 가능성이 전혀 없는 경우에만 솔직할 수 있는 에로스에 대해. 율리카는 무슨 말을 해야 할지 몰랐다. 그런 어조로 그 젊은 남자는 에로스의 기이한 현상에 대해 말했다. 율리카로서는 놀랍게도 그는 에로스에 엄청난 의미를 부여했다. 하지만 그는 만날 때나 헤어질 때 인사로 그녀의 손 외에는 접촉하지 않았다. 율리카가 마치 나병 환자라도 되는 양! 그처럼 놀라울 정도로 많은 지식을 갖

* 프랑스 소설가 조르주 베르나노스.

춘 사람이 산 위의 풀밭에서 매트리스의 먼지를 터는 이와 스스럼없이 농담을, 노골적으로 외설적인 농담을 주고받을 수 있다니, 율리카는 그를 이해하지 못했다. 그가 세상을 떠나기 직전에 괴롭게도 두 사람 사이가 멀어졌는데, 율리카는 그 일을 입에 올리길 꺼린다. 젊은 요양원 고참은 율리카가 자신의 행동을 오로지 남편이나 다른 사람들에 대한 반응으로 볼 뿐 자신을 결코 주도자로 보지 않는 것, 즉 유아적인 순진무구함에 젖는 것을 이젠 그만두어야 한다고 뜬금없는 말을 했다. 그 말은 좀 과했지! 게다가 율리카는 그의 말을 완전히 이해하지 못했다. 그게 무슨 뜻인지 설명해야 했는데, 그는 원래 그런 설명을 좋아하지 않는 사람이었다.

"글쎄요." 그는 미소 지었다. "친애하고 존경하는 율리카, 나는 당신이 성숙해지려 하지 않는다는 느낌이 들어요. 그러니까 당신 자신의 인생을 책임지려 하지 않는 것 같아요. 참 유감입니다."

"그게 무슨 말이에요?" 그녀는 물었다.

"내 말은, 자신을 항상 희생자로만 보는 사람은 자신에 대해 결코 알 수 없다는 뜻입니다. 그건 건강하지 않아요. 원인과 결과는 절대 두 사람으로 나뉘어져 있지 않아요. 남자와 여자로 나뉘어 있지 않다는 것은 더더욱 말할 것도 없고요. 율리카, 겉보기에는 여자가 행동하지 않는 것 같으니 남자와 여자가 나뉘어 있는 것처럼 보일지 모르지만 절대 그렇지 않아요. 당신은 당신이 하거나 하지 않은 모든 것의 이유를 가령 당신의 남편이 했거나 하지 않은 것에서 찾는다는 생각이 드네요. 이렇게 말해 죄송하지만, 그것은 유아적입니다. 내가 무엇 때문에 이런 말을 하느냐고요! 율리카, 당신 자신도 그렇지 않다는 것을 잘 알고 있잖아요. 이 세상 어디에서도 그렇지 않다는 걸요. 내가 당신보다 더 어리다고 해서, 실제로 아직 소년이라고 해서, 나를 멋대로 놀려서는 안 돼요. 그런 식으로 삶을 보는 방식이 오래 계속되면 당신에게도 좋지 않아요, 율리카." 그때부터 율리카는 그를 조금 놀렸다. 현자 양반! 율리카는 그를 이렇게 불렀고, 그는 그것을 참지 못했다. 그리고 두세 번 찾아오지 않았다. 그 젊은 사람이 제아무리 현명하다 할지라도 가령 결혼 문제처럼 경험해보지 못한 인생 문제, 특히 그는 얼굴도 보지 못한 슈틸러와의 결혼 문제에 개입하는 것을 율리카가 사절했기 때문이다. 간단히 말하자면, 율리카는 그에게 교부나 상대성이론 같은 얘기나 계속하라고 했다. 그래서 유감스럽게(율리카는 이렇게 말한다) 이제는 그런 대화들마저 제대로 이루어지지 않게 됐다. 그 젊은이는 계속 찾아오긴 했다. 그는 율리카의 침대 발치에 앉아서 재치 있고 신나게, 그 자신이 온화한 9월에는 절대 맞이하고 싶지 않았던 죽음이 가까워질수록 더욱더 자유분방하게 이야기했다. 바로 옆방이 최대한 조용히 비워졌을 때, 율리카는 믿지 않았다. 그들은 친절하게 수면제를 주었지만, 율리카는 뱉어버렸다. 그들은 밤이 새도록 증기로 방을 소독했다. 율리카는 어쩔 줄을 몰랐다. 그녀는 그곳에서 죽음이 그렇듯 별일 아닌 것처럼, 보이지 않게, 소리 없이, 슬며시 갑작스럽게, 아무런 징후 없이, 부당하게, 책을 읽고 있는데 우연히 침대 옆 탁자의 전등이 꺼지듯 찾아올 줄은 예상하지 못했다. 그리고 실제로 사람들은 더이상 그에 대해 말하지 않았다. 율리카의 옆방 남자, 눈이 크고 늘 좀 현명한 표정을 짓던 젊은 예수회 수도사가 무슨 무례한 짓이라도 저지른 듯, 간호사와 수석의사는 율리카의 거듭되는 질문을 못 들은 척했다. 다른 모든 일은 변함없이 계속되었다. 기차는 골짜기에서 기적을 울렸고, 신문은 계속 배달되었다. 며칠 후, 율리카가 그날마다 찾아오던 방문객을 기다리며 조용한 베란다에 여느 때처럼 누워 있는데 새로운 이웃의 마른 기침 소리가 들렸다. 9월의 청명한 어느 날이었다. 율리카는 무서웠다.

———

율리카는 기차를 갈아타야 하는 곳, 란트크바르트까지 왔다. 도망이 아니고 평범한 여행인 양 모든 것이 해결되었다. 율리카를 제지하는 사람도 없었고, 유심히 훑어보는 사람도 없었다. 많은 이들이 아름다운 머리카락 때문에 늘 그녀를 유심히 훑어보곤 했지만, 적어도 그 이상 관심을 보이는 사람은 없었다. 도망자에게는 차단기 앞에서 4분 기다리는 것이 영원처럼 느껴지듯이, 기차가 중간에 수도원에서 잠깐 멈추자 그 시간이 한없이 길게 여겨졌다. 율리카는 신문 뒤로 몸을 숨겼다. 그러나 누군가가 이등칸을 지날 때마다 깜짝깜짝 놀랐다. 기차는 여전히 정차해 있었다. 이렇듯 오랫동안 뭘 하는 걸까? 율리카는 아무도 자신을 알아보지 못하고, 아무도 자신의 어깨를 두드리며 이렇게 말하지 않는 것을 이해할 수 없었다. 이게 어쩐 일입니까, 친애하는 율리카, 이게 대체 무슨 일이에요? 철도 운영 사정에 대해 잘 모르는 가엾은 율리카는 그 기다림을 그들이 요양원의 전화를 받고서 자신을 찾고 있다고 해석할 수밖에 없었다. 지금 누군가가 이 불행한 여인을 붙잡기 위해 찻간을 샅샅이 뒤지고 있다. 기차 안에서 자는 사람들이 흔히 그렇듯이, 율리카는 옷걸이에 걸어둔 코트를 얼굴에 뒤집어썼다. 누군가가 맞은편 좌석에 앉았다. 남자였다. 구두를 보고 알 수 있었다. 수석의사일까? 수석의사의 동정어린 미소, 친절하면서도 냉엄한 얼굴이 뇌리에 떠올랐다. 율리카 부인, 율리카 부인, 여기서 그만둡시다! 마침내 기차가 움직이기 시작했고, 율리카는 자신을 쫓아온 추적자가 실제로 누구인지 알아야 했다. 얼굴을 덮은 코트를 살짝 옆으로 밀어내고, 마치 무조건 차창 밖의 풍경을 봐야 하는 사람처럼 굴었다. 남자는 독일 신사였다. 율리카의 붉은 머리카락을 보자마자, 지극히 정중하게 입에서 시가를 빼고는 혹시 흡연이 방해되지 않느냐고 물었다. 율리카를 폐병 환자로 여긴 걸까? 아니, 괜찮아요, 괜찮아요! 율리카는 조금 어설프고 과장되게 대답했다. 피우세요! 그녀는 아둔하게도 흡연 찻간에 앉아 있었다. 독일 신사가 굳이 노력했다기보다는 저절로 자연스럽게 시작된 짧고 친절하고 자유로운 대화조차 도망치는 율리카에게는 달갑지 않았다. 아니, 괜히 쓸모없는 질문, 그런 대화에서 꼭 등장하기 마련인 질문이 벌써 귀에 들리는 듯했다. 취리히에 사십니까? 휴가에서 돌아오시는 길인가요? 다보스에 사십니까? 그 독일 신사가 파렴치하게 자신의 가슴이라도 들여다본 양, 율리카는 야멸차게 차창 쪽으로 고개를 돌리며 대화를 마무리 지었다. 하지만 독일 신사는 비교적 온화한 10월의 날씨에 대해 말했을 뿐이다. 다행히도 그는 다시 책을 들었지만, 시가는 거의 끝까지 끈기 있게 피웠다. 그 책은 세상을 떠난 젊은 예수회 수도사는 한 번도 권한 적이 없는 책, 에른스트 윙거*의 『대리석 절벽 위에서』였다. 대리석 절벽, 그 낱말은 다시 율리카를 당황하게 했고, 그의 흡연은 끔찍했다. 율리카는 창문을 조금 열어도 괜찮겠느냐고 물었다. 어머, 아니에요. 담배 때문이 아니고요. 그냥 바깥 경치를 좀

* 독일 작가. 『대리석 절벽 위에서』는 독일의 나치를 풍자하는 내용이다.

보고 싶어서 그래요. 율리카는 차창 밖으로 고개를 내밀었고, 붉게 빛나는 머리카락이 바람에 흩날렸다. 숨이 막힐 것 같았다. 이런 경우에는 건강한 사람도 그럴 수 있다. 그런데 수석의사의 자동차와 똑같은 검정색 시트로엥이 상당히 대담한 속도로 기차를 쫓아왔다. 기차가 짧은 터널을 지나는 곳에서는 길게 커브를 돌아야 하는 탓에 뒤처져 있었지만 곧 다시 거리를 좁혔다. 점점 더 가까이 질주해왔고 내려진 차단기 앞에서 잠시 멈추었다가 다시 질주해서 거리를 좁혔다. 수석의사일까? 율리카는 붉게 빛나는 머리카락을 차창 안으로 도로 거두어들였다. 독일 신사는 즉각 다시 창문을 닫아야 했다. 그때 마침 검정색 시트로엥이 기차를 추월했다. 율리카는 란트크바르트에서 수석의사가 승강장에 서 있다가 그녀의 단출한 짐을 받아들며 미소 지을 거라고 생각했다. 율리카 부인, 율리카 부인, 여기서 그만둡시다! 저기 건너편에 내 시트로엥이 있어요! 그런데 이런! 란트크바르트에는 아무도 없었다. 수화물 운반인조차 눈에 띄지 않았다. 율리카의 야멸찬 태도에도 불구하고 끈기 있게 정중한 대리석 절벽 신사가 작은 광장을 가로질러 그녀의 짐을 날라주면서 물었다. 취리히에 사십니까? 그러자 율리카는 수화물 운반인을 불렀다. 그러고는 더이상 깊이 생각하지 않고서 즉흥적으로, 자유로운 인간이면 누구나 그럴 수 있듯이 공중전화부스에 들어섰다. 아마 강한 감각의 힘의 발로였으리라. 그리고 슈틸러와 통화하려고 시도했지만 헛수고였다. 아무도 전화를 받지 않았다. 그러니 율리카가 교활하게 그를 기습하려 했다는 것은 사실이 아니다. 이상하게도 그 여행길에서 율리카는 다른 여자가 아직 그곳에 있으리라고는 단 1초도 생각하지 않았다. 그녀는 슈틸러에게 전화하려고 두 번 세 번 시도했다. 마찬가지로 헛수고였다. 독일 신사는 이제 조금 기분이 상해서 승강장 다른편 끝에 머물렀다. 벤치에 다리를 꼬고 앉아서 마침내 시가 없이 『대리석 절벽 위에서』를 읽었다. 취리히에서 파리를 거쳐 칼레를 왕복하는 기차는 유감스럽게도 조금 연착했다. 그렇지 않았더라면 율리카는 아마 그 기차에 탈 수 있었을 것이다. 그 일은 기침을 수반하지 않고, 단순히 숨이 막힌다는 느낌이 점점 심해지면서 시작되었다(율리카는 이렇게 말한다). 하지만 율리카 스스로 믿으려 한 것처럼, 다만 흥분이었을 수도 있다. 도망치는 자의 당연한 흥분, 기대에 찬 설렘, 슈틸러가 아틀리에에도 집에도 없다는 당연한 실망. 그녀는 아주 깊이, 아주 천천히, 아주 조용히 숨을 쉬었다. 그리고 신문 몇 부를 사다달라고 수하물 운반인을 보냈다. 이 모든 일에도 불구하고 율리카가 여전히 겉표지에서 춤을 추고 있을 동화적 가능성이 있다는 듯, 그 스위스 잡지를 꼭 사오라고 했다. 그러고는 작은 짐 위에 주저앉았다. 아무도 율리카가 현기증 때문에 괴로워하는 것을 눈치채지 못했다. 율리카가 이제 숨을 못 쉬다 죽는가보다 하고 생각하는데, 하필 그때 취리히에서 바젤과 파리를 거쳐 칼레를 왕복하는 기차가 굉음을 울리며 도착하는 소리가 들렸고 취리히-바젤-파리-칼레라고 쓰인 푯말도 보였다. 하지만 그 외에는 아무것도 보이지 않았다. 그 순간에 사람들은 당연히 자신의 여행길에만 몰두했으며, 양손에 짐을 들고 가까운 승강대로 우르르 몰려갔다. 그야말로, 저것이 생명을 향한 기차이고 승강장은 확실한 죽음인 듯 굴었다…… 율리카는 승강장에 남았다. 구급차에 실려갔으며, 세 시간 후, 다시 그녀의 하얀 병상에 누워 있었다. 온갖 보온물주머니에도 불구하고 덜덜 떨면서, 말을 하지 않아도 되어 기뻐하면서. 간호사도 아무 말 없이 수석의사의 지시에 따라 행동했다. 하지만 그녀의 얼굴에서 란트크바르트로의 여행은 꿈이 아니라 현실에 넘치는 바보짓이었음을 알 수 있었다. 그리고 수석의사는 불행한 율리카 부인이 왜 그런 바보짓을 감행했는지 잘 알고 있었다. 그의 불쾌감은 당연히 환자에게도, 환자가 도망간 사실을 몇 시간 동안 눈치채지 못한 아둔한 간호사들에게도 향하지 않았다. 수석의사는 슈틸러와 통화하려고 시도했다. 하지만 뜻을 이루지 못했다. 나중에 그는 슈틸러 씨에게 즉시 다보스로 오라고 요구하는 전보를 보냈다. 그리고 가엾은 율리카는 정신을 차리자마자 또 남편을 두둔해야 했다. 슈틸러는 그 전보에 대답조차 하지 않았다. 율리카는 슈투르체네거를 비롯해 그의 친구들의 주소를 대야 했다. 그러다 슈틸러 씨가 부인에게 일체 알리지도 않고 현재 파리에 머물고 있다는 사실이 알려졌고, 그 일은 당연히도 요양원에 괴이한 인상을 주었다. 가엾은 환자에게 그런 이야기는 하지 않았지만, 곤혹스럽고 괘씸하다는 인상을 주었다고 말하지 않을 수 없다. 하지만 물론 율리카는 그들의 얼굴을 보고 눈치챘다. 슈틸러는 파리에 있었다! 나머지 모든 사람은 그럴수록 더욱 감동적으로 행동했다. 율리카, 그 불행한 여인은 사방에서 선물을 받았다. 꽃, 사탕, 심지어는 브로치도 받았다. 베란다에서 베란다로 이어지는 진심어린 유대감의 표시. 율리카는 이런 경우 일반적으로 경멸어린 침묵을 받을 거라 예언했던 젊은 요양원 고참을 생각하지 않을 수 없었다. 그의 말이 틀렸다는 게 입증되었다. 율리카가 세상에 대해 유아적으로 행동한다는 뻔뻔한 주장만이 아니라 이 점에서도 틀린 것이다. 그의 말과 반대로 다들 감동적이지 않은가! 다만 그 자신, 젊은 요양원 고참만은 침묵을 지켰다…… 그녀의 상태는 참담했다.

그런 후, 그렇다, 그런 후에 파리에서 슈틸러로부터 그 파렴치한 편지가 왔다. 최근에 율리카 슈틸러 추디 부인이 핸드백에서 꺼내 내게 보여준 쪽지. 연필로 일곱 줄인가 여덟 줄 흘려쓴 쪽지. 동정의 말, 후회의 말, 위로의 말은 단 한 마디도 없었다. 아니, 처음부터 끝까지 냉담하고 무정한 어조로 쓰여 있었다. 율리카가 오로지 란트크바르트에서 쓰러지기 위해 그 불운한 도주를 감행했다는 듯, 율리카가 오로지 슈틸러에게 양심의 가책을 심어주기 위해 앓아누웠다는 듯, 죽도록 앓아누워서 오로지 주사로 연명했다는 듯. 그 쪽지, 그것은 그야말로 그로테스크했다. 쪽지 어디에서도 양심의 가책은 흔적도 찾을 수 없었기 때문이다. 맹세코, 그 쪽지의 모든 낱말은 뻔뻔스럽게도 자기중심적이었고 냉소적일 정도로 독선적이었다.

(유감스럽게도 내게는 그 편지가 없다.)

율리카는 이미 말했듯이 주사로 연명했다. 슈틸러가 실제로 그녀의 베란다에 나타나기까지는 꼬박 3주가 걸렸다. 그러고는 오로지 자기 자신, 스페인에서의 실패, 그러니까 10년 전 일에 대해서만 이야기했다. 그때도 위로의 말은 단 한 마디도 없었다. 그녀의 참담한 상태에 대해 묻지도 않았으며, 그녀가 열에 시달린 기록에 눈길조차 주지 않았다. 아니, 슈틸러는 단순히 자기 자신에 대해서만 말했다. 마치 자신, 슈틸러, 건강한 사람에게 주의를 기울여야 하는 문제라는 양!

——

여기서 덧붙여 말할 것이 있다.

이미 앞에서 언급했듯이, 슈틸러는 스페인내전에 참여했다. 국제여

단의 지원병으로. 당시만 해도 그는 팔팔한 젊은이였다. 무엇이 그를 그 전투적인 행동으로 내몰았는지는 불분명하다. 아마 많은 것이 복합적으로 작용했을 거라 추정된다. 그 무렵 지성적인 중산계급에게서 흔히 볼 수 있던 약간 낭만적인 공산주의, 넓은 세상에 나가고 싶은 당연한 욕구, 역사적이고 초개인적인 의무와 행위를 향한 욕구. 아마 자기 자신에게서 도피하고 싶은 마음도 최소한 한 몫을 담당했을 것이다. 그는 파시스트들이 알카사르*에 방어진을 구축했던 톨레도 전방에서 가혹한 시험을 이겨냈다(이겨내지 못했다는 편이 더 맞다!). 젊은 슈틸러는 타호강에서 작은 나룻배를 지켜야 했다. 그것도 인원이 부족했던 탓에 전적으로 혼자서. 사흘 동안 아무 일도 일어나지 않았다. 그런 다음 새벽녘에 마침내 반대편 강가에 스페인 프랑코**의 병사 네 명이 나타났을 때, 슈틸러는 그들이 나룻배를 이용하도록 내버려두었다. 완벽한 참호에 몸을 숨기고 있어서 나룻배 위의 네 명에게 사격을 가하는 것이 쉬운 일이었는데도 총을 발사하지 않았다. 그에게는 8분이나 시간이 있었는데도. 그 대신에 그는 적들이 강변에 도착하도록 내버려두었다가 참호 안에서 걸어나왔다. 상대방이 사격을 개시하는 즉시 발사할 준비를 갖추고서. 그러니까 총에 맞아 죽을 준비를 하고서. 총성 때문에 발각될 것을 우려한 프랑코 병사들도 총을 발사하지는 않았다. 그 대신 젊은 슈틸러를 무장해제시키고 그의 러시아산 무기를 타호강에 내던진 후, 그의 허리띠로 그를 묶어서 금작화 덤불에 방치했다. 그는 이틀 만에 갈증으로 실신한 채 아군에게 발견되었다. 책임을 묻는 자리

---

* 14~15세기에 축조된 스페인의 건축물로 '성(城)'이라는 뜻이다.

** 스페인의 독재자 프란시스코 프랑코. 1936~1939년의 스페인내전을 일으킨 주동자.

에서 슈틸러는 지휘관에게 러시아산 총이 발사되지 않았다고 주장했다…… 실제로, 이 짧은 이야기는 율리카가 그의 입을 통해 들은 최초의 이야기였다. 그녀는 차이코프스키의 호두까기인형 조곡이 성공을 거둔 후 그의 아틀리에에서 보낸 저녁을 아직도 생생하게 기억하고 있다. 분위기에 들뜬 패거리, 그러니까 예술가들과 그 추종자들이 아름다운 율리카를 강제로 나포해서 술병 몇 개를 팔에 끼고는 젊은 슈틸러가 있던 아틀리에를 마찬가지로 강제로 밤에 급습했다. 그때는 이미 자정이 지난 시각이어서 시내의 모든 술집이 문을 닫았고, 그 무렵 막 스페인에서 돌아온 슈틸러의 아틀리에에는 불이 켜져 있었다. 그러니 쳐들어가자고! 그날 저녁 율리카와 슈틸러는 처음으로 만났다. 아틀리에를 채운 떠들썩한 무리 한가운데서 슈틸러가 너무 조용히 있는 바람에, 율리카는 처음에 그의 이름이 별명인 줄 알았다.* 그러다 누군가가 '톨레도의 멋진 이야기'를 들려달라고 슈틸러를 채근했다. 슈틸러는 그 이야기를 할 마음이 전혀 없었다. 거절하는 척한 게 아니었다. 정말로 그럴 생각이 없었다. 한 친구, 슈투르체네거라는 젊은 건축가가 독단적으로 이야기를 시작했을 때는, 곤혹스러워하는 기색이 역력했다. 이제는 슈틸러가 개입해서 이야기를 보충하고 끝까지 마무리지을 수밖에 없었다. 발사되지 않은 러시아총 이야기는 젊은 발레리나의 관심을 그다지 끌지 않았을 것이다. 그녀는 이야기의 내용보다는 이야기하는 사람, 이야기하면서 끊임없이 손가락을 움직이는 젊은 조각가에게 주목했다. 그는 철사를 요리조리 돌리다가는 내던졌으며, 손가락을 한시도 가

* '슈틸러(Stiller)'에는 '조용한 사람'이라는 뜻이 있다.

만두지 못했다. 율리카는 그가 왠지 안됐다는 생각이 들었다. 이야기하는 동안 그의 표정에서 갑자기 생기가 사라졌다. 젊은 조각가가 들려주는 것은 절실한 기억이 아니라 일화였다. 그의 긴 이야기가 끝난 후, 어색하고 불안한 침묵이 이어졌다. 슈틸러는 잔을 입에 댔고, 아무도 입을 열지 않았다. 얼굴이 창백하고 푸석푸석하며 싸움을 극히 싫어하는 온건한 오페라 가수가 순진하게 물었다. "그런데 왜 총을 쏘지 않았어요?" 사실 다른 사람들도 그 점이 궁금했다. 단순히 참호에서 걸어나온 무모함이 놀라웠고, 꽁꽁 묶인 채로 이틀 동안 작열하는 햇빛 아래 누워 있던 고통도 놀라웠다. 그런데 실제로, 오페라 가수가 그들 모두 진심으로 묻고 싶었던 걸 물은 것이다. 슈틸러는 왜 총을 쏘지 않았을까? 슈틸러가 내놓은 설명도 절실하게 들리기보다는 여러 번 반복해서 닳고 닳은 듯이 들렸다. 즉, 그는 파시스트를 증오하며, 그렇지 않았더라면 스페인내전에 지원병으로 참전하지도 않았을 거라고 말했다. 하지만 그 새벽녘에 타호 강변에서 처음으로 증오하는 적과 마주했을 때, 네 명의 파시스트는 단순히 사람으로 느껴졌다. 그로서는 사람에게 총을 쏠 수는 없었다. 그럴 수는 없었다. 그게 전부라고!…… 다시 침묵이 이어졌고, 다시 예술가들과 그 추종자들은 담배연기를 푹푹 내뿜었다. 푸르스름한 연기 구름이 아틀리에를 채웠다. 오페라 가수는 그 대답에 만족했다. 매우 만족했다. 그는 자신도 총을 쏠 수 없을 거라고 믿었다. 다른 사람들은 아무런 말 없이 잔을 비웠다. 하다못해 호두까기인형 조곡 같은 다른 일에 대해 수다를 떨 수도 없었다. 정적이 방안을 채웠다. 그러다 그의 친구, 슈투르체네거라는 젊은 건축가가 솔직하게 슈틸러에 대한 감탄을 표했다. 그는 그 일을 인간적인 것의 승리, 모든 이데올로기에 대한 구체적인 체험의 승리 등등이라고 일컬었다. 그는 그에 대한 온갖 표현을 찾아냈다. 아무도 그 아첨 섞인 해석에 반박하지 않았다. 슈틸러 자신은 좀 당혹스러운 표정을 지었으며, 그 이야기를 더 깊이 파고들 마음도 전혀 없었다. 그는 즐겁고 쾌활한 분위기를 위해 특유의 유쾌한 방식으로 신중하게 새 술병의 마개를 땄다. 그래서 모두 함께 마실 수밖에 없었다. 한쪽 구석에 있던 아름다운 율리카도 마셨다. 그 아틀리에에 처음 온 율리카는 크고 무척 아름다운 눈으로 주변을 둘러보았다. 많이 마시지 않았고 말도 하지 않았다. 종종 그렇듯이, 다만 불그스름하게 빛나는 멋진 머리카락으로 분위기에 일조했을 뿐이다…… 슈틸러는 그 일화로 여러 차례 성공을 거둔 듯 보인다. 율리카는 나중에, 슈틸러와 친해져서 결국 결혼한 후에 당연히도 그 일화를 훨씬 더 자주 들어야 했다. 남편이 또다시 자랑거리를 늘어놓기 시작하면, 절대 하품하지 않고 말을 끊지도 않는 것은 사랑하는 아내의 의무에 속한다. 타호 강변의 나룻배는 슈틸러의 자랑거리였다. 모든 이데올로기적인 것에 대한 인간적인 것의 승리가 화제에 오르면, 오로지 공산주의자만이 코를 찌푸렸으며 슈틸러에 대한 우정 차원에서 침묵을 지켰다. 기껏해야 그들은 파시스트에게 불리하지 않을 경우, 모든 이데올로기적인 것에 대한 인간적인 것의 승리에 어떤 입장을 취하겠느냐는 질문을 던졌다. 하지만 그런 대화들은 슈틸러하고는 아무 상관이 없었다. 게다가 공산주의자들은 갈수록 희귀해졌다. 적어도 그들이 아는 사람들 중에서는 그랬다. 하지만 이미 말했듯이, 다른 모든 모임에서 슈틸러는 항상 그 스페인 일화로 훌륭하게 돋보였다. 그렇지 않다면 그가 무엇 때문에 그토록 자주 그 일화를 이야기했겠는가? 슈틸러, 행방불명된 남편이 다보스에서의 마지막 만남에서 뜬금없이 왜 '스페인에서의 패배'에 대해 말했는지, 어쨌든 율리카는 지금도 이해할 수 없다. 어째서 패배일까? 율리카는 그에 대한 설명을 듣지 못했다. 그는 스페인에서의 행동을 훌륭하게 여기길 율리카에게도 여러 해 동안 요구하지 않았던가? 그런데 그것이 이제 와서 갑자기 패배로 간주됐다. 모든 재앙의 시초, 저주, 불운으로서 중요한 비중을 차지했다. 슈틸러는 불행한 결혼생활도 그걸 가지고 설명했다. 어째서?

——

그들의 마지막 만남. 11월이었다. 슈틸러가 찾아오지 않았어도 이미 충분히 암담했다. 벌써 눈이 내렸다. 아르누보풍 베란다의 율리카는 전에 없이 더욱 두껍게 몸을 감싸고 있었다. 심지어는 두 팔마저 낙타털 담요 아래 감싸여 있었다. 거의 미라처럼 보였다. 잿빛 안개를 보기 위해 간신히 고개를 움직일 수는 있었다. 엑스레이 사진을 연상시키는, 가까운 낙엽송의 환영 같은 뼈대만이 보였다. 자욱한 잿빛 안개 속 앙상한 뼈대만이. 그것이 눈에 보이는 유일한 전망이었다. 하늘은 납처럼 무겁게 내리눌렀고, 지저분한 안개 무리가 산비탈을 따라 슬금슬금 다가왔다. 해가 하늘 어디쯤 떠 있는지 도무지 짐작도 가지 않았다. 산봉우리들은 물컵 속의 알약처럼 용해된 듯 보였고, 잿빛의 흐릿한 죽만이 남아 있었다. 그뿐이었다. 예전에 율리카는 아둔한 사람만이 지루해할 수 있다고, 그러니까 자신은 지루함을 느끼지 않을 것이라고 여겼다. 하지만 그것은 아둔함과는 아무 상관이 없었다. 그 반대였다. 아마 이는 율리카가 겪을 수 있었던 제일 진정한 고난이었을 것이다. 다음 시간을 어떻게 보내야 할지 정말로 막막한 경우 느끼는 말로 형용할 수 없는 지루함, 시간적인 것을 벗어나지 못하는 경우 느끼는 지옥 같은 영원의 맛…… 슈틸러는 눈보라를 바라보며 말없이 베란다 난간에 웅크리고 앉아 있었다. 면도를 하지 않은 얼굴은 창백했고 밤을 지새웠는지 피곤해 보였으며, 입에서는 알코올 냄새가 풍겼다. 게다가 떨어져 있는데도 마늘 냄새까지 물씬 났다. "대체 뭘 먹었어?" 율리카는 물었다. "달팽이." ―슈틸러는 율리카의 안부를 한 마디도 묻지 않았다. 더욱이 그는 시내가 아니라 폰트레지나에서 오는 길이었다. 슈틸러는 여름 내내 자신으로 하여금 이리저리 핑계를 둘러대게 강요한 사람이 가엾은 율리카인 듯, 고집스럽게, 거의 고소해하며 보고했다. 슈틸러가 폰트레지나에서 왔다는 말은 다른 여자에게서 왔다는 뜻이었다. 이 거의 악의적인 사실을 알린 후, 그는 율리카는 쳐다보지 않고서 다시 입을 다물었다. 담뱃불을 붙이고 잿빛의 눈보라를 향해 연기를 내뿜었다. 그의 입술이 파르르 떨렸다. 율리카는 그 이유를 몰랐다. "파리는 어땠어?" 율리카는 물었다. 그러자 그는 파리에서 율리카 꿈을 꾸었다고만 (그것이 마치 율리카의 간계인 양) 대답했다. 율리카는 예전부터 이렇게도 저렇게도 해석할 수 있는 꿈 이야기를 늘 증오했다. 그리고 물론 그녀는 그가 파리에서 무슨 꿈을 꾸었는지가 아니라 파리에서 실제로 무엇을 했는지 물었다. 하지만 슈틸러는 꿈 이야기를 했다. 그것도 아주 상세히. "―우리는 어떤 모임에 참석했어." 그는 이야기했다. "그런데 나는 왠지 제정신이 아니었어. 이유는 나도 모르겠어. 뭔가를 말하려고 했는데 목소리가 안 나오는 거야. 그래서 더 크게 말하려고 했어. 꼭 말해야 했거든. 엉엉 울고 싶더라고. 그러다 설사 죽는다 할지라도 꼭 말해야겠다 싶었지. 나는 당신이 웃는 걸 보고 소리쳤어. 당신은 지금처럼, 그러니까 천만 번 옳은 사람처럼 미소 짓고 있었고. 그런데도 내가 소리치자 당신이 밖으로 나가는 거야. 나는 당신을 말릴 수 없었어. 그 모임에 참석한 사람들도 나더러 그렇게 소리치면 안 된다고 말했어. 내 행동이 어처구니없다나. 나도 알고 있었다고. 그들은 나더러 정신 차리고 얼른 당신 뒤를 쫓아가 위로하고 잘못을 사과하라고 하더라. 하긴, 나도 잘못했다고 느꼈어. 그래서 밖으로 나갔지. 거리에서 당신을 찾다가, 어느 공원에서 당신을 발견했어. 뤽상부르공원* 아니면 뭐 그런 비슷한 곳이야. 어떤 공원인지는 안 중요해. 봄이었는데, 당신이 푸른 잔디밭에 앉아서 미소 짓고 있는 거야. 나는 당신의 목을 조르려고 했어. 그래, 두 손으로 온 힘을 다해서. 하지만 헛수고였어. 그런데 나는 사람들이 우릴 쳐다보는 걸 알고 있었거든. 나는 당신의 목을 콱 조르고 싶은데, 당신은 너무 유연해서—그저 미소나 짓고……"

율리카는 물론 아무 말도 하지 않았다. 곧이어 율리카 부인이 추위에 떨고 있지는 않은지 보려고 간호사가 왔다. 율리카는 아주 상냥하게 고마움을 표했다. 입김이 서리긴 했지만, 담요와 보온주머니로 무장한 율리카는 사실 춥지 않았다. 간호사가 가고 나자 슈틸러는 말했다

"우리는 어제 끝을 냈어—나하고 지빌레 말이야—어제 폰트레지나에서."

"지빌레가 누구야?" 율리카는 물었다.

"이제 우리 사이도 끝이야, 율리카. 그것도 완전히. 당신도 무슨 말인지 잘 알 거야." 율리카는 침묵을 지켰다. "완전히." 그는 한 번 더 말

* 파리 도심에 위치한 공원.

했다.

희극적인 면이 전혀 없다고는 할 수 없었다. 첫째, 슈틸러는 현실에서 베란다에 누워 있는 율리카가 자신이 파리에서 꾼 꿈속에서 미소지었다고 화를 냈다. 둘째, 그는 마치 인류사에서 최초로 깨진 사이라도 되는 듯한 어조로 자신의 소식을 전했다. 7개월 동안의 여자관계를 어제 폰트레지나에서 청산한 것에 비교하면, 요양원에서 죽는 것은 마치 아무 일도 아니라는 듯한 표정으로. 지빌레라는 여자를 사랑했다며 이제야 고백하고 뒤늦게 솔직한 양 구는 것에도 희극적인 면이 전혀 없다고는 할 수 없었다. 율리카는 그러는 동안 낙타털 담요에 떨어진 눈송이를 입으로 후 불었는데, 그것이 슈틸러의 기분을 얼마나 상하게 했는지 그의 얼굴을 보고 알았다. 율리카가 뭘 할 수 있었겠는가? 그가 막 털어놓은 내용은 율리카가 여름 내내 우려했던 것과 상당 부분 일치했다. 그래서 그 순간 가엾은 율리카가 그렇게 큰 충격을 받지는 않았다. 그녀는 자신이 배반당한 것을 이미 오래전부터 알고 있었다. 그에 비해 지금 슈틸러는 낙담한 표정으로 그녀의 아르누보풍 베란다에서 이리저리 서성이며, 자신의 잃어버린 여름에 가능한 한 오래오래 매달리기 위해서, 아무도 바라지 않는데도 지난 이야기를 상세히 늘어놓는 데 푹 빠져 있었다.

"그래." 그는 이윽고 말했다. "그렇게 됐어."

"그래서 이제 어쩔 건데?"

율리카가 은근히 고소해하는 미소를 지었거나 아니면 미소 짓는 척했다는 것은 사실이 아니다. 슈틸러가 아마 또 조금 꿈을 꾼 모양이다. 다른 한편으로 이제 '지빌레'도 없겠다, 가엾은 율리카가 눈물을 쏟기를 기대하는 사람은 아무도 없을 터였다. 슈틸러는 그녀에게 다시 무엇을 기대했을까? 율리카는 낙타털 담요 위의 눈송이를 더이상 불지 않았다. 슈틸러가 좀전에 내뱉은 말, 어쨌든 그의 법적 부인인 율리카하고도 이젠 끝이라고 냉정하게 내뱉은 말을 그녀는 결코 흘려듣지 않았다. 다만 논리적인 전후관계를 이해하지 못했을 뿐이다. 이제 슈틸러가 그걸 설명하려고 했다. 다시 베란다 난간에 웅크리고 앉아서, 거의 눈보라만을 바라보며, 마치 유령 같은 낙엽송하고 이야기하듯이. 그의 격렬함은 절대 그 순간, 그 장소, 가엾은 율리카의 현존에서 기인하는 것이 아니었다. 모든 것은 이미 오래전에 고독 속에서 생성되었고 차곡차곡 쌓여 있다가 이제야 밑도 끝도 없이 입 밖으로 줄줄이 나오는 듯 들렸다. 슈틸러는 그 말들을 단호하고 잔혹하게 내뱉었다. 더 잔혹할수록 더 좋았다. 모든 것이 슈틸러가 다보스로 오는 도중에 아니면 아마 달팽이를 먹는 동안에 스스로에게 내린 낯선 명령, 잔인하고 남성적인 명령의 강요로 일어난 듯했다. 율리카는 귀기울여 들었지만 이런 감정에서 벗어나지 못했다, 누가 당신에게 이런 잔혹한 허튼소리를 하라고 명령했을까? 내 착한 슈틸러, 이건 결코 당신이 아니야! 그는 희생자를 눈앞에 두고도 절대 마음이 약해져서는 안 되는 가엾은 형리처럼 잔혹했다. 형리는 명령을 완수해야 하기에, 슈틸러는 율리카에게 거의 눈길을 주지 않고 잿빛 낙엽송에 휘몰아치는 눈보라만을 바라보았다. 그리고 슈틸러의 이야기가 길어질수록 율리카는 무엇보다도 분명하게 느꼈다. 그렇지 않아, 내 착한 슈틸러, 전부 그렇지 않아! ……슈틸러의 이야기는 한도 끝도 없이 이어졌다. "스페인에서 그렇게 실패하지만 않았더라도," 그는 말했다. "나는 완벽하고 올바른 사람이라는 감정으로 당신을 만났을 거야—나는 벌써 오래전에 당신 곁을 떠났어야 했어, 율리카. 어쩌면 우리가 처음 키스하고 나서 바로 그때. 그랬다면 우리 두 사람은 이런 비참한 결혼생활을 모면할 수 있었을 텐데. 이건 잔인한 일이야, 당신도 알지. 우리가 잘 안 되리라는 걸 미리 알 수 있었어. 처음부터 계속 그런 징조가 없지 않았거든. 다만 그 징조를 볼 용기가 부족했을 뿐이야. 지금은 분명히 알겠어, 내가 실제로 당신을 사랑하지 않았을 가능성이 높아. 나는 당신의 수줍음, 당신의 연약함, 그리고 당신을 해석해서 말로 표현하는 게 내 임무라 여기게끔 한 당신의 과묵함에 반했어. 그런 걸 임무로 삼다니! 난 당신이 나를 필요로 한다고 착각했지. 그리고 당신은 늘 피곤했고 가을 사프란처럼 창백했고 툭하면 아팠어. 바로 이것은 내가 무의식중에 갈구하던 것이었어. 나 자신이 힘에 넘치는 사람이라고 느끼기 위해서는 보호를 필요로 하는 사람이 있어야 했던 거야. 평범한 연인, 무슨 말인지 알지, 포옹받고 싶어하고 스스로 포옹할 수 있는 건강하고 평범한 아가씨, 아니, 나는 그런 아가씨는 두려웠어. 두려움에 차 있었거든! 나는 나 자신을 입증할 대상으로 당신이 필요했어. 그래서 당신 곁을 떠날 수도 없었지. 당신을 꽃피우는 것, 나 말고는 아무도 떠맡지 않은 임무, 그것은 내 소박한 망상이었어. 당신을 꽃피우는 것! 나는 그에 대한 책임을 떠맡은 거야—그리고 물론 나는 당신을 병들게 했어. 당신이 이런 남자와 함께 있으면서 어떻게 건강해지겠어. 당신이 내 옆에서 불행해질 거라는 두려움은, 당신이 주는 그 어떤 행복보다도 나를 더 강하게 사로잡았어."

율리카가 물었다.

"왜 스페인에서 실패했다는 거야?"

대답은 없었다.

"당신은 이 모든 걸 알아챘어!" 슈틸러는 말했다. "물론 알아챘지! 그건 아주 분명해. 맨 처음 만난 저녁부터 당신은 내 남모를 두려움에 반했지. 그게 당신 마음에 들었던 거야. 그냥 다가와서 덥석 부둥켜안는 남자가 아니라 부들부들 떠는 남자, 겁에 질린 남자, 당신을 통해 자신을 증명해야 한다고 믿는 기죽은 남자, 처음부터 양심의 가책에 시달리는 남자, 뭔가가 잘못되면 항상 자신의 책임이라고 느끼는 바보 천치. 그렇잖아? 나는 심지어 날씨도 책임졌다고. 율리카, 당신이 갑자기 한 손을 내밀면서 하늘이 아니라 나를 바라보는 모습이 눈에 선해. 지금 비가 와! 그러면 나는 그 눈빛을 감내해야 했어."

율리카는 그가 말하도록 내버려두었다.

"그렇잖아?" 슈틸러는 물었다. "당신은 왜 여러 해 동안 한 번도 병원에 안 간 거야? 그랬더라면 이 암담한 베란다에 누워 있지도 않았을 거야, 율리카. 당신은 왜 건강한 여자가 되려고 하지 않았는데? 율리카, 어처구니없는 말처럼 들리지만 이건 사실이야. 당신은 건강해지려고 하지 않았어. 언젠가 내가 기뻐하면서 당신 열이 완전히 내렸다고 확인했을 때, 당신은 나를 매정하게 여겼지. 화를 냈잖아. 분명 잊지 않았는데, 당신이 침대에 누워 쉬려고 방으로 사라졌던 수없이 많은 저녁을 생각해봐. 가엾은 율리카! 그래야만 당신은 그 건강한 여자들하고 겨루지 않아도 됐거든. 당신은 그걸 무척 두려워했어. 나도 연습공연이 무척 힘들었다는 건 알고 있어. 그건 그래. 그리고 나야말로 일을 하든 안 하든 상관없는 처지에 점토나 주물럭거리고 폭군처럼 자유롭게 살면서 쉽게 말이나 하고 있지. 나도 당신 일을 다른 사람 일과 비교할 수 없다는 건 잘 알고 있어. 물론 소아과 의사의 일하고도 비교가 안 돼. 당신이 다른 여자들보다 연약하지 않기를 기대하고 바라는 것부터가 부당했어. 당신이 (사방에서) 얼마나 배려받았는지, 뻔뻔하기 그지없이. 당신의 바보천치만이 아니라 모든 이들, 당신에게 반하지 않은 모든 이들까지 당신에게 순응해야 했다고. 그들이 무엇 때문에 당신에게 사과해야 했는지 모르겠네. 사람들이 모인 자리에서 당신 발레에 대한 이야기가 오가지 않아 당신이 깜박 잠이 들면, 그들은 당신을 그저 용감한 여자라 생각하고 당신이 춥지 않도록 잘 덮어줬어. 당신 혼자서는 최소한 잘 덮을 수도 없었으니까. 사마리아인들의 모임. 그러면 우리는 모두 목소리를 낮춰 소곤소곤 말했어. 율리카가 다음날 아침 힘든 연습 공연이 있다는 걸 모르는 사람이 없었거든! 다들 당신을 위해 초라하게 봉사했다고, 율리카, 바로 나처럼 말이야. 당신이 우리 친구들을 위해서 밀가루 수프를 끓일 마음을 먹을 수 없다는 걸 내가 파악하지 못했다면, 그건 물론 내 책임이야. 하느님께서 주신 대로 아내를 받아들여야 하거든. 나는 당신이 얼마나 연약한지, 얼마나 보호를 필요로 하는지 자꾸 잊어버렸어! 그런 다음 친구들이 가자마자, 당신은 정신을 차리고 주방으로 갔지. 금방 쓰러질 정도로 피곤한데도 폭슬리에게 따뜻한 우유를 줬다고. 폭슬리는 당신 자신이니까!"

슈틸러는 일단 말문이 트이자 이딴 비난을 줄줄이 늘어놓았다. 순전히 하찮은 일들. 갈수록 더 시시한 일들. 율리카에게는 그저 놀라울 뿐이었다.

"당신은 늘 그랬듯이 지금도 입을 꾹 다물고 있어!" 그가 말했다. "당신은 자신이 사랑과 헌신의 화신인 줄 알지. 나는 잘 알아, 당신은 자아도취의 화신이야. 그리고 무엇보다도 교만의 화신! 나는 당신 앞에서 무릎을 꿇었어. 율리카, 나는 특정한 상황에서 남자가 울듯이 당신 앞에서 울었어. 나는 당신 앞에서 부끄러워했어. 나는 당신 앞에서 후회했어. 그리고 당신은 물론 용서했지. 당신은 나를 끊임없이 용서했어. 나는 잘 알아. 단 1분도 동요하지 않고서, 실제로 나를 망가뜨린다고는 아마 단 1분도 생각해본 적 없이, 실제로 조금도 떨지도 않았지. 도대체 왜 그런 걸까? 당신은 참고 견디는 사람이거든. 우리 주변에는 그걸 모르는 사람이 없지. 절대 큰 소리로 비난하는 법이 없는 고결한 인품. 아니, 나는 항상 나 자신을 비난해야 했어. 당신이 절대 더럽혀지지 않도록 말이야. 하지만 잘 생각해봐. 내가 나 자신을 비난해야 한다고 믿었을 때, 당신이 한 번이라도 나를 거기서 벗어나게 해준 적 있어? 당신은 용서하고, 그러면 비난은 당연한 것이 되었지, 무엇보다도 당연해졌다고. 여자들의 용서에는 악마적인 잔인함이 있어. 하지만 그건 당신과는 거리가 멀지, 당연히 모든 게 당신과는 거리가 멀고말고. 난 늘 미모사처럼 예민해서 그걸 느낄 수 있었어. 결핵으로 파멸하듯이 그걸로도 파멸할 수 있단 말이야…… 나는 말하고 또 말하는데, 율리카, 당신은 담요에 떨어진 눈을 입으로 불고 있잖아!"

슈틸러는 계속 말을 이었다.

"그래—나는 그 오랜 세월 동안 왜 단 한 번도 벌떡 일어나서 단숨에 당신 따귀를 갈기지 않았는지 이따금 나 자신에게 묻곤 했어. 진심으로, 그건 이제 더이상 만회할 수 없는 잘못이야. 나는 그게 잘못이라고 확신해. 그랬다면 우리 두 사람은 얼마나 많은 것을 모면할 수 있었을까! 가령 당신이 불운하게 란트크바르트로 가는 일도 없었을 거라고 생각해. 물론 당신은 가는 도중 어디선가 쓰러질 것을 처음부터 알고 있었어. 하지만 내 양심의 가책을 확보해야 했으니 무슨 일이 있어도 물러나지 않았을 거야. 당신은 착각하고 있어. 그리고 이 일에서 또 다른 끔찍한 점은, 당신이 요양원에서 지내는 건 완전히 다른 의미에서 정말로 내 책임이라는 거야. 하지만 당신은 나를 더이상 용서하지 않아도 돼. 요즘 종종 이런 생각이 들거든. 내가 당신을 통해 나 자신을 입증하려고 하지 않았더라면, 당신도 결코 당신의 병을 빌미로 나를 붙잡을 생각을 하지 않았을 거야. 그리고 우리는 서로 자연스럽게 사랑했겠지. 잘 모르겠지만, 아니면 자연스럽게 헤어졌을 수도 있어. 그때 당신은 잘못된 양심 대신 많은 인내심을, 자유로운 인내심을 가진 남자를 만나야 했어. 어쨌든 오로지 자연스러운 사랑을 통해서 얻을 수 있고 붙잡을 수 있는 남자를. 친애하는 율리카, 당신이 얼마나 건강할 수 있었을지 누가 알겠어—이미 예전에!……"

슈틸러는 입을 다물었다.

"그래서 이제 어떡할 거야?" 율리카가 물었다.

슈틸러는 그녀를 뚫어지게 쳐다보았다.

"그러니까 당신은 나를 그렇게 본단 말이지!" 율리카는 말했다. "당신은 나에 대한 우상을 만들어놨구나. 이제야 알겠어. 더이상 뒤집을 수도 바꿀 수도 없는 우상을. 그리고 그걸로 끝이고. 당신은 나를 다른 눈으로는 더이상 볼 생각이 없다는 거네, 알겠어. 안 그래?" 슈틸러는 담뱃불을 붙였다. "최근에 나도 여러 가지를 깊이 생각해봤어." 율리카는 말했다. 이렇게 말하면서 또 낙타털 담요 위의 눈송이를 후 불었다. "—우상을 만들지 말라는 계명이 괜히 있는 게 아니야! 모든 우상은 죄악이란 말이야. 당신이 지금 그런 이야기로 무슨 짓을 하는지 알아. 그건 사랑과는 정반대라고. 당신이 그 말을 이해할지 모르겠네. 누군가를 사랑한다면, 모든 가능성을 열어두기 마련이야. 어떤 기억이 있다 해도, 그가 내 기억 속의 모습과 얼마나 다른가, 얼마나 다른 종류의 사람인가, 마냥 놀라고, 또 놀랄 마음의 준비를 하기 마련이라고. 당신이 당신의 율리카에게 하는 것처럼 더이상 뒤집을 수 없는 우상을 만들지는 않아, 절대 그렇지 않다고. 나는 그렇지 않다고 말할 수 있을 뿐이야. 당신은 항상 아무 일에나 간섭하곤 하는데—나에 대한 우상을 만들지 마! 내가 할 수 있는 말은 이게 전부야."

슈틸러는 뻐끔뻐끔 담배를 피웠다.

"그런 말을 어디서 들었어?" 단지 이렇게 물었을 뿐이다. 슈틸러와 더이상 말이 통하지 않았던 듯 보인다. 그는 오로지 자기 자신이 하는 말만 들었다. 그는 모든 것을 송두리째 뒤엎겠다고 굳게 결심한 채 폰트레지나에서 왔다. "사랑?" 그는 미소 지었다. "우리는 사랑에 대해 말하지 않는 편이 나아, 우리 경우에는 아니야. 신의에 대해서도 말하지 말자—당신도 벌써 오래전에 내 곁을 떠나고 싶었을걸. 율리카, 당신에게 그럴 기회가 없었던 건 결코 아니야. 난 잘 알고 있어. 다만 현실적인 남자를 붙잡을 수 있을 거라는 확신이 당신에게 없었을 뿐이지. 우리 솔직하게 이야기하자고! 우리의 상대적인 신의는 내가 이번에 겪은 것처럼 다른 파트너와 겪을 실패에 대한 두려움이었지. 그뿐이었어. 우리 서로 속이지 말자! 우리 사이도 이제 끝이야. 율리카, 이게 우리의 마지막 만남이라고 생각해."

율리카는 울었다.

"하필이면 이런 요양원에서 지내야 하다니, 끔찍한 일이야." 슈틸러는 지독히 냉정하게 말했다. "수석의사 말로는, 당신이 위험한 상태를 아직 벗어나지 못했대. 하지만 율리카, 오늘 이후로 당신의 병이 내게 더이상 아무런 영향을 미치지 못한다는 사실을 이해하는 게, 조금도 의심의 여지 없이 이해하는 게 더 좋을 수도 있어. 이 말이 당신 귀에는 특히 비열한 소리로 들리겠지, 그럴 수 있어. 사실은, 있잖아, 나는 늘 남모르게 당신에 대한 비난으로 가득차 있었어. 그래서 우스꽝스러울 정도로 당신을 배려했는지도 몰라. 끊임없이 뭔가를, 마음속에 비밀로 담아둔 것을 보상해야 했거든. 무슨 말인지 알겠지. 내가 화내지 않으면서 당신 앞에 서 있는 건 이게 처음인 것 같아. 지금까지 내가 진정한 삶을 살지 못하도록 가로막은 건 당신이 아니라는 사실을 이제 알기 때문이야. 다행히도, 마침내 알게 된 거야! 당신 눈에서 흐르는 눈물은 이제 아무 효과 없는 협박일 뿐이야, 율리카. 우리는 모두 죽어야 하기 때문이지."

그러자 율리카는 말했다.

"이제 나 혼자 있게 해줘."

슈틸러는 담배를 베란다 난간 너머로 홀쩍 내던지고는 두 손을 코트 호주머니에 찔러넣은 채 당황한 표정으로 잠시 더 그녀의 침대 앞에 서 있었다. 그러더니 율리카가 벌써 관 속에 누워 있는 양 그녀가 팔을 내밀길 기다리지 않고 그녀의 이마에 입맞추더니 겨울의 베란다를 훌쩍 떠났다…… 그 이후로 (율리카는 말한다) 그는 그녀에게 행방불명되었다. 시내에서는 12월에도 슈틸러의 모습이 보였다. 그러다 어느 전시회 개막식 뒤풀이에서 늦은 밤까지 술을 마신 후 비로소 다른 사람들에게도 행방불명되었다. 처음에는 사람들은 눈치채지 못했다. 어느 날 갑자기 불쑥 일어난 일이 아니었고, 카페나 그 밖에 슈틸러를 자주 마주치던 곳에서 그의 모습이 보이지 않는 것을 사람들은 뒤늦게 서서히 깨달았다. 누군가가 지나가는 말로 슈틸러에 대해 물으면, 다들 어깨를 으쓱했다. 사람들은 1월까지 기다렸다. 그러다 쭉 굳게 닫힌 아틀리에에 불안해진 누군가가 결국 경찰에 알렸다. 경찰은 서랍 구석구석까지 샅샅이 뒤졌지만 아무런 성과도 없었다. 그리고 6, 7년이 지난 지금도 사건은 여전히 오리무중이다.

세번째 노트

행방불명자의 군사 장비를 둘러보기 위해서 어제 (짬을 내서) 스위스연방의 병참에 다녀왔다. 짜증스럽게도 막사에서 오래 기다려야 했다. 금연! 나는 스위스연방의 바지 더미 위에 웅크리고 앉는다. 그냥 서 있을 수는 없었던가? 가죽 냄새, 장뇌 냄새에다 옆 축사의 말 냄새까지 진동한다. 그저 아무 말이라도 하기 위해 나는 번쩍거리는 군화를 신고 약간 당황한 표정을 한 젊은 소위에게 묻는다. 그도 나처럼 기다리는 게 지루해 보인다.

"여기에는 아직 기병대가 있나요?"

"아닙니다." 그는 짧게 대답한다.

마침내 저들은 행방불명된 자의 낡은 군복을 끈으로 묶은 꾸러미를 가져와서는 내게 풀어보라고 명령한다. 풀어보지 말았어야 했다. 당연히 그러지 말았어야 했다. 내가 겸허하고 정중하게 대하면, 나를 슈틸러처럼 자신들이 원하는 대로 다룰 수 있다는 생각을 강화시키기 때문이다. 내가 그 너저분하고 우스꽝스러운 배낭을 풀자, 기관총사수 슈틸러의 소지품이 우르르 바닥에 떨어진다. 물론 그것을 다시 주워 모으는 것은 내 임무다. 나는 말한다.

"이봐요, 이게 나하고 무슨 상관이죠?"

"어서 주우시오."

스위스연방의 병참기지 요원 두 명은 평생 장뇌 냄새를 맡고 살아와서인지 안색이 창백하고 뚱뚱하다. 그들은 군사적인 것을 특히 퉁명스럽고 짧은 말투로 보충한다. 처음부터 끝까지 호칭 없이 말하면서! 그러더니 회녹색 외투를 불빛에 비춰보며 젊은 소위를 쳐다본다. 소위는 성실하고 확신에 찬 표정으로 내가 깜짝 놀라기를 기다린다.

"자—아무것도 안 보입니까? 어때요?"

여기저기 긁혀서 구멍이 났다. 온통 구멍 천지인 것은 인정한다. 나는 천을 만져보며 말한다.

"그런데 이거 방수 처리가 안 돼 있네요."

그러자 그들은 내가 공산주의자라도 되는 듯 쳐다본다. 내가 객관적인 진실을 말했기 때문이다. 나는 옆에서 말없이 감독관 역할을 맡은 젊은 장교의 레인코트를 만진다.

"이거 보세요." 나는 말한다. "이건 진짜군요!"

뒤이어 나는 스위스연방의 소총 총구를 들여다봐야 한다. 저들이 들여다보라고 강요한다. 이상하게도 나는 시키는 대로 한다. 왜 그럴까? 나는 망원경이라도 되는 양 낯선 무기를 들여다보지만 아무것도 보이지 않는다. 회색으로 가득찬 작은 구멍일 뿐이다. 오로지 그뿐이다. 그들은 내가 죄의식을 이기지 못하고 콘크리트 바닥에 주저앉기를 다시 기다린다. 총구에 작은 거울을 장착한다.

"이제 뭐가 보입니까?"

녹이 보인다. 그런데도 나는 스위스연방 소총의 총구 가격이 얼마인지는 묻지 않았다. 젊은 장교의 설명에 예의상 귀는 기울이지만 아무런 관심도 느끼지 못한다. 나는 스위스연방의 소총을 구입할 맘 따위 없다. 연발권총이나 자동권총이라면 또 모른다. 하지만 산책용 지팡이만 한 기다란 소총으로 뭘 어쩌겠는가? 젊은 소위는 나를 학자라고 여기는지 왠지 당황한 기색이다. 그는 번번이 말한다.

"제가 이걸 설명할 필요는 없겠지요."

하지만 그는 순전히 의무감에서, 마치 두 병참요원 앞에서 시험이라도 치는 양, 곤혹스러워하면서도 설명했다. 왠지 본인이 관심이 많은 것을 내게 보여주고 싶어한다는 느낌이 든다. 하지만 그 병참 막사에서는 창문 밖의 쏟아지는 비를 이따금 바라봐야만 설명할 수 있다—그러는 동안 병참요원 두 명은 갈수록 적개심이 짙어지는 얼굴로 나를 바라본다. 그들은 노골적으로 무관심한 내 태도에는 전혀 개의치 않고, 그들의 의견에 따르면 전쟁을 수행하는 데 필요하다는 물건을 전부 탁자 위에 올려놓는다. 그러니까, 솔 두 개, 나이프와 포크, 회녹색 실이 감긴 실패, 가죽 세척용 비누, 스위스 십자가 문양이 새겨진 일정한 개수의 단추, 군용식기, 마개에서 악취가 나서는 안 되는 수통, 구두끈, 상자에 담긴 구둣솔, 철모, 이른바 넥타이, 칼집에 든 총검, 행방불명된 슈틸러가 무책임하게도 녹슬게 만든 바늘 세 개. 간단히 말해서, 물건이 탁자를 가득 메운다. 나는 두 손을 바지주머니에 찔러넣은 채 그 물건들을 보면서 사실은 적잖이 놀란다.

"제가 따로 설명할 필요는 없을 겁니다." 젊은 소위는 말한다. "손상된 물건은 개인적으로 배상해야 한다는 걸 잘 아시겠죠."

"내가요?" 나는 웃는다. "왜요?"

"아니면 누가 배상합니까?"

나는 말할 기회를 얻지 못한다. 나는 행방불명자의 군복 상의도 입어야 한다. 나는 말할 기회를 전혀 얻지 못한다. 그들이 휘두르는 권력의 일부는 여기에 있다. 나는 머뭇거리긴 하지만 놀랍게도 실제로 그 권력에 복종한다. 그들은 군복 상의를 들어줄 생각조차 하지 않는다. 내가 군복 옷깃의 고리를 찾지 못할 때도 "서두르시오!"라고 말할 뿐이다. 그런 군복 상의를 입고 있으면 적과 마주치기도 전에 녹초가 될 거라는 내 악의 없는 논평도 무시당한다. 나는 마네킹처럼 몸을 돌려야 한다.

"살이 좀 빠졌군요." 나를 생전 처음 보는 젊은 소위가 주장한다. "많이 헐렁하네요."

그동안 병참요원 한 명이 받침대 위에 올라서서 다른 군복 상의를 낚아채서는 내게 던진다.

"한번 입어보시오!"

"왜요?" 나는 묻는다. 하지만 이번에도 대답이 아니라 오로지 치수가 다른 군복 상의와 젊은 장교의 설명만을 받는다. 그는 내가 48세까지 스위스 향토방위대에 소속되며, 만 60세까지 복무의 의무가 있다고 말한다. 그리고 기타 등등 이런 말도 한다. 당연히 외국에 나갈 권리가 있지만, 국가로부터 휴가를 받을 수 있는지 사전에 문의해야 하고 구청

사령부에(구청에 등록되지 않은 사람은 존재하지 않는다) 퇴거 신고를 해야 할 의무가 있습니다. 모든 것을 근무일지처럼 기록해야 합니다. 게다가 그런 식으로 휴가를 떠나는 경우에는, 알다시피 스위스 국민이라면 누구나 위탁받은 군 장비를 다락방 같은 데 보관하는 게 아니라 병참직원들이 좀먹지 않게 지킬 수 있도록 반납해야 합니다. 또한 외국에서 방위세를 미납하지 않도록 즉시 가까운 스위스 대사관에 이전 신고를 하거나 다시 퇴거 신고를 해야 합니다.

"소위님," 나는 말한다. "소위님이 설명하신 스위스 제도에 심심한 존경을 표합니다! 다만 나로 말하면."

나는 말할 기회를 얻지 못한다. 그들 세 사람의 머릿속에는 오로지 슈틸러에게 행군 준비를 시켜야 한다는 한 가지 목적밖에 없다. 나는 군화도 신어봐야 한다. 더욱이 흠잡을 데 없는 상품이다. 단순히 군화를 신어보는 것이 다가 아니다. 젊은 소위는 말한다.

"신발이 편해야 합니다!"

군화를 신어보는 수밖에 다른 도리가 없다.

그런 다음, 결국 끝에 가서, 그들은 분통을 터뜨린다. 내가 무기와 새 군화를 수령했다고 확인하는 서명을 해야 하기 때문이다. 규정은 지켜야 한다. 나는 이해한다. 나는 좀더 중요한 일을 하고 싶은 티를 노골적으로 내는 젊은 소위에게서 만년필을 받아 들고 수령증에 이렇게 썼다. 화이트, 제임스 라킨스, 뉴멕시코, 미국.

"화이트—어째서 화이트죠?"

나는 만년필을 돌려주었다. "내 이름이 화이트라서요."

그들은 비난에 가득찬 눈초리로 서로를 바라보았다.

"당신은 기관총사수 슈틸러가 아닌가요?" 젊은 장교가 내 유효한 서명을 손에 들고 물었다. 그는 이미 병참요원들에게 반쯤 절레절레 고개를 젓고 있었지만, 병참요원들로서도 어쩔 도리가 없었다. 이런 남자를 보내다니. 누가? 왜? 나는 사태를 조정하고 설명하려 했다.

"내가 그 실종된 신사라는 혐의가 있습니다." 나는 말했다. "하지만 이 혐의는—"

단순한 혐의만으로 내게 무장을 시킬 수는 없었다. 당연하지 않은가. 내가 모처럼 꼭 맞는 군화를 다시 벗는 동안, 소위는 병참요원들에게 그 점에 대해 설명했다.

"빌어먹을." 병참요원들은 투덜거렸다. "그 말을 왜 이제야 하는 거요!"

그들이 다행히도 분풀이를 철모와 군용식기에다 하는 상황을 감안해서, 나는 모든 변명을 포기했다. 어차피 그전에도 그들은 내게 전혀 발언권을 주지 않았다. 그들이 분통을 터뜨리는 것은 이해가 됐다. 이제 나는 무기든 군화든 더이상 손을 대서는 안 됐다. 사실 군화는 마음에 쏙 들었는데. 그들은 직접 다시 배낭을 꾸려야 했다. 나는 다만 이렇게 말했다. "죄송하네요!" 하지만 젊은 장교로서는 상당히 곤혹스러운 일이었다. 그는 나하고 잠시 이런저런 이야기를 더 하지 않을 수 없었다. 미국이 그의 관심을 활발하게 일깨웠다. 그는 다시 한번 사과했다. 스위스에서 미국 사람에게 이런 일이 일어나다니, 그는 유감스러워했고, 내게 군대식으로 정중하게 인사했다. 나도 손을 흔들지 않으려고 챙 없는 납작모자에 손을 갖다댔다. 젊은 장교의 정중한 태도를 놓치지 않은 구치소 차량의 두 사람도 전에 없이 정중하게 나를 맞이했다. 마치 팁이라도 기대하듯. 한 사람이 내게 담뱃불을 붙여주는 동안, 나머지 한 사람은 심지어 창살창이 달린 회색 자동차 문을 붙잡아줬다. 내게 '어디로 모실까요'라고 물었더라면 완벽했을 텐데.

빌프리트 슈틸러, 그 동생은 내가 우애 깊은 편지에 답하지 않아 매우 슬퍼한다고 한다. 틈이 나는 즉시 답장을 써야겠다.

오늘, 일요일, 흰 와이셔츠에 넥타이를 맨 사복 차림의 크노벨이 네 번째 살인에 대해 듣고 싶다며 나를 찾아온다. 나는 전혀 그럴 기분이 아니다. 하지만 뭐든 이야기하지 않을 수 없다.

"텍사스에서의 일이었어요." 나는 말한다. "난 그때만 해도 카우보이로 일하고 있었죠."

"카우보이로도 일했단 말인가요?"

"안 될 일이 뭐 있겠어요?"

"이런, 세상에."

어느 일요일 아침 나는 초원에서 카우보이 생활에 조금 싫증이 나 평소보다 멀리, 필요 이상으로 멀리 어떻게 말을 타고 갔는지 묘사한다. 나는 말하자면 깊이 생각에 잠겨서(내 방청객은 그게 어떤 종류의 생각이었는지에는 관심이 없다) 정처 없이 말을 몰았다. 그러다 더욱 빨리 달리기 시작했다. 다섯 시간 남짓 달리는 동안, 나는 거의 뒤돌아보지 않았다. 이윽고 몇 주일 전부터 지평선에서 보았던 붉은 바위에 도착했다. 나는 검은 말에서 뛰어내려 떡갈나무 관목에 말을 묶어놓고 조금 높이 기어올랐다. 뒤쪽으로 끝없이 펼쳐지는 평원, 망망대해 같은 초록색과 은회색의 대지 너머를 더 멀리 보고 싶었다. 무덥고 윙윙거리는 한낮이었고, 나는 갈증으로 거의 숨이 넘어갈 지경이었다. 혹시 어디 샘물이 있을까 찾아보았지만 허사였다. 주변은 온통 석회암 지역이었으므로. 메마르고 여기저기 가시 돋친 덤불 사이를 장화 신은 발로 터벅터벅 걷고 있는데 별안간, 바로 앞에 깊은 계곡이 나타났다. 바위 사이의 깊은 틈은 마치 상어의 입처럼 보였다. 하지만 어마어마하게 크고 밤처럼 컴컴했다. 동료 가운데 동굴 이야기를 한 사람은 아무도 없었다. 구릉진 황야에서 바로 코앞에 이르러야만 보이는 그 입구를 내가 발견한 것은 우연이었다. 어쩌면 거기에 물이 있을지도 몰랐다! 사방이 쥐죽은듯 고요했다. 나는 오로지 호기심을 달래기 위해서 그늘진 심연으로 몇 발자국 내디뎠던 일을 결코 잊지 못할 것이다. 심연 언저리의 관목을 붙잡고서 아주 조심스럽게, 입 벌린 심연 속에 무엇이 있나 보기 위해서 고개를 쑥 내민 채. 어둠에 묻혀 아무것도 보이지 않았다. 그 동굴 속으로 내려가라고 내게 명령한 사람은 아무도 없었다. 그런데도 나는 불안하고 가슴이 답답했다. 내가 발견한 것이 나를 더이상 놓아주지 않았다. 장화 아래서 돌멩이가 떨어져나와 떼구르르 굴렀다. 돌멩이 소리가 점점 더 멀리 울려퍼졌다. 나름대로 카우보이인 내 얼굴이 창백해질 때까지 그치지 않고 계속. 돌멩이 굴러가는 소리가 여전히 들리고 있는지 분간이 되지 않았다. 아니면 내 상상일까? 너무 무서워서 숨이 막힐 지경이었지만 도망치지 않으려고 마음을 굳게 먹었다. 쿵쾅쿵쾅 내 심장이 뛰는 소리가 들릴 뿐 그 밖에는 죽은 듯이 조용했다. 나는 큰 소리로 외쳤다. 여보세요? 마치 그게 내 목소리가 아닌 양 터무니없이 겁에 질린 채, 마치 용에게 붙잡힐 위험에 처하기라도 한 듯 허둥지둥 서둘러서, 나는 가시 돋친 덤불을 뚫고 위로 기어올라왔다. 메아리에 쫓겨 다시 햇빛이 비치는 곳으로 올라와서는 나 자신을 비웃었다. 아니면 적어도 자신을 비웃으려고 했다. 거기 한낮의 햇살이 비치는 곳에서는 곤충들이 윙윙거리는 친밀한 소리와 높은 풀줄기들이 바람결에 속삭이는 소리만이 다시 들려왔다. 나는 텍사스의 평원, 그 당시 날마다 보았던 망망대해 같은 대지를 바라보았다. 그런데도 돌 굴러가는 소리가 여전히 귀에 들리는 듯 으스스했다.

우리 목장에 도착했을 때는 밤이었다. 나는 배짱 좋게 거짓말을 둘러대며 변명했다. 그리고 동굴에 대해서는 입도 뻥긋하지 않았다. 내 옆에서 자는 가장 절친한 친구 짐에게도 말하지 않았다. 내가 온종일 정말로 어디를 싸돌아다녔는지 알아내려고 짐은 내 해먹을 잡아당겼다. 그는 내가 그 인적 없는 평원(몇 달 동안 오로지 남자들과 말과 가축만을 만나는 곳) 어딘가에서 자유분방한 아가씨를 발견했다고 믿고서 은근히 시샘했는데, 나는 그렇게 믿도록 내버려두었다. 짐은 내 옆구리를 찔렀다. 호탕하게 같이 기뻐하면서도 호탕하게 시샘한다는 표시였다. 하지만 이미 말했듯이, 나는 내 동굴에 대해서는 발설하지 않았다.

목장에서 우리의 일은 혹독했다. 우리는 소수였고, 그나마 한 명은 앓아누웠다. 나는 하루 휴가를 얻을 때까지 두 주일을 기다려야 했다.

물론 동이 틀 무렵에 이미 나는 내 동굴을 향해(뒤를 쫓아오지 못하도록 멀리 돌아서) 출발했다. 어둠을 뚫고 들어갈 수 있도록 램프로 무장했으며, 온갖 경우를 대비하고 각오를 단단히 했다. 하지만 그 동굴을 다시 발견하지 못할 경우만은 각오하지 못했다. 어느덧 오후가 되었는데도, 나는 여전히 터벅터벅 언덕을 오르락내리락하고 있었다. 어쩌면 그 골짜기 입구 가까이에 있을 수도 있었고, 어쩌면 1마일 떨어져 있을 수도 있었다. 어디서나 똑같은 언덕과 분지, 똑같은 엉겅퀴, 선인장, 용설란이 보였고, 그 사이사이에 빌어먹을 옻나무 관목이 있었다. 나는 동굴을 찾아내지 못해 실망하고 지친 채 목장으로 돌아갔다. 동화에서처럼 그 동굴에 보물이 숨겨져 있을 거라는 확신이 더욱 강해졌다. 스페인 사람들이 약탈했다가 잃어버린 황금일지도 모른다. 바스케스 코로나도 또는 카베사 데 바카* 같은 모험가들이 이곳을 지나가지 않았을까? 적어도 역사적으로 가치 있는 것을 기대할 수 있었다. 하지만 인디언의 보석, 절멸된 종족의 보물이 송두리째 남아 있을 수도 있었다. 냉정하게 이성적으로 생각해도 온갖 것이 가능해 보였다. 저녁에 내가 해먹에 털썩 드러누웠을 때, 내 친구는 당연히도 녹초가 된 채 침묵하는 내 모습을 보며 비죽이 웃었다. 그 여자 이름이 뭐야? 그는 물었다. 헤이젤! 나는 대답하고는 돌아누웠다.

그렇게 몇 주일이 지나갔다.

바위틈의 내 동굴은 서서히 유령처럼 여겨졌다. 그 지역을 벌써 여러 차례 말을 타고 돌아다녔는데도, 다시는 찾아낼 수 없었다. 매번 나는 램프와 올가미를 준비했으며, 자루 하나에 카바이드**를, 또다른 자루에 식량을 가득 채웠다. 그러다 어느 날 저녁 구름 같은 박쥐떼를 봤을 때는 사실상 동굴을 발견할 수 있다는 믿음을 포기한 뒤였다. 벌써 땅거미가 내려앉기 시작한지라 지체 없이 발길을 돌려야 할 시간이었

* 아메리카를 정복한 스페인 탐험가들.

** 탄소와 금속 원소의 화합물, 특히 탄화칼슘을 가리킨다. 물을 부으면 아세틸렌이 발생하면서 밝게 타오르기 때문에, 등에 넣어 조명으로 사용했다.

다. 박쥐떼는 마치 땅속에서 솟아난 듯 보였다. 수백만 마리의 박쥐. 내 동굴에서 나온 것이다!…… 등산가처럼 뾰족한 바위에 걸 수 있는 올가미와 램프를 가져온 덕에 첫번째 동굴에 내려가기는 그다지 어렵지 않다. 동굴은 엄청나게 크다. 지난번 황혼 무렵에 간신히 볼 수 있었던 것처럼 내부가 노트르담 대성당만 하다. 램프로 희미하게 비춰본 암벽의 박쥐들과 옹기 조각 말고는 아무것도 눈에 띄지 않았다. 맨 위쪽의 지하 동굴은 예전에는 인디언의 은신처였던 듯싶었다. 그 지하의 대성당을 돌아보는 동안 서서히 두려움에서 벗어났다. 벽에 여기저기 갈라진 틈이 있었다. 램프로 작은 예배당들을 비춰봤지만, 눈이 이글거리고 입으로 유황을 내뿜는 용은 물론 보이지 않았다. 나는 그런 커다란 동굴을 발견한 것에 신이 나면서도 내 비밀이 결국 밝혀져버린 것에 반쯤 실망했었다. 그때 갑자기 동굴 바닥이 램프의 불빛을 빨아들였다. 그 순간을 결코 잊지 못하리라! 너무 놀라서 헉헉거리는데, 발 앞의 땅이 입을 쩍 벌리고 있었다. 꼼짝도 할 수 없었다. 이유는 아주 간단했다. 램프의 불빛이 더이상 바닥에 닿지 않았던 것이다. 나는 동굴 입구를, 햇빛을 쳐다봤다. 하지만 그사이 땅 위에도 이미 어둠이 내려앉아 있었다. 아득히 머나먼 곳에서 희미한 섬광 몇 개, 별 몇 개가 보였고, 가까운 주변에는 온통 검은 암석뿐이었다. 나는 돌멩이 굴러떨어지는 소리가 점점 더 깊이 울려퍼졌던 것을 떠올리면서도 과감하게 돌아갈 생각은 하지 않았다. 어떤 식으로든 한 걸음을 내딛는 것이 바로 죽음을 향해 돌진하는 것처럼 느껴졌다. 결국 나는 무릎을 꿇고 램프를 올가미에 묶었다. 램프의 희미한 빛을 아래로 내려보내 저 위협적인 어둠의 깊이를 재볼 생각이었다. 램프가 허공에서 대롱거렸다. 시간이 흐르면서 (이미 말했듯이, 나는 그 구멍 가장자리에 무릎을 꿇고 있었으며 들리는 것이라곤 쿵쾅거리는 내 심장 소리뿐이었다) 또 하나의 동굴, 상당히 커다란 공간을 식별할 수 있었다. 이번에는 노트르담 대성당이 아니라 꿈, 갑작스러운 다른 세상을, 박쥐들이 붙어 있는 바위가 아니라 백 개, 수백 개의 종유석 기둥이 빛나는 동화를 연상시켰다. 내가 최초로 발견한 것이다! 기어내려갈 수 있는 사람이라면 그 동화 속으로 내려가는 것이 불가능하지 않았다. 하지만 어떻게 다시 올라올 것인가? 그대로 돌아간다면 평생 후회하고 괴로워할 거라는 사실을 나는 잘 알고 있었다. 두려움은 자만으로 바뀌었다. 나는 극히 신중하게 온갖 애를 써서(하지만 돌아갈 일은 생각하지 않고서), 온몸을 이리저리 긁혀가며, 어쩔 수 없이 무모하게 훌쩍 뛰기도 하며, 마침내 그 기이한 심연에 이르렀다. 이제 별들도 보이지 않았다. 모든 것이 내 램프의 불빛에 달려 있었다. 나는 무척 흥분해 있었지만 스스로도 놀랄 만큼 이성적으로 행동했다. 나중에 다시 기어올라가야 하는 바위에 램프의 그을음으로 즉각 표시를 했으며, 어디선가 이미 배우기라도 한 듯 그 그을음에 크게 '1'이라고 썼다. 그런 다음 비로소 주위를 둘러보았다. 나는 내 불빛만이 비추는 미로에 이끌려서, 램프를 앞세우고 쿵쿵 걸음을 옮겼다. 온갖 소원의 목적지에 이른 듯 반쯤 환희에 넘쳤으며, 이미 길을 잃은 듯 반쯤은 공포에 질려 있었다. 내 감탄에 대한 대가로 다시는 땅 위로 올라가지 못하고, 방금전에 보았던 별도 해도 또는 창백한 달마저도 다시는 보지 못하고, 다시는 말을 타고서 황야를 질주하지 못하고, 다시는 풀 냄새를 맡지 못하고, 다시는 사람들을 보지 못하고, 다시는 내 소리를 들어줄 사람을 만나지 못할 천벌을 받은 것만 같았다. 나는 외쳤다. 여보세요? 또 외쳤다. 안녕하세요? 그곳에서는 메아리조차 제대로 울리지 않았다. 나는 열 걸음마다 그을음으로 표지를 남겼다. 저기 땅 위에서는 곧 동이 틀 텐데, 생각하면서. 출구 바위(1번 표지)를 다시 찾아낼 수 있는지, 내 길 표지들은 충분한지 한번 확인해보았다. 다 충분했다. 하지만 그곳은 실제로 아주 서늘했는데도, 1번 표지를 다시 찾아냈을 때는 땀이 났다. 나는 오슬오슬 한기에 떨었으며, 그 때문에라도 계속 모험을 감행하지 않을 수 없었다. 그래도 아리아드네의 실*이라도 가지고 있는 양 홀가분한 마음으로 동굴의 다른 편을 탐색하고 계속 아래로 내려갔다. 극히 신중을 기했는데도(그을음으로 표시하는 것을 절대 잊지 않았다) 흥분한 나머지 제정신이 아니었으며, 발이 미끄러질 때마다 동굴을 울리는 소리에 숨이 콱 막혔다. 그 소리는 땅속의 어둠이 얼마나 광대한지, 어떤 인간도 아직 밟아보지 못한 머나먼 비밀을 향한 통로가 얼마나 더 있는지 알려주었다. 그렇다. 내 램프는 그 동화의 나라를 비춘 최초의 빛, 빛나는 기둥들이 있는 그 모든 홀을 드러낸 최초의 빛이 아니었을까? 내 뒤편의 모든 것은 작은 램프에서 벗어나는 즉시 결코 존재하지 않았던 것처럼 다시 어둠에 잠겼다. 암석의 어둠인지 허공의 어둠인지 구별할 수 없었다. 죽음 같은 정적 속에서 수천 년 전부터 물이 방울져 떨어졌다. 나는 어디로 가려 했을까? 길이 더이상 이어지지 않는 곳, 불확실함이 끝나는 곳, 내 장화 아래서 떨어져나온 돌들이 더 깊은 곳으로 굴러떨어지지 않는 지하 동굴에 이

* 그리스신화에서 크레타 왕 미노스의 딸인 아리아드네는 영웅 테세우스를 연모하여, 그가 미로에서 벗어날 수 있도록 실타래를 주었다. '아리아드네의 실'은 어려운 일을 해결하거나 위험한 상황을 벗어나기 위한 실마리를 뜻한다.

르고 싶었는지도 모른다. 나는 거기에 이르지 못했다. 갑자기 램프 불빛에 나타난 사람 해골을 보고 얼마나 놀랐는지, 나는 비명을 질렀다. 해골을 보자마자 도망치다가 발이 걸려 넘어졌고, 램프의 유리 하나가 깨지면서 얼굴에 피가 났다. 함정에 빠져서 그 선구자처럼 다시는 그곳을 벗어날 수 없을 것만 같은 느낌, 그래서 오로지 굶어죽든지 아니면 올가미에 목을 매는 도리밖에 없을 것만 같은 느낌이 내 심신을 마비시켰다. 나는 주저앉았다. 얼굴에 흐르는 따뜻한 피를 혀로 핥으며, 램프 불빛의 둥그런 반경 안에 놓여 있는 해골이 실제로 내 것이라는 착각에 빠지지 않도록 정신을 바짝 차려야 했다. 어쩌다보니 그동안 램프의 불이 남은 시간을 계산하는 것을 깜박 잊고 있었다. 어쩌면 그 해골이 나를 구해줬는지도 모르겠다(지금은 그렇게 생각한다). 그때부터는 오로지 돌아갈 길만 생각했다. 나보다 앞서 그 모든 동굴을 발견한 사람이 인디언이었는지 아니면 백인이었는지는 알 수 없다. 그에 대한 답변의 나머지 실마리를 찾기에는 갑자기 시간이 촉박했다. —땅거미가 내려앉을 무렵, 나는 입구에 이르렀다. 윙윙거리는 박쥐떼들 너머로 해가 서서히 지고 있었다. 거기 땅 위에서는 마치 아무 일도 없었던 듯 보였다. 말이 갈증 탓에 크게 히잉 울었다. 나는 기진맥진해서 회색 모래와 피로 범벅된 채로 따뜻한 땅에 누워, 음식을 먹어보려고 했다. 저 땅속의 내 선구자처럼 굶어죽을지 모른다는 두려움에 휩싸여서, 그때까지 자루 안의 음식을 한 입도 먹지 않았던 것이다. 냄새 고약한 양고기가 마치 은총처럼 느껴졌다(그 당시 나는 양고기라면 지긋지긋하게 싫어했는데도). 게다가 하늘이 아직 어스름하니 밝은데도 램프를 켜두었다. 내 램프가 꺼지면 모든 것, 그때 막 보랏빛 평원 위로 떠오른 달과 초원 위의 별들, 지금쯤 망망대해 너머에서 중국을 비추고 있을 산 너머의 해까지도 사라질 것만 같았다.

목장에 돌아가자 다들 욕설을 퍼부었다.

내가 눈으로 본 것을 짐에게 보고하기는 쉽지 않았다. 내 부족한 지질학 지식으로는 어림도 없었다. 나는 그 바위들이 석회암으로 이루어졌으며, 바위 사이의 간격이 굉장히 넓은데도 천장을 받칠만큼 충분히 단단하다고 짐에게 설명했다. 짐은 내 어림짐작을 믿지 않았다. 훗날 완전히 다른 척도를 이용해 (오늘날 관광객들이 칼즈배드, 뉴멕시코에서 버스를 타고 찾아오는) 그 지하 동굴들을 연구해서, 커다란 홀이 너비 600피트, 높이 350피트, 길이 1킬로미터 이상임을 밝혀냈다. 지하 700피트 아래에 있으며 그 아래에는 또다른 동굴들이 있다. 언젠가 일찍이 산 밑을 뚫고 흐르던 지하수가 고갈되었다. 왜 고갈되었는지는 모른다. 주변의 골짜기를 정겹게 끼고 흐르는 리오그란데강의 몇 배나 되는 엄청난 물줄기였음이 틀림없다. 그 물줄기가 점점 더 깊이 아래로 뚫고 들어갔든가, 아니면 기후가 변해서 그 물줄기에 더이상 물을 댈 수 없었는지도 모른다. 어쨌든 지하의 물줄기는 말라버렸고, 그 물이 수십만 년 동안 침식해서 만들어낸 지하 동굴은 텅 비어버렸다. 동굴은 무너져내리면서 점점 더 커졌다. 한 튼튼한 지층이 천장처럼 받쳐줄 때까지 오랫동안 무너져내렸다. 그렇게 무너져내린 바위 조각들은 이제는 보이지 않고, 갈라진 틈들은 종유석으로 뒤덮였다. 그후로 무슨 일이 일어났는가. 초목이 자라는 지표면으로부터 벌어지거나 갈라진 틈새를 타고 흘러내린 약간의 빗물이 빈 동굴에 방울져 떨어졌다가 증발했다. 그와 더불어 제2부가 시작되었다. 물이 증발하면서 다시 석회가 떨어져나와 동굴을 장식했다. 그렇게 해서 천장에 매달려 있는 종유석이 생겨나고, 그렇게 해서 바닥으로부터 자라나는 석순이 생겨난다. 지질학자들이 생성 연대를 5천만 년에서 6천만 년 전으로 추정할 정도로 커다란 형상들. 우리는 그것을 영겁의 시간이라고 부른다. 인간이 계산할 수는 있지만 시간 감각으로 파악할 수는 없고 상상 속에서 체험할 수도 없는 시간. 지하 동굴에서 그렇게 생겨났으며 현재도 계속 생겨나고 있는 것이 어떤 모습을 했는가—한 방울 한 방울씩, 하지만 그렇게 방울져 떨어진 물은 엄청나게 많은 양이며 그 자라나는 돌덩이를 밀리미터 단위로 측정하는 것은 사람의 일평생을 바쳐야만 간신히 가능한 일이다—묘사하기는 쉽지 않다. 짐은 어쨌든 내 말을 믿지 않았다. 하지만 나는 겨우 맨 위쪽 동굴에 대해 이야기했을 뿐이다. 더 깊이 내려갈수록, 설화석고 베일처럼 천장에 매달려 있는 형상들은 더 불가사의하고 더 현실 같지 않으며 더 풍성해진다. 램프 빛을 받아서 희끄무레하고 노르스름하게 빛을 발한다. 단순히 베일만이 아니라 고딕 양식을 거꾸로 뒤집은 대성당이 통째로 거기 매달려 있다. 그런 다음 다시 상아로 이루어진 폭포. 마치 갑자기 시간이 멈춘 듯 묵묵히 굳어 있다. 그런 다음 다시 상어 이빨, 샹들리에, 수염. 깃발로 가득찬 홀, 시간을 초월한 역사박물관이 다른 어딘가에 있다. 모든 것이 고대 그리스인의 옷처럼 주름이 잡혀 있다. 그 사이에 북방의 용 꼬리. 인간의 영혼이 일찍이 꿈꾸었던 모든 형태가 그곳에서 다시 한번 화석으로 반복되어 영원히 보존되어 있는 듯 보인다. 더 깊이 내려갈수록, 더 풍성하게 지하 동굴의 바닥으로부터 자라난다. 산호처럼. 눈 덮인 어린 전나무숲을 지나듯 걸음을 세게 내디딘다. 그런 다음 탑이나 요괴나 베르사유의 죽은 분수가 나타난다. 어디 서 있느냐에 따라서 제각기 다르게 보인다. 죽은 자들의 기묘한 아르카디아*, 오르페우스가 발을 들여놓았던 저승. 잔주름 잡힌 베일, 호박琥珀 베일에 서서히 빨려드는 듯 보이는 화석화된 귀부인들도 있다. 인간의 사랑으로 언젠가 다시 구원받을 길 따위 없는 귀부인들. 초록빛 웅덩이에서 수련이 꽃을 피운 듯 보인다. 하지만 그것도 돌로 만들어져 있다. 당연하다, 모든 것이 돌이다. 램프의 불빛이 비치지 않는 어둠 속에서 계속 바닥이 입을 벌린다. 돌을 아래로 던진다. 돌 굴러가는 소리가 한참 후에야 그치면 온몸이 오싹 전율한다. 그리고 그 심연을 넘는 데 성공한다 할지라도 미로는 끝이 없다는 걸 안다. 그런데도 계속 가라고 유혹한다. 뾰족뾰족 튀어나온 창 아래로 몸을 숙이고, 결코 살아서 숨을 쉬어본 적이 없는 여왕의 방에 들어선다. 여왕의 왕관에서 대리석 수술이 흘러내리고, 그 위로 번쩍이는 차양 같은 구름이 보인다. 그곳에서 모든 것을 볼 수 있다. 거대하게 돌출한 남근 기념비들도 있다. 줄지어 서 있다. 그 사이에서 마치 꽃양배추 위를 걷는 듯하다. 새의 목 아니면 병의 목 같은 우아한 목을 붙잡는다. 식물, 동물, 인간의 꿈, 모든 것이 메타포의 지하 창고처럼 그곳에 집합해 있다. 내 발길이 이른 마지막 지하 동굴은 또 다르다. 금실 은실 세공, 백합이 새겨진 사기 석관. 그곳에서 바위의 흔적은 느껴지지 않는다. 그러니 바위가 보이지 않는 것은 말할 것도 없다. 오로지 매끄럽고 유리 같은 종유석뿐, 모든 아라비아 장식보다 더 무성한 장식들뿐이다. 그렇다. 그것은 다시 하나로 합쳐진다. 위와 아래, 늘어진 것과 올라

* 목가적 이상향을 의미한다.

가는 것이 서로를 부둥켜안는다. 스스로를 먹어치우는 대리석 정글. 우주처럼 소리도 숨결도 없이, 그러나 시간이 사라지지는 않았다. 이 영겁의 작품도 완성되고 소멸해야 한다는 것을 알 수 있다. 이곳에도 무상함이 존재한다.

다음번에 나는 짐과 함께 갔다.

우리는 둘이라서 서로를 지켜줄 수 있었다. 지난번보다 더 철저히 채비를 갖추고서(램프 두 개, 120시간분의 연료, 거의 일주일분의 식량, 무엇보다도 양고기, 또한 사과와 화주, 게다가 올가미 세 개, 표시하기 위한 흰색 분필, 시계. 시계야말로 중요하다), 우리는 내 선구자의 해골을 넘어 과감하게 멀리 나아갔으며, 사고가 일어난 이른바 '돔 룸'에 이르렀다. 사고는 우리가 함께 모험을 시작하고 67시간이 지날 무렵 일어났다. 그러니까 우리가 초 단위나 영겁의 단위가 아니라 땅 위에서처럼 날수로 체험했더라면 사흘째 접어들어서 일어난 셈이다. 오늘날 관광객들이 승강기를 타고 다시 햇빛이 비치는 곳으로 올라가기 전에 가벼운 식사를 제공받는 곳에서 그리 멀지 않은 곳에서였다. 짐은 발이 미끄러지면서 몇 미터 아래로 떨어졌다. 그는 신음하며, 내가 올가미로 자신을 안전하게 붙잡아주지 않았다고 즉각 내게 책임을 돌렸다. 말도 안 되는 소리다. 내가 앞장을 섰고, 그러니 나도 그 친구 못지않게 위험했다. 안전을 지키는 것은 순전히 그의 일이었다. 우리는 신경이 예민해져 있었고, 그래서 욕설이 오갔다. 물론 금방 화해했지만. 짐의 왼발이 부러진 것 같았다. 이제 어쩌야 하지? 나는 짐을 위로했다. 그에게 화주를 건네주었고, 무엇을 할 수 있을지 혼자 마음속으로 곰곰 생각했다. 나는 암벽을 기어오르지 않고 앞으로 나가는 동안에만, 그러니까 땅 위로 올라가지 않는 동안에만 친구를 떠메고 갈 수 있었다. 나도 화주를 마시면서 말했다. 흥분하지 마, 짐. 어떻게든 너를 위로 끌어올릴 거야! 우리는 그의 발을 자세히 살펴보고 화주로 치료도 했다. 발이 부러진 게 아니라 단순히 삐기만 한 것 같았다. 발에 통증이 있고 또 내가 이성적으로 행동했는데도, 짐은 즉각 장화를 다시 신겠다고 말없이 고집을 부렸다. 내가 갑자기 자신을 버리고 갈까봐 와락 겁이 났을까? 우리 두 사람은 그때까지 거의 눈을 붙이지 않았다. 휴식과 화주가 그 사실을 일깨워주었다. 내 계획은 분별력 그 자체였다. 연료를 절약하기 위해 램프를 끄고 몇 시간 눈을 붙인 다음 새롭게 기운을 차려 귀로에 오르는 것이었다. 짐에게 귀로는 고통스러울 터였다. 그건 확실했다. 그리고 내게는 기진맥진할 일이었고. 식량은 아직 사흘분이 남아 있었지만, 연료가 더 문제였다. 짐이 자신의 램프를 끄지 않겠다고 거부해서 우리의 두번째 다툼이 시작됐다. 한 시간분의 연료가 아주 소중할 수도 있는데! 나는 말했다. 네가 지금 이성을 찾지 않으면, 우리 둘 다 끝장이야. 짐은 말했다. 너야말로 화주를 잔뜩 먹여서 내가 잠들면 내뺄 속셈이지. 그게 바로 네 온전한 이성이지. 나는 웃었다. 그런 의심을 받을 까닭이 없었기 때문이다. 아직은 아니었다. 몇 시간 후, 우리 둘 다 잠들지 못하고 그저 추위에 오들오들 떨기만 하다가, 내가 말했다. 그럼 출발하자고. 위로 올라가자! 짐은 한 팔로 내 목을 감은 채 통증을 참으려고 이를 악물고서 절뚝절뚝 걸음을 옮겼다. 그러면서도 자신의 짐, 램프와 음식 자루와 올가미를 내게 넘겨주려 하지는 않았다. 우리는 예상보다 쉽게 앞으로 나갔다. 나란히 갈 수 없는 곳에서는 짐이 기어서 내 뒤를 따라왔다. 나 혼자 도망칠지 모른다고 그가 끊임없이 두려워해서, 나중에는 그를 항상 앞서 기어가게 했다. 분필 표시는 정말로 유용했다. 이리저리 얽힌 길을 돌아가다보니 몇 번 길을 잃었으며, 일단 길을 잃으면 자꾸만 일이 꼬이면서 때로는 오래 길을 찾아야 했다. 그러다 보니 몇 시간 후에 적어도 잃어버렸던 표시에 다시 이르면 안도의 한숨을 내쉴 수 있었다. 또한 절뚝거리는 것과 기어가는 것은 결코 위로 올라가는 것이 아니라는 무언의 인식도 피할 수 없었다. 하지만 우리는 (오늘날의 정보에 의하면) 지하 700피트 아래에 있었다! 나는 거의 수직으로 뻗어 있는 바위 위로 내 친구를 끌어올릴 수 없다는 사실이 입증되는 순간을 두려워했음을 인정한다. 그러면 어떡할 것인가? 짐이 나를 속이지 않은 한, 우리는 대략 50시간 동안 램프를 밝힐 수 있었다. 짐이 시계를 가지고 있었다. 나는 말했다. 시계 이리 줘! 짐은 비죽이 웃으며 멀리서 숫자판만 보여줬다. 자, 봐. 짐이 시계를 조작하지 않았을까 하는 의혹이 일었다. 그게 짐에게 무슨 이득이 될까! 거짓말로는 불을 밝힐 수 없다. 통증에 시달리는 그의 모습은 당연히 측은했다. 하지만 갈수록 그건 문제가 아니었다. 시간이 문제였다. 혼자서 다시 땅 위로 돌아가는 데 몇 시간이 걸릴지 내가 무슨 수로 알 수 있겠는가? 사고가 난 후로 우리는 아무것도 먹지 않았다. 우리 우정의 나머지가 펼쳐진 곳은 오늘날 '만세반석'이라고 불린다. 별안간 짐이 울음을 터뜨렸다. 나는 여기서 절대 못 벗어날 거야. 나는 말했다. 허튼소리, 허튼소리 하지 마. 짐을 밧줄로 동여매려고 한두 번쯤 시도했고—짐은 내가 먼저 기어올라가서 밧줄을 풀어버리지 않을까 무척 두려워했다. 이해 못할 두려움도 아니었다—우리는 둘 다 지쳤을 뿐만 아니라 둘 다 몸에 상처까지 입었다. 나는 이마에 찰과상을 입었다. 내가 밧줄을 풀어버릴지 모른다는 두려움에 갑자기 밧줄을 잡아당겼는지, 아니면 유리처럼 반들반들한 종유석 위에서 한 발로 간신히 서 있었던 탓에 발이 미끄러졌는지는 모른다. 어쨌든 나를 아래로 깊이 끌어내리는 데는 줄을 한 번 홱 잡아당기는 것으로 충분했다. 짐은 그럴 의도가 전혀 없었다고 반박했다. 이마에 난 상처에서 왼쪽 눈 위로 피가 흘렀지만, 그보다는 찢어진 손이 더 문제였다. 나는 완전히 절망했다. 짐은 말했다. 허튼소리, 허튼소리 하지 마. 짐의 확신은 내 불신감만 일깨웠을 뿐이다. 짐이 내 손의 상처를 묶는 동안, 나는 지칠 대로 지쳤는데도 기회를 엿보는 짐승처럼 정신을 바짝 차렸다. 짐은 심지어 자신의 옷소매를 찢어서 내 손을 묶었다. 감동적이었다. 하지만 그게 무슨 소용이랴! 실제로 두 사람 중 한 명은 늘 매우 감동적으로 굴었다. 한 번은 짐이, 한 번은 내가. 마치 그네 같았다. 그러는 동안 시간은 흘렀다. 나는 다시 그 무시무시한 정적에 대고 물었다. 지금 몇 시야? 그러자 짐은 시계를 보여주길 거부했다. 나는 그것을 우리가 노골적으로 싸움을 벌이고 있다는 표시로 받아들였다. 한 번 도움을 주었고 한 번 도움을 받긴 했지만. 짐이 말했다. 왜 나를 그렇게 지켜보는 거야? 나는 너야말로 나를 지켜본다고 말했다. 그러다 내가 그를 잠시 지켜보지 않았을 때, 그는 자신의 마지막 남은 양고기를 몰래 먹기 시작했다. 일단 위 속에 들어가버리면 상대방이 빼앗아갈 수 없다고 생각한 모양이다. 그리고 실제로, 우리 자루 속의 양고기가 한 사람, 더 강한 사람 혼자 먹기에도 빠듯해지는 시간이 서서히 다가왔다. 한쪽 발이 부러진 사람, 그래, 부러졌었다. 그리고 두 손이 찢어진 사람, 이건 별로 대수가 아니었다. 아프긴 했지만, 아파도 일단 기어오를 수는 있다. 아직 기운이 남아 있는 한, 혼자서 밝은 빛에, 삶에 이를 수 있는지 어쨌든 시도해볼 수 있다. 문제는 바로 여기였다. 아직 기운이 남아 있는 한, 최소한 램프 하나만이라도 밝힐 수 있는 연료가 남아 있는 한, 시도해봐야 했다. 짐이 물었다. 무슨 생각해? 나는 물었다. 우리는 뭘 기다리고 있지? 나는 배가 무척 고팠지만 내 양고기를 아껴두었다. 짐이 굶주림에 지치길 기다렸다가 더 강한 자가 되려는 전술이었다. 하지만 지금은 양고기로 배를 채운 짐이 더 힘이 세지 않을까 하는 두려움이 앞섰다. 그 전술은 무슨 일이 있어도 절대 잠들지 말라고 나를 몰아세웠다. 아차, 깜박 잠이 들어서 양고기를 뺏기면 모든 게 끝장이다. 몇 시간 동안인지는 모르지만, 우리는 그렇게 서로를 꼼짝 못하게 감시했다. 저 위 초록빛 땅에서 무엇을 할 것인지 수다를 떨었다. 도회지, 특히 뉴욕과 여자들이 짐을 유혹했다. 짐은 우리 목장에서 오랫동안 여자들을 그리워했다. 그리고 (그 무렵) 나를 유혹한 건 가능하다면 비옥한 지역에서 원예사로 사는 삶이었다. 그 황량한 어둠 속에서 우리가 무슨 할일이 있었겠는가? 우리의 램프는 둘 다 여전히 불을 밝혔다. 그것은 낭비, 바보 같은 낭비라는 짐의 말이 옳았다. 그렇다면 짐은 왜 자기 불을 끄지 않은 걸까? 나를 믿지 못했기 때문이지. 그는 스스로 우리의 우정에 대해 거듭 말하면서도, 내가 그 당시 내 유일한 친구였던 자신을 그 살인적인 어둠 속에 내버려둘지도 모른다고 믿었다. 나는 그의 통증, 굶주림, 갈증이 어느 정도인지 물었다. 짐! 그는 내게 말했다—그 무렵 내 이름도 짐이었기 때문이다. 미국에서 가장 흔한 이름—짐! 그는 말했다. 우리는 죽어도 함께 죽고 살아도 함께 살아야 해, 알지, 우리는 사리분별을 잃으면 안 돼. 나는 말했다. 그러면 네 램프부터 꺼! 그는 말했다. 우리에겐 시간이 없어, 짐, 우리는 출발해야 해. 한번 시도해봐야 한다고. 어림잡아 다섯 시간 후, 우리는 그다음 동굴에 이르렀다. 하지만 완전히 지칠 대로 지쳐서 바닥에 드러누워야 했다. 나는 내 마지막 양고기가 들어 있는 식량 주머니를 얼굴 아래 놓고 주머니끈을 오른손에 감았다. 짐이 내 양고기에 손을 대는 경우 즉시 잠에서 깨기 위한 조치였다. 내가 잠에서 깨어났을 때, 내 램프는 박살나 있었다. 짐은 그 바보 같은 낭비를 끝내려 했다고 말했다. 그러면서 마지막 남은 내 양고기를 절반 나누어달라고 했다. 그는 애걸했다. 네가 어떻게 날 굶어죽게 내버려둘 수 있어! 우리 앞에서, 우리의 유일한 램프 불빛 속에서 거의 수직에 가까운 암벽이 번쩍였다. 나는 이미 혼자서 그 난코스를 넘은 적이 있었다. 짐은 기어오느라 이미 완전히 녹초가 되어 있었고. 그래서 나는 솔직히 내 생각을 말했다. 짐, 램프를 이리 줘, 마지막 남은 내 양고기 몇 입을 네게 줄게. 그리고 나 혼자서 이 암벽을 올라볼게. 이미 녹초가 된 사람을 줄에 묶는 것은 허튼짓이니까. 그것도 나는 두 손이 찢기고 그는 한쪽 발이 부러진 상태로 원숭이처럼 기어올라가야 하는 곳에서. 나는 말했다. 짐, 내가 무사히 밖으로 나가기만 하면 너도 살 수 있어. 너를 데리러 올게, 그야 당연하잖아. 그는 말했다. 짐, 네가 내 램프를 든 채 굴러떨어지면? 나는 외쳤다. 그러면 짐, 네가 그 부러진 발로 미끄러지면? 아까처럼 또 나를 아래로 잡아채려고, 우라질, 우리 둘 다 이 아래 누워 있는다고 너한테 무슨 이득이 있어! 짐은 램프를 건네주길 거부했다. 짐! 그는 말했다. 너는 날 이 어둠 속에 처박아둘 수 없어, 그럴 수는 없어! 언제나 그렇듯이, 한 사람이 솔직히 이기심을 드러낼 용기를 발휘하면, 상대방은 빌어먹을 도덕을 내세웠다. 나 자신도 정확히 그렇게 했다는 것을 안다. 짐! 나는 말했다. 너는 너와 함께 굶어죽으라고 나한테 요구할 수 없어. 짐, 네가 아무리 발이 부러져서 기어오를 수 없다고 해도 그런 걸 요구하면 안 돼. 짐, 네가 내 친구라면 그러면 안 된다고. 한 번 더, 마지막으로, 우리는 함께 목장에서 보낸 시간, 서로에게 베푼 모든 호의를 감상적으로 돌아보았다. 실제로 우리의 우정을 의심할 수는 없었다. 그랬다. 여자 없이 남자끼리 사는 카우보이 생활 몇 개월 동안, 우리는 정답게 지냈다. 그런 일이 남자들 사이에서 흔히 있지만, 짐과 내게는 처음 맛본 경험이었다. 짐이 램프를 들고 있던 그때도, 내 손에 넘어가지 않도록 단단히 붙잡고 있던 그때도, 그의 나머지 한 손, 왼손은 내 피 묻은 상처 위로 흘러내린 머리카락을 쓸어올렸다. 우리는 서로 부둥켜안고서 진심으로 울음을 터뜨릴 뻔했다. 램프만 문제가 되지 않았더라면 그랬을 것이다. 나는 앞으로 예닐곱 시간이면 연료가 떨어질 거라고 추정했다. 멀리에서 희미한 일광이 도와줄지 모를 맨 위 동굴까지 가는 데도 내 경험으로 보아 예닐곱 시간이 걸렸다. 길을 잃고 헤매는 경우는 계산하지 않고라도. 결정을 내려야 했다. 그것도 지체 없이, 바로 거기 암벽 앞에서. 무슨 말이 필요하겠는가! 우리 두 사람은 살고 싶었다. 가능하면 품위 있게. 하지만 상대방이 나를 내 품위에 맞게 죽이려 한다면? 나는 한 번 더 말했다. 램프를 이리 줘, 짐. 그러면 마지막 남은 내 고기를 줄게. 짐은 웃었다. 나는 짐이 그렇게 웃는 소리를 들어본 적이 없었기에 소스라치게 놀랐다. 짐! 나는 걱정이 되어 물었다. 뭘 할 생각이야? 그는 말없이 행동으로 답변했다. 그걸로도 충분히 이해할 수 있었다. 그는 부러진 발을 절룩거리며 벽을 향해 최대한 빠르게 걸음을 옮겼다. 우리의 역할을 바꿔서 단 하나뿐인 램프를 가지고 그 위험한 암벽을 올라갈 수 있는지 직접 시도해보려고 결심한 게 분명했다. 그 대신 내게는 양고기를 남겨줄 셈이었다. 짐! 나는 암벽 앞에서, 초록색 석순의 폭포 앞에서 가까스로 그를 붙잡으며 말했다. 그는 그곳에서 손으로 붙잡을 만한 것을 찾고 있었다. 흰 분필로 표시한 십자, 우리의 출구 표지도 이미 발견한 뒤였다. 짐은 말했다. 이거 놔! 나는 겁에 질려서, 네가 내 친구라면 같은 말을 횡설수설했다. 그 순간, 내 손이 닿지 못하도록 짐이 한 팔을 반대편으로 쭉 뻗어 들고 있는 대롱거리는 램프의 불빛 속에서 전에 보았던 우리 선구자의 해골이 다시 보였다. 앞쪽으로 고부라진 사람의 해골. 그 자리에서 혈혈단신으로(아니면 그들도 두 사람이었을까?) 어쨌든 짐승처럼 죽어 나자빠진 사람의 해골. 그 순간, 몇 시간 전부터 쌓인 무언의 전율만을 품고 있던 그 순간에, 물론 한 가지만이, 즉 본의 아닌 주먹싸움만이 남아 있었다. 두 친구의 살인적인 격투가 벌어졌다. 격투는 끔찍했지만 짧았다. 누구든 먼저 미끄러지면 그걸로 끝이었으니까. 그는 어둠의 협곡 속으로 깊이 가라앉았다. 박살이 난 채로 말없이.

"자," 나는 마침내 내 특별한 시가의 꼭지를 입으로 뜯어내며 내 교도관이자 방청객인 크노벨에게 말한다. "이 이야기가 맘에 듭니까?"

크노벨은 그저 나를 뚫어지게 바라본다.

"불 있어요?" 나는 묻는다.

그는 이 말도 듣지 못한다.

"두 친구 중 누가 실제로 살인을 부른 싸움을 시작했는지," 나는 시가를 몇 모금 빤 후에 말한다. "난 잘 모르겠어요. 아마 더 정직한 사람이었겠죠. 어쨌든 그 지하 동굴에서 한 사람만이 밖으로 나왔어요. 아마 더 강한 자였을 거예요. 그의 이름은 유명해졌어요. 심지어 기념비에 금속활자로 새겨져 있지요. 짐 화이트. 현재 관광객에게 팔리는 책자에는 좀더 정확하게 '제임스 라킨 (짐) 화이트, 1901년 최초로 동굴을 탐사한 젊은 카우보이'라고 쓰여 있어요. 그에 비해, 일단 동행자로 언급되는 친구는 멕시코 젊은이라고만 알려져 있어요. 그의 이름은 잊혔지요. 나는 그 실종자는 다시는 나타나지 않을 거라고 생각해요!"

크노벨은 조금 혼란스러운 듯 보인다.

"—당신이 짐 화이트인가요?" 그는 묻는다.

"아니요," 나는 미소 짓는다. "그건 아닙니다! 하지만 이봐요, 나도 바로 그런 똑같은 체험을 했어요—아주 똑같은 체험을."

크노벨은 조금 실망한 듯 보인다.

율리카와 두번째로 만나는 보석* 당일 오후.

율리카와 다시 만났을 때 내가 받은 생생한 느낌, 이 사람은 그 여인이 아니다! 이 여인은 내가 지난 며칠 동안 기록한 그 황량한 이야기와는 아무 상관 없다! 두 명의 다른 율리카가 존재한다! 그것은 절대 이 여인의 이야기가 아니다! 뭐 이런 것들.

"왜 그래?" 그녀는 몇 번 묻는다. "무슨 일 있어?—왜 그렇게 빤히 쳐다봐?"

오늘은 그녀가 나보다 더 자유롭다. 요트를 빌리자는 내 제안이 그녀

* 일정액의 금전을 담보로 피의자를 임시 석방하는 제도.

를 무척 기쁘게 한다. 우리는 팔짱을 끼고 그쪽으로 걷는다. 나는 무슨 말을 해야 할지 전혀 모른다. 돛줄과 키를 만지작거리자 기분이 좋아진다. 오늘 바나나색 평상복을 입은 율리카 슈틸러 추디 부인은 흔들흔들하는 보트에 타면서 조금 무서워했고, 하얀 핸드백과 하늘하늘한 파리풍 모자를 얼룩지지 않게 잘 보관할 수 있을지 조금 걱정했지만, 지금은 양팔을 쭉 뻗어 몸을 받치고서 한가로운 모습으로 사랑스럽게 맞은편 벤치에 앉아 있다. 내가 보트의 방향을 돌리면, 율리카는 그냥 벤치를 바꿔 앉기만 하면 된다. 그러면 그녀는 붉게 타는 듯한 머리카락을 바람에 흩날리며 다시 한가로이 여유를 즐길 수 있다. 이렇게 사람이 달라지다니! 건물들이 거의 빈틈없이 다닥다닥 붙어 있고, 늘 아주 가까워 보이고, 구릉지대로 이루어진 호반은 가을의 기이한 분위기에 젖어 마치 멀리 있는 듯한 느낌이 든다. 그 호수에서 우리는 처음으로 호젓하게 단둘이 있다. 그녀가 그 사실을 의식했을까? 어쨌든 우리는 내 교도관, 성실한 크노벨이 불쑥 재떨이를 들고 나타나는 일을 대비할 필요는 없다…… 나중에 (다시 내 감방 안에서) 나는 그녀의 웃는 얼굴을 떠올려 보려고 하지만 마음대로 되지 않는다. 그 얼굴이 웃음을 지을 때마다 하늘이 주신 선물인 양 두 손으로 붙잡고 싶다는 것만을 아주 생생히 느낀다. 하지만 그 선물은 두 손으로 붙잡을 수는 없으며 오로지 마음으로 믿어야만 한다. 그러면 그 웃음에 녹아들지 않을 것은 아무것도 없다는 침착하고 분명한 느낌이 든다! 율리카도 비슷하게 느꼈음이 틀림없다. 어떤 맥락이었는지는 기억나지 않지만 그녀는 말한다.

"내가 혼자 있을 때, 있잖아, 이런저런 일을 되돌아보다보면, 혼자서 괜히 웃음이 나오는 바람에 좀 민망해. 아니면 고약하거나 씁쓸한 웃음만 나와서 똑같은 일을 놓고 또 엉엉 울게 되거나."

바람이 꽤 오랫동안 잠잠한 틈을 타서 우리는 즉흥적으로 결정을 내린다. 옷을 벗고 햇살 아래서 반짝이는 초록빛 물속으로 뛰어든다. 물은 이미 상당히 차다. 우리는 키를 조정하는 사람 없이 이리저리 흔들리는 보트 주변을 헤엄치고 애들처럼 물장구를 친다. 나중에 물을 뚝뚝 떨어뜨리며 소름이 도도독 돋은 피부로 자비로운 햇살 아래 보트에 눕는다. 율리카는 말한다.

"당신이 더 말랐네—!"

누구보다 더 말랐다는 말일까? 나는 우리의 목가적인 분위기를 위해서 그 말을 행방불명된 슈틸러가 아니라 그녀가 비밀로 하는 파리의 신사와 연관짓는다. 이상하게도 파리의 신사가 아니라 슈틸러가 내 질투심을 더 자극한다. 작은 기선들이 이리저리 오가는 바람에, 우리는 몸이 완전히 마르기 전에 옷을 입어야 한다. 바람의 방향이 바뀌어서 돌아오는 길에 바람을 거슬러 보트를 몰아야 한 탓에, 나는 하마터면 구치소에 늦을 뻔한다. 율리카는 택시로 나를 데려다주어야 한다…… 지금도 여전히 (저녁에 내 침상에서) 그녀의 두 팔과 창백한 설화석고 같은 이마에 맺힌 작은 물방울이 눈에 보인다. 목을 감싼 것은 머리카락이 고풍스럽게 곱슬곱슬한 것도 보인다.

PS.

곧 그녀는 일주일가량 파리에 다녀오려고 한다. 발레학원 일로. 그녀가 그리울 것이다!

꿈을 꾸었다.

나는 슈틸러의 군복 상의를 입고 철모를 쓰고 총을 들고 있다. 나는 명령을 듣는다. 포병, 주목, 정지! 어깨 총! 앞으로, 발 맞춰 행-진! 날씨는 무덥고 바닥은 돌투성이에 울퉁불퉁하다. 전쟁이 터졌다. 나는 꿈속에서 그 사실을 아주 정확히 알고 있다. 날짜는 1939년 9월 3일이다. 꿈속에서 다시 교실에 앉아 있으면 지난 일로 느껴지지 않듯이, 이것도 지난 일로 느껴지지 않는다. 뒤에서 목소리가 들린다. 그 목소리의 주인공은 신경과민으로 날카롭게 외친다. 누군가의 발걸음이 맞지 않았다. 그자는 왜 자진해서 나서지 않는가? 우리는 부동자세로 서 있다. 중대장의 얼굴이 분노로 창백하다. 거기 너! 그는 외치면서 나를 가리킨다. 기관총사수 슈틸러입니다. 이렇게 말하는 내 목소리가 실제로 들린다. 웃긴다. 꿈속에서조차 나는 내가 기관총사수 슈틸러라고 느끼지 않는다. 그런데도 바로 그 상황에서 나는 그렇게 신고한다. 기관총사수 슈틸러. 중대장의 입술이 파르르 떨린다. 나 같은 사람들을 위해서 전시에 아주 특별한 임무가 있다고 그는 말한다. 알아들었나? 전투가 시작되면, 너(기관총사수 슈틸러) 같은 놈은 가볍게 해치울 수 있어. 알아들었나? 나는 총을 어깨에 멘 채 부동자세로 서 있다. 그리고 이 스위스 중대장이 어떤 이유에선가 슈틸러를 증오하며—이것은 그의 당연한 권리다—우리가 조국에 맹세한 복종을 근거로 나를 죽일 수 있음을 이해했다. 가볍게—명령 하나로……

PS.

내가 지나가는 말로 이 꿈 이야기를 들려주자, 내 변호사는 격분하는 기색이 역력하다. 우리는 군대 이야기를 나눈다. 내가 평화(내 변호사와 나 사이의 평화)를 위해서 군대를 필요악이라고 인정해도 내 변호사는 만족하지 않는다. 스위스에서도 군대는 신성한 것인 듯 보인다. 내 변호사는 단순히 군대에 대한 꿈을 꾸는 것도 용인하지 못한다. 스위스 장교 사이에서 그런 무례하고 그야말로 범죄적인 협박은 단 한 번도 일어나지 않았다고 변호사는 주장한다. 제가 보증합니다! 그는 스위스 장교 내지는 대대장의 긍지를 걸고 말한다. 제가 보증합니다! 그는 여러 차례 말한다.

행방불명된 자의 동생, 빌프리트 슈틸러 씨에게 보낸 답신은—유감스럽게 이번에도 또 복사하는 것을 잊었군!—대략 이런 내용이었다. 슈틸러 씨의 행방불명된 형님에게 쓰신 간절한 편지는 제게 큰 충격을 안겨주었습니다. 친애하는 슈틸러 씨, 그 편지에 제 어머님에 대한 기억이 떠올라 눈물이 나더군요. 이렇듯 오랫동안 답장을 보내지 못한 데에 용서를 청합니다. 제 인생은 태만 그 자체입니다. 당신이 그 점에 대해 묻지 않아도 저는 마음 상하거나 하지 않습니다. 오히려 묻지 않아주셔서 감사하고 형제처럼 초대해주셔서 감사할 따름입니다. 당신을 보면 제 동생이, 그리고 또 제가 동생에게 태만하게 군 사실도 떠오르네요. 우리는 별로 다투지 않았습니다. 결코 오래 싸운 적도 없고 또 중요한 일로 싸운 적도 없습니다. 우리가 중요한 것을 전혀 공유하지 않았기 때문인 듯싶습니다. 우리는 다만 형제였기 때문에 함께 캠핑을 했습니다. 텐트에서 느긋하게 지내고 불가에서 말없이 몇 시간을 보내면서요. 저는 왜 제 동생에게도 태만하게 굴었을까요? 친구는 서로를 이해해야만 친구일 수 있습니다. 형제는 무슨 일이 있다 해도 형제죠. 그리고 당신 말이 맞습니다. 제가 누구인지는 결국 중요하지 않죠. 제가 정말 당신의 형이라면 얼마나 좋을까요! 이런 의미에서……

최근 소식. 내가 지구를 반 바퀴 돌며 사용한 미국 여권은 위조 여권이다. 내가 그 사실을 이미 몇 주일 전에 내 변호사에게 말하지 않았던가? 나는 심중을 털어놓을 수 없는 것 같다. 모든 말은 거짓이면서 진실이다. 이것이 말의 본성이다. 항상 뭐든 믿으려 하거나 또는 아무것도 믿으려 하지 않는 사람은—

내 검사도 (어제 폰트레지나에서 돌아왔다) 멕시코에는 관심이 없는데 비해 뉴욕에는 많은 관심을 보인다. 뉴욕 이야기만 나오면, 항상 공식적인 말투에서 벗어나 친밀한 태도를 보인다. 그는 말한다.

"제 집사람은 뉴욕을 아주 사랑했어요."

"그렇군요." 나는 말한다.

"그 사람은 리버사이드 드라이브에 살았어요."

"아, 그렇군요." 나는 말한다.

"그곳이 어딘지 아십니까?"

"그야 물론이지요." 나는 말한다.

"108번가에서 살았지요."

"아, 그렇군요." 나는 말한다. "콜롬비아 대학 옆에 있지요—"

"맞아요!" 그는 말한다.

"아주 아름다운 동네죠." 나는 말한다. "허드슨강이 보이지요, 내가 알기로—"

기타 등등.

처음에는 그런 잡담으로 내가 뉴욕을 실제로 아는지, 내가 뉴욕에서 살았는지 시험하는 듯 보인다. 하지만 이 시험에는 금방 합격했다. 타임스스퀘어, 5번가, 록펠러센터, 브로드웨이, 센트럴파크, 배터리는 내 검사가 5년 전쯤 뉴욕에서 일주일을 보냈을 때 직접 본 곳들이다.

"레인보우바를 아십니까?" 그는 묻는다.

나는 고개를 끄덕이고는 그가 열광하도록 내버려둔다. 나는 열광할 수 있는 남자들을 높이 평가하는지라, 그의 말을 정정하지 않는다. 즉, 내 검사가 잊을 수 없는 저녁을 보낸 게 분명한 레인보우바는 맨해튼에서 제일 높이 위치한 바가 아니다. 엠파이어스테이트 빌딩에 있는 바가 더 높지만, 나는 그의 말을 끊지 않는다. 그때가 내 담당 검사 인생의 절정이었음을 알아챘으니까. 그는 몇 년 동안 헤어져 살던 부인을 레인보우바에서 다시 만났다. 그런 다음 내 쪽에서 묻는다.

"바워리도 아십니까?"

"그건 어디에 있습니까?" 그는 묻는다.

"3번가에 있어요."

"모르겠네요."

원래 네덜란드어 명칭인 바워리는 경찰도 더이상 가지 않는 구역이다. 몰락한 자들의 동네. 그것도 맨해튼 한복판의. 실제로 법원청사의 대리석 모퉁이를 돌아 백 걸음쯤 가면 몰락한 자들, 술주정뱅이, 실패자, 온갖 종류의 영락한 자들, 삶 자체를 처형해버린 자들의 동네에 이른다. 그들에게는 교도소조차 필요 없다. 한번 바워리에 이른 사람은 다시는 벗어나지 못한다. 여름에 그들은 길가의 배수로나 포석에 누워 있다. 그곳을 지나려면 체스판의 나이트*처럼 움직여야 한다. 겨울에 그들은 수용소 실내의 쇠난로 주변에서 웅크리고 앉아 있거나 꾸벅꾸벅 졸거나 다투거나 코를 골거나 늘 같은 이야기를 늘어놓거나 서로 치고받고 싸운다. 퓨젤유 냄새, 석유 냄새, 발 고린내가 진동한다. 언젠가 결코 잊지 못할 인물을 본 적이 있다. 새벽 3시였다. 여느 때처럼 블래키네서 집으로 돌아가는 길이었다. 나는 지름길을 택했다. 이 시간에는, 특히 이런 지독한 추위에는 길에 나 말고 아무도 없겠지, 나는 생각했다. 차창에 따뜻한 불빛이 가득한 낡은 고가전철이 요란한 소리를 내며 머리 위를 지나갔다. 거리에는 지저분한 넝마 조각들이 흩날리고, 개들이 먹이를 찾아 어슬렁거렸다. 그 사람이 다가오는 것을 보고, 나는 고가철로를 받치는 쇠기둥 뒤로 몸을 숨겼다. 그는 외교관이나 새신랑이나 갱처럼 머리에 검은 중산모를 쓰고 있었다. 얼굴에는 피가 흘렀다. 거기에다 넥타이를 매고 흰 와이셔츠와 검은 재킷을 입고 있었다. 하지만 그게 전부였다. 하체는 실오라기 하나 걸치지 않았다. 회보라색을 띤 가늘고 노쇠한 다리에 양말 가터가 있고 구두는 신고 있었다. 술에 취한 듯 보였다. 그는 욕설을 하다가 바닥에 쓰러져서는 꽁꽁 얼은 포석 위를 기었다. 헤드라이트를 켠 자동차가 쏜살같이 지나갔다. 다행히도 남자를 치지는 않았다. 마침내 그는 바지를 찾았다. 가로등을 붙잡고 일어나서 검은 바지를 입으려고 했다. 그러다 미끄러져서 꽁꽁 언 포석 위에 다시 길게 뻗었다. 물론 도와줘야 하지 않을까 생각했지만,

* 체스의 말 중 유일하게 다른 말을 뛰어넘을 수 있는 말이다.

내 힘으로 감당할 수 없는 모종의 일에 휘말리지 않을까 두려웠다. 그러는 사이에 노인은 적어도 왼쪽 다리를 바지에 집어넣는 데 성공했다. 나는 부디 그의 일이 모두 잘 풀리기를 바라면서 그곳을 떠나려고 했다. 남자들 모습은 보이지 않고 어디선가 목소리만 들려왔다. 목소리들은 조롱과 증오로 가득차 있었는데, 그 불행한 남자를 향한 것이 분명했다. 즉시 나는 다시 쇠기둥 그늘 속으로 물러나 몸을 숨겼다. 머리 위에서 고가전철이 요란한 소리를 내며 지나갔다. 그는 나머지 다리를 바지에 집어넣으려다가 다시 미끄러졌다. 또다시 실오라기 하나 걸치지 않은 맨몸으로 바닥에 누워서 그르렁거렸다. 검은 중산모가 바람에 굴러갔다. 개가 코를 들이밀고 냄새를 맡는데도 그는 저항조차 하지 못했다. 나는 후들후들 떨며, 이 쇠기둥에서 저 쇠기둥으로 이동해 그 자리를 떠나기로 결정했다. 맞은편 길가를 지나는 사람들도 도와주지 않았다. 그러다 무슨 일이 벌어질지 잘 아는 것이다! 사마리아인처럼 도움을 베풀었다가는 결국 알리바이를 대가며 자신이 살인범이 아니라고 증명해야 한다. 블래키가 그런 일을 당하게 할 수는 없다! 한 블록을 더 걸어가면 전철에 올라탈 수 있었고 20분 후면 집에 도착할 수 있었다. 집에서는 이미 블래키가 잘 자라는 인사를 하려고 건 전화벨이 울렸을 터였다. 멀리 떨어진 곳에서 노인은 바닥에 놓인 검은 꾸러미처럼 보였다. 매서운 바람이 흩날리게 하지 못한 유일한 것이지 싶었다. 난데없이 웬 녀석이 내 옆에 서서 한 손을 내 어깨에 올려놓았다. 까칠까칠한 수염, 훌렁 벗어진 머리통, 물고기처럼 멍하고 불그스름한 눈. 그런 점 말고는 그리 불쾌한 외양은 아니었다. 그는 담배를 한 대 청했다. 그리고 불도. 그러고는 흡족한 표정으로 나를 그대로 두고서 길을 따라 내려갔다. 포석 위의 검은 꾸러미를 보고서, 나는 감히 엄두도 내지 못했는데 그쪽으로 다가가더니 계속 길을 갔다. 고가전철이 다시 머리 위에서 요란한 소리를 내며 지나갔다. 마침내 나도 용기를 내어 이제 꼼짝하지 않는 술 취한 사람에게 돌아갔다. 그는 엎어져 있었다. 추위에 완전히 보라색이 되어. 흐릿한 머리카락에도 피가 묻어 있었다. 뒷머리에 난 상처가 보였다. 그의 몸을 흔들고 그의 한 팔을 들었다. 그는 죽어 있었다. 나는 그의 얼굴을 보고 너무 놀라서 그대로 도망쳤다. 내 아버지였는데도 신고하지 않았다.

"당신 아버지였다고요?"

내 검사, 그는 미소 짓는다. 내가 아내를 살해했다는 말만큼이나 그 말도 믿지 않는 눈치다. 그는 제대로 알아듣지 못한 양 묻는다.

"당신의 아버지였단 말인가요?"

"새아버지요." 나는 말한다. "아무튼 그랬어요."

하지만 검사는 내 말을 믿지 않는데도 변호사보다 훨씬 더 친절하다. 진실에 대한 우리의 생각이 항상 일치하는 건 아닌데도 분통을 터뜨리지 않는다. 그는 담배를 톡톡 두드리며 말한다.

"제 집사람은 물론 그런 구역은 모릅니다."

그는 항상 부인을 끌어댄다.

"파이어아일랜드* 아십니까?"

"네." 나는 묻는다. "왜 그러시죠?"

"집사람 말로는, 아주 멋진 곳이랍니다. 뉴욕 주변은 다 멋지지요."

---

* 미국 뉴욕주의 남동부에 위치한 섬.

"아주 멋지고말고요."

"집사람은 그때 애석하게도 자동차가 없었어요." 그는 설명한다. "하지만 제가 알기로는, 친구들하고 자주 차를 타고 나갔지요."

"당연히 그랬겠죠." 나는 말한다.

"당신도 자동차가 있었나요?"

"저요?" 나는 웃는다. "아니요."

이 말은 왠지 내 검사를 기쁘게 하고 마음을 진정시켜주고 기운을 북돋우고, 나는 전혀 짐작할 수 없는 생각으로부터 그를 벗어나게 해준 듯 보인다.

"아니요." 나는 재차 대답한다. "저는 한 번도 자동차를 가져본 적이 없어요. 그해 여름 내내 저는 앓아누운 불쌍한 딕의 자동차를 타고 다녔지요."

이 말은 왠지 내 검사를 더이상 기쁘게 하지 않는 듯 보인다. 다만 그가 내 주말 여행에 상당히 관심을 보이는 것만은 느껴진다. 여름에 뉴욕은 그야말로 견디기 어렵다. 그 점은 확실하다. 어떤 식으로든 교외로 나갈 수 있는 사람은 일이 끝나기가 무섭게 차를 몰고 나간다. 일요일에 수십만 대의 자동차가 말하자면 워싱턴 다리를 넘어간다. 세 대씩 나란히, 절실하게 자연을 찾는 도시민들의 부대. 그런데 자연은 이미 오래전부터 도로 양편에 펼쳐져 있다. 호수들, 작은 관목들이 푸르게 자라는 숲, 자연 그대로 무성하게 우거진 숲, 그리고 집 한 채 없는 드넓은 들판이 스쳐지나간다. 눈이 즐겁다. 그렇다, 그곳은 바로 낙원이다. 다만 차를 타고 지나쳐갈 뿐이다. 40마일이나 60마일의 규정 속도를 준수하며 줄줄이 이어지는 번쩍거리는 자동차의 행렬 속에서 솔방울 냄새를 맡으려고 간단히 정차할 수는 없다. 오로지 차량이 고장난 경우에만 옆의 풀밭으로 서서히 차를 뺄 수 있고, 또 자동차의 행렬을 치명적으로 방해하지 않으려면 당연히 빼야 한다. 그리고 가령 차가 고장나지 않았는데도 차를 빼는 사람은 벌금을 물어야 한다. 그러니 계속 달려야 한다. 오직 계속 달리는 수밖에 다른 도리가 없다! 도로는 물론 완벽하다. 도로는 유유히 커브를 그리며 초록빛 쓸쓸함으로 가득찬 드넓고 완만한 구릉지를 지난다. 아아, 자동차에서 내릴 수만 있다면. 장 자크 루소가 그보다 더한 자연을 꿈꿀 수는 없으리라. 물론 생명의 위험 없이, 교차로 없이, 경적을 울리는 일 없이, 큰 도로를 벗어나 대담한 커브길의 아라베스크를 지나 샛길에 이를 수 있도록 예지력을 발휘해 만든 진출로가 있다. 샛길은 주택가에 이르고, 산업단지에 이르고, 공항에 이른다. 하지만 우리는 소박한 자연을 향해 가려 한다. 그러니 줄줄이 이어지는 자동차의 행렬로 돌아가자! 두세 시간 후 나는 짜증스러워진다. 모든 자동차가 어깨를 나란히 하고 달리는 걸 보면, 언젠가 그 장시간의 운전에 보답할 목적지가 있다는 것은 추측할 수 있다. 이미 말했듯이, 자연은 손에 닿을 듯 계속 가까이 있지만, 손으로 잡을 수도 없고 발로 밟을 수도 없다. 자연은 숲과 호수와 갈대가 나오는 총천연색 영화처럼 미끄러져 지나간다. 볼륨을 요란하게 키운 내시*가 우리 옆을 굴러간다. 야구 중계방송. 우리는 옆 차를 바꾸기 위해 차를 앞으로 빼려고 노력하고, 한참 후에야 드디어 뜻을 이룬다. 이번에는 포드와 나란히 달린다. 베토벤 교향곡 제7번이 들린다. 그것도 지금 우리

* 미국의 자동차 제조회사 내시 모터스.

가 원하는 것이 아니다. 나는 그저 이 짜증스러운 주행이 실제로 어디에 이르는지 알고 싶다. 이렇게 일요일 하루 내내 차를 모는 것이 가능하기나 한 일인가? 물론 그렇다. 약 세 시간 후 그저 차에서 한번 내리기 위해서, 우리는 이른바 피크닉캠프를 떠난다. 그리고 목가적인 호수와 야구를 할 수 있는 넓은 풀밭과 멋진 나무가 무성한 숲으로 이루어진 자연에다 소소한 입장료를 지불한다. 게다가 번쩍거리는 자동차가 줄줄이 늘어선 자동차공원이 있고, 그 사이에 해먹, 작은 식탁, 확성기, 불 피우는 곳이 준비되어 있다. 전부 입장료에 포함되어 있다. 어느 자동차 안에서 〈어떻게 인생을 즐길 것인가〉라는 잡지를 읽는 젊은 여자가 보인다. 더욱이 그 여자가 편안한 자동차 안에 머물기를 택한 유일한 사람은 아니다. 캠프장은 매우 넓다. 그러다가 우리는 자동차도 없고 사람도 없는 좀더 가파른 비탈을 발견한다. 자동차가 이르지 못하는 곳에서는 사람을 볼 일도 없기 때문이다. 소정의 입장료가 정당하다는 것이 곳곳에서 입증된다. 숲에 휴지통, 목을 축일 수 있는 샘물, 아이들을 위한 그네가 있다. 보모도 입장료에 포함된다. 코카콜라와 화장실이 있는 집, 낭만적인 통나무집이 전체적으로 모든 이의 욕구에 부응한다. 혹시 누군가가 손가락을 베일 경우를 대비한 응급치료 병동, 언제든지 시내와 연결될 수 있는 전화, 그리고 모범적인 주유소, 모든 것이 갖추어져 있다. 평소 사람의 손길이 닿지 않는 순수한 자연, 사람의 발길이 닿지 않는 광활함 속에 모든 것이 있다. 우리는 그 땅을 밟아보려고 시도했다. 얼마든지 가능하지만, 보행자를 위한 길이 없는 까닭에 쉬운 일은 아니다. 가장자리에 자동차를 세울 수 있는 좁은 샛길을 발견하는 약간의 행운이 따라야 한다. 서로 부둥켜안고서 야생 수련이 핀

물을 바라보는 연인 한 쌍이 물가가 아니라 흔히 그렇듯이 자동차 안에 앉아 있다. 스피커 볼륨을 아주 낮춰서 곧 우리 귀에 들리지 않게 된다. 몇 걸음 옮기자마자, 나비들이 날아다니는 원시림의 정적이 흐른다. 우리가 그곳에 발을 디딘 최초의 인간일 가능성이 아주 다분하다. 호수 주변에는 단 하나의 배다리도, 오두막도 보이지 않는다. 인간이 만든 작품은 흔적도 보이지 않는다. 몇 킬로미터에 걸쳐 낚시꾼 한 사람만 있을 뿐이다. 낚시꾼은 우리를 보자마자 다가와 이야기를 나누며, 계속 낚시를 하기 위해서, 혼자 있지 않기 위해서 즉시 우리 옆에 앉는다. 오후 네시 무렵, 아침과 같은 주행이 다시 시작된다. 다만 이번에는 반대 방향으로, 그리고 훨씬 더 느린 속도로. 뉴욕은 수백만 명을 거느리고 있다. 교통정체를 피할 수는 없다. 무덥다. 사람들은 기다리면서 땀을 흘린다. 사람들은 기다리면서 어떻게든 차 한 대라도 앞으로 밀고 나가려고 시도한다. 그런 다음 다시 차가 움직인다. 거북이 주행, 다시 빠른 주행, 다시 정체. 열기 속에서 번쩍이는 4백, 5백 대의 자동차 행렬이 보인다. 헬리콥터들이 주변을 선회하며, 어떤 도로가 덜 막히는지 확성기로 알려주기 위해, 거북이걸음을 반복하는 긴 행렬 위로 내려온다. 마침내 뉴욕 시내에 들어서기까지, 그렇게 세 시간, 네 시간, 또는 다섯 시간 이어진다. 당연히 잔뜩 기진맥진해서, 그리 도움은 되지 않을지라도 샤워를 할 수 있어서 기뻐하고, 새 셔츠로 갈아입어서 기뻐하고, 시원하게 영화를 볼 수 있어서 기뻐한다. 한밤중에도 마치 빵 굽는 곳에 있는 듯 후덥지근하다. 바다가 어른거리는 도시 위로 습기를 드리운다. 창문을 열어놓은 채 잠든다는 것은 생각할 수도 없는 일이다. 수면제를 먹을 때까지, 끼익끼익 나지막이 자동차 바퀴 굴러가는 소리가 그치지 않는다. 자동차 바퀴는 밤낮을 가리지 않고 구른다……

"저도 압니다." 내 솔직한 묘사를 들은 후 검사는 말한다. "저도 알지요, 제 집사람도 정확히 그런 일을 겪었거든요."

"정말 그렇죠?"

"뉴욕의 여름은 끔찍하다고 집사람이 말합니다."

"다들 그렇게 말하지요."

"정말 끔찍하다고요."

"그런데도 매혹적인 도시예요." 나는 끝으로 말한다. "멋진 도시죠!"

검사는 묻고 싶었던 이야기를 드디어 꺼낸다.

"그런데 그 나들이길에 누구와 함께 갔지요? 제가 제대로 들었다면, 당신은 혼자가 아니었는데요."

"그래요."

"물어봐도 괜찮다면—"

"검사님," 나는 말한다. "검사님 사모님은 아니었습니다."

그는 미소를 지으며 나를 바라본다.

"맹세코 아니고말고요." 나는 말한다.

별난 신문이다.

빌프리트의 답장.

"존경하는 선생님, 선생님도 예상하셨겠지만, 저는 어제 선생님의 편지를 받고 무척 당황했습니다. 서류 작성 과정에 저희 형님의 사진첩이 필요하다며 지난번 이곳에 다녀가신 보넨블루스트 박사님은, 선생님이 저희 형님이 맞다고 단호하게 주장하셨기 때문입니다. 그리고 선생님 내지는 제 형님이 과거 스미르노프 사건과 아무 관련이 없기만 하다면 석방은 시간문제라고 말씀하셨습니다. 제가 알기로 저희 형님은 스페인에서 돌아온 후로는 더이상 정치적인 활동은 하지 않았으며 결코 첩보원으로 일한 적 없다고 그 자리에서 보넨블루스트 박사님에게 말씀드렸습니다. 일전에 제가 보낸 부적절한 편지를 부디 용서해주십시오. 제가 선생님을 방문하는 일과 관련해, 선생님께서는 오해의 소지가 있으니 당분간 보류해달라고 제게 청하셨습니다. 하지만 예심판사의 서신에 의하면, 유감스럽게도 제가 공적인 관계상 선생님과 대면하지 않을 수 없음을 알려드립니다. 선생님도 이 문제와 관련해 이미 상황을 알고 계시리라 추정합니다. 존경하는 선생님, 저희가 지금 흥분하는 것을 선생님은 충분히 헤아리실 수 있고, 또 제 성급함을 이해하시고 용서하실 수 있을 겁니다. 그리고 이 기회를 빌려, 제 오해에도 불구하고 비록 짧지만 이해심 넘치는 편지를 보내주신 것에 꼭 감사드리고 싶습니다. 아마 선생님께도 상당히 어려운 일이었겠지요. 선생님께서 행방불명된 저희 형님이 아니더라도 석방된 후 저희집에서 지내시라고 거듭 초대하는 것을 너무 주제넘게 여기시지 않기를 바랍니다. 선생님과 보넨블루스트 박사님께 심심한 경의를 표하고 선생님이 현재 연루된 일이 잘 해결되기를 바라며 이만 줄입니다. 농학사, 빌프리트 슈틸러."

율리카는 스미르노프 사건에 대해 전혀 알지 못한다. 자세한 내막은 아무것도 모른다. 사람들 말에 따르면, 그것은 몇 년 전에 많은 소용돌이를 일으킨 정치적 사건인 듯 보인다. 소용돌이가 너무 심해서, 결국 일반 대중은 실제로 무슨 일이 일어났는지 전혀 모른다……

유감스럽게도 오늘 비가 내린다!

우리는 보석일 오후를 호텔에서 보낸다. 율리카도 어차피 파리에 부쳐야 하는 매우 급박한 편지를 호텔에 두고 나왔다. 물론 나는 그녀와 동행한다. 호텔관리인이 조금이라도 의심스러운 일은 절대로 어물쩍 넘어가지 않겠다는 표정으로 나를 로비로 쫓아버리려는 듯 굴자, 율리카는 얼굴을 붉히지 않고 말한다. 내 남편이에요! 그러자 호텔관리인 쪽에서 얼굴을 붉히며 사과의 말을 웅얼거리고는 내가 고매한 신사인 양 직접 엘리베이터까지 안내한다. 나는 그 말을 일단 둘러대는 거짓말로 여기고 기꺼이 받아들인다. 엘리베이터 안에서 우리만 단둘이 있게 되자, 나는 율리카에게 아주 대담하고 침착한 말이었다고 노골적으로 칭송한다. 하지만 나중에 그녀의 호텔방에서는 더이상 그 일에 대해 말하지 않는다. 그것은 십중팔구 실수였던 듯싶다. 율리카가 실제로 나를 사랑할까? 설상가상으로 질투심까지 느껴야 하다니! 율리카가 그토록 급박하게 이렇게나 두툼한 편지를 보내야 하는, 파리에 있는 사람의 이름은 드미트리치, 장 루이 드미트리치다. 오래전 러시아에서 프랑스로 망명한 사람인 듯하다. 율리카는 내게 그런 말을 하지 않았다. 율리카가 방에 들어서면서 재차 잊지 않도록 하얀 핸드백에 넣어둔 편지에서 보았다. 정확히 말하면, 율리카가 거울 앞에 서서 정성껏 머리를 빗고 분을 바르고 립스틱을 칠하는 동안 몰래 본 거지만.

또다시 군복 꿈을 꾸었다.

구치소 뜰에서의 산책. 구치소 뜰의 사각형은 옛 수도원 안뜰을 에워싼 회랑을 연상시킨다. 이따금 수도사가 되고 싶다는 생각을 해보지 않은 사람이 어디 있겠는가! 세르비아 아니면 페루 어딘가에서, 어느 곳인지는 중요하지 않다. 어디서나 똑같은 태양이 우리를 비춘다. 그게 중요하지 않다는 것이야말로 자유롭다는 뜻이리라. 나는 그 사실을 안다. 가을의 나뭇가지에서 비둘기들이 구구거리고 한가로워 보이는—나도 거기에 한몫 보탠다—네모난 구치소 뜰은 물론 더 크고 플라스틱으로 꾸며지긴 했지만 마찬가지로 정면과 방화벽으로 에워싸인 뉴욕 현대미술관의 정원을 연상시킨다. 그때 나는 지금보다 더 자유로웠을까? 어디든 원하는 대로 갈 수 있었다. 하지만 끔찍한 시절이었다. 내가 그 시절이나 또는 인생의 다른 시절을 그리워한다는 것은 결코 사실이 아니다.

PS.

율리카. 행방불명된 슈틸러가 이 여인을 차가운 바다동물에 비교할 수 있었다면, 그건 그자가 완전히 잘못 생각해서거나 또는 그에게 율리카가 여자가 아니었기 때문이다. 아니면 슈틸러가 행방불명된 후 율리카가 자신을 근본적으로 변화시킨 뭔가를 체험했는지도. 그게 무엇일까?

PS.

그 남자, 장 루이 드미트리치는 어쩌면 중개인이거나 아니면 발레 학원의 관리인, 일흔일곱 살의 사무장일지도 모른다. 최근에 율리카가 보낸 편지가 두툼했던 것은 서명해야 하는 서류들이 들었기 때문이다—아니면 내가 뭘 알겠는가!—아니면 그 무슈 드미트리치는 여성복재단사든지 율리카가 계약서를 보낸 세입자든지 주치의이든지 변호사든지, 수천 가지 가능성이 있겠지……

내 친구, 검사는 하늘이 주신 선물이다. 그의 미소는 내게 위스키를 대신할 수도 있다. 거의 눈에 띄지 않는 미소, 상대방을 수많은 어색한 격식에서 해방시켜주는 미소, 그 사람 특유의 미소 말이다. 그런 미소는 얼마나 보기 드문지! 언젠가 스스로 눈물을 흘려보았고 또 자신이 눈물을 흘렸음을 스스로 인정하는 경우에만 그런 선량한 미소가 피어나는 법이다. 아는 것이 많아서 전혀 흐리멍텅하지 않고 매우 정확하면서도 무례하지 않은 미소.

보넨블루스트 박사, 내 국선변호사의 말이 물론 옳다—캘리포니아의 레드우드 제재소가 어떻게 불타고, 미국 흑인 여성이 어떻게 화장을 하고, 가령 저녁에 눈보라가 휘몰아치면(그런 눈 폭풍이 있다) 뉴욕이 어떤 색깔이 되고, 브루클린 항구에 신분증명서 없이 상륙하려면 어떻게 해야 하는지 등을 아무리 골백번 이야기해도, 내가 실제 그곳에 있었다는 사실을 증명하지는 못한다. 우리는 복제의 시대에 살고 있다. 우리는 우리의 개인적인 세계상 대부분을 결코 우리 눈으로 직접 경험하지 못했다. 더 정확히 말하자면, 우리 눈으로 경험했을지는 모르지만, 현장에서 직접 경험하지는 못했다. 우리는 먼 데서 보고 먼 데서 듣고 먼 데서 아는 사람들이다. 오늘날 히틀러의 목소리를 듣기 위해서, 페르시아의 왕을 3미터 거리에서 보기 위해서, 몬순이 히말라야 위에서 어떻게 울부짖는지 보거나 해저 천 미터가 어떤 모습인지 알기 위해서 이 작은 도시를 떠날 필요는 전혀 없다. 그런 것은 오늘날 누구나 알 수 있는 사실이다. 그렇다고 내가 바닷속에 들어가본 적이 있는가? 내가 에베레스트산에 (스위스인처럼) 거의 올라가본 적이 있는가? 인간의 내면생활도 마찬가지다. 오늘날에는 누구나 인간의 내면생활에 대해 알 수 있다. 내가 C. G. 융을 통해 살인 충동을, 마르셀 프루스트를 통해 질투심을, 헤밍웨이를 통해 스페인을, 에른스트 윙거를 통해 파리를, 마크 트웨인을 통해 스위스를, 그레이엄 그린을 통해 멕시코를, 베르나노스를 통해 죽음에 대한 공포를, 카프카를 통해 결코 목적지에 이르지 못하는 것을, 토마스 만을 통해 그 밖의 여러 가지를 알게 된 것이 아니라는 사실을, 제기랄, 내 변호사에게 어떻게 증명하겠는가? 그 훌륭한 사람들의 글을 읽을 필요가 전혀 없었다는 것은 사실이다. 우리는 순전히 표절을 빌어 체험하는 주변 사람들을 통해 그것을 이미 마음속에 품고 있다. 무슨 이런 시대가 있는가! 황새치를 눈으로 보았고 물라토 여자를 사랑했다는 것은 이제 아무런 의미도 없다. 이런 모든 것은 오전에 관람하는 영화에서도 일어날 수 있는 일이다. 사상을 가지는 것, 맙소사, 특정한 표절 대상이 될 수 있는 두뇌를 만나는 것은 이 시대에 아주 희귀한 일이다. 누군가가 세상을 가령 하이데거를 통해서, 오로지 하이데거를 통해서 본다면, 이는 인격을 증명하는 일이다. 우리 나머지 사람들은 엘리엇이 무척 고상하게 혼합해서 대충 모든 것을 함유하고 있는 칵테일 속에서 헤엄친다. 우리는 곳곳에서 이런 저런 지식에 들락거린다. 이미 말했듯이, 눈에 보이는 세계에 대한 우리의 이야기조차 중요하지 않다. 오늘날 우리에게는 (러시아를 제외하고) 더이상 미지의 세계가 존재하지 않는다. 그러니 무엇 때문에 이야기를 주절주절 늘어놓겠는가! 이야기한다는 것이 누군가가 실제로 거기 있었음을 뜻하지는 않는다. 내 변호사의 말이 옳다. 그런데도!—

나는 맹세한다.

플로렌스라는 이름의 물라토 여자, 부두노동자의 딸이 있다. 나는 날마다 그녀를 봤으며, 울타리 너머로 몇 번 이런저런 이야기를 나눴다. 낡은 타르통으로 엮은 울타리는 나무딸기로 무성하게 뒤덮였지만 우리를 갈라놓는 역할을 하기에는 충분했다. 그 여자, 영양처럼 사뿐사뿐 걷는 플로렌스는 존재한다. 나는 그녀의 꿈을 꾸었다. 물론 아주 자유분방한 꿈들이었다. 그런데도 다음날 아침 그녀는 실제로 엄연히 존재했다. 목제 현관에서 하이힐이 또각거리는 소리만 들렸다 하면, 나는 플로렌스를 보려고 내 판잣집의 구멍 숭숭 뚫린 커튼 뒤에 섰다. 대부분은 이미 그녀가 지나간 뒤였다. 하지만 나는 기다렸다. 그녀가 다시 물 양동이를 들고 나와서 내 울타리에 구정물을 붓고 고개를 끄덕일 때까지. 그 순간에 내가 무분별한 정열에 사로잡혀서 집 밖으로 나갔기 때문이다. 그녀는 말했다. 안녕하세요! 나는 말했다. 안녕하세요! 그녀의 갈색 얼굴에 피어오른 하얀 미소를 감히 묘사할 엄두가 나지 않는다. 그 미소도 영화나 잡지나 심지어는 이 작은 도시의 버라이어티쇼에서 볼 수 있다는 것을 나는 안다. 게다가 그녀의 야릇한 목소리는 음반에 실려 있다. 그녀와 거의 닮은 목소리…… 그때 마침 내가 우리 마당에 있으면, 그것도 아주 우연만은 아니었는데, 플로렌스는 말했다. 당신 고양이는 좀 어때요? 그러니까 언젠가, 몇 개월 전에, 나는 플로렌스에게 그 지긋지긋한 고양이를 봤는지 물은 적이 있다. 나한테 앙심을 품고 으르렁거리는 꼴이 보기 싫어서 어느 날 저녁 내가 냉장고에 가두었던 그 가냘픈 짐승 말이다. 벌써 앞에서 한 이야기다. 플로렌스는 물론 냉장고 사건에 대해서는 아무것도 몰랐지만, 내가 그 검은 고양이와(그 고양이는 회색이어서 '리틀 그레이'라고 불렸지만, 밤에 내 닫힌 창문 밖에서는 검은색이었다) 마음속으로 벌이는 싸움에 대해서는 짐작했으며, 내가 그 고양이에게 더 많은 사랑을 보여야 한다고 생각했다. 그러나 내 사랑은 플로렌스에게 향했다. 그리고 고양이도 그것을 확실히 느꼈다. 그리고 아마 플로렌스도…… 플로렌스가 집에 없으면, 그녀의 독특한 목소리가 들리지 않으면, 나는 그녀를 찾아 동네의 이 술집 저 술집을 기웃거렸다. 보통은 그녀를 찾지 못했다. 하지만 한번은 정말로 그녀를 찾아냈다.

흑인들이 어떻게 춤추는지는 익히 알려져 있다. 그녀의 파트너는 마침 거무스름한 미군 병장이었다. 두 사람 주변을 구경꾼이 둥그렇게 에워싸고 있었다. 그렇게 그들은 춤췄다. 열광한 사람들은 그들을 에워싸고 박수를 치기 시작했다. 박수 소리는 점점 더 빨라지더니 마침내 미친듯이 빨라졌다. 미군 병장, 키가 크고 허리가 사자처럼 늘씬하고 두 다리가 고무로 만들어지고 입은 쾌감에 젖어 반쯤 벌어지고 눈은 무아지경에 빠져 초점이 없는 녀석, 미켈란젤로의 노예상 같은 가슴과 어깨를 지닌 녀석은 기권했다. 플로렌스 혼자 춤을 추었다. 내가 할 수만 있었다면, 그 춤판에 끼어들 수도 있었을 것이다. 플로렌스는 여전히 혼자 춤을 추었다. 그때 다른 녀석이 다가갔고 그녀의 손가락에 닿자마자 그녀를 빙그르르 돌리고는 그 주변으로 원을 그리며 돌았다. 넓적한 손으로 그녀를 붙잡아 휙 바닥에 눕히는가 싶더니, 다시 허리를 붙잡아 들어올렸다. 그래서 그녀의 머리가 하마터면 홀의 나지막한 천장에 부딪칠 뻔했다. 그 순간 플로렌스가 한 팔로 위엄에 넘치는 몸짓, 환희에 넘치는 승리의 몸짓을 취했고, 나는 자신의 표정 없는 몸을 의식하면서 스스로를 불구처럼 느꼈다. 플로렌스는 무게 없는 새처럼 사뿐히 바닥에 내려왔다. 그녀가 계속 춤추는 동안, 원시림의 둔탁한 북소리, 음향 없는 떨림, 맹렬하게 돌진하는 듯한 일종의 정적만이 들려왔다. 세번째, 네번째 춤꾼이 투입되었다. 그러더니 플로렌스는 조금도 지친 기색 없이 갑자기 춤을 멈췄다. 회전목마를 타게 되어 환희에 빛나는 행복한 아이처럼 스스럼없이 탁자 사이를 빠져나왔다. 아마 화장을 고칠 생각인 듯싶었다. 플로렌스는 나를 보더니 말했다. 안녕하세요! 나는 말했다. 안녕하세요! 그녀는 이렇게도 말했다. 만나서 반가워요! 그 인사는 내 달콤씁쓸한 혼란을 조금 위로해주었다. 나는 그 아가씨를 절대 충족시킬 수 없다는 것을 잘 알고 있었기 때문이다.

그럴수록 애타는 마음은 더욱 커졌다.

그러다 어느 무더운 일요일, 오랫동안 듣지 못했던 하이힐 또각거리는 소리가 들려왔다. 나는 커튼 뒤에 숨어서 밖을 내다보았다. 플로렌스의 아버지, 검은 양복을 입은 모습이 레스토랑 종업원 같기도 하고 목사 같기도 한 부두노동자가 비를 들고 다니며 뒷마당을 여기저기 깔끔하게 청소했다. 관목들이 이미 오색 리본으로 장식되어 있었고, 우리 마당의 타르통 울타리도 오색 리본으로 장식되어 있었다. 플로렌스는 앵무새처럼 화려하고 요란한 야회복 차림으로 소파를 집안에서 끌어냈다. 가든파티를 열 모양이다. 대지의 어머니 같은 플로렌스의 어머니도 거대한 케이크를 들고 나타나서는 하얀 보가 깔린 탁자 위에 내려놓았다. 그리고 햇빛에 상하지 않도록 케이크 위에 검은 우산을 펼쳐놓고 그 주변을 작은 꽃들로 에워쌌다. 나는 커튼 뒤에 숨어서 그녀와 함께 흥분을 나누었다. 부두노동자가 계단을 깨끗이 청소하고 넝마 조각이나 가느다란 나뭇가지나 빈 깡통이나(그는 깡통을 우리 울타리 너머로 던졌다) 성냥개비 하나 없이 마당을 깔끔하게 치우는 데 정신이 팔린 동안, 간단히 말해서 아버지가 오로지 비질을 하는 데 열심인 동안, 어머니와 딸은 매우 분주하게 움직였다. 펀치가 넘실거리는 커다란 그릇이 마찬가지로 탁자의 우산 아래 놓였다. 온갖 종류와 온갖 크기의 유리컵이 놓이고, 손님들도 서서히 모습을 나타냈다. 크고 작은 아이들을 데려온 가족들, 모든 여자가 그날 저녁을 위해 화려하게 치장해서 뒷마당은 곧 대형 새집처럼 보였다. 모든 남자가 당연히 흰 와이셔츠에 검은 양복을 입고 있었다. 한 사람이 집 앞에 내시를 댔지만 재작년 모델은 아니었다. 그는 뿔테 안경도 쓰고 있었다. 몹시 무더운 날이었다. 서로 인사를 주고받고나자 그 종족은 더는 별로 할 말이 없는 듯 보였다. 미군 병장도 그렇게 멀거니 서 있었다. 머리가 곱슬곱슬하고 눈이 커다란 어린아이들, 사내아이들은 하얀 셔츠를 입었고, 여자아이들은 짧게 땋은 머리를 화려한 리본으로 묶었다. 그 아이들도 모두 얌전하고 나무랄 데 없었다. 어른들은 자리에 앉아서 다리를 꼬았다. 몇몇은 시가를 피웠다. 몇몇 여인들은 피부색으로 보면 더이상 흑인이 아니었다. 얼굴형과 치아, 무척 늘씬한 발목, 그러나 무엇보다도 동물처럼 우아한 몸놀림을 봐야만 흑인이라는 것을 알 수 있었다—손을 움직이면 그 움직임은 팔에서 유연하게 흘러나오고, 고개가 돌아가면 그 움직임은 등에서 시작되어 어깨로 퍼져나간다. 느리든 민첩하든, 완벽한 움직임이어서 몸의 다른 부위에서 무의식적으로 버둥거리거나 경직되는 일이 없다. 그 움직임은 흐르거나 튕겨나가거나 가만히 정지해 있다. 그것은 언제나 자기 자신과 일치한다—간단히 말해 이미 곱슬머리에서 벗어난 플로렌스 같은 아가씨들 옆에 그 종족의 다른 사람들도 서 있었다. 피부가 회색-검은색이고 입술이 회색-보라색이고 손이 권투글러브 같은 아프리카 사람들, 곱슬머리에서 벗어난 딸들이 매우 민망하게 여기곤 하는 아버지들. 신형 내시를 몰고 온 남자가 분위기를 이끄는 듯 보였다. 이미 말했듯이 무더운 날이었다. 하지만 아무도 검은 상의를 벗으려 하지 않았다. 지루하게 관습적인 것, 시가를 피우고 상투적인 말을 나누며 둘러 서 있는 것, 서커스의 곡예를 연상시키는 많은 아이들의 고분고분한 태도, 친척들 사이의 경직된 친절, 게다가 별다른 사건이 없다는 것, 우아하게 행동할 줄 안다고 친밀하게 과시하려는 어색함과 마지못해 하는 노력과 다양한 수완, 아프리카에 대해 아무것도 모르는 백인 소시민성의 이 완벽한 캐리커처. 이것이 그들에게는 바로 커다란 사건이었다고 나는 믿는다. 지금 그들은 실제로 백인처럼 행동했다. 부두노동자 아버지가 우리집 초인종을 누르고 함께 펀치나 마시자며 초대했을 때, 나는 그곳으로 건너갔다. 마찬가지로 흰 와이셔츠와 가장 어두운 색 재킷을 차려입은 것은 물론이다. 모두들 말했다. 만나서 반가워요! 그러고는 대화를 계속하며 물었다. 미국이 마음에 들어요? 사자처럼 늘씬한 허리와 미켈란젤로 노예상의 어깨를 가진 미군 병장이 잠시 휴가를 나왔다는 것을 나는 그 자리에서 알게 되었다. 그는 러시아인이 미국에 너무 근접하지 않도록 평소에는 프랑크푸르트에 있었다. 나는 되물었다. 프랑크푸르트가 마음에 들어요? 그가 입이 닳도록 칭찬하는 말에서, 우리 유럽 사람을 모두 똑같이 취급한다는 것을 알 수 있었다. 그런 다음 마침내 내 멋진 플로렌스가 다가와서 내게 펀치잔을 주며 말했다.

"이 사람은 조예요, 우리 남편—!"

나는 축하했다.

"당신 고양이는 잘 지내요?"

그들은 그주 일요일에 결혼했다. 그리고 조는 3주 더 휴가를 즐겼다. 좀더 분명히 말하면, 그후 3주 동안 부모 집에서 플로렌스를 볼 수 없었다는 뜻이다…… 나는 사랑에 빠져서, 적어도 예배 시간에라도 플로렌스를 보지 않고서는 그 3주를 보낼 수 없었다. 나는 그녀가 어느 교회에 다니는지 알아냈다. 세컨드 올리벳 침례교회라고 불리는 그 교회는 다른 창고 건물들과 거의 구별되지 않는 허름한 가건물에 불과했지만 정면은 목조 고딕 양식이었는데, 우리 세기의 20년대에 지어진 것 같았다. 교회 내부 연단에, 확성기 좌우로 커다란 깃발 두 개, 미국 성조기와 하얀 깃발이 걸려 있었다. 그 외에 검은 피아노를 제외하면 체육관처럼 삭막했다. 많은 신도들이 기이하게 웅얼거렸고, 맨 앞쪽에는 밝은색 외출복 차림의 흑인이 서 있었다. 그는 번번이 '죄'라는 낱말이 등장하는 의문문을 말했고, 사람들은 고개를 끄덕였다. 모두들 외쳤다. 네 그렇습니다, 주님, 네 그렇습니다! 침착하고 평범한 어조로 시작된 의문문은 조금씩 변화하며 반복되었다. 그러면서 목소리들은 더 커지지 않는데도 반복될 때마다 점점 더 절실하게 들렸다. 어디선가 한 젊은 여인이 외쳤다. 잘 알고 있습니다, 주님, 잘 알고 있습니다! 대부분의 사람들은 웅얼거렸고, 몇몇 사람은 무관심하게 허공을 응시했다. 하지만 그 여인은 큰 소리로 소리쳤으며, 완전한 문장을 외치고 신음하기 시작했다. 그 여자를 도와주어야 한다는 생각이 들었다. 밝은색 외출복 차림의 남자는 동요하지 않고 의연하게 질문을 반복했다. 그는 더이상 인간이 아니라 신도들 위로 쏟아지는 목소리를 담은, 인간의 형상을 한 그릇일 뿐이었다. 그의 질문은 외침이 되고 노래가 되고 결국에는 우렁차고 슬프게 내 골수를 파고드는 비명이 되었다. 고개를 숙인 채 웅얼거리는 신도들이 마치 먼 곳에서처럼, 마치 메아리처럼 대답했다. 두 손으로 얼굴을 가린 사람들도 있었다. 신음하던 여인이 의자에서 벌떡 일어났다. 숙녀용 모자를 쓰고 흰 장갑을 끼고 빨간 핸드백을 든 젊은 흑인 여성이었다. 그 여인은 흰 장갑을 하늘을 향해 내밀었다. 주님! 그녀는 날카롭게 외쳤다. 주님, 주님! 그러더니 그 누구에게도 제지받지 않고서 털썩 무릎을 꿇고 내 시야에서 사라져 흐느꼈다. 고문실에서나 들을 수 있을 것 같은 흐느낌이었다. 희열의 소리와 구분할 수 없는 극단적인 고통의 소리. 그녀의 목소리는 울음으로 녹아들었다. 질문을 던지는 자의 목소리가 점점 더 절박해지더니 마침내 환희에 찬 정적으로 잦아들면서 기도, 공동의 기도가 완성되었다. —그런 다음 숨이 멎은 듯 지쳤는가 싶더니 긴장이 풀리고, 내 앞에서 머리들이 다시 위로 떠올랐다. 피아노 앞의 뚱뚱한 노부인이 가벼운 리듬으로 몇 곡을 연주했다. 교회사무원이 두루 돌아다니며 각양각색의 부채를 나눠주었다. 부채에는 (길모퉁이의) 어느 미용사가 기부했다고 쓰여 있었다. 이제 너도나도 부채질을 했다…… 플로렌스는 보이지 않았다. 하지만 군복 차림의 조는 보였다. 조는 팔짱을 끼고 벽 앞에 서 있었다. 마치 프랑크푸르트에서 군중을 내려다보듯 꼼짝도 하지 않았다. 끔찍이 더웠다. 흡족한 목사가 그 틈을 이용해 마이크를 잡고, 주님은 과거에 이스라엘의 가련한 아이들도 구원했으며 오늘날에는 1달러 벌기가 얼마나 어려운지도 잘 알고 계신다고 상기시켰다. 그래서 주님의 인내심은 한이 없기에 망설이는 자들에게 화내지 않으신다는 것이다. 그래서 주님은 망설이는 자들에게 접시에 약간의 돈을 넣을 기회를 다시 준다는 것이다. 그러는 동안 신도들은 쾌적한 모임에 참석한 양 자연스럽고 활발하게 이야기를 나누었다. 주님이 오늘은 만족하실 정도로 헌금이 모였을 때, 피아노 앞의 노부인이 무도장에서처럼 우르릉 쾅쾅 큰 소리로 연주를 시작했다. 홀 안에 정적이 찾아들자 즉시 소리를 낮추고는 설교의 배경음악으로 거의 울림 없이 오로지 리듬으로만 존재하는 재즈를 들릴락 말락 연주했다. 그 음악은 귀에 거의 들리지 않았지만, 설교가 장엄한 메시지에 이른 순간 뚝 끊기면서 효과를 발휘했다. 주님께서는 우리가 가난한 것을 아십니다. 하지만 주님께서는 우리를 약속의 땅으로 인도하실 것입니다. 주님께서는 우리를 공산주의로부터 보호해주실 것입니다…… 미용사가 광고용으로 기부한 부채들이 사방에서 펄럭였고, 긴 햇살 줄기를 타고 먼지가 춤을 추었다. 휘발유, 땀, 향수 냄새가 진동했다. 찢어진 커튼 사이로 비치는 햇빛에 녹초가 된 채, 나는 검은 실크옷을 입은 부인과 톰 아저씨처럼 머리가 허연 흑인 노인 사이에 앉아 있었다. 흑인 노인은 이방인인 나와는 그리 잘 어울리지 못하는 생기발랄한 손자를 떨리는 손으로 보호했다. 앞에는 젊은 노동자가 앉아 있었다. 그는 전선에서 온 최후통첩을 받는 군인처럼 설교에 귀를 기울였다. 흰색 파우더를 엄청나게 발라서 상당히 밝은, 무척 아름다운 갈색 피부 아가씨의 목도 보였다. (아아, 흰 피부를 갖고 싶어하는 이 갈망, 매끄러운 머리카락을 갖고 싶어하는 이 갈망. 원래 창조된 상태에서 벗어나려고 하는 평생에 걸친 이 노력. 자기 자신을 받아들일 수 없는 이 커다란 어려움. 나는 그것을 잘 알았고, 내가 겪는 그 곤경을 밖에서 들여다보았다. 지금 있는 그대로의 모습에서 달라지고 싶어하는 우리 갈망의 부조리함을 보았다!)…… 기도를 마치고 다시 자리에 앉았을 때, 옆문이 열렸다. 역겨운 휘발유 냄새가 물씬 풍기는 뜰에서 천사 성가대가 들어왔다. 흰옷을 입은 스무 명가량의 흑인 여성들. 거기 플로렌스가 있었다. 그리고 흰 와이셔츠에 검은 넥타이를 맨 스무 명가량의 흑인 남성들도. 모두들 손에 검은 책을 들고 있었다. 이제 연단이 꽉 찼다. 방금 약속의 땅에 도착한 양, 피아노에 이어 목소리들이 의기양양하게 시작했다. 처음에는 낮게, 여름의 들판처럼 윙윙거리며, 마치 먼 곳에서 들려오듯 옛날 옛적 비탄의 흐름이 들려왔다. 파도 소리처럼 희미하고 단조롭게. 그러더니 서서히 부풀어올라 차츰 모든 것을 휩쓴다. 노여움과 환희가 반반씩 뒤섞여 노호하는 목소리. 그 엄청난 노랫소리는 다시 가라앉고 잦아들지만 끊기지는 않는다. 미시시피강처럼 넓고 무한한 갈망의 흐름. 한 남자의 목소리가 낭랑한 팡파르처럼 또다시 그 위로 울려퍼진다. 크고 외로이 힘차게, 희망의 환희에 넘쳐서. 그런 다음 기이하게 붕붕거리는 소리, 뜨겁게 작열하는 여름 들판에서처럼 목소리 없이 윙윙거리는 소리만이 남는다. 홀을 메운 열기, 찢어진 커튼 사이로 비치는 햇빛 속에서 춤추는 먼지, 휘발유와 땀과 향수 냄새.

3주 후, 조는 사라졌다.

다시 하이힐 또각거리는 소리가 들렸다. 결혼은 했지만 플로렌스는 돌아왔으며, 심지어 내 창문을 향해 외쳤다. 나는 가파른 층계를 쏜살같이 달려 내려가 타르통 울타리로 질주했다. 난간의 기둥 하나를 뜯어내기까지 했는데도, 신기하게도 넘어지지 않았다. 플로렌스는 이미 나무딸기 건너편에 서 있었다.

"당신 고양이가 어떻게 된 거예요?" 그녀가 물었다.

게다가 그녀는 그 짐승을 팔에 안고 있었다.

"고양이가 다친 거 알아요?" 그녀는 말했다. "많이 다쳤어요!"

주둥이 옆에 상처가 나 있었다.

"고양이가 불쌍하지도 않아요?" 그녀는 말했다. "당신은 잔인해요. 고양이를 사랑하지 않는군요."

그러면서 그 짐승을 내게 건네주었다.

"고양이를 사랑해야 해요!"

"왜 고양이를 사랑해야 하죠?"

"당연히 사랑해야죠!"

플로렌스라는 물라토 여인과의 관계는 그랬다. 나는 지금도 하이힐 또각거리는 소리를 들으면 플로렌스 생각을 한다. 그러면 유감스럽게도 번번이 고양이도 생각난다.

율리카는 우리의 보석일 오후를 놓치지 않도록 파리 여행을 뒤로 미뤘다. 황금빛 10월의 하루를 이용하지 않는 것은 죄악이기 때문이라고 그녀는 말한다.

그녀의 옛 결혼생활에 대해서는 더이상 한 마디도 하지 않는다!

그것이 왠지 나를 불안하게 만든다.

스미르노프는 스위스를 여행하던 소련 첩보원이었다. 자세한 인적 사항은 알려져 있지 않다. 그에 비해 스위스 연방경찰은 대장이라 불린 스미르노프가 당시 스위스에 머물고 있던 인기 있는 전직 공산주의자의 살해를 모의한 사실은 알고 있는 듯 보인다. 공범과 종범은 흔히 그렇듯이 가명으로 활동했다. 한 명은 '헝가리 사람', 또 한 명은 '스위스 사람'으로 불렸는데, 후자가 1946년 1월 18일 취리히에서 저 스미르노프와 협상했다고 한다. 금지된 정보를 수집했을 가능성도 있다. 바로 그 문제의 시점 직후, 취리히 시경찰은 슈틸러의 불가사의한 실종을 고시했다. 그 이후로 슈틸러는 스위스 연방경찰의 희망 비슷한 것이 된 듯 보인다. 그 슈틸러가 과거에 프랑코에 대항해 싸우지 않았던가? 반파시즘이 한동안은 스위스의 미덕으로 여겨졌지만, 오늘날에는 소련의 추종자로 의심받기에 충분하기 때문이다—

그것이 나와 무슨 상관이랴!

PS.

스위스가 원래 작은 나라인데다 세계 정세의 흐름에 밀려 점점 더 작아진다는 사실과 관련해 내 변호사는 유머를 모른다. 그 점은 종종 우리의 대화를 어렵게 만든다. 그는 (당연히) 미래에 반대한다. 모든 변화는 그를 불안하게 만든다. 그는 과거에 더 많은 기대를 건다. 그러면서도 과거가 아니라 미래가 다가오는 것을 잘 알고 있다. 그렇기에 내 변호사는 미래를 더욱 반기지 않는다. 나는 내 변호사가 현재 이 나라에서 통용되는 정신을 어느 정도나 대표하는지 모른다. 나는 그럴 생각이 전혀 없는데도, 그는 항상 어떤 식으로든 공격받는다고 느낀다. 그리고 그것은 심한 자아도취로 이어진다.

"한 나라의 크기를," 내 변호사는 말한다. "면적과 인구수로 측정할 수는 없어요. 우리나라의 크기는 바로 정신의 크기입니다."

맞는 말이다. 다만 어쨌든 스위스 사람들은 정신적으로 위대하다고 의문의 여지 없이 자아도취적으로 가정하는 태도가, 이 말에 반박하도록 나를 자극한다. 나는 무례하게 군다. 독선적인 사람들을 옳다고 할 수는 없다. 나는 그 정신의 위대함이 어디서 드러나느냐고 묻고, 내 변호사가 내게 번번이 쏟아붓는 한 무리의 역사적 인물에게 고개 숙여 절한다. 하지만 나는 역사적 인물이 아니라 무례하게도 오늘날 스위스 정신의 위대함을 드러내는 것에 대해 물었다. 그러자 내 변호사는 개인적으로 반응한다.

"스위스에 대한 당신의 증오는 병적입니다!"

"증오라뇨?"

"다만 당신은 스위스 사람이 아닌 척하면서 슈틸러가 아닌 척하며 저를 속이려 할 뿐입니다." 그는 말한다. "하지만 저를 속일 수는 없어요. 스위스에 대한 당신의 증오는 당신이 스위스 사람이 아니라는 것을 결코 증명하지 못하거든요. 오히려 그 반대지요!" 내가 웃음을 터뜨리자 그는 소리친다. "바로 그것으로 당신 자신을 드러낼 뿐이라고요!"

내 변호사는 착각하고 있다. 나는 스위스가 아니라 허위를 증오하는 것이다. 결국엔 같은 결과에 이를지라도 근본적으로 차이가 있다. 내가 수감자라 그들이 내세우는 자유라는 슬로건에 특히 민감할 수는 있다. 제기랄, 그래서 그 전설적인 자유로 뭘 어쩌겠다는 것인가? 어떤 식으로든 비용이 많이 들면, 그들은 독일의 신민처럼 신중해진다. 실제로 누가 아내와 아이들, 합당한 부속품이 딸린 가족과 의견의 자유를 동시에 누릴 수 있겠는가? 사소한 일로 제한받지 않는 의견의 자유를? 그러기 위해서는 주문도, 고객도, 사회의 호의도 필요하지 않을 만큼 많은 돈, 돈이 필요하다. 하지만 실제로 그렇게 많은 돈을 가지고 있어서 의견의 자유를 누릴 수 있는 사람은 현재의 주도적인 상황에 대부분 두말없이 동의한다. 이게 무슨 뜻이겠는가? 이 나라 역시 돈이 지배한다는 뜻이다. 그러니 말라비틀어진 월계수처럼 거울 뒤에 숨어 있는 그 영광스러운 자유는 어디에 있는가? 일상의 현실에서 어디에 있단 말인가? 내 변호사는 그저 고개를 가로저을 뿐이다.

"당신이 법정에서," 그는 완전히 절망적으로 말한다. "모여 있는 기자들 앞에서 그렇게 말한다면—"

이게 바로 핵심이다.

"오로지 당신에게 해가 될 뿐입니다." 그는 말한다.

아마도 이 나라 사람들이 누린다고 주장하는 것과 같은 자유는 전혀 존재하지 않을 가능성이 높다. 오로지 얼마나 부자유스럽느냐의 차이만이 존재할 뿐이다. 그들이 비교적 온건한 형태로 부자유스럽다는 점은 기꺼이 인정한다. 그들은 나를 총살하지 않을 것이다. 나는 그 점에 대해 그들에게 무척 감사한 마음을 갖고 있지만, 그렇다고 이 나라에 만연한 허위를 사랑해야 할 의무는 없다. 내 변호사는 그것, 즉 그들이 깃발을 높이 들고 신성불가침의 요구를 내걸며 등장할 때 나타나는 가장 위험한 형태의 허위를 다르게 부른다. 잘 알고말고. 그는 그것을 애국심이라고 부른다. 내가 번번이 심각하게 흥분하는 것도 참 어리석은 짓이다. 이 스위스 사람들과는 자유에 대해 이야기할 수 없다. 누군가가 자유를 논제로 삼아서 스위스만이 독점한 것이 아니라 일반적인 문제로 보는 것을 도저히 참지 못하기 때문이다. 그들은 대체로 모든 솔직한 질문을 두려워한다. 그들은 답변, 실용적인 답변, 자신에게 유익한 답변을 이미 확보하고 있는 선까지만 생각한다. 그런 점에서 그들은 전혀 생각하지 않는다. 오로지 변명할 뿐이다. 그들은 무슨 일이 있어도 감히 자기 자신을 의심하려 하지 않는다. 이것이야말로 정신적인 부자유의 증거가 아니겠는가? 그들은 프랑스와 대브리튼왕국이 언젠가 멸망하리라는 상상은 할 수 있지만, 스위스의 멸망은 절대 상상하지 못한다. 하느님이 공산주의자가 아닌 한, 그것을 결코 용인하지 않을 것이다. 스위스는 무죄이기 때문이다. 게다가 나는 내 변호사가 스위스를 변호하기 위해 러시아의 만행을 얼마나 자주 지적하는지를 주목했다. 히틀러는 별로 지적하지 않았다. 다른 어딘가에 강제수용소가 존재한다는 끔찍한 사실이 스위스 사람으로서 우쭐한 일이라는 듯이 말이다. 자신의 조국과 관련해 뭘 증명하려는 것일까? 나는 과감하게 묻는다.

"박사님, 그 당시 히틀러가 스위스의 주권과 생업을 위협한 게 스위스 사람들한테는 운이 좋았어요. 덕분에 스위스가 직접 파시즘으로 빠져드는 것을 막을 수 있었잖아요. 하지만 파시즘이 생업을 위협하는 것이 아니라 생업을 강화시킬 경우에, 박사님은 설마 전 세계적으로 유일하게 스위스 시민만이 파시즘의 경향을 띠지 않을 거라고 진지하게 믿으시는 건 아니겠지요? 언제든 그런 시험을 받게 될 겁니다. 박사님, 자못 흥미진진한데요."

그러자 내 변호사가 가죽 서류가방을 꾸린다.

"자유로운 스위스 국민으로서," 그는 말한다. 또다시 기분 상한 눈치다. "—왜 웃으시죠?"

자유! 자유! 자유! 나는 그에게 한번 말해보라고 하지만 아무 소용없다. 무엇으로부터의 자유인가요? 그리고 무엇보다도! 무엇을 위한 자유죠? 그는 그저 자신은 자유롭다고만 말한다. 그리고 침상에 쪼그리고 앉아서 고개를 절레절레 내젓는 나도 이성을 찾아서 행방불명된 슈틸러가 되면 자유로울 것이란다. 그는 자유를 향해 나갈 준비를 갖추고서 문손잡이를 잡은 채 전혀 악의 없이 걱정하는 어조로 말한다.

"왜 고개를 절레절레 저으시는 겁니까?"

사람은 모름지기 생각할 수 있어야 한다. 그리고 오로지 진실만을 담도록 표현할 수 있어야 한다. 나는 그들이 인간의 전형적인 자유인 양 그토록 칭송하는 국민의 자유가 실제로는 상당히 수상쩍은 것임을 안다. 나는 그들이 온전한 나라로서, 국가 중의 국가로서 강자들 틈바구니의 약자처럼 자유롭지 못하리라고 예상한다. 세상은 어차피 그런 것이다. 다만 그들이 중요하지 않은 덕분에(오늘날 역사가 없는 덕분에) 스스로 이따금 어디에도 예속되지 않은 척할 수 있는 것이다. 그리고 상업에 꼭 필요한 상인의 분별력 덕분에 힘 있는 자들에게 정중한 척할 수도 있다. 힘 있는 자들 덕에 삶을 연명하는 탓에 그들에게 어떤 이의도 제기하지 않는 자는 항상 자유롭고 어디에도 예속되지 않는다고 느낄 것이다. 하지만 그 모든 것이 자유와 무슨 상관이 있는가? 나는 그들의 얼굴을 본다. 저들이 자유로운가? 그리고 그들의 걸음걸이, 그들의 흉한 걸음걸이 하나만 봐도, 저게 자유로운 사람들의 걸음걸이인가? 그들의 두려움, 미래에 대한 두려움, 어느 날 가난해질지 모른다는 두려움, 삶에 대한 두려움, 생명보험 없이 죽어야 한다는 두려움, 곳곳에 그들의 두려움, 세상이 변할 수 있다는 두려움, 정신적인 모험에 대한 그야말로 가공할 만한 두려움—아니, 이 침상에 쪼그리고 앉아서 자유를 향한 걸음이(어떤 조상도 우리에게서 빼앗아갈 수 없는 그 걸음) 끝없이 무시무시한 걸음이라는 것을 아는 나보다도 그들은 더 자유롭지 못하다. 지금까지 확실한 기반인 듯 보였던 모든 것을 떠나게 되는 걸음, 일단 내디딜 힘만 있다면 아무도 막을 수 없는 걸음. 즉, 그것은 나머지 모든 것은 자유가 아니고 잡담이라는 믿음을 향한 걸음이다. 그래서 아마 내 변호사의 말이 다시 옳을지도 모른다. 무엇 때문에 내가 모인 기자들 앞에서 그런 말을 하겠는가? 무엇 때문에 적개심을 일깨우겠는가? 무엇 때문에 사람들을 모욕하겠는가? 내가 언젠가 자유로워지는가, 그들로부터도 자유로워지는가는 결국 나의 일일 뿐이다. 매우 고독한 일.

나는 내 변호사라는 사람보다 내 검사, 내 원고와 이야기가 더 잘 통한다는 사실을 거듭 확인한다. 이는 상당히 위험한 친밀함을 낳는다. 오늘 내 검사는 지빌레, 번번이 내게 안부를 전하는 자기 부인의 사진을 보여준다. 우리는 결혼에 대해 오랫동안 대화를 나눈다. 물론 아주 일반적인 이야기들이다. 내 검사는 결혼을(그는 모종의 경험 때문에 한때 결혼이라는 것을 의심한 듯 보인다) 어렵긴 하지만 전적으로 가능한 일로 여긴다. 물론 그가 말하는 것은 현실적인 결혼, 생동하는 결혼이다. 그는 결혼의 전제조건으로 특히 다음과 같은 것들을 꼽는다.

우리는 서로 상대방의 사랑을 요구할 권리가 없음을 인식해야 한다. 설사 결혼생활을 위협받을지라도 평생 생동하는 것을 체험할 각오를 해야 한다. 그러므로 비록 모험은 아닐지라도 대담한 행위, 예기치 못한 것을 위한 가능성을 열어두어야 한다. 서로 상대방을 마음대로 할 수 있다고 자신하는 순간 이미 대부분은 서로를 잃는다. 그 외의 것들. 남자와 여자의 동등한 권리. 성적으로 정조를 지키면 충분하다는 생각을 단념하는 것. 또한 성적으로 정조를 지키지 않으면 결혼이 불가능하다는 생각을 단념하는 것. 이런 종류의 모든 어려운 상황에서 필요한 최대한 지속적이고 순수하지만 무분별하지는 않은 솔직함. 그리고 또한 그는 주위 세계를 향해 함께 용기를 발휘하는 것을 중요하게 여기는 듯 보인다. 둘 중 한 사람이나 또는 두 사람 모두 상대방을 압박하기 위해서 주위 세계와 결탁하면 이미 부부이기를 그만둘 것이다. 거기에 더해 우리가 없으면 상대방이 더 행복해질지도 모른다는 생각을 비난 없이 할 수 있는 용기. 상대방이 결혼으로부터 퇴장하는 것은 우리를 죽이는 행위라고 상대방을 설득하거나 어떤 식으로든 믿게 하려 들지 않는 공정한 태도. 기타 등등…… 내가 그의 부인의 사진을 보는 동안, 이미 말했듯이, 그는 이런 모든 것을 일반적인 면에서 말한다. 부인의 얼굴은 전혀 일반적이지 않다. 보기 드문 독특한 얼굴. 생기 넘치고 매우 사랑스러운 것이, 그가 하는 말보다 훨씬 더 매혹적이다. 그의 말은 그 얼굴에 얽힌 숨은 경험을 뜻할 때만 진실하다. 나는 사진을 돌려준다.

"자," 내 검사는 말한다. "그런데 우리가 어디까지 얘기했지요?"

"사모님이 임신하신 것까지."

"그래요," 그는 말한다. "우리는 무척 기뻐하고 있습니다."

"무탈하기를 바랍니다."

"그래요," 그는 말한다. "우리도 그러기를 바라지요."

장 루이 드미트리치는 율리카가 운영하는 발레 학원의 피아니스트다. 마흔 살에서 쉰 살 사이에 미혼이고 러시아인의 피가 절반 흐르고 있으며 매우 섬세하고 재능이 있다—율리카는 그런 좋은 사람을 만나서 기쁘다고 말하며, 그를 파리생활의 버팀목이라고 일컫는다. 그에 대해 더이상은 말하지 않는다. 어쩌면 그에 대해 묻지 말았어야 했는지도 모른다. 율리카는 내가 지금 질투한다고 여길지도 모른다.

내 친구 겸 검사가 내게 안나 카레니나를 아느냐고 묻는다. 또 에피 브리스트를 아는지 묻는다.* 그러더니 결국 버림받은 남편과 관련해 이 명작들에 묘사된 것과는 다른 행동을 상상할 수 있겠느냐고 묻는다. 더 너그러운 행동을, 그는 말한다—그러고는 이야기를 시작한다…… 내 검사는 자신이 버림받은 남편으로서 생각과는 달리 더 너그럽게 행동하지 못한 것이 무척 신경 쓰이는 눈치다. 나는 오후 내내 그의 이야기를 듣는다. 그는 솔직하게 말하면서 스스로도 좀 당혹스러운지 (그는 사실 솔직하게 말하고 싶지 않지만, 모든 오해를 피하기 위해서는 정확히 말해야 하고 직접 경험한 구체적인 사례에 의지해야 한다고 보는 사람이다) 이따금 묻곤 한다. 이해하시겠어요? 그런 종류의 이야기는

* 안나 카레니나는 레프 톨스토이의 소설 『안나 카레니나』의 주인공, 에피 브리스트는 테오도어 폰타네의 소설 『에피 브리스트』의 주인공이다. 둘 다 불행한 결혼생활을 보내다 다른 남자와 사랑에 빠져 불륜을 저지른다.

수도 없이 많다. 그러니까 금방 이해할 수 있다. 나는 행방불명된 그 슈틸러를 한번 보고 싶어하는 그의 욕구 역시 이해한다. 들은 바에 따르면, 그의 부인은 슈틸러를 (그로서는) 견디기 어려울 정도로 사랑했다고 한다.

크노벨, 내 교도관이 벌써 며칠 전부터 이상하게 굴었다. 뭐가 급한지 서둘러 내 감방에서 나가곤 했다. 나는 그 점을 놓치지 않았다. 오늘 그는 솔직히 터놓고 말한다.

"슈틸러 씨—"

나는 그를 빤히 쳐다본다.

"제기랄," 그는 말한다. 배신자처럼 수치심으로 몸을 비비 꼰다. "저는 당신의 말을 믿은 유일한 사람이었군요—"

율리카는 모든 사람을 설득시킨다.

"슈틸러 씨," 그는 말한다. "사실 이게 제 잘못은 아니죠. 제기랄, 저는 당신이 순전히 거짓말만 꾸며댄 것을 나쁘게 생각하지는 않아요. 하지만 제가 잘못한 건 아니라고요—"

나는 식사를 한다. 침묵을 지킨다.

네번째 노트

어제 내 친구 겸 검사가 제노바에서 있던 연홍색 옷감에 얽힌 짧은 이야기를 들려줬는데, 그 이야기가 영 머릿속을 떠나지 않는다. 말하자면 야간열차에 탄 그의 모습이—지금부터 그를 롤프라고 부르려 한다—눈에 보인다. 그는 어디로 갈지 생각도 하지 않고서 무턱대고 기차에 올라탔다. 도망자처럼 벗어날 수 있어 기뻤고, 한밤중에 아직 기차가 있다는 사실도 기뻤다. 그는 기차를 타고 가면 견디기 더 쉬울지 모른다고 생각했다. 그리고 처음 경악한 순간에도 침착하게 잘 버텼는데, 이제 와서 또다시 아내 앞에 나타나고 싶지 않았다. 국경을 넘는다는 일에 어떤 기대를 걸었을 수도 있다. 더 멀리 갈수록 더 좋았다! 그래서 그는 야간열차에 앉아 있었다. 여행짐 없이, 이등칸에 혼자서. 새벽녘에 기차는 밀라노의 인적 없는 역사에 정차했다. 이탈리아 철도원이 망치로 바퀴를 두드렸다. 그 밖의 온 세상은, 남편에게 그 일을 말한 후 모든 근심에서 벗어난 지빌레처럼 잠든 듯이 보였다. 어린애 같은 복수심에 불타는 계획들이 그의 뇌리를 스쳐갔다. 역사에서 지루하게 기다리다보니 여행의 목적지가 없다는 사실이 새삼 실감났다. 갑자기 어디선가 닭이 울었다. 곧이어 두번째, 세번째 닭이 울었다. 그곳에서 아침시장을 기다리던, 가금으로 가득찬 화물열차가 결국 통째로 울어댔다. 그런 다음 마침내 바퀴들이 다시 구르기 시작했을 때, 롤프는 그 모든 일에도 불구하고 잠이 들었으며, 이따금 입을 반쯤 벌린 채 멍청한 표정으로 자고 있다는 걸 의식하고는 잠에서 깨어났다. 하지만 찻간에는 여전히 혼자뿐이었다. 그는 잠을 자기 위해 갖은 애를 썼다. 오래 잘수록, 깨어났을 때 모든 게 악몽으로 밝혀질 거라는 희망이 커졌기 때문이다. 제노바에는 이미 해가 떠 있었다. 롤프는 너무 피곤해서 걸인처럼 계단에 그대로 주저앉고 싶었다. 그는 역사의 아케이드 앞에 섰다. 여행짐은 없지만 그 대신 불필요한 코트를 팔에 걸치고 있었다. 면도하지 않은 얼굴로 거리를 오가는 차들을 바라보았다. 요란한 경적 소리, 비좁은 도로의 협곡 같은 그림자 속을 덜거덕거리고 덜커덩거리며 달리는 시가전차, 저마다 목적지를 향해 걸음을 옮기는 듯 보이는 사람들. 그러니까 거기가 제노바였다. 그는 이미 담뱃불을 붙인 뒤였다. 이제 어떡할까? 누군가가 아케이드 사이로 슬그머니 다가와서 자신을 유심히 지켜보는 것을 그는 알아챘다. 환전업자인 듯싶었다. 그는 느릿느릿 걸음을 옮겼다. 싸구려 술집에서 옷차림이 지저분하고 머리카락이 부스스한 사람이 그의 지나치게 말끔한 구두 사이로 석조 바닥을 닦는 동안, 그는 수화물 운반인과 택시 기사들 사이에서, 그러니까 시끄러운 말소리에 둘러싸여 블랙커피를 마셨으며 자신이 아무런 감정도 느낄 수 없다는 것을 인정했다.

"우리 이혼할까, 아니면 앞으로 어떻게 될까." 그녀는 말했다. "난 아직 잘 모르겠어. 그냥 지금은 당신이 나를 조용히 내버려뒀으면 좋겠어."

그의 아내의 또다른 말. "당신이 내게 자유를 줄 필요는 없어. 그게 무슨 말이냐고? 나는 자유가 필요하면 언제든 스스로 자유를 선택할 수 있다는 거야."

무엇보다도 이 말이 백주 대낮의 제노바에서 큰 소리로 혼잣말을 하고 자신이 어디로 가는지도 모르게 만들 정도로 남편을 격분시킨 듯 보인다. 사실 어디로 가든 전혀 중요하지 않았다. 그는 화물창고와 철도와 타르통 사이 어딘가에 있었다. 그렇다. 심지어는 그녀, 알프스 너머의 아내에게 큰 소리로, 더 상스러울수록 더 기분좋아지는 말로 욕설을 퍼부은 순간들도 있었다. 그때까지 자신의 입에서 한 번도 들어보지 못한 노골적이고 저속하고 상스러운 표현들이었다(그는 이렇게 말했다). 그때 별안간 누군가가 말을 걸어왔고, 그는 무척 당황했다. 그는 제노바의 매력을 알고 싶은 마음이 눈곱만큼도 없었다. 자신이 그토록 무방비 상태로 느껴진 것은 평생 처음이었다. 머릿속을 어지러이 오가는 생각들을 들킨 것 같아서, 순간적으로 작은 배의 사공을 물리칠 수 없었다. 그래서 결국 짧은 항구 유람에 몸을 맡겼다. 바다는 기름 얼룩이 어른거리는 잿빛 납처럼 보였다. 롤프는 로댕의 생각하는 사람처럼 긴장해서는 이탈리아 사공에게 등을 돌리고 낡은 쿠션이 깔린 긴 의자에 앉았다. 뱃삯에 포함된 설명은 물론 하나도 귀에 들어오지 않았다.

뜨거운 구정물이 뱃전에 소용돌이쳤다. 한번은 침몰한 화물선 위를 지났다. 해초로 뒤덮인 화물선 철판이 깊고 지저분한 물속에서 위협적으로 솟아 있었다. 멀리에서 리벳망치 소리가 울려퍼졌다. 당연히도 롤프에게는 모든 것이 영화의 한 장면처럼 여겨졌다. 색깔이 생생하고 냄새까지 풍겼지만 영화 같았다. 현실감이 느껴지지 않았다. 이따금 바람에 흩날려 메아리로 부서지는 뱃고동 소리가 희미하게 들렸다. 그 소리는 어디서 와서 어디로 가는지 알 수 없었다. 커다란 기선들 중 어느 것도 실제로 출발할 채비를 하지 않았기 때문이다. 무더웠다. 푸르스름한 악취의 연무가 항구의 바닷물 위를 덮고 있었다. 지저분한 어선 한 척만이 통통통 소리를 내며 지나갔다. 부표들이 흔들거렸고, 부표의 곰팡이 핀 줄이 칙칙한 바닷속으로 서서히 사라졌다. 역겨웠다. 그렇게 방파제와 선착장을 지났다. 나무든 돌이든 모조리 검게 그을리고 기름에 절어 있었다. 그래도 최소한 시간은 흘렀다. 죽은 물고기의 배가 여기저기서 번쩍였다. 마도로스들의 빨랫감, 어딘가 선실에서 노래하는 목소리, 항구 유람만이 제공할 수 있는 모든 것이 거기 있었다. 심지어는 대포를 덮어놓은 회색 군함, 하얀 갈매기들이 앉아 있는 석탄 더미도 있었다. 멀리 산비탈에 높이 솟아오른 도시, 제노바가 보였다. 또다시 현실처럼 느껴지지 않았다…… 게다가 지빌레는 말했다. "지금은 더 묻지 않았으면 좋겠어. 내가 말하잖아, 남자라고. 당신하고는 아주 달라. 지금은 정말로 더이상 말할 수 없어. 어쩌면 내가 그 사람을 진심으로 사랑할 수도 있어. 아직은 잘 모르겠어. 부탁이야, 제발 지금은 나를 가만 좀 내버려둬."

……롤프는 머리를 널빤지로 한 대 세게 얻어맞은 사람 같은 표정

으로 항구 유람을 끝내고, 그 사기꾼이 원하는 대로 돈을 지불했다. 지금 그가 유일하게 바라는 것은 포도주, 많은 포도주였다. 옷감 이야기는—물론 내 검사는 나보다 훨씬 더 실감나게 이야기한다!—레스토랑 앞에서, 정확히 말하면, 한 미국 선원이 길을 묻는 것으로 시작되었다. 롤프가 길을 어떻게 알겠는가! 하지만 그 선원은 롤프를 쫓아왔다. 그의 미국식 영어는 진짜처럼 들렸다. 그러니까 롤프에게는 상당히 알아듣기 어려웠다는 얘기다. 어쨌든 무슨 말인지는 이해했다. 2시에, 그러니까 머지않아 그 선원은 출항해야 하고, 실제로 배는 출항 준비를 끝냈으며, 꾸러미는 전쟁에서 알게 된 이탈리아 전우들을 위한 선물이라는 것이다. 롤프 자신도 어려운 처지에 있었다. 제기랄, 하지만 그 낙담한 선원은 끈으로 묶은 꾸러미에 얽힌 이야기를 두서없이 장황하게 늘어놓으며 물러서려고 하지 않았다. 전쟁에서 알게 된 이탈리아 전우를 찾을 수 없어서, 틀림없이 이제 출항 준비를 끝냈을 배가 출발하기 전에 꾸러미를 팔아야 한다는 것이다. 그 멋진 옷감을 도로 미국으로 가져가봤자 의미 없기 때문이다. 롤프는 아무 관심도 없었다. 그 녀석을 떨쳐버리고 포도주를 마실 생각으로 지나가는 행인에게 손짓했다. 꽤 젊고 별로 눈에 띄지 않는 제노바 남자였는데, 혹시 그 문제의 길을 알지 모르고 아니면 옷감을 필요로 할 수도 있었다. 그러면 끝이지! 다만 그 제노바 남자는 어딘가 부지런히 가다가 지체하게 된 탓에 짜증스러운 기색이 완연했는데 영어를 이해하지 못했고, 마도로스는 이탈리아어를 이해하지 못했다. 롤프가 사이에서 통역을 해야 했다. 그로서는 전혀 내키지 않는 일이었다. 그러려고 밤이 새도록 제노바로 기차를 타고 온 것은 아니었다. 그리고 물론 어떤 음흉한 사기극에 걸려들었다는 의혹도 들었다. 그런데 어떻게 사기를 치려는 것일까? 그의 이탈리아어도 영어만큼이나 어설프긴 마찬가지였다. 제노바 젊은이도 롤프 못지않게 옷감에 관심이 없어서 그 일에 시큰둥하다는 표정으로 서 있다보니, 둘 사이에 거래가 성사될 가능성이 보이지 않게 됐다. 롤프는 이미 두 번이나 그 자리를 떴지만, 통역사 없이는 속수무책인 흥분한 마도로스에게 번번이 불려 갔다.

옥신각신 흥정이 오간 후(롤프는 적어도 그동안 아내 생각에서 벗어날 수 있었다), 제노바 남자는 한 눈을 찡긋거려서 불법 거래에 임할 의사가 있음을 알렸다. 그는 층계와 아이들이 있고 점점 더 좁아지는 골목길을 넘어, 가지각색의 빨래가 널려 있고 고함소리가 들리는 굽은 골짜기를 지나, 어스름한 건물 입구에 이르러서야 판매 옷감을 볼 용의를 내보였다. 통역사로서 잠시 할일이 없어진 롤프는 담배를 피웠다. 모든 것이 완전히 무언으로 이루어졌다. 제노바 남자가 유리한 입장에서 거들먹거린 탓에 시계를 계속 흘끔거릴 수밖에 없는 마도로스보다 호감이 가지 않았다. 제노바 남자는 꾸러미에서 실을 두세 가닥 잡아당겨서는 침을 묻히고 그늘진 뒷마당의 희미한 빛에 비춰보았다. 양모는 아닌 것 같은데! 그는 말했다. 어쨌든 순모는 아니야, 50 대 50인 거 같아. 롤프는 여전히 신중하게 통역했다. 그러니까 3만 리라, 그 이상은 절대 안 돼요! 드디어 현금이 오갈 차례가 되었는데, 제노바 남자의 수중에는 유감스럽게도 만 리라밖에 없었다. 물론 나머지는 집에 있다는데, 마도로스에게는 기다릴 시간이 없었다. 이제 어쩐담? 어쩌면 통역사가 도울 수도 있지. 물론 그것이 핵심이었다. 롤프는 정신이 어수선한 가운데도 그 점을 알고 있었으며, 온갖 미심쩍은 생각이 들었는데도 그리 두툼하지 않은 지갑에 손을 넣었다. 마도로스라는 사람이 불쌍해서가 아니라 자신이 너무 속물적인 사람이 될까 두려웠기 때문이다(그는 이렇게 말했다). 마도로스는 고마워하면서도 공갈범들에게 강탈당했다고 화를 냈으며, 3만 리라를 주섬주섬 받아들고는 얼른 인사를 하고 달려갔다. 그중 2만 리라는 롤프에게서 나온 것이었다. 1시 반이었다! 게다가 제노바 남자는 마도로스에게는 역겹게 굴었지만 롤프에게는 신사처럼 굴었다. 그는 꾸러미를 가져가려고 하지 않았으며, 리라를 받을 때까지 롤프가 들고 있으라고 했다. 담보물로서. 그는 롤프가 의심하는 것을 느꼈으므로. 그리고 다시 빈곤의 골목길을 지났다. 롤프는 끈으로 묶인 꾸러미를 팔 아래 끼고 있었다. 기분이 상한 양 내내 말이 없던 제노바 남자가 마침내 말했다. "우리집입니다. 여기서 기다리세요. 금방 오겠습니다!" 르네상스 양식의 쇠락한 입구가 보였다. 롤프는 거기가 어딘지 전혀 알지 못했다. 제노바 어디라는 것은 분명했다. 근처 항구에서 배가 둔탁하게 뱃고동을 울렸다. 어쩌면 사기가 아니었을 수도 있다. 벽에 축축하게 곰팡이가 핀 그늘진 골목길에서조차 여름철 한낮의 열기가 느껴졌고, 차들이 오가는 거리로부터 멀리 떨어진 곳이어서 정적이 감돌았다. 밤새 기차를 타고 난 후의 나른함, 하지만 그뿐이 아니었다. 스물네 시간 전에 롤프는 런던에서 국제법조인회의에 참석했다. 그런 다음(어제) 돌풍 속에서 비행기를 탔다. 별나게 쾌활한 아내와의 저녁식사. 그런 다음 아내의 닫힌 방문. 그런 다음 다시 방문이 열리고 기타 등등. 닭들이 요란하게 울던 밀라노에서의 새벽. 그 모든 일이 스물네 시간 동안 일어났다. 아무래도 좀 지나쳤다. 그리고 지금 하수구 물이 벽을 타고 흐르는, 곰팡이 핀 빈곤의 골목길. 한동안 사실을 망각해도 사실은 언제까지고 사실이라는 깨달음. 아니, 그것은 끊임없이, 끊임없이, 끊임없이 계속 떠오른다. 다른 남자와 함께 있는, 행복에 넘치는 그녀의 얼굴. 그것은 악몽이 아니라 골목길과 아이들과 손에 잡히는 벽이 있는 이 제노바보다 더한 현실이다. 게다가 이 열기, 그는 넥타이를 푼다. 게다가 롤프가 들어야 했던 끈에 묶인 꾸러미. 이 모든 것은 제노바 남자에게 사기당할 위험을 무릅쓰고서 몽롱하게 잠드는 것 말고는 다른 해결책을 제시하지 않았다…… 롤프, 내 검사가 잠에서 깨어났을 때는 4시 조금 전이었다. 그는 베개처럼 베고 잔 빌어먹을 꾸러미를 무릎 위에 놓은 채 벽에 웅크리고 앉아 있었다. 2만 리라를 가지고 나타나 그를 깨워야 했던 제노바 남자는 당연히 흔적도 보이지 않았다! 아이들이 마당에서 놀고 있었고, 어머니들은 외쳤다. "에토레, 에토레!" 그 사이로 한 음조 더 높은 소리가 들렸다. "주세피나, 주세피나!" 거기 아래쪽 골목길에 금빛 손목시계를 찬 낯선 신사가 앉아서 2만 리라를 헛되이 기다렸다. 롤프는 몸을 일으켰다. 제노바 남자가 사라진, 약간 이끼 낀 르네상스 양식의 문을 자세히 살펴보자, 집이 아니라 다음 골목길로 이어지는 문이었다. 롤프는 그때 처음으로 깨달은 사람처럼 거기 서 있었다. 다른 남자 품의 지빌레, 맞아, 바로 그것이었다. 흥정하는 동안에도 자신은 명확히 의식하지 못했지만, 지빌레가 바로 그런 머리카락, 그런 귀, 그런 입술, 그런 손을 사랑하지 않을까 생각하며 이따금 그 제노바 젊은이를 쳐다보곤 했었다. 모든 남자가 그 다른 남자일 수 있었다. 다만 롤프는 분명히 알고 있었다. 그 남자는 너하고 달라! 그래서 수백만 명의 남자들이 문제가 되는 것이다. 그리고 실제로 그 텅 빈 르네상스 문 반대편으로 빠져나왔을 때, 롤프는 그 젊고 날렵한 제노바 남자를 다시 보지 않아도 돼서 거의 기쁠 지경이었다. 하지만 현금을 상당히 많이 잃었다. 그보다 더 곤혹스러운 사실은, 실패했다는 것이다. 하필이면 아내 때문에 위풍당당한 남자이고 싶은 지금, 이 일은 2만 리라의 손실과는 비교할 수도, 보상할 수도 없는 중대한 실패였다. 담보물로 받은 남성복 옷감 꾸러미를 들여다볼 엄두도 나지 않았다. 그 꾸러미가 유일한 짐인 게 분명한 이상, 지금은 어차피 그리 주목을 끌지 않는 값싼 싸구려 호텔만이 고려 대상이 되었다. 그는 꽃무늬 벽지로 도배된 호텔방에 서 있었다. 땀에 절었으며, 제노바에서 무엇을 해야 할지 참 당혹스러워졌다. 그는 끈에 묶인 꾸러미를 옷장 안에 던져넣고, 항아리의 물을 세면대에 부었다. 그러고는 비누 없이, 칫솔 없이, 스펀지 없이 씻으려고 했다—

그는 나흘 동안 제노바에서 버텼다.

롤프는 (그 자신이 이렇게 말한다) 결혼이, 다름 아닌 자신의 결혼이 주변의 다른 많은 결혼처럼 깨질 거라는 예상은 전혀 하지 못했다. 그럴 만한 이유가 전혀 없다고 보았다. 그는 지빌레를 사랑했고, 결혼 문제를 말하자면 자기 방식으로 해결했다고 생각하며 살았다. 이미 오래전부터 고전적인 스타일의 결혼, 일부일처제는 아니었다. 하지만 그것은 이미 기정사실인지라 어쩔 수 없었고, 그 대신 지빌레에게는 아이가 있었다. 아들 한네스는 결혼 초 몇 년 동안 지빌레에게 많은 것을 대신했다. 물론 지빌레가 꿈꾼 삶은 아니었지만, 그렇다고 지옥도 아니었다. 그저 다른 많은 결혼 같은 결혼이었을 뿐이다. 그들은 해마다 이를테면 이집트 같은 곳으로 함께 근사한 여행을 다녔다. 언젠가 헤어질지 모른다는 생각은 그들과는 무관한 일이었다. 지금까지 온갖 고난 속에서도 두 사람은 서로를 근본적으로 믿는다고 느꼈다. 지빌레가 과시한 가장무도회의 사랑 놀음을 그는 사랑하는 아내에게 너그러이 허락했다. 그에게는 마침 다른 걱정거리가 있었다. 그 당시 검사가 되느냐 마느냐의 갈림길에 서 있었고, 어쨌든 결정을 내려야 했던 것이다. 그러는 동안 지빌레가 가장무도회 피에로와 함께 산책을 간 사실은 그의 관심을 별로 끌지 못했다. 롤프는 그 남자의 이름조차 묻지 않았다. 그는 결혼을 고루한 방식으로 이해해서는 안 된다는 의견을 예전부터 고수했다. 이미 말했듯이, 그는 결혼에 얼마나 많은 자유를 허용할지에 대해 매우 진지한 이론을 갖고 있었음이 분명하다. 지빌레는 그것을 남자들의 이론이라고 불렀는데, 그런 이론을 결코 좋아하지 않았던 듯 보인다. 그 이론은 여러 분야의 학문에 토대를 두고 있었다. 그리고 물론 완벽한 양성평등에 입각했다. 이것은 지빌레가 자주 말한 것 같은 똑똑한 남자들의 핑계는 결코 아니었다. 단순히 핑계는 아니었다. 롤프는 그 이론을 그 이상으로 아주 진지하게 여겼다. 직업 특성상, 그는 현실에 부합하지 않는 결혼에 대한 생각에서 비롯되는 많은 불행과 위선을 보았다. 그에게는 실제로 살아볼 만한 결혼의 이념, 스스로를 속이지 않으며 사는 품위가 중요했다. 롤프는 그 점에 대해 할 말이 많았다. 지빌레는 그것을 그의 '강연'이라고 불렀다. 하지만 반대 의견에 대해 물으면, 롤프가 자신의 원칙만을 고집하고 싶지 않아서 거듭 물으면, 그녀는 삶을 이론으로 해결할 수 없다는 여성적인 논거만으로 대답했다…… 그래도 롤프는 가장무도회 피에로를 신경쓰기는 한 듯 보인다. 입 밖에 내어 말하지는 않았지만, 아마 무의식적으로 신경 쓰였을 것이다. 그는 갑자기 집을 짓기로 결심했다. 자기 집을 갖는 것은 옛날부터 지빌레의 가장 큰 소원이었기 때문이다. 더욱이 행동파인 롤프는 벌써 땅을 구입한 뒤였다. 그런데 지빌레의 태도가 이상했다. 그녀는 땅을 구입한 것을 알았다. 벌써 몇 년 전부터 바라던 땅 말이다. 지금 그 땅을 샀는데, 지빌레는 환호성을 지르지 않았다. 일주일 후 롤프는 슈투르체네거라는 젊은 건축가와 블랙커피를 마시는 자리까지 마련했다. 젊은 건축가는 철저한 현대성에 열광했으며, 멍하니 앉아 있는 부인에게 뭘 바라는지 정확히 말하라고 독촉했다. 예를 들어 침실을 함께 쓸 것인지 아니면 따로 쓸 것인지. 이제 모든 것을 급히 서둘러야 했다. 대화가 한창 진행중인데 (내 검사는 이렇게 말한다) 전화벨이 울렸다. 여느 때처럼 지빌레가 전화를 받았다. 그녀는 침묵을 지켰으며, 아니요, 네, 아니요, 이렇게만 말하고 갑자기 수화기를 내려놓았다. 그러고는 무척 당황한 표정으로 잘못 걸려온 전화라고 주장했다. 누구겠어, 가장무도회 피에로겠지! 롤프는 생각했다. 집 설계에 대한 논의는 계속되었다. 지빌레는 열심히 관심 있는 척하며 그 순간을 모면했지만, 막상 지금 설계하는 집으로 이사 따위 하지 않을 사람처럼, 이러든지 저러든지 그녀에게는 모든 게 아무래도 상관없는 듯했다. 블랙커피를 다 마셨을 즈음 젊은 건축가는 (내 검사는 어떤 맥락에서 그 이야기가 나왔는지 이제는 기억하지 못한다) 백인 이방인을 환대하기 위해 결국 자신의 부인까지 제공하는 에스키모에 대해 수다를 떨었다. 이방인이 그 대접을 거부하면 명예가 훼손되었다고 느껴서, 손님의 허리띠를 움켜쥔 채 죽을 때까지 벽에 내동댕이친다는 것이다. 물론 다들 웃었다. 이어서 젊은 건축가는 슈틸러라는 친구가 스페인 내전중에 체험한 다른 우스운 이야기로 넘어갔다. 내 검사는 그때 처음으로 슈틸러라는 이름을 들었다. 스페인내전에 관한 이야기는 그의 기억에 별로 남아 있지 않았다. 그저 발사되지 않은 러시아총 정도만 기억했다. 그에 비해 그의 아내, 조금 전까지 멍했던 지빌레가 러시아총 이야기에 지나치게 많은 관심을 보였던 것은 잘 기억했다. 건축가가 가고 나자, 지빌레는 콧노래를 흥얼거리며 집안을 돌아다녔다. 롤프는 그녀의 기쁨을 집 짓는 일에 연관 지었지만, 이렇게 토를 달지 않을 수 없었다. "당신 혹시 사랑에 빠졌어?" 그리고 지빌레가 부정하지 않자 물었다. "그 젊은 건축가가 마음에 들어?" 그 말은 농담이었다. "그렇게 생각해?" 그녀는 물었다. "인정하라고!" 그는 말했다. "아프잖아!" 그녀는 말했다. "인정할게, 그러니까 놓아줘!" 이미 말했듯이, 그것은 농담이었다. 롤프는 일을 해야 했고, 지빌레는 커피잔 세 개를 쟁반에 올려놓았다. 그때 그 일은 그것으로 끝이었다……

제노바에서 보낸 나흘……

그것은 분명 (내 검사는 이렇게 생각한다) 그의 인생에서 가장 우스꽝스러운 고역이었지만 가장 무익한 고역은 아니었다. 그는 자신에게 그때까지 알지 못했던, 결코 짐작도 못했던 감상적인 면이 있다는 사실을 알게 되었다. 그는 울음이 북받쳐서 레스토랑을 나올 수밖에 없을 때까지 술을 들이켰다. 또 자신에게 유치한 면이 있다는 것도 알게 되었다. 그는 웬만큼 말끔한 스커트만 나타났다 하면 입을 벌리고 쳐다보았으며, 치졸하게 복수하는 생각만으로 몇 시간을 때웠다. 또 자신에게 속물근성이 있다는 것도 알게 되었다. 그는 꽃무늬 벽지의 호텔방에 자신을 무릎 꿇게 만들고 비난의 마지막 잔재와 자기 연민의 마지막 잔재를 불태운 고통, 단순히 자세나 알코올이 불러온 효과가 아닌 진정한 고통을 나흘 밤과 나흘 낮에 걸쳐 (그는 이렇게 말한다) 고작 몇 분 동안 느꼈다. 하지만 무엇보다도 우상으로 떠받들어지지 않으면 여자를 사랑하지 못하는 무능력함, 고마움이나 배려나 감탄 등을 요구하지 않고는 사랑하지 못하는 무능력함이 자신에게 있다는 사실을 알게 되었다. 그것은 고역이었다. 그는 옷을 입은 채 철제 침대에 누워서 담배를 피우며, 자신의 아내가 다른 남자에게 몸을 허락하는 광경을 부끄럼 없이 상세하게 상상하는 것으로 자신을 괴롭혔다. 그것은 고역이 아니라 스스로에게 긴장을 완화하도록 베푸는 것이었다. 자신의 감정 수준, 자신의 성숙도에 대해 지금까지 많이 착각했다는 인식, 의도하지 않은 고백은 고역이었지만. 그의 의지조차도 (그는 이렇게 말한다) 그런 시험을 감당할 능력이 없었다. 단 한 마디 말도 없이 여행을 떠나왔지만, 아내가 물어보면 건네주게끔 밀봉편지, 위급상황을 대비해 자신의 주소를 적은 편지를 비서에게 보내는 일은 도저히 단념할 수 없었다. 그런 위급상황은 나흘 동안 일어나지 않은 듯 보였다. 이런, 아내는 그를 찾지 않았던 것이다! 날마다 북쪽에서 오는 기차가 도착하고 30분이 지난 후, 유치우편물이 있는지 알아봤지만 헛수고였다. 물론 간간이 쾌활하고 품위 있게 보낸 시간들도 있었다. 영어판 처칠 회고록을 읽기도 했으며, 말끔하게 면도하고 아침 햇볕을 쬐며 한가로이 앉아 있기도 했다. 스스로 인정한 바와 같이 시계를 보지 않고서, 붉은 캄파리*를 마시며 제2차세계대전의 배후에 대한 글을 읽기도 했다. 하지만 사실은 아내가 자신을 그리워하고 온갖 수단을 동원해 찾아주기만을 기다렸다.

* 이탈리아산 리큐어.

그렇다. 그는 제노바 길거리 어딘가에서 후회하며 남편을 찾아다니는 지빌레를 봤더라도 놀라지 않았을 것이다. 이탈리아 중앙우체국 대리석홀의 모습으로 나타나는 그녀의 '모욕적인' 침묵은 번번이 그를 창백해지게 만들었다. 그 여인은 그가 자신의 이론을 실천하며 살 수 없다는 것을 얼마나 자주 깨닫도록 강요했는가! 나흘째 되던 날 드디어 전보가 한 통 도착했다. 흔히 구출되면 먼저 긴장이 풀리면서 탈진해 쓰러지듯이, 그는 아내가 뭐라고 썼을지는 상관 없이 우선 마음이 놓여서 전보를 뜯기 전 지친 몸으로 잠시 침착하게 앉아 있었다. 하지만 그것은 아내에게서 온 것이 아니었다. 비서만은 언제 돌아올지 알고 있어야 한다고 했다. 그것으로 충분했다. 그는 웃었다. 마치 찬물을 뒤집어쓴 듯했다(그는 이렇게 말한다). 그는 전보를 찢어서 휴지통에 버리고, 더이상 생각할 것 없이 다음 기차를 타기로 결정했다. 다만 호텔 숙박비를 지불하려면 2만 리라가 필요했다. 이제 어떡한담? 롤프는 그 담보물, 미국산 남성용 옷감을 어디서 어떻게 팔 수 있는지 알아내야 했다. 그것도 가능한 한 신속하게. 가장 적당한 기차가 정오에 출발했다. 야간열차는 두 번 다시 타고 싶지 않았다! 팔에 낀 꾸러미가 너무 누추해서 롤프가 조금 당황한 표정으로 호텔 로비를 나섰을 때는 오전 열시경이었다. 주저하는 마음이 물론 없지는 않았지만, 판매자로서 옷가게를 찾아내려고 결심한 터였다. 당연히 지나치게 좋은 옷가게를 찾을 생각은 아니었다. 그날도 몹시 무더웠다. 땀이 뻘뻘 났지만, 좋은 인상을 주기 위해서 넥타이를 풀지 않았다. 첫번째 가게에서 반은 무례하고 반은 동정어리게 거절당한 것으로 보아, 좀더 수수한 구역을 찾는 것이 현명해 보였다. 네번째로 찾아간 가게에서 그나마 문전박대당하지 않고 처음으로 꾸러미를 풀 수 있던 것은 이미 시계가 11시를 알렸을 때였다. 그는 운이 좋았다. 마침 가게 안에 손님이 하나도 없었기 때문이다. 미국산 남성용 옷감의 끝자락을 조금 보는 것만으로도 충분했다. 가게 주인, 콧수염을 기르고 얼굴이 창백한 멋쟁이는 그를 면전에서 비웃었다. 롤프는 이윤 같은 것은 언감생심 생각하지도 않았다. 다만 호텔비를 지불할 수 있도록 잃어버린 금액의 일부만을 원했을 뿐이다. 옷감은 싸구려였다. 롤프가 받은 대접으로 보아서 아주 싸구려 같았다. 콧수염을 기른 멋쟁이는 롤프를 아예 무시하고 신문을 읽었다. 그는 그곳에서 처음으로 특정 사건이 아니라 자신의 실제 처지에 대해 이야기했다. 그 녀석은 인간적으로 최소한의 관심도 보이지 않았으며, 돈 한 푼 들어가지 않는데도 이해하는 표정조차 짓지 않았다. 롤프가 꾸러미를 팔에 끼고서 제 발로 걸어나갈 때까지, 바스락거리는 신문에 대고 이리저리 하품을 하며 롤프를 완전히 무시했다. 롤프는 행복하게 으스대는 표정의 아내를 떠올리지 않고서도 절망적인 기분이 되었다. 끝자락으로 보아, 실제로 상당히 형편없는 옷감이었다. 꺼칠꺼칠했다. 모직은 결코 아니었다. 50 대 50은 어림없었다. 게다가 그 무늬, 자기도(내 검사) 절대로 입고 싶지 않은 것이었다. 상스럽고 조잡했다. 게다가 살갗 같은 연홍색이라니! 그는 어느 낡은 교회의 계단에 쪼그리고 앉았다. 목이 푸른색-초록색-보라색으로 어른거리는 회색 비둘기들이 주변에서 구구거렸다. 그는 그 상황에서 무엇을 할 수 있을지 방법을 찾거나 아니면 최소한 찾는 시도라도 하려고 했다. 등 뒤에 바로크 양식의 교회 정면이 있었다. 아주 감탄할 만했다. 지빌레는 그런 것에 그보다 이해가 깊었다. 이제 넥타이를 풀고 소맷부리를(아마 그것도 이미 지저분했을 것이다) 접지 말아야 할 이유가 없었다. 최소한 아내가 이런 모습을 보지 않는다는 것이 행운으로 느껴졌다. 어쨌든, 나머지 인류는 볼테면 얼마든지 입 쩍 벌리고 보라지! 바로크 양식의 교회 정면, 윗부분의 소용돌이 무늬에 햇빛이 비쳤고, 그 팽팽한 황갈색이 정오의 바다와 하늘의 푸른색을 받아 빛났다. 시계가 12시를 알렸다. 두 시간 후에 기차가 출발할 예정이었다. 불룩불룩 튀어나온 벽에 셔츠, 바지, 양말, 모자 같은 상품들이 걸려 있는 항구 골목길의 고물장수에게 가기 전에, 그렇다, 그의 금빛 손목시계도 사라져야 했다. 이제는 (그는 이렇게 말한다) 리라가 아니라 그의 적나라한 자신감이 걸린 문제였다. 그는 그 자신감을 점점 누추해지는 꾸러미에 담아서 또다시 팔 아래 꼈다. 왜 즉시 그 고물장수들에게 가지 않았을까! 그날 오전 그는 전에 없이 자신감이 넘쳤으며, 즐거운 저녁 모임에서 체험한 일화들을 떠올리고 즐거워하기까지 했다. 그는 휘파람을 불었다. 아니, 자신이 휘파람 부는 소리를 들었다고 말하는 편이 더 맞다. 어쨌든 그는 자신의 마음이 울적하지 않은 것을 의식했다. 그곳은 항구의 골목길, 주먹이 지배하는 곳이었다. 롤프는 경찰도 다니지 않는 그곳에서 사기꾼으로 몰려 몰매 맞지 않으려고, 그 옷감이 정말로 양복을 만들기에 충분한지 확인하려고, 그 샛길에서 처음으로 꾸러미의 끈을 풀었다. 그는 확인했다. 아니, 길이는 부족하지 않았다. 그래서 롤프는 그 지긋지긋한 옷감을 다시 둘둘 말았다. 옷감이 자칫 길바닥에 닿으면 소변 냄새가 밸 수 있다보니 상당히 어려운 일이었다. 그는 고물장수에게 가까이 다가가, 그곳에서 역으로 가는 길을 물으며 운을 뗐다. 담배를 권하며 아주 친절하게 옷감에 대한 이야기를 꺼냈다. 어제 이탈리아 양복점에서 양복을 맞추려고 옷감을 샀는데, 인생이 늘 그렇듯이 오늘 갑자기 전보를 받고 이곳을 떠날 수밖에 없게 되었다고 말했다. 그리고 옷감을 통과시키지 않는 세관을 욕했으며, 스스로 지혜롭고 동양적이라고 여긴 시시한 이야기를 길게 늘어놓았다. 하지만 바지 주름이 뚜렷이 남아 있는 그의 양복과 지나치게 멋진 구두는 그 동네에서 친밀한 신뢰감을 일깨우기에 적절하지 않았다. 물론 명확히 각인될 수밖에 없는 황금 인장 반지는 더이상 말할 것도 없었다. 노상에서 매물을 푸는 것까지는 허용되었다. 젖먹이를 가슴에 안은 몇몇 여자들이 호기심을 갖고 롤프를 수상쩍게 여기는 눈초리로 흥정을 지켜보았다. 고물장수, 치아가 갈색이고 마늘 냄새를 풍기는 노인이 옷감을 요리조리 자세히 더듬는 것을 보고, 롤프는 소심한 희망을 품었다. 너무 소심해서 자신이 가격을 제시하지 못하고, 고물장수에게 얼마나 줄 생각이냐고 물었다. "한 푼도 못 주겠소." 롤프는 천 리라, 자존심을 위해서 천 리라로도 만족했을 것이다. 그는 적어도 그 정도는 받을 요량으로 2천 리라를 최후의 가격으로 제시했다. "아니요!" 그럼, 천 리라요! "아니요!" 그렇다면 도대체 얼마를 줄 생각이오? "한 푼도 못 준다고요." 젖먹이를 안은 여자들이 비죽이 웃으면서 그 자리를 떠났다. 롤프는 옷감을 다시 둘둘 말았다. 하지만 인장 반지는 3만 리라를 줄 수 있다고 고물장수가 말했다. 롤프는 웃었다. 고물장수는 롤프의 멋진 구두를 만져보지도 않고서 7천 리라를 제시했다. 마치 그가(내 검사가) 맨발로 집에 갈 수 있다는 양. 그 제노바에서는 별의별 일이 다 일어날 수 있었다. 꾸러미를 선물하는 것, 결국 그 방법밖에 없었다. 그것도 가능한 한 빨리! 가령 광고탑 옆에서서 하모니카를 부는 젊은이에게 선물하면 어떨까. 보아하니 실직자인 듯싶었는데, 바닥에 놓인 모자가 텅 비어 있었다. 마지막 순간에 롤프는 검은 목발을 보았고, 그래서 그 젊은이에게 옷감을 선물하지 못했다. 그러니 계속 가자! 누더기 차림으로 담배를 구걸하는 젊은 건달과 얼기설기한 유모차에 손자를 태우고 가는 노인도 적절하지 않아 보였다. 본인이 결단코 갖고 싶지 않은 옷감을 선물하는 것은 그리 쉬운 일이 아니었다. 롤프는 결코 그림처럼 아름답지 않은 가난한 동네에서 이리저리 오갔다. 대다수의 사람들이 얼마나 누추하게 사는지 볼 때마다 번번이 충격을 받았다. 롤프는 걸음을 멈췄다. 공정하고 싶은 욕구, 그 선물을 가장 받아 마땅한 사람을 찾아내고 싶어하는 자기 욕구가 속물적이라고 느꼈다. 그래서 다음 골목길에서 아무에게나 선물하기로 작정했다. 무작정 맨 먼저 만나는 사람이 양복감을 갖게 되고, 그것으로 다 끝이다! 맨 먼저 만난 사람은 슬리퍼를 질질 끄는 젊은 여자였다. 그러니 계속 가자! 그다음 사람은 호루라기를 부는 경찰이었다. 그러고는 골목이 끝났다. 나무가 있는 작은 광장에서 소년들이 축구를 했다. 롤프는 방해가 되었을 뿐이다. 아마 그가 골키퍼의 시야를 가리면서 자살골을 유도한 모양이다. 그래서 소년들 사이에서 심한 싸움이 벌어졌다. 그러니 계속 가자! 그는 다시 너무 피곤해서 쓰러질 것만 같았다. 40분 후에는 기차가 출발할 예정이었다. 그런데 이 선물을 어떻게 처치한담? 왁자지껄 시끄럽고 컴컴한 술집에서 술 취한 사람이 비틀비틀 걸어나왔다. 그는 몹시 화가 나 있어서 그에게 선물하는 것은 너무 위험했다. 물론 그 꾸러미를 그냥 골목길에 내던질 수도 있었다. 항복. 나중에 그는 한 손을 내민 눈먼 걸인의 주변을 한동안 더 맴돌았다. 그것도 마땅찮아 보였다. 최후의 경우에는 호텔비를 우편으로 지불할 수도 있었다. 나중에 언제든. 코트도 아직 호텔에 있었다. 그리고 당연하게도 애초에 호텔비를 지불할 수 있느냐 없느냐는 전혀 중요하지 않았다. 그 끈에 묶인 꾸러미를 어떻게 해결하느냐가 중요했다. 왜 그걸 그냥 버리지 않았느냐고? 롤프도 그냥 버리려고 했다. 그는 꾸러미를 잃어버리는 것보다 더 쉬운 일은 없다고 생각했다. 그런데도 마침내 이성의 강요를 받아 그 일에 착수하려 하자 관자놀이가 쿵쿵 뛰었다. 빨간 신호등 앞에서 북적거리는 사람들 틈에 슬쩍 꾸러미를 떨어뜨리고는 사람들 무리에 휩쓸려 길을 건너면서 드디어 벗어났구나 싶었다. 경찰이 호루라기를 불고 교통의 흐름이 바뀌면서, 방금 건너온 도로가 잠시 봉쇄되었기 때문이다. 드디어 다시 자유로운 두 손을 갖게 됐다는 것, 그것은 마치 지빌레와의 사이에서도 아무 일 없었던 것 같은 안도감, 새로운 삶의 기쁨이었다. 롤프는 그 악몽 같은 꾸러미가 어떻게 되었는지 뒤돌아보지도 않고서 담뱃불을 붙였다. 그리고 뒤돌아볼 필요도 없었다. 초라한 옷차림의 젊고 예쁘장한 여자가 꾸러미를 주워서 부주의한 주인에게 돌려주려고 그의 소맷부리를 잡아당겼기 때문이다. 롤프는 지저분한 종이로 포장되고 값싼 끈으로 묶인 그 허름한 꾸러미가 자신의 것이라는 사실을 감히 부정하려고 하지 않았다. 연홍색 피부 같은 옷감을 묶은 끈은 금방이라도 끊어질 것만 같았다. 그가 이 지상에서 사는 동안 그 연홍색 옷감을 평생 짊어져야 하는 저주를 받은 걸까? 기차가 출발하기 10분 전까지도 그는 꾸러미를 팔에 낀 채 어쩔 줄 모르며 서 있었다. 그렇게 당황한 적은 평생 별로 없었다. 기차가 출발하기 5분 전이었다. 그는 항복을 (그는 이렇게 부른다) 마지막 순간까지 미뤘다. 롤프가 승강대에 올라서자마자 기차 문이 닫히고, 기차가 출발했다. 무전취식자이자 버림받은 남편에게는 앉을 좌석이 없다는 듯, 롤프는 밀라노까지 기차 통로에 서 있었다. 지빌레가 뭐라고 말할까? 물론 아직까지도 롤프는 지빌레가 자신에게 보이는 관심의 정도를 지나치게 과대평가하고 있었다. 밀라노까지 그는 기차 통로에서도 혼자가 아니었다. 외국에서 같은 나라 사람을 만나면 대부분 그렇듯이 한 스위스 남자가 친밀하게 말을 걸어왔다. 다행히도 곧 국경에 도착했다. 키아소*까지 롤프는 식당차에 앉아 있었다. 혹시 아는 사람이 기차 안을 지나가다가 그를 알아보는 일이 없도록 계속 차창 밖에 시선을 두었다. 기차가 터널을 지나든 지나지 않든 상관없이 줄곧 차창 밖을 내다보는 남자가 얼마나 이상해 보일지는 전혀 의식하지 못했다. 롤프는 자기연민의 과장된 환상에 빠져 지난 일들을 과거 그 어느 여행길에서보다도 더 많이 떠올렸다. 지빌레 없는 사건, 지빌레 없는 행복, 지빌레 없는 뜻깊은 시간은 전혀 생각나지 않았다. 나머지 모든 것은 생각할 가치도 없는 쭉정이였다. 지빌레가 돌연 그의 인생의 유일한 의미와 내용이 되었는데, 그 의미가 이제 다른 남자에게로 옮아갔다. 가장무도회 피에로 아니면 흑단같이 검은 머리의 제노바 남자 아니면 젊은 건축가 아니면 누군지 모를 남자에게 옮겨가고 말았다. 단순히 옮겨가버린 것이다. 괴셰넨에서부터 차창에 비가 뿌렸다. 롤프는 지빌레 앞에서 아무런 내색도 하지 않는 편이 가장 좋을 거라고 생각했다. 침착함으로 그녀를 초토화시켜야 했다. 롤프는 그녀의 뻔뻔한 얼굴을 떠올리기만 하면, 행복에 넘칠 뿐만 아니라 행복해서 낯설기까지 한 그녀의 얼굴에 상응하는

* 스위스와 이탈리아의 국경에 있는 지역.

침착한 태도를 저도 모르게 취하게 됐다. 아니, 그 얼굴은 모욕적이었고 파렴치했고 교만했으며 롤프를 향해 의기양양하게 굴었다. 그는, 롤프는 자신의 이론으로 그녀를 비난하는 짓은 하지 않을 것이고, 그녀는 큰 소리로 웃으며, 그를 조롱거리로 만들 것이다. 분노하거나 비난하거나 한탄하지 않는 침착함, 게다가 그 대단한 여인을 무릎 꿇릴 때까지 유지해야 하는 침착함이 이제 그에게 남은 유일한 것인 듯 보였다. 그것은 결정된 일이었고, 고향의 호수가 벌써 시야에 나타났다. 롤프는 그 대단한 여인과의 미래에 대해 숙고하면서 심지어 식당차에서 휘파람을 불기 시작했다. 물론 휘파람 소리를 귀로 듣자마자 바로 멈추었으며, 그래야만 빨리 취리히에 도착하기라도 하는 듯 종업원에게 어서 계산하라고 채근했다. 하지만 더이상 미래가 없다면, 지빌레가 롤프 곁이 아니라 다른 남자 곁에서 산다면 어쩔 것인가? 다시 말해, 롤프가 혼자 집에 남는다면, 그 침착함과 더불어 혼자 집에 남게 된다면. 기차가 역에 진입할 때, 그는 잔을 손에 든 채, 누군가가 소맷부리를 잡아당기며 또다시 누추한 연홍색 옷감 꾸러미를 건네주지 않을까 두려움에 떨며 앉아 있었다—

지빌레(내 검사의 부인)는 어제 자정 직후 몸무게가 3킬로그램이 약간 넘는 딸을 낳았다. 검사는 몹시 행복에 겨워서 면담에 응할 수 없을 정도이다. 나는 나중에 계산할 테니까 부인에게 꽃을 전해달라고 부탁했다. 십중팔구 그는 내 부탁을 잊었을 것이다.

그런데도 나는 기록을 계속했다.

롤프가 그 당시 제노바에서 돌아와 취리히 중앙역에 내렸을 때, 코트를 입지 않은 모습은 분명 눈에 띄었을 것이다. 그러니까 지빌레가 역에 마중나왔다면 못 보고 지나칠 가능성은 별로 없었다. 물론 그는 지빌레가 역에 마중나올 리 없다고 혼잣말했다. 지빌레는 그가 도착하는 줄 전혀 몰랐고, 그렇다고 운을 하늘에 맡기고 모든 국제열차를 기다릴 리도 없었다. 다만 만일의 경우에 서로 못 보고 지나치는 어처구니없는 일이 발생하지 않도록, 그는 마중나온 사람들을 쭉 둘러보았다. 취리히에는 비가 내렸다. 어느 처마 아래서 롤프는 평소처럼 택시를 부를 형편이 되는지 지갑을 살펴보았다. 그러다 택시가 그녀의 집 앞에서 멈췄을 때, 예상보다 더 나쁜 상황이 벌어졌다. 견디기 어려울 정도였다. 저 집이 누구의 집인지, 그녀의 집인지 아니면 자신의 집인지 확신조차 못하면서, 차에서 내리기를 망설였다. 그는 빗속을 뚫고 달려가려고 옷깃을 세우면서 그녀의 집을 올려다보았다. 여행에서 받은 모든 굴욕감도 불 꺼진 집을 본 순간에 비하면 아무것도 아니었다. 늦은 시각이었지만, 아직 한밤중은 아니었다. 어쩌면 지빌레는 벌써 잠들었을 수도 있었다. 어쨌든 롤프는 차에서 내리지 않았다. 택시 기사가 이 집이 맞느냐 아니면 더 가야 하느냐 물으며 채근했을 것이다. 롤프는 이제 면도를 하지 않은 모습으로 다른 남자를 사랑하는 아내 앞에 나서기가 너무 꺼려졌다. 지빌레가 다른 남자를 사랑한다는 사실을 그가 잊은 적이 있던가? 고통스럽기 짝이 없는데도 기분을 풀어주었던 온갖 감정이 난무한 후, 이제 다시 그것은 무덤처럼 삭막한 사실로 느껴졌다. 롤프는 이탈리아 출신 하녀에게서 사모님이 며칠 동안 여행을 떠났다는 말을 가만히 듣고만 있을 수는 없을 것 같았다. 지금은 모든 일이 가능했기 때문이다. 아마 집에 쪽지가 놓여 있을 수도 있었다. 월요일에 돌아올 예정이야. 잘 지내, 지빌레. 집세 내는 거 잊지 마. 아니면 단순히 이렇게 쓰여 있을 수도 있었고. 집세 내는 거 잊지 마, 지빌레. 롤프는 그냥 그 택시를 타고 시내로 돌아갔으며, 그날 저녁은 전화를 걸 엄두조차 내지 못했다. 같은 도시에 집을 두고도 호텔에서 잔다는 것은 늘 일종의 특별한 사건을 뜻한다. 롤프는 침울한 가운데서도 그 사실을 즐겼다. 그것은 특별한 사건, 불확실성, 흥분이었고, 그는 혼란스러운 꿈을 꾸었다. 다음날은 일요일이었는데, 아침에 비가 그쳤다. 롤프는 먼저 집 짓는 현장을 돌아보았다. 면도는 했지만 여전히 코트는 입지 않았다. 집 짓는 현장은 교외의 언덕 위에 있었다. 롤프는 그때까지 항상 자동차로만 그곳에 갔다. 걷기에는 상당히 먼 거리에 있었다. 그 당시 집은 아직 지붕을 올리지 않은 상태였다. 지난번 마지막으로 다녀갔을 때는 위층의 콘크리트 작업을 하고 있었다. 그의 아내는 단 한 번도 그곳에 다녀가지 않았다. 그제야 롤프는 이해했다. 아내가 그 집에 별로 관심이 없다는 것을 말이다! 일요일의 산책객들이 공사장을 지나갈 때면, 롤프는 마치 건축주가 아니라는 양 두 손을 호주머니에 집어넣은 채 당황한 표정을 짓고서, 골조뿐이지만 충분히 알아볼 수 있는 미래의 방 안에 서 있었다. 커다란 유리문이 있는 테라스 방, 복도로 이어지는 다섯 개의 계단, 호수가 보이는 그의 서재, 같은 층의 침실들, 모든 것이 설계 그대로였다. 테라스도 벌써 콘크리트 작업이 끝났고, 자재, 지붕 공사용 판지 두루마리, 벽난로 석재, 포틀랜드 시멘트 포대, 난방용 기름탱크, 작은 격벽에 쓸 벽돌, 주철 도관, 어디에 쓰이는지 용도를 알 길 없는 온갖 물건들이 사방에 널려 있었다. 어쨌든 그곳에서 일을 했다는 것을 알 수 있었다. 그런데도 롤프는 마치 폐허에 서 있는 듯한 느낌이 들었다. 게다가 마침 곤혹스럽게도 젊은 슈투르체네거, 그 건축가가 손에 접자를 펼쳐 든 채 나타났다. 슈투르체네거는 자신의 건축물에 열광해서 일요일에도 가만히 쉬고 있을 수 없었던 것이다. 뭔가에 열광하는 사람들이 으레 그렇듯이, 그의 얼굴은 예전보다 훨씬 더 멋져 보였고 더 많은 호감을 불러일으켰다. 롤프는 옆에서 그를 자세히 훑어보았다. 실제로, 그 젊은 슈투르체네거는 롤프와는 많이 달랐다. 반박의 여지가 없었다. 게다가 더 젊었다. 그는 널빤지와 도관 위를 쿵쿵 걷고, 콘크리트 테라스의 물이 뚝뚝 떨어지는 거푸집 아래로 몸을 숙이고, 갈색의 물웅덩이를 뛰어넘었다. 롤프는 여러 종류의 규회벽돌을 만져보고 어느 것으로 할 것인지 결정을 내려야 했다. 젊은 슈투르체네거는 인정사정없이 온갖 설명을 쏟아부었다. 롤프는 특히 그의 귀와 머리카락, 코, 입술(이것만은 참아주기 어려웠다), 손을 살펴보았다. 안 될 게 뭐 있어! 그는 이렇게 생각하고는, 그 모든 것에도 불구하고 값이 싼 규회벽돌로 결정했다. 이 젊은 남자는 이 집이 팔려나가리라는 것을 벌써 알아챘을까? 그는 알아채지 못했으며, 공간의 효과에 열광하고 롤프 편에서도 함께 열광하길 기대했다. 그러나 롤프는 갑자기 지빌레와 보낸 마지막 저녁을 떠올렸다. 지빌레, 그 위선자는 공항에 마중나왔으며, 저녁식사 시간 동안 집에 돌아온 남편에게 오로지 젊은 슈투르체네거의 행운에 대해서만 이야기했다. 그가 캐다나 어딘가에서 대규모 건축 의뢰를 받았다는 내용의 긴 이야기를 늘어놓았다. 그게 혹시 정황증거가 아니었을까? 롤프는 물론 아무 말도 하지 않았다. 그는 천장 난방용 도관에 대한 설명을 들으며, 자신은 이미 오래전에 빤히 알고 있는데도 지빌레에게 아무것도 모르는 척 내색하지 않는 상상을 즐겼다(이제 그는 마음속으로 즐기고 싶은 특이한 욕구를 느꼈다). 아직은 내색할 때가 아니었다. 그 젊은 건축가는 노란 접자를 손에 든 채 스스럼없이 행동했지만 의심을 받고 있었다. 슈투르체네거는 건축주를 집으로 태워다주겠다고 고집했다. 그가 바다 건너 캘리포니아에 곧 커다란 공장을 짓게 될 거라는 대단한 행운에 대해 떠벌렸을 때, 롤프는 그의 말을 끊었다.

"제 집사람은 캐나다라고 하던데요."

"아뇨." 슈투르체네거는 말했다. "캘리포니아입니다."

뭔가 석연치 않았다. 하지만 롤프는 체면을 지키기로 했다. 제노바에서 롤프 스스로 본 자신의 모습은 그 누구도 보아서는 안 되었다. 혼자 지빌레 앞에 나서기가 두려웠을까 아니면 침착한 모습을 보여주고 싶었을까, 그 일요일 아침 롤프는 슈투르체네거에게 식사 전에 술을 한 잔 함께 마시자고 권유했다. 이런, 지빌레는 집에 있었다. 친차노*도 진도 집에 있었고 더욱이 짭짤하게 볶은 아몬드까지 있었다. 그의 아내, 일요일 아침 조용하고 가정적인 분위기의 희극을 즉석에서 연출한 그 대단한 여자, 그리고 그 건축가, 지빌레가 기꺼이 따라가고 싶은 캐나다에서 근사한 주문을 받은 젊은 녀석, 두 사람은 롤프에게 아주 그럴듯한 한 쌍, 설득력 있는 한 쌍, 매력적인 한 쌍처럼 보였다. 그는 두 사람이 고집스럽게 서로 정중한 말투로 이야기하는 것조차 개의치 않았다. 그리고 빌어먹을, 자기 아내를 포옹한 자가 그 슈투르체네거든 아

* 이탈리아의 주류 브랜드. 베르무트가 전 세계적으로 유명하다.

니면 다른 누구든 간에, 지금 롤프에게는 어떤 젊고 멋지고 생을 즐기는 남자와 함께 있는 아내를 지켜보는 것, 그리고 지빌레가 그 누군가를 포옹한다는 생각을 하면서 그 자리에서 돌아버리지 않는 것만이 문제였다……

——

이미 말했듯이, 내 검사는 훨씬 더 실감 나게 이야기한다. 그 당시 제노바에서 살갗 같은 연홍색 옷감이 결국 어떻게 되었는지 내가 중간에 물었을 때, 그는 마지못해 넌지시 암시했을 뿐이다. 내가 제대로 이해했다면, 그는 그 허름한 꾸러미를 결국 역의 공중화장실에 버렸다.

"정말입니다." 내 검사는 웃는다. "제가 그 꾸러미 꿈을 꾸지 않기까지 몇 년이 걸렸다니까요!"

(그런데 그는 내게 왜 이렇듯 솔직할까?)

"제가 검사님에게 질문을 하는 것이," 나는 말한다. "실례가 되지 않을지 모르겠습니다. 그런데도 한 가지 궁금한 게 있는데요. 사모님께서는 그때 사귄 사람이 누구였는지 말 안 하셨나요?"

"나중에 말했지요. 훨씬 나중에."

"언제요?"

"그 관계가 끝났을 때요." 그는 말한다. "그가 행방불명되었을 때."

"우스운 일이군요." 나는 말한다.

"그렇다고 볼 수 있지요." 그는 미소 짓는다. "그때는 우리 두 사람 모두 많이 우스웠어요. 제 집사람도 그랬고, 어쨌든 저도 그랬고."

——

그 다사다난했던 여름 내내 롤프는 자신의 이론에 충실하게 지빌레의 완전한 독립을 인정한다는 것을 입증하려 했다. 결론적으로 여기서 발생할 위험, 즉 서로 완전히 멀어질 위험을 지빌레는 이런 도도한 말로 감수했다. 당신이 내게 자유를 줄 필요는 없어. 필요하면 언제든 스스로 자유를 선택할 수 있어. 그러므로 그의 침착함에는 이런 뜻이 숨어 있었다. 그래, 얼마든지 당신 원하는 대로 하라고! 그러면서도 둘은 함께 친구들과 유쾌하게 어울리며 저녁을 보내기도 했다. 친구들은 아무 내색도 하지 않았으며, 또 아무것도 눈치채지 못했을 수도 있다. 그러다가 다시 사소한 일로 예민하게 굴었다. 어쨌든 두 사람은 그때까지 늘 그랬듯이 함께 루체른의 국제음악제에 갔으며 로비에서 팔짱을 끼고 다녔다. 그것은 위선이, 외부적으로도 내부적으로도 결코 위선이 아니었다. 갑자기 그들은 다시 다정한 모습을 보이곤 했다. 롤프는 남편이었다. 그가 그 점을 비열하게 악용하지는 않았지만, 예를 들어 언제든지 지빌레와 팔짱을 끼고 나타날 수 있다는 이점은 분명 있었다. 심지어 지빌레는 이제 검사가 된 롤프가 자신과 팔짱을 끼고 로비를 거니는 것을 아주 높이 평가했다. 그에 비해 가장무도회 피에로는 모든 불법활동에 따르는 불리한 조건을 안고 있었다. 롤프는 상대편에 그 널리 알려진 불리한 조건이 있다는 것을 처음으로 실감했다. 기분이 유난히 좋을 때 그가 이따금 넌지시 비꼬았을 수도 있다. 그러면 그것은 멀리서 등대처럼 반짝였으며, 그들이 팔짱을 낀 채 그것을 잊어야 하는 경우에도 고약한 암초가 어디에 있는지 알려주었다. 그들이 언쟁에 이른 것 같지는 않아 보인다. 하지만 두 사람 모두 두 번 다시 겪고 싶지는 않은 여름이었으리라. 지빌레는 롤프와 함께 계속 한 집에서 살았지만, 나머지 모든 일에서는 완전히 관계가 멀어져 있었다. 지빌레는 양심의 가책에 시달리지는 않았지만, 그것은 떠올리고 싶지 않은 끔찍한 경험이었다. 롤프가 제노바에서 돌아온 후, 그녀는 당분간 겉으로는 예전 그대로였으면 좋겠다고 말했다. 이것은 그녀의 명백한 바람이었고 요구였다. 따라서 그녀의 하루 일과 중 롤프의 시야에서 사라진 것은 고작 몇 시간에 불과했다. 그러다 보니 이런저런 일들을 싫어도 대충대충 어중간하게 넘어가지 않을 수 없었다. 험악한 싸움보다도 훨씬 참기 힘들고 모든 걸 숨막히게 만드는 그 어중간한 상태를 지빌레는 다름 아닌 롤프의 탓으로 돌리며, 말로 표현할 수 없을 정도로 무분별하게 굴었다. 그녀의 여성적인 정서는 롤프를 원망했다. 그렇다. 그녀는 이따금 (그는 이렇게 말한다) 롤프에게 진절머리 난다는 눈빛을 보내고는 자기 방에 들어가 울었다. 문을 잠그고서! 그러면 롤프는 맥주를 가지러 지하실에 갔다. 더 많은 자유가 필요하다면, 왜 그녀는 자기 하고 싶은 대로 하지 않는 걸까? 롤프는 조롱할 마음은 전혀 없었다. 그의 가엾은 아내와 그 가장무도회 피에로, 두 사람은 왜 만사 제쳐두고 멀리 떠나지 않는 걸까? 그들은 왜 그런 모험을 감행하지 않는 걸까? 그는 이해할 수 없었다. 그 정도 열정은 아닌 걸까 생각하기도 들었다. 가을에 접어들어, 롤프는 자신이 그 일을 극복했다는 느낌이 들었다.

9월에 그는 검찰청에 취임했다.

10월에 집이 완성되었고, 젊은 건축가는 전체적으로 매우 흡족해했다. 젊은 건축가는 집을 다시 짓는다면 이런저런 것들은 하지 않을 거라고 말했다. 그런데 바로 그런 것들이 집주인 부부, 지빌레와 롤프의 마음에 쏙 든 것이었다. 반면 다른 것들은 낯설게 느껴졌다. 하지만 금세 건축 전문 잡지에 실린 사진들에서 특히 강조된 것은 바로 그 낯설게 느껴지는 것들이었다. 블랙커피를 마시며 나눈 첫 대화에서 슈투르체네거가 약속한 대로 그 집은 철저하게 현대적인 집이었다. 사실 롤프의 마음에 들지 않은 것은 아니었지만, 그렇다고 마음에 들었다고도 말할 수 없다. 젊은 슈투르체네거에 대한 롤프의 마음은 자유롭지 않았다. 그의 집, 롤프의 집이 그렇게 칭송받는 것은 슈투르체네거를 거의 시샘하게 만들었다. 한번은 카페에서 누군가가 롤프에게 다가와, 자신을 건축 전문 잡지의 편집장이라고 소개하고는, 그런 집을 지은 용기를 치하했다. 전형적인 현대 건축의 이름으로 말이다. 그는 건축가로서 젊은 슈투르체네거를 칭송하는 데 그치지 않았다. 아니, 그 젊은 남자의 인간적인 장점들, 그의 매력, 대담함, 저돌적 성격, 무분별함, 열정, 활력, 감수성, 육체적이고 감각적인 강렬함까지도 칭찬했다. 이런 점들은 건축가뿐만 아니라 연인의 특성이기도 했다. 그 순간에 롤프는 온 세상이 다시 자신을 바보 취급한다는 느낌이 들었으며, 스스로가 몰리에르* 희극의 등장인물처럼 여겨졌다. 지빌레도 그 카페에 함께 있었다. 활력, 감수성, 육체적이고 감각적인 강렬함. 그렇다. 그녀도 그 말에 동의하고는 롤프도 그렇게 생각하지 않느냐고 물었다. 롤프는 어쨌든 사생활과 직업 면에서 경험 많은 남자였는데도, 자신의 아내가 얼마나 많은 간계를 부리는지는 알 수 없었다. 아내가 무척 순수해 보이지만 무슨 일이든 할 수 있는 사람이라고 여겨지는 순간들이 있었다. 사랑에 빠진 여자들은 항상 자신을 순수하다고 생각하며 영원한 자연과 하나라고 느낀다. 그리고 소박한 마음으로 그 자연을 바로 하느님이라고 여긴

* 17세기 프랑스 희극의 거장.

다…… 어느 가을날 오후, 롤프는 이처럼 온 도시가 자신을 바보 취급한다고 느끼며, 말하자면 새 집을 인수하러 갔다. 젊은 건축가가 스스로 지적한 사소한 일들, 몇 가지 예외를 제외하면 아무 문제 없었다. 햇빛 가리개 하나가 내려가지 않았다. 단순히 조립 과정의 문제였다. 그뿐이었다. 그리고 커다란 창문 하나에 금이 가 있었다. 마지막으로 일한 인부, 페인트공들이 어처구니없게도 쓰레기를 버리는 바람에 변기가 막혀 있었다. 지하실 자물쇠가 아직 통째로 없었고, 설계도에서 분명히 바깥주인의 침대 옆에 넣기로 한 콘센트가 설치되지 않았다. 그 밖에는 욕실 거울이 이유를 알 수 없지만 10센티미터 높게 부착되어 있었다. 바깥 정원의 포석 몇 개가 마지막 순간까지 규암 대신 화강암으로 잘못 깔려 있었다. 그것도 시정할 수 있는 사소한 일이었다. 물론 페인트공들은 아직 할일이 남아 있었다. 하지만 실제로 그게 전부였다. 롤프의 눈에도 다른 하자는 눈에 띄지 않았다. 커다란 개오동나무가 앞으로 무사히 잘 자랄지는 지켜봐야 했다. 이제 집주인 측에서 진심으로 감사의 말을 할 차례였다. 하지만 그런 일은 일어나지 않았으며, 집주인 롤프는 그냥 현관문을 잠그고는 작별인사를 할 것처럼, 자신의 집 마당에 처음으로 온 것처럼 주변을 둘러보았다. 그러자 젊은 건축가는 그저 아무 말이라도 하기 위해서 마치 롤프가 처음 듣는 소리인 양 하자보수 개념에 대해 설명했다. 그런 다음 두 사람은 검사의 새 자동차 안에 나란히 앉았다. 검사는 여전히 멍한 표정으로 자동차 열쇠를 꽂았지만 출발하지는 않았다.

"나는 완전히 마음의 평온을 찾은 후에야," 롤프는 장갑을 끼며 말을 꺼냈다. "당신하고 이야기할 생각이었습니다. 하지만 당신도 보다시피,

이제 모든 일을 극복했어요—" 슈투르체네거는 분명 도대체 무슨 말인지 한 마디도 이해하지 못했으리라. "아니," 롤프는 말했다. "물론 당신 말이 백 번 맞아요. 근본적으로 모든 것은 선입견에 지나지 않으니까요. 당신은 우리집에 처음 찾아왔을 때, 우리, 그러니까 나하고 집사람에게 에스키모에 대한 재밌는 이야기를 들려주었지요. 나는 그 이야기에 대해 많은 생각을 하지 않을 수 없었어요. 그 이야기 기억나죠? 에스키모인은 자신의 부인을 손님에게 권하고, 손님이 그 제안을 받아들이지 않으면 소란을 피우지요. 그리고 우리는 손님이 그 제안을 받아들이면, 어떻게 그럴 수 있느냐고 생각하고요. 근본적으로 모든 것은 선입견에 지나지 않는 겁니다……" 롤프가 자신의 이론을 펼치기는 오랜만이었다. 그의 이론은 남자들 사이에서는 비교적 반대에 부딪치지 않았다. 활력과 감수성, 강렬함 등을 지닌 그 젊은 남자, 그 건축가는 왜 그런 이야기가 실제로 화제에 오르게 되었는지 전혀 영문을 모르면서도 잘 이해했다. 그러는 동안 그들은 출발했지만, 건널목의 차단기 앞에서 다시 차를 멈추고 기다려야 했다. "당신이 당황하는 건 이해해요." 롤프는 말했다. "나도 지금까지는 당신의 입장을 헤아려서 이런 대화를 피했지요. 그래서 결국 어떻게 되었습니까! 다만 이렇게 자동차 안에 나란히 앉아 있다보니—아시다시피—아주 간단하다는 생각이 드는군요. 슈투르체네거 씨, 당신이 나를 어리석은 사람으로 여기지는 않았으면 좋겠습니다!" 마침내 기차가 굉음을 울리며 지나갔다. "당신은 내 아내를 사랑하지요." 롤프는 확고한 망상에 빠졌는데도 존경할 만하게 침착한 태도로 말했다. "충분히 이해할 수 있어요. 그리고 내 아내도 당신을 사랑합니다. 사실이 그런 걸 어쩌겠어요! 그 점도 많이 달라지지 않겠지요. 당신이 다음주 아니면 그다음주에 캐나다로 간다 하더라도 근본적인 것은 달라지지 않을 겁니다." "캘리포니아입니다." 슈투르체네거는 정정했다. "내 아내는 캐나다라고 했는데요."—"죄송하지만," 슈투르체네거는 웃었다. "그래도 저는 캘리포니아에 갑니다. 레드우드시티에. 박사님이 제 말을 믿으실 수 있도록, 그곳에 도착하면 즉각 엽서를 하나 보내지요!"—"—그럴 필요 없어요!" 롤프는 말했다. 뒤에서 경적을 울렸다. "—그럴 필요 없어요!" 롤프는 한 번 더 말했다. "내 아내가 당신을 따라갈 생각이라면, 캐나다든 캘리포니아든 내게는 그게 그겁니다. 그리고 나는 그 사실을 받아들일 거고요." 차단기가 이미 오래전에 올라갔는데도, 롤프는 뒤에서 요란하게 울리는 경적 소리를 듣지 못했고 차를 출발시키지도 않았다. 젊은 건축가는 문제의 핵심을 명확히 깨달았으며 뭔가 이런 말을 하려고 했다. "저는 사모님하고—" 롤프가 말을 끊었다. "편하게 지빌레라고 불러요!"—"그러지요." 슈투르체네거는 말했다. "제가 처음 찾아갔을 때 호감 비슷한 것을 느꼈을 수는 있습니다. 사모님 편에서도……"—"느꼈을 수는 있다고요?" 아내의 연인이 비겁한 것에 롤프는 화가 치밀었다. 모욕감이 들었다. 하지만 다른 한편으로는 그 사실이 그를 오만하게 만들었다. "내 나이 마흔다섯입니다." 롤프는 건축가를 바라보며 말했다. "당신은 서른 살도 채 안 됐고요!" 그러자 슈투르체네거는 당연히 이렇게 말했다. "그래서요?" 품위 있게 시작된 대화가 어긋나는 듯 보였다. 롤프는 그걸 알아챘고, 이제 차단기가 올라간 것도 보았다. 뒤에 정체되어 있던 자동차들이 왼편으로 추월해갔다. 그것도 비좁은 도로였기 때문에, 반은 풀밭으로. 당연히 운전자들이 비난과 경멸에 가득찬 눈빛으로 롤프를 노려보았다. 자신이 롤프를 어떻게 여기는지 알려주기 위해 집게손가락으로 관자놀이를 가리킨 사람도 있었다…… 젊은 슈투르체네거가 뭔가 오해를 한 것 같다고 여러 차례 설득하지 않았을까 추정된다. 롤프는 그 말을 듣지 않았거나 아니면 믿지 못했다. 그는 비열한 얼간이에게는 말할 가치도 없다는 듯이 입을 꼭 다물고서 시내로 차를 몬 다음 건축가의 집 앞에서 차를 세웠다. 건축가에게는 모든 일이 참 곤혹스러웠다. 슈투르체네거는 오른손으로 작별인사를 할 요량으로 서류가방, 장갑, 작은 두루마리 문서 등을 전부 왼팔 아래 끼고서 자동차문을 열어놓은 채 앉아 있었다. 또다시 감정을 상하지 않게 할 설득력 있는 농담, 적절한 말이 생각나지 않았다. "유감이라느니 하는 말은 지금 하지 마시지요." 롤프는 말했다. —롤프의 생각을 바로잡아주기는 어려웠다. "오해하지는 마요." 그는 말했다. "나는 아무도 비난하지 않아요. 난 이해해요. 심지어는 그걸 인정할 수도 있고요. 내가 이 일에 대해 어떻게 생각하는지 지빌레는 알고 있어요. 아마 지빌레가 당신에게도 벌써 말했을 겁니다. 나는 인정할 수밖에 없어요. 하지만—아주 간단합니다." 그는 담배를 차창 밖으로 던지며 말했다. "—내가 그걸 못 참겠더군요." 슈투르체네거는 깊이 생각하는 듯 보였다. "박사님은 그런 일을 실제로 참아낸 남자를 보신 적이 있습니까?" 그러더니 젊은 사람이 연장자를 대하는 말투로 물었다. "그러니까 제 말은 참아낸 척하는 사람이 아니라 실제로 참아낸 사람을 보셨느냐는 뜻입니다—" 롤프는 미소 지었다. "내가 그런 남자일 거라고 생각했지요." 곧이어 그들은 헤어졌다. 건축가는 함께 포도주를 한 잔 마시지 않겠느냐고 제안했지만 롤프는 거절했다. 지빌레가 아마 행복한 시간을 보냈을 집에 발을 들여놓고 싶지 않아서이기도 했고, 젊은 슈투르체네거는 지빌레가 사랑하는 그 남자가 아닐지 모른다는 확신이 갑자기 들어서이기도 했다. 그는 자동차 시동을 걸고 호의적인 제안을 사양하고서, 자동차 문을 세게 닫아달라고 슈투르체네거에게 부탁했다. 롤프가 한 번 더 차 문을 열고 캐나다에 잘 가기를 바란다고 말했을 때, 슈투르체네거는 자신과 아무 상관 없는 낯선 방에 실수로 들어선 사람처럼 뒤돌아보지 않고 서둘러 그 자리를 떠났다. 그러자 롤프는 그저 그 자리에 머무르지 않기 위해 그때 제노바에서처럼 정처 없이 차를 몰았다—집으로는 가지 말자! 지금은 지빌레를 보지 말자! 아무것도 극복하지 못했어, 그야말로 아무것도!

그것은 10월의 일이었다.

행동파 남자들이 미묘한 내면의 일을 해결할 수 없을 때 흔히 그러듯이, 롤프는 자기 자신에 대해 골똘히 파고든 것이 아니라 일, 유용하고 실질적인 일에 뛰어들었다. 그때 막 취임한 검찰청에는 물론 할일이 많았다. 그는 능력껏 최선을 다해 모든 일을 해결했다. 아침부터 저녁 늦게까지, 최후의 비서가 지쳐 떨어져나갈 때까지. 그런 다음엔 혼자 남아서. 그는 돌진하는 롤란트*처럼 일을 처리했다. 그 당시 동료들은 그를 물불 가리지 않는 야심로 여겼다. 언제나 자제력 넘치고 언제나 매우 침착하고 자타공인 냉정하기까지 한 사람을 무엇이 그토록 흥분시켰는지 동료들은 짐작조차 하지 못했다. 롤프는 늘 품행이 단정하고 행복한 삶을 영위한다는 명성을 누렸다. 심지어 롤프 쪽에서는 어

* 프랑크 왕국 카를 대제 아래서 활약했던 영웅.

떤 식으로든 조금도, 그야말로 눈곱만큼도 신경쓰고 관리하지 않은 명성이었다. 설사 롤프가 다른 여자와 함께 두칼레 궁전 앞에서 비둘기에게 모이를 주는 모습이 목격되었다 해도, 시내에서 이러쿵저러쿵 말조차 나지 않았을 것이다. 그런 남자들, 보기 드물게 좋은 명성을 누리는 남자들이 있다. 갈매기의 날개를 젖게 할 수 없듯이 그런 명성에 해를 끼칠 수는 없다. 그러므로 취리히 같은 작은 도시에서도 아무도 소문을 퍼뜨리고 싶은 욕구를 느끼지 않는다. 갈매기를 젖게 만들려고 하는 것은 지루하기 때문이다. 그리고 그런 현상은 그의 부인에게도 옮아간 듯 보인다. 그의 부인에 대해서도 아무도 그런 생각을 떠올리지 않았다. 그러니 새로 취임한 검사의 일에 대한 열정을 그 누가 제대로 파악할 수 있었겠는가! 롤프는 떠맡은 각양각색의 사건에서 모든 여자를 하나같이 천편일률적으로 다루지 않으려고 무척 애썼다. 그는 적어도 다른 사람들을 대할 경우에는 분별력을 잃지 않았다. 실제로 남자 쪽에 책임이 있는 경우들도 보았다. 롤프는 매우 이해심 많은 사람이라는 평을 받았다. 그는 법정에 선 사람들에게 가능한 한 모든 굴욕을 면하게 해주려고 애썼다. 그는 자두나무에 주렁주렁 자두가 열리듯 성공을 거두었지만, 그런 성공조차 지빌레에게서는 아무 감흥도 불러일으키지 못했다. 아니, 더 심각했다. 지빌레는 물레방아가 잘 만들어져서 며칠 동안 어린 한네스의 관심을 끌고 한네스를 만족시켜줄 수 있어 기뻐한 것처럼 롤프의 직업적인 성공에 기뻐할 뿐이었다…… 롤프는 다시 그 허름한 연홍색 옷감 꾸러미 꿈을 꾸었다!…… 그런 다음, 그렇다, 그런 다음 새집으로 이사했다. 지빌레는 하필이면 그 이사하는 주에 장크트갈렌의 친구 집에 갈 정도로 뻔뻔했다. 롤프는 코앞에 닥친 이사를 상기시켰지만, 장크트갈렌의 친구 집 방문을 미룰 수 없다는 것이었다. 롤프는 장크트갈렌의 친구에게 간다는 말을 한순간도 믿지 않았지만, 그저 이렇게만 말했다. 당신 마음대로 해, 얼마든지! 그리고 지빌레는 정말로 갔다. 명확한 이유가 있는 분노, 승화시킬 필요가 없는 분노, 롤프가 그 주에 느꼈던 걷잡을 수 없는 분노는 진정한 청량제였다. 그것은 그의 존경스러울 정도의 침착함으로부터 그를 해방시켜주었다. 그는 새집에서 마구 욕설을 내뱉었다. 허리띠를 두른 남자들은 짐을 들고서 토겐부르크*풍 시골 장롱, 재봉틀, 그릇 상자, 안방 탁자를 어디에 두어야 하냐고 물었다가, 교양 있는 사람의 어법에 놀라 입을 다물지 못했다. "마나님에게!" 롤프는 말했다. "이 허섭쓰레기를 몽땅 마나님에게 갖다주든지 아니면 창문 밖으로 내던져버리라고!" 그러고는 그 자리를 떠나면서 말했다. "이 여편네가 어떻게 오늘 같은 날 집을 비울 수 있어. 이건 돼먹지 못한 짓이라고, 천벌을 받을 돼먹지 못한 짓, 정말 돼먹지 못한 짓이라니까!" 성실한 남자들은 더이상 물어볼 엄두를 내지 못했다. 그랬다가는 신경이 곤두선 집주인만 더 웃음거리로 만들 수 있었으니까. 그들은 이삿짐 차의 물건들을 살펴보고 서로 눈길을 주고받았다. 정원이나 지하실 물건 또는 교양 있는 신사의 책상이 아니라고 판단되는 것은 전부 말없이 '마나님에게' 쌓아두었다. 결국 난장판이 완성되었을 때, 성실한 남자들은 팁을 받으면서 난처해했다. 그것은 거의 입막음을 위한 돈에 가까웠다. 롤프는 그 칭송받은 집에 혼자 남았다. 어린 한네스와 이탈리아 출신의 하녀와 함께 혼자. 하녀는

* 스위스 장크트갈렌주의 한 지역.

침대 시트를 어디에서 찾아야 할지조차 몰랐다. 마나님이 없어서 너무 아쉬웠다. 어린 한네스만은 당황하지 않았다. 한네스는 익숙한 것들이 갑자기 특별한 것으로 변모한 난장판에서 신이 났으며 수천 가지를 묻고 또 물었다. 상자마다 주의! 라고 쓰여 있었다. 떨어뜨리지 말 것! 전체적으로 사람이 사는 집으로 보이지 않았다. 롤프는 거기서 어떻게 살아야 할지 막막했다. 하녀가 상자들을 열기 시작했는데, 그것도 쓸데없는 일처럼 여겨졌다. 아니면 최소한 시기상조든가. 상자들을 열고 양탄자를 깔 가치가 있는 결혼생활이 앞으로 펼쳐질 것인지 오리무중이었다. 그 순간에 그는 그렇게 되길 바라면서도 더이상 바라지 않기도 했다. 파트너의 독립, 자립, 결혼생활에서의 자유는 무엇을 뜻할까? 완전히 실용적인 의미에서 무엇을 뜻할까? 온갖 가재도구와 가재도구를 청결하게 유지하기 위한 하녀를 포함한 재산의 공유, 그것이 남은 전부였다. 그러면 한네스는? 그렇게 할 수는 없었다. 롤프가 아내에게 포기하라고 간단히 요구해야 하지 않을까. 크리스마스까지 생각할 시간을 주고, 둘 중 하나를 선택하라고 협박해야 하지 않을까? 그것은 이 어처구니없는 상태를 끝낼 수 있는 하나의 가능성이었다. 하지만 지빌레의 사랑을 유지하거나 얻을 수 있는 가능성은 아니었다. 마냥 기다려야 할까? 우선 당분간은 되는 대로 살아볼까. 어쩌면 잘될 수도 있고 잘되지 않을 수도 있었다. 어쩌면 그 상황에 익숙해질 수도 있고, 어쩌면 그도 사랑에 빠질 수도 있었다. 모든 것은 지나가기 마련인데, 누가 알겠는가. 어쩌면 이혼은 시기상조일지도 모른다. 맹목적으로 인내하는 삶, 그것이 해결책일까? 롤프는 이랬다저랬다 하며 도저히 결정을 내리지 못했다. 그는 얼마나 많은 사람들에게 충고를 했던가. 다른 사람들의 경우에는 적절히 신중을 기하면, 어느 쪽으로 노력해야 할지 항상 훨씬 더 명확했다. 간단히 말해서, 롤프는 아무리 안간힘을 쓰며 끌어내도 바퀴가 옴짝달싹하지 않는 궁지에 빠진 것을 깨달았다. 하지만 다른 한편으로는 앞쪽으로든 뒤쪽으로든 아주 사소한 움직임, 심지어는 단 한 번의 우연이 중요할 수도 있었다. 지혜로운 말이든 어리석은 말이든, 단 한 마디 말로 모든 게 마치 저절로 그런 것처럼 결정될 수 있다는 생각이 그에게는 가장 가혹한 것이었다…… 그 주에 캘리포니아의 레드우드시티에서 슈투르체네거가 약속한 엽서가 도착했을 뿐만 아니라 파리에서 아주 기이한 전화도 왔다. 무척 흥분한 듯 보이는 웬 남자가 자신을 슈틸러라고 소개하고는, 롤프가 당연히 아내의 행방을 알고 있어야 하는 듯 굴며 횡설수설했다. 그리고 롤프가 자신의 이름을 알지 못한다는 사실을 믿으려 하지 않았다. 거기 전화통에 매달려 떠드는 흥분한 인간은 의심의 여지 없이 가장무도회 피에로가 분명했다. (그러니 내 검사가 전에 주장했던 말이 백 퍼센트 맞는 것은 아니다. 슈틸러가 행방불명되기 전에 그는 비록 지빌레를 통해서는 아니었지만 이미 그 남자친구의 이름을 알고 있었다. 검사들은 신문과정에서 우리 같은 사람에게 모순 없는 이야기를 기대하는데, 나는 검사라 해도 완전히 자발적으로 보고하는 경우에는 이렇듯 말에 모순이 없지 않다는 예로서 이 사건을 언급한다!) 실제로, 아주 기이한 통화였다. 롤프는 지빌레가 가장무도회 피에로와 함께 여행을 떠났다고 추정했기 때문이다. 두 사람이 파리에서 서로 길이 엇갈렸을까? 그는 가장무도회 피에로가 일부러 그런 전화를 걸어 교활하게 자신을 속이려 한다는 생각은 부정했다. 하지만 일단 그의 뇌에 자리잡은 그 생각을 떨쳐버릴 수는 없었다. 그는 지빌레가 설마 그런 짓을 했으리라고는 믿을 수 없었다. 아니야! 그는 혼자서 큰 소리로 말했다. 아니야! 하지만 뇌 깊은 곳에서 이런 말이 교활한 메아리처럼 울려퍼졌다. 왜 아니야? 그는 이 의심에 저항하고 부끄러워했다. 그런 비열한 의심을 부끄러워한 바로 그 순간에, 부끄러워하는 자신이 우스꽝스럽게 느껴졌다. 바보 같았다. 이제 어차피 모든 것이 가능하지 않을까? 그의 이성은 그 생각에 반항했다. 롤프가 어린 아들의 어머니일 뿐만 아니라 자신이 생각할 수 있는 가장 가까운 사람인 지빌레를 어느 날 증오하는 일이 가능할까? 그는 지빌레를 다시 만나기가 두려웠다.

그리고 그 재회는 아주 불행했던 듯 보인다. 11월이었다. 어느 날 아침 집무실에서 롤프는 사모님이 이야기하고 싶어한다는 전갈을 받았다. 아니, 전화 통화가 아니었다. 그녀는 대기실에 앉아 있었다. 롤프는 정말로 회의가 있었고, 지빌레를 거의 한 시간가량 기다리게 할 수밖에 없었다. 11시였다. 그냥 점심식사 자리에서 볼 수 있지 않았을까? 롤프는 지빌레를 들어오게 했다. 그는 문에 다가가며 '무슨 일이야?' 하고 묻는 표정으로 말없이 그녀를 맞이했다. 지빌레는 조금 창백했지만 쾌활했다. "그렇구나," 그녀는 말했다. "그러니까 여기가 당신 사무실이야?" 그러고는 그 별 볼 일 없는 바깥 전망을 보기 위해 곧장 창가로 다가갔다. 장크트갈렌에서는 어땠어? 롤프는 이렇게 묻지 않았다. 파리에서는 어땠어? 이것도 묻지 않았다. 자신이 아니라 지빌레가 말할 차례라고 생각했다. 지빌레는 마치 아무 일도 없었던 척했으며, 전에 없이 당황하는 기색이 역력했다. 그의 새 직장을 한번 둘러보려고 온 사람처럼 수다를 떨고 급하게 담배를 피웠다. 롤프는 장크트갈렌으로 한

번쯤 전화를 걸 수 있었지만, 앞뒤를 신중히 고려해서 그만두었다. 지빌레는 이것이 알고 싶어 왔을까? 그녀는 놀랍게도 이사를 무사히 마친 것에 대해 고마움을 표했다. 그리고 또 무슨 할 말이 있었을까? 그녀의 눈에는 비밀이, 두려움이 담겨 있었지만, 그것에 대해 말하지도 않았고 단순히 말할 생각이 없는 듯도 보였다. 그래서 롤프에게는 유치한 연극으로 느껴졌다. 견디기 어려웠다. 롤프는 널찍한 책상 뒤에, 지빌레는 맞은편 소파에 소송의뢰인처럼 앉아 있었다. 이혼을 원하는 걸까? 그는 자신의 의지와는 상관없이 불쑥 말했다. “당신 연인인 모양이던데, 슈틸러 씨라는 사람이 전화했어.” 이 말에 지빌레는 움찔했다. 그는 괜히 말했나 싶어 후회하는 동시에, 사과까지 해야 하는 상황에 분통이 치밀었다. 그 대신 그는 공정하게 덧붙이면서, 이 말에 밴 경멸을 똑똑히 의식했다. “내 생각에는, 그러고 나서 두 사람이 파리에서 만났지 싶어. 전화는 수요일에 왔거든.” 그러자 지빌레는 원하는 상담이 이루어지지 않아 실망한 사람처럼 말없이 몸을 일으켜 천천히 창가로 걸어갔다. 롤프는 그녀가 울고 있는 것을, 흐느끼는 것을 그녀의 어깨를 보고 알았다. 그녀는 롤프가 어깨에 손을 올려놓는 것도, 심지어는 쳐다보는 것도 용인하지 않았다. “그만 갈게!” 지빌레는 말했다. “어디로?” 그는 물었다. 그녀는 반쯤 태운 담배를 재떨이에 눌러 끄고는 핸드백을 들었다. 작은 손수건과 파우더를 꺼내 얼굴을 매만지고는 정말 뻔뻔하게도 가볍게 말했다. “폰트레지나로.” 지빌레가 립스틱을 바르는 동안, 롤프는 숨을 깊이 들이쉬고 다시 말했다. “당신 하고 싶은 대로 해.” 그런 다음 그녀의 황당한 질문이 이어졌다. “당신은 반대해?” 마찬가지로 황당한 그의 대답이 이어졌다. “당신이 옳다고 생각하는 대로 해!” 그는 그렇게 그녀를 보냈다……

그리고 그녀는 정말로 폰트레지나에 갔다.

12월 초, 지빌레는 햇빛에 그을어 돌아와서는 이혼을 제안했다. 그리고 모든 필요한 조치는 롤프에게 일임했다. 그녀가 젊은 슈투르체네거에게서 급히 비서가 필요하다는 편지를 받았다고 알렸을 때, 롤프는 그게 도대체 무슨 말인지 판단이 서지 않았다. 그녀가 한네스와 함께 캘리포니아의 레드우드시티로 가기로 결정했다는 것이었다. 롤프는 또다시 말했다. "당신 하고 싶은 대로 해." 그는 지빌레의 그 말을 믿지 않았다. 모든 것은 유치한 연극이다! 지빌레가 지문을 찍기 위해 미국 영사관에 갔을 때도, 그는 믿지 않았다. 그가 먼저 화해의 손길을 내밀어야 했을까? 그는 화해하려는 모습을 보이지 않았다. 실제로 무슨 일이 있었는지 아무것도 모르는 그가 먼저 화해의 태도를 취할 이유가 없었다. 결혼이 맹목적인 화해에 의지해서는 안 되는 듯 보였다. 그녀는 그대로 여기 머물러달라는 말을 기다렸을까? '일 드 프랑스'*의 좌석도 이미 예약되었다. 롤프는 그걸 알고 있었다. 지난 여름에 지빌레는 아마 롤프를 완전히 떠났는지도 모른다. 하지만 그게 문제가 아니었다. 지빌레 편에서 여기 머무르고 싶다고 먼저 말하지 않는 이상, 롤프 쪽에서 이대로 머물라고 부탁할 수는 없었다. 아무것도 모르는 상태로는 자칫하면 웃음거리가 될 수 있었으며, 그럼으로써 두 사람 사이에 아직 가능할지도 모를 결혼마저 웃음거리로 만들 수도 있었다. 실제로 그것은 불가능한 일, 어쨌든 그런 식으로는 가능하지 않은 일이었다. 그녀

* 프랑스의 유명 여객선.

의 협박에 굴복해서는 안 된다는 생각이 들었다. 크리스마스 며칠 전, 지빌레는 아직 학교에 들어가지 않은 한네스를 데리고 미국행 배를 타기 위해서 정말로 르아브르로 떠났다.

다섯번째 노트

행방불명된 슈틸러를 여전히 변함없이 변호하는 내 변호사, 그 부지런한 남자에게 오늘 행사는 완전히 실패였다. 이 작은 도시를 이끄는 비평가들과의 만남을 위한 조촐한 다과 모임! 이런, 정말 우호적인 자리였다. 7년 전에 쓴 혹평들을 결코 개인적인 공격으로 받아들이지 말라는 어느 젊은 신사의 부탁은 감동적이었다. 내게 그런 부탁을 할 필요가 전혀 없었기 때문이다. 신전의 수호자 같은 원숙한 인물도 그 자리에 있었다. 그 부인이 인간적으로 겸허한 사람이라는 걸 첫눈에 알아볼 수 있었다. 내가 슈틸러라는 사람이 아니라는 단언은 비평가들의 작은 모임을 눈에 띄게 안심시켰다. 그런 다음 위스키가 나왔다. 나는 그 부인에게 왜 조금 전에 나와 악수하기를 거부했는지 물었다. 그러자 분위기가 다시 조금 어색해졌다. 하지만 그것도 잠시였다. 오늘 행사가 슈틸러와 관련 있다는 걸 알았더라면 그 부인은 아예 카페의 테이블에 나타나지 않았을 거라고 했다. 슈틸러가 그 부인에게 무척 야비하게 행동했음이 틀림없다. 내 변호사는 나를 바라보았고, 나도 호기심이 생겼다. 그 부인이 침묵하는 방식은 많은 것을 추측하게 했다. 슈틸러가 부인에게 편지를 써서 '여선생'이라고 모욕했다는 것이다. 그 부인이 정신, 정신에 대한 사랑, 그리고 모든 시대의 예술에 대한 내적 의무를 토대로 슈틸러에게 진실한 예술성이 결여되었다고 비난할 수밖에 없었고 또 앞으로도 계속 비난할 것이기 때문이다. 사실 그렇게까지 할 필요는 없었는데도, 나는 그 가냘프고 열정적인 부인의 손을 잡았다. 그러고는 부인에게 말했다. 박사님, 저는 박사님의 의견에 전적으로 동의합니다! 최근에 내가 어느 공공시설에서 보았던 조각작품이 우리 대화의 주제였다. 그 부인은 어쨌든 나와는 좀 다른, 좀더 세분화된 의견을 표명했지만, 우리는 엄격한 잣대로 이야기했다. 그 결과, 그런 잣대를 견뎌내지 못하는 행방불명된 슈틸러가 아니라 부인 자신과 비평 자체가 화제의 중심이 되었다. 그 부인은 비평에 대해 아주 많은 것을 이해하고 있다. 나는 슈틸러를 단순히 과거에 맡기고 슈틸러에 대한 글을 두 번 다시 쓰지 않기로 한 그녀의 결심에 수긍이 간다. 그 행방불명된 자가 가는 곳곳마다 내 앞길을 가로막는데, 내 입장에서 무슨 더 좋은 것을 바랄 수 있겠는가! 그리고 이미 말했듯이, 신사분들도 그야말로 우호적이었다. 비평가들에게 우리는 예술가가 아니라고 아주 솔직하게 터놓고 단언하기만 하면 된다. 그러면 그들은 우리가 자신처럼 예술에 대해 많은 것을 이해하는 듯 대화에 임한다.

율리카는 여행중이다. 그녀는 여행을 떠나기 전에, 유감스럽게도 마침 정신과 의사가 나를 심문하고 있을 때 찾아왔다. 정신과 의사는 자신에게서 내 영혼이 벗어날까 두려워한 나머지 문을 빨리 여는 것조차 허락하지 않았다! 그녀가 작별인사로 건네준 짧은 시가는 내가 원하는 상표가 아니어서 더 가슴이 뭉클하다. 율리카에게 시가는 단순히 시가일 뿐이다. 그녀는 아주 비싼 시가니까 내가 기뻐할 거라고 생각한다. 물론 그 시가는 나를 기쁘게 한다. 율리카에게 받은 것이기 때문이다.

어느 노부부, 하에펠리 교사 부부의 방문을 받았다. 그들은 내가 아나톨 루트비히 슈틸러라는 말을 내 국선변호사에게 듣고서 개인적인 면담을 신청했다. 그들은 내게 친밀하게 손을 내밀어 악수를 청했고, 잠시 어색한 침묵이 흐른 후 내 침상에 앉았다. 그리고 마침내 아주 중요한, 그들에게 중요한 듯 보이는 대화, 오랫동안 하고 싶었던 대화를 시작한다. 처음 그들의 목소리는 머뭇거리고 불안하게 들리지만 신뢰에 가득차 있다.

"우리는 아주 개인적인 일로 왔어요." 노교사는 말한다. "현재 슈틸러 씨의 사건과는 아무 상관 없는 일이지요. 당신은 우리 아들과 아는 사이였습니다—"

"알렉스는 슈틸러 씨 이야기를 많이 했어요—"

"우리는 애석하게 생각했어요." 노교사는 사려 깊고 진지하게 말한다. 스스로도 냉정한 태도를 유지하고 은발의 노부인, 어머니가 지나치게 흥분하지 않게 하려고 노력하는 기색이 역력하다. "알렉스가 친구들을 한 번도 집에 데려오지 않아서 참 애석했지요. 어쨌든 알렉스는 당신을 친구로 생각했어요. 알렉스가 세상을 떠나기 직전에 나눈 대화를 기억하고 있습니다. 어떤 대화인지 들어도 놀라진 않으실 테죠. 우리 아들은 당신을 세상에서 가장 가까운 사람으로 여겼어요. 솔직히 말해서, 그때 처음으로 당신 이름을 들었지요—"

내 기억을 상기시키기 위해 어머니가 불안정하면서도 집요한 몸짓으로 사진을 건네준다. 어머니는 처음에는 말이 별로 없었고, 단정한 아름다움 배후에 당혹스러움을 감추고 있는 듯 보인다. 사진 속의 알렉스는 스물다섯 살가량 되어 보이고, 검은 연미복 차림이며, 오른손에 뿔테안경을 들고 있다. 상당히 가냘픈 왼손은 연주회용 검은 그랜드 피아노 위에 놓여 있다. 그는 당황스러운 듯 살짝 몸을 숙여 절한다. 박수갈채 소리는 들리지 않고 수줍어하는 인사만 눈에 보이는 탓에 감동적인 사진이다. 그래서 차갑게 얼어붙은 듯하고 박제된 듯하고 애처롭게 죽은 듯하다. 그의 얼굴은 플래시 앞에서 상당히 밋밋해 보이는데도 독특하고 가냘프다. 어머니를 빼닮아서 여성적이지만 부드러운 인상은 아니다. 동성애자가 아닐까 추측된다. 그의 얼굴에서는 야릇한 기쁨이 넘친다. 기쁨은 그 자신이 아니라 그를 놀라게 한 플래시처럼 바깥 어딘가, 눈에 보이지 않는 사건에서 유래한 듯 보인다. 놀랍게도, 기뻐할 이유가 있다고 스스로를 설득할 법한 사건에서. 그것은 아마 연주회장에서 거둔 첫 성공인 듯 보인다. 그가 당황한다는 생각이 든다. 어머니에게도 그런 면이 있는데, 그러다 보니 그런 면을 제외하면 편안하고 의심의 여지 없이 교양 있는 그 부인의 눈을 똑바로 바라보기 어렵다. 누군가가 자신의 눈으로 아들을 바라보는 것을 그 부인은 용인하지 않는다. 그 부인은 늘 뭔가를 원한다. 무슨 일이 있어도 의견이 일치하기를 갈망한다. "알렉스는," 부인은 말한다. "당신을 아주 높이 평가했어요—"

그 부인이 실제로 뭘 원하는지, 그 불행한 부모에게 쉽지 않았을 이 방문의 목적이 무엇인지, 그리고 그들이 내게서 뭘 기대하는지, 나는 영 갈피를 잡지 못한다. "아들의 죽음은," 노교사가 말한다. "우리에게 가혹한 수수께끼입니다. 당신도 충분히 헤아릴 수 있을 겁니다. 6년 전의 일이었어요—"

"그런데 알렉스는 재능이 아주 뛰어났답니다!"

"그건 그래요." 노교사는 서둘러 동의함으로써 어머니의 말을 가로막으려는 듯 보인다. "확실히 그랬지요, 그건 그래요—"

"슈틸러 씨는 그렇게 생각하지 않았나요?" 어머니는 묻는다.

"우리 아들의 죽음은—" 아버지는 말한다.

"율리카 추디도 그렇게 생각했다고요!" 어머니는 강조한다. "슈틸러 씨 당신도 아시겠지만 우리 알렉스는 당신 부인을 예술가로서 무척 숭배했죠, 그 부인이 보낸 편지도 있어요. 알렉스가 스스로를 더이상 믿지 못하고 슬럼프에 빠질 때마다 바로 당신 부인이 종종 용기를 북돋워준 일을 결코 잊지 못할 거예요. 나는 잘 알고 있어요, 우리 아들은 그 누구보다도 율리카 부인 앞에서 제일 부끄러워했어요. 그 부인의 다정한 격려가 없었더라면—"

부인 때문에 말을 끊긴 노교사는 예의상 입을 다물고 그 사이 담뱃불을 붙였지만 담배를 피우지는 않는다. 은발의 부인에게는 잠시 혼자 말하는 동안 요절한 젊은이의 전도양양하고 탁월한 재능을 입증하는 게 중요한 듯 보인다. 그렇다. 마치 피아니스트로서 죽은 아들을 위해

하느님에게 보낼 추천서가 필요한 것처럼. 나는 노교사가 이런 내용의 말에 동의하면서도 그의 입장에서는 다른 의문들로 괴로워하는 것을 이해한다. 게다가 노교사는 내가 눈치채지 못한다고 믿을 때마다, 알렉스가 어느 날 오전 시립극장에서 발레 연습공연 후 가스레인지 앞에 앉은 것이 행방불명된 슈틸러 탓이라는 듯한 눈길로 나를 쳐다본다. 마치 어제 일인 양 모든 것이 눈에 선한 까닭에, 알렉스의 부모는 당연히 흥분해서 이따금 둘이 동시에 이야기한다. 낯선 사람 입장에서 그 이야기들을 듣다보면, 실제로는 두 아들이, 완전히 다른 두 아들이 스스로 목숨을 끊은 것 같은 혼란스러운 감정이 든다. 그러므로 자살에 이른 한 가지 이유를 찾아내야만 그 혼란스러운 감정을 통합할 수 있다. 그게 관건이다. 나는 그들의 외동아들 알렉스가 어떤 사람이었는지 알아야 한다. 알렉스는 신문기사나 소설에서처럼 가스레인지 앞에 앉았다. 그는 스위치를 모조리 틀고서 가스레인지 위에 레인코트를 펼쳐놓은 다음 목을 매달았다. 단순히 죽음이 모든 것의 끝이길 바라면서 숨을 들이쉬었다. 푸르스름한 마비를 들이마셨다. 아마 비명을 질렀을 테지만 소리는 나오지 않았다. 그는 의자에서 떨어졌다고 한다. 그는 자신의 잘못을 더이상 만회할 수 없었다. 그에겐 갑자기 시간이 사라졌다. 그리고 지금은 너무 늦었다. 벌써 6년 전부터 그는 시간 없이 존재한다. 그는 더이상 자신을 알아보지 못한다. 이제 더이상. 그는 구원을 간청한다. 그는 진정한 죽음을 간청한다…… 잠시 후 나는 사진을 돌려준다. 말없이.

"알렉스와 무슨 말을 했나요?" 어머니가 흐느낀다. "무슨 말을—"

"진정하구려." 아버지가 말한다.

"그렇게 입 다물고 있지 마요!" 어머니는 간청한다. "제발 말해줘요, 침묵하지 말고요!"

어머니는 흐느끼느라 말을 더 하지 못한다. 교도관이 자신의 의무를 다하기 위해 무슨 일인지 알아보러 왔을 때, 우리는 그에게 말없이 손짓하며 가달라고 한다. 교도관이 보넨블루스트 박사에게 이 일을 보고하리라는 것을 안다. 나는 변호사 앞에서 절대 말하지 않을 것이다. 이 점은 확실하다. 이 부모가 무척 안됐다는 생각이 든다. 특히 노교사가. 그는 조금 살집이 있는 탓에 번잡스럽게 바지주머니에서 깨끗한 손수건을 찾는다. 마침내 손수건을 찾아내 두 손에 얼굴을 묻은 은발의 어머니에게 내민다. 한참을 그대로 내밀고 있다.

"당신은 아마 잘 모를 거예요." 어머니는 마침내 손수건을 쓰고는 섬세한 손가락으로 손수건을 이리저리 묶으면서 침착한 혹은 그저 지친 목소리로 말한다. "짧은 이별 편지에서—당신은 그 편지에 대해 모를 거예요—알렉스는 당신하고 오랫동안 이야기했다고 썼어요. 당신은 알렉스의 생각이 옳다고 동의해줬어요!—편지에 그렇게 쓰여 있어요."

종종 눈물을 자아내곤 했던 그 편지를 아버지가 내게 보여준다.

"어떤 점에서," 어머니는 다시 흐느낀다. "어떤 점에서 당신은 그 아이의 생각이 옳다고 한 건가요? 6년 전부터—"

그것은 아주 짧은 편지, 실제로 애정어린 편지다. 편지는 사랑하는 부모님!으로 시작된다. 임박한 자살의 '이유'에 대해서는 아무런 언급이 없다. 그는 실제로 오로지 사랑하는 부모님에게 자신을 용서해달라고 간청한다. 슈틸러와 관련해서는 이렇게 쓰여 있다. "그런 다음 슈틸러와 한 번 더 이야기했어요. 그가 하는 모든 말은 내 생각이 옳다는 걸 알려줘요. 그건 아무 의미가 없어요. 사실 슈틸러는 오로지 자기 자신에 대해서만 이야기하거든요. 그런데도 그가 하는 모든 말이 내게도 해당돼요." 그리고 장례식에 관한 몇 가지 부탁이 이어진다. 특히 목사가 참석하지 않기를 바라고, 음악도 연주해서는 안 된다. ……내가 말없이 편지를 돌려주자, 아버지도 묻는다.

"그날 우리 알렉스와 무슨 이야기를 했는지 기억할까요?"

내가 듣기에도, 내 설명은 핑계처럼 들린다. 하지만 나는 침묵보다는 그 편이 그들을 더 진정시킬 거라고 판단한다.

"집사람의 말을 오해하지 않았으면 해요." 내가 말을 마친 후, 노교사는 말한다. "우리가 결코 당신이 그때 그 사람이었다고 주장할 수는 없죠. 그리고 우리는—당신이 슈틸러 씨든 아니든!—가엾은 알렉스를 지키지 못했다고 그 누구도 결코 비난할 수도 없고요. 맙소사! 나도, 아버지인 나도 그 아이를 지키지 못했으니까……"

"그런데," 어머니는 조용히 눈물을 흘리며 말한다. "그런데 알렉스는 아주 귀한 아이였거든요—"

"그 아이는 오만했어요." 아버지는 말한다.

"당신이 어떻게 그런—"

"오만한 아이였습니다." 아버지는 말한다.

"알렉스가요?"

"당신과 나, 그리고 그 아이 주변의 모든 사람처럼." 노교사는 다시 나를 향해 말한다. "알렉스는 동성애자였어요. 당신도 아시겠지요. 그 아이는 자기 자신을 받아들이기가 쉽지 않았어요. 하지만 그건 우리 모두에게 쉽지 않은 일이에요. 그게 사실이죠. 그 아이가 그때 단순히 말과 희망으로 용기를 북돋워주는 사람이 아니라 그런 약점을 가지고 어떻게 살아가는지 보여주는 사람을 만났더라면—"

어머니는 고개를 가로젓는다.

"그래요." 노교사는 백발 노부인의 말없는 반박에는 개의치 않고서, 말하자면 남자들끼리 대화를 계속한다. "또 나는 성공을 산소처럼 필요로 하는 사람들은 뭔가 많이 잘못되었다고 믿습니다. 하지만 그걸 무슨 수로 막겠습니까? 그저 그 아이가 성공을 경멸하게 만든 거죠. 그뿐이었어요. 그 결과, 그 아이는 야심을 갖는 것조차 부끄러워하게 된 겁니다! 결국 있는 그대로의 자신을 감내하고 사랑하는 대신 말이죠. 내 말이 무슨 뜻인지 이해하겠지요. 누군가가 그 아이를 정말로 사랑해줬으면 좋았을 텐데! 나는 그 아이에게 어떤 존재였을까요. 훌륭한 중학교 교사, 아마 그랬을 겁니다. 나는 있는 힘껏 그 아이가 재능을 꽃피우기를 장려했어요. 그리고 그 아이는 자신의 약점을 혼자 짊어져야 했지요. 내 교육은 전적으로 그 아이를 약점으로부터 벗어나게 하는 데만 치중했어요. 그 아이 스스로 그 약점에서 벗어나려고 할 때까지, 바보 같은 녀석—"

어머니는 다시 울음을 터뜨린다.

"우리 아들은 당신을 찾아갔어요." 어머니는 비난한다. "왜 그 아이에게 모든 것을 말해주지 않았어요? 당신은 그 아이하고 이야기했잖아요—그때!"

침묵이 흐른다.

"끔찍하지요." 노교사는 안경을 닦고 아주 작은 눈을 깜박이며 말한다. "우리를 사랑한 사람을 구하지 못했다는 사실을 알게 된다는 건 끔찍합니다…… 그 대화 후 나는 생각했죠, 그 슈틸러라는 사람은—알렉스는 그 사람에 대해 아주 진심을 다해 말했거든요. 그렇지, 베르타, 그리고 정말 활기찬 사람에 대해 이야기하듯—"

그 직후에 내 변호사가 왔다.

율리카가 파리에서 편지를 보낸다. 주소는 현재 취리히에 구류되어 있는 A. 슈틸러 씨 앞으로 되어 있다. 그리고 그 편지는 도착했다. 유감스럽게도. 편지는 '내 사랑하는 아나톨!'로 시작된다. 그녀는 잘 도착했다. 파리는 날씨가 화창하다. 그리고 '당신의 율리카'라고 서명이 적혀 있다. 나는 그 편지를 천천히 갈기갈기 찢었다. 그런다고 무엇이 달라지랴—!

오늘 또다시 명확하게 드러난다. 우리 인생에서 실패를 숨길 수는 없다. 내가 실패를 숨기려고 하는 한 그 실패에서 헤어날 수는 없다. 도망갈 길은 없다. 하지만 내가 다른 삶을 입증하지 못하는 것을 다른 사람들이 당연하게 여기는 사태는 나를 혼란스럽게 만든다. 그러니까 다른 사람들은 내가 감수하는 것을 내 삶으로 여긴다는 얘기다. 하지만 그것은 결코 내 삶이 아니었다! 그것이 결코 내 삶이 아니었음을 알고 있는 한, 나는 그것을 내 실패로 받아들일 수 있다. 다시 말해, 저항하지 않고서 그들의 혼동을 뚫고 갈 수 있어야만 하는 것이다. 나 자신을 주어진 역할과 혼동하지 않고서 그 역할을 해낼 수 있어야 한다. 하지만 그러려면 확고한 논점을 가져야 할 것이다.

내 검사는 자신의 부인에게 꽃을 선물해달라는 내 부탁을 잊었다고 고백한다. 그 대신 병원에 있는 부인에게 내가 직접 꽃을(그의 돈으로 산 꽃을) 가져가라고 제안한다. 그러면 부인이 무척 기뻐할 거라면서.

슈투르체네거 씨가 이곳에 다녀갔다. 나는 자고 있었다. 내가 설핏 잠에서 깨어났을 때, 그는 이미 내 침상에 앉아 있었다. 두 손으로—그래서 아마 내가 잠에서 깨어난 모양이다—내 오른손을 부여잡기도 했다. "이봐," 그는 묻는다. "좀 어때?"

나는 천천히 몸을 일으킨다.

"괜찮아요." 나는 말한다. "댁은 누구시죠?"

그는 웃는다. "나를 몰라보겠어?"

나는 두 눈을 비빈다.

"빌리!" 그는 자신의 이름을 말하고는 내 진심이 분출하길 기다린다. 하지만 나로서는 그가 정식으로 자신을 소개하길 기다릴 수밖에 없다. 그는 은근히 불쾌한 어조로 덧붙인다. "—빌리 슈투르체네거."

"아," 나는 말한다. "기억납니다."

"드디어!"

"제 검사에게 당신 이야기를 들었어요."

그러니까 이 사람이 슈틸러의 친구 슈투르체네거이다. 예전에 철저한 현대성에 열광했던 젊은 건축가, 지금은 성공한 남자, 쾌활하게 체념한 남자, 세상을 현실적으로 보는 남자, 출세한 사람으로서 당연히 친구 관계를 강조하는 남자.

"자네는 어때?" 그는 한 손을 내 어깨에 올려놓은 채 곧바로 묻는다.

자신의 성공담은 이야기하지 않는다. "이봐, 이 국영 원룸에 숨어서 뭐 하는 거야?"

그는 예상대로 모든 것을 무척 쾌활하게 받아들인다. 나를 행방불명된 슈틸러로 간주하지 말라는 부탁도 마찬가지다.

"이건 진심인데," 그러더니 그는 말한다. "내가 자네를 어떤 식으로든 도울 수만 있다면—"

나는 친교 또는 우정이라 불리며 모든 활기를 즉시 불가능하게 만들고 모든 현재의 것을 배제하는 인간관계의 메커니즘, 그 으스스함을 또다시 느낀다. 나 같은 수감자가 돈으로 무엇을 하겠는가? 하지만 모든 것은 자동기기처럼 작동한다. 위에서 이름을 기계 안에 넣는다. 이러저러한 이름을. 그러면 아래서는 거기에 속하는 교제 방식이 나타난다. 그것으로 끝이다. 사용 준비 완료. 그가 다른 어떤 관계보다도 소중하게 여기는 (그는 이렇게 말한다) 인간관계의 상투어.

"내 말을 믿으라고." 그는 말한다. "그렇지 않으면 내가 왜 근무시간에 여기 자네 침상에 앉아 있겠어."

꼬박 한 시간 동안 우리는 슈투르체네거와 슈틸러 역할을 한다. 여기서 으스스한 점은, 그 일이 훌륭하게, 매끄럽게 가능하다는 것이다. 7년 만에 처음 만났는데도 그의 농담과 진심은 행방불명된 친구와 호흡이 척척 맞아서, 나는 (내 입장이 되면 누구라도 그럴 것이다) 그들의 슈틸러가 대화의 이러저러한 부분에서 어떻게 행동했고 그러므로 지금도 어떻게 행동할 것인지 대부분 별 어려움 없이 짐작할 수 있다. 때로는 좀 섬뜩해진다. 슈투르체네거는 배꼽 쥐고 웃는데, 나는 그 이유를 모른다. 그는 행방불명된 친구가 지금 어떤 농담을 했을지 안다.

나는 그런 농담을 할 필요도 전혀 없고 또 어떤 농담인지 알 필요조차 없다. 슈투르체네거 씨는 다시 배꼽 쥐고 웃는다. 그럴 때마다 그는 보이지 않는 습관의 끈에 매달린 꼭두각시처럼 보인다. 사람 같아 보이지 않는다. 시간이 지나도 나는 그 슈투르체네거가 실제로 어떤 사람인지 도대체 갈피를 잡지 못한다. 내 편에서는 전혀 어떻게 할 도리가 없기 때문에, 우리가 즐겁게 이야기를 나누는 동안에 나는 이미 우울해진다. 용기를 잃지 말라는 그의 격려, 그의 모든 우정은 이곳에 없는 사람, 내 관심을 일깨우지 못하는 사람에 대한 반사작용의 합이다. 한번은 그에게 그렇게 말해본다. 하지만 허사이다. 말하자면 내 주파수로 보내는 모든 것을 수신할 안테나가 그에게는 아예 없는 듯 보인다. 아니면 그 안테나를 작동시키지 않고 있든가. 어쨌든 그것은 수신되지 못한 채 그를 방해하고 짜증스럽게 만들 뿐이다. 그래서 그는 내 성서를 뒤적거린다.

"그런데—" 그는 내 말을 끊는다. "언제부터 성서를 읽었어?" 그의 친구는 무신론자, 지독한 도덕주의자였나보다. 그렇지 않다면 무엇 때문에 슈투르체네거가 지난 몇 년 동안 그렇듯 풍족하게 돈벌이를 한 것을 변명하겠는가? 나는 아무런 비난도 하지 않았다. 내가 침묵을 지키자, 그는 이런 말도 한다.

"그래그래, 그럴 수 있어. 물론 공산주의에는 위대한 이념이 깃들어 있지—하지만 이봐, 현실, 현실을 직시해야지!" 마치 내가 소비에트연방에 열광하는 사람인 양, 그는 신문에 소비에트연방에 대해 뭐라고 쓰여 있는지 훈계하는 어조로 거의 30분 가까이 묘사한다. 나는 라디오 앞에 앉아 있는 듯, 허공에 대고 말하는 사람의 목소리를 듣는다. 그 목소리의 주인은 우연히 자신의 말을 듣게 된 사람을 보지 못한다. 그러니 자신이 누구에게 말하는지 어떻게 알겠는가? 그러므로 이의를 제기하거나 손짓을 하거나 심지어는 이따금 동의한다고 표현하는 것조차 불가능하다. 슈투르체네거는 내가 몸을 일으켜도 이야기하고, 내가 철창 앞에 서서 가을의 밤색 밤나무를 바라보며 오랫동안 침묵을 지키고 있어도 이야기한다. 그의 행방불명된 친구는 (슈투르체네거는 오로지 그에게만 말한다!) 아주 소박한 공산주의자, 더 정확히 말하면 낭만적인 사회주의자였던 모양이다. 공산주의자들이 그런 낭만적인 사회주의자에게 고마워하지 않을까 우려된다. 나는 소비에트연방에 대해 잘 모르는 사람으로서, 슈틸러를 믿을 것인가 아니면 크라프첸코*를 믿을 것인가 하는 양자택일의 기로 앞에서 그저 어깨를 으쓱거릴 뿐이다. 두 사람 모두 내게는 설득력이 없다.

"게다가—지빌레는 지금 임신중이야, 자네도 알지?" 슈투르체네거는 말투를 바꿔 말하고는 덧붙인다. "얼마 전에 율리카를 만났어. 굉장히 근사해 보이던데!"

"저도 그렇게 생각합니다."

"누가 그럴 줄 생각이나 했겠어!" 그는 웃는다. "하지만 그럴 거라고 내가 늘 말하지 않았어? 자네가 버리고 떠나도 그 여자는 죽지 않는다고. 오히려 그렇게 건강한 모습은 처음 본다니까. 그야말로 활짝 꽃피었어—"

나는 다시 온갖 이야기를 듣는다.

* 구소련의 고위 공산당원 이반 세르게예비치 크라프첸코.

"자네도 얘기 좀 해보라고!" 그는 말한다. "지구를 반이나 떠돌아다녔다면서. 다시 우리 곁에 돌아오니 어때? 이봐, 우리는 집을 지었어. 자네도 봤지?"

"그래요." 나는 말한다. "조금."

"어떻게 생각해?"

"놀랍습니다." 나는 말한다. 하지만 그 건축가, 슈투르체네거 씨는 무엇이 그리 놀라운지 자세히 알고 싶어한다. 물론 칭송을 기대하는지라, 나는 양심껏 칭송할 수 있는 모든 것을 언급한다. 이 나라에서는 얼마나 청결하게, 얼마나 안전하게, 얼마나 멋지게, 얼마나 튼튼하게, 얼마나 건실하게, 얼마나 흠잡을 데 없이, 얼마나 양심적으로, 얼마나 세련되게, 얼마나 정성을 다해, 얼마나 철저하게, 얼마나 진지하게 짓는지 등등. 모든 것이 영원히 길이길이 남도록. 슈투르체네거는 이 모든 점을 인정하면서도, 내가 열광하지 않아 섭섭해한다. 그리고 실제로 나는 열광하지 않는다. 나는 이미 사용한 모든 수식어를 한 번 더 반복한다. 멋지고, 정성을 다하고, 양심적이고, 청결하고, 친절하고, 익살스럽고. 하지만 이미 말했듯이, 이 모든 것은 스위스의 특성인 물질적인 품질의 개념에 속한다. 나는 말한다. 품질, 그래요, 바로 그거죠. 그 품질이 놀랍습니다! 하지만 슈투르체네거는 내가 곳곳에서 그 품질을 보는데도 왜 열광하지 않는지 이유를 알고 싶어한다. 타 민족을 해석한다는 것은 늘 미묘한 문제이다. 게다가 그 나라에 구류되어 있는 처지라면! 슈투르체네거 말로는, 그들 자신은 그것을 절제라고 부른다. 내 신경에는 거슬리는 것. 그들은 대개 온갖 말을 동원해, 자신들에게 위대함이 없다는 사실과 타협한다. 그것과 타협하는 것이 바람직한지는 모른다.

모험의 포기, 일단 이것에 익숙해지면, 정신적인 분야에서 이것은 언제나 죽음을 의미하게 된다. 부드럽고 감지하기 어려운데도 저지할 수 없는 유의 죽음. 그리고 실제로 (내 감방에서 본 것과 몇 번의 외출을 바탕으로 판단해보면) 오늘날 스위스의 분위기에는 생기가 결핍되어 있는 것 같다. 인간이 더이상 완전함을 원하지 않는 경우에는 언제나 정신이 결핍된다는 의미에서 정신이 결핍되어 있는 것 같다. 나는 오늘날의 건축물을 비롯한 것들에서 드러나는 노골적인 욕망, 물질적 완벽을 추구하는 욕망을 무의식적인 보상이라고 본다. 그들은 이 물질적 완벽을 필요로 한다. 이념적인 면에서 결코 깨끗하지 않으며, 결코 타협을 모르지 않기 때문이다. 고약하게 오해받는 일이 없도록 덧붙이면, 대다수 스위스인들이 민주주의를 이루는 정치적인 타협이 아니라 정신적인 타협에 일반적으로 괴로워하지 않는 상황을 염려하는 것이다. 그들은 위대함에 대한 욕구를 완전히 금기시하는 것으로 연명한다. 하지만 습관적으로 당연하게 위대함(전체, 완전한 것, 근본적인 것)을 포기하는 것은 결국 환상의 무능력으로 이어지지 않을까? 열광의 결핍, 이 나라에서 우리를 덮치는 일반적인 불쾌감은 그들이 이런 무능력에 이미 얼마나 가까이 있는지 알려주는 뚜렷한 징후가 아닐까……

"건축 이야기를 좀더 하자고!" 슈투르체네거가 말한다.

그들이 구시가지라고 부르는 구역에 대한 대화가 이어진다. 나는 조상들의 도시를 잘 유지해서 추억으로 보존하려는 생각은 고결하게 여긴다. 적당한 거리를 두고서 그 옆에 우리 시대의 도시를 건설한다! 하지만 내가 보기에, 진실로 그들은 이것도 저것도 하지 못하고 이 결정 저 결정 사이를 오가며 그저 재개발만 하고 있을 뿐이다. 최근에 보았듯이, 재능과 향토애를 겸비한 건축가들이 16세기나 17세기나 18세기의 대략적인 척도에 따라서 상가 건물을 짓는다. 쉽지 않은 시도다! 철근콘크리트를 (마치 오욕인 양) 사암마름돌, 아치, 중세의 전형적인 돌출창으로 위장할 수는 있다. 하지만 경건함과 연수익은 합치될 수 없는 듯 보인다. 그 결과란, 휴가에 여행을 온 흑인 군인도 그런 것을 옛 유럽으로 여기지 않는다. 그들 자신은 그것을 옛 유럽으로 여길까? 그들은 현대적인 도시를 건설할 장소를 마련하기 위해 조상들이 건설한 비좁은 골목길 도시를 허무는 것을 미친 짓으로, 범죄 행위로 여긴다. 자칫 분노의 종이 폭풍이 불어닥칠 수 있다. 하지만 사실 그들은 훨씬 더 미친 짓을 한다. 새로운 도시, 현대적인 도시, 자신들의 도시를 건설하지도 못하면서 조상들의 도시를 망가뜨리고 있는 것이다. 이방인의 눈에는 바로 보이는 그런 허튼짓이 어째서 이곳 토착민들을 놀라게 하지 않는 것일까? 그런 식으로 구시가지를 개악하는 일을 두고도 슈투르체네거는 어쩔 도리가 없다. 그 대신 그는 무기 수출 산업 덕분에 전 세계적으로 유명해진 취리히 교외 외를리콘 근처의 새로운 주택가 사진을 보여준다. 지나간, 영영 지나가버린 시대의 기준에 따른 주택가. 목가적 분위기라고 할 수 없는 목가적 분위기. 내 눈에 그런 것이 보일 때, 내 불편한 심기가 어디서 오는지 슈투르체네거에게 어떻게 설명할 수 있으랴? 그 주택가는 매우 세련되고 매우 깨끗하고 매우 건실하다. 하지만 그 주변을 보라. 나는 욕지기 난다고 말해버리지 않기 위해서, 이런 '스타일'로 몇십 년 더 집을 지을 수 있을 만큼 스위스 땅이 한없이 넓은지 냉정하게 묻는다. 사정은 그렇지 않은 듯 보인다. 전통이란 뭘 말하는가? 나는 조상들이 조상들의 시대에 발휘했던 것과 같은 용기로 자기 시대의 임무를 감행하는 것이 전통이라고 생각한다. 나머지 모든 것은 모방이고 미라화이다. 그들이 자기 고향을 아직 살아 있는 것으로 여긴다면, 이 미라화가 고향을 보호하는 것인 양 자처하는데도 왜 항의하지 않는가? ……슈투르체네거는 웃는다.

"지금 누구한테 그런 말을 하는 거야! 나는 몇 년 전부터—물론 공식적으로는 아니지만—그걸 비난하고 있다고. 게다가 그런 바보짓은 우리 구시가지에만 해당되는 이야기가 아니야, 자네도 알지—"

슈투르체네거는 수감자인 내가 확인해볼 수 없는 몇 가지 다른 일들을 묘사한다. 그러나 그가 열을 올리며 내 말에 동의하는 것은 (나는 유감스럽게도 한참 후에야 이 점을 깨닫는다) 우리의 신념이 일치하기 때문이 아니라 증오심 때문이다. 슈투르체네거는 이 도시의 건축감독관을 비웃는다. 다른 한편으로 그 스스로도 인정하다시피 실제로 건축감독관 덕분에 상당히 많은 일감을 받기도 했지만. 그가 건축감독관이 어떤 사람인지 잘 모르는 이방인에게 그렇듯 저돌적으로 솔직하게 마음을 털어놓은 것은 매우 인간적인 일이다. 그런 솔직함은 건강에 유익하다. 그에 비해 내 입장에서는 이런저런 인물이 아니라 지금 수감되어 있는 이 나라의 일반적인 정신 상태에 관심이 있다는 것이 인간적이다. 나는 나를 심판할 존재에 대해 알고 싶다. 이것은 당연한 욕구다. 그러므로 우리가 건축에 대해 이야기할 때면, 실제로 미래가 아니라 과거를 원하는 듯 보이는 국민들 속에서 스위스의 도시설계사가 얼마나 대담하게 미래지향적일 수 있는가 하는 질문만이 내 관심을 불러일으킨다. 스위스는 (나는 슈투르체네거에게 묻는다) 미래를 향한 목표가 있는가? 현재 소유하고 있거나 과거에 소유했던 것을 지키는 일은 당연한 임무이지만, 그것만으로는 충분하지 않다. 활기를 유지하기 위해서는 미래를 향한 목표도 필요하다. 이 목표, 아직 성취하지 못한 것, 그래서 스위스를 대담하게 만들고 스위스에 생기를 불어넣는 것, 스위스를 현재에 집중하게 하는 미래의 것은 무엇인가? 그들의 마음은 러시아인들이 오지 않기를 바라는 염원으로 하나가 된다. 하지만 그것이 전부는 아니다. 러시아인에게서 벗어난다면, 그들 자신의 목표는 무엇인가? 그들은 자기 나라로 무엇을 이루려 하는가? 과거의 것에서 무엇이 생겨나야 하는가? 그들은 무엇을 구상하는가? 그들은 창조적인 희망을 품고 있는가? 그들이 마지막으로 진정 활기에 넘치고 위대했던 시대는 (내 변호사의 설명에 따르면) 19세기 중반, 이른바 48년*이었다. 당시 그들에게는 구상하는 바가 있었다. 그 당시에 그들은 결코 유례 없던 것을 원했으며 내일, 모레를 기대했다. 그 당시에 스위스는 역사적인 현장에 있었다. 스위스는 오늘날에도 역사적인 현장에 있는가? 이 나라 사람 대부분을 좌지우지하는, 구시대를 향한 향수가 가슴을 답답하게 짓누른다. 그것은 (우리 구치소 도서관이 대표성을 지녔다고, 즉 공공시설의 취향에 상응한다고 할 때) 문학에서 드러난다. 대부분의 이야기는 독자를 시골의 목가적인 분위기로 데려간다. 아주 뛰어나다고 하는 이야기들도 마찬가지다. 농촌의 삶이 내면성을 위한 최후의 보루로 나타난다. 대부분의 시詩는 도시민 고유의 경험 세계에서 유래하는 모든 메타포를 피한다. 말을 이용해 잿기질을 하지 않으면, 빵은 시적 감흥을 제공하지 않는다. 19세기에서 점점 더 멀어진다는 일종의

* 1848년 프랑스, 독일, 오스트리아 등 전 유럽에 걸쳐 당시의 보수 체제에 저항해 자유를 추구하는 반항 운동이 일어났다.

비애가 스위스 문헌의 핵심 내용인 듯 보인다. 공식적인 건축물도 마찬가지다. 그들은 점점 커지는 도시의 기준선을 얼마나 망설이다 마지못해 변경하는가. 얼마나 우수에 차서, 얼마나 저항하며, 얼마나 어중간하게. 슈투르체네거는 이렇게 말한다. "그래그래, 하지만 아주 실용적으로 말해서, 건축법이 3층 이상의 건물 신축을 허용하지 않는 마당에, 건축가로서 내가 뭘 하겠어. 법을 따라야 하지 않겠어—"

그는 도대체 누가 건축법을 제정하느냐는 질문에는 대답하지 않는 대신, 현대적인 도시 설계를 전적으로 불가능하게 가로막는 법적인 장애에 대해 계속 설명한다. 문외한인 나는 알지 못했던 온갖 것을 알게 되지만, 왜 해당 법규를 바꾸지 않느냐는 질문에 대한 답변은 듣지 못한다. 슈투르체네거는 이렇게 말할 뿐이다. 우리는 민주주의국가라고! 나는 그의 말을 이해하지 못한다. 변화된 시대에 자신을 지키기 위해 민주주의적 의미에서 법률을 개정할 필요가 있는 경우, 국민에게 그럴 권리를 주지 않는다면 민주주의 체제의 자유는 대관절 어디에 있을까? 그들이 과연 그것을 원하기나 하는지 궁금할 뿐이다. 나는 민주주의가 변할 수 없는 것이라는 위험한 의견과, 조상으로부터 벗어나려고 하지 않으면서 조상들처럼 자유롭다고 믿는 의견에 항의한다. 현실적이라는 말은 무슨 뜻일까? 좌우간 슈투르체네거는 말한다. 이념들, 그래, 그건 근사하고 훌륭하지. 하지만 우린 현실적이어야 해. 이 말이 무슨 뜻일까? 우리가 주택가의 낭만적인 2층짜리 건물에 대해 말할 때, 슈투르체네거는 전문가적인 성찰을 토대로, 19세기 스타일로 살기는 앞으로 점점 더 어려워질 것이며 그런 주택가를 만들어 안 그래도 빠듯한 땅을 시골스럽게 만드는 것이야말로 바보짓 중에서도 가장 큰 바보짓이라고 인정한다. 그래서 나는 다시 노골적으로 묻는다. 여기에서 당신들의 이념은 뭐지요? 스위스인들이 아무리 바랄지라도 역사는 멈추지 않을 겁니다. 당신들은 새로운 길을 가지 않고서 어떻게 자기 자신을 고수하려 하지요? 미래를 피할 수는 없어요. 그러니까 당신들은 어떻게 미래를 일구려고 하지요? 이념이 없으면 현실적일 수 없잖아요.

슈투르체네거의 미소, 그의 쾌활한 체념의 표정은 내 감정이 폭발하기 오래전부터 이미 나를 화나게 했다. 그는 건축감독관이라는 인물에 대해 말하는 동안은 진지하다 못해 얼굴이 창백하게 질려 있었다. 그러다 이념이 화두로 오른 즉시, 그의 무감동한 영혼은 극히 무관심한 쾌활함으로 가득찼다. 슈투르체네거 씨, 내 검사의 건축가, 슈틸러의 친구는 그랬다.

"이봐!" 그는 내 어깨에 한 손을 올려놓은 채 웃음을 터뜨리며 끝으로 말한다. "—자네는 옛날 그대로야!"

이 말에 나는 침묵을 지킨다.

"자네는 항상 뭔가를 허물어뜨리려고 들어!" 그는 덧붙인다. "항상 파괴적이야! 우리는 자네를 잘 알지—이 늙은 허무주의자야!"

이 말에 나는 대놓고 그를 개새끼라고 부른다. (상스러운 표현이다. 하지만 저 슈투르체네거 씨 같은 사람들, 안일함 말고는 다른 목표 없이 쾌활하게 체념한 사람들이 뭔가를 원하는 사람에게 허무주의를 입에 올리다니 아무리 생각해봐도 다른 표현이 떠오르지 않는다.) 그런데 이것 봐라, 그는 계속 웃으며 또 내 어깨를 두드린다. 그러고는 곧 다시 만나자고 한다. "우리의 옛 단골주점에서 만나자고. 자네도 거기 알지." ……나는 내 감방에 혼자 남아서 그 표현을 여러 차례 되풀이한다. 그 슈투르체네거 같은(그리고 내 변호사 같은) 타입은 내 모든 유머 감각을 앗아간다. 그래서 나는 그들을 나쁜 사람이라 생각한다.

율리카 꿈을 꾸었다—그녀는 편지지와 만년필을 가지고 어쩌면 샹젤리제거리일지 모를 큰 가로수 길의 카페에 앉아 있다. 작문을 써야 하는 여학생 같은 자세로. 그녀의 눈빛은 자신이 쓰는 것을 믿지 말라고 내게 간절히 부탁한다. 강요를 받아서 어쩔 수 없이 쓰는 것이기 때문이다. 그녀의 눈빛은 그 강요로부터 자신을 구해달라고 간청한다……

오늘 병원에 다녀왔다.

지빌레(내 검사의 부인)는 서른다섯 살가량으로, 검은 머리카락에 매우 밝고 생생하고 푸른 눈을 지니고 있다. 엄마로서의 행복에 가득찬 모습이 무척 아름답다. 젊음과 원숙미를 겸비하고 있다. 그 상태의 여자들에게서는 남자, 낯선 남자를 당황하게 만드는 후광 같은 것이 비친다. 그녀의 얼굴은 거무스름하게 그을었다. 그녀가 웃으면, 부러움을 자아내는 치아가 입안 가득히 보인다. 입이 매우 활기에 넘친다. 다행히도 갓난아기는 병실에 없다. 솔직히 말해서, 나는 갓난아기를 어떻게 대해야 하는지 모른다. 수간호사가 이중방음문을 통해 나를 안내했을 때, 그녀는 바깥 발코니의 푸른색 등나무 안락의자에 앉아 있었다. 레몬색의 모닝가운(뉴욕 5번가)이 무척 잘 어울린다. 그녀는 안락의자에서 몸을 살짝 일으키고 검은 선글라스를 벗었다. 수간호사가 커다란 꽃병을 찾으러 간 탓에, 우리는 곧 단둘이 남았다. 꽃을 든 내 모습이 어쩐지 우스꽝스럽게 느껴졌다. 게다가 그녀가 유감스럽게도 다시 검은 선글라스를 쓰는 바람에 그녀의 눈빛을 읽을 수 없었다. 그녀의 남편, 내 검사는 친절하게도 20프랑을 빌려주었다. 그래서 나는 얇고 투명한 포장지에 감싸여 사그락거리는 글라디올러스를 팔에 한아름 안고서 행복에 넘치는 어머니 앞에 나타났다. 리놀륨 층계를 올라갈 때 길쭉한 글라디올러스가 이리저리 흔들렸다. 수간호사가 조금 유치하지만 그래도 커다란 꽃병을 들고 돌아오기까지는 다행히도 오래 걸리지 않았다. 뻣뻣한 글라디올러스를 어느 정도 보기 좋게 꽂는 것은 간단한 일이 아니었다. (장미를 사는 편이 훨씬 더 좋았을 것이다. 하지만 내 검사에게 돈을 빌려야 하는 사정을 감안하면, 장미는 너무 비쌌다.) 마침 차 마시는 시간이었다. 내가 구치소에서 곧장 왔다는 사실을 알 리 없는 수간호사는 롤빵과 토스트 중에서 무엇을 먹을 것인지 최상급의 성실함을 발휘해 물었다. 마침내 다시 우리 단둘이 남았다. 이번에는 누가 금세 우리를 방해할 가능성은 없었다.

"슈틸러," 그녀는 말했다. "이게 무슨 법석이야!"

나는 이 말을 글라디올러스와 연관지었다. 반면에 지빌레는 행방불명된 슈틸러가 아니라는 내 반박에 대해 얘기한 것이었다. 그녀는 검은 선글라스를 벗었다. 나는 그녀의 밝고 정겹고 침착한 눈을 보았다. 이제 남편의 아이를 낳은 여인인데도, 그녀에게 사랑받았다는 생각은 마음을 혼란스럽게 했다. 물론 나는 슈틸러가 아니라는 입장을 고수했다. 나는 그녀의 맞은편에 앉았다. 지빌레가 나를 찬찬히 훑어보는 동안, 왼발을 오른쪽 무릎 위로 올리고 두 손으로 왼쪽 무릎을 감싼 채 정원의 플라타너스를 바라보았다.

"당신은 무척 과묵해졌네." 그녀가 말했다. "율리카는 어떻게 지내?"

그녀는 상당히 많은 것을 물었다.

"왜 다시 돌아왔어?"

기이한 오후였다. 우리는 번번이 미지근해진 다음에야 차를 마셨다. 토스트와 빵에는 손대지 않았다. 내가 과묵했기에 (내가 무슨 말을 할 수 있겠는가?) 지빌레 편에서 말을 많이 해야 했다. 6시에 그녀는 아기에게 젖을 물려야 했고, 그 일은 절대 뒤로 미룰 수 없었다.

이제 나는 그녀의 행방불명된 슈틸러에 대해 상당히 정확하게 안다—그는 무척 여성적이다. 그는 자신에게 아무 의지도 없다고 느끼지만, 어떤 의미로는 지나치게 많은 의지를 갖고 있다. 그러니까, 자신이 원할 때만은 강한 의지를 발휘한다. 그는 자기 자신이려고 하지 않는다. 그의 성품은 모호하다. 그래서 급진주의적인 성향이 있다. 그의 지성은 평균 수준이지만 결코 교육을 받지는 않았다. 그는 순간적으로 떠오르는 착상을 믿는 대신 지성을 소홀히 여긴다. 지성은 결정을 내리게 하기 때문이다. 이따금 그는 비겁하다고 자책한다. 그런 다음 지키지도 못할 결정을 내린다. 그는 자기 자신을 받아들이지 못하는 거의 모든 사람처럼 도덕주의자이다. 자신이 투사라는 것을 보여주기 위해 때로는 불필요한 위험을 자초하거나 또는 목숨을 거는 위험에 뛰어든다. 그는 환상이 많다. 그는 자신에 대한 과도한 요구 탓에 전형적인 열등감에 시달리고 있으며, 죄를 지었다는 근본적인 감정을 자신의 심오함으로, 심지어는 종교성으로 여기는 듯 보인다. 그는 편안한 사람이고 매력적이며 잘 다투지 않는다. 매력이 별다른 효과를 발휘하지 못하면 우울증으로 후퇴한다. 그는 진실하고 싶어한다. 진실하고 싶어하는, 그 충족시키기 어려운 욕구는 그의 경우에는 특이한 종류의 허위에서 유래한다. 그는 한 가지 약점을 무척 진실하다는 의식, 다른 사람들보다 더 진실하다는 의식으로 감추기 위해 때로는 노출증에까지 이를 정도로 진실하게 군다. 그는 약점이, 그럴 때마다 번번이 나타나는 그 블랙홀이 정확히 어디에 있는지 모르며, 블랙홀이 나타나지 않을 때도 두려움에 떤다. 그는 항상 기대 속에서 산다. 그는 모든 것을 미결 상태로 유보하기를 좋아한다. 그는 어디에 있든지 간에 지금 다른 곳에 있으면 얼마나 근사할까 하는 생각에 어쩔 수 없이 시달리는 부류에 속한다. 그는 적어도 내면적으로 현재 이 순간에서 도망친다. 그는 여름, 전반적으로 현재의 생생함을 좋아하지 않으며 가을, 어스름을 사랑한다. 우울, 허무는 그의 기본적인 요소이다. 여자들은 곧잘 그가 자신을 이해해준다는 느낌을 받는다. 그는 남자 사이에서는 친구가 별로 없다. 남자들 사이에서는 자신이 남자라고 확신하지 못한다. 하지만 스스로 충분하지 못하다는 근본적인 두려움에 젖어서, 여자들 앞에서도 사실은 두려움을 느낀다. 그는 스스로 감당할 수 있는 것 이상을 공략하며, 파트너가 그의 한계를 감지하면 모든 용기를 상실한다. 그는 현재 있는 그대로 사랑받을 준비가 되어 있지 않으며, 또 현재 있는 그대로 사랑받을 수도 없다. 그래서 자신을 진실로 사랑하는 여자들을 자신도 모르게 소홀히 대한다. 그들의 사랑을 진실로 진지하게 여기려면, 자기 자신을 받아들일 수밖에 없기 때문이다—그가 결코 원치 않는 일이다!

이 나라에 머무르는 사람은 금세 치아가 나빠진다. 내가 치통을 호소하자 즉각 슈틸러 씨를 치료한 치과의사에게 데려다주겠다고 한다.

이 나라에 마치 다른 치과의사들은 없는 양! 더욱이 내 변호사가 서류철에 넣어다니는 미납치료비 계산서 덕분에 그 치과의사의 이름을 곧바로 알아낼 수 있다. 즉시 전화를 건다. 다행히도 (내 변호사는 애석해하는 기색이 완연하다) 그 치과의사가 오래전에 죽었다는 사실이 밝혀진다. 그의 후임자에게 진료가 예약된다—즉 슈틸러를 결코 본 적 없고 나를 알아본다고 주장할 수도 없는 남자에게.

여섯번째 노트

행방불명된 슈틸러의 아틀리에는—내 검사의 부인, 지빌레의 묘사에 따르면—널찍하고 밝은 공간이었다. 구시가지 어딘가의 다락층에 위치했는데, 가구가 없어 실제보다 훨씬 더 커 보였다. 지빌레가 모자나 가방 같은 것을 걸 수 있는 실용적인 가구조차 없었다. 하지만 그녀가 그 아틀리에를 아무리 정확하게 기억하는 듯 보일지라도, 크기가 10×15미터였다는 어림짐작은 좀 과장이리라. 곳곳에 옹이가 박인 전나무 마루판자는 낡고 닳아서 삐걱거렸다. 그녀가 한 번 이상 머리를 부딪친 경사진 천장 아래에는 주방 비슷한 것이 있었다고 한다. 붉은색 인조대리석 개수대, 소형 가스레인지, 온갖 잡다한 그릇이 들어 있는 찬장. 분명 소파도 있었을 것이다. 슈틸러가 아틀리에에서 살았기 때문이다. 게다가 책장도 있었는데, 중산층 출신의 지빌레는 그곳에서

『공산당 선언』을 처음으로 보았다. 그 옆에는 『안나 카레니나』를 비롯한 톨스토이, 인구에 자주 회자되는 카를 마르크스의 책, 횔덜린, 헤밍웨이, 지드도 있었다. 지빌레도 그 잡다한 장서에 일조하는 이런저런 책을 선물했다. 양탄자는 깔려 있지 않았던 것 같다. 그에 비해 지빌레는 기다란 난로 연통이 다섯 번 굽어진 것은 기억했다. 난로 연통은 매우 낭만적이었다고 한다. 그리고 무엇보다도 근사한 점은, 용감하게 한 걸음을 내디디면 (숙녀인 지빌레는 꼭 끼는 스커트를 살짝 들어올려야 했다) 지붕, 난간이 녹슬고 자갈과 타르에 이끼가 낀 옥상에 올라갈 수 있었다는 것이다. 흰 구두에 타르가 들러붙었다. 그곳도 아주 낭만적이었다. 비둘기들이 구구거리는 처마의 물받이 홈통, 옥상을 에워싼 합각머리, 천창과 굴뚝과 방화벽, 고양이들, 툭탁툭탁 양탄자 터는 소리로 가득찬 마당, 제라늄, 바람에 펄럭이는 빨래, 대성당의 종소리. 과거 언젠가 구세군의 중고품가게에서 산 팔걸이의자는 유감스럽게도 그 당시 이미 쓸 수 없었다. 천이 썩어서, 쓰레기통 위에 앉는 편이 더 나았다. 내 검사의 부인인 지빌레에게는 그런 것도 분명 특별한 매력이 있었을 것이다. 이 모든 것에도 불구하고 지빌레가 어쨌든 그 아틀리에를 상당히 즐겨 회상한다는 느낌이 들었다. 아틀리에 안에는 할아버지들이 쓰는 흔들의자가 있어서 흔들거리며 앉아 있을 수 있었다. 무조건 들뜬 기분, 여유로우면서도 들뜬 기분을 자아내는 물건이었다. 그곳의 모든 것은 질서정연한 집에서 찾아온 지빌레에게 일시적인 것의 마력을 발휘했다. 수도꼭지의 호스는 늘 끈으로 묶여 있었고, 커튼 한쪽은 압핀으로 매달아놓았으며, 커튼 뒤에 둔 무거운 이음쇠가 달린 낡은 여행가방은 그 당시 세탁물 바구니로 쓰고 있었다. 아틀리에 어디를 봐도 언제든 길을 떠나 완전히 다른 삶을 시작할 수 있을 것 같은 흥분되는 감정, 그 무렵 지빌레에게 필요했던 그런 감정이 일었다.

그녀의 첫번째 방문은 기습적이었다.

"잠깐만 있다 갈게요." 그녀는 말했다. 한밤중까지 머무를 줄은 스스로도 몰랐다. "당신이 어디서 일하고 사는지 꼭 한번 보고 싶었거든요……" 슈틸러는 면도를 하지 않아서 조금 당황했다. 그는 친차노를 내놓았다. 그가 커튼 뒤의 개수대에서 면도를 하는 동안, 지빌레는 벽에 무엇이 걸려 있는지 살펴보았다. 아프리카 가면, 켈트족의 부서진 손도끼, 이오시프 스탈린의 초상화(나중에 보니 없었다), 툴루즈 로트레크*의 유명한 포스터, 그 밖에는 스페인의 투우 창 두 개. 화려한 투우 창은 색이 바래 있었다. "저게 뭐예요?" 그녀는 물었다. "투우할 때 쓰는 거죠." 그는 여전히 수염에 정신이 팔려 짧게 대답했다. "아, 참." 그러자 지빌레가 말했다. "당신은 스페인에 있었다고 했죠. 슈투르체네거가 당신에 대한 멋진 이야기를 했는데……" 그녀가 흔들의자에 앉아 웃었다. "당신이 러시아 무기를 들고 있었다고요!" 그의 침묵은 그녀의 말에 기분이 상했음을 알려주었다. 그녀는 물론 미안하게 생각했다. "슈투르체네거는 얼간이죠." 그는 커튼 뒤에서 말했다. "그 시시한 이야기를 아무 데서나 떠벌린다니까요."—"그럼 그 이야기가 사실이 아니에요?"—"어쨌든 슈투르체네거가 이야기한 것과는 달라요." 그가 아주 불쾌한 어조로 대답해서, 지빌레는 러시아총 이야기에 대해서는 더이상 묻지 않았다. 그녀는 화제를 바꿀 셈으로 이렇게 말했다. "하지

* 프랑스의 화가. 독자적인 화풍으로 댄서, 가수, 창부 등 파리의 화류계를 주로 그렸다.

만 스페인에 있었던 건 사실이잖아요—" 지빌레는 자신에게 화가 치밀었다. 슈틸러에게 스페인에 대해 캐물으려고 왔다고 오해받아도 별수 없겠다…… 두 사람은 그 당시만 해도 이름 없었던 이른바 예술가들의 가장무도회에서 처음 알게 되었고, 그래서 모든 심리적 압박에서 자유로웠다. 그들은 애무를 나누었다. 근 3주 전의 일이었다. 나중에 현실에서 만날 때면 그것이 실제로 있던 일인지 도저히 믿기지 않는 애무, 상대방은 전혀 모르는 꿈에 대한 비밀스러운 기억 같은 것. 그의 친구 슈투르체네거가 그의 이름을 밝힌 후로, 키스한 얼굴이 가면을 벗으면 어떻게 보일지 알고 싶은 호기심에서라도 재회는 피할 수 없는 일이었다. 그들은 만나서 간단히 음료를 마셨다. 가면을 쓰지 않자 할 말이 훨씬 더 많았던 탓에 함께 산보를 했다. 다시 근 일주일 전의 일이었다. 그 산보도 다시 애무로 이어진 듯 보인다. 지빌레가 그의 아틀리에에 서 있는 지금, 그 애무는 무도회에 대한 기억만큼이나 거의 현실처럼 느껴지지 않았고, 따라서 상대방은 전혀 모르는 꿈에 대한 비밀스러운 기억 같았다. 그러니 대화가 어색하고 당황스러울 수밖에!……
"그러니까 여기서 일해요?" 지빌레는 이렇게 묻고는, 쓸데없이 어리석은 질문을 했다는 생각을 했다. 그녀는 슈틸러가 그 기회에 자신의 작품들을 소개하지 않을까 내심 잔뜩 겁을 먹고서 조각 사이를 어슬렁거렸다. "내가 예술에 대해 문외한인 거 알죠?" 그녀는 말했다. "나한테 다행이죠." 그는 커튼 뒤에서 말하고는 스스로 화제를 돌렸다. "지금 마시고 있죠? 친차노는 마시라고 있는 거예요." 지빌레는 친차노를 마셨다. 그녀가 손에 잔을 들고 어느 석고상 앞에 서 있는데, 슈틸러가 면도를 끝내고 커튼 밖으로 나와 말했다. "내 아내예요." 그것은 목이 기둥처럼 기다란 두상이었다. 희한하게도 여인보다는 꽃병에 가까웠다. 지빌레는 슈틸러가 어떤 의견도 기대하지 않아서 안심했다. "이게 당신 부인이라면 끔찍하지 않아요?" 아무튼 그녀는 물었다. "당신이 예술로 나를 이렇게 변화시킨다면 끔찍할 거 같아요!" 사실상 그것으로 그의 작업에 관한 대화는 끝을 맺었지만, 다른 대화로 이어지지는 않았다. 이제 그들은 오로지 친차노를 맛보려는 사람들처럼 서 있었다. 두 사람 모두 실제보다 좀더 아둔하게 굴었다. 충분히 이해할 수 있듯이, 이는 전부 서로에 대해 실제로 잘 알지 못하는 상태에서 살짝 몸이 스치기만 해도 또다시 애무에 휘말릴까 두려워했기 때문일 것이다. "왜 그 러시아 총 이야기에 관심이 있죠?" 슈틸러가 물었다. 지빌레는 그 이야기에 전혀 알지 못하는 슈틸러의 다른 과거만큼, 더도 말고 덜도 말고 딱 그만큼만 관심이 있었다. 스페인으로부터, 뾰족한 갈고리가 달린 빛바랜 화려한 투우 창으로부터 벗어나지 못한 사람은 슈틸러였던 듯 보인다. 슈틸러는 러시아총에 대한 이야기가 곤혹스러운지 화제를 돌리기 위해서 스페인 투우에 대해 묘사하기 시작했다. 그것도 아주 세세하게 묘사했으며, 두 손을 자유롭게 사용하려고 친차노를 어딘가에 내려놓았다. 벽에 십자형으로 엇갈려 있는 두 개의 투우 창은 내리지 않았는데, 슈틸러는 창을 두려워하는 듯 보였다. "그렇구나," 지빌레는 이따금 말했다. "무슨 말인지 알겠어요—!" 슈틸러는 투우에 매료된 듯 보였고, 지빌레는 열광하는 모습이 그 어떤 가면보다도 그에게 잘 어울린다고 생각했다. "그리고 이제," 슈틸러는 설명했다. "이제 마타도르*가 등장하

* 마지막에 소의 정수리를 찔러 죽이는 투우사.

죠—!" 지빌레에게 황소는 이미 오래전에 죽어 있었다. "소는 벌써 죽었는데 왜 이제야 등장해요?" 그녀는 물었다. 지빌레는 주의를 기울이지 않았다. 어쨌든 그녀가 주의를 기울인 것은 황소가 아니라 오로지 그의 얼굴이었다. 슈틸러는 투우 중계를 처음부터 새로 시작해야 했다. 지빌레가 무엇 때문에 스페인 투우를 상상할 필요가 있었을까? "잘 봐요!" 슈틸러는 말했다. "—내가 황소예요." 그는 아틀리에 한가운데에 섰다. 지빌레는 흔들의자에서 일어나 투우사 역할을 맡아야 했다. 그녀는 역할 분담에 웃음을 터뜨렸다. 지빌레는 황소를 죽이고 싶은 욕구를 전혀 느끼지 못했다. 슈틸러는 그 역할 분담이 아주 적절하다고 생각했다. 지빌레는 모자를 벗을 필요도 없었다. 오히려 투우사는 우아할수록 좋았다. 그러므로 첫째, 황소가 투우장에 들어오고, 지빌레는 자신을 소개해야 한다. 주변의 모래가 햇빛에 반사되어 눈부시게 밝다. 삶과 죽음, 밝음과 그늘이 투우장을 가른다. 주변의 아케이드에 사람들이 가득차 있다. 꽃밭처럼 아롱다롱하고, 목소리들이 웅웅거린다. 투우사 지빌레가 좀더 가까이 다가오자 목소리들이 침묵한다. 붉은 천으로 황소를 자극하는 투우사가 원래는 여럿이지만, 슈틸러는 지금 지빌레로 만족한다. 흑단처럼 검은 황소가 거대한 깔때기 같은 투우장 중앙에 서 있다. 싸움은 유희적으로, 그야말로 발레처럼 시작된다. 게다가 투우사가 흔드는 천은 붉은색이 아니라 햇빛에 바래 장밋빛에 가깝다. 하지만 간단히 말해서, 황소는 뭘 해야 하는지 잘 모른다. 그저 심드렁하게 반항하며 뿔로 허공을 찌르고 갑자기 달리다가 만다. 그러면 먼지가 구름처럼 인다. 여기까지는 장난, 희롱이었으며, 여기서 그만둘 수도 있을 것이다. 검은 황소는 다친 데 없이 무사히 살아남아서, 안달루시아

경작지 어딘가에서 쟁기를 끌 수 있을 것이다. 슈틸러가 늙어빠진 가련한 말을 타고 와서 황소의 투쟁욕을 불러일으키기 위해 목덜미에 창을 꽂는 피카도르* 이야기를 했을 때, 지빌레는 끔찍해하며 자신도 모르게 모자를 벗었다. 헐떡거리는 짐승의 검은 털 위로 반짝이며 흘러내리는 피, 분수처럼 콸콸 솟구치는 심홍색 피는 그녀를 완전히 신경질적으로 만들었다. 지빌레는 자신은 결코 투우를 실제로 볼 수 없을 것이라고 단언했다. 하지만 상처 입은 황소가 이제 공격해야 한다고 주장하는 전직 스페인 전사 슈틸러에게 그런 말은 전혀 통하지 않았다. 분노한 황소의 뿔에 받힌 늙은 말의 배가 갈라지고 꾸불꾸불한 내장이 통째로 끌려나왔다. 늙은 말이 그런 모습으로 투우장에서 질질 끌려나갈 때, 지빌레는 주저앉을 수밖에 없었다. "그만해요!" 그녀는 두 손에 얼굴을 묻으며 말했다. 하지만 지빌레가 좀전에 물어본 그 화려한 투우창의 비할 데 없이 아름답고 우아한 단계가 이제 이어진다고 슈틸러는 말했다. 지빌레가 소파에 앉아서 꼼짝하지 않은 탓에, 슈틸러는 역할을 바꿔야 했다. 황소를 그녀의 상상에 맡겨두고, 투우 창을 어떻게 사용하는지 직접 시범을 보여야 했다. 하지만 이미 말했듯이, 슈틸러는 창을 벽에서 내리지는 않았다. 개인적으로 이미 황소의 운명을 경험하기라도 한 듯, 창을 두려워하는 것 같았다. 그러므로 그는 소도구 없이 시범을 보였다. 즉, 가능한 한 우아하게 두 팔을 높이 올리고, 키가 커 보이도록 발끝으로 서서 몸을 쭉 뻗고, 뾰족한 뿔을 내민 채 달려오는 황소에게 붙잡혀 찢기지 않으려고 배를 쏙 집어넣었다. 그런 다음, 이제

* 말을 탄 보조 투우사.

지빌레는 정확히 지켜봐야 했다. 화려한 창 두 개를 번개처럼 목덜미에 꽂았다. 단순히 황소에게 꽂은 것이 아니라 정확히 목덜미에. 우아하고 정밀하게. 지빌레는 그와 함께 감탄하려고 노력했다. 어쨌든 그는 말했다. "이건 대단한 일이죠!" 그리고 생명의 위험에 직면했을 때 드러나는 우아함이 일종의 업적인 것을 지빌레가 최소한 고개를 끄덕여 인정할 때까지, 가만히 내버려두지 않았다. "그러면 황소는?" 그녀는 은근히 편파적인 어조로 물었다. "황소는요?" 분명 황소는 이것이 생사가 달린 문제이며 안달루시아 경작지에서 더이상 쟁기질하지 못할 것을 알아챘을 것이다. 피범벅이 된 황소의 목덜미에서 투우 창 여섯 개가 무더기로 흔들거린다. 투우 창의 갈고리가 살 속에 박혀 있다. 황소는 처음으로 지친 기색을 내보이며 고통에 저항한다. 목을 흔들어 화려한 투우 창들을 떨쳐내려 하지만 허사다. 슈틸러는 투우 창 두 개의 갈고리를 지빌레에게 보여주었다. "이게 근사하다고요?" 그녀는 물었다. 슈틸러는 그것을 '근사하다'고 일컫지는 않았다. 하지만 갈고리의 뭔가가, 고통스러운 것, 극히 개인적인 것이 그를 매료시키는 듯 보였다. 슈틸러는 그 부인과는 반대로 의도적으로 어느 한쪽의 편을 들지는 않았다. 하지만 그는 황소의 편에서 그것을 체험했으며, 화려한 투우 창들을 직접 경험해보기라도 한 듯 한번은 자신의 목덜미를 붙잡았다. 그는 이제 마지막 라운드로 접어든다고 냉정하게 말했다. 지빌레는 벌써 한참 전부터 입에 물고 있던 담배에 불도 붙이지 못한 채 소파에서 마지막 라운드를 보았다. "고마워요." 그녀는 던힐 실버*를 가리키며 말했다.

* 영국의 세계적인 담배 제조회사 브리티시 아메리칸 타바코의 대표 브랜드 던힐에서 생산한 제품 중 하나.

"불은 나한테 있어요!" 자, 드디어 마지막 라운드 시작! 슈틸러는 그것을 야만적인 힘에 맞서는 우아함, 어둠에 맞서는 빛, 자연에 맞서는 정신이라고 이름 붙였다. 정신은 번득이는 칼날을 붉은 천 아래 숨기고서 은백색의 마타도르로 나타난다. 죽이기 위한 것은 아니다. 오, 아니다. 승리하기 위해서, 생명을 위협하는 치명적인 형상들을 극복하기 위해서. 하나씩 하나씩, 한 발자국도 뒤로 물러나지 않고서. 우아함이 전부이고, 비겁함은 죽음보다 나쁘다. 중요한 것은 동물적 삶에 대한 정신의 승리다. 정신은 위험을 극복한 후에야 비로소, 그런 후에야 비로소 칼날을 사용할 수 있다. 정적이 투우장을 가득 채우고, 탈진의 분노에 사로잡힌 황소는 또다시 붉은 천을 보고 질주한다. 은백색의 마타도르는 그대로 서 있고, 칼날이, 그렇다, 칼날이 꽂힌다. 관객들은 박수갈채를 터뜨리며 광란한다. 황소는 다리를 쭉 뻗고 서서 기다린다. 그러다 갑자기 앞으로 고꾸라지거나 옆으로 쓰러져서 죽는다. 눈이 돌아가고, 다리가 길게 뻗는다. 나머지는 미동 없는 덩어리, 검은 뭉치이다. 모자, 꽃, 부인용 장갑, 시가, 바구니 안의 술병, 오렌지 등등이 투우장 안으로 어지러이 날아든다…… 마침내 지빌레는 은백색 던힐 라이터가 필요해졌다. 그리고 다시 대화가 이어졌다—

애무에는 이르지 않았다.

"당신 부인은 무용가예요?" 어느 땐가 한번 지빌레가 물었다. 그녀는 슈틸러가 꽃병으로 변신시킨 그 여인에 대해 별로 아는 바가 없었다. 그렇다. 슈틸러의 태도로 미루어 보아, 그가 결혼한 대상은 아름답고 기이하고 죽은 꽃병, 오로지 그가 생각할 때만 존재하는 그 무엇이었다. 지금 슈틸러는 그것에 대해 생각할 기분이 전혀 아니었다. 그렇다면 지빌레는 롤프에 대해 할 말이 훨씬 더 많았을까? 어쨌든 지빌레는 한 가지는 알리지 않았다. 그러니까, 그녀의 남편 롤프가 그날 저녁 런던에 있으며, 다음날에야 돌아온다는 것 말이다. 무엇 때문에 그런 말로 슈틸러를 혼란스럽게 하겠는가! 그녀 자신도 그 '자유'를 주지하기에는 이미 충분히 혼란스러웠다…… "슈투르체네거가 우리 설계도를 한번 보여주던가요?" 그녀는 물었다. 그러자 이런, 갑자기 이성적인 대화가 이루어졌다. 슈틸러가 현대 건축의 열렬한 추종자라는 사실이 드러났으며 또 그 방면에 대해 몇 가지 알고 있었기 때문이다. 아무튼 지빌레에게 처음으로 자신의 집을 짓는 것에 관심을 갖게 하고 미래의 집에 열광하게, 그야말로 열광하게 하는 데 충분한 일이었다. 아주 근사하고 실용적이고 이성적인 대화여서 (그녀는 이렇게 말한다) 슈틸러는 즉석에서 말했다. "저녁 먹고 갈래요?" 원래 지빌레는 저녁까지 먹고 갈 생각은 당연히 꿈에도 하지 않았다. 기껏해야 시내 어딘가에서 함께 저녁을 먹을 가능성 정도는 점쳤을 수도 있지만. "나도 도울까요?" 슈틸러가 여전히 건축에 대한 이야기를 하며 냄비에 물을 부어 구식 가스레인지에 올려놓았을 때, 그녀는 조금 당황한 표정으로 물었다. "쌀 요리 좋아해요?" 그는 가스레인지에 불을 붙이며 지나가는 말로 물었다. 물론 지빌레는 늦어도, 아무리 늦어도 9시나 10시에는 그곳을 나설 작정이었다. "쌀 요리요?" 그녀는 마침내 대답했다. "쌀 요리 아주 좋죠!" 그러나 약식으로라도 스페인식 쌀 요리의 구색을 맞추려면 슈틸러는 추가 재료를 마련해야 했다. 투우를 기념하는 거라 반드시 스페인 요리여야만 했다. 서둘러야 했다. 그렇지 않으면 코앞에서 상점이 문을 닫을 판이었다. 지갑 안이 항상 채워져 있는 것은 아닌

지라, 슈틸러는 지갑을 슬쩍 들여다본 후 방문객을 혼자 두고서 아틀리에를 나섰다. 그 반 시간 동안 지빌레는 좀 묘한 기분이 들었다. 나는 뭘 원하는 걸까? 그리고 뭘 원하지 않는 걸까? 이제 찬찬히 생각할 시간이 있었다. 그녀는 대성당이 보이는 커다란 창문 앞에 서서 담배를 피우며 자신의 차, 롤프의 차를 어디에 주차했는지 기억해내려고 했다. 하지만 도무지 기억이 나지 않았다. 다른 많은 일들이 머릿속을 스쳐갔다. 우스꽝스럽기도 하지! 아틀리에에서의 저녁식사, 그것이 뭐 어쨌단 말인가? 그 당시 지빌레는 스물여덟 살이었다. 그때까지 그녀는 더도 덜도 말고 꼭 두 번 사랑에 빠졌으며, 그것은 번번이 삶, 다른 사람의 삶으로의 침입이었다. 그녀가 사랑했던 첫 남자는 고등학교 졸업시험을 지도했던 은사였으며 이혼했다. 그녀는 두번째로 사랑한 남자와 결혼했다. 지빌레는 유희하듯 단순히 남자를 만나는 재주는 없었다. 아니면 그런 것도 배울 수 있는 것이었을까? 그녀가 3주 전에 체험한 슈틸러, 쾌활하기 그지없는 가장무도회의 피에로, 게다가 예술가, 즉 특별한 윤리 의식 따위는 없는 남자, 아마 경험이 무척 풍부하고 대담하고 어쨌든 나중에 이름을 대지 않을 정도의 교양은 있는 사람이라면, 그토록 자신감 넘치는 남편 롤프에게 오래전부터 필요했던 충격을 안겨주기에 안성맞춤일 수 있었다. 다만, 슈틸러는 결코 대담한 사람은 아닌 듯 보였다. 가까이에서 알게 될수록 그는 훨씬 더 소심했고 훨씬 더 호감 가는 사람이었다. 그리고 쾌활하기 그지 없는 피에로의 모습은 거기 아틀리에에서는 실제로는 그리 찾아볼 수 없었다. 슈틸러는 재치 있지만 은근히 많이 짓눌린 남자, 목덜미에 보이지 않는 투우 창을 맞아 피 흘리는 남자였다. 그도 결혼했다. 그들, 슈틸러와 그 발레리

나는 왜 함께 살지 않을까? 모든 게 확실하지 않았다. 둘의 결혼은 실패한 결혼일까 아니면 완벽한 결혼일까? 결코 간단한 문제가 아니었다. 지빌레가 그를 실제로 사랑하게 된다면, 무슨 일이 벌어질까? 심지어 그럴 위험이 있었다. 그런 다음 다시 지빌레는 스스로에게 말했다. 말도 안 돼! 그리고 밥물이 끓기 시작하자 가스불을 조금 낮추었다. 남자들은 서로 얼마나 다를 수 있는가! 한 남자가 지빌레를 위해 장을 보고 요리를 하다니, 생전 처음 겪는 일이었다. 그것도 무엇을 사서 어떻게 요리할지 한 마디도 묻지 않고서. 한 번 전화벨이 울렸다. 물론 그녀는 전화를 받지 않았다. 전화벨 소리는 지빌레를 소스라치게 놀라게 했다. 그의 부인이었을까? 지빌레에게는 자연스럽게 그의 부인을 상상하지 말아야 할 이유가 없었다. 우스꽝스러웠다! 지빌레는 지금 그의 부인이 아틀리에에 들어오길 바라기까지 했다. 아니면 전화벨을 울린 사람, 그토록 날카롭고 끈질기게 벨을 울린 사람은 연인이었을까? 커다란 탁자 위에 놓인 그의 조각손과 여기저기 수북한 재떨이들. 지빌레는 그 재떨이를 비우고 싶었다. 용도를 알 길 없는 온갖 도구, 그다지 깨끗하지 않은 행주, 사방에 널린 신문, 문에 걸린 넥타이, 그 모든 것은 무척 남성적이었다. 그의 장서는 벽면 전체를 차지한 롤프의 학문적인 책장에 비교하면 풋내기 수준이었다. 이오시프 스탈린이 평소처럼 그렇게 충격적으로 느껴지지 않았다. 어쨌든 낯설었고, 그녀가 좋아하는 타입은 아니었다. 지빌레는 낯설게 느껴지는 모든 것이 반가웠다. 그리고 그의 조각들은 이오시프 스탈린보다 더 낯설었다(나는 그렇게 믿는다). 슈틸러가 진정한 예술가였을까? 지빌레는 전시회장이었다면 그런 것들은 그냥 스쳐지나갔을 거라고 인정했다. 그녀는 그 조각들을 스쳐지나가지 않고, 사랑에 빠지지 않도록 막아주는 판단을 내리려고 애썼다. 어려운 일은 아니었다. 그녀는 어쨌든 그 무렵에는 아직 피카소도 좋아하지 않았고, 그 물건들도 비슷했다. 지빌레는 〈노이에 취르허 차이퉁〉에서 그의 이름을 본 기억이 전혀 없었다. 하지만 슈틸러가 진정한 예술가가 아니었다면, 그 사실이 그를 사랑하지 않도록 그녀를 지켜주었을까? 지빌레는 여기저기 서랍을 열어보고 싶은 유혹을 강하게 느꼈다. 물론 열어보지는 않았다. 그 대신에 스케치북을 뒤적여 보았으며, 스케치로 보아서 뛰어난 예술가에게 반했다고 느끼고 당황했다. 그런데 왜 이리 오래 걸릴까? 무슨 일이 일어난 건 아니겠지. 서랍 하나가 빼꼼히 열려 있고 그 안에 온갖 것이 들어 있었지만, 슈틸러의 내면 세계에 대해서는 아무것도 알려주지 않았다. 개구쟁이 소년의 잡동사니처럼 호감을 불러일으키는 것들이었다. 조개껍질, 먼지 낀 담배파이프, 전기 퓨즈, 철사, 어린 한네스가 무척 갖고 싶어할 파이프 청소기, 온갖 동전, 영수증, 독촉장, 마른 불가사리, 푸른 수염의 남자*를 연상시키는 열쇠다발, 전구, 작은 근무일지, 자전거 타이어를 땜질할 때 쓰는 재료, 수면제, 양초, 탄환, 낡긴 했지만 흠 없이 온전히 보존된, 슈틸러 추디라고 쓰인 황동 문패…… 슈틸러가 한 팔 가득 종이봉투를 안고 들어왔을 때, 마침 지빌레는 아름다운 뇌운을 배경으로 찍은 아크로폴리스 사진 앞에 서 있었다. "그리스에도 갔다 왔어요?" 그녀는 물었다. "아직 못 가봤죠!" 그는 쾌활하게 대답했다. "하지만 이제 갈 수 있어요. 국경이 다시 뚫렸거든요." 그는 새우통조림, 파프리카, 토끼 고

* 동화 『푸른 수염』의 주인공. 특정 문을 절대 열어보지 말라고 경고하며, 성의 열쇠다발을 아내에게 건네준다.

기 대신 약간의 가금류 고기, 토마토, 완두콩, 작은 생선 대용으로 정어리를 가져왔다. 이제 요리를 시작할 수 있었다. 지빌레는 식탁을 차리고 유리컵을 씻고 접시를 따뜻하게 데우는 일을 맡았다. 슈틸러는 샐러드도 직접 만들겠다고 고집했다. 지빌레는 그저 맛을 보고 감탄하고 나무 쟁반을 씻기만 하면 되었다. 다시 전화벨이 울렸을 때, 슈틸러는 전화를 받지 않았다. 그의 쾌활함이 잠시 사라진 듯 보였다. 발렌시아 쌀요리가 식탁에서 향긋한 냄새를 풍겼을 때, 슈틸러는 손을 씻고는 즐겁게 흥분해야 할 이유가 전혀 없는 양 남성적인 침착함으로 수건에 손의 물기를 닦았다. 두 사람이 함께 식사하는 건 처음이었다. "맛이 어때요?" 그는 물었고, 지빌레는 자리에서 일어나 입을 닦고 남성적인 요리 솜씨에 대한 합당한 대가로 입을 맞추었다. (롤프는 계란프라이도 할 줄 모르는데!) 두 사람은 잔을 부딪쳤다. "자, 건배!" 그가 조금 멋쩍어하며 말했다. 통조림 새우와 싱싱한 새우의 적잖은 차이에 대한 실용적인 대화가 이어졌다—

기타 등등.

근처의 대성당에서 10시를 알리는 종이 울렸을 때, 도저히 흘려들을 수 없도록 크게 울려퍼졌을 때, 지빌레는 원래의 결심과는 달리 자리를 털고 일어날 생각이 들지 않았다— "내가 무척 젊었다는 걸 잊지 마요." 그때 마침 슈틸러가 말했다. "어느 날 아침 잠에서 깨어나, 세상이 당신에게 무엇을 기대하는지 신문에서 읽게 되는 거예요. 세상! 엄밀하게 보면, 그 글을 쓴 사람은 물론 친절한 속물에 지나지 않아요. 하지만 갑자기 당신이 유망주가 되죠! 벼락출세한 자들이 벌써 당신하고 악수를 하러 찾아온다고요. 당신도 알겠지만, 굽실거리며, 어린 다윗* 앞에 나서듯이 두려움에 벌벌 떨며. 웃기는 일이지만, 이제 과대망상에 사로잡히게 돼요—그러다 마침내 다행히도 스페인내전이 발발하지요!" 지빌레는 무슨 말인지 알아들었다. "이룬,"** 그는 말했다. "그때 처음으로 정신이 번쩍 들었지요. 나는 그 키 작은 지휘관을 절대 못잊을 겁니다. 그 사람에게 나는 결코 유망주가 아니었어요! 그 말을 입밖에 내어 말하지는 않았지만, 나를 아무 짝에도 쓸모없는 사람처럼 바라봤거든요. 내가 마르크스주의라고 이해했던 것은 서정시 같은 거였지요. 어쨌든 나는 이미 신병 훈련도 마치고 수류탄 투척 교육도 받고 기관총 다루는 법도 배운 상태였어요. 그리고 나를 보증한 체코 친구도 있었죠." 슈틸러는 아주 천천히 이야기했다. 키안티***를 잔에 따랐지만 마시지는 않고 그냥 들고 있었다. "사라고사."**** 그는 말을 이었다. "그건 두번째 실패였어요. 나는 자원했어요. 우리가 고립되는 바람에, 누군가가 적의 포화를 뚫고 가야 했거든요. 내가 맨 먼저 자원했는데도, 그들은 나를 받아주지 않았죠! 거기 서 있어야 했어요. 자원했지만, 그들은 나를 거기 세워둔 거예요…… 내가 어떤 기분이었는지 상상할 수 있겠어요?"—"왜 당신을 받아주지 않았는데요?"—"그들은 다른 사람, 내 친구, 그 체코 남자가 나설 때까지 이리저리 시간을 끌며 기다렸어요. 체코 친구는 죽을 곳을 찾는 사람이 아니라 진짜 투사였거든요…… 그건 사실이었죠." 슈틸러는 말했다. "나는 그 당시 실제로

* 고대 이스라엘의 왕. 아직 어릴 때 예언자 사무엘이 사울왕의 후계자로 다윗을 지목했다.

** 스페인 북부, 프랑스와의 접경지대에 위치한 도시.

*** 이탈리아 토스카나 지역에서 생산되는 세계적인 와인.

**** 스페인 북동부에 위치한 사라고사주의 주도.

오로지 죽을 곳만 찾아다녔어요. 나 자신은 그걸 분명히 의식하지 못했는지도 몰라요. 하지만 사람들은 내게서 그 냄새를 맡았지요. 공습이 시작돼도 나는 엄호물에 몸을 숨기지 않았어요. 그리고 그게 용기인 줄 알았지요! 알겠죠, 그래서 그때 타호강에서도 그런 일이 벌어졌던 거예요—" 물론 지빌레는 이제 그때 실제로 무슨 일이 있었는지 듣고 싶었지만 허사였다. 슈틸러는 번번이 말을 빙빙 돌리고 말을 덧붙이거나 보충하며 시간을 끌었다. 그러다가 다시 톨레도의 지형에 대해 장황하게 설명하고, 한번은 정치적인 논평을 하기도 했다. "간단히 말해서," 그는 말했다. "우리는 거기 황량한 골짜기에 진을 치고 있었어요—우리 폭도들은, 당신네 신문들은 그때 우리를 폭도라고 불렀지요. 반란자, 폭도! 그때 실제로 어땠는지, 우리의 사랑하는 스위스가, 우리의 시민적인 언론이 그때 뭐라고 떠벌렸는지, 이렇듯 쉽게 잊어버리다니. 어떻게 파시스트들을 영웅처럼 숭배할 수 있었는지!"—"정말요?" 지빌레는 무심하게 물었다. "기억 안 나요. 그때 아직 여고생이었거든요!"—"하지만 내 말 믿어요." 슈틸러는 미소 지었다. "나는 당신들의 스위스를 잘 알게 되었죠, 그때 스페인에서. 우리 그 이야기는 하지 맙시다! 게다가 그런 일은 앞으로도 반복될 거니까요. 그들은 모든 부르주아지를 돕듯이 파시즘도 돕지요. 솔직하게 노골적으로 아니면 숨어서 은밀히. 오늘날 그들은 부헨발트나 아우슈비츠* 같은 일들에 분개하는데요. 그게 앞으로 얼마나 오래 계속될지 두고 봅시다! 오늘날 그들은 스위스의 무죄를 주장하며 독일에 침을 뱉지만, 사실은 이미 다 알

* 부헨발트와 아우슈비츠는 독일 나치 정권의 악명 높은 강제수용소다.

고 있었단 말입니다. 그들이 지금 환호하는 카살스*와 피카소를 비롯한 몇몇 사람들과 함께 우리가 폭도였던 스페인내전 시기, 그때 이미 스위스는 파시즘에 반대했잖아요! 앞으로 어떻게 될지 기다려보자고요……!" 슈틸러는 웃음을 터뜨리며 수북한 재떨이를 비우려고 일어났다. 지빌레는 그의 말투에 놀랐다. "커피 한 잔 더 마실래요?" 그 사이에 그는 물었다. "참 이상해요. 당신이 스위스에 대해 말할 때마다 굉장히 화낸다는 거 알아요?" 지빌레는 말했다. 그리고 그에게 가까이 가려고 자리에서 일어났다. 그렇다. 슈틸러가 그녀와 거리를 두고 싶어서 일부러 커피를 끓이려 한다는 느낌이 들었기 때문이다. "기다려보자고요." 그는 물주전자를 불에 올려놓으며 말했다. "우리의 유능한 이웃인 독일이 다시 큰일을 벌일 때까지요! 독일이 또다시 파시즘을 시도하면, 스위스는 틀림없이 도울걸요. 내 말 믿어요! 빤하다니까요. 무장을 하는 나라는 처음에는 이웃나라들에게 항상 멋진 거래를 뜻하죠. 그래서 입을 꾹 다물어요! 그러고는 신문에 쓰인 말들을 믿는다니까요. 신문들은 누가 폭도인지 당신에게 알려주지요. 그때 그랬던 것처럼! 그러다 그 친절한 이웃이 우리의 치즈를 더이상 먹지 않거나 시간이 자기네 시계에 맞춰 가서 우리 시계를 더이상 필요로 하지 않게 되면, 아우성을 쳐요. 그래, 자유도 끝이고 거래도 끝이다. 그러면 언제나 그랬듯이 우리는 갑자기 다시 인도주의 정신의 영원한 수호자고 평화의 주인이며 정의의 사도가 되는 거예요—욕지기가 나온다니까요." 슈틸러는 말했다. "미안해요, 하지만 사실이 그래요." 그는 너무 분개한 나머

* 스페인 출신의 첼로연주가, 지휘자.

지 가스 불 켜는 것을 까맣게 잊었다. 지빌레는 그걸 알아차렸지만 그의 말을 끊지 않았다. 커피를 마실 생각이 전혀 없었기 때문이다. "우리는 돼지떼라고요." 그는 말했다. 그의 욕설은 그러고도 반 시간가량 더 계속되었다. 지빌레는 그 남자의 낯설게 느껴지는 점, 정신이 번쩍 들게 하는 모든 점처럼 그 점도 기뻐한 듯 보인다. "간단히 말해서," 그는 그 기회에 말했다. "우리는 그 바위 골짜기에 진을 치고 있었어요. 나는 포로를 감시하는 임무를 맡았지요. 그들은 내게 더이상의 임무는 맡기려 하지 않았거든요. 알겠죠, 앞에서는 그 찬란한 알카사르를 두고 싸우고 있는데, 나는 몇 명 안 되는 포로들을 감시하기 위해 그 무더운 골짜기에서 서 있던 거예요. 다행히도 그때 아냐가 있었지요." 슈틸러는 다시 잔에 키안티를 채웠다. "아냐가 누구예요?" 그녀는 물었다. 이번에도 또다시 타호강의 나룻배에 이르지 못하고, 지빌레가 바로 관심을 표한 옆길로 샜다. "아냐," 그는 말했다. "그 사람은 내 첫사랑이었어요. 폴란드 여자. 아냐는 우리를 치료해준 의사, 의대생이었어요. 그러니까 의사로 일했다는 뜻이죠……" 슈틸러는 키안티를 마셨다. 그는 오른손에 잔을 들고 왼손에는 벌써 오래전에 꺼진 담배를 들고 앉아서 그 폴란드 여자에 대해 잠시 이야기했다. 슈틸러는 그녀를 아름답지는 않지만 항상 감탄을 자아내는 인물로 묘사했다. 명석한 두뇌와 넘치는 열정, 타타르족 특유의 기질, 타고난 전사인 동시에 유머러스한 사람. 슈틸러가 설명했듯이, 이것은 혁명가에게서는 보기 드문 특성이다. 교양 있는 집안의 딸, 그 집안 최초의 공산주의자, 자기 자신은 절대 상처 입지 않는 듯 보이는 사마리아 여인. 게다가 언어적인 재능이 무척 뛰어나서 스페인어, 러시아어, 프랑스어, 영어, 이탈리아어, 독일어의 통역

사이기도 했다. 모든 언어를 같은 악센트로 발음하긴 했지만, 완벽한 문법과 풍부한 어휘를 구사했다. 더욱이 춤 솜씨가 아주 매혹적이었다. "—그게 아냐였어요." 슈틸러는 말을 끊었다. "아냐는 나를 독일 몽상가라고 불렀죠." 슈틸러의 표정으로 보아, 그것은 그에게 여전히 씁쓸한 일이며, 10년이 지난 지금도 소화하지 못한 듯 보였다. "그 여자가 당신을 사랑했어요?" 지빌레가 물었다. "나 말고 다른 사람들도 사랑했지요." 슈틸러는 대답하고는 흠칫 놀랐다. "그런데 당신 줄 커피가 어떻게 됐더라!"—"까맣게 잊었네요!" 그녀는 웃었다. "우리 스위스에 분개한 나머지!" 슈틸러는 장황하게 변명을 늘어놓았다. "그냥 둬요." 지빌레는 간청했다. "커피 마시고 싶은 생각 없어요!"—"당신은 포도주도 안 마시잖아요." 슈틸러는 말했다. "그럼 뭘 원하는데요?"—"그 러시아총 이야기!" 그녀가 대답했다. 커피를 끓이려고 몸을 일으킨 슈틸러는 어깨를 으쓱했다. "그거라면 별로 할 이야기가 없어요." 그는 말했다. "내 러시아총은 물론 아무 이상 없었어요. 그냥 방아쇠를 당기기만 하면 됐죠……" 이제 마지막 보충 설명으로 지빌레는 어차피 이해하지 못하는 작전상황에 대한 불필요한 묘사가 자세히 이어졌다. "—그 이야긴 그만두죠." 그는 말을 끊었다. "나머지는 슈투르체네거에게 벌써 들었잖아요." 그러는 사이에 11시가 되었고, 다시 종소리가 들렸다. 이제 지빌레는 그 종소리에 거의 익숙해졌다. 그녀는 그 이야기가 슈틸러에게 왜 그토록 많은 부담을 주는지 이해하지 못했다. 다만 그 시간이 그에게 (그녀는 이렇게 말한다) 고해를 의미한다는 것만은 감지했다. 지빌레가 아니라 슈틸러 자신이 원했던 고해. "난 이해가 안 가요." 이윽고 지빌레가 말했다. 하지만 슈틸러는 즉각 그녀의 말을 끊었다.

"—내가 왜 총을 쏘지 않았는지 말이죠?" 지빌레는 그 말을 하려던 게 아니었다. 그는 웃었다. "내가 무능한 인간이기 때문이죠. 아주 간단해요! 나는 남자가 아니에요."—"당신이 그때 타호강에서 총을 쏘지 않았기 때문에?"—"그건 배신이었어요." 슈틸러는 타협의 여지 없이 단호하게 말했다. "그 점에 관해서는 해석하고 말고 할 게 없어요! 나는 임무를 맡았고, 게다가 임무를 맡겨달라고 자청했어요. 나룻배를 지키라는 명령, 아주 명료한 명령을 받았지요. 그게 전부였다고요! 단순히 내 문제가 아니라 다른 수천 명이 걸린 문제, 중요한 문제 말이죠. 나는 당연히 총을 쏘아야 했고요. 내가 무엇 때문에 스페인에 갔는데? 그건 배신이었어요." 그는 결론지었다. "사실 그들은 나를 총살해야 마땅했어요."—"나는 그런 문제에 대해서는 잘 모르겠어요." 지빌레는 말했다. "아냐, 당신의 그 폴란드 여자는 뭐라고 했는데요?" 슈틸러는 이 말에 즉각 대답하지 않고, 나중에 지휘관 앞에서 무기가 작동하지 않았다는 거짓말을 어떻게 둘러댔는지 묘사했다. "아냐는 뭐라고 했냐고요?" 그는 미소를 머금은 채 담배통에 남은 담배 알갱이를 톡톡 털어 담배를 말고는 어깨를 으쓱했다. "아무 말도 안 했어요. 내가 고향에 돌아갈 수 있을 때까지 나를 돌보긴 했죠. 아냐는 나를 경멸했어요."—"그녀가 당신을 사랑했다고 하지 않았어요?"—"그건 배신이었으니까요." 슈틸러는 고집스럽게 말했다. "사랑으로 그 사실을 바꿀 수는 없어요. 실패였다고요!" 그가 다시 잔을 채워서 마실 때까지, 지빌레는 그가 말하도록 내버려두었다. 그는 같은 내용을 표현만 바꿔 반복해 말하더니 결국 똑같은 말을 되풀이했다. "그 일에 대해 지금까지 아무하고도 이야기해본 적 없죠?" 그녀는 물었다. "부인하고도 이야기 안 했어요?" 슈틸러는 살짝 고개를 저었다. "왜 안 했어요?" 지빌레는 계속 물었다. "부인에게 부끄러워서요?" 슈틸러는 대답을 피했다. "여자들은 그게 무엇을 의미하는지 이해하지 못할 거예요. 나는 겁쟁이였다고요!" ―술병, 1리터짜리 키안티병이 비었다. 슈틸러는 전혀 취한 것 같지 않았다. 술을 많이 마시는 데 익숙한 듯 보였다. 술을 마시는 것도 타호강 이야기와 관계 있지 않을까? 물론 지빌레가 단순히 그를 껴안을 상황은 아니었다. 남자들은 흔히 자기네 진지한 말을 반박하면 이해받지 못한다고 느끼는데, 아마 슈틸러도 그랬을 것이다. 그렇다. 슈틸러는 지빌레가 자신과는 다른 생각을 하고 있다는 걸 이미 느낀 듯 보였으며, 반론을 허용하지 않는 우울한 표정으로 또다시 말했다. "그건 실패였어요."―"그러면 당신은," 지빌레는 미소 지었다. "살면서 한 번도 실패하지 않을 줄 알았어요?" 그녀는 이 말을 좀더 정확하게 설명해야 했다. "당신은 있는 그대로의 당신을 부끄럽게 여기고 있네요. 투사, 전사, 총을 쏠 줄 아는 사람이 되라고 누가 당신에게 요구했나요? 당신은 그때 스페인에서 당신을 입증하지 못했다고 여기고 있어요. 누가 그 말에 이의를 제기하겠어요! 하지만 당신은 당신이 아닌 사람을 입증하려고 했는지도 몰라요―" 이 말에 슈틸러는 대꾸하지 않았다. "내가 이미 말했죠." 그는 말했다. "여자들은 분명 이해하지 못할 거라고." 그리고 지빌레는 아마 그 편이 당신을 위해 더 나을 거라고 생각했다. "당신네 남자들," 다만 그녀는 웃었다. "당신들은 왜 그렇게 항상 웅대한 존재가 되고 싶어해요? 내 말을 기분 나쁘게 여기지는 마요. 하지만―" 그녀는 자신도 모르게 그의 두 손을 붙잡았는데, 슈틸러는 그 행동을 오해한 듯 보였다. 지빌레는 문득 그가 은근히 경멸하는 눈빛으로 자신을 바라본다는 생각이

들었다. 슈틸러는 상당히 친절했지만, 그녀를 진지하게 여기지 않았다. 오로지 애무만을 기다리는 사랑에 빠진 사람으로 여겼다. 그녀를 부담스러워했다. 그건 그랬다. 이해받지 못한 비운의 남자, 그는 그녀의 머리카락을 쓰다듬었다. 그 순간 지빌레는 그의 경멸어린 다정한 태도에 얼어붙은 듯 더이상 아무 말도 할 수 없었다. 슈틸러는 자신의 상처를 과시했다. (그녀는 이렇게 말한다.) 그는 그 상처에서 벗어나려고 하지 않았다. 상처 뒤에 진을 쳤다. 사랑받는 것을 원하지 않았다. 오히려 두려워했다. "이제 알겠죠." 그는 이야기를 끝내며 술잔을 치웠다. "왜 내가 총을 쏘지 않았는지. 그런 일화가 무슨 소용 있겠어요! 나는 남자가 아니에요. 그후로 몇 년 동안 그 꿈을 꿨어요. 총을 쏘고 싶은데 총알이 나가지 않는 꿈—그게 무슨 뜻인지 당신에게 말할 필요는 없겠지요. 전형적인 발기불능 꿈이니까요." 슈틸러가 아틀리에 한쪽 구석의 주방에서 한 이 말은 지빌레에게 모욕감을 안겨주었다. 그녀는 자리에서 일어났다. 아틀리에에 찾아온 것이 후회됐다. 그녀는 치미는 슬픔을 감추는 동시에 슈틸러에게 연민을 느꼈다. 왜 그는 사랑받으려고 하지 않을까. 왜 정말로 사랑받으려 하지 않을까? 지빌레로서는 슈틸러가 강요하는 역할을 떠맡아, 아무것도 이해하지 못하면서 호기심만 많은 명랑한 여자처럼 수다를 떨 수밖에 없었다. 그러다 슈틸러가 한 번 아틀리에 밖으로 나갈 때까지.

그녀는 슈틸러를 두 번 다시 보고 싶지 않았다.

그가 물 내려가는 소리와 함께 층계참에서 돌아왔을 때, 지빌레는 이미 머리를 빗고 입술에 립스틱도 새로 칠한 뒤였다. 이미 모자도 쓰고 있었다. 슈틸러는 어리둥절해했다. "가려고요?" 그는 물었다. "12시가 다 됐어요." 그녀는 핸드백을 들며 말했다. 슈틸러는 아무런 대꾸도 하지 않았다. "바보 같으니!" 지빌레는 불쑥 말했다. "왜죠?" 그는 개수대에서 손을 씻으며 물었다. "당신은 그야말로 바보니까요." 지빌레는 웃었다. "왠지는 나도 몰라요." 슈틸러는 머뭇거리는 표정으로 그녀를 바라보며 수건에 손을 닦았다. 두 사람은 더는 무슨 말을 해야 할지 몰랐다. 슈틸러는 계속 손을 닦았다. "자," 지빌레가 말했다. "우리 멀리 가요."—"어디로?"—"일단 여기서 나가요!" 그녀가 말했다. "저기 아래에 내 차가 있어요. 자동차가 사람들 눈에 띄지 않았으면 좋을 텐데. 내가 자동차 문을 안 잠근 것 같거든요." 슈틸러는 순진한 아가씨를 보듯 미소 지었다. 그가 무슨 마음을 먹었는지 얼굴을 보고는 알 수 없었다. 어쨌든 그는 연기 자욱한 아틀리에를 환기시키기 위해 작은 주방의 창문을 열었다. 그러고는 말 한 마디 없이, 못에 걸린 갈색 코트를 들고 현관 열쇠가 들어 있는지 확인하려는 듯 호주머니를 두드렸다. 그는 지빌레가 실제로 무슨 생각을 하는지 확신이 서지 않는 표정으로 그녀를 한 번 더 바라보았다. 그리고 불을 껐다……

—

그 이튿날 지빌레는 마음이 가볍지 않았거나 아니면 당황스러울 정도로 가벼웠다. 투우 창 대신 성경 구절 또는 '언제나 신의를 지키고 정직하라!' '성실이 가장 오래 가는 최선의 방책이다' 같은 격언, 어쨌든 십자수로 수놓을 수 있는 문구들이 벽에 걸려 있는 밤중의 어느 시골 여인숙. 말하자면 향긋한 마른 배 냄새가 나고 새벽이면 작은 창문 앞에서 닭들이 우는 밤중의 시골 여인숙. 다른 한편으로는 인후통을 무사히 이겨낸 어린 한네스가 있는 친밀한 집. 둘 다 멋진 세계였다. 다만 다리를 건너지 않고도 한 세계에서 다른 세계로 갈 수 있다는 사실이 혼란스러웠다. 낮 12시 무렵, 지빌레는 슈틸러가 실제로 존재하는지 확인하기 위해 전화를 걸었다. 그런 다음 바깥 정원으로 나갔다! 그 정도는 충분히 생각할 수 있겠지. ……봄이었다. 땅을 파고 꽃을 심고 잘라내고 갈퀴로 긁고 할 일이 아주 많았다. 흙이 여름처럼 바싹 말라 있었다. 지빌레는 스프링클러를 끌고 나와 작은 잔디밭에 세워놓고 새싹이 돋는 관목에 콸콸 물을 주었다. 이웃집 여인은 그 방법이 새싹에 이롭지 못하다고 여겼고, 그래서 지빌레는 콸콸 물을 주어도 해롭지 않은 곳으로 스프링클러를 끌고 갔다. 반드시 물을 콸콸 뿌려야만 했다. 일기예보에도 정통하신 저 존경하옵는 이웃집 여자는 무슨 일인지 납득하지 못하고는 한없이 물고 늘어졌다. 주제넘게도 사사건건 참견하다니! 어린 한네스는 지빌레가 어제 대나무와 푸른색 박엽지를 사서 연을 만들어주기로 한 약속을 잊지 않았다. 약속을 잊어버려 미안해진 지빌레는 한네스에게 내일 시내에 함께 가자고 굳게 약속했으며, 서커스단이 오면 함께 구경 가자고도 덤으로 약속했다. 그리고 오늘 한네스는 엄마와 함께 비행장에 아빠를 마중갈 수 있었다. 이제 지빌레는 모든 사람의 행복한 모습을 보고 싶다는 충동을 느꼈다. 이탈리아 출신의 하녀 카롤라도 오늘 당장 외출할 수 있었다. 어쨌거나 주인 식구는 시내에서 식사를 할 테니까. 봄날엔 그럴 수 있었다! 이웃집 여자도 거기에는 동의했다. 노란 개나리가 빛을 발하고 목련도 꽃망울을 맺기 시작했으며 스프링클러는 요술 부리듯 작은 무지개를 만들어냈다. 네 시간 동안 열심히 정원일을 한 후, 지빌레는 두번째로 옷을 갈아입기 전에 다시 샤워했다. 두 사람은 공항에 너무 일찍 도착했다. 한네스는 인후통을 이겨낸 보상으로 아이스크림을 먹어도 된다고 허락받았지만, 골치 아픈 인후통이 재발하지 않도록 점퍼는 절대 벗어서는 안 되었다. 그곳엔 비행기들이 있었다! 아테네, 파리, 심지어는 뉴욕까지 곧장 날아갈 수 있었다. 지빌레는 롤프가 자신을 보고 무슨 일이 있었는지 첫눈에 눈치챌 거라고 의심의 여지 없이 확신했다. 게다가 롤프는 가장 가까운 사람, 그녀가 모든 것을 털어놓을 수 있고 또 털어놓으려 하는 유일한 사람이었다. 비행기는 40분 연착했고, 지빌레에게는 머릿속으로 모든 것을 말할 시간이 충분했다. 하지만 실제로는 나중에 결국 아무것도 말하지 못했다. 확성기에서 런던발 정기 노선 여객기가 방금 무사히 착륙했음을 알리는 낭랑한 소리가 들렸다. 그리고 조용해진 비행기에서 낯선 사람들이 무리 지어 내려 스튜어디스의 안내를 받아 세관으로 향했다. 그 모든 일이 마치 아무 일도 없었던 것만 같았다. 지빌레는 어린 한네스의 손을 잡은 채, 주위를 둘러보던 롤프가 마침내 가족을 알아보고 신문을 흔드는 모습을 테라스에서 내려다보았다. 바로 그 순간 갑자기 지빌레의 마음이 침묵했다. 그렇다. 그녀는 손도 흔들지 않았다. 그녀 자신은 전혀 의식하지 못했지만, 나중에 롤프는 그녀가 손도 흔들지 않고 고개도 끄덕이지 않았다고 주장했다. '저 사람하고 무슨 상관이 있어!' 이런 감정이 별안간 고개를 쳐들었다. 그리고 세관에서 일이 더디게 진척되었을 때는, 심지어 롤프가 여행을 다녀올 때마다 당연히 마중나오길 기대하는 것에 조금 짜증이 났다. 지금 지빌레에게는 왠지 짜증이라는 갑옷이 필요했다. 신문을 흔드는 것, 그렇다, 그 행동은 희색이 만면한 기쁨의 표시는 아니었다. 롤프는 공항에서 기다리는 부인을 발견하는 것을 단순히 당연한 권리로 여겼다. 그 일은 그가 세관에서 나와 그녀에게 입맞췄을 때 두 뺨만 내밀었을 뿐 입술은 내주지 않을 정도로 지빌레를 화나게 했다…… "별일 없지?" 그는 여느 때처럼 물었다. 그녀는 자동차로 가는 길에 무릎에서 힘이 빠지는 걸 느꼈다. 시내에서 저녁식사를 하는 동안, 뭔가 새로운 소식을 전할 셈으로 젊은 슈투르체네거, 건축가, 그의 멋진 행운, 캐나다 어딘가에서 받은 주문 등에 대해 이야기했다. 게다가 젊은 슈투르체네거는 절대 놓치지 말아야 할 영화도 추천해줬다. 오늘은 그 영화가 상영되는 마지막 날이었다. 롤프는 평소 여행에서 돌아오면 항상 기분이 좋았다. 마치 생명의 근원에서 곧장 온 사람처럼 쾌활하게 굴곤 했다. 그런데 이제 지빌레의 쾌활함에 압도되어, 그는 즉각 피곤한 사람의 역할을 맡았다. 해협을 지날 때 심한 돌풍이 불었다며 집으로 가려고 한 것이다. 마치 런던이 아니라 최전선에서 온 양, 집에서 보살핌을 받을 권리가 있는 영웅처럼 굴었다. 지빌레는 자신이 롤프를 평소와는 다르게 관찰하는 것을 깨닫고서 겉으로 내색하지는 않았지만 조금 당황했다. 사랑이 없지는 않았지만, 그가 혹시 뭔가를 숨기지 않을까 하는 불안은 없었다. 롤프 없이는 살 수 없을 거라는 착각에서는 자유로웠다. 아니, 그새 연민과 뒤섞인 따뜻하고 솔직한 애정도 없지 않았고, 그래서 일종의 경멸도 없지 않았다. 지빌레는 전혀 원하지 않았는데도 갑자기 거기 경멸이 있었다. 지빌레는 롤프보다는 그의 숨은 어조의 변화에 귀를 기울였다. 그리고 롤프의 피곤이 자신의 피곤은 아니라는 것을 입증할 목적으로, 추천받은 영화를 혼자 보러 갈까 고민했다. 롤프는 반대하지 않았다. 지빌레는 영화 감상은 그만두었다. 눈을 마주하고서도 느끼지 않은 양심의 가책 때문이 아니라 모성애 때문이었다. 지빌레가 운전하는 차 안에서 롤프는 그녀의 팔에 손을 올려놓지 않았다. 이미 말했듯이 지빌레가 운전했는데도, 반대로 그녀가 그의 팔에 손을 올려놓았다. 그는 말했다. "당신, 굉장히 멋있어 보이는데!" 그녀는 말했다. "기분도 아주 좋아." 롤프가 이제 모든 것을 알고 있다는 듯, 그녀는 홀가분하게 말했다. 지빌레는 남자가 어쩌면 이렇게 무딜까 의아해하며 이따금 그를 살펴보았다. 좀 희극적이었다. 자기 아이의 아버지, 롤프가 짐을 현관에 내려놓고 그곳에서 밤을 보내기 위해 코트를 옷걸이에 건 순간은 (지빌레에게는) 힘들었을 것이다. 말도 안 되는 일이었다! 지빌레는 눈물이 쏟아질 것만 같았다. 롤프는 그것조차 알아채지 못했으며, 대영제국의 급속한 빈곤화에 대해 떠들어댔다. 어린 한네스를 침대에 눕히고 짧은 기도문을 암송해주었다. 지빌레는 대영제국의 급속한 빈곤화로부터 도망칠 적절한 이유가 없었다. 반박할 만한 것이 없었다. 전혀 없었다. 설령 반박할 수 있었다 하더라도 반박할 게 전혀 없었다. 하지만 그 저녁을 어떻게 극복할 것인가. 지빌레로서는 이해할 수 없게도 롤프가 아무런 눈치를 못 채는데, 침묵하는 것이 이리 쉬우면서도 가당치 않은 일인데 어떻게 극복한단 말인가? 롤프는 맥주를 마시려고 부엌 냉장고 앞에 서서는, 멀찌감치 떨어져 있는 지빌레에게 그동안 집 짓는 곳에 한 번 가보았는지 물었다. 롤프가 부엌에서 맥주를 마시며 집 짓는 이야기를 하는 동안, 지빌레는 소리 없이 문을 열고 집을 나서려고 결심했다. 무작정 어딘가로 가야겠다고, 슈틸러에게는 아니지만 어딘가로. 롤프가 문소리를 들었는지 부엌에서 나왔다. 코트를 입고 현관 열쇠를 손에 들고 있는 그녀를 발견하고는 얼굴이 하얗게 질렸거나 아니면 붉게 상기되었을 것이다. 하지만 롤프는 이상하게도 침착했다. "개!" 지빌레는 말했다. 개에게 바깥 공기를 쐬어줘야 한다고. 롤프는 개에게 바깥 공기를 쐬어주기 위해서 맥주잔을 내려놓았다. 평소보다 더 선뜻 나섰다. 정말 아무 눈치도 못 챘을까? 눈치를 채지 못한 척하는 것은 아닐까? 정말 아무렇지도 않은 걸까? 아니면 아둔한 걸까? 이루 말할 수 없이 아둔하거나, 또는 아무도 자신에게 해를 끼칠 수 없다고 믿는 과대망상일까? 아니라면 이 모든 것은 무엇을 뜻할까? 지빌레는 코트를 입은 채로 앉아 있었다. 그런데 왠지 롤프가 옳은 것만 같았다. 그 일이 전혀 중요하지 않은 것 같았다. 그 일은 롤프에게서 아무것도 앗아가지 못했다. 하지만 그가 알고 있었음은 틀림없다! 침묵의 시간이, 침묵의 순간이 시시각각 길어질수록, 롤프와 그녀 사이에 있던 모든 것이 오염되었다. 지빌레는 울었다. 그녀가 혹시 후회하고 있나? 그녀는 지금 그토록 멀리 있는 슈틸러에게 부끄러웠으며, 점점 더 가까이 다가오는 순간, 롤프가 개를 데리고 돌아와 자신이 입을 여는 순간에, 지난밤을 깎아내려서 배신하게 될까봐 두려웠다. 슈틸러와 자신을 배신하게 될까봐. 그 순간이 눈에 훤히 보였다. 롤프는 한 팔로 그녀를 감싸안고 모든 것을 묻어버리는 일종의 이해심과 관용을 보이며, 그녀의 약간 어리석고 사소한 막간극을 전혀 진지하게 받아들이지 않을 것이다. 그리고 배신자인 그녀는 자신의 배신을 위해 상대를 증오할 것이다. 다른 한편 모든 걸 비밀로 덮어두는 편이 더 신의 있지 않을까? 갑자기 집을 이루는 모든 것의 목표가 오로지 솔직함을 불가능하게 하는 데 있는 듯 보였다. 왜 슈틸러는 여기 없을까? 지빌레는 남편이 강하게, 아주 강하게만 보였다. 그의 편에 '권리'가 있기 때문이 아니라, 단순히 눈앞에 현재하기 때문이다. 슈틸러는 그랜드피아노, 가구와 양탄자, 책, 냉장고, 순전히 하찮은 물건들, 말하자면 오로지 롤프의 편을 드는 물건들, 수많은 가재도구에 의해 말없이, 고집스럽게, 반박할 수 없이 은폐되어 있는 것 같았다. 지빌레에게 그런 집은 보루, 세련된 비열함처럼 보였다. 벌써 잊은 슈틸러의 목소리라도 듣고 싶어서 막 전화를 걸려는데 개 짖는 소리가 들렸다. 그녀는 수화기를 내려놓고 마침내 코트도 벗었다. 금방이라도 쓰러질 듯 지쳐서는 여성적으로 항복할 각오를 했다. 즉, 두 남자 중에서 상대편에게 승리하고 따라서 지빌레에게도 승리하는 쪽에 모든 것을 일임하겠노라고. 롤프가 집에 돌아왔을 때, 지빌레는 주부의 일을 하고 있었다. 그는 지빌레가 하필이면 지금 우유 배달원과 정육점의 한 달치 계산서를 점검하는 것을 쓸데없는 일로 여겼고, 나름대로 일리도 있었다. 그는 그것을 런던에서 돌아온 남편에 대한 무례함으로 여기고는 언짢은 기색을 드러냈다. 그렇다. 그날 저녁이 부부생활에서 흔히 볼 수 있는 언짢은 분위기로 넘어가는 듯, 그러니까 무사히 넘어가는 듯 보였다. 그렇게 되지 않은 것은 오히려 롤프 탓이었을 것이다. 그는 맥주잔을 개수대에 내동댕이쳤다. "왜 그래?" 지빌레는 물었다. 롤프는 지빌레의 무례한 태도로 미루어 보아, 시대에 뒤떨어진 사랑하는 아내가 다시 자신을 의심한다고 추측했다. 롤프도 거기에 진절머리가 났다. 그는 그런 행동을 편협하고 속물적이라고 생각했다. 롤프는 또다시 (하지만 이번이 마지막이라는 것을 분명히 암시하면서) 예의 그 '강연'을 했으며 중간에 그만두려고 하지도 않았다. 아니, 지빌레는 이제 정말로 결혼에 대해 더 대범하게 생각해야 했고, 신뢰해야 했으며, 롤프가 이따금 여행중에 다른 여자를 만날지라도 그녀를 사랑한다는 것을 이해해야 했다. 게다가 이번에는 그런 일이 전혀 없었지만, 다른 모든 남자처럼 롤프의 경우에도 특히 원칙적인 것이 문제였다. 이미 말했듯이, 그는 지빌레가 결혼에 대해 좀더 성숙한 견해를 갖길 바랐고, 결혼생활에도 어느 정도 자유가 필요하다는 점을 통찰하기를 바랐다. 그는 자신이 질투심에 사로잡히는 것을 금지했다. 하지만 그 단계도 지나갔다. 지빌레는 그의 말을 전에 없이 아주 잘 이해했으며 조금도 질투하지 않는다고 그를 확신시키려 했다. 그러나 그 말은 진실인 동시에 명백한 조롱이 되었을 것이다. 더이상 할 말이 없었다. 정말로 하나도 없었다. 지빌레는 어서 빨리 혼자 있고 싶을 뿐이었다. 끔찍한 상황, 코미디가 벌어질 판이었다. 지빌레는 남편의 이마에 진심으로 입맞추면서, 부끄러운 생각이 들 정도로 침착했다. 지빌레는 자기도 모르게 방문을 걸어 잠갔다. 그녀의 행복은 꿈이 아니었다. 혼자가 되자마자 행복감이 다시 생생하게 밀려들었다. 지빌레는 오로지 주변을 생각해서 노래하지 않았을 뿐이다. 하지만 그녀의 말 없는 행복은 사방 벽을 뚫고 들린 모양이다. 그녀의 남편은 모든 필요한 말을 다시 한번 했는데도 마음이 진정되지 않았다. 잠긴 문이 그를 당혹스럽게 만들었다. 그는 또다시 그녀의 방에 들어가겠다고 고집했다. 그런 다음 위로하는 사마리아인처럼 그녀의 침대에 앉았을 때에야 비로소 무슨 일이 있다는 것을 예감했다. 롤프는 눈물 젖은 얼굴을 예상했다가, 행복에 넘치는 얼굴을 마주하고 어리둥절해졌다. 그는 물었다. "무슨 일 있었어?" 지빌레는 뭐라고 대답해야 좋을지 몰랐다. 그녀는 말했다. "당신도 잘 알잖아." 롤프는 마침 적절한 말이 떠오르지 않았다. 그는 말했다. "당신, 남자 만났어?" 지빌레는 그렇다고 대답했다. 마침내 침묵에서 벗어날 수 있어 기쁘고 홀가분했으며, 마침내 비로소 행복감을 만끽할 수 있었다.

롤프는 그녀를 멍하니 바라보았다. 그녀는 더이상 묻지 말고 혼자 있게 해달라고 부탁했다. 롤프는 상당히 침착하게 (지빌레는 이렇게 말한다) 그 말을 받아들였다. 그는 지빌레를 조용히 있게 해주려고 심지어 며칠 동안 여행을 떠났으며, 그녀는 그 일에 진심으로 고마워했다. 그는 여행에서 돌아온 후에도 마찬가지로 (지빌레는 이렇게 말한다) 상당히 침착했다.

—

그에 이은 몇 주일 동안 내 검사의 부인 지빌레가 체험했거나 아니면 체험하기를 바랐던 사랑의 행복은 여기서 묘사할 일이 아니다. 거기에 연루된 배우자들, 한쪽의 율리카 슈틸러 추디 부인과 다른 한쪽인 내 친구 겸 검사가 은밀히 질투심에 사로잡혀 추측했던 것처럼 그 사랑의 행복이 과연 컸는지는 확실치 않아 보인다. 안식처 없는 사랑, 우리는 그것이 어떤 것인지 잘 안다. 일상생활을 함께할 집이 없는 사랑, 황홀의 순간에 의지하는 사랑, 우리는 잘 알지 않는가. 그런 사랑은 조만간 절망적인 것으로 변하는 법이다. 높이 자란 곡식밭이나 밤의 숲에서 나누는 포옹은, 한동안은 낭만적이고 흥분되지만 나중에는 우스꽝스러워진다. 굴욕, 둘이 함께 온갖 유머를 발휘해도 벗어나지 못하는 상황. 결국에는 더이상 고등학생이 아니라 두 명의 성인 남자와 여자고 둘 다 이미 결혼했기 때문이다…… 지빌레는 자신을 아틀리에에서 맞이하길 꺼리는 슈틸러의 심정을 (그녀는 이렇게 말한다) 이해했다. 아틀리에의 모든 것은 그에게 병든 율리카를 연상시켰다. 지빌레는 그 점이 애석했다. 이미 말했듯이, 그의 널찍하고 밝은 아틀리에가 마음에 쏙 들었기 때문이다. 하지만 그녀는 그 점을 이해했다. 지빌레는 건강한 연적, 우정이나 정정당당한 싸움을 제안할 수 있는 대등한 여자, 그렇다, 심지어는 사회 곳곳에서 도덕적인 음모를 꾸미는 질투의 화신이나 어처구니없게도 가스레인지로 협박하는 정신 나간 여자나 즉각 불륜으로 맞불을 놓는 용감한 멍청이 여자를 상대할 수만 있었다면 무슨 대가든 치렀을 것이다. 지빌레에게는 다보스의 요양원으로 물러나서 어쨌든 건강한 사람들을 부당한 사람으로 만드는 환자보다는 그 편이 더 나았으리라. 게다가 한 번도 얼굴을 마주한 적이 없는 여자, 유령이라니! 하지만 이미 사정이 그런 걸 어쩌겠는가. 그러니 그의 아틀리에는 고려의 대상이 아니었다. 조물주의 대자연과 몇몇 여인숙 말고는 그들이 만날 장소가 어디 있었겠는가? 일주일 내내 내리는 비는 야외놀이나 한여름밤의 꿈에 치명적이듯이 그들의 사랑에도 치명적이었다. 여인숙이 반복되기 시작했고, 도시 주변의 길들은 어디에도 이르지 않는 듯 보였다. 대화는 우울해지기 시작했다. 재치 있지만 우울한 대화—한마디로 말해서, 그렇게 계속될 수는 없었다……

그런데도 그들은 진정으로 사랑했다.

"자," 어느 날 지빌레는 말했다. "우리 파리에 가자!" 슈틸러는 자신 없이 미소 지었다. "지금 은행에서 오는 길이야. 걱정하지 마." 그녀는 말했다. "기차가 언제 출발하는지 알아보기만 하면 돼." 슈틸러는 종업원에게 열차시간표를 가져다달라고 부탁했다. 파리행 기차도 있었다. 그들은 7월쯤에 실제로 승강장까지 갔다. 호주머니에 기차표를 넣은 채 칫솔과 여권을 준비하고 전기시계 아래 벤치에 앉아 있었다. "갈까, 가지 말까?" 슈틸러는 자신이 아니라 오로지 지빌레가 주저하는 양 물었다. 승무원이 이미 기차 안을 돌아다니고 있었다. "타자." 그는 외쳤다. "자, 타자니까!" 지빌레는 그가 안됐다는 생각이 들었다. 오랫동안 바라던 것을 드디어 실행에 옮기려는 그의 단호함은 의심의 여지가 없었지만, 지빌레는 갑자기 모든 의욕을 상실했다. 그가 너무 고집스럽게 단호한 것이 마음에 걸렸다. "그러면 율리카는?" 그녀는 물었다. 그러는 사이 전기시계의 바늘은 시시각각 움직였다. 자신이 손에 짐을 들고 남성적인 무분별함의 화신 역할을 하는 동안 지빌레 쪽에서는 적어도 망설이는 듯 보여서, 슈틸러는 사실 (그녀는 이렇게 말한다) 기뻐했다. 열차문이 이미 하나씩 닫히고 있었다. 지빌레는 일어나지 않았다. 그녀는 그 유령이 이미 기차 안에 앉아 있는 것을 분명하게 느꼈다. 지빌레는 유령과 함께 파리를 돌아다니고 싶은 마음은 전혀 없었다…… 기차가 출발했다. 그들은 승강장에 남아서, 먼저 슈틸러가 다보스로 찾아가 병든 율리카와 솔직하게 터놓고 이야기하자는 결정을 내렸다. 그 외에 다른 건 가능하지 않았다.

8월에 슈틸러는 다보스로 갔다.

남편의 주목할 만한 침착함이 (그녀는 이렇게 말한다) 서서히 신경에 거슬렸지만, 지빌레는 스스로 완전히 자유롭다고 느꼈다. 블랙커피를 마시는 자리에서, 어린 한네스만 없으면 지빌레는 언쟁을 기다렸다. 허사였지만! 롤프는 다만 이렇게 말했을 뿐이다. "목요일 저녁에 시간 있으면, 프라우뮌스터 교회의 파이프오르간 연주회……" 지빌레는 커피머신을 켰다. "난 시간 없어." 그녀는 말했다. 그것으로 파이프오르간 연주회는 해결되었다. 그녀는 롤프를 죽이고 싶다고 생각했다. 롤프는 그녀에게 자유, 독립을 주었고, 그 독립은 서서히 모욕으로 느껴졌다. "난 당신을 이해 못하겠어!" 이를테면 롤프가 아니라 지빌레가 폭발했다. "내가 사랑하는 사람이 있고 또 그 사람을 거의 매일 만나는 거 당신도 잘 알잖아. 그런데 어떻게 그 사람 이름이 뭐냐고 한 번도 안 물어볼 수 있어. 이건 웃기는 일이라고!" 롤프는 미소 지었다. "그 사람 이름이 뭔데?" 지빌레는 물론 그런 경멸에는 대답할 수 없었다. 그래서 말없이 커피를 기다렸다. "내가 전에 말했지." 롤프는 스스럼없이 이야기했다. "내가 검사로 초빙될 것 같다고……" 롤프에게는 항상 핑곗거리, 중요한 일, 실질적인 일이 있었다. 마침내 유리포트의 커피가 끓고 수증기가 휘파람 소리를 냈다. 지빌레는 롤프와도 지금처럼 계속할 수는 없다고 생각했다. 무엇보다 돈도 갑자기 영향을 미치기 시작했다. 롤프가 아니라 지빌레에게. 지빌레가 몸에 걸치는 모든 것은 롤프가 값을 치렀다. 사랑하는 슈틸러가 그 점을 너무 당연하게 받아들이는 것에 지빌레는 은근히 마음이 상했다. 슈틸러는 거의 한 푼도 벌지 못했다. 그것은 확실했다. 그는 은행에 갈 수 없었다. 지빌레는 상황을 이해하면서도 은근히 속이 상했다. 그랬다. 이성적으로는 잘 알고 있는데도. 슈틸러는 기껏해야 언젠가 한번 그 귀부인의 사치스러운 취향을 조롱했으며, 새 옷감을 만져보고 색상을 고르는 안목이 있다고 칭송했다. 하지만 지빌레가 더이상 남편 롤프의 돈으로 치장해선 안 된다는 생각은 결코 하지 않았다. 그랬더라면 지빌레는 당연히 즉각 아주 다정하게 그런 말을 하지 못하도록 가로막았을 것이다. 슈틸러는 그 점을 결코 꺼림칙하게 생각하지 않았다. 그랬다. 롤프도 그 점을 거리끼지 않긴 마찬가지였다. 이따금 (그녀는 이렇게 말한다) 그녀는 두 남자가 어이없다고 생각했다. 그럴 때면 입이 근질거렸다. "난 돈이 필요해." 지빌레는 말했다. "그것도 상당히 많이. 우린 올가을에 함께 파리에 갈 예정이거든—" 그녀는 이렇게 말하고서 곁눈으로 롤프를 살펴보았다. 롤프는 침묵을 지켰다. 설마 그런 반응을 보이리라고는 전혀 예상하지 못했다. 그러니까, 아무 일도 일어나지 않았다. 지빌레는 잔에 커피를 채워 그의 앞에 내려놓았다. "고마워." 그는 말했다. 지빌레의 남편 롤프가 그녀가 다른 남자와 함께 (롤프의 돈으로) 파리에 가는 것에 반대하든지 아니면 반대하지 않든지, 둘 중 하나. 그녀는 다른 가능성은 없다고 예상했었다. 지빌레는 자신의 잔에도 커피를 따랐다. "그래," 그는 이렇게 말했을 뿐이다. "둘이 함께 파리에 갈 생각이라고." 그녀는 설명하는 수고를 아끼지 않았다. "얼마나 오래 있을지는 모르겠어. 아마 이삼주, 어쩌면 더 있을 수도 있어—" 롤프는 의자에서 펄쩍 일어나지 않았다. 커피잔을 벽에 내동댕이치지도 않았다. 그는 어처구니없을 정도로 침착했다. 그러니 무릎을 꿇고, 제발 정신을 차려서 자기 곁에 머무르라고 지빌레에게 간청하지 않은 것은 말할 것도 없다. 그런 일은 전혀 일어나지 않았다! 롤프는 한순간 얼굴을 살짝 붉혔다. 그는 아마 그 가장무도회 피에로 사건이 해결되었다고 추정했을 것이다. 그런데 이제 다시 행복에 겨운 그녀의 불륜 사실과 타협해야 했다. 하지만 제기랄, 왜 그가 타협해야 하는가? 롤프는 커피를 저었다. 왜 그는 그녀에게 화분이나 아니면 적어도 책이라도 던지지 않는가? 그의 커피잔이 살며시 떨리는 것을 보았을 때, 지빌레에게 후회하는 마음은 전혀 일지 않았다. 아니, 연민조차 일지 않았다. 그보다는 오히려 실망, 노여움, 조롱, 슬픔이 일었다. "아니면 당신은 혹시 반대해?" 그녀는 물었다. 그리고 그에게 설탕을 건네주며, 차근차근 이유를 설명했다. "상황이 어떤지 당신도 잘 알잖아. 여기서 사람들이 날 보면 쑥덕거리기밖에 더 하겠어. 그래도 난 괜찮아! 하지만 당신한테 불편하지 않겠어? 특히 요즘 당신을 검사로 초빙하겠다는 이야기가 오가는데 말이야! 우리가 파리에서 지내는 편이 당신에게도 틀림없이 더 낫겠지……" 지빌레는 남편을 쳐다보았다. "롤프, 당신 생각은 어때?" 지금은 무엇보다도 뜨거운 커피를 해결하는 것이 문제인 양, 그는 마시고 젓고 마시고 불고 마셨다. 그리고 아무렇지도 않은 듯 지나가는 말로 실질적인 질문이 이어졌다. "그래, 돈이 대충 얼마나 필요한데?" 남자들이 흔히 스스로 공격을 감행할 수 없으면 비겁하게 굴듯이, 롤프도 즉각 실질적인 것으로 방패막이했다. 하지만 지빌레는 그가 무엇을 느끼고 무엇을 바라는지 듣고 싶었다. 지빌레가 다른 남자와 함께 파리에 간다는데, 그는 정말 아무렇지도 않을까? 그게 아무 문제가 아니라고 생각할까? 참을 수 없는 일이라고 생각할까? 지빌레는 단도직입적으로 물었다. "당신 생각은 어때?" 롤프는 불구경이라도 하는 사람처럼 두 손을 바지주머니에 집어넣은 채, 넓적한 등을 지빌레에게 돌리고 커다란 창문 앞에 섰다. 지빌레는 그의 등은 넓적하고 머리통은 크고 둥글다고 생각했다. 지빌레는 그의 평정을 향해 공격의 화살을 날렸다. "나는 그 사람을 사랑해." 그녀는 묻지도 않았는데 말했다. "우리는 진심으로 서로 사랑해." 그러고는 덧붙였다. "그렇지 않으면 함께 파리에 가지도 않을 거야. 정말이야. 나는 그렇게 경솔하지 않아." 그런 다음 남자들은 항상 다시 일하러 가야 한다. 그렇고말고. 벌써 2시 10분이었다. 회의, 남자들에게 절대 없어서는 안 되는 보루, 지빌레는 그걸 잘 알았다. 롤프가 지금 일하러 가지 않으면, 온 인류가 법의 보호를 받지 못하는 황폐한 상태로 전락한다. "당신 스스로 무엇을 옳다고 여기는지 잘 알 거야." 그는 짧게 말하고는 코트를 입었다. 그런데 단추들을 엉뚱한 구멍에 밀어넣는 바람에, 부인이 다시 제대로 채워줘야 했다. 그런 후 그는 좀 우울하게 덧붙였다. "당신이 옳다고 여기는 걸 하라고!" 그러고는 집을 나섰다…… 방에 혼자 남은 지빌레는 엉엉 울었다.

그러므로 그런 의미에서 지빌레는 자유로웠다.

그와 반대로 슈틸러는 다보스에서 뜻을 이루지 못하고 돌아왔으며, 그의 발레리나가 생명이 위독한 양 굴었다. 그런 상황에서 파리 여행은 당연히 논의될 수 없었다. 그들은 한 번 이상 숲 가장자리에 앉아 있곤 했다—주변의 곡식은 벌써 무르익어 추수가 끝났고, 여름은 갔다. 비구름이 푸른 호수 위로 피어올랐으며, 호박벌은 여름의 정적을 가르고 지그재그로 윙윙거리며 날았다. 들판에서 푸른 아지랑이가 피어올랐고, 농장에선 닭들이 꼬끼오 울었다. 흠잡을 데 없이 완벽하고 즐거운, 그야말로 감탄을 자아내는 세상이었다. 오로지 그녀의 행복만이 (또는 그녀가 사랑에서 기대하는 것만이) 복잡하기 그지없었다! 그들은 말없이 땅바닥에 앉아 있었다. 불륜을 저지른 두 사람은 다정하게 손을 깍지 낀 채 각자 수심에 차서 꼭 다문 입술에 풀줄기를 물고 있었다. 이 세상에서 복잡하지 않을 유일한 것은 결혼, 롤프와의 결혼도 율리카와의 결혼도 아닌 그들 두 사람의 결혼인 듯 보였다.

—

그 멋진 부인의 전혀 씁쓸하지 않은 기억 속에는—이곳에서 글을 쓰는 동안 물론 그 부인의 모습이 눈앞을 맴돈다. 얼마 전 내가 글라디올러스를 들고 병원으로 찾아갔을 때, 검은 머리에 레몬색의 모닝가운 차림으로 푸른색 등나무 의자에 앉아 있던 모습이—행방불명된 슈틸러를 상당히 놀라게 했을 중요한 내용이 하나 있다. 즉, 지빌레가 그해 여름 아니면 가을에 그의 아이를 임신했다는 사실. 그녀는 슈틸러에게 그 사실에 대해 전혀 귀띔하지 않았다(그 아이는 지금쯤 여섯 살일 것이다)……

나는 기록한다.

9월에 슈틸러는 전시회를 위한 이런저런 준비로 몹시 바빴다. 몇몇 중요한 인물들이 슈틸러가 다시 한번 대중 앞에 나서는 것이 좋겠다고, 아니 꼭 나서야 한다고 주장했다. "내가 방해돼?" 슈틸러가 이제 거의 습관이 된 입맞춤으로 지빌레를 맞이하고는 곧바로 조각받침대를 톱질하는 일을 계속하자, 그녀는 물었다. 그러면서 슈틸러를 지켜보았다. 남자들은 손일을 할 때 가장 멋지다는 생각이 들었다. "당신 일을 방해는 안 할게." 지빌레는 말했다. "오늘 그냥 당신을 꼭 보고 싶었어……" 그녀는 더이상 말하지 않았다. 왜 그런 마음이 들었는지 슈틸러가 전혀 궁금해하지 않았기 때문이다. 지금은 조각받침대가 중요했다. "그 사람은 언제 와?" 지빌레는 물었다. "미술관의 그 남자 말이야." 그녀는 관심을 보이려고 애썼다. 바깥은 푸르고 온화한 9월이었다. 조각받침대를 최소한 아홉 개는 더 만들어야 했다. 그런 다음 거기에 색을 칠하고 래커를 발라야 했다. 전부 그리 간단한 일이 아니었다. 받침대를 잘못 만들었다간 아주 큰 문제가 생길 수 있었다. 게다가 전부 니스를 칠해야 했고, 다행히도 이미 니스가 칠해진 것은 다시 니스를 벗겨내야 했다! 지금 그 일이 문제였다. "그리고 당신 부인 말이야," 지빌레가 물었다. "그것도 전시할 거야?" 아까 그녀가 올려놓은 찻물이 마침 끓기 시작했다. 그래서 그녀도 할일이 생겼다. "당신한테 주려고 가져온 게 있어." 지빌레는 말했다. "케이크를 구웠거든!" 그녀는 갓 구운 글라이히 슈버 케이크*를 내놓았다. 슈틸러는 케이크에 눈길도 주지 않은 채 감동했으며, 속임수에 대한 이야기를 했다. 지빌레는 그의 조각들에 무슨 차이가 있는지 구별할 수 없었다. 그것들이 어째서 갑자기 속임수가 된단 말일까? 게다가 미술관 관장의 편지가 있었다. 편지는 슈틸러에 대한 칭찬 일색이어서, 슈틸러가 곧 명성을 날리지 않을까 걱정이 될 정도였다. "차 다 끓였어." 지빌레는 말을 건네고는 기다렸다. 그녀는 나라를 침공하는 것만큼이나 (롤프는 블랙커피를 마시면서 처칠 회고록 이야기를 하곤 했다) 미술전시회에도 그렇게 많은 준비가 필요한지 미처 몰랐다. 슈틸러가 안됐다는 생각이 들었다. "이 포스터 어때?" 그는 받침대를 매끈하게 문지르면서 물었다. 지빌레는 포장지에 그린 그 스케치를 전혀 알아채지도 못했다. "포스터도 있어야 해?" 그녀는 놀랐다. 그리고 그것은 실제로, 푸르트뱅글러나 페르질**의 포스터 같은 정식 포스터였다. 그녀는 끔찍하다는 생각이 들었다. A. 슈틸러, 그의 사랑하는 필적이 현미경으로 들여다본 것처럼 확대되어서 모든 광고탑에 붙어 있을 거라니. 남자들에게는 도대체 수치심이란 것이 없는 걸까? 최소한 재미라도 느낀다면 또 모른다. 하지만 슈틸러는 그 전시회에 욕설을 퍼부었다. 그러면서 그 일을 왜 하는 걸까? 그는 계속 그렇게 떠들면서, 선 채로 차를 마시고 케이크를 먹었다. 케이크 부스러기가 우수수 떨어졌는데도 전혀 알아채지 못했다…… 지빌레는 금세 그의 아틀

* 버터, 밀가루, 설탕을 같은 비율로 넣어 구운 케이크. 영국의 파운드 케이크와 유사하다.

** 독일의 유명한 세제 상표. 우리나라에서는 '퍼실'이라는 상품명으로 판매되고 있다.

리에를 나왔다. 지금은 그에게 아버지가 된다는 이야기를 할 때가 아닌 듯 보였다. 그녀는 슈틸러가 자신을 그냥 보내지 않고 5시에 요트 타는 곳에서 기다리겠다고 한 것에 만족했다. 그날 한 번 더 슈틸러를 만날 수 있다는 게 행복했다. 지빌레는 시간을 보내기 위해 9월의 반호프 거리에서 여기저기 쇼윈도를 기웃거리고 상점들을 구경했다. 그러다 취리히에서 가장 멋진 넥타이를 발견했다. 유감스럽게도 슈틸러에게는 그 넥타이에 어울리는 와이셔츠가 없다는 생각이 떠올랐다. 지빌레는 넥타이와 어울리는 와이셔츠를 샀다.

요트를 탈 때면 (지빌레는 이렇게 말했다) 슈틸러는 항상 생각에 빠져들지는 않으면서 진지하고 느긋하게 장난감을 가지고 노는 행복한 소년 같았다. 그는 키와 밧줄을 조작했고, 지빌레는 앞쪽 뱃머리에 누워 한쪽 손이나 발을 찰랑이는 물속에 담갔다. 그들은 거기 호수에서 유령으로부터 벗어나 자유로웠다. 호반은 가을 안개 속에 자취를 감추었고, 돛이 최후의 온화한 햇살을 받아 반짝였다. 동쪽 하늘은 이미 보랏빛 황혼으로 바뀌었으며, 미끄러지는 요트 옆의 물살에 그늘이 졌다. 밝은 수면 아래는 검은색에 가까웠다. 지빌레는 해가 지면서 점점 더 희미해지는 햇살을 얼굴 가득히 받으려고 팔꿈치를 벴다. 요트가 기선이 일으키는 파도에 밀려 요동치면, 요트 아래서 물이 출렁이는 소리가 들렸다. 지빌레는 눈을 깜박이며, 분주하게 움직이는 키잡이, 슈틸러를 바라보았다—그의 얼굴, 홀쭉한 머리, 바람에 흩날리는 흐릿한 머리카락, 아니, 그녀는 어쩌면 자신의 둘째 아이의 아버지일지 모를 그 남자가 아주 마음에 들었다. 롤프가 이 사실을 어떻게 받아들일까? 그녀는 정말로 더 바랄 것이 없었다. 이왕 말이 나온 김에 덧붙이자면, 롤프는 내일 검사로 취임할 예정이었다. 그들은 얼마나 유능한지? 제각기 나름대로. 그리고 지빌레는 분별 있게 굴고 만족하기로 마음먹었다. 그 모든 것에도 불구하고. 그녀는 아직 젊었고, 모든 일에는 때가 있었다. 무슨 일이든 일어나겠지! 어쩌면 아이가 태어나고, 어쩌면 율리카가 죽고, 어쩌면 모든 것을 깨끗하게 정리할 별이 하늘에서 떨어질지도 모른다. 요트를 타면 늘 그렇듯이, 그들은 별로 말이 없었다. 차들이 오가는 도시가 호수 너머에서 웅웅거렸고, 귀항하는 기선에서 학생들이 손을 흔들었다. 그렇게 누워서 바라보노라면, 세상은 오로지 색깔, 광채와 반사, 정적과 음향으로 이루어져 있었다. 결정을 내릴 시간이 아니었다. 어째서 두 남자를 사랑할 수 없는 걸까? 그녀에게는 슈틸러가 더 친밀했다. 그는 굴복하는 남자가 아니었다. 롤프는 굴복한다. 그 점은 끔찍한지도 모르지만, 여러 가지 면에서 더 단순하기도 했다. 롤프는 여자와 결코 형제자매처럼 친밀하게 지내지 않는다. 그들이 부표를 스치자 신음 소리가 났다. 전시회 이야기를 하다가 주의하지 못한 슈틸러가 사과했다. 롤프는 결코 사과하는 법이 없었다. 롤프는 독선적이었다. 슈틸러의 안부는 걱정할 수 있었지만, 롤프는 걱정할 필요가 없었다. 두 사람을 하나로 합친다면 얼마나 좋을까! 지빌레에게 롤프는 이따금 커다란 개, 넘어지지 않으려면 개줄을 잡지 않는 편이 나은 세인트버나드 같았다. 슈틸러는 형제, 거의 자매 같았다…… 어느새 갑자기 서늘해졌다. 지빌레는 몸을 일으켜서 흔들리는 요트를 가로질러 슈틸러에게 갔다. 젖은 두 손으로 그의 머리를 붙잡고 키스 세례를 퍼부었다. 그가 밧줄을 놓자 돛이 펄럭였다. 그가 물었다. "무슨 일이야?" 지빌레 스스로도 왜 이러는지 알 수 없었다.

—

"남자들은 희극적인 데가 있어!" 지빌레는 지금도 이렇게 생각한다. "당신네 남자들의 진지함이란! 몇 시간이나 며칠 동안, 아니 때로는 몇 주일 동안 당신네 남자들은 사랑하는 여자 가까이에 있는 것 말고 다른 소원은 전혀 없구나 싶을 때가 있어. 정신없이 그 여자 가까이에 있으려 하고, 그 어떤 것도, 그 어떤 위험도, 그 어떤 웃음거리도, 심지어는 방해하는 사람이 있으면 잔혹함마저도 불사하는 것 같지. 오로지 한 여자, 사랑하는 여자만이 존재하는 듯 보인다니까—그러다 눈 깜짝할 사이에 완전히 달라져. 별안간 회의가 정말 중요한 것, 모든 것이 회의 중심으로 돌아갈 만큼 중요한 것이 돼버리는 거야. 당신네 남자들은 별안간 예민해져서는 여자를 다정한 진드기 정도로 여기잖아. 아무렴! 나는 남자들이 어떤지 잘 알아. 당신네 남자들은 유치하게 생판 낯선 사람들은 잘도 배려하면서 막상 자기를 사랑하는 여자만은 배려할 줄 모른다니까. 당신네 남자들이 삶을 대하는 진지함이란! 국제법조인 회의, 미술관 관장, 무슨 일이 있어도 절대 소홀히 해서는 안 되는 일들이 별안간 다시 등장하지! 그걸 이해하지 못하거나 비웃는 여자는 큰코다치기 마련이고! 그러면 눈 깜짝할 사이에 어린 한네스처럼 다시 날벼락을 맞는 거야. 안 그래? 바로 이런 남자들이 우리에게 다가와, 우리 어깨에 머리를 기대야 한다니까. 절망하지 않기 위해서. 자기가 이 진지한 세계에서 전혀 무익하지 않다고, 검찰청에 다니고 전시회를 열며 전혀 쓸모없지 않다고, 느끼기 위해서 말이지…… 누가 알겠어." 그녀는 웃는다. "참 별난 동반자라니까!"

—

9월 말의 어느 날, 슈틸러는 지빌레에게 전화를 걸어 말했다. "준비하고 있어, 파리에 갈 거야." 지빌레는 귀를 의심했다. "진심이야?" 쾌활한 목소리가 대답했다. "안 될 게 뭐 있어?" 그녀는 슈틸러가 농담하는 게 아닐까 반은 의심하면서도 반은 즐겁고 진지하게 물었다. "언제?" 쾌활한 목소리가 대답했다. "내일, 오늘, 당신이 가고 싶을 때." (그들은 파리행 기차시간표를 훤히 꿰고 있었다. 파리 교외를 지나서 첫새벽에 도착하는 야간열차가 있었다. 그러면 파리 동부역 근처의 바에서 새벽 일꾼들과 함께 아침을 먹을 수 있었다. 브리오슈*를 먹으며 커피를 마신 후, 채소와 생선이 가득한 커다란 홀들을 어슬렁어슬렁 구경한다— 요술동화처럼 그 모든 것이 갑자기 현실이 될 수 있을까?) "지금 당장 그리로 갈게!" 지빌레는 말했다. 하지만 그건 곤란했다. 미술관 관장이 오전에 한 번 더 아틀리에로 슈틸러를 찾아오기로 되어 있었고, 지빌레는 오후에 어린 한네스와 함께 서커스를 구경가야 했기 때문이다. "그럼 서커스에 갔다 온 후에!" 그녀는 이렇게 말하고 수화기를 내려놓았다. 상이라도 탄 사람처럼 넋이 나가서, 너무 행복해 얼이 빠진 채……

드디어 상황에 진척이 있는 듯 보인 것이다!

"어때," 롤프는 블랙커피를 마시며 물었다. "이삿짐차를 예약해야겠어. 당신은 언제가 좋겠어? 이 이사를 혼자 할 생각은 없으니까. 다음주에 여기 있을 거지?" 롤프의 독촉이 귀찮긴 했지만 지빌레는 충분히 이해했다. "알았어." 그녀는 말했다. "잘 알겠는데, 오늘은 아직 뭐라고 말할 수 없어."—"그럼 언제?"—"내일!"—"왜 그렇게 예민하게 굴어?"—

* 버터와 계란을 듬뿍 넣어 만드는 프랑스 빵.

"난 예민하지 않아." 그녀는 대꾸했다. "내가 뭐 때문에 예민하게 굴겠어?" 지빌레는 자신의 결정이 서서히 무르익기를 바랐다. 그런데 갑자기 스물네 시간 안에 최후의 결정을 내려야 하게 된 것이다. 어쨌든 이 세상에서 그녀에게 중요한 모든 것이 걸려 있었다. 슈틸러, 롤프, 한네스. 아직 태어나지 않은 생명이 걸려 있었고, 그녀의 마음이 묶여 있는 사람들이 걸려 있었다. 지빌레 자신이 걸려 있었고, 그녀 스스로 자신의 삶을 선택할 수 있느냐는 문제가 걸려 있었다. 바로 그 문제가 걸려 있었다! 그리고 롤프는 이삿짐차를 예약하기 위해 내일 그 결과를 알아야 했다. 내일 블랙커피를 마실 때…… 어린이를 위한 서커스 공연은 (그녀는 이렇게 말한다) 지빌레의 머리를 전혀 식혀주지 않았다. 오히려 바로 그 자리에서 그녀는 결정을 내렸다. 파리, 슈틸러, 모험을 선택하기로. 그런 서커스는 밝은 대낮에 훨씬 더 남루해 보인다고 지빌레는 생각했다. 그야말로 눈물이 날 정도였다. 언뜻 화려해 보이지만 곳곳에 해진 것이 눈에 띄었다. 햇빛이 비치는 천막 아래서 빛은 그만큼 더 다정해 보였다. 호박琥珀 같은 빛, 거기에다 각양각색의 아이들과 조잘거리는 아이들 소리로 가득찬 무대, 그리고 취주악, 동물들의 고약한 냄새, 정글 속에서처럼 이따금 울부짖는 소리. 멋졌다. 파리에 내가 할 일이 있을 거야. 그녀는 생각했다. 분명 무슨 일이든 있을 거야! 그것은 모험의 일부였다. 지빌레는 전혀 두렵지 않았다. 공연을 처음 개시한 어릿광대는 아이들을 멍청한 어른으로 취급했다. 어릿광대는 별로 성공을 거두지 못했다. 생전 처음 서커스 구경을 온 어린 한네스는 웃지도 않고 그 따분한 남자를 멍하니 바라보았다. 그 남자가 비틀거릴 때만 즐거워했고, 다시 등장하기를 원하지 않았다. 지빌레더러 어릿광대에게 다시 나타나지 말라고 얘기하라고도 했다. 그런 다음 동물들이 점프하는 순서가 이어졌다! 채찍 소리, 낮게 으르렁거리는 소리. 지빌레는 감탄했다. 심지어 몇 분 동안 파리도 잊었다. 그러는 동안 한네스는 사탕을 빨면서, 왜 나쁜 동물들이 계속 링을 통과해야 하느냐고 물었다. 한네스는 왜 그래야 하는지 이해하지 못했다. 그에 비해 물개들은 한네스를 매료시켰다. 지빌레는 당장 많은 결정을 내려야 하는데다가, 자신이 물개가 되고 싶은지도 알아야 했다. 말들이 왈츠를 출 때, 한네스는 집에 가고 싶어했다. 그랬다면 지빌레는 그때 벌써 슈틸러에게 갈 수 있었을 것이다. 그녀는 그렇게 하지 않았다. 아직은 그러지 않았다! 마침 일곱 명의 남자들 목숨이 공중그네 곡예사 아가씨의 미소 담긴 치아에 매달려 있었을 때, 한네스는 무대 건너편에서 장화 신은 지저분한 남자를 발견했다. 그 남자는 개들을 익살스러운 재킷, 검은 연미복, 하얀 신부 면사포로 형형색색으로 변장시켰다. 개들은 가만히 기다리지 못했다. 그때부터 지빌레는 어린 한네스가 난간 사이로 떨어지지 않도록 무릎에 앉혀야 했다. 그때 그녀는 확신에 차 있었던 듯 보인다. 그러면서도 번쩍이는 공중그네에서 벌어지는 아슬아슬한 공연에 완전히 몰두했다. 지빌레는 어떤 식으로든 잘될 거라고 생각했다. 주변의 아이들이 갑자기 일제히 환호성을 터뜨렸다. 은빛으로 빛나는 공중그네 아가씨가 방금 멋진 그네에서 공중 삼회전을 돌아 뛰어내려서는 커다란 그물 위에서 출렁거렸다. 그런데 이런, 아가씨는 목이 부러지지 않았고, 오케스트라는 베르디를 우렁차게 연주했다. 휴식시간! 한네스도 다른 아이들처럼 밖으로 나가려 했다. 하지만 지빌레는 뭔가에 사로잡힌 사람처럼 앉아 있었다. 어떤 변장한 사람이 초콜릿을 팔았다. 그런 방식으로 생활비를 버는 것이 분명했다. 그리고 그 모습은 그날 오후 지빌레에게 가장 매력적인 일이었다. 독립한 여자—

지빌레는 한네스를 집으로 데려다주고 나서 7시 직전 슈틸러에게 갔다. 그는 아틀리에에서 휘파람새처럼 휘파람을 불며, 이음쇠가 달린 여행가방을 꺼내 벌써 짐을 싸고 있었다. 파리 여행, 그는 물론 진지했다. 그리고 지빌레에게 왜 짐이 없느냐고 물었다. 그러나 슈틸러가 오늘이나 내일은 아니라도 '아무튼' 곧 파리에 가야 한다는 사실이 밝혀졌다. 즉, 파리에서만 주조할 수 있는 청동 때문이었다. 미술관 관장도 예정된 전시회에는 그 청동이 꼭 필요하다고 보았다. 그러면 율리카는? 슈틸러에게는 파리에 가야 하는 근사한 구실이 있었고, 율리카는 그 여행 탓에 흥분해서 체온 곡선이 상승해야 할 이유가 전혀 없었다. 지빌레는 이해했다. 그녀는 아주 짧게 말했다.

"안 가."

슈틸러는 기분이 상했다. "나는 갈 거야—"

"그래." 그녀는 말했다. "그렇게 해."

그는 지빌레가 별스럽다고 생각했다. 벌써 몇 달 전부터 파리 이야기를 하고 파리 꿈을 꾸더니 이제 와서—

"그렇게 해." 지빌레는 말했다. "가라고—!"

슈틸러는 지빌레가 변덕 부린 걸 후회하고서 뒤따라오길 바라며 떠났다(그는 아무튼 갈 수밖에 없었다). 지빌레는 그가 바라든 말든 더이상 관심이 없었다. 다음날 블랙커피를 마시면서 그녀는 롤프에게 말했다. "나는 파리에 안 가." 롤프는 기뻐하면서도 그 주목할 만한 침착함을 잃지 않으려고 애썼다. 지빌레는 말했다. "대신 장크트갈렌의 친구에게 일주일 정도 다녀올 거야." 그리고 이런, 커피잔이 벽으로 날아갔다. 지빌레는 혼자 남았을 때, 전화번호부를 무릎에 올려놓고서 담배를 재떨이에 눌러 끈 다음 의사, 지금 유일하게 필요한 의사의 전화번호를 찾았다. 즉시 전화번호를 돌리고는 기다렸다. 심장 뛰는 소리는 들리지 않았다. 그녀는 자신의 침착함에 놀랐다. 그럴 수밖에 없었다. 빠를수록 좋았다.

—

롤프는 장크트갈렌의 친구에게 간다는 말을 물론 단 한 순간도 믿지 않았다. 그는 속았다고, 바보 취급을 당했다고 느꼈으며, 그것으로 끝이었다. 그의 집무실에서 있던 불행한 만남을—지빌레가 병원에서 퇴원한 후—물론 그의 부인은 내 검사 롤프가 묘사한 것과는 다르게 체험했다. 완강하게 침묵한 사람은 그녀가 아니라 (지빌레는 그렇다고 단언했다) 롤프였다.

나는 기록한다.

지빌레가 롤프의 대기실에서 한 시간 가까이 기다린 후에야 비서가 나타났다. "검사님께서 들어오시래요!" 지빌레는 악수한 후, 문지방에서 한순간 롤프의 손이 지탱해주지 않으면 바닥으로 쓰러질 것 같다고 느낀 후, 그의 옆을 지나서 (이것은 사실이다) 마치 바깥 전망을 보러 온 양 곧장 창가로 갔다. "그러니까 여기가 당신 집무실이야?" 그녀는 마치 아무 일도 없었다는 듯한 어조로 물었다. "아주 근사해." 참 당혹스러웠다. "그래." 롤프는 대답했다. "여기가 내 집무실이야." 그는 지빌레가 사랑의 행각에서 돌아온 듯 유심히 살펴보았다. "당신하고 할 이야기가 있어!" 지빌레는 분명하게 말했다. 롤프는 소송의뢰인을 대하듯 안락의자를 가리키고는, 책상 위에 놓인 커다란 상자 안의 담배, 이른바 관용 담배를 권했다. "고마워—" 지빌레는 이렇게 말하고 물었다. "당신은 어떻게 지내?" 롤프는 억양을 바꾸지 않고 그대로 따라 물었다. "당신은 어떻게 지내?" 두 사람은 서로 마주보고 앉아 담배를 피웠다. 지빌레는 허허벌판에 있는 것만 같았고, 롤프는 커다란 책상 뒤에 앉아 있었다. 그는 지빌레가 자신과 얼마만큼 묶여 있는지 여전히 듣고 싶을까? 그는 장크트갈렌에서 어땠느냐는 비꼬는 질문조차 던지지 않았다. "미안해." 롤프는 말했다. "30분 후에 재판이 있어." 그리고 물론 지빌레는 단 한 마디도 꺼내지 못했다. 왜 그는 어디 갔었느냐고 솔직히 묻지 않을까? 아니면 왜 단순히 거짓말을 하느냐고 물을 수도 있었다. 그 대신 그는 간단히 보고했다. "이사는 해결됐어. 다행히도 날씨가 괜찮았어……" 이사에 대한 롤프의 보고는 완전히 사무적이었다. 지빌레가 그 자리에 없었다고 은근히 비난하는 어조가 아니었다. "당신 물건을 우선 임시로 들여놓았어." 그는 설명했다. "당신이 당신 방을 어떻게 꾸밀 생각인지 알아야 말이지. 그리고 도대체—" 유감스럽게도 전화벨이 그들을 방해했다. (지빌레는 병원에서 나와 먼저 그들의 옛집으로 갔다. 텅 빈 방안에 울리는 걸음소리, 빛바랜 벽지, 그림이 걸려 있던 자리에는 좀더 진한 사각형 자국이 남아 있었다. 여기저기 망가진 흔적, 그 벽들 사이에서 6년을 살았다는 것이 믿기지 않았다. 그리고 고요히, 남몰래, 어쩔 수 없이 감내했지만 마취중에도 끔찍하기만 했던 상실감은 너무나도 소름 끼쳤다. 지빌레는 그 텅 비고 망가지고 이루 말할 수 없이 초라하고 이제는 집이라고 할 수 없는 집에서 자기 인생의 생생한 결산을 본 것만 같아 울고 말았다. 그녀는 롤프에게 전화해보려고 했지만 소용없었다. 전화는 이미 불통이었다. 그런 후 지빌레는 안주인의 방을 보기 위해 새집으로 갔다. 말 그대로 난장판이었다. 가재도구 창고, 명백한 무의미, 그림, 거울, 책, 모자상자, 꽃병과 구두, 바느질 도구가 아무렇게나 무더기로 쌓여 있었다. 전부 흠잡을 데 없는 물건이었지만, 그저 물건, 물건들일 뿐이었다. 불쏘시개로 사용하기에 딱 좋았다. 한네스는 그녀를 한시도 가만히 내버려두지 않았다. 한네스가 아빠의 새 방을 보여주려고 했을 때, 지빌레는 문지방에서 걸음을 멈추었다. 그리고 롤프의 집무실로 갔다……) 마침내 전화가 해결되었고, 롤프는 수화기를 내려놓았다. 그러고는 무슨 말을 하다 말았는지 떠올리려는 듯 보였지만, 이렇게 말했다. "파리에서 어떤 사람에게 전화가 왔었어, 슈틸러 씨라던가. 아마 당신 연인 같던데—" 지빌레는 멍하니 그를 바라보았다. "내 생각으로는," 롤프는 덧붙였다. "당신이 그후 파리에서 그 신사를 만났지 싶어." 이 말을 덧붙일 필요는 없었을 것이다. 지빌레는 자신도 모르게 핸드백을 들고 일어났다. "어디로 갈 거야?" 그는 별 의미 없이 물었다. "산에." 지빌레는 짧게, 오는 도중에 봤던 포스터를 떠올리며 침착하게 대답했다. "폰트레지나에." 그리고 그만큼 조롱하고도 아직 성이 차지 않은 고집불통 롤프는 실제로 문까지 배웅했다. "당신 하고 싶은 대로 해." 그는 이렇게 말하고는 지빌레가 떨어뜨린 장갑을 주워서 건네주었다. "고마워." 지빌레는 말했다. 그때 그 길로 그곳을 나올 수도 있었을 것이다. 그렇다. 그녀는 왜 자신이 문을 나가지 않고 또다시 창가로 갔는지 이해하지 못했다. "나는 우스꽝스럽다고 생각해." 그녀는 말했다. "우리가 하는 짓은 정말 우스꽝스러워, 유치해……" 롤프는 침묵을 지켰다. "당신은 착각하고 있어!" 지빌레는 말했다. 이제 어떤 식으로든 반박해야 했다. "당신한테는 나를 이렇게 대할 권리가 없어. 내가 당신한테 용서를 빌러 올 줄 알았어? 롤프, 우리는 한 번도 부부인 적이 없었어. 예전에도 아니었어. 절대 아니었다고! 이건 사실이야. 당신한테는 근본적으로 항상 하나의 관계일 뿐이었어. 그뿐이었어. 당신은 결코 결혼을 믿지 않았지—" 롤프는 미소 지었다. 지빌레 스스로도 자신의 말에, 고발하는 듯한 어조에 놀랐다. 그녀가 실제로 말하고 싶었던 것은 결코 이런 것이 아니었다. "롤프!" 그녀는 핸드백을 내려놓지 않은 채 소파 끝에 걸터앉으며 말했다. 그를 귀찮게 한다는 느낌이 들면 언제라도 일어설 각오였다. "나는 비난하러 온 게 아니야. 다만—" 롤프는 기다렸다. "이제 뭘 어떻게 해야 할지 모르겠어." 그녀는 혼자 중얼거렸다. 롤프는 선 채로 침묵을 지켰다. 왜 이 사람은 나를 도와주지 않을까, 그녀는 생각했다. 그러면서 롤프가 많은 일을 알지 못한다는 것을, 지빌레가 어디서 오는 길이고 무슨 일이 있었는지 짐작조차 못한다는 것을 깜박 잊었다. "나는 우리가 이렇게까지 될 줄은 생각도 못했어." 지빌레는 말했다. "나는 결혼을 다르게 상상했어. 당신의 그 강연! 나는 당신이 전부 경험해보고 이야기하는 줄 알았어……" 지빌레는 그를 바라보았다. "당신이 뭘 원하는지 모르겠어." 롤프는 말했다. 지빌레는 실제로 정신을 가다듬어야 했다. "나는 불평하지 않아, 롤프. 내겐 그럴 권리가 없어. 그래서 이렇게 된 거야! 당신도 자유롭고, 나도 자유로워. 그런데도 모든 게 너무 비참해…… 내가 뭘 원하냐고?" 지빌레는 되물었다. "몰라서 물어?" 조롱하는 듯한 미소, 그랬을 것이다, 심지어 위선 떠는 사람을 볼 때 같은 경멸의 미소가 그녀의 얼굴에 떠올랐다. 그렇듯 낯설게 느껴지는 것은 오로지 위선이기 때문이라고밖에 생각할 수 없었다. 대체 왜 이런 코미디를 벌이는 걸까? 문득 지빌레는 남편의 품에 안기려 했지만, 그의 시선을 뚫지 못한 듯 몇 걸음 앞에서 멈춰섰다. “당신, 나를 증오해?” 그녀는 자신도 모르게 허탈한 웃음을 터뜨리며 물었다. 어떤 사람, 친밀한 사람이 처음으로 우리를 증오하게 되면, 그것은 마치 장난처럼 보인다. 하지만 그건 롤프의 진짜 얼굴이었다. 진심이었다. 지빌레의 웃음이 얼어붙었다. 그는 지빌레를 증오했다. 그는 완전히 다른 사람처럼 보였다. 지빌레가 모르는 사람 같았다. 겉모습만 예전의 그였다. “…… 연인!” 지빌레는 생각의 실마리를 찾아 말을 이었다. “나는 연인을 찾지 않았어. 그건 당신이 잘 알 거야!”—“그럼 뭘 찾았지?”—“내겐 아무 남자는 필요 없어. 그건 당신의 이론이야! 나는 당신한테서도 아무 남자를 찾지 않았어. 당신은 도대체 왜 결혼한 거야? 당신한테 나는 끝까지 아무 여자일 뿐이야. 사실이 그래. 내가 왜 이런 말을 하냐고? 당신은 독신남이야, 결혼한 독신남. 얼마든지 비웃어! 나는 결혼이 운명 아니면 아무 의미 없는 짓, 허튼짓이라고 생각해. 나더러 뭘 원하냐고 물었지? 나는 바보같이 굴었어, 나도 알아. 당신이 어딘가에서 사랑에 빠지면, 마음이 아팠어. 이건 사실이야. 아마 내가 소심했을 수도 있어. 결혼생활에서 자유로울 수 있는 여지, 이게 대체 무슨 말이야? 나는 그런 여지를 원하지 않아. 나는 내 남편에게 ‘아무’ 여자이고 싶지 않아. 왜 당신은 그걸 이해 못해? 우리 아버지도 내게 ‘아무’ 남자가 아니었어. 한네스도 어쩌다 마음에 들어서 우리가 사랑하는 ‘아무’ 아이가 아니라고…… 아, 롤프.” 지빌레는 말을 끊었다. “이건 다 부질없는 짓이야!”—“그러니까 당신 말은,” 검사는 지빌레의 말을 요약했다. “우리가 결코 결혼하지 않았다는 뜻이야?"—"그래."—"그래서 요 며칠 동안 당신이 어디에 있었는지 나한테 말할 이유도 없다는 뜻이지." 그는 새 담배에 불을 붙이면서 말했다. "당신이 도대체 왜 나를 찾아왔는지 모르겠어."—"당신이 그렇게 말하면, 나도 모르긴 마찬가지야!" 지빌레는 말했다. "나는 사실 당신하고 이야기하고 싶어서 왔어. 당신이 지금 시간이 없는 건 나도 알아. 원래 당신은 마음 내키지 않으면 시간이 없는 사람이잖아. 그리고 나는 늘 눈치 없이 불편한 시간에 찾아오지!" 롤프는 담배를 피웠다. "나하고 무슨 말을 할 생각이었는데?"—"나는 바보야, 당신 말이 맞아. 지금도 그래. 하지만 이젠 당신이 거만하게 미소 지어도 아무렇지 않아!" 지빌레는 말했다. "왠지 당신이 아둔하다는 생각이 들어." 그녀는 좀더 자세하게 설명했다. "당신은 생각하는 것을 나보다 더 분명하게 표현할 수 있어. 그래서 늘 당신이 말하게 내버려둔 거야. 당신은 내가 당신을 사랑할 가치 있는 유일한 남자로 여긴다고 생각했지? 롤프, 나는 당신이 나한테 자신감을 갖고 있는 걸 알고 있었어. 하지만 완전히 다른 의미에서…… 그때 카이로에서 만난 영국 장교 기억나?" 그때 일이 갑자기 지빌레의 뇌리에 떠올랐다. "당신은 그 장교를 조금도 진지하게 여기지 않았지, 나도 알아! 롤프, 그 장교는 당신에게 없는 여러 가지 점들, 내가 당신에게 있었으면 좋겠다고 아쉬워한 점들을 갖고 있었어. 하지만 그때 나는 당신 아닌 다른 남자하고 여행한다는 건 생각도 못했을 거야. 아니 정말로, 그로테스크한 일로 여겼을 거야. 왜 그랬을까! 내가 어쩌다 결혼에 대해 그런 생각을 갖게 됐는지는 몰라. 하지만 난 그런 생각을 갖고 있어—지금까지도…… 어쩌면 그게 옳을지도 몰라." 지빌레는 잠시 생각에 잠기더니 결론지었다. "우리 이혼하자." 그러면서 그녀는 창밖을 주시했다. 롤프의 표정은 보지 않았다. 그는 어쨌든 침묵을 지켰다. "잘 생각해봐!" 지빌레는 말했다. "나는 우리가 이혼할 수 있을 거라고는 한 번도 믿지 않았어. 우리 주변 사람들이 이혼할 때마다, 나는 그게 옳은 길이라고 여겼어. 그런 경우들은 절대 결혼이 아니었을 거라고 항상 생각했거든. 시민적인 취향을 위해서 합법화되긴 했지만 처음부터 무효한 남녀 관계일 뿐이었다고. 그런 사람들이 왜 함께 지내야 해! 그건 마치 자기 정원에 허수아비를 세워놓고는 나중에 정원에 들어가는 걸 꺼리는 거나 마찬가지야. 결혼이 아니라 '시민적인' 남녀 관계일 뿐이라고. 당신은 내 감정이 탐탁지 않으면, 늘 나를 '시민적'이라고 했어. 지금 나는 당신이 나보다 훨씬 더 '시민적'이라고 믿어. 진심이야. 그렇지 않다면 당신이 결혼을 믿지도 않으면서 무엇 때문에 우리 관계를 합법화시켰겠어! 오로지 우리에게 아이가 생겼기 때문에……" 롤프는 지빌레가 이야기하도록 내버려두었다. "난 알아." 지빌레는 미소 지었다. "당신은 침착한 걸 좋아해. 내가 파리에 가든 폰트레지나에 가든, 당신은 늘 침착하게 굴잖아! 그러면서 그걸 아량으로 여기지. 안 그래? 당신의 아량이 나를 제압해야 하거든. 이따금 당신은 근본적으로 내가 오로지 노예 상태로 있기를 바란다는 생각이 들어. 그래야 당신의 자유를 누릴 수 있으니까! 그게 전부야. 당신은 당신이 여자들을 버리듯 내 '연인'이 나를 버리길 기다리고 있어. 그러면 오로지 당신밖에는 안 남거든. 그것이 당신의 모든 사랑이고 당신의 모든 침착함이고 당신의 모든 너그러움이지…… 아, 롤프." 지빌레는 다시 말했다. "하지만 그건 전부 무의미한 짓이야!"—"그러면 당신은 어디에 의미가 있다고 보는데?" 롤프는 물었다. 하지만 다시 전화벨이 울렸고, 그는 책상으로 가야 했다. "잘 모르겠어." 지빌레는 말했다. "왜 내가 이런 말을 당신에게 하는지—" 롤프는 수화기를 들었다. 검사님에게 면담이 있다는 것을, 즉 배심원들에게 이른바 법률 지식을 전달해야 한다는 것을 상기시켜주는 의무를 맡은 비서였다. "당신을 더이상 붙잡지 않겠어." 지빌레는 롤프가 가방에 서류를 집어넣는 것을 바라보며 말했다. "나한테 화났어?" 그녀는 물었다. "왜 아무 대답도 안 해?" 롤프는 책상 위에서 볼펜을 찾다가 호주머니를 뒤적이고는 다시 책상 위를 더듬었다. "알겠어." 그는 말했다. "그러니까 내가 당신에게 아무것도 금지하지 않아서 실망했다는 말이지—" 롤프의 미소는 그가 이 일을 우스꽝스럽게 여기려고 애쓴다는 것을 알려주었다. "아니." 지빌레는 말했다. "당신은 내게 실제로 아무것도 금지할 게 없어, 롤프. 그게 바로 초라한 점이야. 정확하게 말하면, 당신은 항상 나하고 관계만 맺었을 뿐이야. 그러니까 내가 다른 사람하고 관계를 맺어도 나를 막을 권리가 전혀 없어—" 그 사이에 롤프는 볼펜을 찾았다. 이제 그들의 이별을 가로막는 건 아무것도 없었다. 롤프는 문손잡이에 손을 올려놓았다. 그 사람이 정말로 그녀의 롤프였다면, 그녀는 그의 목을 부둥켜안고 울었을 것이다. 그것은 롤프가 아니었다. 우스꽝스러워 보이는 가면이었다. "당신이 옳다고 여기는 일을 하라고." 그는 한 번 더 말했다. 그러고는 문을 열고서 대기실을 지나 엘리베이터까지 그녀를 정중하게 배웅했다—

그래서 지빌레는 폰트레지나로 갈 수밖에 없었다.

폰트레지나는 가랑비와 두려움으로 그녀를 맞이했다. 마치 기차를 타고 가는 동안 실제로 폰트레지나에 도착하리라고 한순간도 예상하지 않은 것만 같았다. 폰트레지나는 기차의 종착역이라는 사실로 이루어져 있었다. 그보다 더 나쁜 것은, 그 시각에는 돌아가는 기차가 없다는 사실이었다. 지빌레는 함정에 빠진 듯한 느낌이 들었다. 지빌레 말고는 그곳 주민 두 사람만이 기차에서 내렸다. 그녀는 초록색 앞치마를 걸친 어느 호텔 종업원에게 모든 것을 맡겼다. 그는 지빌레의 가방과 스키를 썰매에 실었다. 지빌레는 질퍽한 눈을 밟으며 그 뒤를 따랐다. 그 어처구니없는 포스터는—카프리 아니면 어딘가 북해 해수욕장의 포스터였어도 상관없었을 것이다!—물론 11월이 아니라 2월이나 3월을 겨냥한 것이었다. 종업원이 높은 곳에는 눈이 제법 쌓여 있을 거라고 주장했다. 지빌레가 눈 속에서 무엇을 하겠는가? 그 고풍스러운 일급 호텔에서 무엇을 하겠는가? 지빌레는 말하자면 최후의 안식처를 뜻하는 모피코트를 벗지 않은 채 30분 정도 침대에 앉아서, 쇳소리 울리는 확성기 소리를 들었다. 서치라이트 불빛이 비추는 가운데 사람 없는 스케이트장 위로 도나우강의 왈츠*가 울려퍼졌다. 나중에 지빌레는 바에 내려가서 위스키를 주문했다. 우연히 재치 있는 프랑스 신사를 만나 시시덕거리는 것으로 도피했다……

농학사 빌프리트 슈틸러와의 대면이 일주일 후 금요일로 잡혔다. 내가 복사본에서 읽은 것처럼, "경우에 따라서는 어머니 산소를 함께 방문할" 예정이었다.

---

* 요한 스트라우스 2세가 작곡한 〈아름답고 푸른 도나우강〉.

끝은 추했던 것으로 보인다. 그리고 슈틸러와의 이별은—이쯤 되면 이미 일이 끝난 것을 분명히 알 수 있다. 그런데도 정식으로 이별의 절차를 밟아야 한다!—유감스럽게도 (지빌레는 이렇게 말한다) 지빌레에게 심한 굴욕감, 모멸감을 안겨주었다.

나는 기록한다.

그 당시만 해도 운동을 정열적으로 좋아했던 지빌레는 폰트레지나에서 이곳저곳 바쁘게 돌아다녔다. 파리에서 돌아온 슈틸러가 그곳까지 쫓아올 돈이 없는 게 기쁠 뿐이었다. 그 대신에 슈틸러는 전화로 그녀를 괴롭혔다. 지빌레가 그 전화를 달가워하지 않는 것을 호텔관리인이 곧 알아채고서, 번번이 애석하다는 듯 찡그린 얼굴로 '취리히'라고 알릴 정도였다. 혹시 롤프일지 모른다는 어렴풋한 희망이 지빌레가 전화를 받지 않을 수 없게 만들었다. 호텔관리인의 뻔뻔한 신중함도 너무 지나치게만 느껴졌다. "유감스럽게도 지금 안 계십니다!" 지빌레는 관리인이 말하는 소리를 들었다. "박사님 사모님께서는 방금 나가셨습니다. 네, 하필이면 지금!" 그녀는 로비에 서서, 방금 특별히 방어해준 대가로 팁을 기대하는 그 고상한 뚜쟁이의 표정을 쳐다보고는, 슈틸러에게 전화하기 위해 전화실로 들어갔다. 하지만 그 무렵 슈틸러는 제정신이 아니었던 듯 보인다. 그는 이탈리아 출신 하녀 카롤라에게 간청해서 겨우 지빌레의 주소를 알아낸 탓에, 분을 참지 못하고 폭군 같은 어조로 말했다. 지빌레가 그에게 무슨 말을 하겠는가? 눈은 있어, 그렇다니까, 제법 많아. 아니, 오늘은 햇빛이 비쳐. 물론 그렇지, 사람들은 아주 친절해. 그런 다음 스키강좌에서 배운 멋진 것들, 뒤로 기울인 자세, 앞으로 숙인 자세, 허리에 힘을 주는 것 등등에 대해 수다를 떨었다. 지빌레는 사춘기 소녀처럼 조잘거렸다. '완전 멋진' 남자 무용수, 그렇다니까, 프랑스 남자야. 분위기가 '끝내줘'. 그녀의 방은 '환상적'이었고 슬로프는 '최고'였다. 아이 아냐, 프랑스 남자만 나랑 결혼하고 싶어하는 게 아니라니까. 다 나랑 결혼하고 싶어해. '재밌는 인간들이야', 정말이야. 스키강사는 그라우뷘덴주 사람인데 '무지 멋져'. 슈틸러가 침묵을 지키는 동안 이따금 안내 목소리가 들렸다. "3분이 지났습니다. 표시된 금액을 넣으십시오. 3분이 지났습니다. 표시된 금액을—" 지빌레는 대화 내용이 아직 충분히 유치하지 않은 듯 돈을 집어넣었다. 뭔가에 홀린 것 같았다. 그것은 아주 희극적인 감정이라는 생각이 들었다. 어쨌든 그 감정은 다른 모든 감정을 몰아냈고, 이제 지빌레는 그 무엇보다도 자신의 진짜 감정이 두려웠다……

그녀의 남편, 롤프에게서는 아무 소식이 없었다.

그러던 어느 날 슈틸러가 도대체 무슨 일인지 알아보려고 직접 호텔 로비에 나타났을 때, 그 혼란에 빠진 여자를 어린애 같은 말투에서 해방시키기에는 힘이 부쳤던 듯 보인다. 슈틸러는 어이없는 말투에 기분이 상했으며, 터무니없던 여인 지빌레는 그 말투로 무자비할 만큼 거만하게 굴었다. 그것은 틀림없이 일종의 메커니즘이었을 것이다. 지빌레는 그 남자가 스스로를 불쌍하게 여긴다고 느끼는 즉시, 그에게 상처를 입혀야 직성이 풀렸다. 그들은 평지를 가로질러 자마덴 방향으로 산책했다. 슈틸러는 그 영원한 군용코트를 걸치고 있었으며 저지대의 모든 얼굴이 그렇듯이 창백한 반면에, 검은 스키바지 차림의 지빌레는 우아하고 활력이 넘쳤으며 햇빛에 거무스름하게 그을어 있었다. "전시회는 어떻게 됐어?" 그녀는 물었다. "청동은 벌써 주조했어?" 지빌레의 들뜬 말투는 슈틸러를 멍하니 아무 말도 못하게 만들었다. 아무 생각도 나지 않았다. 독일 뒤셀도르프에서 온 신사, 동부전선과 크레타의 폭격기에 얽힌 일화를 무궁무진하게 아는 팔방미인이 슈틸러보다 훨씬 더 재미있다! 그녀는 솔직히 그렇다고 슈틸러에게 말했다. "그리고 그 사람은 세상 사는 법을 얼마나 잘 아는지 몰라!" 지빌레는 말했다. "길거리에서 돈을 막 줍는다니까……" 슈틸러는 어떤 남자, 쉽게 사는 법을 터득한 중공업계의 아들이 큰돈을 '벌면' 얼마나 위풍당당한지 들어야 했다. "남자로서 내가 좋아하는 타입은 아니긴 한데 말이야." 지빌레는 말했다. 슈틸러는 곁눈으로 그녀를 쳐다보며 계속 우울하게 침묵을 지켰다. 기껏해야 이렇게 한번 말했을 뿐이다. "이 폰트레지나는 욕지기가 날 정도군!" 지빌레는 한쪽 발을 삐어서 조금 절룩거렸다. "하지만 어제 다시 춤췄어!" 그녀는 말했다. 뭔가가 지빌레를 슈틸러가 경멸하는 모든 것에 열광하게 하고, 또 예의 뒤셀도르프 신사, 남성적이고 유쾌하고 아이디어가 풍부한 기사철십자장 보유자가 얼마나 재치 있는지 새삼 이야기하도록 자극했다. 예를 들어 그 남자는 자신이 누군가를 모욕했다고 느끼면, 남자든 여자든 상관없이 상대방에게 벤츠를 선물했다. 정말 그랬다! 슈틸러는 이렇게 말했을 뿐이다. "그렇겠지." 또는 이런 경우도 있었다. 그 호텔에 스웨덴 대학생에게 반한 젊은 아가씨가 있었다. 뒤셀도르프 신사는 그 스웨덴 대학생을 폰트레지나로 오게 하는 기발한 아이디어를 즉석에서 생각해냈다. 그것도 비행기로. "정말 황홀하지 않아?" 지빌레는 남자들이 돈을 번다고 해서 매력이 없는 게 아니라는 사실을 그 따분하고 음울한 사람에게 암시했다. 슈틸러가 아마 한번쯤 "그럴 수 있지"라고 말했을 수도 있다. 또는 "나한테 왜 그런 이야기를 하는데?"라고 묻기도 했다. 하지만 그는 어안이 벙벙했다. 그로서는 지빌레를 막을 방법이 없었다. 게다가 지빌레는 슈틸러가 말을 더듬거린다는 것, 일부 낱말, M으로 시작되는 낱말들을 말하지 못한다는 것을 그 산보길에서 처음으로 알아챘다. 한번은 얼굴이 커피처럼 가무잡잡하고 포스터에 실린 그라우뷘덴 스키강사처럼 희게 웃는 젊은이가 지나갔다. 지빌레는 '안녕'이라고 인사하고는 말했다. "누오트야." 슈틸러는 피곤한 듯 유순하게 물었다. "누오트가 누구야?" 그러니까 그는 믿기지 않겠지만 지빌레가 발을 삐었을 때 정말로 가까운 구조용 썰매까지 떠메고 간 스키강사였다. "저 사람, 정말 멋지지 않아?" 지빌레는 물었다. 이런 말투가 계속 이어졌다. 물론 지빌레는 슈틸러가 어떤 종류의 술집을 원하는지 정확히 알고 있었다. 시골사람들이 드나드는 소박한 술집. 하지만 지빌레는 이미 뭔가에 홀려 있었고, 이미 말했듯이 그 감정을 즐겼다. 그녀는 즉각 '엄청 근사한' 것을 생각해냈다. 왜 슈틸러는 저항하지 않았을까? 그의 자신감 없는 태도는 지빌레의 기분을 상하게 했다. 슈틸러가 그녀를 포기했다는 느낌이 들었다. 이 사람이 내가 사랑한 남자였을까? 그 '엄청 근사한' 레스토랑은 슈틸러가 질색하는 지나친 고향 예찬의 향연으로 가득했다. 하지만 이미 최소한 여섯 개의 손이 그들의 코트를 벗긴 뒤였으며, 박사님 사모님은 단골손님이라며 환영받았다. 그 밖의 모든 것, 특별한 좌석 권유, 구텐베르크 성서의 서체로 인쇄된 두 권의 방대한 메뉴, 친절하게도 싱싱한 바닷가재를 추천한 연미복 차림의 지배인, 그는 더없이 친밀한 어조로 친절을 베풀었다. 이 모든 것은 정확하게 기품과 강요의 혼합이었으며, 그것은 때마침 기분이 좋지 않았던 소시민적인 슈틸러를 완전히 무방비 상태로 만들었다. 탁자 위에 장미꽃 세 송이가 놓여 있었는데, 전부 비용에 포함되어 있었다. 그리고 당연히 촛불이 켜져 있었다. 슈틸러는 지빌레 앞에서 가격이 터무니없다는 말을 감히 할 엄두가 나지 않았다. "뭐 먹을 거야?" 지빌레는 꽤 자상하게 묻고는 덧붙였다. "나한테 돈 있어." 포도주통 제작자처럼 차려입은 포도주 담당 종업원이 이미 대기하고 있었다. 지빌레는 '그녀의' 샤토네프 뒤 파프, 한 병에 16프랑짜리 포도주를 주문하고는, 적정 온도로 유지된 것이어야 한다고 덧붙였다. "당신도 마셔보면 알 거야." 그녀는 슈틸러에게 말했다. "이 샤토네프는 한 편의 시詩라니까!" 지빌레는 자신이 하는 말을 들었다. 악마는 슈틸러가 뭐라고 대답해야 할지 모르는 인물의 어휘를 그녀에게 주었다. 지빌레는 메뉴를 흘깃 보고 '그녀의' 필레미뇽을 주문한 후, 어쩔 줄 모르는 슈틸러에게 달팽이를 먹으라고 부득부득 권했다. 슈틸러는 달팽이와 샤토네프 뒤 파프가 어울릴지 조금 의심스러웠지만 스스로 인정했듯이 한 번도 달팽이를 먹어본 적이 없어서 주눅이 들었고, 그래서 반박할 자격이 별로 없다고 생각했다. 그러면 달팽이! 그런 후 한 신사가 살짝 고개 숙여 인사했다. 그는 자신이 오늘 2급시험에 합격했다고 프랑스어로, 방해하지 않으려고 아주 짧게 소식을 전했다. 지빌레는 축하 인사를 하면서 손을 흔들었다. 그러고는 방금 그 남자가 '샤를 부아예'* 라고 슈틸러에게 알려주었다. 배가 고파서 소심하게 빵을 먹고 있던 슈틸러는 물었다. "샤를 부아예가 누구야?" 그 진짜 멋진 무용수, 프랑스 남자. 슈틸러가 샤토네프 뒤 파프를 맛보는 동안, 지빌레는 춤출 때 농

* 프랑스의 유명 영화배우.

담으로 그 프랑스 남자를 샤를 부아예라고 부르게 된 '멋진' 이야기를 들려주었다. 그 남자는 외교 계통의 일을 하는데, 실제로 성이 부아예라면서. "웃기지 않아?" 그녀는 물었다. 슈틸러는 인간의 언어를 이해하지 못하는 개처럼 그녀를 바라보았다. 여차하면 지빌레가 그를 개처럼 쓰다듬을 판이었다. 지빌레는 혹시라도 희망을 일깨울까 싶어 쓰다듬지는 않았다. 슈틸러가 이미 잔을 비운 것을 보았을 때, 그녀는 쾌활하게 말했다. "건배!" 그러자 슈틸러는 당황해서 거의 빈 잔을 들었다. "건배—" 그런데도 지빌레는 속이 메스꺼워서 필레미뇽을 거의 먹지 못했다. 그와 반대로 슈틸러는 구역질이 나든 말든 달팽이 열두 마리를 맛있게 먹었다. 그러는 동안 지빌레는—슈틸러가 너무 따분하게 굴어서 그녀가 모든 이야깃거리를 제공해야 했다!— 벌써 담뱃불을 붙이고 그간의 일을 계속 보고했다. "슈투르체네거한테서 편지가 왔어! 비서가 한 명 필요하대. 당신은 어떻게 생각해? 그것도 하필이면 내가 필요하대잖아!" 슈틸러는 달팽이집을 들쑤셨다. "그 사람, 나한테 반했어." 지빌레는 덧붙였다. "심지어 우리 남편도 눈치챘다니까. 진짜야. 나는 그 사람이 좋아, 당신 친구……" 말하는 사이 그녀는 조언도 했다. "주스도 마셔. 있지, 이게 이 요리의 절정이야!" 슈틸러는 고분고분하게 주스를 마셨다. "진짜라니까." 지빌레는 말을 이었다. "슈투르체네거가 나를 초대했어. 그 사람은 바다 건너 캘리포니아가 엄청 맘에 드나봐. 일주일에 백 달러, 당신은 어떻게 생각해? 게다가 뱃삯도 내주겠대! 백 달러는 큰돈이야, 난 그렇게 생각해. 그리고 바닷가에서 겨우 15분 거리에 있대—"

기타 등등.

호텔로 돌아가는 길에 짧고 일방적이긴 했지만, 처음으로 좀더 현실적인 대화가 이루어졌다. 그들은 뽀드득거리는 눈을 밟고 걸었다. 입김이 서렸다. 몹시 추웠지만 아름다웠다. 양옆으로 눈의 장벽이 이어지고 집들은 하얀 솜털 베개로 덮인 듯했으며, 그 위에 별들이 빛났고 밤은 사기로 만들어진 듯했다. "그런데 당신은 어디서 묵어?" 두 사람이 좀 유치한 호텔 정문 앞에 섰을 때, 지빌레는 물었다. "내일도 여기 있을 거야?" 그녀는 가능한 한 이별을 못박을 생각으로 계속 물었다. "—나한테는 너무 큰 충격이었어." 지빌레는 슈틸러의 침묵을 향해 말했다. "당장 파리에 가야 할 일이 생기자, 파리에 가는 게 당신에겐 갑자기 가능한 일이 되었어. 적절한 핑계거리가 생겼거든. 나더러 가자고 했지. 이제 우리의 파리가 별안간 가능한 일이 된 거야. 그런데, 그 순간에 나는 당신의 정부라는 생각이 들더라……" 슈틸러는 침묵을 지켰다. 그녀 안에서 산산이 부서진 게 뭔지 그가 이해했는지는 확실치 않았다. 그는 무엇을 골똘히 생각했을까? 그 밖에 더이상 설명할 말이 없자, 지빌레는 눈 덮인 정문 위의 어떤 별자리 이름을 물었다. 하지만 슈틸러가 그 질문에 대답하기까지 두 번을 물어야 했다. "그렇구나—" 지빌레는 그 별자리와 무슨 연관이 있는 것처럼 말했다. "1년 후 나는 어디에 있을까? 진짜 모르겠어. 어쩌면 정말로 바다 건너 캘리포니아에 있을지도 몰라!…… 웃기지." 그녀는 덧붙였다. "당신의 경우는 정확하게 알 수 있어. 당신은 절대 변하지 않을 거라고 생각해. 외면적인 삶에서도 전혀 변하지 않을 거야." 지빌레는 악의로 그런 말을 한 건 아니었지만, 자신의 말이 매정하다는 생각이 들어 조금 완화시키려고 했다. "아니면 당신이 언젠가는 다른 사람이 될 거 같아?" 이 말은 다정하게 들리기는커녕 오히려 정반대였다. 이제 모든 말이 빗나갔다. "아, 슈틸러," 마침내 지빌레가 말했다. "나는 당신을 정말로 아주 사랑했어—" 누오트처럼 스키를 가르치는 어떤 스키강사가 우아하게 휘어진 노르딕 스키를 타고 살며시 달그락거리며 말없는 두 사람 옆을 빠르게 스쳐지나갔다. 지빌레는 스포츠에 더없이 관심이 많다는 양 그 뒷모습을 바라보았다. 유감스럽게도 그 남자는 시야에서 사라지면서 다시 그들만을 남겨놓았다. 몸이 덜덜 떨리는 것을 더는 참을 수 없었다. 두 사람은—아직은 이별할 수 없었기에—다음날 아침식사를 함께하기로 서둘러 약속하고 헤어졌다.

그 아침식사에 슈틸러는 나타나지 않았다.

이틀 후, 지빌레가 뒤셀도르프 신사를 동반하고 식당에서 나오는데—그가 유령처럼 거기 서 있었다. 그는 지빌레에게 다가오지 않았다. "왜 이제야 나타나는 거야?" 지빌레는 인사도 생략하고 곧바로 물었다. 그녀는 당황했다. "벌써 밥 먹었어?" 그가 물었다. "당신은 아직 안 먹었어?" 그녀는 되물었다. 슈틸러는 몹시 지쳤는지 해쓱했으며 면도도 하지 않은 채였다. "어디서 오는 길이야?" 지빌레는 물었다. 서커스 제복을 입은 그라우뷘덴 소년, 사환이 지빌레의 모피코트를 뒤늦게 가져왔고, 슈틸러는 그녀가 코트 입는 것을 도와주었다. "그저께 아침식사 시간에 당신을 기다렸는데!" 지빌레는 이렇게 말하고, 한 번 더 물었다. "도대체 어디서 오는 길이야?" 그녀는 엘리베이터 앞에서 시가에 불을 붙이며 기다리는 뒤셀도르프 신사를 향해 고개를 끄덕였다. 그 신사가 얼마나 노련하고 눈에 띄지 않게 움직이는지, 슈틸러는 거기 있는지조차 알아채지 못했다. 다재다능한 팔방미인…… 슈틸러는 다보스에서 오는 길이었다. 지빌레는 회전문을 지나서 추위를 향해 발을 내디디면서 그 말을 들었다. "다보스에서?" 그녀가 물었다. 하지만 이미 유리문이 그녀와 뒤따르는 슈틸러 사이로 끼어들었다. "다보스에서?" 그가 회전문에서 나오자 그녀는 다시 물었다. 그 사이에 슈틸러는 요양원의 병든 아내와 이야기했다고 했다. 그는 있는 그대로의 사실만을 짧게 보고했다. "이게 전부야." 그는 보고를 마쳤다. "왜 그렇게 놀라?" 그 말은 사실이다. 지빌레는 여름 내내 그렇게 되길 바라고 기대하고 침묵으로 요구했다. 그런데 막상 이제 그 일이 충격으로 다가왔다. 그녀는 죄책감을 느꼈다. "그러면 율리카는?" 그녀는 물었다. "율리카는 뭐래?" 슈틸러는 그 점엔 관심이 없는 듯 보였다. "헤어졌다고?" 지빌레는 물었다. "그게 무슨 뜻이야? 그렇다고 율리카를 그냥 둘 수는—" 그녀는 슈틸러가 잔인하고 비인간적이라는 생각이 들었다. 슈틸러의 행동은 그녀를 경악시켰다. 지금 갑자기, 처음으로 율리카는 멀리 있는 유령이 아니라 실재하는 여자가 되었다. 병들고 불행하고 버림받은 여자, 자매였다. "슈틸러," 지빌레는 자신도 모르게 말했다. "어떻게 그럴 수 있어……" 그리고 자신의 말을 정정했다. "우리에겐 그럴 권리가 없어. 나 자신도 죄인이야, 나도 알아. 그건 미친 짓이야. 슈틸러, 살인이라고……" 슈틸러는 그녀가 걱정하는 것을 보고도 개의치 않았다. 거의 고소해하는 듯 보였다. 슈틸러는 자유롭다고, 완전히 자유롭다고 착각했다. 그 순간에는 자신이 행동을 했다는 것만으로 충분했다. "난 배고파." 그는 이렇게 말하고는, 더이상 율리카를 생각하고 싶은 마음도 없고 생각해야 할 이유도 없다는 것을 분명하게 표현했다. 두 사람은 그곳 주민, 철도원들이 퇴근 후 하나같이 브리사고*를 입에 물고서 여유롭게 야스 게임**을 하는 음식점에 앉아 있었다. 다들 모피코트 차림의 부인 앞에서 입을 다물고 있다, 마침내 한 사람이 말했다. 게임 할 거야, 안 할 거야? 그곳에는 구텐베르크 성서 서체로 쓰인 메뉴는 없는 대신, 젖은 손으로 친히 손님을 맞이하는 뚱뚱한 여주인이 있었다. 여주인은 래커를 칠한 나무 탁자에 묻은 약간의 맥주 얼룩과 빵 부스러기를 닦았다. 벽에 월계관과 사격 클럽의 술잔들이 걸려 있었고, 그 사이 검은 칠판에 와인 한 잔 가격이 쓰여 있었다. 펠트리너, 칼테레르, 마그달레네르, 돌레,*** 그 위에는 흔히 볼 수 있는 기장 장군****의 빛바랜 컬러 초상화. 굶주린 슈틸러는 힘든 일을 하고 난 나무꾼처럼 자신감에 넘쳐서는 피곤을 느끼면서도 여유로웠고 스스로에게 만족했다. 그는 즉시 넓적한 손으로 빵을 두 조각으로 잘랐다. 그러는 동안 사기 난로 옆 의자에 앉은 지빌레의 무릎에 갑자기 고양이가 그르렁거리며 올라앉았다. 고양이는 쓰다듬어달라며 졸랐다. 슈틸러는 볶은 감자와 살짝 훈제한 소시지를 기다렸다. 그곳에 샐러드는 없었다. 한 사람이 카드를 섞는 동안, 야스 게임을 하는 철도원들은 괜히 비용만 많이 들어가는 사자회담에 아무런 희망이 없다고 이야기했다. 그들은 실제로 화난 것 같지 않은데도 부러 화난 듯한 어조로 말했다. 그러더니 금방 다시 게임에 집중해서 조용해졌다. 천장 낮은 음식점 안에 침묵이 퍼졌고, 그 침묵은 어쩔 수 없이 지빌레와 슈틸러에게도 전염되었다. "파

* 스위스의 브리사고 지역에서 생산되는 시가.

** 주로 스위스와 오스트리아, 독일 남부에서 하는 카드 게임.

*** 펠트리너, 칼테레르, 마그달레네르, 돌레는 모두 포도주 상품명이다.

**** 제2차 세계대전 당시 스위스 군대를 이끈 총사령관 앙리 기장.

리 이야기는 아직 하나도 안 했잖아?" 그 침묵이 답답했는지, 지빌레는 말했다. 뚱뚱한 여주인이 고대하던 음식 대신 펠트리너를 가져오자, 슈틸러는 빈방이 있는지 물었다. "일인실요, 이인실요?" 여주인은 슈틸러와 함께 방을 보러 나가면서 물었다…… 지빌레는 한동안 혼자 있었다. 홀에서 그녀는 유일한 여자였다. 자전거연맹 신문을 대충 뒤적거리고 있노라니, 한 철도원이 그녀의 탁자에 앉았다. 그는 입술에 묻은 거품을 핥으며, 슈틸러, 그 착한 남자는 전혀 짐작도 못한 것을 알고 있다는 듯 노골적인 불신의 표정으로, 그야말로 경멸하는 표정으로 부인을 훑어보았다. 슈틸러는 그녀의 고백을 어떻게 받아들일까? 그 고백을 말로 표현하려고 하자, 그녀 스스로도 믿기지 않을 만큼 사실 같지 않고 황당무계하기 짝이 없었다! 지빌레는 자신이 어떻게 그의 눈을 바라볼 수 있었는지 놀라웠다—슈틸러가 다시 자리에 돌아와 허기를 달랠 수 있다는 데 기뻐하며 옆에 앉았을 때도, 그녀는 계속 그의 눈을 바라볼 수 있었다. 이미 식사를 한 지빌레가 버찌브랜디만 마셔도 슈틸러는 전혀 개의치 않았다. 베르권 어딘가에서 눈사태가 일어났다는 말이 철도원들 쪽에서 들려왔다. 하지만 그 소문은 과장된 것이었다. 슈틸러는 그 눈사태를 직접 보았으며, 브리사고를 입에 물고서 잘난 척하는 남자들의 거무스름하게 그은 얼굴에 대고 길이 이미 다시 뚫렸다고 알려주었다. 지빌레는 깜짝 놀랐으며 왠지 으쓱해졌다. 다른 탁자에서 야스 게임을 하는 남자들에게서 위협적인 기운이 느껴졌는데, 그들이 슈틸러의 침착하고 객관적인 말을 듣고 무장해제되는 것을 보자 마음이 놓였다. 보호받는다고 느껴졌다. 같은 탁자에 앉아 지빌레를 훑어보던 철도원도 경멸적인 시선을 거두었다. 더욱이 그는 청하지도 않은 재떨이를 건네주기까지 했다. 그리고 나중에 자신이 마신 맥주값을 치른 후에는, 모자를 벗고서 지빌레와 슈틸러에게 '함께' 좋은 밤을 보내라며 인사했다. 슈틸러는 식사 도중에 물었다. "무슨 일 있어?"—"왜?"—"당신이 오늘 너무 조용해서."—"나는 당신이 와서 기뻐." 지빌레는 말했다. "당신한테 화가 나 있었거든. 나 혼자 이곳에 버려두고 그냥 사라진 줄 알았어." 그녀는 그르렁거리는 고양이를 무릎에서 들어올려 바닥으로 뛰어내리게 했다. 고양이는 바닥에서 꼬리를 세웠다. "왜 나한테 아무런 말도 안 남겼어?" 지빌레는 말했다. "난 멍청한 짓을 했단 말이야. 당신도 알아야 해. 아주 멍청한 짓을……" 슈틸러는 계속 음식을 먹으면서 심각한 일을 전혀 예상하지 않는 눈치였다. 그는 다보스에 다녀왔고 병든 율리카와 헤어졌다. 이제 무엇이 더 그를 놀라게 할 수 있겠는가! 그는 미소 지었다. "도대체 무슨 일이야?" 하지만 그때 마침 뚱뚱한 여주인이 유리잔 두 개에 커피를 담아 내왔고, 지빌레는 살짝 안심했다. 그 이야기를 도저히 입에 담고 싶지 않았다! 일단 벌어지긴 했지만 효력은 발생하지 않는 일들이 있다. 그런 일들은 입 밖에 내어 말해버리면 효력이 발생한다. 그러나 그런 일은 전혀 진실이 아니고, 전혀 효력을 발휘할 필요도 없지 않은가! 유리잔에 담긴 블랙커피는 우려했던 그대로, 즉 씁쓰름하고 혀를 델 정도로 뜨거웠지만 아주 밍밍했다. 커피라고 할 수 없었다. 그들은 많은 설탕과 유머로 커피를 구하려 했지만, 설탕은 그 회갈색 국물을 완전히 역겹게 만들었다. 이제 슈틸러는 파리에 대해 이야기를 시작했다. 왜 지빌레는 땅속으로 꺼져버리지 않았을까? 그녀는 슈틸러의 말에 귀를 기울이는 척했다. 우리는 종종 황당무계한 꿈을 꾸지 않는가? 그렇다고 다음날 수치스러워하며 땅 속으로 꺼지지는 않는다. 지빌레의 지난 이틀밤이 바로 그랬다. 기괴한 꿈 같았다. 꿈이랑 별로 다르지 않았다…… "아참, 당신에게 주려고 가져온 게 있어!" 슈틸러는 파리에 대한 보고를 중단했다. "그걸 어디에 뒀더라?" 그 사이 지빌레는 펠트리너를 잔에 따랐다. "방돔광장의 향수가게들 알아?" 슈틸러는 웃으면서 그 향수를 구한 이야기를 들려주었다. —방돔광장, 잘 알겠지만 아케이드로 에워싸이고 네모지고 커다란 그 광장은 프랑스 향수 산업의 아성이다. 모든 향수 공장이 그곳에서 직영점을 운영하고 있어서, 원하는 향수의 상표를 미리 알고 있어야 한다. 그렇지 않으면 이 회사 저 회사 찾아다니면서 손에 향수를 살짝 묻혀봐야 한다. 슈틸러는 수백 종의 향수 가운데서 지빌레에게 맞는 향수를 냄새로 금방 알아낼 수 있을 거라 착각했다. 상점의 아가씨들은 매력적이고, 슈틸러에게 더이상 손가락이 남지 않자 자신들의 작은 손에 향수를 묻힌다. 물론 슈틸러는 갈수록 점점 더 확신이 없어진다! 그래서 온 방돔광장을 돌아다닌다. 이 회사에서 저 회사로, 이 손에서 저 손으로, 이 향기에서 저 향기로. 아가씨들, 그들은 절대 그를 비웃지 않는다. 오히려 반대로, 그의 프랑스어 실력이 향기를 묘사하기에 충분하지 않은데도 그의 신중한 진지함에 매혹된다. 슈틸러는 향수 이름을 메모한다. 예를 들어 오른손 집게손가락에는 스캉달이 묻어 있다. 하지만 그날 오후, 파리의 마지막 오후가 지나는 동안, 이름들마저 뒤죽박죽이 된다. 슈틸러는 이제 겨우 손가락을 내밀기만 한다. "여기 이것!" 아가씨들은 이따금 무슨 향수인지 판별하는 데 애를 먹는다. 그들은 가게 주인을 불러와야 한다. 거기 있는 모든 향수가 지빌레를 연상시키는가 싶다가도 다시 둘러보면 어디에도 그런 향수는 없다. 그곳에 있는 것은 전부 근사하다. 슈틸러의 손은 향기로 가득찬 두 개의 팔레트다. 슈틸러는 향기가 섞이지 않도록 손가락을 쭉 펴고 걷는다. 이 미묘한 차이는 어디서 오는가. 아, 이런 환희가 있고 이런 고통이 있다니! 그런 다음 쓸데없이 아가씨들은 그가 찾는 향수가 금발의 부인을 위한 것인지, 아니면 흑발의 부인이나 붉은 머리의 부인을 위한 것인지 알려고 한다. 머리카락 색깔과는 상관 없는 것이 아닌가. 오, 아니고말고. 슈틸러는 같은 향수라도 피부가 다르면 완전히 다른 향기가 난다는 것도 알지 못했다. 그렇다면 그 아가씨들이 자기네 이질적인 피부에 시험해봤자 무슨 소용 있겠는가? 그는 가게문이 닫히기 직전에 포기한다. 그리고 저녁에 주베*의 연극(〈아내들의 학교〉**)을 보면서 그 일을 거의 잊을 뻔한다. 주베는 그만큼 멋지다. 하지만 그의 손은 그를 버리지 않았다. 휴식시간에 슈틸러는 다시 이 손가락 저 손가락에 코를 대고 킁킁거리기 시작한다. 그리고 숙소로 돌아가는 길에 또다시 시작한다. 길 한복판에서 걸음을 멈추고 장갑을 벗고 코를 킁킁거린다. 그의 코는 다시 생기에 넘친다. 하지만 이제는 더이상 손가락의 냄새를 구분할 수 없다. 그 냄새가 전부 그 냄새 같아 절망에 빠진다. 결국 그는 손을 씻지만, 향수에 대해 모르긴 여전히 마찬가지다. 이튿날 아침, 기차가 출발하기 직전 그는 운을 하늘에 맡기고 향수를 산다…… "내가 제대로 샀는지 모르겠어!" 슈틸러는 원래 우아했지만 호주머니 안에 오래 있어서 약간 닳아버린 작은 상자를 지빌레에게 건네주며 조금 당황한 표정으로 열어보라고 말했다. "이리스 그리스!" 그녀가 웃었다. "제

* 프랑스의 배우이자 연출가인 루이 주베.

** 프랑스의 극작가 몰리에르의 희극.

대로 산 거야?" 지빌레가 즉시 병을 열어서 몇 방울을 손등에 문지르는 동안, 슈틸러는 물었다. "이리스 그리스는 정말 향긋한걸!" 그녀는 말했다. 슈틸러는 그녀의 손, 그러니까 진짜 손에 대고 킁킁 냄새를 맡았고, 숨을 들이쉴 때마다 실망의 기색이 짙어졌다. "아냐!" 그는 말했다. "이게 아냐!" 지빌레도 킁킁 냄새를 맡았다. "아주 향긋하지 않아?" 그녀는 전혀 가식 없이 슈틸러를 위로했으며 병을 호주머니에 집어넣었다. "고마워!" 슈틸러는 음식값을 치렀고, 두 사람은 지빌레가 호텔로 돌아가는 문제에 대해 어떤 식으로도 합의하지 않은 채 잔을 비웠다. 그는 무슨 생각을 했을까? 슈틸러는 아주 단호해 보였다. 하지만 어떤 의미에서 단호했을까? "다 마셔!" 그는 여전히 앉은 채로 서두르는 기색 없이 말했다. 하지만 이미 가까운 옷걸이에서 지빌레의 모피코트를 가져온 뒤였다. "중요한 일은 아니야." 지빌레는 말했다. "하지만 당신에게 말해야겠어. 정말 중요하지는 않아—" 슈틸러가 그리 호기심을 보이지 않는 바람에, 적절한 말을 찾기가 더 어려웠다. 슈틸러는 여전히 무슨 일인지 전혀, 그야말로 전혀 짐작하지 못하는 듯 보였다. 아니면 벌써 알고 있으면서도 정말로 그 일을 중요하게 여기지 않았던 걸까? "나는 어리석은 여자야." 지빌레는 미소 지었다. "나는 복수했어. 아주 천박한 방식으로 복수했지. 두 명의 남자하고 이틀밤을 보냈어—" 슈틸러는 그 말을 듣지 못한 듯, 이해하지 못한 듯 보였다. 그는 침묵을 지켰으며 움찔거리지도 않았다. 곧 뚱뚱한 여주인이 거스름돈을 가지고 돌아왔으며, 온 김에 신사 숙녀를 위한 아침식사를 방으로 가져갈지 물었다. 여주인은 손님을 환대하는 차원에서 탁자에서 물러나지 않았다. 눈사태, 전반적인 날씨, 세계대전 후의 숙박업에 대한 대화가 거의 10분 동안 질기게 이어졌다. 마침내 다시 단둘이 남았을 때, 슈틸러는 그녀의 모피코트를 무릎 위에 놓은 채 물었다. "그게 무슨 말이야?" 지빌레는 슈틸러가 탁자 위에서 돌리고 있는 맥주잔 받침을 바라보며, 그가 지금 어떻게 받아들이든 자신은 분명히 말하고 넘어가야 한다고 느꼈다. 그것은 깨끗하게 처신할 수 있는 최후의 가능성이었다. 그래서 다시 한번 말했다. "이틀밤 연달아 두 남자하고 잤다고—그래, 내 생각은……" 이제 슈틸러는 무슨 말인지 이해했다. 그리고 이제 미래는 (지빌레는 이렇게 생각했다) 오로지 슈틸러가 그 황당무계한, 중요하지 않은 일에 대해 어떻게 행동하느냐에 달려 있었다. 야스 게임을 하던 철도원들이 카드를 탁자에 내려놓았고, 누가 술값을 낼 것인지 결정 났기 때문에 한 사람이 지우개로 석판을 지웠다. 결과를 더이상 뒤집을 수 없는 진 게임에 대한 논평은 하품으로 넘어갔다. 11시가 되었다. 그들도 철도원 모자를 머리에 쓰고서 이제 홀에 단둘이 남은 남녀에게 '함께' 좋은 밤을 보내라고 인사했다. 슈틸러는 여전히 맥주잔 받침을 이리저리 돌렸다. "나도 알아—" 그는 말했다. "다만 나는 아무에게도 그 이야기를 하지 않았을 뿐이지. 게다가 벌써 오래전 일이야. 나는 내가 누구를 사랑하는지 정확히 알고 있었어. 그런데도 그런 일이 있었어! 심지어 그 여인에게 가는 길이었지. 그래, 우리가 재회하기 전날 밤에도 그랬어. 별안간 갈피를 못 잡겠더라고—정확히 그랬어." 슈틸러는 맥주잔 받침을 내려놓으며 말했다. "나도 아주 잘 알아……" 그는 더이상 말이 없었다. "갈피를 잡을 수 없었어." 이 표현은 아마 지빌레를 무척 위로했을 것이다. 그리고 그 시간부터 다시 길을 갈 수 있다는 가능성을, 심지어는 확신을 그녀에게 돌려주었다. 지빌레는 그날 저녁에 심지어 (그녀는 이렇게 말한다) 그것이 둘이 함께 가는 길일 거라고 믿었다.

그러나 착각에 불과했다.

이튿날 아침—모든 것이 산산조각난 밤이 지난 후—두 사람은 폰트레지나의 작은 역에서 헤어졌다. 마침내 기차가 움직이기 시작했을 때, 지빌레는 동상처럼 꼼짝하지 않고 서 있었다. 열린 차창의 슈틸러, 승강장의 지빌레. 두 사람은 작별인사로 한 손을 조금 들었다. (그후 지빌레, 내 검사의 부인은 슈틸러를 두 번 다시 보지 못했다.) 그녀는 천천히 호텔로 돌아갔고, 계산서를 청구하고는 그날로 짐을 꾸려서 그곳을 떠났다. 이제 와서 간단히 롤프에게 돌아갈 수는 없는 노릇이었다. 레드우드시티가 구원처럼 생각됐다. 이제 그녀는 일을 해야 했고 혼자 살아야 했으며 직접 생계를 꾸려야 했다. 완전히 버려진 것만 같았고, 자신이 어디에 속하는지조차 알 수 없었다. 주부에서 매춘부에 이르는 길은 놀랍게도 짧은 듯 보였다. 취리히에서 롤프는 이혼할 준비가 되었다는 말로 지빌레를 맞았다. 그녀는 이혼에 따른 모든 조치를 롤프에게 일임하고, 어린 한네스를 레드우드시티로 데려갈 수 있게 해달라고 간청했다. 그들의 대화는 오로지 미래, 실제적인 일들에만 국한되었다. 두 사람의 아들 한네스에 관해서는, 물론 무엇이 아이에게 더 나은지는 결정하기 어려운 문제였다. 롤프는 스물네 시간 생각할 겨를을 달라고 말했다. 그러더니 지빌레로서는 놀랍게도 한네스를 데려가는 데 동의했다. 지빌레는 그의 손에 대고 눈물을 흘리며 고마워했다. 그녀는 크리스마스를 조금 앞두고서 미국행 선박에 오르기 위해 르아브르로 출발했다. 남편이 역까지 배웅했다.

내 친구, 검사가 결심공판(판결)이 일주일 후 화요일로 잡혔다고 알려준다.

미국은 지빌레에게 수도원 생활처럼 외로운 시간을 선사했다. 그녀는 뉴욕에 머물렀다. 젊은 슈투르체네거가 필요하지도 않은 비서를 맞이하러 캘리포니아에서 왔을 때는 이미 다른 일자리를 구한 뒤였다. 여러 개의 유럽 언어를 구사할 수 있어서 얻은 꽤 괜찮은 일자리였다. 일주일에 80달러. 지빌레는 뿌듯했다. 그 사실을 비극적으로 여기지 않은 슈투르체네거는 빌리지*의 프랑스 음식점에서 지빌레를 대접한 후 혼자 레드우드시티로 돌아갔다. 갈팡질팡은 그것으로 끝났다. 하지만 행로, 그녀의 행로는 혹독했다. 부유한 집안 출신의 지빌레는 처음으로 이 세상에서 여느 사람들과 다름없어졌다. 즉, 외롭고 스스로를 책임지고 자신의 능력에 의존하고 수요에 의존하고 고용주의 기분과 예절에 의존하게 된 것이다. 기이한 일이었다. 지빌레는 그것을 자유로 느꼈다. 품위로 느꼈다. 그녀의 일은 단조로웠다. 그녀는 영업용 서신을 독일어, 프랑스어, 이탈리아어로 번역하는 일을 했다. 항상 대략 같은 내용의 편지들이었다. 그 세계에서 그녀의 첫번째 집은 해가 비치는 낮에도 전등불 없이는 책을 읽을 수도 바느질을 할 수도 없는 곳이었다. 그리고 모든 게 매연으로 가득차는 바람에 창문을 열 엄두도 내지 못했으며, 잠을 자려면 귀를 밀랍으로 막아야 했다. 지빌레는 수백만 명의 사람들이 자신보다 더 열악한 환경에서 살고 있으며 자신에게는 불

* 그리니치빌리지. 주로 예술가들과 작가들이 모여 사는 뉴욕의 상업지구.

평할 권리가 없다는 것을 잘 알고 있었다. 절대 불평할 처지가 아니었다. 롤프 때문에라도 아니었다. 다행히도 낮에는 한네스를 독일계 유대인 유치원에 보낼 수 있었다. 지빌레는 날씨가 허락할 때마다 한네스와 함께 근처의 센트럴파크에서 여가를 보냈다. 그곳에는 나무가 있었다……

그녀는 흔히 말하듯이 새로운 인생을 시작했다.

언젠가 2월에 지빌레는 조금 오싹한 일을 체험했다. 그 일이 단순한 상상에서 비롯되었는지 아니면 실제 현실이었는지, 그녀는 지금까지도 알지 못한다. 한네스와 지빌레, 두 사람은 다시 센트럴파크에 앉아서 다람쥐에게 먹이를 주었다. 햇살이 따스하게 비쳤고, 그늘진 저지대에는 아직 눈이 남아 있었다. 연못은 아직 여기저기 얼어 있었지만, 새들이 지저귀고 봄이 와 있었다. 땅은 축축했다. 그들은 맨해튼의 검은빛이 도는 바위에 앉아 있었고, 지빌레는 룸펠슈틸츠헨*처럼 기뻐했다. 그 거대한 도시에서 사람들 눈에 띄지 않게 숨어 있는 것 같았다. 푸르스름한 연무에 싸인 마천루들과 그 유명한 실루엣이 앙상한 나뭇가지 사이로 보였다. 정적 너머 커다란 공원의 외진 곳에서 으스스한 소리가 났고, 허드슨강에서 이따금 뱃고동 소리가 들렸다. 한 경찰관이 거무스름하게 썩은 승마용 길을 말을 타고 지나갔다. 사내아이들이 야구를 했다. 기다란 벤치 여기저기에서 사람들이 신문을 읽었고 때로는 한 쌍의 연인이 지나쳐갔다. 그런 다음 어느 부인이 다가와 희귀한 나무들 쪽으로 개를 데려갔다. 지빌레는 아는 사람이 전혀 없다는 게 좋았다. 그러

* 독일 동화에 등장하는 심술궂은 요정. 왕에게 자신의 이름을 맞히라는 문제를 냈으나 전 나라를 뒤져도 그의 이름을 아는 사람이 없었다고 한다.

다 등 뒤를 지나가는 남자를 보았다. 언뜻 뒷모습만 보았지만, 순간 거기서 어슬렁거리는 남자가 분명히 슈틸러라는 확신이 들었다. 지빌레는 하마터면 자신도 모르게 그를 부를 뻔했다. 물론 자제해서 부르지는 않았지만. 슈틸러가 무엇 때문에 여기 뉴욕에서 어슬렁거리며 돌아다니겠는가? 그런데도 정말로 슈틸러일지 모른다는 기대 반 두려움 반으로 마음이 불안했다. 지빌레는 한네스의 손을 잡고 공원을 가로질렀다. 그 남자를 찾아보기보다는 도망치고 싶었다. 그녀는 어쨌든 그 남자와 같은 방향으로 가야 했다. 물론 예상대로 그 남자를 다시 보지는 못했다. 며칠 후 지빌레는 지하철을 타러 내려가면서, 즉 에스컬레이터를 타고 내려가면서, 그 망상을 (그것은 분명 망상이었다) 까맣게 잊고 있었다. 그녀는 내려갔고—그는 올라갔다. 에스컬레이터 중간에서 내리기는 불가능했다. 그가 비록 인사는 하지 않았지만 그녀를 똑바로 바라보지 않았던가? 그런 일이 있을 수 없다는 건 지빌레에게 위안이 되었다. 아니면 슈틸러가 그녀의 뒤를 쫓아왔을까? 어쨌든 지빌레는 슈틸러처럼 생긴 남자가 에스컬레이터를 타고 올라가 계속 길을 가는 대신 다시 아래로 내려오기 위해 즉시 에스컬레이터를 바꿔 타는 것을 보았다. 정신이 혼란스러운 것은 차치하고라도 사람들이 몹시 북적거리는 바람에 침착하게 지켜보기는 거의 불가능했다. 미국에서 군용코트, 그게 무슨 증거라고! 나중에 지빌레는 그 상황을 이렇게 납득했다. 내가 에스컬레이터에서 그 남자를 입까지 벌리고 쳐다보는 바람에, 그 남자가 날 전혀 모르면서도 혹시나 하는 희망을 품고 돌아온 게 아니었을까 하고. 그랬을 수 있다. 그 순간에 지빌레는 완전히 무의식적으로 행동했다. 그녀는 닥치는 대로 아무 지하철이나 비집고 올라탔다. 문이 닫히고 열차가 출발했다. 그후 몇 주일 동안 지빌레는 길을 나설 때마다 내심 불안에 떨었지만 별일 없었다. 슈틸러하고 혼동할 만한 남자는 두 번 다시 보지 못했다.

이미 말했듯이, 지빌레의 일은 단조로웠다. 그녀는 햇빛이 들지 않는 커다란 방에서 일했으며, 일주일이 지나자 그 부자연스러운 삶을 참을 수 없다고 확신했다. 밖에 비가 내리는지, 아니면 햇살이 비치는지 도무지 알 수 없었다. 밝은 대낮을 결코 체험하지 못했으며, 가령 비바람이나 사람이나 나뭇잎이나 아니면 최소한 비에 젖은 아스팔트 냄새가 나는 공기조차 전혀 맛보지 못했다. 지빌레 말고는 아무도 그 상황에 불만이 없었기에 더 끔찍했다. 이러다가는 순전히 냉난방장치 때문에 질식해 죽을지도 모르겠다는 생각이 들었다. 괜찮은 회사라면 어디든 다 똑같을 것이라는 확신이 그녀를 당혹스럽게 만들었다. 절망한 나머지 열심히 일하는 것 말고 지빌레에게 무슨 수가 있었겠는가? 그 결과, 지빌레는 높은 평가를 받았다. 반년 후 지빌레가 사표를 제출했을 때, 그들은 보수를 두 배로 올려주며 붙잡았다. 이제 지빌레는 좀더 나은 집을 구할 수 있었다. 이른바 옥상정원이 있는 방 두 개짜리 집. 넓은 허드슨강이 내려다보이는 리버사이드 드라이브. 거기 19층에서 지빌레는 행복했다. 그녀와 한네스는 붉은 방화벽의 보호 아래 햇볕을 쪼이고 하늘도 보고 심지어는 풍경, 숲도 보았다. 게다가 동쪽에는 바다가 있었다. 저 멀리 뿌옇게 보이는데도 입항하는 배가 '일 드 프랑스'인지 아니면 '퀸 메리'인지 한네스는 알아보았다. 그리고 저녁에 땅거미가 내려앉으면, 워싱턴 다리를 비추는 불빛의 우아한 곡선이 창문 앞에 펼쳐졌다. 그곳에서 지빌레는 거의 2년을 살았다. 스위스로 돌아간다는 생각은 점점 멀어졌다. 미국에서의 삶은 (그녀는 이렇게 말한다) 크게 열광적이지는 않았어도 아주 마음에 들었다. 그녀는 타향을 즐겼다. 그렇지만 좀더 고유한 미국, 서부에는 가보지 못했다. 지빌레는 한 번쯤 다른 해안에도 가보고 애리조나, 텍사스, 캘리포니아의 꽃을 돌아볼 계획을 세웠다. 하지만 그녀는 회사원이었다. 다시 말해 그녀는 살 수는 있었다. 어쨌든 백 마일 반경 안에서 움직이는 주말의 자유를 위해 타자기 앞에 앉아 자판을 두드리는 한, 꽤 사람답게 살 수 있었다. 그녀는 뉴욕을 사랑했다. 처음 몇 주 동안은 미국인들과 지내는 것보다 세상에 더 쉬운 일은 없는 듯 보였다. 모두들 아주 솔직하고 스스럼 없었다. 우정이 지빌레를 향해 날아왔거나 아니면 적어도 날아오는 듯 보였다. 지금까지 살면서 그런 일은 별로 없었다. 또한 지빌레는 여자로서 방해받지 않는 삶을 즐길 수 있었다. 그렇다. 마치 미국에 상륙하면서 여자이기를 그만둔 듯 보였다. 사람들은 아주 호의적이었지만 그녀를 전적으로 중성으로 대해주었다. 최근에 그런 일들을 겪은지라, 그런 대우는 물론 원기를 북돋우는 청량제가 되었다. 적어도 처음에는 그랬다. 그리고 나중에도 (그녀는 이렇게 말한다) 남자를 만나고 싶은 마음은 전혀 생기지 않았다. 미국 남자는 더더욱 아니었다. 그녀에게는 친구들, 정확히 말하면 'friends'가 있었다. 그들 대부분은 자동차가 있었고, 그 사실은 특히 여름에 뉴욕이 더워지면 상당히 중요해졌다. 그러나 뉴욕에는 스위스에서 느낄 수 있는 것 같은 분위기가 부재했고, 그것은 시간이 흐르면서 차츰 지빌레를 혼란에 빠뜨렸다. 실제로 무엇이 부재하는지는 말하기 어렵다. 누구나 지빌레의 새로 산 봄 원피스, 그녀의 건강한 외모, 그녀의 아들을 칭송했다. 특히 스위스와 비교하면, 사람들이 거리낌 없이 칭찬해주는 것은 근사했다. 하지만 지빌레는 그들이 칭찬하는 것을 과연 눈으로 보고는 있는지 갑자기 궁금해졌다. 에로틱한 유희가 얼마나 다양하고 또 얼마나 멋진지 깨닫는 것은 놀라운 일이었다(그녀는 이렇게 말한다). 지빌레는 그런 다양성이 존재하지 않는 그곳에서 처음으로 그 사실을 똑똑히 알게 되었다. 레스토랑을 나서면서, 지하철을 나서면서, 모임을 나서면서, 양측 모두 더이상 만남을 추구하지 않으면서도 어떤 식으로든 기분좋게 산뜻한 방식으로, 상대방이 섭섭해하는 것을 느낄 수 있다. 지빌레는 뉴욕에서 결코 그런 감정을 접해본 적이 없었다. 길에서 무의식적으로 기쁨어린 눈빛과 마주친 적도 없었다. 그렇다. 인간에겐 양성兩性이 존재한다는 흥분되는 예감이 대화에서조차 어른거리지 않았다. 모두가 동료 같았고, 그런 점에서 매우 친절했다. 하지만 긴장감, 생기 넘치는 미묘한 뉘앙스의 풍성함, 유희의 기술, 마력, 위협, 서로를 활기차게 끌어들이는 흥분되는 가능성이 없었다. 밋밋하고 단조로웠다. 맙소사, 분별 있는 사람들, 교양 있는 사람들이 우글우글했다. 하지만 생기가 없고 왠지 흥이 없고 예감이 없었다. 그러면 지빌레는 마치 자신이 몸을 보이지 않게 하는 마법의 외투를 입은 여자처럼 생각됐다. 그 누구의 눈에도 띄지 않는 듯, 아니, 아예 보이지 않는 듯했다. 사람들은 오로지 그녀가 하는 말만 들었으며, 그 말이 재미있고 흥미롭다고 생각했다. 그랬을 것이다. 하지만 그것은 숨막히는 공간에서의 만남이었다. 우스꽝스러웠다. 그들은 자신들이 무슨 이야기를 하는지 모르는 내시들마냥 '섹스 문제'에 대해 조급하고 거침없이 이야기했다. 그곳에서는 섹스와 에로티시즘 사이의 차이점을 아무도 모르는 듯 보였다. 게다가 그들이 그 극심한 결핍을 건강한 것으로 여기는 것은, 아니, 그것은 항상 즐겁지만은 않았다. 따분했다. 뉴욕에는 별의별 것이 있지 않은가! 그곳에서 따분해한다는 건 수치스러운 일이었다. 연주회만 해도 얼마나 많은가! 하지만 삶 자체, 일상, 쇼핑, 드럭스토어에서의 점심, 버스 여행, 역에서의 기다림, 우리 삶의 90퍼센트를 이루는 잡다한 것들, 그런 것들은 엄청나게 실용적이었고 엄청나게 무미건조했다. 이따금 지빌레는 야채를 살 생각으로 이탈리아 사람들이 모여 사는 동네에 갔다. 하지만 사실은 눈요깃감에 굶주려 뭐든 보러 간 것이었다. 아니면 이게 다 지빌레 탓이었을까? 반년쯤 지난 후, 지빌레는 자신이 모든 사람을 속였다는 씁쓸한 감정이 들었다. 그녀는 주소로 가득찬 수첩을 갖고 있었지만, 그 누구에게도 전화를 걸 엄두가 나지 않았다. 그녀는 무엇으로 그 모든 친절한 친구들을 속였을까? 그녀 스스로도 알지 못했고 또 알아내지 못했다. 그 사실은 지빌레를 심각하게 압박했다. 그런데도 그들은 어떤 것도, 그야말로 어떤 것도 경솔하게 여기지 않았다. 그 점이 지빌레를 더욱 당황하게 만들었다. 그들은 우연히 길에서 마주치면, 처음 만났을 때처럼 말했다. 안녕하세요, 지빌레! 그리고 다른 한편으로 실망한 기색도 찾아볼 수 없었다. 그 솔직하고 스스럼없는 사람들은 모두 인간관계에서 더이상의 것을 기대하지 않는 듯 보였다. 그 친절한 관계는 더이상 자라날 필요가 없었다. 지빌레는 그 점이 슬펐다. 20분을 만난 사이나 반년 아니 몇 년을 만난 사이나 똑같았다. 더이상 아무것도 보태지 않는다. 서로 잘 지내라고 솔직하게 빌어주는 것으로 끝이다. 어떤 식으로든 잘 지내기 위해 우정을 맺는다. 게다가 누군가에게 결함이 생겼는데 스스로 수선할 수 없는 경우에는, 정신과 의사, 이를테면 내면생활을 정비해주는 정비사가 있다. 아무튼 슬픈 이야기로 친구들에게 부담을 주어서는 안 된다. 실제로, 친구들도 별 소용 없는 일반적인 낙천주의 말고는 줄 수 있는 게 아무것도 없다. 차라리 작은 옥상에 누워서 햇볕을 쪼이는 편이 더 낫다. 하지만 지빌레는 대다수 미국인들의 이처럼 상냥하고 피상적인 관계 때문에 아무리 힘들다 해도, 스위스로 돌아갈 생각은 전혀 하지 않았다…… 롤프, 남편과는 편지 왕래가 서서히 뜸해지더니 서로 침묵을 지켰다. 그 침묵이 영원히 굳어지는가 싶을 무렵, 어느 날 오후 롤프가 지빌레의 사무실에 전화를 걸었다. "지금 어디야?" 지빌레는 물었다. "라가디아 공항." 롤프는 대답했다. "방금 도착했어. 만나고 싶은데 가능할까?" 지빌레가 당장 일손을 놓고 나올 수 없어서, 롤프는 5시까지 기다려야 했다. 결국 6시가 다 되어서야, 비서 지빌레는 약속 장소인 타임스퀘어의 호텔 로비에 나타났다. "어떻게 지내?" 그들은 서로 물었다. "고마워." 그들은 서로 대답했다. 지빌레는 롤프에게 타임스퀘어를 안내했다. "여기 얼마나 있을 거야?" 그녀는 물었다. 하지만 사람들이 복작거리는 틈바구니에서 대화를 하기는 당연히 어려웠다. 지빌레는 막 도착해서 아직 정신이 없는 롤프에게 곧바로 뉴욕을 좀 보여주려고 록펠러센터 전망대로 안내했다. "뉴욕에 볼일이 있어서 온 거야?" 그녀는 이렇게 묻고는 즉시 질문을 정정했다. "그러니까 내 말은, 업무 때문에 온 거냐고." 그들은 유명한 레인보우바에 앉아서 뭐든 주문해야 했다. "아니," 롤프는 말했다. "당신 때문에 왔어. 우리 때문에……" 두 사람은 서로 상대방이 별로 변하지 않았고 나이만 조금 더 들어 보일 뿐이라고 생각했다. 지빌레는 최근에 찍은 한네스 사진들을 보여주었다. "이젠 어린애가 아냐. 아니, 벌써 청년 티가 난다니까!" 롤프는 지빌레가 길게 말하도록 두지 않았다. "당신에게 물어볼 게 있어서 왔어." 그는 말했다. "—내 말은, 우리가 이혼하든지 아니면 함께 살아야 한다는 뜻이야. 어쨌든 결론을 내려야 해." 그들은 서로 다른 것은 묻지 않았다. "당신 집은 어느 방향이야?" 롤프가 알고 싶어했고, 지빌레는 그 동네를 가리켰다. 빛의 유희, 맨해튼 위로 펼쳐지는 형형색색의 황혼, 맨해튼을 찾아오는 사람이면 누구나 사로잡히는 매력. 하지만 누구나 인생을 함께하고픈 여자를 다시 찾지는 않는다…… "바빌론!" 롤프는 말했다. 그는 어른거리는 진주목걸이들이 만들어내는 듯한 그물망, 이리저리 얽힌 빛의 무리, 끝없이 펼쳐진 전기꽃들의 화원을 보고 또 보지 않을 수 없었다. 저 아래 깊숙한 곳의 소리들은 위까지 들려오지 않는다. 사각형의 어둠과 그 사이의 번쩍이는 운하로 이루어진 미로가 아무 구별 없이 반복된다. 그 아래 깊숙한 곳에서, 그 미로 속에서, 매 분마다 한 사람이 길을 잃고 사라지지 않는다는 것이 놀랍다. 어디선가 달려와 어딘가를 향해 달려가는 그 행렬이 1분도 멈추지 않거나 별안간 탈출구 없는 혼돈으로 정체되는 것이 놀랍다. 예를 들어 타임스퀘어 같은 백열白熱의 연못이 여기저기 고인다. 마천루들이 주변에 검게 치솟아 있다. 수직으로, 그러나 어떻게 보면 크고 작은, 통통하고 늘씬한 수정다발처럼 벌어져서. 마치 산 정상에 앉아 있는 듯, 화려한 안개구름이 이따금 빠르게 지나간다. 그러면 한동안 뉴욕이 존재하지 않는다. 대서양이 뉴욕을 뒤덮는다. 그런 다음 갑자기 뉴욕이 다시 모습을 드러낸다. 반은 체스판처럼 질서 있고, 반은 하늘의 은하수가 추락한 듯 혼란스럽게 뒤엉켜 있다. 지빌레는 롤프도 이름을 아는 구역들을 가리켰다. 줄줄이 이어지는 다리들 너머 브루클린, 스태튼아일랜드, 할렘. 시간이 흐르면서 모든 것은 더욱 더 선명한 색채를 띤다. 마천루들은 이제 노란 황혼을 배경으로 검은 탑처럼 솟아 있지 않다. 밤이 말하자면 그 몸뚱이들을 삼켜 그 안의 빛만 남아 있다. 수십만 개의 백열등, 희고 노르스름한 창문들의 스크린, 그뿐이다. 그것들은 가령 살구색의 화려한 연무 위에 솟아 있거나 그 위를 떠돈다. 계곡 같은 도로를 타고 반짝이는 수은이 흐르는 것만 같다. 롤프는 놀라움에서 헤어나지 못했다. 허드슨강에 비치는 배들. 멋지게 휘어진 다리들. 네온빛 레모네이드와 사탕, 웅장함과 뒤섞이는 유치함, 바닐라와 산딸기의 대홍수 위에 빛나는 별들. 그 사이에 콜키쿰*의 보랏빛 창백함. 빙하의 초록빛, 시험관에서와 같은 초록빛. 그 사이에 민들레 유액. 요란한 겉치레와 환영, 그렇다. 그리고 아름다움. 아, 고혹적인 아름다움. 어린 시절의 만화경. 형형색색의 유릿조각으로 이루어진 모자이크. 하지만 요동친다. 그런데도 유리처럼 생기 없고 차갑다. 그러다 다시 무대 위 발푸르기스의 밤**의 벵골 불꽃*** 연기. 수천 개의 조각으로 분해되어서 땅 위로 흩어진 천상의 무지개. 부조화와 조화의 난무. 일상의 난무. 그 무엇보다도 기술적이고 상업적이다. 그와 동시에 천일야화, 붉게 달아오른 양탄자, 시시한 보석, 땅에 떨어져서도 희미하게 빛나는 어린애들의 불꽃놀이를 생각나게 한다. 그 모든 것을 어디에선가 이미 본 적이 있다. 아마도 고열에 들떴을 때 감긴 눈꺼풀 뒤에서. 여기저기 붉은색도

---

* 백합과의 여러해살이식물, 보라색, 흰색, 분홍색 등의 꽃이 핀다.

** 중부유럽과 북유럽에서 4월 30일이나 5월 1일에 행하는 봄의 축제로, 마녀들이 브로켄산에 모여 큰 축제를 벌인다고 한다.

*** 선명한 청백색으로 오래 지속되는 불꽃. 주로 조난신호나 무대 연출에 사용한다.

보인다. 피처럼 붉지는 않다. 더 옅은 색이다. 붉은 포도주가 넘실거리는 유리잔에 햇살이 비칠 때 반사되는 빛처럼 붉다. 붉고 노랗다. 하지만 꿀처럼 노랗지는 않다. 더 옅은 색이다. 위스키처럼 노랗다. 유황과 어떤 버섯들처럼 초록빛을 띤 노란색이다. 기이하다. 하지만 모든 것은 아름답다, 만약 그것이 소리를 낸다면 그 소리는 아마도 세이렌의 노래일 것이다. 그렇다. 대략 그렇다. 감각적이면서도 생기 없다. 정신적이고 아둔하고 강력하다. 인간 아니면 흰개미의 축조물, 교향곡과 레모네이드. 그것을 머리에 떠올릴 수 있기 위해서는 봐야 한다. 판단력으로 보는 게 아니라 눈으로 직접 봐야 한다. 당황한 자, 매혹된 자, 깜짝 놀란 자, 환희에 넘치는 자, 믿지 못하는 자, 열광한 자, 단순히 미국의 이방인이 아니라 지상의 이방인으로서 봐야 한다. 꼭 미소를 짓고 환호성을 터뜨리고 눈물을 흘릴 것만 같다. 그리고 저 멀리 동쪽에 청동빛의 달이 떠오른다. 망치로 두드린 원반, 침묵하는 징…… 하지만 물론 롤프를 가장 혼란스럽게 한 것은 지빌레, 그곳에 정착해 사는 아내였다. 두 사람은—말없이—마티니를 마시면서 이따금 서로를 바라보았다. 그리고 두 사람 사이에 이제는 실제로 대서양이 필요 없다는 것을 깨달았을 때, 약간 조롱하는 듯한 미소를 지었다. 롤프는 가까이 있는 지빌레의 팔을 잡으려 하지는 않았지만 그의 눈에는 다정함이 어려 있었다. 지빌레 또한 세상이 아무리 넓을지라도 롤프, 남편보다 더 가까운 사람은 없다는 것을 느꼈다. 그녀는 그 사실을 부정하지 않았다. 어쨌든 지빌레는 스물네 시간 생각할 시간을 달라고 청했다.

일곱번째 노트

오늘 치과에 다녀왔다.

그것은 사소한 일이다. 정말로 무서운 것은 그런 사소한 일에 저항하지 않는다는 것이다. 서서히 지친다! 흰 옷을 입은 접수대의 직원이 대기실에 들어와 말한다. 슈틸러 씨, 따라오세요. 내가 다른 사람들 앞에서 그 사람에게 호통을 쳐야겠는가? 그리고 그것은 그 친절한 직원 탓이 아니다. 나는 슈틸러 씨로 기록되어 있으니까. 그래서 나는 아무 말 없이 그 직원 뒤를 따른다. 이 모든 것은 내 변호사 덕분이다! 그들은 내 목에 흰 천을 두르고 새 컵을 주고 미지근한 물을 따른다. 모든 것이 아주 친절하다. 행방불명된 슈틸러에게서 진료비를 받지 못한 채 세상을 떠난 치과의사의 후임자인 젊은 치과의사가 비누로 손을 씻는다. 또한 그 젊은 의사의 탓도 아니다. 특히 그는 물려받은 환자들을 아직 잘 모르는 탓에, 환자들의 이름에 관해서는 접수대 직원을 전적으로 신뢰해야 한다.

"슈틸러 씨," 젊은 의사는 말한다. "통증이 있습니까?"

나는 때마침 입을 헹구는 중이라서 통증과 관련해 고개를 끄덕인다. 내가 오해를 정정하기도 전에, 그의 핀셋은 더이상 논의의 여지가 없는 부위를 발견했다. 젊은 남자는 그 부위를 아주 정확하게 집어낸다.

"여기 보세요." 그는 그 부위를 작은 거울로 보여주며 말한다. "그러니까 이 크라운, 왼쪽 여섯번째 윗니—보이십니까?—제 전임자를 비난하는 것은 아니지만, 이런 크라운을 하다니 있을 수 없는 일이군요."

그는 내 눈빛을 오해하고, 내가 자신의 전임자를 어떻게든 옹호하려 한다고 생각한다. 크게 벌린 입속에 솜과 집게와 타액흡입기가 들어 있으면, 반박할래야 반박할 수가 없다. 나는 치과 의술의 새로운 인식에 대해 의심의 여지 없이 흥미로운 설명을 듣는다. 젊은 남자는 삼촌의 병원과 환자들을 넘겨받았지만, 이미 고인이 된 세대의 잘못까지 넘겨받을 의향은 결코 없다. 그리고 예를 들어 내 입속의 것은 거의 전부가 잘못이다. 나는 내 크라운을 세상을 떠난 삼촌의 작품으로 보지 말라고, 내 치아를 행방불명된 슈틸러의 치아로 보지 말라고 오로지 무력한 눈빛으로 간청할 수 있을 뿐이다. 젊은 의사는 외친다.

"간호사—슈틸러 씨의 엑스레이 사진 한 번 더 가져와요!"

이미 말했듯이, 이 모든 것은 내 변호사 덕분이다. 사람들은 내 말을 믿지 않는다. 의사의 핀셋이 어떤 부위를 건드릴 때마다, 나도 모르게 눈물이 몇 방울 쏙 나온다. 대체 왜 그 부위를 계속 쑤시는지 알 수가 없다. 마침내 젊은 의사는 말한다.

"그럼, 그렇지—살아 있어요."

그들이 전임자의 임상기록부에서 발견한 옛 엑스레이 사진과 관련해, 젊은 치과의사는 내 왼쪽 네번째 아랫니가 아직 살아 있는 것이 믿기지 않는 모양이다. 엑스레이 사진에서는 뿌리가 완전히 죽은 것으로 보이는데도, 내 판단으로는 아직 충분히 감각이 있다.

"참 묘하군." 그는 웅얼거린다. "묘해."

그러더니 벨을 울려 간호사를 부른다.

"이거 정말로 슈틸러 씨의 엑스레이 사진 맞아요?" 그는 묻는다. "확실해요?"

"그렇게 쓰여 있어요—"

그의 성실함이 그를 끈질기게 괴롭힌다. 그는 치아를 다시금 하나하나 비교한다. 그 과정에서 이를테면 그의 삼촌의 환자였던 행방불명된 슈틸러의 오른쪽 여덟번째 윗니는 온전해야 한다는 사실이 드러난다. 내 경우에는 그 치아가 없다. 내가 (슈틸러의) 오른쪽 여덟번째 윗니로 무엇을 했냐고? 나는 어깨를 으쓱한다. 입속에 솜과 집게와 타액흡입기가 들어 있어서 심문에 응할 수 없다. 마침내 엑스레이 사진이 사라지고, 젊은 치과의사는 드릴을 손에 쥔다. 한 시간 반 후에 드디어 내 입에서 작은 집게가 사라지고 입을 헹굴 수 있게 되자, 당연히도 나는 옛 엑스레이 사진에 대해 새삼 토론을 벌이고 싶은 욕구를 상실한다. 다만 사리돈*을 청할 뿐이다. 크노벨이 대기실에 앉아 있고, 회색의 구치소 차량이 아카시아 가로수 아래에서 기다리고 있다. 운전기사는 신

* 진통제.

중하게 주차하라는 지시를 받았다. 하지만 그 가로수길이 학교 교정의 일부로 운동장을 에워싸고 있는 데다가 때마침 쉬는 시간이어서, 자동차로 돌아온 크노벨과 나는 당연히 학생들에게 에워싸인다. 한 어린 꼬마가 나더러 도둑이냐고 수줍게 묻는다. 한 여자아이는 신이 나서 외친다. "선생님, 여기 범죄자가 있어요!" 나는 작은 창살문이 허락하는 한 손을 흔든다. 오직 교사들만 손을 흔들지 않는다.

PS.

다른 사람으로 오해받으면 어디서든 반박해야 하지 않을까 하는 생각이 든다. 접수대에 있는 여자가 나를 슈틸러 씨라고 기입하게 내버려둬서는 안 될 것이다. 시시포스*의 일! 그러다가 오로지 율리카만 나를 혼동하지 않으면 충분하다고 생각한다.

멕시코—

하니치오**에서 보았던 기일忌日, 밤새도록 무덤 위에 쪼그리고 앉아 있는 인디언 어머니들이 생각난다(왜 하필 그 모습이 생각나는지는 모른다). 그들은 마치 결혼식에 가듯 화려하게 차려입고 곱게 머리를 빗고 있다. 겉보기에는 아무 일도 일어나지 않는다. 묘지는 가파른 바위에서 테라스처럼 검은 호수 위로 튀어나와 있다. 단 하나의 묘비도 없

---

* 그리스신화에 등장하는 인물. 제우스신을 속인 죄로 커다란 바위를 산꼭대기로 밀어 올리는 벌을 받았는데, 바위가 산꼭대기에 이르면 다시 아래로 굴러떨어져, 영원히 그 고된 일을 되풀이해야 한다.

** 멕시코 중앙부 파츠쿠아로호수 안에 있는 섬.

고 다른 표지도 없는 묘지. 마을 사람들은 모두 죽은 가족이 어디에 누워 있는지, 그리고 자신이 훗날 어디에 누울 것인지 알고 있다. 촛불을 밝힌다. 세 개 아니면 일곱 개 아니면 스무 개, 각기 죽은 영혼들의 수에 따라서. 그리고 온갖 음식이 차려진 접시들이 깨끗한 천에 덮여 있다. 하지만 무엇보다도 크리스마스트리처럼 정성껏 만든 특별한 물건, 대나무틀. 거기에는 과자, 꽃, 과일, 형형색색의 사탕이 주렁주렁 매달려 있다. 향기로운 내음은 사물의 본질이기 때문에, 죽은 자는 그 음식의 향기로운 내음으로 밤새도록 버텨야 한다. 그런 의미이다. 밤에는 여자들과 아이들만이 묘지에 온다. 남자들은 교회에서 기도한다. 끝까지 침착하고 차분하게 행동하는 여자들은 마치 오랫동안 휴식을 취할 것처럼 앉아서는 머플러를 머리 주변에서 흔든다. 그래서 한 머플러 아래의 여인과 아이는 마치 하나의 존재인 듯 보인다. 산 자와 죽은 자 사이에 가지런히 세워진 촛불들이 차가운 밤바람에 가물거린다. 달이 깜깜한 산 위로 떠올랐다가 다시 여유 있게 원을 그리며 가라앉는 동안, 시시각각 가물거린다. 다시 아무 일도 일어나지 않는다. 이따금 바람에 울리는 종소리, 개가 달을 향해 짖는 소리. 그 밖에는 아무 일도 일어나지 않는다. 어디에서도 울음소리 하나 들리지 않고, 간간이 말이 오갈 뿐이다. 꼭 필요한 말만, 하지만 우리의 묘지에서처럼 소곤소곤 소리 죽여. 그곳에서 분위기는 중요하지 않다. 게다가 아이들마저 가물거리는 촛불이나 호수 위의 공허한 밤을 시시각각 바라보면서 순응하는 정적은 우리가 아는 의미의 경건함이나 내면성이 아니다. 좋은 의미에서도 나쁜 의미에서도 아니다. 단순히 정적일 뿐이다. 삶과 죽음의 사실에 직면하면 아무런 할 말이 없다. 심지어는 죽은 가족, 아버지나 남편이나 아들이 향기로운 내음, 사물의 본질로 소리 없이 버티는 동안 잠을 자는 사람들도 몇몇 있다. 자정 무렵 마지막 남은 사람들이 온다. 동이 틀 때까지 아무도 무덤을 떠나지 않는다. 수천의 죽은 영혼들이 가물거린다. 아이가 추위에 오들오들 떨며 곧 죽은 자들에게 갈 것처럼 위험하게 기침을 할 때면, 음식이 아직은 죽은 자들의 것인데도 미리 단 것을 조금 먹을 수 있다. 전체적으로 그들은 기이하게 끈기 있다. 그리고 춥다. 몹시 춥다. 11월 초하루 밤이다. 어머니가 깜박 조는 사이에 어린 여자아이가 촛불을 가지고 놀며 따뜻한 촛농을 손에 묻힌다. 그러다 촛불이 꺼지면 몇 번이고 계속 다시 촛불을 켠다. 그리고 계속 바람에 실려 향긋한 내음이 강하게 풍긴다. 여자들은 노란 꽃을 뜯어 죽은 자들을 향해 뿌린다. 마치 채소를 씻는 듯하다. 성의 없이 아무렇게나 하지는 않지만 불필요한 몸짓도 하지 않는다. 특별히 강조하지도 않고 일부러 분위기를 조성하지도 않고 여기에 뭔가 상징적인 뜻이 있다는 연극 같은 표현도 하지 않는다. 전체적으로 아무런 뜻 없이 다만 그렇게 할 뿐이다. 그래서 정적이 더욱 깊어지는 듯하다. 달은 지고, 추위는 매섭다. 아무 일도 일어나지 않는다. 여인들은 무릎 꿇은 자세가 아니라 세상을 떠난 자들의 영혼이 품에 안길 수 있는 자세로 땅에 앉아 있다. 동이 틀 때까지, 그것이 전부이다. 고요한 인내의 밤, 필수적인 죽음과 생성을 위한 헌신—

내 친구 검사와 슈틸러에 대해 대화를 나누었다—"대다수 사람들의 삶은 스스로에 대한 과도한 요구 때문에 파멸하지요." 그는 말한다. 그리고 이 말을 대략 다음과 같이 설명한다. "우리의 의식은 몇백 년의 세월이 흐르는 동안 많이 변한 데 비해, 우리의 감정생활은 지나치게 조금 변했어요. 그래서 우리의 지적인 수준과 감정적인 수준 사이에는 괴리가 있죠. 우리 대부분은 연홍색 옷감 꾸러미, 즉 지적인 수준에서 인정하고 싶지 않은 감정들을 갖고 있어요. 이와 관련해 아무짝에도 쓸모없는 두 가지 해결책이 있지요. 감정생활 전체를 억제할 위험을 무릅쓰고서 우리의 원시적이고 그래서 품위 없는 감정들을 가능한 한 억제하는 겁니다. 아니면 우리의 품위 없는 감정들에 단순히 다른 이름을 부여하거나. 그 감정들을 거짓으로 해석하고, 우리의 의식이 원하는 대로 라벨을 붙여요. 우리의 의식이 더 유연하고 더 박식할수록, 우리의 탈출구는 더 많아지고 더 고상해지며 자기기만은 더 기발해지지요! 우리는 그것으로 평생을 버틸 수 있어요. 그것도 아주 훌륭하게. 다만 그래서는 삶이 아니라 필연적으로 자기소외에 이를 뿐이지만요. 예를 들어 우리는 한 번쯤 무릎 꿇을 수 있는 용기의 결핍을 바람직한 자세로, 자기실현에 대한 두려움을 헌신으로 어렵지 않게 해석할 수 있다는 겁니다. 우리 대부분은 이런저런 상황에서 무엇을 느껴야 하고 무엇을 느껴선 안 되는지 지나치게 잘 알고 있어요. 그리고 좋은 뜻에서, 자신의 실제 감정이 어떤 종류의 것인지 스스로 알아내기 위해 갖은 애를 쓰지요. 그건 고약한 상황입니다. 모든 감정을 조롱하는 태도가 그 전형적인 징후죠…… 그릇된 양심의 가책은 필연적으로 자신에 대한 과도한 요구에 속하게 됩니다. 자신이 천재가 아니라는 것을 나쁜 일로 여기는 사람이 있는가 하면, 좋은 교육을 받았는데도 성자가 되지 않은 것을 나쁜 일로 여기는 사람이 있어요. 슈틸러는 스페인 투사가 아니라는 것을 나쁜 일로 여겼지요…… 우리가 스스로에게 과도한 요구를 하고 자기소외에 이르렀는데, 모든 게 양심의 가책으로 나타나지 않으면 그게 오히려 이상한 거 아니겠습니까. 내면의 목소리, 그 유명한 목소리는 내가 마침내 사이비 자아를 포기하고 나 자신을 인식하는 것을 용인하지 않는 사이비 자아의 아첨하는 목소리일 때가 자주 있어요. 그리고 모든 허황된 술수를 부리고 필요한 경우에는 심지어 하늘의 교시를 사칭해 나 자신에 대한 치명적이고 과도한 요구에 나를 묶으려고 하기도 합니다. 우리는 우리의 패배를 보면서도 그것을 잘못된 노력, 우리 자신으로부터 멀어지려는 노력의 결과, 신호로 보지 않아요. 이상하게도 우리 허영심은 우리 자신을 향해서가 아니라 우리 자신에게서 멀어지는 방향으로 나아가는 듯 보입니다."

우리는 괴테의 유명한 시구에 대해서도 이야기를 나눈다. "저는 불가능한 걸 열망하는 사람이 좋아요."* 우리는 이 수상쩍은 시구가 정확히 『파우스트』 2부 어디에 나오는지는 기억하지 못하지만, 악마적인 인물의 입에서 나왔을 거라고 의견의 일치를 본다. 이 시구는 신경증으로의 초대이고, 우리의 제한된 가능성 앞에서 겸허할 것을 전제하는 현실적인 노력과는 (또한 이 시구는 노력이 아니라 열망에 대해 말한다) 아무 상관이 없기 때문이다.

"나는 슈틸러를 특별한 경우라고 보지 않아요." 내 검사는 말한다. "내가 아는 사람들 중에도 그런 경우가 몇몇 있고, 양상이 조금 다르긴 하지만 스스로에게 과도한 요구를 하는 면이 내게도 없지 않으니까요…… 자신을 인식하는 사람은 많지만, 여기서 한 걸음 더 나아가 자

* 요한 볼프강 폰 괴테의 『파우스트』 2부 7488행.

신을 받아들이는 사람은 소수에 지나지 않습니다. 다른 사람들에게 우리의 약점을 좀더 정밀하고 정확하게 묘사하는 것이, 그러니까 스스로에 대한 아첨이 자기인식을 얼마나 많이 고갈시키는지 압니까! 그렇다고 아무런 말 없이 본질적으로 오로지 행동으로만 표현되는 진정한 자기인식도 충분하지는 않습니다. 그것은 힘겹고 반드시 필요한 일이긴 하지만 결코 흡족하지 않은 첫걸음이지요. 평생 우울증을 수반하는 자기인식, 우리의 때 이른 체념을 재치 있게 다루는 자기인식은 자주 볼 수 있어요. 이런 종류의 사람들은 이따금 식탁에서 우리를 아주 유쾌하게 해주지요. 하지만 그게 그들 자신에게 무슨 소용 있겠습니까? 그들은 잘못된 역할을 박차고 나왔고, 물론 그것만으로도 대단한 일이지요. 하지만 그것이 그들을 삶으로 도로 데려가지는 않아요…… 나이가 들면 저절로 자기 자신을 받아들이게 된다는 말은 사실이 아닙니다. 나이가 들면, 예전에 추구했던 목표들이 더 미심쩍게 여겨지고, 젊은 시절의 야망을 더 쉽게, 더 당연하게, 더 고통 없이 웃어넘길 수 있게 되죠. 하지만 그럴 수 있다고 해서 결코 자신을 받아들인다는 건 아닙니다. 나이가 들수록 어떤 점에서는 자신을 받아들이기가 더 어려워져요. 우리가 감탄하며 우러러보는 사람들 가운데 우리보다 젊은 사람들이 더 많아지고, 우리에게 주어진 시간은 점점 더 짧아지고, 영예로운 출세를 체념하기는 점점 더 쉬워지지요. 출세하지 못하고 주변의 술수에서 위안을 얻고 인정받지 못한 천재로 만족할 수 있는 사람들에게는 체념이 한결 더 쉽거든요…… 자신을 받아들이기 위해서는 고도의 생명력이 필요합니다…… '네 이웃을 너 자신처럼 사랑하라'는 요구에는, 인간은 창조된 대로 자신을 사랑하고 자신을 받아들인다는 의미가 자명하게 내포되어 있지요. 그러나 자신을 받아들이는 것으로 끝나는 게 아닙니다! 나는 오로지 나 자신일 뿐이라고 주변을 설득하려 하는 한, 어쩔 수 없이 오해받을지 모른다는 두려움에 휩싸이게 되고, 그 두려움 탓에 주변에서 벗어나지 못하거든요…… 인간적인 해석을 벗어나는 절대적인 법정에 대한 확신 없이, 절대적인 현실이 존재한다는 확신 없이," 내 검사는 말한다. "우리가 자유로움에 이를 수 있다고는 나는 도저히 생각할 수 없어요."

PS.

절대적인 법정? 절대적인 현실? 왜 그는 '신'이라고 말하지 않을까? 그는 의식적으로 신중하게 이 말을 피하는 듯 보인다. 내 앞에서만 그런 걸까?

PS.

나는 나 자신이 하찮고 별 볼 일 없는 사람이라는 것을 통찰하면서, 이런 통찰을 하는 자신이 더는 별 볼 일 없는 사람이 아니길 바란다. 솔직히 말해, 나는 근본적으로 모든 일에서 변화, 탈출을 바란다. 나는 간단히 별 볼 일 없는 사람이 될 각오가 되어 있지 않다. 말하자면 나는 신이 (내가 신 앞에 나선다면) 나를 다른 사람, 더 부유하고 더 심오하고 더 가치 있고 더 중요한 인물로 만들어주기만을 바란다—바로 이 점 때문에 내가 나 자신에게 진정으로 하나의 존재가 되는 것, 즉 내 자신을 체험할 수 있게 되는 것을 신이 방해하지 않을까 생각된다. 내 필수적인 전제조건은 신이 자신의 창조물인 나를 취소하는 것이다.

율리카는 여전히 파리에 있다.

어머니의 산소—이 나라의 무덤들이 흔히 그렇듯이, 인위적으로 다듬은 화강암으로 깔끔하게 에워싸여 있다. 모든 것이 조금 지나치게 짧다. 그래서 죽은 자의 발 위에 서 있다는 사실에 흠칫 놀란다. 그 사이에 자갈길, 길 가장자리에 빈카*, 무덤 한가운데에 점토 꽃병, 꽃병에 시든 과꽃 몇 송이, 묘비 뒤엔 꽃에 물을 주기 위한 녹슨 양철통. 하지만 오늘은 비가 내린다. 우리는 함께 우산을 받쳐들고 서 있다. 시계탑이 3시를 알린다. 묘비가 희한하게 생겼다. 묘비예술, 알레고리. 묘비들의 회색 맨해튼 위로 여기저기 솟아 있는 작은 실측백나무들. 빌프리트가 묻는다.

"그런데 여기 이 묘비에 대해 어떻게 생각해?"

"글쎄요." 나는 말한다……

우산을 갖는 것은 빌프리트다운 일이다. 나는 내 인생에서 한 번도 우산을 가져본 적이 없다. 하지만 지금은 우산을 받쳐들고 있어서 좋다. 시골 묘지다. 늙은 느릅나무가 서 있는 교회 언덕, 19세기 후반에 지은 수수한 교회. 날씨가 화창하면, 틀림없이 호수 너머 산 쪽으로 조용하고 아름다운 전망이 멀리까지 보일 것이다. 오늘은 모든 게 칙칙하다. 빗방울이 뚝뚝 떨어지는 가을날, 숲을 에워싼 안개. 빗방울이 검은 우산을 나지막이 두드리는 동안, 우리는 거기 오랫동안 서 있다. 둘 다

* 협죽도과의 덩굴식물. 연보라색 꽃을 피운다.

말이 없고, 둘 다 신교도처럼 꼼짝하지 않는다. 묘비명, 여기 하느님의 품에서 잠들다. 다른 무덤들의 묘비명은 다르게 새겨져 있다. 평온히 쉬소서! 그 밖에 모호한 시구도 있다. 묘비석, 트래버틴*은 유감스럽게도 매끄럽게 다듬어져 있다. 우산에서 갈색 나뭇잎으로 떨어지는 빗방울 소리가 들린다. 한 줄 건너에 갓 생긴 무덤이 있다. 질퍽한 흙더미, 그 위에 화환이 놓여 있다. 시계탑이 다시 시간을 알린다. 춥고 축축하고 칙칙하다……

그런 후 우리는 술집에 갔다.

나보다 젊은 빌프리트 슈틸러는 피부가 거무스름하게 그을고 거칠고 팽팽하며 몸집은 통통하다. 바깥 공기와 햇빛을 많이 쏘였음을 단박에 알 수 있다. 검은 머리카락은 흔히 농부나 군인이 그러듯 짧게 잘랐다. 빌프리트는 나를 지프에 태워 왔는데, 지프는 그의 개인 소유가 아니라 농협 소유이다. 그는 농업협동조합의 과일 분야 관리인이다…… 물론 우리는 우리 어머니에 대해 이야기한다. 그러는 동안 빌프리트는 줄곧 (앞서 묘지에 있을 때만은 피우지 않았다) 세관의 경감이 피웠던 것과 같은 종류의 시가를 피운다. 빌프리트의 어머니는 상당히 엄했던 듯 보이는데, 우리 어머니는 전혀 그렇지 않았다. 빌프리트의 이야기에 의하면, 그의 어머니는 그가 지하실에서 설탕물에 절인 과일을 자꾸 훔쳐먹자 한번은 그를 온종일 지하실에 가두었다. 지하실이라면 오만 정이 떨어지게 할 셈이었다. 나는 그 이야기를 들으면서, 컴컴한 지하실에서 넘치는 건강으로 그날을 이겨낸 남자와 함께 웃을 수 있다. 하지

* 석회암의 일종. 주로 장식 석재로 쓴다.

만 우리 어머니는 그런 사람이 아니었다. 우리 어머니라면 차마 그런 심한 교육을 시키지 못했을 것이다. 빌프리트의 어머니는 말했다. 네가 올바른 사내자식이 될 생각이 있다면, 당장 정신을 똑바로 차려! 우리 어머니는 말했다. 그 아이를 좀 가만히 내버려둬! 우리 어머니는 내가 어떻게든 잘 살아갈 것이라고 확신했다. 언젠가 여러 사람 앞에서 우리 어머니는 내가 지난주에 얼마나 익살맞고 재치 있는 말을 했는지 이야기한 적이 있다. 나는 그때 열쇠구멍으로 엿들었는데, 어머니의 말에 사람들이 크게 맞장구쳤던 것을 기억한다. 빌프리트는 그런 일을 결코 경험하지 못했다. 빌프리트의 어머니는 아들이 유능한 사람이 되지 못할까봐 노심초사했다. 약간 거칠고 무뚝뚝하면서도 인정 많고 건강한 남자, 래커 칠한 술집 탁자의 맞은편에 앉아서 시가를 피우는 남자 스스로도 자신이 재능 있는 아이는 아니었다고 말한다. 그는 피아노도 배우지 못했다. 우리 어머니가 청소부와 세탁부 비용을 절약하기 위해 직접 청소하고 다림질했으며, 그 돈으로 다달이 내 플루트 수업료를 충당한 것을 나는 잘 알고 있다. 어머니가 내게 재능이 있다고 여겼기 때문이다. 두 어머니에게는 별스러운 면이 있었다! 빌프리트는 물론 우리 어머니만큼 존경스러웠던 자신의 어머니가 무엇보다도 생간을 좋아했다고 말한다. 달콤한 과자보다 훨씬 더 좋아했다는 것이다. 그렇다고 생신이나 어머니날에 생간 꾸러미를 선물할 수는 없었다. 그래서 어머니는 그 좋아하는 진미를 직접 사 드실 수밖에 없었다. 그리고 실제로 그렇게 했고! 빌프리트는 언젠가 덤불 속으로 날아간 축구공을 찾다가, 공원의 외진 구석에서 생간을 먹고 있는 어머니를 발견했다. 어머니는 자지러지게 놀랐으며, 그 착한 분은 빌프리트를 붙잡으려고 이 핑계 저 핑계 열심히 둘러댔다. 마침내 그는 생간을 먹었다는 것만 빼고 사랑하는 어머니의 모든 말을 믿게 됐다! 빌프리트가 회상하는 그런 옛날 일은 우리 어머니의 이야기일 수도 있고, 그러면 우리는 함께 웃는다. 그러다 다시 빌프리트는 내가 전혀 모르는 어머니 이야기를 한다. 무슨 말을 둘러대도 절대 속아넘어가지 않는 사려 깊고 확고한 여인. 빌프리트가 돈을 제대로 벌지 못해 마땅한 여자와 결혼하지 못할 경우에 미리 대비한 실용적인 여인. 우리 어머니는 전혀 달랐다. 우리 어머니는 내가 뭐라고 둘러대더라도 기뻐했다. 우리 어머니는 미래에 대해서도 내 내적인 가치에 더 많은 비중을 두었으며, 내가 원하기만 하면 어떤 여자와도, 정말로 어머니 자신을 뺀 모든 여자와 결혼할 수 있다고 확신했다. 그리고 어렸을 때 나는 어머니와 결혼할 수 없는 것을 애석하게 여겼다. 우리 어머니는 내가 훗날 데려올 사람이 내게 진정으로 어울리는 사람일지를 더 걱정했다. 언젠가 나는 마당에서 신문을 읽고 있는 옆집 할아버지에게 버찌씨를 뱉으려고 한 적이 있다. 우리 어머니가 노인의 얼토당토않은 의심에 얼마나 흥분했는지, 나는 어머니를 웃음거리로 만들지 않기 위해 그런 일은 결코 없었다고 부인했다. 내 의붓아버지의 말에 따르면, 어머니와 나는 우엉들처럼 단단히 밀착되어 있었다. 빌프리트는 친아버지와 함께 살았다. 나는 우리 어머니가 선생님들 앞에서 절대 울지 않았다는 것을 알고 있다. 어머니는 모든 것을 부정했거나 아니면 선생님들에게 약간의 이해를 구했을 것이다. 나는 다감한 아이였다. 우리 어머니가 무슨 영문인지는 모르지만 경찰에 과태료를 납부했을 때, 나는 어머니에게 앵초를 한 다발 갖다주었다. 그러자 어머니는 눈물을 흘렸다. 그전에는 한 번도 울지 않았다.

빌프리트의 어머니는 아들에게 앵초를 기대하지 않았고, 아들더러 화난 선생님들에게 사과하라고 요구했다. 어머니들이 어떻게 이처럼 다를 수 있을까, 희한한 일이다!……

"어머니가 세상을 떠나신 지도 벌써 4년이 되었어." 빌프리트는 말한다. "어머니는 시내에 묻히는 것을, 평생 본 적도 없는 사람들 옆에 눕는 것을 원하지 않으셨어. 그걸 끔찍하게 여기셨지—"

한번은 술집 주인이 와서 빌프리트의 이름을 부르며 인사하고는 나하고도 악수를 한다. 빌프리트는 조금도 가식 없이 사람들과 말을 나눈다. 나는 그렇게 하지 못한다. 왜 그럴까? 그러다 다시 단둘이 있게 되었고, 나는 율리카에 대해 이야기해야 한다. 파리에서 어떻게 지내는지 말해야 한다. 율리카는 그 붉은 머리카락으로 장례식에 참석하러 파리에서 이곳에 왔었다. 그후로 빌프리트는 율리카를 보지 못했다. 빌프리트는 손으로 뜬 조끼를 입고 있다. 그는 캘리포니아에 무척 관심이 많다. 빌프리트는 예전에 아르헨티나에 가서 농사를 지으려 했지만, 어머니 때문에 뜻을 이루지 못했다. 그래서 나는 캘리포니아를 머릿속으로 생각하거나 눈앞에 떠올리지 않고서 캘리포니아 이야기를 한다. 딱히 우리 어머니를 머릿속으로 생각하거나 눈앞에 떠올리지 않으면서 빈카가 있는 무덤과 반들반들하게 다듬어진 트래버틴을 눈앞에 떠올린다. 빌프리트에게는 아무 문제도 없다. 그의 형, 그 행방불명자는 분명 조금 유별났을 것이다. 그러나 빌프리트는 그런 말을 하지 않는다. 넌지시 암시조차 하지 않는다. 빌프리트는 애매하지 않고 재치 넘치지 않으며 호기심도 많지 않다. 소박하게 살아가는 사람이며, 표현하는 인간이 아니다. 나는 그 앞에서 침묵을 지키는데도 내가 말이 많은 사람처럼 느껴진다. 빌프리트는 포도주를 거의 마시지 않는데, 어쩌면 나를 생각해서 그러는지도 모른다. 그런데도 포도주 맛이 아주 좋다고 말한다. 나는 그 말이 다시 감동적으로 느껴진다. 그것은 평범한 포도주이기 때문이다. 밍밍하고 사실은 퀴퀴한 포도주통 맛이 날 뿐이다. 그 모든 것은 아주 당연하면서도 아주 기이하다. 대화가 띄엄띄엄 이어지는 사이로 고양이가 그르렁거리는 소리가 들린다. 빌프리트가 자신의 집에서 지내라고 재차 권유하자, 금방 눈물이 날 것만 같다. 그런데도 그 시간 내내 아무런 감정을 느끼지 못한다. 빌프리트는 나 아닌 다른 사람의 형제다. 내가 자신의 형이 아닌데도 그는 개의치 않는다. 나더러 배고프지 않은지 묻는다. 빌프리트는 나를 전혀 설득하려 하지 않고, 그런 태도가 사람을 무장해제시킨다. 그는 침묵을 두려워하지 않는다. 그런데도 나는 다시 캘리포니아의 현대적인 농장에 대해 말을 꺼낸다. 물론 빌프리트가 출판물을 통해 나보다 더 잘 알고 있다. 이왕 말이 나온 김에 덧붙이자면, 재미있는 일이 있다. 무용가 율리카와 행방불명된 남편의 기사를 실은 잡지에 현대적인 해충퇴치에 대한 대대적인 현장 취재도 보도되었다. 내가 그 이야기를 꺼내자 빌프리트는 웃음을 터뜨린다. 그런 분야에서조차 그 잡지가 보도하는 내용은 사실이 아니다. 그런 점이 재미있다. 대화 도중 (예를 들어 군 복무에 대한 이야기 도중) 빌프리트가 나보다 다섯 살 어린 사실이 드러날 때마다 나는 당황한다. 빌프리트를 보고 있으면, 마치 나이는 알 수 없지만 그 어떤 상황에서도 우월한 성인 남자를 보는 사내아이가 된 듯한 기분이 든다. 우리의 천성이 그렇듯 묘하게 다른데도 그 남자 편에서는 전혀 당황하지 않는 것도 나를 당황하게 만든다. 그는 내 삶이 자신에게는 이해되지 않지만 내게는 아무 문제도 없다는 사실을 두말없이 받아들인다. 그리고 결코 참견하지 않으면서 어떤 식으론가 거리를 두면서 존중한다. 그런 것은 번번이 나를 부끄럽게 만들고 불안하게 한다. 하지만 그는 그 존중을 진지하게 여긴다. 나는 감히 포도주를 더 시키지 못한다. 빌프리트가 반대하지 않을 것을 잘 아는데도 다른 포도주를 시키지 못한다. 어쨌든 조금 축하할 가치가 있는 특별한 날이다. 나는 빌프리트의 아이들이 얼마 전 유행성 이하선염을 차례로 이겨냈다는 소식을 듣는다. 앞으로 아이들에게는 홍역이 남아 있다. 빌프리트는 재킷을 의자 등받이에 걸쳐놓은 후, 그다지 편안하지 않은 지프를 오래 타야 하니 원기를 보충할 셈으로 빵과 치즈를 먹는다. 포도주는 다시 주문하지 않는다. 나는 질문을 받지는 않았지만 그래도 내 생각을 밝혀야 하지 않을까 고민한다—하지만 어떻게 내 생각을 밝혀야 할지 모르겠고, 또 무엇 때문에 밝혀야 하는지도 모르겠다!…… 우리가 형제이고 검은 우산을 함께 쓴 채 무덤 앞에 서 있다가 다시 헤어진 것이 빌프리트에게는 명확한 사실이다.

우리는 5시 직전에 다시 취리히에 도착한다.

지금 (이 글을 쓰면서) 나는 바에 앉아 있다. 시내에 혼자서! 마치 꿈만 같다. 그런데도 내 가까운 주변, 이제 막 곱게 단장하고서 저녁 시간에 투입되길 기다리는 취리히 접대부들 무리는 전혀 꿈 같지 않다. 아무도 나를 안다고 생각하지 않는다. 내가 6시에 구치소에 가지 않는다면? 빌프리트는 나를 벨뷔광장까지 태워다주었다. 그는 차를 오래 운전해야 하고, 내일은 다시 힘들게 일해야 한다. 다른 한편으로 빌프리트가 내 옆에 있으면, 나는 한 시간 더 밖에 머물 수 있다. 그는 내게 손을 내밀었다.

"그래요." 나는 말했다. "—내가 도망이라도 치면?"

빌프리트는 웃었다. 그의 손은 벌써 기어 레버를 잡고 있었다.

"형 스스로 알아서 해야지!" 그는 말했다. 지프가 홱 움직이는가 싶더니 그가 시야에서 사라졌다…… 나는 빌프리트에게 무엇을 밝혀야 했을까? 내게는 그 남자보다 더 가까운, 이해하기에 따라서는 훨씬 더 가까운 많은 사람들이 있다. 그는 내 친구로서 고려의 대상이 아니다. 그에게도 자신만의 친구들이 있고, 그 친구들은 내게 완전히 낯설 것이다. 빌프리트도 나를 친구로 여길 마음은 없으리라는 생각이 든다. 그리고 실제로, 명확한 사실이라는 의미에서 나를 행방불명된 슈틸러와 혼동해도, 즉 근본적으로 오해한다 해도 그는 전혀 문제가 되지 않는 유일한 사람이다. 이해한다는 것은 무슨 뜻인가! 친구가 친구로 남아 있기 위해서는 서로 이해해야 한다. 한번 형제는 영원한 형제다. 나는 왜 결코 그의 형제가 아니었을까? 오늘의 만남은 나를 큰 혼란에 빠뜨렸다. 나는 이 세상에서 어떤 위치에 있는 걸까?

"지금도 부인하시겠어요?" 내가 다시 구치소로 돌아오자마자 내 변호사는 묻는다. "지금도 부인하시겠냐고요?"

"네." 나는 말한다. "지금도 부인합니다—"

"그건 어처구니없는 짓입니다!" 내 변호사는 말한다.

"어처구니없지요." 나는 말한다. "하지만 박사님, 박사님이 인정하고 싶은 걸 제가 인정한다면, 그건 더 어처구니없잖습니까."

"당신을 이해 못하겠어요." 내 변호사는 말한다.

"저도 잘 알아요." 나는 말한다. "그래서 저로서는 박사님이 저에 대해 말하는 모든 것을 부인할 수밖에 없습니다."

그렇다—내가 이 노트에 기록하는 것을 누가 읽겠는가! 하지만 누군가는 이 글을 읽겠지 생각하며 글을 쓰기 마련이라고 나는 믿는다. 비록 그 누군가가 글을 쓰는 당사자뿐이라 할지라도 말이다. 또한 과연 어떤 역할도 맡지 않고서 글을 쓸 수 있을까 하는 의문도 든다. 글을 쓰면서 스스로 낯선 이가 되려고 하는 것이다. 내 현실은 내가 맡는 역할이 아니라 나 자신에게 어떤 역할을 부여할 것인가 하는 무의식적인 결정에 달려 있다. 나는 이따금 뱀이 허물을 벗듯이 사람도 글로 쓰인 것에서 벗어난다는 느낌이 든다. 그렇다. 자신을 글로 기록할 수는 없다. 오로지 허물을 벗을 수 있을 뿐이다. 하지만 이 죽은 허물에 대체 누가 관심이 있겠는가! 끊임없이 떠오르는 질문, 즉 글을 읽는 독자가 과연 자기 자신이 아닌 다른 것을 읽을 수 있을까 하는 질문은 제기할 필요도 없다. 글을 쓴다는 것은 독자나 자기 자신과의 소통이 아니라 말로 표현할 수 없는 것과의 소통이다. 자신을 더 정확하게 표현할수록 말로 표현할 수 없는 것, 즉 글 쓰는 사람을 압박하고 자극하는 현실이 더 순수하게 드러난다. 무언의 상태에 이르기 위해 우리에게 언어가 있다. 침묵을 지키는 사람은 무언의 상태에 이른 것이 아니다. 침묵을 지키는 사람은 자신이 아닌 사람을 상상조차 하지 못한다.

율리카는 왜 편지를 쓰지 않을까?

친구들!—그들은 벌써 떼지어 찾아온다. 오늘 다섯 명이나 다녀갔다. 그것도 모두 한꺼번에. 다들 내가 변하지 않았다고, 거의 변하지 않았다고 한다. 그리고 편하게 말을 놓는다. 내가 아무 말 않고 있어도, 나를 안다는 그들의 믿음은 전혀 흔들림이 없다. 물론 그렇고말고, 옛 우정이야말로 단연 최고지. 그들 중 한 사람, 배우라는 사람이 내 손을 잡고 도대체 놓지를 않는다. 두 눈에 진심이 어려 있다. 말을 하지 않을 때조차, 슈틸러에 대한 깊은 이해심이 뚝뚝 떨어진다. 악수를 하고, 악수한 손을 더 꼭 누르고, 두 손으로 움켜쥔 내 손을 또다시 으깨질 정도로 흔들면서 말로 표현할 수 없는 것을 말한다. 내 편에서는 "여러분, 앉으십시오!"라고 말할 뿐이다. 나는 그들 중 한 사람이 내 후원자로 자처하는 것을 서서히 깨닫는다. 집세가 몇 년 동안 밀렸는데도 그가 행방불명된 슈틸러를 고발하지 않았기 때문이다. 물론 그에게는 당연히 고발할 권리가 있는데도 말이다. 그에게 내 당황하는 모습은 고마움의 표시로 충분한 듯 보인다. 평소에는 자연스럽게 모일 기회가 없는 사람들이 일단 이렇게 한자리에 모이자, 화장터의 모임 같은 분위기가 조금 풍기긴 하지만 전체적으로 정겹다. 행방불명된 슈틸러와의 유대 관계, 제각기 시작이 다른 유대 관계를 빼면, 그들 사이에는 사실 아무런 공통점이 없다. 섭섭하게도 지금 이 자리에 없는 슈틸러를 통해 그 당시 서로 각자에 대한 이야기는 들었을지도 모른다. 물론 다들 슈틸러와 일대일로 알게 되었겠지만. 나는 그 가운데 한 사람이 그사이 교수가 되었다는 것을 차츰 알아챈다. 그는 빈틈없는 사람이어서, 혼란스러운 급진적 사고방식으로 가득찬 모호한 기질과 성향의 행방불명된 슈틸러 때문에 충분히 자주 애먹었을 것이다. 그 젊은 교수에게는 물론 슈틸러 말고도 다른 친구들이 있을 텐데도 여기까지 찾아왔다는 것은 신의의 표출이다. 그가 나를 대하는 신중한 태도, 다정하면서도 조심스러운 태도로 미루어 보아, 행방불명된 슈틸러가 얼마나 예민한 사람이었는지 추측할 수 있다. 그리고 실제로, 나 자신이 열등하게 느껴지고 스스로가 얼마나 무지한지가 느껴져서, 나도 모르는 사이에 소심하게 존경하는 태도를 취하면서, 어쩔 수 없이 행방불명된 친구를 연상시키는 어조로 말하게 된다. 그는 이런 어조나 소심한 존경의 침묵을 원하지 않지만, 이미 거기에 익숙한 듯 보인다. 내 행동이 서먹하게 느껴질수록, 내게서 행방불명된 슈틸러를 더 확실히 알아볼 것이다. 행방불명된 슈틸러는 그에게 충분히 자주 서먹하게 느껴졌을 테지만, 그런데도 그는 슈틸러와의 사이에서 결코 열매 맺지 못했을 우정보다는 공정함에 대한 욕구에서 신의를 지킨다. 왜 그것이 나를 슬프게 하는가? 실제로 저들은 친구로 사귀고 싶은 남자들이리라. 왜 그럴 수 없는 걸까? 어쨌든 그들은 슈틸러가 어떤 사람이었는지에 대해 제각각 의견이 분분하다. 그런데도 나를 같은 한 사람으로 여기는 척한다. 쾌활한 그래픽디자이너가 내가 석방되면 열겠다는 파티에 대해 벌써 묘사한다. 다섯번째 사람은 식자공인데 공산주의자인 듯 보인다. 그의 눈빛으로 미루어 보아, 나머지 네 사람을 어쩔 도리 없는 보수주의자로 치부하며 그런 사람들과 사귄 나를 못마땅하게 여기는 눈치다. 그는 무엇보다도 아틀리에 건물주의 친절한 어조 때문에 나를 고깝게 생각한다. 건물 주인은 슈틸러가 버리고 떠난 아틀리에가 동화 「잠자는 숲속의 미녀」에 나오는 성과 비슷한 상태에 있다고 묘사한다. 그들이 그런 이야기를 주고받는 동안, 나는 이 다섯 방문객들의 기억과 기대에 대략이라도 부응하려면 어떤 사람이어야 할까 진지하게 고려한다. 가령 머리가 다섯 달린 존재라도 되어야 하지 않을까. 그들은 제각기 나머지 네 개의 머리는 진짜가 아니고 불필요한 것이기에 잘라내야만 진짜 슈틸러가 나타날 것이라고 생각한다. 나는 배우가 그사이 가톨릭 교인이 되었음을 알아챈다. 그가 식자공, 공산주의자를 내려다보는 눈빛에는 존중하고 이해하는 기색이 없지 않다. 배우는 식자공의 견해를 어렵지 않게 추측할 수 있다. 그 견해는 자신이 젊은 시절 최초로 감행했던 사상의 모험을 상기시킨다. 공산주의자를 제외하면, 예전 그대로인 사람은 없는 듯하다. 젊은 교수는 자신이 여전히 고전을 그 무엇보다도 높이 평가하지만 다른 한편으로는 현대 예술도 이제 더이상 우연으로만 보지 않는다고 단언한다. 보아하니 적잖은 성공을 통해 전향한 그래픽디자이너는 모든 문화염세주의를 극복했으며, 스위스 그래픽의 높은 수준을 언급하면서 자기한테는 이 세상에서의 임무를 고찰하는 데 공산주의도 가톨릭교회도 필요하지 않다고 솔직히 말한다. 그와는 반대로 골동품상인 아틀리에 건물주는 전통을 더 고수할수록, 더 지역적일수록 더 바람직하다고 여긴다. 그는 유럽방위공동체*는 반대하지 않지만, 바로 그렇기 때문에 차이를 구별할 수 있는 감각을 기르는 것을 골동품상의 책임감 있는 임무로 여긴다. 예를 들어 바젤 시민과 취리히 시민을 구별할 수 있어야 한다는 것이다. 서로 아주 조금만 떨어져 있어도 구분되는 이런 특권이 아니면, 유럽의 형제 군대가 무엇을 방어하겠느냐는 것이다. 이미 말했듯이, 그들은 순전히 정겨운 남자들이다. 시간이 지나자 왜 내가 진정

* 제2차세계대전 후 1952년, 서유럽을 보호하기 위해 계획했던 군대. 그러나 여러 가지 이유로 실현되지 못했다.

그들의 친구라고 느끼지 못하는지 의아한 생각이 든다. 나는 아무 말도 하지 않음으로써 그들을 모욕했다. 그들이 다녀간 후, 내 감방은 더 쓸쓸해진다.

율리카 꿈을 꾸었다—또 거의 같은 꿈이다. 율리카는 가로수 길의 카페에서 많은 사람들 틈에 섞여 앉아 내게 편지를 쓰려고 한다. 그녀는 곤경에 처한 여학생처럼 연필을 입에 물고 있다. 나는 그녀에게 다가가려 하지만, 세 명의 낯선 (독일) 군인들에게 체포된다. 그리고 율리카가 나를 배신한 사실을 알게 된다. 우리의 시선이 마주친다. 철모를 쓴 남자들이 나를 잡아끈다. 나는 율리카를 원망하려고 한다. 그녀의 말없는 눈빛은 자신이 쓴 것을 믿지 말라고 간청한다. 사람들이 강요했고, 내가 강요했다는 것이다. 나를 총살할지 묻자, 세 군인은 웃음을 터뜨린다. 한 군인이 말한다. 아니, 우리는 십자가에 못박을 거야. 공포의 시간이 지나고 나는 어느 수용소에서 일을 한다. 우리는 압핀으로 나무줄기에 사진을 붙여야 한다. 그들이 '십자가에 못박는다'고 말한 것은 바로 그것이다. 그뿐이다. 나는 율리카를, 발레리나의 사진을 '십자가에 못박는다'……

세상에 맞서서, 그 다수에 맞서서, 내가 인정할 수밖에 없는 그 우월함에 맞서서 지치지 않기란 어렵다. 고독한 시간에 경험했다고 믿는 것을 증인 없이 혼자 알고 있기란 어렵다. 내가 결코 증명할 수 없거나 아니면 적어도 말할 수 없는 지식을 품고 있기란 어렵다. 나는 내가 행방불명된 슈틸러가 아니라는 것을 안다. 그리고 나는 결코 슈틸러였던 적도 없다. 내가 다른 그 누구인지 모를지라도, 그렇다고 맹세한다. 어쩌면 나는 그 누구도 아닐 수 있다. 태어났다고 기록된 모든 인간 중에서 현재 오로지 한 사람, 즉 슈틸러만이 없다는 것을, 그리고 내가 슈틸러이기를 거부한다면 나 자신은 이 세계에 전혀 존재하지 않는다는 것을, 그들이 서면으로 증명할 수 있다 할지라도, 나는 거부할 것이다. 그들은 왜 그만두지 않는가! 내 행동은 우스꽝스럽다. 내 상황이 이대로 계속될 수 없다는 것도 안다. 그러나 나는 그들이 찾는 남자가 아니다. 그리고 나는 이 확신, 내 유일한 확신을 포기하지 않는다.

율리카는 여전히 파리에 있다.

그것은 사실이 아니다—나는 혼자 있을 수 없다. 정확히 말해서, 나는 내 인생에서 거의 한 시간도 혼자 있을 수 없었다! 그리고 정확히 말해서, 대부분은 여자가 옆에 있었다. 이는 내 사랑하는 정다운 어머니에게서 시작되었다. 고등학교 졸업시험을 간신히 합격한 나는 어머니 때문에 기뻤다. 그렇지 않았더라면, 내 의붓아버지는 말했을 테니까. 내 그럴 줄 알았다니까, 당신의 그 멋진 아들! 그리고 나중에 나는 스위스연방의 모포를 팔 아래 끼고서 고국의 형벌을 받았다. 거의 여름 내내 병영에서 죽쳤지만, 나는 혼자가 아니었다. 그 형벌을 끔찍하게 여긴 어머니 때문에 내 마음이 아팠기 때문이다. 엄청난 시간, 한 사람의 인생이 갖는 것보다 더 많은 시간이라고 말할 수 있으리라. 그 엄청난 시간이 내 기억 속에서 불러주길 기다리고 있다. 내가 혼자 있다고 여겼던 시간들. 호텔방에서 낯선 골목길의 시끄러운 소리를 듣거나 뜰을 바라보며 보낸 저녁들. 어딘가 역에서 보낸 밤들. 유모차와 외국어로 가득한 공원에서 보낸 봄날들. 또 초라한 단골 술집에서 보낸 오후들. 애타게 그리운 사람과 다시는 말을 나눌 수 없을 거라고 확신하며 빗속의 숲을 거닐었던 일들. 온갖 이별들. 깔끔하고 성급하고 솔직한 이별들. 하지만 또한 가련하고 애걸하고 질질 끄는 비겁한 이별들. 나는 말한다, 엄청난 시간이라고. 그런데도 나는 결코 혼자가 아니었다. 정확히 말하면 한 시간도 혼자인 적이 없다. 나는 어떤 식으로든 항상 내적인 탈출구를 찾아냈다. 달콤한 기억이나 고통스러운 기억. 눈에 보이지 않는 사람, 대부분 전혀 존재하지 않는 사람과의 정열적인 대화. 나는 혼자 있지 않으려고 그들을 꾸며내거나 또는 다음이나 다다음 길모퉁이에서 벌어질 근사한 만남을 기대했다. 그것이 혼자 있는 것이었을까? 내가 예술을 한다고 설쳐대던 초반에는 혼자였는지도 모른다. 나를 점토나 석고로 실현시킬 수 있다는 희망에 들떠 진정한 의미에서 거의 혼자 있을 수 있었다. 하지만 그 희망은 오래 지속되지 못했다. 야망이, 인정받을 수 있다는 기쁨이, 무시당할 수 있다는 근심이 금세 거기 끼어들었다. 나는 오로지 점토와 야망과 석고와 씨름하며 몇 개월 동안 산 사람을 보지 못했다. 결코 예술이 되지 못할 내 예술에 끈질기게 매달리며, 아틀리에에 숨어 지냈다. 중세시대처럼 라디오도 없는 은둔자였고, 갤리선의 노 젓는 사람처럼 과묵했으며, 아가씨들과의 관계에서는 수도사처럼 굴었다. 오로지 그 점에서만 수도사긴 했지만. 아직까지 아무도 내 천재성을 예감한 사람이 없다는 생각에 쾌재를 부르는 룸펠슈틸츠헨. 나는 채찍질당하는 짐승처럼 부지런했고 야심에 채찍질당했다. 그러니 나는 혼자가 아니었다. 그리고 타호 강변의 나룻배 옆에서도 혼자가 아니었다. 만일 내가 죽는다 해도, 아냐는 좌절하지 않을 것이고 수도원에도 가지 않을 것이었다. 계속 산 사람들을 돌보고 계속 사랑받을 테고, 이따금 나를 기억할 것이었다. 아무도 내게 총을 쏘지 않았을 때, 그들이 다만 내 허리띠로 나를 꽁꽁 묶고 손발을 동여매어 금작화 속에 내던졌을 때도, 나는 혼자가 아니었다. 나는 아냐에게 수치스러웠으며, 비참하게 갈증으로 죽어서 다시는 아냐를 보지 못할 거라고 믿었다. 그래서 죽을힘을 다해 소리쳤다. 그러다 소리치는 것을 그만두었다. 하지만 나는 실신의 문턱에서도 아냐, 아냐에 대한 불타는 수치심을 느꼈다. 그리고 고향이 낯설게 느껴질 것을 예감했음에도 귀향길에서도 혼자가 아니었다. 나는 며칠 밤을 걷고 며칠 밤을 프랑스의 대합실에서 보내며 아냐에게 변명했다. 아냐에게 부끄러웠다. 아냐에게 분통이 치밀어서, 나는 아냐에게 맞서는 생각들을 끌어모았다. 나는 혼자가 아니었다. 그후 아냐로부터 멀어져서, 나는 내 스페인 일화를 이야기했다. 내 주변 사람들은 대체로 그 말을 믿었지만, 나는 누가 진실을 아는지 알고 있었다. 바로 아냐였다. 그러니 나는 혼자가 아니었다. 우스꽝스러운 일이다. 그렇다. 하지만 사실이다. 나 자신을 속일 수 있는 여자가 항상 있었다. 내게는 남자 친구들이 있었다. 많지는 않았지만, 이런저런 친구들이 있었다. 그것은 우정이었지, 우리가 제각기 혼자라는 사실에 대한 기만은 아니었다. 나는 멀리 있는 친구들을 종종 생각했다. 그들이 무슨 생각을 할지 궁금해했고 또는 그들이 서로 대립하거나 고통스럽게 다투는 데 기뻐했다. 그러나 공포의 시간, 혼자 있을 수 없는 시간에는 늘 오로지 여자가 있었다. 여자에 대한 추억이나 희망이 있었고, 그것을 빌어 나는 혼자라는 사실에서 살

그머니 벗어났다. 왜 나는 혼자 있을 수 없었을까? 그리고 왜 그 발레리나와 함께 지루해하고 게다가 그 바다동물과 결혼까지 해야만 했을까? 문제는 내게서 시작되었고, 이 점은 의심의 여지가 없다. 나는 번번이 잘못 작동하는 굳은 의지에 지배당했다. 최소한 천 일 하고도 하루 동안 나는 밤마다 내 머리를 붙잡고 잠이 들었다. 결혼해서도 나는 혼자 있을 수 없었다. 나는 그녀를 위험 속에 방치했다. 그녀는 내 자존심을 짓밟았고, 나는 그녀의 자존심을 짓밟았다. 하지만 나는 결코 혼자가 아니었다. 이탈리아 화물선의 선미 화물칸에 숨어 밀항할 때도, 신분증명서 없이 미국으로 불법이민을 떠났을 때도, 나는 혼자가 아니었다. 그때 내가 거기 배 밑바닥의 술통 사이에 있다는 사실은 오로지 매수당한 화부만이 알고 있었다. 온통 깜깜했고 고약한 냄새가 진동했으며, 어찌나 후덥지근했는지 땀구멍마다 땀이 줄줄 흘렀다(그 상황에서는 누구나 그랬을 것이다!). 나는 아름다운 율리카가 그 땀을 보고 질색하리란 사실을 잘 알고 있었다. 그러니 나는 혼자가 아니었다. 그 순간은 혼자 있을 수 있는 내 인생 절호의 기회였을 것이다. 속이 울렁거렸다는 핑계조차 둘러댈 수 없을 정도로 대부분 잔잔했던 바다에서 아무에게도 방해받지 않은 열여덟 날과 열아홉 밤의 기회. 꼭 한 번, 아마 지브롤터를 지난 직후, 나는 토하지 않을 수 없었다. 배가 몇 시간 동안 쿨렁거렸지만 다시 잠잠해졌다. 나는 대서양처럼 커다란 기회를 두고 무엇을 했는가? 나는 담뱃불을 붙이고 라이터 불빛에 비친 바로 옆 술통의 글귀를 보았다. '수입품 이탈리아 포도주 키안티'. 그러고는 다시 고집스러운 어둠만이 보였다. 그리고 널빤지 사이로 비치는 몇 가닥의 희미한 빛줄기, 발밑에서 진동하는 프로펠러 소리. 밤이든 낮이든 마찬가지였다. 아마 돌아버릴 수도 있었을 것이다. 나는 돌지 않았다. 다보스의 아르누보풍 베란다에 있는 율리카의 모습을 떠올리며, 미처 하지 못한 나머지 말을 했기 때문이다. 그 여자를 두 번 다시 볼 수 없다는 게 기뻤다. 그건 그 배 밑바닥에서 느낀 유일한 기쁨이었다. 나는 혼자였을까? 긴 잠에서 깨어날 때마다 나는 그 악취 나는 배가 다시 유럽으로 돌아가지 않을까 두려웠다. 아름다운 율리카를 두 번 다시 보지 않겠다는 내 결심은 조금도 변함이 없었다. 그녀가 베란다에서 살해당한 후 내게 보낸 편지를 그 악취 나는 술통들 사이에서 (나는 대부분 쪼그리고 앉아 시간을 보냈다. 어둠 속에서 걸어다니다가 여기저기서 밧줄과 크레인줄에 걸려 넘어졌기 때문이다) 떠올리기만 하면 되었다. 그 첫번째 문장을. 지난주 당신과의 대화를 다시 화제로 삼는 건 별 의미가 없다는 식의 문장을! 오로지 그 첫번째 문장만을. 그러면 배가 당장 모래톱에 박혀서 순식간에 물이 가득찬다 할지라도, 나는 눈곱만큼도 후회하지 않을 수 있었다. 다만 나는 폭슬리를 생각하기만 하면 되었다. 또는 그 여자가 언감생심 끓이려 하지 않았던 그 대단한 밀가루 수프를. 수많은 다른 사소한 일들을. 갈수록 더 어처구니없는 일들을. 기름에 전 널빤지 사이로 어디선가 물이 뚝뚝 떨어지는 어둠 속에서 연이어 보낸 열여덟 날과 열아홉 밤. 물방울이 한없이 방울지는 순간들. 머릿속의 생각들을 아무리 빠르게 속기한다 해도, 그 한없는 시간으로도 나와 그 여자 사이의 황량함을 표현하기에는 충분하지 않았다. 나는 다시 주변을 돌아다니다 걸려 넘어졌으며 녹슨 판자에 긁혀 생채기가 났다. 나는 다시 밧줄 더미 위에 쪼그리고 앉아 손에서 흐르는 따뜻한 피를 혀로 핥았다. 묵은 땀에다 새롭게 흐르는 땀냄새를 풍기며 쪼그리고 앉아 있었다. 제노바에서부터 씻지도 못했고 사람 구경도 하지 못했으며, 두더지처럼 눈멀었고 프로펠러 진동 소리에 귀먹어 있었다. 깨어 있을 때는, 다보스의 그 가녀린 여인에 맞서는 뭔가를 생각하지 않고서는 단 한 시간도 보내지 못했다. 내가 큰 소리로 내뱉는 저주를 듣는 사람은 아무도 없었다. 하지만 나는 혼자가 아니었다. 마침내 브루클린 항구에서 프로펠러 소리가 그쳤다. 내 심장이 쿵쿵 뛰었다. 먼저 그들은 앞쪽의 짐을 내렸다. 10시간 후 드디어 내 화부가 찾아와 이삼일 더 숨어 있으라고 일러주었다. 부두의 일꾼들이 파업중이었기 때문이다. 그리고 다섯 날이 지나고 물론 거기에 따르는 다섯 밤도 지났다. 그러다 마침내 내 용감한 화부가 약속대로 휘파람을 부는 소리가 들렸다. 하지만 그때까지도 나는 나와 그 여자 사이의 황량함을 해결하지 못했다. 이제 나는 육지에 내려야 했다. 나는 뉴욕에서 혼자였을까? 나는 타임스퀘어 주변의 개미처럼 우글거리는 군중 사이를 지났다. 몇 주일 동안은 무엇보다도 공중전화 부스가 눈에 띄었다. 하지만 나는 지빌레에게 전화하지 않기로 굳게 마음먹었다. 그리고 실제로도 전화하지 않았으며, 서부로 가기 위해 무턱대고 그레이하운드에 올라탔다. 어디로 가든 어차피 마찬가지였으며, 지루하면서도 매혹적이고 혐오스러우면서도 감탄스러웠다. 나는 북아메리카의 대초원, 시카고의 도살장, 모르몬교도, 인디언, 세계에서 가장 큰 구리 광산, 세계에서 가장 큰 현수교를 보았다. 나는 밀크바에서 낯선 얼굴들과 이야기를 나눴으며, 디트로이트에서 한 달간 일했다. 나는 어느 보수적인 상원의원의 딸에게 반했다. 그녀는 캐딜락을 갖고 있었고, 우리는 미시간호수에서 수영했다. 나는 계속 이동했다. 나는 산불, 야구, 태평양의 일몰, 날치를 보았다. 수중에 돈은 거의 없었지만, 다보스로부터 멀리 있고 리버사이드 드라이브, 뉴욕으로부터는 조금 덜 멀리 있는 것이 너무 행복해서 휘파람을 불었다. 그 당시 나는 달에 있듯 혼자 있을 수 있었을 것이다. 그들은 말했다. 안녕하세요! 나는 말했다. 안녕하세요! 나는 오로지 정적을 듣지 않으려고, 자정이 지나서 마지막 라디오 아나운서가 말하는 소리를 들었다. 정적 속에서는 혼자가 아니었기 때문이다. 그래서 최고의 비누, 최고의 위스키 상표, 최고의 애견 사료를 권유하는 항상 확신에 찬 광고 목소리를 즐겨 들었으며, 그 사이사이에 교향악이나 아니면 최소한 차이코프스키의 호두까기인형 조곡이라도 들었다. 나 혼자 있지 않기 위해서. 내 가냘픈 발레리나가 없으면, '리틀 그레이', 내 창문턱에 끊임없이 껑충 뛰어올랐지만 내게 할 말은 없었던 그 가냘프고 지긋지긋한 고양이가 있었다. 내가 이 종이뭉치 어딘가에서 벌써 그 고양이에 대해 쓰지 않았던가? 나는 그 녀석을 붙잡아서 어느 날 저녁 냉장고에 집어넣고는, 휘파람을 불려고 했고 나중에는 잠을 자려고 했다. 하지만 허사였다. 몇 시간 후 나는 냉장고에서 고양이를 꺼냈다. 고양이가 죽으면 신경이 쓰일 것을 잘 알고 있었다. 얼마 후 고양이가 눈을 살짝 떴을 때, 나는 그 녀석이 냉장고에서 죽는 불상사를 내게 안겨주지 않아서 눈물을 흘릴 정도로 감동했다. 그리고 고양이가 다시 그르렁거리기 시작하고 내 바짓가랑이 주변을 스치고 돌아다닐 때까지 돌보았다. 그때도 내게 아무 말 없이 승리자의 표정을 지었지만, 최소한 고양이는 살아 있었다. 그후 고양이가 내 양심의 가책을 남용했을 때, 나는 그놈을 다시 캄캄한 밤 속으로 내던졌다. 게다가 밤은 그다지 춥지 않았고, 고양이는 거기서 꼬리를 세우고 으르렁거렸다. 나는 창문을, 모든 창문을 닫았다. 고양이는 바깥에서 창문턱으로 뛰어올라 내가 정말로 저를 죽이기라도 한 듯 으르렁거렸다. 나는 한동안 그 모습을 보지 못한 양, 야옹야옹 우는 소리를 듣지 못한 양 굴었다. 고양이는 울음소리로 이웃 사람들에게(특히 플로렌스, 물라토 여자에게) 나를 비방했다. 더이상은 못 참아! 나는 크게 내뱉고는 창문으로 다가가 고양이의 뒷목을 잡아서 그 버둥거리는 꾸러미를 멀리 내던졌다. 그 녀석은 고양이답게 용케도 무사히 살아났다. 심지어 놀랍게도 입을 다물었으며, 내 창문턱에 다시 뛰어오르지도 않았다. 나는 고양이가 다시 뛰어오르길 기다렸다. 고양이는 나를 혼자 내버려두었다. 그 점은 인정한다. 하지만 나는 고양이가 언제라도 다시 내 창문턱에 뛰어오를 수 있다는 걸 언제나 알고 있었다. 그러니 나는 혼자가 아니었다. 지금은 혼자일까? 나는 파리의 율리카 슈틸러 추디 부인을 생각한다. 불그스름한 머리에 흰 모자를 쓰고 검은 테일러드슈트를 입은 그녀의 모습이 눈에 선하다. 슈트가 무척 잘 어울린다. 지금쯤 파리는 서늘할 것이다. 그녀는 새 코트를 살 생각이었다. 새 코트를 입은 그녀의 모습이 (올가을에 어떤 코트가 유행일지 잘 모르는데도) 눈에 보인다. 새 코트도 그녀에게 무척 잘 어울린다. 아마 나는 쉽게 사랑에 빠지는 타입일지도 모른다. 하지만 이렇게 감방에 웅크리고 앉아 그 율리카 슈틸러 추디 부인을 생각하노라면, 이 마음은 단순히 사랑에 빠진 것 이상이다. 나는 희망에 들떠 조여드는 가슴에서 그것을 느낀다. 율리카 슈틸러 추디 부인은 내 유일한 희망이다. 그녀의 구릿빛 머리카락, 설화석고 같은 얼굴빛, 초록색이던가 아니면 회색을 띤 물색이던가 어쩌면 무색인지도 모르겠는데 어쨌든 무척 아름다운 눈을 제외하면, 심지어는 내 변호사를 포함해 누구나 볼 수 있는 모든 것을 일단 제외하면, 그 부인은 (그녀의 행방불명된 슈틸러가 그녀에게 어떤 비난을 하든) 쉽게 사랑하지 않는 도도한 여인이다. 아마 아직까지 한 번도 사랑받지 못하고 아직까지 한 번도 사랑해보지 못한 여자일 수도 있다. 그렇기에 그녀와 슈틸러가 함께 뭘 체험했다 한들 전혀 놀랍지 않을 것이다. 그게 나와 무슨 상관이겠는가! 나는 지금 벌떡 일어나 '그녀를 사랑한다!' 하고 주장할 의향은 없다. 하지만 '그녀를 사랑하고 싶다!'라는 말은 할 수 있다. 율리카 슈틸러 추디 부인이 나를 행방불명된 남편으로 여기지 않는다는 전제하에서, 나는 감히 이렇게 물으려 한다. 왜 그게 가능하지 않단 말입니까? 그 여인이 보낸 짧고 절제된 카드에 의하면, 그녀는 며칠 내로 돌아올 것이다. 파리의 가을 옷차림을 하고. 나는 그녀에게 모든 게 사실이 아니라고 고백할 것이다. 나는 혼자 있을 수 없으며, 혼자 있으려 해봤지만 허사였다고. 그리고 솔직히 말해서, 그녀를 그리워했다고. 이것은 과장이 아니다. 그런 다음 그녀에게 나를 사랑할 수 있을 거 같은지 지체 없이 물을 것이다. 그녀의 미소, 다듬은 눈썹 아래의 어리벙벙한 표정 등, 그 모든 것이 나를 깜짝 놀라게 하지는 않으리라. 율리카 슈틸러 추디 부인은 원래 그런 사람이다. 그 여인은 열여덟 살에 부모님을 모두 잃었으며, 4분의 1은 헝가리인의 피가 그리고 4분의 3은 독일어를 말하는 스위스인의 피가 흐른다. 실제로 결핵에 걸린 것으로 증명되었고, 신경증적인 스페인내전 참전용사와 결혼했다. 전부 쉬운 일은 아니었다. 그녀에게 자녀가 없다는 사실, 그녀의 예술. 그런 모든 일을 얼마나 힘들게 헤쳐나갔을까, 자기연민이 없지는 않았다. 물론 없지는 않았다. 가녀린 악의도 없지는 않았다. 하지만 가냘픈 어깨 위로 언제나 머리를 꼿꼿이

쳐들고 다녔다. 그것만 해도 대단한 일이다. 약간의 오만은 (이것은 여성 특유의 방식, 즉 용서하려는 성향으로 나타난다) 충분히 이해하고도 남는다. 나를 사랑할 수 있을 거 같으냐는 내 솔직한 물음에, 소녀처럼 수줍은 '네'라는 답변이 이어지지는 않을 것이다. 그러기에는 율리카 슈틸러 추디 부인도 나도 경험이 많다. 또한 이 침상이 있는 감방은 꽃 피는 사과나무 아래의 푸른 풀밭도 아니다. 내가 엄숙해지지 않기를 바랄 뿐이다! 나는 엄숙한 분위기에서는 어쩔 수 없이 비겁해지기 때문이다. 다만 형식적인 이유로는 엄숙해지는 게 좋을 것이다. 그러면 엄숙하지 않은 일들을 거의 말할 수 없을 테니까. 만일 율리카 슈틸러 추디 부인이 딱 잘라서 '아니' 하고 대답한다면, 나는 대략 다음과 같이 말해야 하리라.

"당신이 내 유일한 희망이기 때문이야, 율리카. 그리고 이건 끔찍한 일이야. 내 말을 들어봐! 이 자리에서 장 루이 드미트리치 이야기를 할 필요는 없어. 내가 아무리 애써도 그 남자가 아마 당신을 훨씬 더 많이 사랑할 거야. 나는 드미트리치가 섬세한 사람이라는 말을 그대로 믿어. 충실한 반쪽 러시아인, 그리고 약간 불구이고. 사랑하는 율리카, 그러니까 당신도 많이 발전하진 못했어. 당신은 항상 어딘가 불구인 사람을 붙잡곤 해. 우리가 앞으로 발전할 가능성은 결코 없어. 당신도 없고 나도 없어. 난 이것이 우리에게 남아 있는 유일한 선택이라고 생각해. 다른 사람 때문에 우리 스스로를 망가뜨리든가 아니면 서로를 사랑하는 데 성공하든가. 솔직히 말해서, 나도 쉬운 일이라고는 생각하지 않아. 해를 거듭할수록 심지어 더 어려워질 수도 있어. 그렇지 않아? 하지만 우리에게 다른 가능성은 없어. 우리는 무슨 일이 있어도 우리가 아직까지 결코 서로를 사랑한 적이 없다는 사실에서 출발해야 해. 그리고 바로 그런 이유에서 우리는 헤어질 수도 없어. 정말 어처구니없는 일이지! 벌써 장 루이와 헤어졌다고 말했지. 남편에 대한 신의를 지키고 싶었다고 말이야. 이제 당신 남편은 행방불명된 채로 그냥 내버려두자고! 하지만 당신은 드미트리치와 헤어질 수 있었어. 거봐, 그런데 왜 우리는 헤어질 수 없을까? 언젠가 나름대로 행복했고 언젠가 자신들의 가능성을 실현시킨 부부는 헤어질 수 있어. 슬프고 고통스럽고 괘씸하고 이해되지 않지만, 두 사람 중 누구도 영혼에 상처를 입지는 않아. 여자에게는 귀여운 두 아이, 자신의 무죄에 대한 눈에 보이는 대가가 있고, 남자는 그런데도 부사장이거든. 두 사람 가운데 누가 더 빨리 재혼할지 누가 알겠어? 그런데 우리에게는, 율리카, 우리에게는 뭐가 있지? 아주 간단히 말해서 폭슬리에 대한 기억. 우리가 함께 결코 행복하지 못했던 게 그 개 탓이 아니라는 건 알아. 하지만 당신은 내 말이 무슨 뜻인지 이해할 거야! 우리는 서로를 해결하지 못했어. 그래서 그 모든 일에도 불구하고 헤어질 수 없었던 거라고 생각해. 가련한 드미트리치! 그가 남자로서의 모든 특성을 지녔다고 해도 헛수고야. 그 사람은 우리를 결합시키는 진공상태에 맞서는 경쟁상대가 결코 될 수 없어. 난 그걸 잘 알아, 율리카. 당신도 알겠지만, 나를 사랑한 사람이 있었어. 그 여자를 사랑하는 건 간단했어. 기쁨이었지. 하지만 그 사랑은 이루어질 수 없었던 거야. 내가 당신을, 우리를 해결하지 못한 탓에 이루어질 수 없었어. 게다가 그 여자가 얼마 전에 아이를 낳았다고 내가 편지에 썼을걸. 그 여자는 현재 내 유일한 친구의 부인이야. 설상가상으로! 나는 그 여자를 아직도 사랑해! 바로 그래서 당신이 나를 사랑할 수 있을 거 같은지 묻는 거야. 나를 사랑하는 건 당신에게도 결코 쉬운 일은 아니야. 솔직히 말해서, 때로는 이게 물 위를 걸으려는 시도처럼 생각돼. 물이 점점 불어나서 우리를 덮칠 거라는 걸 난 알고 있어. 우리 두 사람은 그걸 알고 있어. 우리가 물 위를 걸으려고 시도하지 않을지라도 물은 어쨌든 계속 불어날 거야. 우리에겐 어쩌면 삶이 그리 많이 남아 있지 않을 수도 있어. 우리 인생에서 아직 가능한 모든 것, 정말로 모든 것은 당신과 나, 우리가 지금까지 있었던 모든 일을 넘어서서 만날 수 있느냐에 달려 있어. 이 말이 좀 소심하게 들린다는 건 나도 알아. 하지만 사실은 그 반대야. 이건 삶에 들어갈 수 있는 문이 우리에게 여전히 존재한다는 희망이고, 심지어는 확신이기도 해. 당신이 당신의 삶으로, 내가 내 삶으로 들어갈 수 있는 문. 하지만 오로지 이 하나의 문밖에는 없어. 어느 쪽도 혼자서는 이 문을 넘을 수 없어. 그렇지, 당신도 나도 혼자서는 넘을 수 없는 거야—"

율리카 슈틸러 추디 부인이—최소한 그 부인만이라도!—나를 행방불명된 슈틸러로 여기지 않는다는 전제조건하에서, 나는 그 부인에게 (대략) 이렇게 말할 것이다. 나머지는 내 변호사가 자기만족을 위해 다 해결하겠지. 그것은 나와 아무 상관 없는 일이다.

내 변호사는 임박한 결심공판과 관련해, 나를 위한 변론은 (내가 정말로 그전에 자백하려고 결심하지 않는 경우) 이미 다 끝난 일이라고 잘라말한다. 이미 결론이 빤하다는 것이다. 더욱이 내 변호사는 율리카 슈틸러 추디 부인으로부터 '우리가' 그녀를 내일이나 모레쯤 만날 수 있을 거라고 알리는 엽서도 (또 콩코드광장?) 받았다.

내 쪽에서는 고개만 끄덕였다.

만일 내가 기도할 수 있다면, 나로부터 벗어나길 기대한다는 모든 희망을 앗아가달라고 기도해야 할 것이다. 하지만 이따금 기도하려는 시도는, 내가 기도를 통해 어떻게든 변화되고 내 무력감에서 벗어나기를 기대하는 탓에 실패한다. 나는 그 일이 가능하지 않다는 걸 깨닫는 즉시, 길을 떠나려는 희망을 포기한다. 다시 말해, 여전히 나는 오로지 나로부터 벗어날 수 있다는 희망만을 길로 이해한다. 이 희망은 내 감옥이다. 나는 그 사실을 잘 안다. 하지만 잘 안다고 해서 그것을 깨부술 수는 없다. 그것은 오로지 내게 내 감옥을, 내 무력함을, 내 무가치함을 보여줄 뿐이다. 나는 충분히 절망하지 않거나 아니면 신자들이 말하듯 충분히 항복하지 않는다. 그들이 하는 말이 귀에 들린다. 항복하라, 그러면 자유로워질 것이다. 네가 무가치하고 무력한 인간으로서 감옥에서 벗어날 각오를 하는 즉시, 네 감옥은 폭파될 것이다.

그들은 나를 단순히 시민으로 귀화시켜 질서를 유지하기 위해 나를 미친 사람으로 만들려고 한다. 그들은 무슨 일이 있어도 절대 물러나지 않는다. 어제부터 나는 오로지 파렴치하게 나를 배신한 사람들만 만나고 있다. 내 검사만은 예외다. 씁쓸한 날이었다. 나는 기록한다.

1. 오전

10시 무렵 나는 검사에게 불려간다. 11시가 넘어서도 여전히 대기실에 앉아 있다. 도대체 무슨 일인지 모르긴 마찬가지인 크노벨과 함께. 크노벨은 가령 세르벨라를 불법차입한 일 때문에 징계를 받게 되는 걸까 걱정한다. 성실한 크노벨이 혹시 징계를 받을까봐 보이는 행동에 나는 무척 실망한다. 그는 일자리를 잃지는 않을까 두려워한다. 물론 입 밖에 내어 말하지는 않았지만, 그는 우리가 대기실에 앉는 즉시 우리 사이의 친밀한 말투를 포기해야 한다고 믿는다. 조야한 태도가 상관 앞에서 굽실거리지 않는다는 증거인 양, 크노벨은 어디에도 예속되지 않는 사람으로 보이기 위해 남자답게 무뚝뚝한 얼굴로 신문을 읽는다. 독일에서는 군화 굽을 탁 소리나게 붙이고, 중동에서는 두 손을 마주 비비고, 스위스에서는 시가에 불을 붙이며 동등하다는 표시로 가능한 한 뻣뻣하게 무례한 태도를 보인다. 그래야만 이 나라에서는 올바른 사람에게 아무 일도 일어나지 않는다는 양 군다. 단정한 직원이 들어와 말한다. 검사님께서 들어오시랍니다! 크노벨은 조금도 서두르지 않는다. 검사님도 사람일 뿐이다. 우리는 모두 납세자이다! 그런데도 그는 안경을 깜박한다. 이상하게도 (의도적으로?) 그들은 문을 열어둔다. 사람 모습은 보이지 않고 이렇게 대화하는 소리만 들린다.

"그러라고 제가 보수를 지불하는 건 아니죠!"

"그 밖에," 검사는 말한다. "이 서류에서 계속 머릿기름을 처바른 악당에 대해 이야기하는 것을 나쁘게 생각하지 마십시오. 직접 보신 것처럼, 이 표현은 인용부호 안에 들어 있습니다. 우리 수감자 중의 한 사람이 그렇게 표현했을 뿐입니다—"

"그럴 거라 생각했습니다!"

"나머지는 다—"

"머릿기름을 처바른 악당!" 분격한 목소리는 말한다. "저는 무슨 일이 있어도 꼭 명예훼손으로 고발할 겁니다. 그 수감자에게 이 말을 오늘 당장 전해주세요."

잠시 침묵이 흐른다.

"사장님, 한 가지만 더 묻겠습니다—"

"말씀하시지요, 검사님, 어서 말씀하세요."

"혹시 자메이카하고 무슨 관련이 있으십니까?"

"왜죠?"

"결코 사장님의 사업 관계를 조사하려는 것은 아닙니다." 검사는 말한다. "제 말을 오해하지는 마십시오, 사장님. 다만 저는 슈틸러 씨가 방금 말한 사장님의 석고두상을 제작하고 있을 때 자메이카에 대해 말씀하신 적이 있는지 알고 싶을 뿐입니다."

"그럴 수도 있지요—"

"그렇군요."

"자메이카에 집이 한 채 있거든요."

"그렇군요."

"왜죠?"

의자 밀치는 소리가 들린다.

"사장님, 다시 한번 감사드립니다." 검사는 말한다. "사장님이 살해되지 않은 것을 보게 되어서 저희는 마음이 놓입니다."

"살해되었다고요?"

"우리의 수감자가 몇 년 전에 사장님을 자기 손으로 살해했다고 완강하게 주장하고 있습니다."

"저를요?"

"자메이카에서—그렇습니다."

이제 크노벨 차례다. 교도관이라는 소개에 이어서, 들은 대로 전부 말하라는 지시가 떨어진다. 크노벨은 심리적 압박감에 시달리는 모양이다. 살인이 어떻게 일어났는지 이야기하는데, 순서도 없고 횡설수설 엉망이다.

"정글에서!" 사장은 웃음을 터뜨린다. "검사님, 들으셨습니까? 정글에서! 저는 자메이카에서 아직까지 한 번도 정글을 본 적이 없어요. 전부 망상이라니까요, 검사님. 제 말을 믿으시겠지요—"

"믿습니다."

"망상이라고요!"

크노벨은 자신을 잃은 듯 보인다. 바로 앞에 있는 사장의 피가 거무스름한 늪의 물과 어떻게 뒤섞이고 검은 콘도르들이 멋진 옷차림의 먹이를 어떻게 기다렸는지 묘사할 엄두를 내지 못한다. 그들이 더 자세한 내용을 묻는 지금이야말로 그런 것들을 말해야 하는데. 그 대신에 크노벨은 되묻는다.

"선생님이 슈미츠 사장님인가요?"

"질문에 대답하시오." 사장은 말한다. "그 수감자가 나를 무엇으로 살해했다고 하던가요?"

"인디언 단도로요."

"아, 그래."

"네." 크노벨은 말한다. "단도를 정면으로 목에 꽂아서 왼쪽으로 돌렸다고 했습니다."

"그렇군."

"아니면 오른쪽으로 돌렸댔나." 크노벨은 말하면서 다시 자신이 없어진다. "잘 모르겠습니다."

"고맙소."

그런 다음 크노벨은 대기실로 나온다.

"죄송합니다." 크노벨은 말한다. 손에 모자를 들고 대기실을 가로지르는 크노벨의 귀가 새빨갛다. 그는 내 쪽으로 눈길 한번 주지 않는다…… 사장이 자신이 살해당했다는 이야기에 어떤 반응을 보이는지는 들리지 않는다. 크노벨이 착실하게 문을 닫았기 때문이다. 그들의 대화는 10분 더 계속된다. 나는 내 교도관이 놓아둔 신문을 읽으려고 한다. 사회민주주의 신문인 듯싶다. 그때 갑자기 그 신사가 문에 나타나 말한다.

"개인적으로 검사님에게 진실한 사태에 대해 해명할 수 있어서 기뻤습니다. 이미 말했듯이, 이것은 돈 문제가 아닙니다. 그 당시 저는 약속한 사례비의 절반을 지불할 용의가 있다고 분명히 밝혔습니다. 절반을 고스란히요. 하지만 저는 협박당하지는 않습니다. 슈틸러 씨가 그것으로 만족하지 않았다면, 얼마든지 소송을 제기할 수 있었겠죠. 하지만 보십시오, 그 사람은 그럴 용기가 없었거든요. 소송 비용이 없다고 하더라고요! 그 정신병자들은 항상 그렇게 말한다니까요. 제가 정식으로 소송 절차를 밟으라고 했더니, 그 사람은 대놓고 저를 악당이라고 불렀어요. 원 세상에, 검사님도 이런 일을 그냥 두고만 보실 수는 없을 겁니다."

그러고 나서 대기실에서 코트를 입는 신사는 건실해 보인다. 어쨌든 역 주변의 거리를 지나는 여느 행인처럼 별로 눈에 띄지 않는다. 그는 단색의 수수한 실크목도리를 목에 두른다. 그리고 훌렁 벗어진 머리에는 마찬가지로 단색의 수수한 펠트모자를 쓴다. 그는 나를 바라보면서 모자를 벗는 대신, 마치 목도리를 매만지는 듯 자신의 목을 붙잡는다. 나는 고개를 끄덕인다. 도대체 왜 끄덕이지? 그는 이런 말을 남기고 대기실을 나선다.

"우리는 법정에서 보게 될 거요."

그후 나는 검사에게 불려간다.

"법치국가에서 도저히 어떻게 해볼 수 없는 종류의 백만장자가 있어요." 나는 말한다. "그러니 그들이 몇 번이고 계속 되살아나는 건 전혀 놀랄 일이 아니죠—"

단정한 직원이 우르반 호텔에 편지를 가져다주는 임무를 띠고서 곧 방을 나간다. 그 즉시 나는 생각한다. 율리카가 파리에서 돌아왔을까? 지금까지는 항상 내 침상에 앉은 손님으로만 봐왔던 검사가 이제 나더러 자리에 앉으라고 권한다.

"자," 그는 미소 짓는다. "어서—"

전화벨이 그의 말을 끊는다. 그는 업무용 수화기를 들고서 비업무적인 통화에 어울리게 몸을 약간 옆으로 돌린다. 열쇠다발을 손에 든 채 창밖을 바라보며 귀를 기울인다. 그는 점심식사를 하러 갈 수 없으며 오후에 현장검증이 있다고만 말한다. 그러더니 내 앞에서 대답하고 싶지 않은 질문 공세를 받는지 서둘러 전화를 끊고는 다시 내 쪽을 향한다. 그리 스스럼없는 표정은 아니다.

"지빌레가 안부 전하라는군요."

"고맙습니다." 나는 말한다. "요즘 어떻게 지냅니까?"

"고맙습니다." 그는 말한다. "지빌레는 다시 집에 돌아와서 행복해하고 있어요." 검사의 얼굴에서 미소가 사라지고 솔직하고 당혹스러운 침묵이 충분히 오래 이어진다. 내가 마치 행방불명된 슈틸러, 다시 집에 돌아와 행복해하는 아내의 과거 연인이라고 판가름난 듯한 침묵이 오래도록. 검사가 열쇠다발을 집어넣은 후, 그다지 참신하지 않은 발언을 한다.

"인생은 참 희극적이지요."

나는 아무 생각도 나지 않는다.

"슈틸러, 당신만 괜찮다면, 우리 함께 점심을 먹읍시다. 우리는 2시까지 시간이 있어요—" 그는 몸을 일으키면서 말한다. "조금 교외로 나가면 어떨까요!"

---

2. 점심식사

우리는 별로 말이 없는 가운데 들판과 숲을 지난다. 곳곳에 가을빛이 완연하다. 햇살이 아직은 야외에 앉아 있기에 적당하다. 적어도 정오 무렵에는. 우리는 아담한 야외 레스토랑에 자리잡고 앉는다. 전망이 멀리까지 시원하게 툭 트여 있다. 머리 위에는 포도나무 잎이 늘어지고, 앞으로는 듬성듬성한 포도나무가 몇 그루 있어 그 사이로 호수가 보인다. 기이하게 비치는 햇살을 받아 호수가 반짝인다. 모든 게 마치 푸른 연기 베일에 덮인 듯하다. 갈색의 경작지와 붉게 시들어가는 숲도 마찬가지다. 여기저기 나무에 사다리가 기대어 있고, 그 아래에는 바구니가 있다. 게다가 말벌들이 우리의 캄파리로 날아든다. 가을 연무 위로 솟아 있는 산들이 유리로 만든 듯 투명하고 왠지 아스라해 보인다. 그 산에 쌓인 순백의 눈이 앙상한 과일나무의 어른거리는 나뭇가지 뒤에서 빛을 발한다. 검은 창살 뒤의 성체현시대처럼 아스라해 보인다.

"여기 아름답군요!" 나는 말한다. "아주 아름다워요."

"전에 이곳에 와본 적이 없습니까?"

우리는 근사한 식사를 한다.

"뭐 좀 마실까요?" 내 검사 겸 친구가 묻는다. "이곳에 꽤 괜찮은 마이엔펠더*가 있을걸요."

"좋아요." 나는 말한다. "좋고말고요."

호수 쪽으로 멋지게 경사지고 저 멀리 부드럽게 뻗어나가는 주변 경치로 자꾸만 시선이 향한다. 가을 연무가 도시도 아니고 시골도 아닌 부락의 자잘한 모습을 단번에 앗아간다. 숲이 무성한 구릉들, 경작지와 늪으로 가득한 평화로운 분지만이 남아 있다. 그 풍광은 조금도 놀랍지 않은데도 내 관심을 사로잡는다. 나는 이런 경치를 안다. 나는 이런 경치를 사랑하는가?

"내가 듣기로는," 내 검사는 말한다. "당신 친구들이 최근에 좀 실망했다던데요. 당신이 너무 매정했다고요."

"그랬을 겁니다."

"왜죠?"

나는 어깨를 으쓱한다. 내게 그들은 거의 모든 경치처럼 실제로 사랑할 가치가 있는 이 경치와도 같다. 틀림없이 내 탓일 것이다…… 또다시 여기에 모든 것이 있다. 병 속의 말벌들, 자갈에 비친 그림자, 무상함의 황금빛 정적. 모든 게 마치 마법에 걸린 듯하다. 풀밭에서 꼬꼬댁거리는 닭들, 무르익어 도로 여기저기에 나뒹구는 갈색의 배들, 쇠

* 스위스의 마이엔펠트 지방에서 생산되는 포도주.

울타리 너머로 늘어진 과꽃, 주변으로 흩어지는 핏빛 불꽃의 별들, 나무들 아래 푸르스름한 대기. 모든 것이 마치 스스로에게 작별을 고하는 듯하다. 살랑거리는 포플러잎들, 땅에 떨어진 과일의 금속성 내음, 덤불을 태우는 들판에서 피어오르는 연기. 포도나무 철망 뒤에서 호수가 반짝인다. 중반에 이른 오후의 연무 속에서 태양이 벌써 무뎌진다. 코트를 걸치지 않은 귀갓길, 바지주머니에 넣은 두 손, 더이상 바스락거리지 않는 축축한 나뭇잎, 포도압착기가 있는 농장, 어스름 속에서 액체가 방울져 뚝뚝 떨어지는 통들, 안개에 덮인 선착장의 붉은 가로등…… 바로 이곳의 가을이다. 그리고 내 눈에는 봄도 보인다. 꽤 젊은 남녀 한 쌍이 보인다. 그들은 들판을 가로질러 타박타박 걷는다. 눈 녹은 들판이 그들의 발 아래서 질퍽거린다. 물에 젖은 해면처럼 거무스름하고 보드랍다. 푄이 불고 해가 따스하게 비친다. 그들은 친구처럼 조금 거리를 두고 발길 닿는 대로 정처 없이 걷는다. 말리려고 펼쳐놓은 거름 냄새가 곳곳에서 진동한다. 콸콸 솟아나는 샘물이 산비탈의 풀들을 가지런히 쓸어내리고, 앙상한 숲의 나무줄기 사이에 3월의 하늘이 가득하다. 갈색 말 두 마리가 땀을 뻘뻘 흘리며 한적한 언덕 위로 쟁기를 끈다. 검은 흙덩이 속에서 대지가 빛을 향해 입을 벌린다. 몇 년 만의 기묘한 재회! 그들은 젊기에 나이에 대해 수다를 떤다. 그리고 어린 나이를 제외한 모든 연령대에서 시간이란 약간의 경악을 뜻한다는 것도 이미 알고 있다. 하지만 우리가 모든 연령에 속하기 마련임을 부인하지 않거나 꿈에 젖어 놓치지 않아야만 연령은 아름다울 수 있다. 우리는 언젠가 찾아올 죽음을 부인할 수도 없고, 꿈에 젖어 놓칠 수도 없고, 미룰 수도 없기 때문이다. 그 남자, 젊은 남자는 자기 인생의 두 가지 상태, 스스로 일하는 것과 속죄하는 것이라고 표현하는 상태에 대해 얼마나 많이 이야기하는가. 일을 한다는 것, 그것은 기쁨, 열광, 흥분이다. 어떤 사람은 환호성을 터뜨리느라고, 몇 시간씩 며칠씩 소리를 지르느라고 잠을 이루지 못하는가 하면, 또 어떤 사람은 자기 자신에게서 도망치고 싶어한다. 그것이 바로 일하는 것이며, 자신도 모르게 사람들을 이기곤 하는 오만이다. 그 누구에게도 의무를 지우지 않고 구속하지 않고 요구하지 않고 계산하지 않고 욕심내지 않는 오만. 아무것도 받으려 하지 않는 천사의 몸짓. 일을 한다는 것은 행복이고, 마음에서 우러나오는 온갖 정겨운 과대망상이며, 여기 모든 것, 즉 인간에게 일어나는 모든 것은 부수적인 것, 덤, 넘치는 기쁨에서 비롯되는 즐거운 낭비에 지나지 않는다. 물론 그것이 사람들 사이에서 생겨날 수 있는 최고의 것이었다는 사실이 나중에 번번이 드러나곤 한다. 그것은 목표, 욕구, 절실한 주안점이 되는 즉시 실현 불가능해진다. 번번이 갑작스럽게 우울증이 엄습한다. 사람들이 떠나기 때문에 우울증이 오는 게 아니라, 반대로 우울증이 오기 때문에 사람들이 떠나는 것이다. 개가 모든 건물을 우르르 파묻어버리는 지진을 탐지하듯, 사람들은 몇 주일 전부터 그것을 탐지한다. 재가 모든 것을 뒤덮고 날개를 퍼덕이는 검은 새들이 연기가 피어오르는 지나간 기쁨의 장소를 뒤덮듯이, 우울증이 모든 것을 뒤덮는다. 두려움의 그림자. 그것이 바로 속죄하는 것, 의심의 반향, 비생산적인 고독의 공포이다. 그 남자, 젊은 남자는 얼마나 신나게 수다를 떠는가. 그런데도 그 여자, 젊은 여자는 그 모습을 얼마나 근사하게 여기는가! 햇살을 받은 구름의 가장자리가 은빛으로 용해되고, 작은 숲들이 금속처럼 번쩍거리는 빛을 뚫고 섬처럼 솟아 있다. 두 사람은 갈대밭을 걷는다. 물이 졸졸 흐르는 도랑을 뛰어넘다가 그녀의 구두가 질척거리는 진흙탕에 박히고 만다. 그 여자, 젊은 여자는 한쪽 발에 양말만 신은 채로 줄타기하듯 뒤뚱거린다. 젊은 남자가 그녀를 붙잡아줘야 한다. 두 사람은 처음으로 입을 맞춘다. 작은 숲들 너머에 서늘한 호수들이 있고, 불그스름한 목초지 사이 그늘진 곳에 아직 눈이 남아 있다. 두 사람은 숲을 벗어나면서 걸음을 멈춘다. 서로 팔짱을 낀 채. 호수는 다시 번쩍이는 낫 같고, 알프스 위에서는 구름들이 소리 없이 부서져 빛나는 포말이 인다. 그들은 어느 농가 음식점에서 휴식을 취한다. 머리를 땋은 아이가 시중을 든다. 나지막한 창문에서 덩굴식물이 무성하게 받침대를 타고 오르고, 햇빛이 목조홀의 정적 속으로 비스듬히 비치며 음식을 기다리는 접시를 반짝이게 한다. 그들은 그 창문들과 햇빛 너머에서 자신들이 얼마나 많이 걸었는지 느끼고, 마땅히 누릴 자격이 있는 소박한 음식을 즐긴다. 베이컨과 빵, 농가에서 직접 구운 빵이 향긋하고 촉촉한 덩어리로 부서진다. 유리창에서 파리 한 마리가 윙윙거린다. 슬픔에 가까운 행복의 구름이 시간을 감싸안아 데려간다. 기묘한 현존과 깨어 있음, 그 평일의 농가 음식점에 운명처럼 숨어 기다리고 있던 뜻밖의 유대감, 만났다는 깨달음. 그것이 어떤 결과를 맺을까 하는 의문은 아직 고개를 쳐들지 않는다. 인생에서 얼마나 많은 것이 가능한가 하는 충만한 감정만이 지배한다! ……그것이 이곳의 봄이다. 여름에는 나무탁자들 아래서 닭들이 꼬꼬댁거리고, 머리 위의 포도나무 잎들은 초록빛으로 무성하고, 하늘에는 흰 빛이 감돌고, 호수는 흐릿한 납빛이고, 숲 언저리에서는 벌들이 붕붕거린다. 움찔거리는 나비로 가득한 푸른빛이 높이 자란 풀밭의 잔잔한 풀줄기 위에서 파르르 떨고, 산들은 강렬한 햇살 속으로 아스라이 사라지고, 어느덧 (내가 잔을 비우자마자) 다시 가을이 된다. 이 모든 것이 또다시 펼쳐진다. 나뭇잎이 가득한 광주리, 안개의 습기, 그리고 별안간 정오, 지금처럼 정오, 대기의 금빛. 시간이 보이지 않는 몸짓처럼 산비탈 위를 스쳐 지나간다. 사과들이 쿵쿵 떨어진다. 지금 숲속을 걸으면 버섯 냄새가 코를 스친다. 여기서는 포도즙 냄새가 난다. 말벌들이 달콤한 발효에 취해 윙윙거린다. 말벌들은 끊임없이 날아온다. 어서 빨리 무르익으라고 채근받는 과일 속에서 여름의 햇빛은 한 번 더 우리의 몫이다. 기억에 떠오르는 날들의 달콤함. 우리는 정원에 앉아 있다. 우리의 살갗은 그늘의 서늘함을 느낀다. 갑자기 깜짝 놀랄 때처럼 정원이 휑하니 넓어지면서도 명랑해진다. 푸르스름한 광활함이 나무들의 휑한 우듬지를 그득 채운다. 담장의 시드는 잎들이 활활 타오르고, 마지막 잎새가 무상함의 뜨겁게 달아오르는 욕정 속으로 기어오른다. 한 해 한 해 지나고 많은 일들이 일어나는 것을 누가 눈으로 보는가! 모든 것은 하나이다. 현존으로 가득찬 공간들. 그 어느 것도 우리에게 다시 돌아오지 않는다. 모든 것은 되풀이된다. 우리의 현존은 한순간처럼 우리 위에 있다. 그리고 우리는 언젠가부터 가을조차 더이상 헤아리지 않는다. 과거에 있던 모든 것은 무르익는 산비탈 위에 정적처럼 살아 있다. 내 삶의 포도나무에 이별의 포도들이 매달려 있다. 지나가라! 그런 날에는 또다시 호수가 유혹한다. 지금 수영을 하면 살갗이, 내 피의 따뜻함이 느껴진다. 유리 속에서처럼 수영을 한다. 그늘진 서늘한 땅 위에서 수영을 한다. 반짝이는 파도들이 호숫가에서 잘게 부서진다. 저 멀리에서 돛단배 하나가 은빛 구름을 배경으로 떠다닌다. 기이한 반짝거림 위의 나비 한 마리, 미풍으로 이루어진 아스라한 호반 위에서 어른거리는 온화한 햇살에 가득찬 돛들. 몇 초 동안 마치 시간이 정지한 듯 보인다. 환희에 취해서. 신은 자신을 지켜보고, 온 세상은 황혼의 재 속에 잠기기 전에 숨을 멈춘다……

이윽고 내 검사가 말한다.

"잘 아시겠지만, 저기 아래에 헤를리베르크가 있고, 저 위쪽으로 보이는 것은 탈빌이지요."*

농가의 처녀가 우리 접시를 치우며 음식이 맛있었는지 묻는다. 그 처녀가 시가 상자를 가져온 후, 우리는 다시 단둘이 남는다. 물론 나는 내 검사 겸 친구가 무슨 할 말이 있다는 것을 벌써 오래전에 눈치챘다. 우리의 시가가 타들어가는 동안, 바로 그 시점이 왔다. 술잔은 비고 블랙커피는 아직 나오지 않았다. 말벌들은 사라지고, 어디선가 시골의 작은 교회에서 1시를 알린다.

"나는 기쁩니다." 그는 말한다. "우리가 마침내 서로를 알게 되어서 솔직히 기뻐요. 하지만 지금은 그 이야기를 하고 싶지 않군요! 우리는 2시까지 시내에 가야 합니다. 정확히 말하면 현장검증에, 놀라지 마십시오, 아틀리에 현장검증에 가야 하지요—지금 당신이 나를 교활한 추적자처럼," 그는 곧바로 덧붙인다. "친절한 말을 늘어놓으며 구속복을 내미는 위선자처럼 본다 해도 충분히 이해해요. 당신이 저기 아래 먼지에 뒤덮인 아틀리에를 얼마나 두려워할지도 이해하고요. 친애하는 슈틸러 씨, 어쩌면 당신이 믿는 것보다 나는 당신을 더 잘 이해할지도 모

* 헤를리베르크와 탈빌은 취리히호수를 가운데 두고 서로 반대편에 위치하는 지역이다.

릅니다." 그는 그 현장검증에 무슨 목적이 있느냐는 내 질문에는 대답하지 않는다.

"당신만 괜찮다면," 그는 말한다. "충고 하나 하고 싶습니다."

그의 시가가 꺼졌다.

"이봐요." 그는 다시 시가에 불을 붙인 후 이윽고 말한다. "내가 당신과 이야기를 나누는 건 지빌레가 부탁했기 때문만은 아니에요. 지빌레는 당신이 모든 불필요한 일들을 피할 수 있게 도와주고 싶어해요. 그리고 나도 지빌레의 생각이 옳다고 믿고요. 슈틸러, 재판부는 당신을 결코 이해하지 못할 겁니다. 당신을 그저 사기행위가 입증된 사기꾼으로, 우스꽝스러운 인물로 취급할 거란 얘기예요. 재판부는 사기행위에 익숙해요. 그 정도는 당신도 충분히 헤아릴 수 있겠지요. 하지만 재판부는 재산이나 직함 같은 것을 벌어들이는 사기행위에만 익숙해져 있어요. 간단히 말하자면 아마 당신에게 약간의 과태료를 선고할 겁니다. 잘 모르겠군요. 또는 과태료를 물리지 않을 수도 있지만, 그들은 어깨를 으쓱하고 고개를 절레절레 젓고 불쌍하다는 표정으로 당신을 경멸할 겁니다. 그게 당신에게 무슨 이득이 있겠어요?"

"그래서 내게 무슨 충고를 하실 셈인가요?" 나는 묻는다.

"슈틸러," 그는 미소 짓는다. "진심으로 당신에 대한 우정에서 말하는데, 다음 금요일에 당신이 공식적으로 당신 자신이라는 선고를 받는 일만은 피합시다. 무엇보다도 당신 자신을 위해서요. 법정의 판결은 당신이 앞으로 행방불명된 사람의 이름으로 사는 것을 더 어렵게 만들 뿐이에요. 당신이 최소한 외면적으로 행방불명된 사람과 일치한다는 사실에 대해서는 더이상 진지하게 이야기할 필요가 없어요. 당신도 그 점은 인정하는 게 좋을 거고요! 이것이 내 충고예요, 슈틸러. 나는 솔직한 우정에서 우러나온 충고라고 믿어요."

그후 블랙커피가 나온다.

"여기," 검사는 말한다. "여기 계산해주세요."

"함께 계산하시나요?"

"그래요." 검사는 말한다. "함께 계산해요."

그후 내 답변이 이어진다.

"나는 진실이 아닌 것은 인정할 수 없어요."

우리가 별 말 없이 뜨거운 커피를 홀짝거리는 동안, 농가 처녀는 우리의 침묵을 잘못 이해한 듯 즉시 자리를 떠나지 않고 자갈 위에 서서 날씨가 어쩌고저쩌고 개가 어쩌고저쩌고 수다를 떤다. 검사가 다시 한 번 계산을 부탁한 후에야 비로소 농가 처녀는 우리 곁을 떠난다.

"당신은 진실이 아닌 것을," 검사는 내 말을 반복한다. "인정할 수 없단 말이지요—"

"그래요." 나는 말한다.

"그게 왜 진실이 아니죠?"

"검사님." 나는 말한다—

"검사라고 부르지 마요!" 그는 그렇지 않아도 별로 말이 없는 내 소심함을 중단시킨다. "당신이 나를 친구로 여기면 좋겠어요. 그냥 롤프라고 불러요!"

"고맙군요." 나는 말한다.

"아마 당신 편에서도," 그는 미소 짓는다. "나를 그다지 다르게 부르진 않았을걸요—"

이제 내 시가도 꺼졌다.

"당신에게 우정을 선물받다니 행복하군요." 나는 다시 시가에 불을 붙이고 말한다. "나는 이곳에 친구가 없어요. 하지만 당신이 내 검사이고 싶지 않다는 말이 진담이라면, 그 말이 진심에서 우러나왔다고 믿겠습니다. —롤프…… 그렇다면 이봐요, 사람들이 흔히 친구에게 기대하는 것을 내가 당신에게 기대해도 될까요? 그러니까 내가 증명할 수 없는 것은 물론이고 말로 설명할 수 없는 것까지도 믿어줄 수 있겠어요? 지금은 오로지 그것만이 중요합니다. 당신이 내 친구라면, 내 천사까지도 함께 받아줘야 합니다."

"그게 무슨 말이지요?"

"사람들이 나라고 여기고 검사인 당신도 나라고 여기는 사람은 내가 아니라는 사실을 당신은 믿을 수 있어야만 해요. —나는 슈틸러가 아닙니다." 이 말을 맹세코 처음으로 하는 것은 아니지만, 처음으로 누군가가 이 말을 들어줄 것이라는 희망을 품고 나는 말한다. "나는 슈틸러가 아닙니다. 진심으로 하는 말입니다. 지금은 모든 걸 고백할 수는 없어요. 내 천사가 고백하지 말라고 금지했거든요."

이 말은 하지 말았어야 했다.

"천사라고요—?" 그는 묻는다. "그게 대체 무슨 말입니까?"

나는 침묵한다. 그런 후 계산서가 오고, 검사는 음식값을 치른다. 농가 처녀가 또다시 자리를 떠날 것 같지 않아서, 이번에는 우리가 그곳을 나온다. 우리의 걸음이 자갈길에서 바스락거린다. 검사가 자동차 시동을 걸기 전에, 우리는 차 문을 열어놓은 채 한낮의 주변 경관을 한번 더 바라본다. 까마귀들이 푸드덕 날아다니는 갈색의 경작지, 포도나무와 숲, 가을의 호수. 나는 내 검사 겸 친구가 여전히 답변을 기다리는 것을 의식한다. 그가 시동을 걸자, 나는 말한다.

"그 이야기는 할 수 없어요."

"천사—말인가요?"

"그래요." 나는 말한다. "내가 천사에 대해 묘사하려고 하는 즉시, 천사가 내 곁을 떠나거든요. 그러면 나 자신도 더이상 천사를 보지 못해요. 아주 웃기는 일이죠. 내가 천사를 더 정확하게 떠올릴수록, 천사를 묘사하고 싶어 더 가까이 다가갈수록, 천사도 내가 체험한 것도 더 믿을 수 없게 되지요."

우리는 호숫가를 따라 시내로 돌아간다.

---

3. 오후

2시 15분경, 그러니까 구시가지에서 마땅히 주차할 곳을 찾지 못하는 바람에 예정보다 조금 늦게, 우리는 '그 집' 앞에 도착한다. 그 집이 그 골목의 나머지 집들과 다른 점이 있다면, 오로지 집 앞에 크노벨, 사복 차림의 내 교도관이 서 있다는 것이다. 우리가 맨 처음 도착했다. 크노벨은 오로지 내 검사에게만 말한다. 제가 열쇠를 가지고 있습니다! 약간 퀴퀴하고 어두운 현관에 자전거 몇 대와 상당히 낡은 유모차 한 대, 쓰레기통이 있다. 크노벨은 열쇠를 상의호주머니가 아니라 양철우편함에서 꺼낸다. 우편함은 예전에는 노란색이었겠지만 지금은 군데군데 녹이 많이 슬었다. 나는 A. 슈틸러라는 이름을 읽는다. 직업은 쓰여 있지 않다. 뒷마당에서 함석을 다루는지 시끄러운 소리가 들린다. 아니면 철물을 다루는지도 모른다. 이끼 낀 둥그런 포석과 오래전에 잎이 떨어진 앙상한 단풍나무 가지가 보인다. 단풍나무는 아마 여름철 한낮에만 잠깐 햇빛을 보는 듯싶다. 그 밖에 사암으로 만든 메마른 작은 우물이 있는데, 마찬가지로 이끼가 끼어 있다. 그 모든 것에 목가적 분위기가 없지 않다. 게다가 길고 짧은 쇠파이프 더미들이 있고, 그 더미 중 하나에 트럭으로 운송하는 도중 꽂은 세모 모양의 빨갛고 작은 깃발이 여전히 남아 있다. 그 집에 처음 온 듯 보이는 내 친구 롤프가 말한다.

"우리 먼저 올라가도록 합시다—!"

내가 앞장서서 길을 안내하지 않자, 크노벨이 그 집에 하나밖에 없는 층계를 가리킨다. 오래되어 낡고 닳은 호두나무 층계는 가파르지 않고 넓은 것이 귀족 명문가의 층계 같다. 옹이가 있는 소용돌이무늬의 난간. 그 층계는 절인 양배추 냄새가 나는 5층에서 끝난다. 크노벨이 검사에게 층계가 이어진다고 알려준다. 그는 칸막이 문을 열고 갑자기 가파르게 이어지는 좁은 전나무 층계를 가리킨다. 우연인지 아니면 의도적인지 모르겠지만, 두 사람은 나를 가운데 끼고 걷는다. 오늘 오전부터 나를 못 본 체하는 크노벨의 말 없는 진지함이 무엇보다도 희극적이다. 하지만 내 검사 겸 친구도 시신이 몇이나 있는지 모르는 유혈 현장에 접근하기라도 하는 듯 말이 없다.

"자—" 그는 위에 도착해서, 다시 반은 나를 향하고 반은 크노벨을 향해 말한다. "다른 분들도 곧 도착하면 좋겠는데……"

거기에 문이 세 개 보인다. 첫번째 문에는 맹꽁이자물쇠가 채워져 있고, 두번째 문에는 화장실을 암시하는 익살스런 표시가 그려져 있고, 마침내 세번째 문이 행방불명된 자의 아틀리에로 이어진다. 크노벨이 자물쇠를 연다. 그가 근무를 수행하는 관리로서 앞장서는 동안, 검사는 내게 말한다. 먼저 들어가십시오! 나는 그곳에서 어떤 식으로든 집처럼 편하게 느낀다는 인상을 주지 않으려고 즉시 정중한 태도를 취한다. 그리고 그 순간 내 친구 롤프가 나보다 훨씬 더 당황해하고, 전에 없이 무척 예민하게 구는 것을 감지한다. 그는 아틀리에에 들어서자마자 내게 묻는다.

"옷걸이가 어디 있지요?—"

크노벨이 푸른색 문에 박힌 못을 가리킨다.

"그렇군." 검사는 손을 비비며 말한다. "—창문 좀 열어줘요, 크노벨. 공기가 지독히 탁하군요."

내 친구가 안됐다는 생각이 든다. 나도 잘 알듯이, 그 아틀리에는 내 친구의 인생에서 언젠가 모종의 중요한 역할, 무척 중요한 역할을 했다. 현재 그는 그 점을 매우 잘 알고 있다. 하지만 문제의 인물을 꼼짝 못하게 제압할 목적으로, 오래전에 극복한 기억들을 갑자기 다시 생생하게 불러내야 하는 것이 바로 그런 현장검증의 비열한 점이다. 다행히도 그 순간 초인종이 울리는 바람에, 나는 우정어린 생각을 입 밖에 내어 말하지 못한다. 그래서 우리 두 사람 모두 기뻐한다. 크노벨이 아래층 현관문을 여는 스위치를 찾아서 누른다. 나는 대체 그 어리석은 현장검증에 누가 오는지 아직 모른다. 내 변호사는 틀림없이 오겠지. 혹시 율리카도 오지 않을까 하는 생각이 든다. 나는 코트를 벗지 않는다. 나는 여기에 아무런 볼일이 없다. 성실한 크노벨이 스위치를 제대로 누르지 않았는지, 또다시 초인종이 울린다. 검사가 말한다.

"왜 스위치를 안 누르죠?"

"누르고 있는데요." 크노벨이 말한다. "이거 보세요."

그동안 나는 아틀리에를 조금 둘러본다. 코트 단추를 풀고 코트 아래 바지주머니에 두 손을 집어넣고 모자를 쓴 채. 그곳은 사람이 사는 집이 아니다. 여기저기 예술품이 놓여 있다. 창틀, 조각용 주걱, 이젤, 조각받침대, 가구, 어디라고 할 것 없이 수북이 쌓인 먼지 때문에라도 전혀 손대고 싶지 않다. 수북한 먼지만 제외하면, 내가 지빌레 부인의 이야기를 들으며 떠올렸던 그대로다. 조금 뒤죽박죽이고, 거주할 수 있는 작업장. 프롤레타리아적인 것과 낭만적인 것이 뒤섞여 있다. 공간을 가로지르는 난로연통이 절대 간과할 수 없는 몸짓으로 이곳에는 어떤 인습도 존재하지 않는다고 시위한다. 그렇지만 사실은 파리의 거의 모든 아틀리에에서 볼 수 있는 것과 같은 난로연통이다. 보헤미안이라는 사람들의 인습적인 소도구. 그게 나와 무슨 상관이랴! 그 외에는 널찍하고 그래서 쾌적한 공간이다. 자연 그대로의 전나무 널빤지가 깔린 다락방 같다. 널빤지 위를 걸으면 군데군데 조금 삐걱거린다. 오늘처럼 화창한 가을날에는 햇빛이 밝게 비친다. 지빌레 부인이 기억한 대로, 경사진 천장 아래에 낡은 가스레인지가 있다. 에나멜이 벗겨져 여기저기 온통 녹이 슬어 있다. 그리고 인조대리석 개수대, 그릇 몇 개가 들어 있는 삐딱한 찬장. 찬장 맨 위 칸에는 호텔 데 알프스, 보데가 그라나다, 크론할레 취리히 등 제각기 다른 글귀가 쓰인, 순전히 훔쳐온 그릇들이 늘어서 있다. 보아하니 즐거운 자랑거리로 여긴 듯하다. 예전에는 붉은색 호스였겠지만 지금은 곰팡이가 핀 회색빛의 고무미라가 여전히 수도꼭지에 끈으로 묶여 있다. 물방울이 똑똑 떨어진다. 6년 전부터 계속 물방울이 떨어지고 있는 게 아닐까 하는 의문이 든다. 이런 생각이 순간 뇌리를 스치면서 왠지 혼란스러워졌고, 칼즈배드동굴의 방울방울 떨어지는 물방울이 연상된다. 나병환자처럼 거뭇거뭇하게 얼룩진 수건이 못에 걸려 있다. 물론 거미줄도 빠지지 않는다. 예를 들어 소파 옆의 전화기, 전화비가 체납되어서 아마도 더이상 벨이 울리지 않을 전화기에도 거미줄이 쳐져 있다.

더블베드만큼 널찍한 소파도 먼지가 수북하긴 마찬가지여서 아무도 거기에 앉지 않는다. 그래서 한편으로는 그 가구가 마치 박물관에 있는 양 거들먹거리는 인상을 준다. 손대지 마시오. 이를테면 에스코리알*의 필립 침대 같다. 내 검사도 두 손을 바지주머니에 집어넣은 채 아무것도 건드리지 않는 게 보인다. 그는 서가 몇 개를 유심히 살펴본다. 행방불명된 자가 남긴 것을 장서라고 부를 수는 없을 것이다. 플라톤 한 권, 헤겔 몇 권과 더불어 이제는 골동품상도 이름을 모를 책들이 꽂혀 있다. 브레히트와 함순이 나란히 꽂혀 있고 고리키와 니체가 그 뒤를 잇는다. 레클람문고가 많고, 그 가운데는 오페라 대본도 섞여 있다. 카이절링의 책도 눈에 띄는데 공공도서관의 검은 직인이 찍혀 있다. 그리고 온갖 예술 서적, 특히 현대예술 서적이 눈에 뛴다. 스위스 서정시 시가선. 『나의 투쟁』**이 앙드레 지드 옆에 있고, 다른 쪽 옆에는 스페인내전에 대한 백서가 기대여 있다. 곳곳에 인젤문고판이 있지만, 막상 전집은 하나도 없다. 『서동시집』『파우스트』『괴테와의 대화』

---

* 스페인의 마드리드 교외에 있는 광대한 건물 단지. 궁전, 수도원, 박물관 등으로 이루어져 있다. 그곳에 있는 필립 침대는 필립 2세가 숨을 거둔 침대로 관광객들에게 인기가 높다.

** 아돌프 히틀러의 자서전.

『돈키호테』, 토마스 만 작품으로는 유일하게 『마의 산』이, 『일리아드』 『신곡』, 에리히 케스트너, 『프라하를 여행하는 모차르트』, 뫼리케 시집, 『틸 오일렌슈피겔』 같은 단행본이 있다. 그런 다음 다시 마르셀 프루스트의 『잃어버린 시간을 찾아서』가 이어지지만, 전권이 다 있지는 않다. 『후텐 최후의 날들』, 고트프리트 켈러의 일기와 서간집, C. J. 융의 저서 한 권, 『검은 거미』, 아르프의 저서 약간, 갑자기 스트린드베리의 『꿈의 연극』, 헤세의 초기작도 있다. 체호프, 피란델로, 전부 독일어 번역본이다. 로렌스가 멕시코에서 집필한 단편소설 『말을 타고 떠난 여자』, 알빈 촐링거라는 스위스 작가의 작품이 꽤 많고, 도스토예프스키는 『죽음의 집의 기록』만 있다. 가르시아 로르카의 초창기 스페인어 시집, 클로델의 짧은 산문집과 『자본론』, 『자본론』은 횔덜린 책에 기대어 있다. 추리소설 몇 권, 리히텐베르크, 타고르, 링겔나츠, 마찬가지로 공공도서관의 검은 직인이 찍혀 있는 쇼펜하우어. 헤밍웨이(투우 책)가 트라클 옆에 꽂혀 있고, 너덜너덜한 잡지 무더기가 그 뒤를 잇는다. 표지가 닳은 스페인어-독일어 사전, 『공산당 선언』, 간디에 대한 책 등등! 어쨌든 여기서 정신적 윤곽을 찾아보기란 어려울 것이다. 특히 행방불명된 자가 그중 어느 책을 읽었고, 또 읽은 것 중에서 무엇을 이해하거나 이해하지 못했는지, 또는 무엇을 자신에게 유익한 방식으로 오해했는지 아무도 모르기 때문이다. 내 검사 겸 친구도 자신에게 무엇이 도움이 될지 전혀 모르겠다는 표정이다. 그가 수북한 먼지에도 불구하고 책등이 자줏빛 가죽으로 장정된 인디아페이퍼 책을 꺼내는 순간, 자신의 서재에 있는 책을 여기서 찾는 게 아닌가 싶은 생각이 든다. 하지만 그는 인디아페이퍼 책을 도로 서가에 꽂고는 『안나 카레니나』를 뒤적인다…… 그 밖에 아틀리에에는 작업장처럼 더없이 평범한 판자들을 받침대에 올려놓아 만든 길고 넓은 작업대가 있다. 받침대에는 양철에 새긴 석고세공사의 이름이 붙어 있고 석고가 묻어 지저분하다. 어떤 요정이 그곳을 정리한 듯 보인다. 재떨이가 모두 비워져 있고, 경사진 천장 아래의 부엌 쓰레기통도 마찬가지다. 지빌레 부인이 묘사한 것처럼, 빛바래고 얼룩덜룩한 스페인 투우 창 두 개, 진짜인지 매우 의심스러운 아프리카 가면 하나, 알아보기 어려울 정도로 색이 바랜 사진들, 부서진 켈트족 손도끼의 근사한 조각, 마찬가지로 완전히 색이 바랜 툴루즈로트레크의 포스터가 벽에 걸려 있다. 이윽고 검사가 말한다.

"이 사람들, 도대체 왜 이렇게 안 오는 거죠?"

"모르겠습니다." 크노벨이 말한다. "저는 분명 스위치를 눌렀는데요."

나는 매끄럽게 진행되지 않는 듯 보이는 현장검증 행사에 절대 개입하지 않는다. 나는 수감자로서 그 자리에 있으며, 그들이 걱정스러운 듯 의논하는 동안 창밖을 내다본다.

"이 사람들이 여기를 못 찾는 거 아닐까요—?"

"왜요?" 크노벨은 말한다. "그 부인도 여기를 잘 아는데요. 저한테 직접 모든 걸 알려줬거든요."

그렇다면 이제 내가 누구를 기다리는지 알겠다. 나는 담뱃불을 붙인다. 율리카가 나를 사랑한다면 어떻게 이런 우스운 짓거리에 참여할 생각을 할 수 있었을까, 믿기지 않는다. 물론 나는 긴장해 있지만, 확신에 차서 승리를 장담한다. 결국 모든 것은 율리카에게 달려 있을 것이다. 오로지 율리카에게…… 실제로 이 현장검증과 관련해, 이곳보다 더 낯설게 느껴진 장소는 생각나지 않는다. 행방불명된 슈틸러가 그 당시 두고 떠난 점토 작품 몇 개가 마르지 않도록 갈색 손수건에 싸여 있다. 하지만 그 손수건이 몇 년 전부터 물에 적셔지지 않았기 때문에, 그 작품들은 완전히 말라버렸을 가능성이 높다. 그것들은 오직 그 갈색 손수건으로만 지탱되고 있을 것이다. 물론 나는 거기에 손대지 않는다. 현장 검증을 완수하기 위해서는 그 손수건들을 벗겨내기만 하면 된다. 그러면 모든 것이 미라처럼 먼지가 되어 부서지겠지. 내 친구 겸 검사도 이런 인상을 떨쳐버리지 못한다. 그도 그것들이 민속박물관의 미라를 연상시킨다고 생각한다. 민속박물관에서 미라가 유리 안에 전시되는 데에는 다 이유가 있다. 그는 특히 오전에 실물로 보았던 사장의 석고두상을 유심히 눈여겨보지만 판단은 유보한다. 심지어 청동으로 주조된 것도 몇 개 있는데, 내 보기에 그 물건들은 청동과 전혀 어울리지 않는다. 청동, 어쨌든 어느 정도 내구성 있는 그 금속은 스케치적인 것의 정겨운 환상 효과를 살려내지 못한다. 아마 다른 금속이었다면 기대치를 자극해서 그 환상 효과를 발휘할 수 있었으리라. 그리고 청동에 담겨 있는 것은 성인 남자를 증언하기에 충분하지 못하다. 슈틸러가 (그 자신도 언젠가 틀림없이 이런 사실을 통찰했을 것이다) 이곳을 떠난 것은 전혀 놀라운 일이 아니다! 이 먼지 낀 아틀리에를 단 한 번만 둘러보면, 얼마나 많은 일을 했는지, 아, 얼마나 끈질기게 일했는지, 얼마나 많은 노력과 땀을 쏟아부었는지 알 수 있다. 하지만 그 앞에서 모자를 벗고 싶은 욕구를 느낄 정도는 아니다. 조금 우울할 뿐, 그 이상은 아니다—그리고 초인종이 다시 울려서 나는 기뻐진다. 검사는 화를 내며, 높으신 분들께서 현관문 하나 열지 못하는 모양이니 어서 아래로 내려가 모시고 올라오라고 크노벨에게 말한다. 빨리 서두르라는 것이다. 내 교도관은 스위치를 있는 힘껏 누른 터라서 당연히 기분이 상해 문으로 걸음을 옮긴다. 그는 그동안 다른 층에서 물건을 팔다가 이제 드디어 우리 아틀리에 앞에 서게 된 것이 분명한 늙은 행상을 발견한다. 행상의 떨리는 팔에 들린 가방이 열려 있다. 물론 우리 모두 그 상황을 예상하지 못했지만, 행상도 우리를 예상하지 못한 것은 마찬가지였다. 안 사요! 검사가 좀전에 자신에게 화를 냈듯이 크노벨이 화를 내며 말한다. 아무것도 안 사요! 물론 행상은 우리가 그 다락방의 거주자가 아니며 그곳에는 6년 전부터 아무도 살고 있지 않다는 사실을 전혀 모른다. 그는 전부 유용한 물건이라며 적어도 자신의 상품들을 보여줄 권리가 있다고 고집한다. 크노벨은 감히 그 말을 반박하려고 하지 않는다. 행상은 세 신사분 앞에서 특히 안전면도날, 면도용 비누, 지혈제 등을 권한다. 크노벨은 검사가 다시 화내지 않도록 일을 빨리 마무리 지으려고 한다. 반면에 행상은 우리가 그곳에서 어떻게 칫솔 하나 없이 살 수 있는지 이해하지 못한다. 세 명이서 칫솔 하나 없이, 파리 잡는 끈끈이 없이, 화장지 없이, 구두약 없이, 모든 것 없이, 무엇보다도 안전면도날 없이. 크노벨은 노인을 내치지 못한다. 행상은 우리의 남성다움을 의심하는 듯, 지금까지 보여준 물건들을 모조리 도로 집어넣고는 냄비 닦는 솔, 재봉용품, 신축성 있는 스타킹밴드, 아주 은은한 가문비나뭇잎 기름, 심지어는 머리핀을 내놓는다. 끊임없이 어디선가 잃어버리고 또 끊임없이 다시 필요한 물건들. 크노벨은 말한다. 자, 이제 그만해요! 이제 그만하라니까요! 하지만 이 말이 효력을 발휘할 낌새는 조금도 보이지 않는다. 마침내 내 검사가 사이에 끼어들어서 침착하게 면도날 아니면 그 비슷한 물건을 산다. 다시 우리 셋만 남지만, 다른 현장검증 관계자들은 여전히 나타나지 않는다. 그들은 아직까지 (2시 45분이다) 현관문의 초인종도 울리지 않았다.

"나는 3시 반에 회의가 있어요." 롤프가 이렇게 말하고는 뜬금없이 덧붙인다. "근사한 아틀리에죠—?"

나는 그렇다고 열심히 고개를 끄덕인다. "볕이 아주 잘 드는군요."

크노벨이 방금 전 행상 앞에서처럼 쓸모없는 존재가 되지 않으려고 아틀리에 주변에 대해 알고 있는 것을 들이밀며 잘난 체 아니면 유용한 체한다. 그는 나를 무시하고 검사를 향해 말한다.

"여기서 옥상에 나갈 수 있습니다."

우리가 옥상에 나가려는 기미를 전혀 보이지 않자, 그는 다시 말한다.

"검사님, 여기 우편물이 있어요. 지난 토요일 이후의 우편물이—"

"우편물?"

"인쇄물입니다." 크노벨은 인쇄물을 읽는다. "양로·유가족 보험, 보넨블루스트 박사께서 그동안 미납된 모든 보험료의 목록을 가지고 계십니다. 그리고 이 편지는 슈틸러 씨 친전이라고 겉봉에 쓰여 있네요—"

내가 행방불명된 슈틸러 앞으로 온 편지들을 읽을 생각을 하지 않자, 내 친구 겸 검사가 과감하게 봉투를 연다. 그의 표정으로 미루어 보아, 별일 아닌 듯 보인다. 다만 일에는 순서가 있는 법이어서, 그는 편지를 휴지통에 버리지 않는다.

"익명의 애국지사가 당신을 비방하는 내용입니다." 그는 짧게 말한다. "당신이 스위스인이 될 수 있는 가능성을 은총처럼—그러니까 무조건 덥석 움켜쥐지 않는 것을 아주 나쁜 일이라 여기고 있어요."

아무리 기다려도 초인종이 울리지 않자, 우리는 옥상으로 나간다. 검사 부인의 기억에 비추어 옥상도 변하지 않은 듯 보인다. 언젠가 우박 폭풍에 맞아 부서진 벽돌조각들이 사방에 널려 있는데도, 아무도 개의치 않았다는 것을 알 수 있다. 옥상의 잡초는 예전보다 많이 자랐을 것이다. 가을의 누런 풀줄기 몇 개가 바람에 흔들린다. 내 친구 겸 검사도 그럴 거라고 예상한 듯 보인다. 그는 예전과 다름없이 구석에 놓여 있는, 천이 벗겨진 팔걸이의자의 썩은 틀을 둘러본다. 그때 마침 맞은편 옥상에서 사람들이 매트리스를 털고, 그동안 롤프와 나, 우리는 말없이 서 있다. 새 친구 롤프가 그런 모든 사소한 일에 어떻게 관심을 보이는지 나는 똑똑히 의식한다. 박공, 천창, 굴뚝, 방화벽 위로 보이는 전망이 아름답다. 게다가 작은 배가 유유히 파도를 일으키면 기이한 가을 햇살 아래서 반짝이는 호수도 건물 사이로 보인다. 정말로 산뜻한 전망이지만, 롤프의 관심을 끌기에는 역부족이라는 생각이 든다. 그는 상당히 조급하게 담배를 피운다. 그에게 적지 않은 충격을 줄 이곳에 우리가 무엇 때문에 와야 했을까. 원래 그런 의도가 전혀 없었는데도, 지빌레의 남편인 그에게는 불쾌한 의미가 있는 순전히 사소한 일들. 그들이 우리 눈앞에서 먼지를 터는 매트리스, 행상이 권했던 신축성 있는 스타킹밴드나 목욕용 은은한 가문비나뭇잎 기름, 끊임없이 어디선가 잃어버리고 또 끊임없이 다시 필요한 머리핀. 롤프와 그의 부인이 이미 오래전에 마음속으로 극복한 장소를 무엇 때문에 새삼스럽게 돌아보는지 의아한 생각이 든다. 롤프가 자신의 예상보다 더 많은 대가를 치르고 있음을 그의 입술에서 읽을 수 있다. 쓸모없는 짓이다. 그가 담배를 필터까지 피우면서 그 2, 3분 동안 무슨 생각을 하는지 나는 모른다. 하지만 그것은 허튼짓이다. 확실하다. 이것처럼 전적으로 잘못된 종류의 시험이 있다. 7년 전에 이미 천에 덮여 있지 않았기 때문에 그의 부인이 절대 앉지 않았을 팔걸이의자의 썩은 틀은 이미 증명된 그들의 사랑의 세월을 갑자기 다시 문제 삼기에 충분하다. 6, 7년 동안 진척이 없었던 듯 보이는 것을 갑자기 단 1분 만에 증명하고 고통스러울 정도로 정확한 생각들을 일깨우기에 충분하다. 사실이든 아니든 오로지 혐오감만을 초래할 과거에 대한 생각들을. 아니면 내 친구는 이미 아무 의미 없는 이 장소가 다시 한번 일깨울 괴로움까지도 고통 없이 참아내기를 자신에게 기대했을까? 그것은 허튼짓이다. 설사 여기 이 물건이 썩지 않았다 할지라도, 그것이 살아 있는 지빌레하고, 지빌레와 그의 관계하고 무슨 상관이 있을까? 결코 멈추지 않을 혐오, 우리와 아무 관련 없는 생각들에 대한 이른바 필연적인 응징으로서 혐오만이 존재한다. 나는 이렇게 믿는다. 무엇 때문에 그는 이런 일을 자초하는가? 인간은 질투심을, 내면에서 우러나는 파트너에 대한 질투심을 극복할 수 있다. 그가 했던 것처럼 전부 극복할 수 있다. 하지만 눈썹 하나 까딱하지 않고 깨진 파편들을 모조리 먹어치워야 한다고 생각하는 건 허튼짓이다. 그의 미소가 조금 경직되어 있다. 롤프, 이미 많은 범행현장에 동행한 내 친구 겸 검사는 그 사실을 몰랐을까? 죽은 물건에 종종 악마적인 면이 있다는 것을 몰랐을까? 물론 나는 그 옥상에서 그에게 무슨 말을 해야 할지 알 수 없다. 그것은 아무 쓸모 없는 굴욕이다. 합법적인 현장검증에서 죽은 물건을 마주하게 되면 잘못된 반응을 얻을 수 있음을 나는 처음으로 이해한다. 마치 시간을 초월하는 진실이 존재하는 듯한 느낌이 들 수 있는 것이다…… 롤프가 침묵을 지키는 바람에 나는 불쑥 묻는다.

"그런데 부인께서는 실제로 몇 살이시지요?"

"지빌레 말인가요—?"

"한네스가 곧 김나지움에 다니겠지요." 나는 수다를 떤다. "그런데 지금 또 둘째를 보시고, 부인께서 무척 좋아하시겠어요. 게다가 따님이시니—!"

"그래요." 그는 말한다. "무척 좋아해요."

"그리고 롤프 당신도—"

"그래요." 그는 말한다. "그렇고말고요!"

성실한 크노벨은 직급 낮은 관리로서 근무시간에 하는 일 없이 빈둥거리는 것에 익숙지 않은 탓에, 우리를 가만히 내버려두지 않고 녹슨 난간에 손대지 말라고 경고한다. 그래서 우리는 난간에 손대지 않는다. 지붕 위에서 비둘기들이 구구거린다. 우리가 다녀온 구릉지도 푸르스름하게 보인다.

"저기 위쪽이 참 근사하더라고요." 나는 말한다. "시골의 그 야외 음식점—"

"그렇지요?"

"물론 나는 날개 달린 천사를 말하는 게 아니에요." 나는 거기 구릉지에서 그의 질문을 떠올리며 말한다. "조각이나 무대에서 볼 수 있는 것 같은 예술로서의 천사를 말하는 게 아닙니다. 언젠가 천사의 그런 형상을 생각해낸 사람들은 나와 비슷한 것을 경험했을지도 몰라요. 말로 표현할 수 없는 것. 다만 내가 뭔가를 경험했다는 사실만을 알 뿐이죠—"

그 순간 짜증스럽게도 (마치 조악한 개그처럼 느껴진다) 근처의 대성당에서 종소리가 울려퍼진다. 결혼식 아니면 퇴임식이려나. 눈에 보이지는 않는다. 어쨌든 끔찍이 크게 울려퍼진다. 우리 머리 위로 비둘기떼가 우르르 날아간다. 가까이에서 나는 소리는 전혀 들리지 않는다. 오로지 대기를 울리는 금속성 떨림, 우리의 고막을 찢을듯이 요란하게 종을 때리는 소리만이 들린다. 우리는 옥상을 떠난다. 종소리에서 조금이라도 벗어나려고 아틀리에에 들어서니, 그들이 이미 와 있다. 율리카와 내 변호사. 그때 마침 변호사가 파리에서 새로 산 율리카의 코트를 받아든다. 바로 창문을 닫았는데도 대화는 어림없는 일이다. 율리카는 전보다 더 매혹적이다. 우리는 즉시 입맞춤으로 인사한다. 나는 율리카의 멋진 머리카락이 취리히에 걸맞게 눈에 덜 띄도록 좀더 금색이 된 것도 놓치지 않는다. 그것은 율리카가 파리 그리고 드미트리치와 영영 헤어졌을 거라는 확신을 더욱 굳혀준다. 율리카가 더이상 파리로 갈 생각이 없어서 이리로 데려온 개는 물론 야릇하게 내 마음을 울린다. 또 폭스다. 이미 말했듯이 아무튼 끔찍한 종소리 탓에 대화를 나눌 수 없어서, 나는 개를 쓰다듬는다. 모두들 담뱃불을 붙인다. 율리카가 집주인처럼 재떨이를 가져와서는 다들 앉으라는 몸짓을 한다. 하지만 그러기에는 먼지가 너무 수북하다. 종소리가 그친 후 무슨 일이 벌어질지, 나는 긴장하면서도 즐거운 호기심을 느낀다. 그것이 얼마나 우스꽝스러운지 우리가 단번에 파악하기만 하면, 모든 게 단번에 해결될 것처럼 보인다. 물론 그 우스꽝스러움은 여느 때처럼 가죽 서류가방을 뒤적거리는 내 변호사에게 집약되어 나타난다. 우스꽝스럽다는 것을 그가 전혀 인지하지 못하기 때문이다. 크노벨은 그 자리에 없는 듯 굴려고 노력하고, 내 검사 롤프는 천천히 못에서 코트를 내린다. 그 신사 숙녀 분이 그렇듯 늦게 도착한 것은 (폭슬리 때문일 가능성이 높다) 그의 잘못이 아니다. 우리가 그 무언극에 익숙해지기 시작했을 무렵 드디어 대성당의 종소리가 그쳤다……

"어떻게 되었어요—?" 율리카는 묻는다.

율리카는 내가 이미 자백했을 거라고 예상한 듯 보인다. 검사가 그렇지 않다고 부정한데다가 유감스럽게도 작별인사까지 하자, 율리카는 나쁜 소식에 충격받은 사람처럼 먼지 낀 소파에 주저앉는다. 내 변호사는 검사를 쳐다봐야 할지 아니면 나를 쳐다봐야 할지 갈피를 잡지 못한다. 아마 실망한 율리카가 그때 벌써 울기 시작했는지도 모른다. 그러나 우리는 그것을 알아채지 못한다. 내 변호사는 검사를 붙잡으려 하지만 헛수고다. 검사가 내게 손을 내미는 순간, 나는 궁지에 몰려 새 친구에게 버림받은 느낌이다. 하지만 검사 측에서는 이 황당한 행사에 친구로서 결코 참석하고 싶지 않았으리라는 것을 금방 깨닫는다. 그는 다만 내 국선변호사에게 현장검증을 가지 않겠다고 거절할 수 없었던 것이다—나는 아름다운 율리카가 우는 것을 보고 묻는다. "당신, 나를 사랑해?"

내 변호사가 말하려 한다—

"나는 이 부인에게 묻고 있어요." 나는 변호사의 말을 가로막으며 율리카 옆 먼지 낀 소파에 앉는다. "율리카, 나를 사랑해? 아니면 사랑하지 않아?"

그녀는 더욱 격렬하게 운다.

"이거 봐," 그래서 나는 국선변호사와 교도관이 있는 자리에서 가능한 한 다정하게 말한다. "지금 모든 게 거기 달려 있어. 오로지 당신에게 달려 있다고. 율리카, 전적으로 당신에게!"

"왜," 그녀는 운다. "왜 나한테 달려 있다는 거야?"

나는 여전히 확신에 차서 다정하고 침착하게, 율리카가 나를 진심으로 사랑한다면 내가 행방불명된 남편이라는 자백이 필요하지 않다는 사실을 설명하려고 애쓴다. 내게는 아주 간단명료해 보인다. 그런데도 나는 상당히 길게, 지나치게 길게 말한다. 그리고 언제나 그렇듯이, 시간이 흐르면서 말이 두서없어진다. 나는 그런 상황을 평생 한 번도 감당해본 적이 없었다. 나 혼자만이 이렇듯 간단명료하게 통찰하고 있다는 것을 느끼는 즉시, 나는 명료함을 상실하고서 다른 사람들의 이해를 돕기 위해 서둘러 이런저런 비교를 들며 횡설수설한다. 하지만 실제로 그런 비교들은 명료하게 통찰한 내용을 해체시킬 뿐이다. 결국 나는 두서없이 말한 내용을 말도 안 되는 허튼 논거로 변호하게 된다. 그러면서 그 점을 정확히 깨닫는다. 하지만 아름다운 율리카가 아무 말도, 전혀 아무 말도 하지 않는 바람에, 다시 말해 최소한 우리 무력함의 균형을 맞출 어떤 허튼소리도 하지 않는 바람에, 나는 말을 멈출 수가 없다. 왜 율리카는 나를 돕지 않을까? 우리만 단둘이 있는 듯 나는 그녀의 눈물 젖은 손을 잡고서 나를 사랑하느냐고 물을 수밖에 없다. 그러고는 기다린다—

"이 불행한 부인을 도대체 얼마나 더 오래 괴롭힐 겁니까!" 내 변호사는 당연히 호의적인 의도에서 이렇게 말한다. "율리카 부인은 당신을 사랑합니다. 이런 맙소사, 그건 분명하다니까요—"

변호사도 지나치게 길게 말한다.

"—그런데," 그는 마침내 결론을 이끌어낸다. "당신은 이 부인에게 감정이 있기나 한가요? 당신이 이 연약한 부인에게 한 짓은 파렴치하기 그지없어요. 이제라도 자백을 해야 마땅하건만! 이 부인은 당신을 위해 파리에서 왔어요. 당신을 위해 발레학원을 포기했다고요. 그런데 당신은 그런 부인을 이런 식으로—율리카 부인 같은 분이 도대체 무슨 이유로 당신과 결혼해서 이 고생을 하는지 묻지 않을 수 없군요!"

이 말에 나는 그를 바라본다.

"그렇지 않습니까!" 그는 힘주어 강조한다.

이 말에 나는 몸을 일으킨다. 곧바로는 아니지만 잠깐 망설인 후, 율리카가 혹시 변호사를 책망하지 않을까 잠깐 기다린 후에. 별안간 두 다리가 무척 무겁게 느껴진다. 나는 어떻게든 더 행복한 쪽으로 상황을 유도하기 위한 시간을 벌 셈으로 코트의 먼지를 턴다. 그리고 마침내 문을 향해 걸음을 옮긴다. 문은 잠겨 있다(그순간 손에 느껴진 감촉을 결코 잊지 못할 것이다). 잠겨 있다. 착각이 아니다. 빡빡해서 열리지 않는 것이 아니다. 말 그대로 잠겨 있다.

"크노벨," 나는 말한다. 나 자신도 좋아하지 않는 웃음이 내 안에서 터져나온다. "—열쇠를 주세요."

크노벨은 귀가 새빨개진 채 침묵을 지킨다.

"날더러 어쩌라는 겁니까?" 나는 묻는다.

그동안에 율리카, 그 배신자가 나와 문 사이를 가로막는다. 나는 여전히 문손잡이를 잡고 있다. 이 순간은 적어도 단둘이서 얼굴을 맞대고 물을 수 있는 기회이다. 왜 나를 배신하지? 무척 아름다운 눈, 영원히 어린아이처럼 깜짝 놀란 듯한 매력을 발산하는, 둥글게 다듬은 눈썹, 그녀의 악의 없는 얼굴은 내가 왜 이러는지 일말의 짐작도 하지 못한다는 걸 알려주고, 나는 말문이 막힌다. 그녀도 나와 단둘이 얼굴을 맞대고 말한다. 이러지 마! 그리고 실제로, 나는 어떤 식으로든 유치한 흥분에 사로잡혀서 이미 너무 자주 일을 그르쳤다. 내가 모든 사람에게, 특히 조금 전까지만 해도 내 유일하고 즐거운 확신이었던 율리카에게 부당하게 굴 수도 있다. 그런데 내가 왜 이러지? 그러니까 이제 나는 내가 어쩌면 정말로 이해하지 못하는 율리카와 팔짱을 낀 채, 율리카를 아주 훌륭한 부인으로 여기는 변호사와 바지주머니에 열쇠를 넣고 있는 내 성실한 교도관 크노벨 앞에 서 있다. 게다가 율리카가 내 평생의 역작이라고 소개하는 손수건 미라들에 둘러싸여 있다. 나는 의식이 마비된 듯 한동안 율리카가 소개하도록 가만히 둔다. 정말로, 그녀가 이끄는 대로 가만히 있다. 그 물건들이 율리카에게 그토록 많은 의미가 있을 수 있다는 사실에 거의 감동받아서 조금 즐겁기까지 하다. 이를테면 사장의 석고두상과 관련해…… 무엇이 나를 그 정도로 마비시켰는지, 또 그 상태가 얼마나 오래 계속되었는지도 모르겠다. 그러다 갑자기 다시 깨어나지만, 잠긴 문과 내 변호사의 무례한 말에 대한 기억이 깡그리 사라진 듯 보인다. 마치 허무맹랑한 꿈에서 깨어났지만 꿈 내용은 벌써 잊어버리고 단지 꿈을 꾼 것만 의식하는 사람처럼, 나는 잠긴 문을 꿈꾸기 직전에 했던 바로 그 질문, 율리카가 나를 사랑하느냐 사랑하지 않느냐는 질문으로 다시 돌아와 있다. 우리가 거기서 이야기의 실마리를 잃어버렸다는 것을 깨닫는다. 나는 바로 그 질문을 반복하면서, 손수건 미라들에 대한 율리카의 감동적인 설명을 중단시킨다. 그리고 원래 수줍고 내성적인 성품의 율리카에게는 국선변호사와 교도관이 있는 자리에서 그 질문에 대답하기가 쉽지 않다는 것을 어느 정도 이해한다. 그런 질문을 할 자리가 아니라는 느낌이 든다. 아마 그래서, 내 변호사가 말 없는 율리카를 도와줄 요량으로 다시 입을 열었을 때 참지 못했을 것이다.

"이런 우라질!" 나는 그의 면전에서 말한다. "도대체 당신이 무슨 상관이에요! 나는 이 부인과 연인 관계인 것을 부정하지 않아요—"

율리카는 기분이 상한다.

"아나톨—?!"

나는 소리친다. "여기서 아나톨이 왜 나와? 여기서 아나톨이 왜 나오냐고? 나는 행방불명된 당신 남편의 이 모든 허섭스레기를 절대 억지로 떠맡지 않을 거라고—자!" 나는 근본적으로 마음속에 웅크리고 있던 분노를 이기지 못하고 웃음을 터뜨리며, 손수건 하나를 확 낚아챈다. 예상대로 먼지투성이다. 변호사의 옹호를 받지 못한 메마른 점토가 우수수 부서져내린다. 다음 것도 마찬가지다. 미라, 미라일 뿐이다. 거기에 녹슨 쇠와 굽은 철사로 이루어진 틀. 바로 이게 그녀의 행방불명된 슈틸러로부터 남아 있는 모든 것이다. 목사들이 말하듯이, 나머지는 흙이다. 바닥에 떨어진 약간의 회갈색 덩어리. 하지만 무엇보다도 내가 손수건을 흔들 때마다 뿌옇게 이는 갈색의 먼지 구름. 유감스럽게도 초인종이 울린다. 유감스럽게도. 그들은 거기 모습을 드러낸 예술에 놀라서 내가 그 일을 단숨에 끝까지 해치우는 것을 제지하지 않았을 테니까. 나는 초인종 소리에 당황한다. "또 누굴 불렀죠?" 나는 변호사에게 묻는다. "나를 미치게 할 셈이군요."

그 순간 확실하게 짚이는 것이 있다. 그리고 당황한 변호사의 손짓을 좇아, 크노벨이 마침내 바지주머니에서 열쇠를 꺼내 문을 열고 아래로 내려가는 모습도 보인다. 나는 또다시 (도대체 몇 번째인가!) 내게 경고하고 간청하는 변호사의 장광설 탓에 그 틀림없는 의혹을 잊고 만다—나더러 냉정하게 정신을 차려서 자백할 수 있는 마지막 기회를 놓치지 말라는 것이다. 그렇지 않으면 법정에서 판결이 날 텐데, 율리카 부인 앞에서 곤혹스럽지 않겠어요. 이성적인 말 한 마디만 하면 완전히 자유의 몸이라니까요. 당신이 생각하듯 모든 게 그리 나쁘진 않아요. 볕이 잘 드는 아주 멋진 아틀리에. 친구들이 귀향파티를 준비하고 있고요. 그러니 기운을 내서 자백해요. 슈틸러는 인정받은 예술가지요. 위대한 예술가는 아니지만, 요즘 세상에 위대한 예술가가 어디 있겠습니까. 하지만 슈틸러는 인정받은 예술가여서, 예술위원회도 재판 비용을 변제할 준비가 되어 있어요. 모두들 당신에게 무척 친절하답니다. 그저 좀 우습게도 당신만 완고해서 본인한테 손해가 되잖습니까. 사태를 조금 통찰할 필요가 있어요. 율리카 부인은 우아하고 소중한 분이지요. 결혼이 절대 아이들 장난은 아니잖습니까. 하지만 율리카 부인처럼 너그럽고 착한 사람이 또 어디 있겠어요. 그러니 기운을 내서 처음부터 다시 시작하도록 하세요. 도피는 절대 진정한 해결책이 아니에요. 다만 자유를 속박할 뿐이지요. 결혼은 여흥이 아니라 도덕적인 의무입니다. 조금 성숙해질 필요가 있어요. 약간의 좋은 의지, 그거면 틀림없이 잘될 겁니다. 율리카 부인이 파리에서 보낸 힘든 시간들, 부인은 번창하는 발레학원도 고결하게 포기했어요. 율리카 부인의 희생, 오로지 여성적인 희생이지요. 당신 쪽에서 당연히 고마워해야 할 일입니다. 그러니 다시 한번 기운을 내십시오. 사나이 대장부답게 손을 내밀고, 할렐루야! 변호사가 이렇게 말하는 동안 우리는 다시 팔짱을 끼고 있다.

율리카가 나한테 바싹 붙어 있는 것이 내가 더는 잠기지 않은 문을 이용할까봐 두려워서인지, 아니면 나에 대한 진정한 애정 때문인지는 모른다. 나는 율리카 몸의 온기를 느낀다. 내 변호사는 계속 말한다. 그러니 기운을 내십시오. 세상에 고향처럼 좋은 곳이 또 어디 있겠어요. 물론 고향의 가치를 새롭게 평가하는 법을 배우기 위해서는 이따금 여행도 해야죠. 하지만 사람에겐 뿌리가 필요한 법입니다. 물론 당신 안에 있는 예술가도 뿌리가 필요하지요. 뿌리, 그게 중요합니다. 뿌리, 그리고 또 뿌리. 고향 없는 사람들이 수백만 명에 달해요. 그러니 당신 쪽에서 당연히 고마워해야 할 일이지요. 모든 일을 나쁘게만 보지 마세요. 인간에 대한 약간의 사랑, 스위스인들도 인간이지요. 제 근본을 버릴 수 있는 사람은 없어요. 당신 쪽에서 보다 긍정적인 마음가짐이 필요해요. 전체적으로 마음가짐이 필요하다니까요. 예전처럼 모든 것을 박살내지 말고요. 자기비판이야 고결하지요, 하지만 먼지와 흙 부스러기만 지저분하게 날릴 뿐이에요. 그러면 안 됩니다. 열정은 고결합니다, 하지만 모든 일을 정도껏 해야 합니다. 당신이 생각하듯 모든 게 그리 나쁘진 않아요. 아마 취리히는 세상에서 가장 아름다운 도시일 겁니다. 하지만 이미 말했듯이, 반드시 보다 긍정적인 마음가짐을 가져야 해요. 오늘날은 세상에 허무주의가 너무 만연해 있어요. 인간 대 인간으로 세상을 개선해야 하지요. 온 영혼을 바쳐서 선한 것을 원해야 한다니까요. 그러면 틀림없이 잘될 겁니다. 예를 들어 율리카 부인은, 율리카 부인이 특히 본보기지요. 율리카 부인은 정말 대단해요. 율리카 부인이 당신에게 보이는 여성적인 신의를 가로막지 마세요. 독특하면서도 전형적인 여성이지요. 참으로 훌륭한 여성입니다. 남자들은 종종 완고하고 질투심이 많아요. 여자들은 달라요. 여자들은 어머니처럼 자상하면서 나름대로 까다롭지요. 물론 그래요. 하지만 그건 오로지 당신이 여자들을, 즉 그 풍부한 정서를 이해하지 못하기 때문입니다. 율리카 부인 같은 마음을 가진 여자는, 아니 심성이라고 해야 맞겠군요, 그런 여자는 거의 없을 거예요. 당신 쪽에서 좀더 마음을 열어야 합니다. 영원히 여성적인 것이 우리를 이끌어 올리지요.* 오늘날 주지주의가 세상에 너무 만연해 있어요. 항상 생각하고 의심만 할 것이 아니라 희망을 가져야 합니다. 기운을 내서 희망을 가져야 한다니까요. 희망 없이는 결혼도 없고, 희망 없이는 사람 사이에서든 민족 사이에서든 평화도 없기 때문이지요. 자, 보십시오. 희망이 없으면 중세시대처럼 진실한 예술도 없어요. 간단히 말해서, 희망이 없으면 가망도 없는 겁니다. 그러니 솔직하게 말해요. 어리석게 굴지 말고요. 슈틸러 씨에게도 앞으로 발전할 가능성이 많아요. 내 변호사는 그 가능성에 대해 확신한다. 나머지 모든 것은 허망한 껍질에 불과하지요. 예를 들면 이름이 그렇습니다.** 하지만 질서가 있어야 하지 않겠어요. 누구나 이름이 있어야 해요. 저는 물론 관료주의자는 아닙니다. 이처럼 가치 있는 두 사람의 결혼을 들여다보고 솔직히 충격받았어요. 물론 저도 결혼했지요. 누구든지 어려움을 겪기 마련이고 또 그 어려움을 극복합니다. 하지만 희생이 필요해요. 희생하고 또 희생하는 대신 영혼의 평온을 얻지요. 영혼이 늘 제일 중요하거든요. 오늘날 세상에 물질주의가 너무 만연해 있어요. 신에 대한 약간의 믿음은 반드시 필요합니다. 조급하게 서두르는 현대적인 교

---

* 『파우스트』 제2부 마지막 구절 참조. "영원히 여성적인 것이 우리를 이끌어 올리노라"

** 『파우스트』 제1부 3457행 참조. "이름은 허망한 껍질에 불과하오."

통수단, 게다가 영화관과 스포츠, 예를 들어 우리를 대중화시키는 경기장 건설, 하지만 무엇보다도 공산주의 때문에 진정한 가치들이 파괴되고 있어요. 그렇지만 저는 충분히 너그러운 사람이라서, 슈틸러 씨가 젊은 날 스페인내전에 참가한 것을 이제 와서 탓할 생각은 전혀 없어요. 그 일은 잊어버립시다. 저도 한때는 정당에 가입한 적이 있지요. 그 정당이 지금은 사라지고 없지만 말이죠. 그 일도 잊어버립시다. 방황은 인간적이고 프랑코는 유럽에 중요해요. 슈틸러 씨는 어째서 그런지 이해 못하시겠죠. 아무도 알 수 없는 일입니다. 그래요, 저도 모르거든요. 영원한 계율들이 그만큼 더 중요하지요. 지금도 십계명이 최고입니다. 우상을 섬기지 말라. 율리카 부인이 입버릇처럼 말하듯이, 백번 맞는 말이지요. 백번 맞고말고요. 탐하지도 말고 절대 죽이지 말라. 어쨌든 평화로운 시기에는. 물론 기관총사수는 상황이 좀 다르지만요. 반군국주의가 한때 유행했지만 지금은 전혀 고려의 대상이 아니죠. 이미 말했듯이, 지금은 죽여서는 안 돼요. 이봐요, 머릿속에서도 죽이면 안 되거든요. 우리 스위스에서는 그런 짓을 하지 않아요. 가족은 민족의 배아입니다. 율리카 부인은 아이를 낳기에 아직 충분히 젊어요. 아이는 율리카 부인의 은밀한 소원이었지요. 노동자들만 무더기로 자손을 낳아 번식하고 있어요. 걱정스럽게도 우리 지성인들은 이 점에서 실패하고 있지요. 여기서 문제는 수입이 아니라 내적 의지입니다. 스위스에서는 품위 있는 예술가들도 얼마든지 적절히 자손을 낳을 수 있을 만큼 많이 벌 수 있어요. 예술가의 성품이 그렇다는 전제하에 곳곳에 지원금이 넉넉히 있거든요. 당연한 일 아니겠어요. 맹세코 당연한 일이지요. 술꾼이나 또는 좌익으로 의심되는 자들의 아이는 안 되지요. 자유는 값진 자산이거든요. 간단히 말해서, 스위스는 여전히 이상적인 나라이며 파업이 끊일 날 없는 처량한 프랑스와는 비교도 안 됩니다. 그러니 다시 한번 기운을 내서 솔직히 말해요. 지난 일은 잊어버리고요, 틀림없이 잘될 겁니다. 이봐요, 틀림없이 잘될 거라니까요. 반드시 잘되게 되어 있어요. 변호사도 번번이 앞에서부터 새로 시작해야 합니다. 그게 인간의 운명이지요. 하지만 신에 대한 약간의 믿음만 있으면 모든 게 가능해요. 물론 그렇다고 광신적이면 안 되지만요. 모든 것을 스위스의 건강한 감각으로 해결해야 합니다. 사회적인 것은 당연한 일이지요. 그래요, 그리고 한 가지 더 짚고 넘어가야 할 점이 있어요. 슈틸러 씨는 양로원의 의붓아버지를 잊어서는 안 됩니다. 아니면 괴테가 이미 멋지게 표현했듯이, 그대가 조상들에게서 물려받은 것을 소유하기 위해 받아들이라.* 이 말을 정신적으로, 인간적으로 생각해야 합니다. 양로원에 계신 의붓아버지를 잊어버리는 것은 아름답지 않아요. 그러면 안 되지요. 부모에게 효도하는 게 당연하죠. 슈틸러는 세상에 혼자 존재하는 것이 아니라, 제기랄, 공동체, 그야말로 공동체의 구성원이거든요. 책임감이 있어야 마땅하죠. 하지만 모든 일에는 약간의 사랑이 있어야 합니다. 늘 자기 자신만을 생각하면 안 됩니다. 슈틸러 씨, 율리카 부인을 본보기로 삼아요. 이렇게 까다로운 남자와의 결혼생활을 감수하다니, 이 우아하고 용감한 부인에게 다시 한번 경의를 표합니다. 그러니 다시 한번 말하는데, 손을 내밀어요. 부인해봤자 이제 아무 소용 없어요. 증거들이 명백하다니까요. 이제 자진해서 자백하는 도리밖에 없다고요.

* 『파우스트』 제1부 682~683행.

슈틸러 씨, 그러니 용기를 내서 조금 이성을 되찾으세요. 하느님과 율리카 부인, 결혼, 스위스, 내 안의 선善을 조금만 믿는 겁니다, 조금만—

내 보넨블루스트 박사는 이렇게 말한다.

크노벨이 양로원의 노인을 데려온 순간, 나는 적어도 율리카가 마치 연락을 받고서 구속복을 들고 집안에 들어오는 정신병원 보호사들을 맞이하는 아내처럼 얼굴을 붉힌 것을 높이 평가한다. 나는 처음에는 좀전의 행상인 줄만 알았다가, 내 변호사가 부끄러워하며 즉시 공손하게 의자를 대령하는 것을 보고 놀라 주춤한다. 그도 그 정도로 난처할 줄은 미처 예상하지 못했던 모양이다. 다만 그는 흔히 고집스러운 수감자에게 하듯이 직접 대면시킴으로써 사태를 조금 깨닫게 할 생각이었다. 나머지 모든 대면은 내 마음을 전혀 움직이지 못했기 때문이다. 그러니 내 변호사에게 다른 무슨 수가 있었겠는가? 크노벨은 법정과 관청과 박사님과 파리에서 온 무용가에 대한 경외심으로 어쩔 줄 몰라하는 노인을 먼지 수북한 흔들의자에 앉힌다. 나는 그를 알아보고 눈물을 흘린다. 그리고 그가 내 눈물을 보지 못했음을 알아챈다. 그는 상당히 얼떠 보인다. 나는 등을 돌린다. 사실 놀랄 일도 아닌 순간인데 너무 비겁하게 군다. 그 당시 밤의 바워리에서 그가 불현듯 생각났을 때, 지금의 모습과 많이 다르지 않은 모습이었다. 이제 음흉하게 날카롭고 가느다란 노인의 목소리만이 등 뒤에서 들린다. 그래그래, 네가 돌아왔단 말이지, 그래그래! 그는 키득키득 웃는다. 그 자리에 있는 사람들 중에서 누가 아들인 것 같은지 내 변호사가 그의 주의를 환기하며 묻는다. 그는 키득키득 웃는다. 착한 아들이, 그렇다니까, 나를 전혀 돌보지 않아, 그래그래. 내 변호사는 나를 알아보겠느냐고 그에게 묻는다. 그래그래, 그는 키득키득 웃는다. 어디론가 사라져버렸어, 착한 아들이. 그러다 몇 년 만에 다시 돌아와서는, 아니, 아직 살아 있냐고 물을 생각도 안 하다니. 착한 아들이!…… 물론 나는 아주 고약하게 굴었다.

"허튼소리 좀 그만해요!" 나는 가능한 한 뻔뻔하게 말했다. "저는 어르신이 누군지 모르겠습니다." 그래그래, 그는 키득거렸다. 그래그래.

"그만하라니까요!" 나는 소리쳤다. 내 꼴이 너무나 우스꽝스럽게 느껴졌다. 그 순간을 견디기 어려웠다—나는 순전히 어쩔 줄 몰라서 닥치는 대로 석고상을 하나 집어들었다. 처음에는 그저 위협만 할 생각이었는데, 아름다운 율리카의 침착한 얼굴이 보였다. 내가, 자신의 슈틸러가 설마 자신에게 뭔가를 던지겠느냐는, 거의 미소조차 없는 확신. 그리고 실제로, 나는 던지지 않았다. 나는 그 석고 물건을 어딘가로 내팽개쳤다. 이미 말했듯이 내 우스꽝스러운 꼴을 의식하고서. 그리고 그런 우스꽝스러운 꼴에 분통이 터져서, (다른 사람들은 매우 품위 있게 행동했다) 손에 집히는 대로 마구 물건을 집어들었다. 나는 두상을 바닥에 내팽개쳤다. 두상은 바닥으로 굴렀을 뿐 깨지지는 않았다. 그 물건을 힘껏 내동댕이쳤던지라 악몽 속에서처럼 무력감을, 이루 말할 수 없는 무력감을 느꼈다. 게다가 그 누구의 제지도 받지 않았다. 내 변호사와 크노벨도 다만 지켜보았을 뿐이다. 어처구니없다는 표정으로, 하지만 내가 행방불명된 슈틸러이므로 그 아틀리에의 모든 것을 완전히 박살낼 권리가 있다는 확신에 차서. 오로지 개만 짖었을 뿐이다. 나는 그들의 오해에 몸이 마비되는 것만 같아서 그 물건 중 일부는 받침대에서 들어올릴 수조차 없었다. 그래서 좀더 작은 형상들을 들어 벽에 쾅 내던졌다. 몇 개가 산산조각나면서 쾌감을 안겨주었다. 하지만 내 분노가 모든 것을 때려부술 만큼 충분하지 못하다는 굴욕이 덮쳐왔다. 내가 작은 것들만 때려부수는 동안, 받침대에서 들어올릴 수 없는 큰 것들은 내 분노를 견뎌냈다. 그것들은 다만 비웃을 기회만을 기다렸고, 나는 그 비웃음을 견딜 수 없다고 믿었다. 그렇다. 내가 계속 미쳐 날뛸 수밖에 없도록 만든 것은 실제로 오로지 그 비웃음에 대한 두려움이었다. 이제는 도중에 그만둘 수도 없었다! 나는 어떤 식으로든 받침대들도 밀쳐 넘어뜨렸고, 그런 식으로는 끝을 낼 수 없다는 것을 곧 깨달았다. 도대체가 힘든 일이었다! 그리고 그 누구도 입 한번 벙긋거리지조차 않았다. 그들은 내가 언제든 포기할 것이라고 확신했다. 오로지 낯선 개만 짖었다. 나는 그 허튼짓을, 아무도 애석하게 여기지 않는 석고상들을 깨부수는 짓을 그만두지 못하게 하는 내 자만심에 절망했다. 내가 쇠클램프로 무장하고 모든 석고상을 때려부수거나 아니면 적어도 구제할 길 없이 망가뜨릴 때까지는 끝나지 않을 듯 보였다. 하지만 청동상도 있었다. 그리 많지는 않았지만 어쨌든 몇 개 있었다. 첫번째 것은 너무 무거워서 내동댕이칠 생각은 도저히 할 수도 없었다. 하지만 이제 무슨 일이 있어도 어떻게든 버텨서 청동상도, 아니 무엇보다도 청동상을 해치워야 했다. 나는 전력을 다해 첫번째 청동을 가까스로 들어올려서 바닥에 떨어뜨렸다. 한 번, 두 번, 아니 열 번을 우당탕 바닥에 떨어뜨려도 청동이 끄떡없자 나만이 유일하게 웃음을 터뜨렸다. 그렇다면 그걸 들고 열린 창문을 향해 돌진! 드디어 당연하게도 물론 그들이 마당 어딘가에 있을 낯선 사람의 목숨에 겁을 집어먹고 화들짝 놀라 뛰어왔다. 골함석 지붕으로 쿵쾅 떨어지는 소리는 내게 청량제가 되었다. 그럼 그렇지, 이제 파괴에 대한 쾌감과 더불어 기운도 다시 샘

솟았다. 크노벨이 나를 제지했지만, 내가 청동을 자기 발에 떨어뜨리지 않을까 두려워 거리를 두었다. 그래서 나는 온갖 이런저런 말에도 불구하고 다음 청동을 들고 다시 창가에 도달했다. 우르릉 쿵쾅, 골함석이 울렸다. 마당에서 목소리들이 울부짖었다. 욕설의 경보, 총성처럼 크게 울려퍼졌다. 나는 땀에 흠씬 젖어서, 아직 뭐가 남아 있나 주위를 둘러보았다. 장롱을 열어젖혔다. 작은 물건들이 휙 곡선을 그리며 창문 밖으로 날았다. 이제는 스케치북, 조각손, 깡통 같은 물건들만 날아갈 뿐인데도 누군가가 비상벨을 울렸다. 아틀리에에 있는 사람들이 내 눈에는 전혀 들어오지 않았으며, 오로지 그들이 그 자리에 있다는 것을 알고 있을 뿐이었다. 아프리카 가면, 투우 창, 켈트족의 손도끼 같은 것들, 저 아래 골함석의 원기를 돋울 수 있는 것들을 찾아내는 동안은 나는 기분이 좋았다. 아, 그렇지, 기분이 좋았다는 말은 적절한 표현이 아니다. 내가 잘못된 짓을 한다는 두려움이 없었다. 나는 다시 나 자신이었다. 하지만 이제 당연하게도, 내가 나 자신에게 만족함과 동시에 내 인생에서 가장 비참하게 여겨진 순간, 다시 말해 골함석을 우르릉 때리고 쿵쾅 후려치고 요란하게 울릴 수 있는 것을 선반과 받침대에서 더 이상 찾아낼 수 없게 된 순간, 이제 무엇을 해야 할지 아무런 생각이 나지 않는 순간, 완전히 조용하고 약간 덩그러니 빈 순간, 다른 모든 순간들처럼 무상하고 바로 그래서 비참한 그 순간이 찾아왔다…… 나는 땀을 흘렸다. 크노벨이 함석과 철물 작업을 하는 사람들을 진정시키고 청동 우박이 이제 끝났음을 알려주기 위해 밖으로 나갔던가 아래로 내려갔다. 나는 미소 지으려고 했지만 뜻대로 되지 않았다. 하다못해 웃음을 터뜨려보려고 했다. 하지만 나 혼자만 웃고 있으며 그렇게 혼자 웃기에는 너무 지쳤음을 깨달았다. 이제 율리카가, 아름다운 율리카가 다시 눈에 보였다. 그녀가 맨 먼저 입을 열었다.

"이제 어떡할 거야?"

율리카는 앉아 있다. 나 때문에 극도로 흥분한 작은 폭스를 무릎에 안고서. 그 개는 작은 폭스지만 지금은 율리카 곁에서 안전하다. 내가 온갖 소란을 피우는 동안 율리카는 몸을 일으키지 않았던 것 같다. 그녀는 고개를 젓지 않는다. 다만 포도주를 엎질렀거나 아니면 여자의 긴 야회복 자락을 발로 밟은 남자를 바라보듯 나를 바라볼 뿐이다. 용서할 수는 있지만 곤혹스럽다는 표정이다. 하지만 용서할 수는 있다. 나는 내 눈을 믿지 못한다. 눈이 무척 아름다운 그녀의 얼굴은 변하지 않았다. 내가 도대체 뭘 기대한 건지 나 자신에게 묻고 싶을 정도로 변하지 않았다. 그녀는 불그스름한 머리카락을 매만진다. 몸을 전혀 움직이지 않았으니 그럴 필요가 없는데도. 오로지 나만 소란을 피우는 바람에 열이 나서 온몸이 온통 땀에 절고 와이셔츠가 축축이 젖고 넥타이가 뒤틀려 있다. 바로 그래서 율리카는 또다시 불그스름한 머리카락을 매만진다. 당연히 당혹스럽다는 몸짓. 그녀는 내가 사과하기를 기다리는 걸까? 층계참에서 크게 이야기하는 소리가 들린다. 청동에 맞은 사람은 아무도 없는 듯 보인다. 그랬더라면 조용했을 것이다. 하지만 당연히 분노와 불쾌감이 크다. 나는 그 사실을 깨닫는다. 그런 다음 율리카가 담배를 꺼냈고, 나는 불을 내민다. 그렇다, 그녀의 말이 옳다. 이제 어떡할 것인가? 라이터를 손에 든 채 내 율리카를 바라보는 몇 초 동안, 나는 곧 내가 뜨거운 눈물을 쏟은 다음 무릎을 꿇을 것이라고 예상한다. 두 손으로 얼굴을 감싼 채. 율리카가 흐느끼는 내 추하고 우스꽝스러운 얼굴을 손에서 떼어낼 때까지. 그러고 싶은데 그렇게 되지 않는다. 마치 눈물이 속으로 들어가버리는 듯하다. 나도 율리카처럼 변하지 않은 모습으로 서 있다. 그녀의 오만(그녀의 아량)은 너무 완고하고 흔들림이 없다. 내가 늘 패배하는 것은 자신의 탓이 아니라고 여기는 승리자처럼, 아니면 어머니처럼, 아무리 타일러도 나아지지 않는 아들을 사랑하는 어머니처럼, 그녀는 미소를 짓는다. 그녀의 우월함은 깊이를 알 수 없고, 그녀의 천진함은 불가사의하고, 그녀의 평정은 살인적이고, 그녀의 무반응은 백치 같다는 생각이 들어서, 나는 처음 만난 날처럼 믿기지 않는 표정으로 그녀를 빤히 쳐다본다. 그녀는 얼마나 아름다운가, 나는 결코 잊지 못할 것이다. 그녀의 불그스름한 머리카락, 설화석고 같은 얼굴빛, 소녀 같은 입술, 아마 푸른색이거나 초록색이거나 아니면 아마 무색일 수도 있는 눈, 아아, 이미 말했듯이 크고 무척 아름다운 눈, 아무런 사심 없고 속셈이 없는 눈, 콧구멍이 약간 큰 듯한 우아한 코, 아아, 매혹적인 귀, 고결하고 꼿꼿하고 늘씬한 목, 거기서 참으로 가녀린 목소리가 나온다. 나는 결코 잊지 못하리라! 가령 그렇게 앉아서 담배를 피우는 손목의 우아함—한순간 나는 율리카의 목을 잡아 졸라버릴 것 같은 기분이 든다. 하지만 당연히 그런 일도 일어나지 않는다. 그후 크노벨이 돌아와서, 피해가 대략 어느 정도 발생했는지 내 변호사에게 보고한다.

"천만다행입니다." 내 변호사는 말한다. "최소한 사람은 다치지 않았어요, 최소한—!"

그들은 내 의붓아버지에게 무슨 일이 일어났는지 설명해야 한다. 그는 시끄러운 소리는 듣지 못했다. 그런데도 무슨 일인지 알고 싶어한다. 어쨌든 그를 친히 이곳으로 불렀기 때문이다. 그가 여러 차례 강조하듯, 친히.

PS.

이제 나는 나 자신이 얼마나 무력한지 똑똑히 의식했으며 모든 것을 말할, 진실을 말할 순간이 다가오는 것을 직시한다. 하지만 나의 이 모든 것이란 무엇일까! 내가 그것을 설명하려고 시도하면, 아무것도 남지 않는다. 그렇지 않았다면 벌써 오래전에 설명하지 않았을까, 나의 이 모든 것을, 나의 이 경험을—?

나는 다음과 같이 말할 수 있다.

2년 전쯤 나는 스스로 목숨을 끊으려고 시도했다. 그 결심은 오래 묵은 것이었다. 아마 자살하는 사람들이 대부분 그렇듯이, 일단 저지르고 나면 간단히 끝날 것이라고 확신했다. 빛이 꺼지고 생각이 끝날 것이라고. 나는 그 점을 조금도 의심하지 않았고, 그래서 두려움도 없었다. 실패는 순전히 기술적인 문제였다. 나는 판잣집에서 발견한 작은 총기, 그 구식 무기를 구석구석 꼼꼼하게 닦아냈다. 그러자 그 무기는 다시 작동했는데, 군용무기에 익숙한 내 느낌에 따르면 압력점이 훨씬 더 가볍거나 아니면 압력점이 전혀 없었다. 무기가 예상보다 일찍 발사되는 바람에 탄환이 (문제의 서랍 안에는 오래된 탄환이 단 한 발 남아 있었다) 두개골을 뚫지 못하고 스치기만 했던 것 같다. 오른쪽 귀 위로. 나중에 그들이 내게 엑스레이 사진을 보여주었다. 나는 생생하게 기억한다. 두 개의 손이 집게처럼 내 머리를 붙잡고 있었고, 유일하게 총성을 들은 플로렌스의 얼굴이 나를 내려다봤다. 그런 다음 모든 것이 사라졌다. 저 멀리에 둥근 구멍만을 남기고(우리는 어렸을 때 이따금 하수도로 기어들어갔는데, 그러면 빛이 비치는 구멍이 멀리서 아주 작게 보여서 다시는 밖으로 나갈 수 없을 것만 같았다. 꼭 그때 그 구멍 같았다!). 고통스럽지는 않았지만 견디기 어려웠다. 차라리 고통이 그리울 정도였다. 어디선가 부르는 소리가 들리는데 나 자신은 목소리가 나오지 않는 것만 같은 느낌. 잠들고 싶은 절망적인 욕구. 그런데도 다시는 잠들 수 없다는 확신. 나중에, 이미 시립병원에 도착했을 때, 내가 잠들게 해달라고 부탁한 것은 이런 의미에서였으리라. 갑자기 더이상 아무것도 할 수 없으며, 뒤로도 앞으로도 넘어질 수 없고, 더이상 위아래가 없는데도 존재한다는 것, 어찌할 도리 없이 결말이, 죽음이 없다는 것이 끔찍한 고통으로 느껴졌다는 생각이 뒤늦게 든다. 꿈속에서 이게 꿈이라는 것을 이따금 정확히 알고 있듯이, 나는 지금 죽는다 해도 그것은 죽음이 아니라는 것을 알고 있었다. 진부하게 표현해서, 가령 박살나고 싶어 성벽에서 떨어졌는데 땅바닥이 나타나지 않을 때처럼 어이가 없었다. 땅바닥은 결코 나타나지 않고, 추락하기만 한다. 오로지 추락할 뿐이다. 다른 한편으로는 추락이 아닌 추락, 완전히 깨어 있는데도 완전히 무력한 상태. 이미 말했듯이, 오로지 시간만이 사라졌다. 우리가 행동할 수 있는 매체로서의 시간이. 모든 것이 예전 그대로다. 그 어느 것도 소멸하지 않는다. 이제 모든 것이 영원히 남아 있다. 나는 짧은 간격으로 주사를 맞았다고 나중에 들었다. 완화되었다가 강화되었다가 마비되는 그 과정은 민감하게 손상된 몸에 분명 필요한 과정이었을 것이다. 그 과정이 나를 번번이 공포 가까이 데려갔고, 그 공포는 비몽사몽 상태에서 더 기억하기 쉬운 상징적인 반향을 남겼을 가능성이 크다.

나는 적어도 그렇게 생각한다. 그 일에 대해 지금까지 그 누구와도 이야기해본 적이 없다. 도대체 그것에 대해 이야기할 수는 있을까? 다만 내가 '나의 천사'라고 부르는 것이 바로 그 공포라고 여기에서 말할 수 있을 뿐이다……

(판결을 내릴 결심공판이 원래 오늘 16시에 예정되어 있었는데 오전 10시 30분으로 변경되었다는 소식 때문에 잠깐 중단되었다.)

——

이미 말했듯이, 나는 이 일에 대해 누구와도 이야기해본 적이 없다. 당연하다. 이해되지 않는 것을 이해시킬 수는 없다. 이해시키려다가는 오히려 전부 잃어버릴 수 있다. 그리고 지금 내가 설명하면서 모든 것에 '의미를 부여하기' 위해 나도 모르게 일들을 꿰어맞추려 한다는 것도 안다. 그러나 나는 아무것도 부여할 필요가 없다. 그저 '의미'를 받아들였을 뿐이고 그 '의미'를 지켜야 한다…… 그 당시 줄줄이 찾아왔던 꿈들을 누구에게도 전달할 수 없었던 탓에, 나 자신도 극히 일부만을 기억하고 있다. (한번은 플로렌스, 그 물라토 여인이 시립병원으로 나를 찾아왔다. 나는 겨우 몇 마디 띄엄띄엄 말할 수 있었는데도 그녀를 아주 잘 이해했다.) 그 꿈들 가운데는 이런 꿈도 있었다—나는 '리틀 그레이'의 목을 조르는 순간, 그것이 고양이가 아니라 율리카라는 것을 깨닫는다. 율리카는 웃는다. 나는 율리카가 그렇게 웃는 것을 한번도 본 적이 없다. 그녀는 평소와는 아주 다르게, 즐겁게 웃는다. 나는 온 힘을 다해 고양이의 목을 조른다. 내 눈에는 어디에도 보이지 않는 관객 앞에서 율리카는 나를 조롱한다. 고양이는 저항하지 않지만, 나중에 다시 창문턱에 뛰어올라 제 몸을 핥는다. 율리카는 결코 내 아내였던 적이 없다. 모든 것은 내가 상상한 것에 지나지 않는다…… 또 이런 꿈을 꾼 적도 있다. 내 침대에 어머니가 누워 계신다. 미소를 띠고 있지만 소름 끼친다. 밀랍인형, 머리카락이 옷솔처럼 뻣뻣하다. 나는 소스라치게 놀란다. 전등불을 켜려고 하지만 불이 켜지지 않는다. 율리카에게 전화를 걸려고 하지만 전화가 걸리지 않는다. 모든 것이 끊겨 있다. 온 집안이 깜깜하다. 하지만 밀랍으로 만들어진 어머니는 똑똑히 보인다. 나는 극도의 공포에 사로잡혀서 비명을 지르며 무릎을 꿇고 잠에서 깨어나려 한다. 갑자기 사람 머리통만큼이나 큰 부활절 달걀이 내 손에 들려 있다…… 다른 꿈들은 훨씬 더 흐릿하다. 모든 꿈에서 늘 같은 것이 문제가 되는 듯 보였다. 꿈은 비몽사몽 계속되었다. 예를 들어……

(똑같은 소식을 직접 구두로 전하는 내 변호사 보넨블루스트 박사 때문에 잠깐 중단되었다. 나더러 준비하라고 한다.)

—

실제로 지금 나는 그 당시에 뭔가를 예감했다고만 말할 수 있다. 수치스러워서 그것을 입 밖에 내서 말하지 못하는 것이 아니라 단순히 말을 할 수가 없다. 나는 결코 나 자신에게 그 행위를 부끄러워하지 않았다. 나는 결코 삶이 아니었던 삶을 떨쳐버렸다. 내가 그것을 떨쳐버린 방식이 우스꽝스러울 수는 있겠지! 내게는 엄청난 자유에 대한 기억이 남아 있었다. 모든 것이 내게 달려 있었다. 나는 한 번 더 살고 싶은지를 결정할 수 있었다. 하지만 이제는 진정한 죽음이 실현되도록 결정할 수도 있었다. 모든 건 오로지 내게 달려 있어, 나는 이렇게 말했다. 나는 은총의 본질에 결코 그렇게 가까이 다가가본 적이 없었다. 그리고 극심한 통증이 시작되자 내가 은총을 확신하고 삶을 선택했다는 것을 깨달았다. 지금 막 태어났다는 확실한 느낌이 들었다. 오로지 방금 태어난 인간으로서만 존재할 각오가 되어 있다는 사실을 비웃음까지도 두려워하지 않을 정도로 단호하게 느꼈다. 오로지 내가 떨쳐버릴 수 없는 이 삶만을 찾을 각오가 되어 있음을 느꼈다. 이미 말했듯이, 그것은 약 2년 전의 일이었고, 나는 그때 벌써 서른여덟 살이었다. 내가 마침내 시립병원을 떠나는 날……——

(다시 중단되었다!)

예상대로, 내가 (그들에게) 6년 9개월 20일 동안 행방불명된 아나톨 루트비히 슈틸러와 일치한다는 판결이 내려졌다. 취리히 시민, 조각가, 행방불명되기 전 주소는 취리히 슈타인가르텐가세 11번지, 현재 파리에 거주하는 율리카 슈틸러 추디 부인과 결혼, 스위스연방 세관원의 따귀를 때리고 국민으로서의 온갖 의무를 이행하지 않은 연유로 일련의 벌금형을 선고받음, 퇴거신고 의무의 불이행(그 때문에 현재 여러 관공서로부터 총 107개의 독촉장을 받은 상태이다). 게다가 국세, 방위세, 양로 및 유가족 보험료 체납. 게다가 스위스연방 군용무기와 관련한 손해배상, 재판 비용의 3분의 1 부담, 총 9,361.05프랑. 본 판결의 서명 후 30일 이내에 납부 가능. 그 밖에 1차 소송의 종료와 동시에, 1차 소송에 대한 항소가 제기되지 않는 한 2차 소송에서 당시 스미르노프 사건과의 가능한 관계가 해명될 때까지 구류 상태가 유지된다.

최후진술 포기—

항소 포기—

오늘부로 내 법률상 아내가 된 율리카 슈틸러 추디 부인은 지금 내 국선변호사인 보넨블루스트 박사를 위로하느라 바쁘다. 그 남자는 실제로 온갖 가능한 노력을 기울였으며, 오늘 내게서 어쨌든 열렬한 축하를 받아 마땅했을 것이다. 나도 일종의 고마운 마음을 표현하려고 마음먹었지만, 유감스럽게도 나중에 그만 깜박 잊었다. 백만장자인 슈미츠 사장도 재판에 나타났다. 그는 오늘 날짜로 이미 명예훼손 고소장을 제출했다. 이제 스미르노프 사건으로 나를 인계받은 연방경찰을 나는 머지않아 곧 실망시킬 것이다. 과거 스페인 전우였던 착한 테오 호퍼, 나중에 뉴욕의 브롱크스에서 이발사로 일했으며 당시 뉴욕에 처음 도착한 나를 재워준 그 체코 친구가 아직 살아 있는 한, 문제의 1946년 1월 18일에 대한 내 알리바이를 며칠 내로 제시할 수 있을 것이다.

마침 율리카가 복도를 걸어오는 소리가 들린다—

내 천사가 나를 깨어 있게 한다.

PS.

내 동생 빌프리트 슈틸러가 9,361.05프랑의 금액을 떠맡겠다고 이미 의사를 밝혔다. 동생에게 고마움을 표한다!

제2부

검사의 후기

슈틸러가 이 '구치소 기록'에 이어서—이 기록은 현재 살아 있는 관계자들의 허락을 받아, 조금도 가감 없이 당연히 원문 그대로 여기 옮겨져 있다—'자유의 기록'을 쓰지 않은 것을 우리는 유감으로 생각했다. 우리가 이따금 그런 방향으로 슈틸러를 독려했지만, 그는 한순간도 흔들리지 않았다. 그는 그럴 필요를 전혀 느끼지 않았다. 게다가 나중에 우리 스스로도 그 독려가 잘못된 것이라는 사실을 깨달았다. 그것을 일단 침묵이라고 부른다면, 그의 침묵은 실제로 내적 자유를 향한 본질적인 걸음이었고 어쩌면 심지어 결정적인 걸음이었을 것이다. 우리는 그 내적 자유를 우리의 친구뿐만 아니라 그 주변의 가까운 사람들에게서 더 뚜렷이 알아볼 수 있었다. 그와의 관계가 거의 눈에 띄지 않게, 무척 느리게, 하지만 진정으로 변화하는 점에서. 그의 친구가 될 수 있었다. 슈틸러는 설득하고자 하는 욕망에서 자유로워졌다.

이른바 스미르노프 사건에 대해 여기서 또다시 자세히 설명할 필요는 없다. 문제의 날짜에 대한 슈틸러의 알리바이는 의문의 여지가 없었다. 슈틸러는 실제로 1946년 1월 18일이 되기 훨씬 전에 이미 뉴욕에 도착했으며, 처음 몇 주일을 그곳의 체코 친구네 집에서 보낸 것이 증명되었다. 그러나 슈틸러는 마침내 자신의 정체성을 부인하는 일을 포기한 후에야 비로소 그에 대한 증거를 제출할 수 있었다. 그가 그 혐의에 대해 보여준 침착함은 처음부터, 구류기간 동안 했던 다른 대부분의 진술들보다 더 진실해 보였다. 한편 슈틸러에 대해 개인적으로 알지 못하는 관청으로서는, 그 남자가 왜 그렇듯 완강하게 자신의 명명백백한 정체성을 부인하려고 하는지 알 수 없는 일이었다. 그래서 지금까지 해결하지 못한 범죄들과 어떻게든 연관시켜보려고 끈질기게 시도했다. 그랬다. 책임을 맡은 관청으로서는 그렇게 하는 것이 당연한 의무였다. 그런 해결되지 않은 범죄, 주목해야 하는 범죄 가운데는 취리히의 살인사건 두 건도 포함되어 있었다. 그러나 슈틸러는 그 사건들에 대해 아무것도 몰랐다. 곧 모든 사건이 슈틸러와 무관하다는 결론에 이르렀고, 바로 그 달에 슈틸러는 석방되었다.

슈틸러는 처음에 제네바 호숫가의 작은 호텔에서 살았다. 다시 그와 함께 살기로 결심한 부인과 더불어. 아마 어떤 식으로 함께 지내게 될지 두 사람 모두 곧바로 상상할 수는 없었을 것이다. 내게는 호기심 그 이상이었다. 그는 작고 초라하지만 난방이 되는 포르흐*의 우리 별장으로 이사하려고 하지 않았다. "취리히에서 너무 가깝기 때문"이라고 했다. 위원회 내부에서 완강한 반대에 부딪치긴 했지만, 다행히도 고향 도시가 격려금으로 2천 프랑을 제공했다. 그 당시 그 금액은 한 부부에게 대충 두 달 내지 거의 세 달분의 생활비를 뜻했다. 그래서 그들은 기적이 더 일어나길 기대하며 그 돈으로 제네바 호숫가에서 살았다. 물론 우리는 테리테**에서 지내는 슈틸러를 상상할 수 없었다. 우리 기억으로는, 테리테는 순전히 호텔과 테니스장, 작은 케이블카, 작은 탑이 있는 샬레***, 정원 장식용 난쟁이로 이루어져 있었다. 하지만 그들은 여러 우호적인 관계에 힘입어 그곳에서 우호적인 계약조건으로 방을 빌릴 수 있었다. 크리스마스에도 그들이 완전히 침묵을 지키자 우리는 불안해지기 시작했다. 마침내 '친애하는 친구이자 검사에게!'라는 호칭으로 시작되는 첫번째 편지에서 슈틸러는 우리에게 전기레인지를 부탁했다. 빌려달라는 것이다. 겨울이었고, 계약에 포함된 따뜻한 아침식사 때만 빼고 그들은 호텔방에서 간단히 차가운 음식을 먹으며 연명했다. 그 짧은 편지에서 슈틸러는 우리를 불안하게 하는 비굴한 어조로 '모든 것에 대해' 고마움을 표했다. 그 당시에 우리는 두 사람을 걱정했다. 철 지난 휴양지의 산뜻하긴 하지만 어쨌든 아무 연고 없는 호텔방은 그 부부가 재시작하기에 가장 불행한 배경인 듯싶었다. 마침내 2월 초의 어느 주말에 우리, 아내와 나는 테리테로 가, 정말로 산뜻하고 비좁은 대신 작은 발코니가 딸린 호텔방에서 햇빛에 그은 두 사람을 만났다. 한쪽에 쌓아놓은 여행가방이 방을 더욱 비좁게 만들었고, 창문

---

* 취리히 남동쪽에 위치한 구릉지대.

** 제네바 호숫가의 휴양지.

*** 주로 스위스 산간 지방에서 세우는, 통나무로 벽을 치고 돌로 지붕을 인 집.

앞의 제네바호수는 그만큼 더욱 넓어 보였다. 슈틸러는 쾌활하게 행동했다. 조금 지나치게 쾌활했다. 그는 부인의 팔을 잡고 소개했다. "스위스 국내망명자 부부입니다." 그들의 미래에 대한 질문은 전적으로 기피 대상이었다. 아래층 식당에서도 우리 모두는 상당히 힘든 대화에서 벗어나지 못했다. 호텔은 거의 비어 있었고 호텔 운영은 말하자면 가족적이었다. 그런데도 슈틸러와 그의 부인은 생전 처음으로 흰 테이블보 앞에 앉는 사람처럼 당황스러워했다. 식당에는 우리 말고 겨우 몇 사람밖에 없었다. 신체 일부가 마비되어서 간병인이 고기를 썰어줘야 하는 영국 노인, 수프를 먹으며 책을 읽는 프랑스 후작 등, 한 쌍의 독일 연인을 제외하면 순전히 아웃사이더, 외로운 사람들뿐. 나는 그 연인들의 결혼반지가 서로 다른 것을 금방 알아챘다. 두 사람은 행복해하면서도 눈에 띄게 수줍어했다. 젊은 종업원, 원래 독일어를 쓰는 스위스 젊은이가 프랑스어로 말을 걸어 두 사람의 얼굴을 완전히 빨개지게 만들었다. 우리에게는 어쨌든 슈틸러와 그의 부인이 그렇게 위축되어야 할 이유가 전혀 없어 보였다. 유감스럽게도 주말 내내 비가 내렸다. 산책은 생각도 할 수 없었고, 슈틸러와 그의 부인은 사람 없는 로비에 머무는 걸 꺼렸다. 그래서 우리는 대부분의 시간을 그들의 비좁은 호텔방에서 여행가방 틈바구니에 끼여 앉아 있었다. 무슨 대화를 나누었는지는 기억나지 않지만 그들의 모습은 뇌리에 선명하게 남아 있다. 그의 부인은 낡은 옷을 입어도 우아했으며, 거의 끊임없이 방안을 왔다갔다하면서 별말 없이 우리 대화를 귀 기울여 듣고 줄곧 담배를 피웠다. 우리에게 두 사람은 파리의 러시아인처럼 보였다. 아니면 아내가 한 말처럼, 뉴욕의 독일계 유대인처럼 보이기도 했다. 그들은 아무것도 가진 게 없었다. 율리카 부인과 내 아내는 서로 처음 본 사이였다. 두 사람은 서로 예의를 차리는 선에서 거의 한 마디도 나누지 않았다. 슈틸러는 종종 유머로 분위기를 살려보려고 했다. 전체적으로 가슴이 답답했다. 빗방울이 창문을 때리는 한없이 긴 오후, 차, 자욱한 연기, 사실 실망스러웠다. 분명히 모두에게 그랬을 것이다. 그들의 돈은 거의 동난 상태였다. 그 사실을 추측하기는 어렵지 않았다. 그들의 능력은 원래 별로 수요가 없었으며, 그 능력에 어느 정도라도 맞는 일자리를 구하는 것은 거의 불가능한 듯 보였다. 파리의 발레학원으로 돌아가는 것도 가망 없었다. 게다가 발레학원은 율리카가 아니라 드미트리치 소유였다. 슈틸러는 완전히 가망 없는 이 상태를 조소했다. 율리카 부인은 전기레인지의 물이 끓기를 기다리며 서 있었다. 늘씬한 손을 테일러드슈트 호주머니에 집어넣은 채 담배를 피우며. 슈틸러는 트렁크 위에 쪼그리고 앉아 있었다. 깍지 낀 두 손으로 세운 무릎을 감싸고서. 그들은 단둘이 있을 때도, 이런 식으로 그리 다르지 않게 살 거라는 느낌이 들었다. 서로 친절하고 그래서 별말 없이. 화해하라는 이성의 요구에 얽매인 두 사람. 슈틸러는 책을 몇 권 보내달라고 청했다.

우리는 그들에게서 오랫동안 아무 소식도 듣지 못했다. 그리고 나도 편지에 쓸 말이 별로 없었다. 두 사람을 만나고 온 후로는 더더욱 그랬다. 쓰려고 마음은 먹고 있었다. 편지를 썼더라면 좋았을 테지만, 뭐라고 써야 할지 알 수 없었다. 키르케고르의 저서를 포함해 상당히 많은 책을 보냈지만, 그들은 거기에도 아무런 답장이 없었다. 몇 개월 동안 슈틸러 부부는 존재하지 않는 듯 보였다. 우리는 적어도 그들의 주소가 바뀌었을 거라고 추측했다. 어떻게 살고 있는지 상상이 가지 않는 사람들에 대해서는 별로 생각하지 않기 마련이다. 비록 상대방이 우리를 필요로 할 거라 예상된다 해도 마찬가지다. 그 당시 나는 그들에게 완전히 무관심했다. 반면 내 아내에게는 스스로 편지를 쓸 수 없다고 믿는 다른 이유들이 있었다. 어쨌든 존중할 만한 이유들이었다.

반년쯤 지났을 무렵 늦여름에 접어들어, 아주 원기왕성하게 느껴지는 편지가 왔다. 슈틸러는 이렇게 소식을 전했다. "구치소에서 보낸 몇 개월에 사랑하는 하느님께서 보답을 해주신 덕분에, 얼마 전 우리는 꿈에 그리던 집, 보* 지역에 농가를 찾아내 이사했어." 우리는 안도의 한숨을 내쉬었다. 대단한 행운인 듯 보였다. 믿기지 않을 정도로 저렴한 집세는 마찬가지로 믿기지 않을 정도로 낡은 집이라는 걸 암시했지만, 우리의 친구는 지칠 줄 모르고 입에 침이 마르게 '보의 농가'를 칭송했다. 어쨌든 그는 정말 행복해 보였다. 우리는 근사한 집을 머리에 떠올렸다. 보의 농가, 어쩌면 원래 포도 재배 농가였을 수도 있었다. 슈틸러는 거기까지는 명확히 알지 못했다. 게다가 산비탈의 포도밭이 딸려 있었고, 제조년도가 경외심을 일으키는 낡은 포도압착기도 어딘가에 있었다. 아틀리에로 사용하기에 충분히 넓고 바람이 잘 통하는 헛간, 게다가 농가 전체에 고급 저택 같은 인상을 드리우는 우람한 플라타너스 가로수 길. 나중에 온 편지 내용에 따르면 그것은 플라타너스가 아니라 느릅나무였고, 헛간 얘기는 슬며시 사라졌다. 그 대신 다른 즐거운 일들이 나타났다. 갑자기 슈틸러는 마당의 낡은 두레우물이나 벌통이나 장미화원에 대해 이야기했으며, 두레우물의 금속 부품을 직접 그림

* 스위스 서부에 있는 주. 제네바호수와 접해 있다.

으로 그려 우리에게 보내주기도 했다. 그는 그 모든 것을 조금 황폐하고 조금 녹슬고 조금 메마른 것으로 정겹고 편안하게 묘사했다. 그리고 모든 것은 암녹색의 아이비에 무성하게 덮여 있었다. 우리는 사실 글리옹* 주변에 대해 잘 알고 있기 때문에, 이따금 무리해서 상상력을 발휘해야 했다. 우리의 행복한 친구가 조금 과장한 듯하다. 그가 그린 스케치는 보에서 흔히 볼 수 있는 기와지붕, 용마루 끝에 귀마루가 붙어 있는 가파른 기와지붕과 과일나무들이 자라는 주변 평지, 그 뒤쪽으로 사부아 지역 산들을 보여줬다. 느릅나무 여든 그루가 늘어선 가로수 길은 보이지 않았다. 이 점과 관련해 내 아내는 과감하게 추가 질문을 감행했다! 농가의 커다란 벽난로가 있는 실내를 따로 그린 스케치도 있었다. 율리카 부인이 그 앞에서 무릎을 꿇고 불을 피우는 모습을 그린 그 스케치가 너무 아름다워서 우리는 액자에 넣어 벽에 걸었다. 진심으로 라클레트** 파티에 초대한다고 종이 가장자리에 적혀 있었다.

"도대체 언제 올 거야?" 곧 모든 편지가 이렇게 시작되었으며, 다음과 같은 추신으로 끝을 맺은 편지도 있었다. "다시 한번 분명하게 주의해두는데, 자동차로는 이곳에 못 와. 길을 알려줄 수 있는 사람이 아무도 없거든. 자동차를 몽트뢰에 세워둬. 그러면 내가 데리러 갈게. 안 그러면 내 '보 농가'는 절대 못 찾는다고!"

겨울이 왔고, 우리는 슈틸러를 만나지 못했다. 그에게는 취리히에 올

* 제네바 호숫가 몽트뢰 위쪽에 위치한 휴양지.

** 소젖으로 만드는 스위스 전통 치즈. 이 치즈를 녹여서 빵이나 감자에 얹어 먹는 스위스 가정 요리도 라클레트라고 부른다.

돈이 없었고, 우리가 초대한들 오고 싶은 마음도 없었으리라. 서로 만나지 못한 채 봄도 그냥 지나갔다. 지금 되돌아보면 이상하다는 생각이 든다. 슈틸러는 우리에게 상당히 자주 편지를 보냈다. 편지에 율리카 부인이 가끔 등장하긴 했다. 우리는 율리카 부인이 한동안 식료품가게에서 일한 것을 알고 있었다. 그러나 그 편지들은 실질적인 것, 그들의 결혼생활에 대해서는 넌지시 암시조차 하지 않았다. 그 대신 슈틸러는 일몰에 대해서는 두세 장씩 썼다. 엄밀히 말하면 그는 침묵했다. 나는 번번이 그의 편지를 저 바깥 지역 어딘가에서 자기 위치를 알리려 보내는 유리병 편지처럼 받아들였다. 신문할 때처럼 노골적인 질문이나 유도하는 질문 아니면 도발적인 오해로 그의 침묵을 깰 권리가 내게는 없었다. 그는 편지를 익살스럽게 쓰려고 애썼다.

"내가 꿈에 그리던 집을 찾아냈다는 말이 믿어지지 않나보지." 그는 다시 편지를 보냈다. "왜 우리를 보러 오지 않는 거지? 미리 귀띔하는데, 이곳에서 시용성과 뎅 뒤 미디*가 보여. 서풍이 불면 기차 소리, 국제 요트 경주의 확성기 소리, 여름철에는 이곳 휴양객들이 음악에 맞춰 시끌벅적하게 춤추는 소리도 들리지. 이곳에서 몽트뢰의 몇몇 호텔이 보인다는 걸 부정하지는 않겠어. 사실은 모든 호텔이 보여. 하지만 우리는 정말로 그 너머에 있어. 알지, 내적으로도 그 너머에 있다니까. 직접 눈으로 봐야 한다고! 내가 아직까지 말 안 한 것 같은데, 지하실에 빈 술통들이 있어. 술통 속에 대고 소리를 지르면, 내 목소리인데도 등골이 오싹해지더라고. 그리고 조용히 있으면, 들보에서 생쥐 소리

* 몽트뢰 남쪽의 알프스산맥.

가 들려. 시궁쥐일 수도 있어. 어쨌든 들보가 진짜라는 증거지. 바로 그게 중요해. 그것 봐, 이곳에서는 모든 게 진짜라니까. 심지어는 내가 꼬박 일주일 동안 수리한 지붕 아래의 제비들도 진짜라고. 그러다 내가 미끄러져 떨어질까봐 율리카는 기겁했어. 하지만 이제 나보다 더 신중한 사람은 없을걸. 내가 지금처럼 삶에 연연한 적은 없었어. 그래서 죽음이 항상 나를 따라다닌다는 느낌이 들어. 잘 알고 있겠지만, 그 느낌, 그건 물론 삶의 표시라고. 솔직히 말해서, 지금까지는 그런 느낌을 별로 체험해보지 못했어. 나는 거의 언제나 다음날 아침이 오길 기다리고, 그 내일이 오늘처럼 지나가기만을 간구해. 내게는 현재가 이따금 당황스러울 정도로 충분하기 때문이지. 그리고 앞으로 작업장을 꾸밀 생각이야. 예전에 보내준 키르케고르 같은 어려운 것들만 줄곧 읽을 수는 없거든. 이제 포도덩굴을 묶고 풀을 뽑은 후에 샌드페이퍼, 인조비료, 달팽이 제거제를 사고 장작을 패야 해. 이게 바로 '자연으로 돌아가라'*가 아니겠어. 그리고 자네 부인에게 플라타너스가 아니라 느릅나무라고 전해줘. 요즘 느릅나무들이 대부분 그렇듯이, 애석하게 그 나무들도 병들었어. 이유를 아는 사람이 아무도 없어. 느릅나무는 우리 시대의 흐름을 좋아하지 않나봐. 그 나무들을 베어야 한다니, 이웃집 것인데도 너무 마음이 아파. 그 나무들을 보고 싶지 않아? 난 이제나저제나 롤프가 오기만을 기다리고 있는데. 저기 아래 몽트뢰의 승강장에 서 있는 롤프 자네의 모습이 벌써 눈에 선한걸. 내가 두 사람을 제법 가파르고 돌멩이가 많고 포도나무 담장으로 에워싸인 옛 오솔길로 인도할

* 프랑스의 계몽사상가 장자크 루소가 한 말.

게. 그 오솔길은 여름에는 오븐처럼 뜨겁게 달아오르지만 가을에는 선선한 바람이 부는데다가 수십 년 전부터 이끼에 덮여 있어. 요즘에는 기껏해야 땔감 줍는 사람들과 슈틸러 부부(그러니까 슈틸래애애르)만이 그 길을 지나다니지. 여기 이곳을 어떻게 묘사하면 좋을까! 롤프 자네가 좋아하는 그 라뮈*, 이젠 나도 사랑하게 된 라뮈를 읽어봐! 도대체 언제 올 거야? 부탁이니까 낡은 담장이 무너지고 이끼가 내 발을 무성하게 뒤덮고 아이비가 우리의 눈 속으로 자라기 전에는 와줘."

우리는 이런 편지들을 읽으면서, 슈틸러가 예전에 시골 생활을 '내면성의 은신처'라고 조롱했던 일을 떠올리고 미소 짓지 않을 수 없었다. 지금 그는 그 '보의 농가'에서 전에 없이 편안하게 지내는 듯 보였다. 우리는 무엇보다도 슈틸러 부인이 의미 있는 반나절 일자리를 구할 수 있었다는 전갈을 받고 마음을 놓았다. 몽트뢰의 어느 여학교에서 리듬체조를 가르친다고 했다. 그리고 슈틸러는 그동안 스스로 일감을 찾아냈다. 그는 내 아내의 생일에 도자기, 쟁반, 맥주조끼, 접시를 한 꾸러미 보냈다. 전부 유용한 물건들이었다. 슈틸러는 그 작업에 대해 전혀 언급한 적이 없었다. 그는 꾸러미를 보내며 이렇게 썼다.

"두 사람이 언젠가 이곳에 오게 된다면, 여기 글리옹에서 내가 타고난 도공이란 걸 알게 될 거야. 이제 나도 제법 돈을 벌고 있어. 장차 도자기 가마를 소유하게 된다면 돈이 넘치겠지. 하지만 그렇게 돈 버는 것에 넌더리가 나면, 코Caux**에 갈 생각이야. 우리집에서 아주 가까워서 기차로 10분 거리거든. 하지만 아직은 그럴 때가 아니지. 아직은 내

* 스위스의 소설가, 시인 샤를 페르디낭 라뮈. 주로 시골의 삶을 소재로 글을 썼다.

** 글리옹과 몽트뢰 위쪽에 위치한 휴양지.

가 직접 도자기를 굽지는 않아. 나는 도자기를 주로 미적 감각 있는 미국인들에게 팔아. 우리집 대문에는 영어로 '스위스 도자기'라고 쓰여 있어. 도자기에 대해 좀 아는 미국인들은 내가 로스앨러모스, 애리조나 아랫녘의 인디언들에게서, 특히 샌타페이의 인디언 박물관에서 직접 봤던 것과 거의 같은 장식을 이 나라에서 발견하고는 깜짝 놀라곤 해."

슈틸러는 오일렌슈피겔*과 같은 면모를 결코 잃지 않았다. 그는 사람들 틈에서 편안해지기 위해 어느 정도의 위장을 필요로 했다. 내 아내가 당시 혼자서 아이들을 데리고 남프랑스로 여행 가는 길에 글리옹의 슈틸러 집을 잠깐 방문했을 때, 나는 그의 '보 농가'가 어땠느냐고 물었다. 아내는 까르르 크게 웃기만 했다. 내 눈으로 직접 봐야 한다는 것이다! 그의 편지에서처럼 실제로 동화 같은 분위기는 아니었던 모양이다. 슈틸러 부인은 한번씩 '고지대에서' 지내야 했다. 그래서 슈틸러 혼자 있게 되면 항상 밤에 전화가 왔다. 마침 사람들과 어울리고 있을 때가 많아서 그런 전화들은 종종 부담이 됐다. 슈틸러는 대부분 이미 술을 조금 마신 상태였고, 키르케고르에 대한 이야기를 꺼내며 무조건 내 설명이 필요하다고 핑계를 댔다. 그럴 때면 슈틸러는 술집에 있었다. 전화요금을 납부하지 못해서 그의 집 전화는 또 끊겨 있었다. 나는 결코 키르케고르 전문가가 아니었다. 그 책을 보낸 건, 삶에 대한 미학적 태도의 징조로서 나타나는 우울증과 관련해 나눈 대화 때문이었다. 밤에 전화가 걸려왔을 때 내 손에는 그 책이 들려 있지 않았고 슈틸러도 마찬가지였다. 무엇보다도 그는 키르케고르를 거의 읽지 않은 것

* 『틸 오일렌슈피겔』의 주인공. 14세기 독일의 전설적인 인물로, 기지에 넘치는 유머와 풍자로 각 계층의 편협함을 유쾌하게 조롱했다.

이 분명했다. 그러니 틀림없이 다른 할 말이 있었을 것이다. 그는 15분 이상, 때로는 30분까지도 전화기를 붙잡고 있었다. 그것도 십중팔구는 오로지 한 사람의 목소리를 듣기 위해서. 전화기 너머로 술집의 왁자지껄한 소리, 개수대에서 그릇 씻는 소리, 축구게임기 소리가 들렸다. 슈틸러의 말을 거의 알아들을 수 없었다. 그는 틀림없이 나를 돈만 아끼는 쩨쩨한 사람으로 여기고 마음속으로 종종 욕했을 것이다. 나는 그의 경제형편을 잘 알았고, 그래서 그 비싼 통화를 그만 끝내라고 독촉하곤 했다. 내가 그의 처지를 충분히 헤아리지 못했을 수도 있다. 그의 농담은 그가 얼마나 고독하고 얼마나 친구를 바라는지 분명히 알려주었다. 바로 그 점을 똑똑히 느낀 탓에 나는 무력할 수밖에 없었다. 그가 내게 기대하는 것을 바로 제공하지 못할 때가 지나치게 많았다. 내게는 그런 면이 없었기 때문이다. 그러니 슈틸러가 종종 내게 느닷없이 던지곤 한 질문은 부당하다. 자네는 구두쇠야? 그러고는 이렇게 말을 이었다. 뭐든 말해보라고. 어떤 말이든 상관없어. 그냥 뭐든 말하라니까! 그는 번번이 이런 말로 통화를 끝냈다. 언젠가 글리옹에 오겠다는 말, 이제 안 믿어—! 그러고는 수화기를 내려놓지 않고서 입을 다물었다. 나는 잘 있으라고 여러 차례 말했지만, 개수대의 그릇 씻는 소리나 종업원이 프랑스어로 주문하는 소리만 들려올 뿐이었다. 슈틸러는 인사말 없이 내 편에서 전화를 끊기를 기다렸다. 우리는 밤의 그 전화를 두려워했다. 전화를 아예 받지 않을 때도 종종 있었다. 그러면 그는 새벽 2시가 되도록 계속 시도하곤 했다. 내가 10월의 어느 화창한 날 드디어 몽트뢰에 내렸을 때는, 우리가 마지막으로 만난 지 1년 반 이상이 지난 뒤였다. 승강장에서 나는 그를 금방 알아보지 못했다. 내가 예전에 입던 양복이 그에게서 아주 서민적인 모습을 만들어냈다. 이상하게도 슈틸러는 나를 향해 단 한 걸음도 떼지 않았다. 우리의 상봉은 상당히 어색했다. 나는 그의 돌멩이 많고 가파른 '옛 오솔길'을 감안해 서류가방 하나만을 달랑 들고 있었다. 슈틸러는 서류가방을 들어주려고 했지만, 나는 거절했다. 슈틸러의 외면적인 모습은 놀랄 정도로 변하지 않았다. 숱이 적은 머리카락이 약간 희끗희끗해지고 듬성듬성해졌으며 대머리 부위가 늘어난 정도였다. 그가 입은 내 헌 양복은 특히 팔소매가 너무 짧아서 그를 소년처럼 보이게 했다. 슈틸러는 즉시 내 아내의 안부를 묻고 이어 진심으로 우리 아이들 안부도 물었다. 그도 우리 아이들을 본 적이 있었다. 몇 걸음을 옮기다보니, 대화가 어렵지 않게 이어졌다. 내가 그 재회를 1년 반이나 미룬 것은, 사실 일 때문이기도 했지만 또다른 이유도 있었다. 그제야 그 사실을 깨달았다. 나는 분명히 그 재회를 두려워한 것이다. 우리의 우정은 그의 구치소 시절에 뿌리를 두고 있었다. 우리의 바람과는 달리 이 우정이 지나버린 일, 현재 대신 추억이 되어버렸을 가능성이 있었다. 슈틸러는 몽트뢰에서 '그 지역에 의리를 지키려고' 생사포랭* 포도주를 샀다. 그는 두 병을 상의 호주머니에 억지로 밀어넣고 나머지 한 병은 수류탄처럼 병목을 손에 쥐었다. 우리는 그렇게 출발했다. 놀랍게도, 실제로 글리옹으로 이어지는 '옛 오솔길'이 있었다. 편지에서 묘사된 대로, 돌멩이가 많고 가파른 오솔길이 포도덩굴 담장 사이로 높이 이어졌다. 우리는 서서히 중년이 된 우리의 나이를 느꼈다. 우리는 조금 숨을 헐떡이며 걸음을 멈추

---

* 몽트뢰와 로잔 사이에 위치한 도시. 품질 좋은 백포도주를 생산한다.

고서 시용성을 바라보았다. 아래쪽으로 호텔, 테니스장, 케이블철도, 샬레와 더불어 테리테가 보였고, 그 너머로 푸르고 넓은 제네바호수도 보였다. 마치 지중해에 있는 듯한 기분이 들었다. 통속적인 샬레를 제외하면, 그곳의 풍광은 자유롭게 해주는 넉넉함, 우리나라에서는 드문 넉넉함을 보여주었다. 미관이 손상된 그 산비탈 어디에 '보의 농가'가 있는지 나로서는 수수께끼였다. 곧 글리옹에 도착할 것이 분명한데. 우리의 대화는 포도 재배, 문화의 개념, 문화의 전제조건으로서의 여유, 향유의 고귀함, 감자와 포도주의 근본적인 차이, 포도 재배 지역의 정신적인 명랑함, 사치와 인간의 품위 사이의 관계 등에 대한 것으로 이어졌다—나는 정원의 철제울타리에 붙은 작은 영어 푯말을 놓치지 않았다. '스위스 도자기'. 슈틸러는 녹슨 작은 문을 발로 툭 차서 밀더니, 계속 대화를 나누며 이끼 낀 자갈길을 걸어 온갖 정원 장식용 난쟁이를 지나서 그의 필생의 집으로 나를 안내했다. 구석구석 쇠락한 모습은 첫눈에 집세가 정당하다는 사실을 알려주었다. 부분적으로 파손된, 현란한 무늬의 주철 꽃병들. 아프로디테인지 아르테미스인지 한 팔이 부러진 사암조각상. 아마 원래는 장미화원이었을 작은 정글. 좌우에 난간이 있는 삐딱한 층계가 여기저기 많이 있었다. 그중 몇 개는 바스러졌는데, 전부 시멘트로 만들어진 것이었다. 수초에 뒤덮인 우물, 낡은 개집, 잡초 무성한 테라스. 저기가 아마 정원인 듯싶었다. 알록달록한 사기로 만들어진 정원 장식용 난쟁이들이 그곳에서 적잖이 복작거렸다. 일부는 깨졌고, 일부는 온전했다. 그때까지도 나는 그것이 그의 주거지로 이어지는 통로인 줄만 알았다. 슈틸러는 기이한 주변 환경에 전혀 방해받지 않고 쉼없이 계속 말했다. 하기야 그에게는 익숙한 환경이었으니. 집, 샬레 자체는 다행히도 무성한 아이비에 뒤덮여 있었다. 단지 유치한 윗부분, 앙증맞은 포안이 뚫린 작은 벽돌탑만이 눈에 보였다. 마치 실톱으로 만든 듯 나선형 무늬로 무성하게 장식된 목조 정면, 그리고 응회암 마름돌들, 그 모든 것이 지나치게 앞으로 튀어나온 지붕 아래서 하나로 모이는데, 크기는커녕 오히려 장난감처럼 아주 작다. 내 눈을 믿을 수 없었다. 그것은 부분적으로 스코틀랜드의 성을 아주 조금 닮은 전형적인 스위스 가옥이었다. 슈틸러는 상의 호주머니에서 포도주 두 병을 꺼내고는 바지를 더듬어 열쇠를 찾았으면서, 율리카 부인이 한 시간쯤 후 학교에서 돌아올 거라고 설명했다. 그러니까 우리는 목적지에 도착한 것이다. 그런 스타일의 샬레들이 흔히 그렇듯이, 그곳에도 인조대리석 석판이 붙어 있었다. 원래 금빛이었지만 이제는 글자가 모두 거무스름하게 변한 주소가 새겨져 있었다. MON REPOS.* 실내는 더이상 놀랍지 않았다. 우산꽂이로 목제곰이 준비되어 있었으며, 그 위에는 군데군데 검게 얼룩진 거울이 걸려 있었다. 햇살이 비치는 오후였고, 방 천장마다 제네바호수의 빛이 회색의 석고세공 아니면 세공 밖으로 드러난 갈대 줄기에 어른거렸다. 수족관처럼 초록색 빛이 아르누보풍 유리문이 달린 베란다를 통해 비쳤다. 마치 선로지기의 집처럼 기차 소리가 들렸으며, 케이블철도의 기름 묻은 전선도 지척에서 윙윙거렸다. 슈틸러가 분주하게 움직이는 동안, 나는 집안을 둘러볼 수 있었다. 아니, 시간을 보내기 위해 둘러볼 수밖에 없었다. 그는 우리의 백포도주를 차가운 물줄기 아래 놓았다. 그러고 나서 우리는 집 바깥에 앉았

* 프랑스어로 '나의 휴식처'라는 뜻.

다. 영원히 즐거워하는 정원 장식용 난쟁이들에 둘러싸여 이끼 낀 난간에. 마침내 나는 이렇게 말하지 않을 수 없었다. "그러니까 이게 자네의 보 농가란 말이지?!" 슈틸러는 자신의 묘사와 현실 사이의 간극에 전혀 동의하지 않는 듯 보였다. 다만 이렇게 말했을 뿐이다. "자네가 내 느릅나무 여든 그루를 보지 못해서 유감천만이라니까. 벌써 베어버렸거든. 병들었다더라고." 이 말과 더불어 내 농담은 해결되었다. "요즘 어떻게 지내?" 나는 이렇게 물으며, 그가 불평하지 않기로 마음먹었다는 인상을 받았다. "당신 부인은 어떻게 지내?" 그는 되물었다. 그는 다른 대화에서도 그녀의 이름을 입에 올리길 피했다. 그 이유는 모른다. 그는 그 외에는 누구의 안부도 묻지 않았다. 그리고 우리의 대화는 실제로 많이 힘들었다. "왜 이 난쟁이들을 헛간에 안 넣어두는데?" 나는 무슨 말이든 하려고 물었다. 슈틸러는 어깨를 으쓱했다. "시간이 없어. 나도 잘 모르겠어. 나는 있어도 괜찮은데!" 그 모든 것에도 불구하고, 내가 찾아와서 그가 기뻐한다는 느낌이 들었다. 그는 말했다. "율리카가 돌아오면 우리 포도주를 마시자고!" 그런 대화를 나누는 동안 우리는 담배를 피웠다…… 나는 그 무의미한 15분을 아주 똑똑히 기억한다. 인간은 각자에게 주어진 인생의 시간으로 무엇을 하는가? 이 질문을 거의 의식하지는 못했지만, 나는 혼란스러웠다. 이 슈틸러라는 사람은 어떻게 사회적으로나 직업적으로 중요한 일 없이 이런 질문에 말하자면 무방비 상태로 앉아 있을 수 있을까? 그는 비바람에 부서진 난간에 앉아 한쪽 무릎을 높이 세우고는 깍지 낀 두 손으로 그 무릎을 감싸고 앉아 있었다. 나는 그를 바라봤지만, 그가 자신의 존재를 어떻게 견디는지 상상이 되지 않았다. 그렇다. 언젠가 자신의 경험을 의식하고 온갖 헛된 기대로부터 벗어난 인간이 자신의 존재를 어떻게 견디는지…… 그의 도자기 작업장은 산비탈 아래쪽의 빛이 잘 비치는 반지하에 있었다. 예전에는 빨래를 해서 말리는 세탁장과 정원용 가구를 두는 창고로 사용하던 곳이었다. 예전에는 흰색으로 칠해져 있었는데, 지금은 정오부터 저녁까지 햇빛이 비치는데도 회색곰팡이로 도배되어 있었다. 나는 마음이 놓였다. 우리의 친구가 그곳에서 보내는 날들을 쉽게 상상할 수 있어서였다. "사람은 뭐든 일을 해야 해!" 그는 약간의 돈을 벌게 해주는 그 스위스 도자기 완제품들을 둘러보며 말했다. "율리카는 이 납작한 접시들이 제일 맘에 든대." 또 한번은 이렇게 말했다. "잘 알겠지만, 모든 것을 배워둬야 해. 나는 아마 제대로 된 도공은 되지 못하겠지만!" 슈틸러는 직접 제작한 도예용 회전반을 보여주며 유난히 기뻐했다. 그가 여러 민족과 여러 시대의 도자기 기술, 유약의 수수께끼에 대해 말하면, 문외한인 내 눈에는 그 분야의 대가처럼 보였다. 그의 어떤 면이 변한 걸까? 그의 정신은 지금까지보다 더 사물 자체를 향하고 있는 듯 보였다. 전에는 일반적으로 결혼, 흑인, 화산, 하여튼 뭔가에 대해 말하면서 사실은 오로지 자기 자신에 대해 말했는데, 지금은 자기 자신에 대해 조금도 말하지 않으면서 '그의' 그릇, '그의' 회전반, '그의' 유약, 심지어 '그의' 기량에 대해 말했다.

"검사님!" 율리카 부인이 내게 인사했다. 그리고 슈틸러는 그녀의 볼에 입맞췄다. 그의 손은 회전반 탓에 조금 지저분했다. 나는 율리카 부인이 부쩍 나이들어 보인다고 생각했다. 여전히 독특하게 아름다운 여인, 많이 가꾸지 않아도 소녀의 머릿결처럼 빛을 발하는 머리카락은 갈수록 더 특이하게 시선을 끌었다. "저 사람은 포도주를 마실 이유만 생기면 좋아해요!" 슈틸러가 포도주병을 가지러 간 사이에 율리카 부인이 말했다. 그전에 슈틸러는 건들거리는 야외용 의자 두 개를 바깥 정원에 가져다놓았다. "여기, 아름답죠." 율리카 부인은 말했다. "안 그런가요?" 나는 그 특이한 부인에게 점점 더 많은 호감을 느끼게 됐지만 사실 무슨 말을 나눠야 할지 난감했다. 그녀의 냉정함은 수줍음을 감추는 가면일 가능성이 많았으며, 사적으로 받아들여서는 안 되는 것이었다. 그녀는 자신이 얼마나 속마음을 드러내지 않는지 전혀 모르는 것 같았으며, 누군가가 재회나 작은 선물에 대한 그녀의 기쁨, 그녀의 호의를 느끼지 못하는 것을 이해하지 못했다. 그녀는 직접 손으로 날염한 작은 수건을 유심히 살펴보며 이렇게 말했을 뿐이다. "보세요, 이곳에서는 이런 걸 전혀 구할 수가 없어요." 그녀가 자신의 속내를 말로 표현하는 것을 마음속 깊이 두려워했다고 나는 믿는다. 한편 작은 수건이 마음에 든 것 같은데도 그것을 즉시 옆으로 밀어놓는 방식은, 마치 내가 무슨 대단한 감사의 말이라도 기대한 듯 나를 무척 당황스럽게 만들었다. 나는 그녀가 산 아래 학교에서 하는 일에 대해 물었지만 거의 아무 대답도 듣지 못해서, 그녀가 그 밖에 다른 무엇에 관심이 있을까 생각해야 했다. 그녀는 하루 일과를 마치고 당연히도 조금 피곤한지 고개를 뒤로 젖혀 머리를 구릿빛 머리카락에 파묻었다. "우리 슈틸러가 진짜 도공이 됐네요!" 나는 말을 꺼냈고, 그녀는 고개를 끄덕였다. 좀전에 지하실에서 슈틸러가 율리카는 이 납작한 접시들을 제일 좋아했다고 한 말이 기억났다. 그 말은 그의 부인 측에서 슈틸러를 별로 인정하지 않거나 또는 그에게 거의 관심이 없거나 심지어는 그의 시도에 대해 회의를 보인 게 아닐까 추측하게 했다. 그렇다. 착한 슈틸러는 뭔가 아쉬워하는 듯 보였다. 격려, 감탄의 범위에서 하는 비판 같은 것. 거기 아래 지하실에서는 율리카 부인이 그의 도공일을 실제로 하찮게 여기는 게 아닐까 하는 생각이 언뜻 들었다. 지금 율리카 부인은 내게 말했다. "저 사람이 2년 동안 이룬 것들, 굉장하지 않아요?" 나도 동감이었다. "그렇다면 슈틸러에게 그렇게 말해주세요." 나는 말했다. "기뻐할 겁니다."—"내가 그 말을 안 한 거 같으세요?"—"잘 아시잖아요." 나는 대답을 피했다. "우리 남자들이 어떤지! 남자들은 사랑을 하면 깊은 인상을 남기고 싶어해요. 그게 뜻대로 되지 않으면, 우리는 여론에 호소하죠!" 나는 농담처럼 말했다. "난 잘 모르겠어요." 율리카 부인은 두 손으로 눈을 문지르며 말했다. "저 사람이 내게 뭘 기대하는지. 내가 그 말을 안 했을 거 같으세요? 하지만 저 사람이 내 말을 귀담아 듣지 않았다면요." 나는 어떤 식으로든 끼어들어 후견인 역할을 할 의도는 없었다. 나는 입을 다물었다. "두 사람, 아직도 서로 말을 높이고 있어?" 슈틸러가 불쑥 나타나 우리를 더욱 당황하게 만들었다. "자, 건배!" 그는 분위기를 무마했다. 우리, 나와 슈틸러는 작고 시원한 잔을 맞부딪쳤다. "당신은 안 마셔?" 율리카 부인이 내키지 않는지 술잔을 들지 않자 슈틸러는 물었다. 그리고 한 번 더 말했다. "자, 건배!" 나는 한순간 율리카 부인이 혹시 아기를 가진 게 아닐까 생각했다. 그녀가 포도주를 거절하는 태도가 절대 마셔서는 안 된다는 듯 말없이 단호했기 때문이다. 율리카 부인이 살짝 맛조차 보지 않은 건 좀 애석했다. 그녀는 왠지 처음부터 함께 어울리지 않았다. 셋이 함께 있는 자리보다 더 어려운 건 없네! 나는 거듭 생각했다. 그래서 슈틸러하고만 어울리지 않으려고 솔직히 애썼다. 그와 함께 지내기는 쉬웠다. 그는 여자들처럼 쉽게 적응하는 재능이 있었다. 율리카 부인 쪽에서는 소외당하는 것에 전혀 저항하지 않았다. 그녀는 말없이 머리를 머리카락에 파묻고 있었다. 옆에서 본 그녀의 얼굴은 나를 매혹하는 동시에 그만큼 불안하게 했다. 그녀의 표정은 깜짝 놀라서 말없이 영영 굳어진 듯 보였다. 슈틸러는 개의치 않고 재치 있는 허풍을 떨며 으스댔다. 그러면서 은근히 다정하게 간청하는 어조로 자주 율리카 부인 쪽을 바라보았다. 반은 배려하는 듯, 반은 강요하는 듯했다. 이 친구가 너무 경솔하게 구는군, 종종 이런 생각이 들었다. 이제 이런 우아함에 넌덜머리가 나서 아무렇게나 내팽개친단 말이지. 하긴, 그래도 자신은 잃어버릴 게 없으니까. 또한 슈틸러가 계속 뭔가를 만회하려 한다는 생각도 들었다. 그런가 하면 그는 소심할 정도로 정중하게 굴었다. "그냥 놔둬!" 율리카 부인은 부탁했다. "난 쿠션 필요 없어, 정말이야!" 슈틸러가 율리카 부인을 흘끗 바라보는 눈빛으로 보아 거부당했다고 느낀 눈치였다. 부당하게 거부당했다고. 내가 만일 그 별로 쓸모없는 쿠션과 관련해 판정하는 임무를 맡았다면, 율리카 부인의 손을 들어주었을 것이다. "그 미래의 도자기 가마는 어디에 설치할 거야?" 나는 화제를 돌리려고 물었지만, 슈틸러의 귀에는 그 말이 들리지 않았다. "왜 이 쿠션이 싫다는 거야?" 그는 가엾은 율리카 부인을 몰아세웠고, 부인은 남편을 진정시키려고 결국 쿠션을 받았지만 고맙다는 말은 하지 않았다. 그녀는 쿠션을 목덜미 아래가 아니라 덜 방해되는 무릎 아래로 밀어넣었다. 두 사람 모두 노력하는군! 나는 이렇게 생각하며 포도주 맛이 깔끔해서 좋다고 칭송했다. 그러고는 뜬금없이, 얼마 전에 들은 짧은 이야기를 꺼냈다. "자네, 멕시코에 가봤지." 나는 말했다. "자네도 이 이야기가 흥미로울 거야! 거기서 어떤 사람이 돼지를 키웠어. 정확히 어디인지는 기억 안 나네. 그런데 이유는 모르겠지만, 도대체 돈벌이가 되지 않는 거야. 그 남자는 온갖 힘을 쏟아부으며 뼈빠지게 일했어. 아무 소용이 없었지. 거기에 전 재산과 반평생을 투자했대. 간단히 말해서 온 야심을 투자했다고. 그런데 도대체 이익이 남아야 말이지. 게다가 설상가상으로 지독한 건기까지 찾아왔지 뭐야. 그런 경우 있지 않아? 무슨 강인지는 모르지만, 강물이 말라붙었어. 그러자 악어들이 가까이 있을 물을 찾아 들판을 가로질러 길을 떠났다는 거야. 어느 화창한 날, 악어떼가 나타났어. 악어떼는 하필이면 양돈장 한가운데로 직진했지 뭐야. 그 불행한 남자는 이를테면 지붕 위에 올라가 악어떼를 향해 총을 쏠 수도 있었을 거야. 하지만 그는 그러지 않았어! 어차피 돈벌이도 안 되는 돼지를 그냥 모조리 먹어치우게 내버려두고는, 그 사이에 악어까지 몽땅 가두는 더 튼튼한 울타리를 지었다나. 그래서 악어농장을 소유하게 되었고, 핸드백 공급자가 되었다니까. 지금 아주 행복하게 살고 있대." 슈틸러는 크게 웃었다. "실제 있었던 일이래!" 나는 덧붙였다. "멋지지 않아?" 슈틸러는 율리카 부인을 돌아보았다. 그녀의 웃음은 완벽한 표정술의 발로였다. 그리고 실제로 그 부인의 다른 웃음은 한 번도 보지 못했던 것으로 기억한다. 그녀의 웃음은 항상 얼굴에만 머물렀다. 내면에서 우러나오는 웃음은 전혀 지을 수 없는 듯, 잃어버린 듯 보였다. 율리카 부인을 즐겁게 해주려는 시도는 완전히 실패했다. 나중에는 나 자신이 더없이 미련하게 느껴졌고, 스스로에게 분통이 치밀었다. 무엇 때문에 그런 시시한 이야기를 늘어놓았을까! 햇살이 온화하게 비치는 가을의 늦은 오후가 되었다. 슈틸러가 편지에서 이렇게 묘사했던 바로 그 시간이었다. "—경애하는 친구여, 우리가 밖에 앉아서 기쁨을 만끽할 수 있을 만큼 가을 햇살이 충분하고, 또다시 포도가 무르익고, 호수 위로는 금속성 연무가 드리워져 있지만 산들은 지중해 하늘 앞에서 선명하고 화려하게 황금빛 숲을 자랑하고, 순수한 수은길과 번쩍이는 황동길에 이어 결국 구리길이 온 호수 위에서 눈을 부시게 하면—" 수은은 벌써 지났고, 호수는 황동의 단계에 있었다. 나는 간간이 주변을 둘러보지 않을 수 없었다. 영원히 즐거워하는 정원 장식용 난쟁이들, 작은 탑이 있는 샬레, 잡초, 잿빛의 아프로디테, 이끼 끼고 갈색 나뭇잎으로 채워진 메마른 우물과 녹슨 급수관, 아르누보풍 유리문이 달린 베란다, 아이비, 저녁 햇살을 받아 피처럼 새빨간 케이블철도. 모든 게 조금 현실 같지 않았다. 그들, 슈틸러와 율리카 부인은 스스로 그 주변 세계를 낯선 의복처럼 걸치고 있었다. 모든 의복은 결국 임시로 걸치는 낯선 것임을 무언중에 의식하고서. 나는 그들에게 감탄했다. 진정으로 그들에게 속하는 것은 제네바 호수의 수면에 찬란한 광채를 던지는 해, 저기 아래 지하실의 도자기 작업장, 사람들 사이에서 흔히 볼 수 있는 온갖 어려움, 그리고 아마 그들을 찾아온 무력한 손님이 전부였다. 율리카 부인을 조용히 내버려두기만 하면 아무 문제 없었다. 하지만 이제 슈틸러는 내가 리듬체조의 교육적 가치를 믿는지 알아내려고 했다. 율리카 부인은 진정한 확신 없이 교육적 가치를 옹호했고, 슈틸러는 율리카 부인이 로잔에 직접 발레 학원을 열어 다시 순수한 예술활동에 전념해야 한다는 의견을 피력했다. 현실적인 장애물은 전혀 언급되지 않았다. 율리카 부인은 솔직하게 격렬한 반응을 보였고, 슈틸러는 부인이 자신에게서 아무것도, 쿠션도, 그녀의 예술성에 대한 뒤늦은 믿음도 받아들이려 하지 않는 데 슬퍼했다. 그는 기분이 상해서는 새 술병을 가져오겠다며 자리에서 일어났다…… "롤프," 우리가 단둘이 있게 되자 율리카 부인은 즉시 말했다. "저 사람 좀 말려줘요! 어림도 없는 일이에요. 제발 부탁해요, 좀 말려줘요! 저 사람은 그 생각으로 날 미치게 만들어요!" 나는 그 생각이 실제로 얼마나 가능성 있는지 고려해보고, 슈틸러가 그걸 가지고 율리카 부인에게 무엇을 바라는지 헤아려보고, 율리카 부인 스스로 어떤 미래를 바라는지 물어보려 했다. 하지만 그녀는 내 말을 도무지 들으려 하지 않았다. 나하고도 말이 통하지 않자, 그녀는 다시 몸을 뒤로 기대고서 고개를 절레절레 저었다. "저 사람은 대체 내게 뭘 원하는 거죠?" 내가 침묵을 지키자, 이윽고 그녀는 무척 지친 표정으로 말했다. 그녀의 눈은 촉촉하게 빛났으며, 그녀의 가늘고 창백한 두 손은 마치 치과진료를 받을 때처럼 몸을 떨지 않기 위해 의자 양쪽 팔걸이를 꽉 움켜쥐고 있었다. 솔직히 말해, 그녀가 유난히 과민하게 군다는 생각이 들었다. 나는 벌써 오래전부터 논란이 된 일에 입장을 표명해달라는 요구를 받았음을 깨달았다. 하지만 무엇보다도 그 분야에 대한 전문 지식이 없는 나로서는 전혀 그러고 싶은 마음이 없었다. "이 보 농가로 슈틸러는 나를 멋지게 바보로 만들었어요." 나는 말했다. 율리카 부인은 이 말에 전혀 대꾸하지 않았다. "위치가 아주 좋네요!" 나는 계속 수다를 떨었다. "이 제네바호수의 어떤 점이 특히 마음에 드냐면요—" 그녀는 내 수다는 물론이고 진정한 대화를 해보려는 내 노력에도 귀기울이지 않았다. "저 사람 좀 말려줘요!" 그녀는 여전히 흥분해서 또다시 부탁했다. "그걸 대체 어떻게 생각하세요!" 그녀는 나한테까지 격렬한 거부감을 나타내다가 정중하게 말투를 누그러뜨렸다. "그건 안 되는 일이에요. 정말이에요. 안 된다고요." 그러고는 곧바로 덧붙였다. "하긴, 저 사람이 어떻게 알겠어요."—"슈틸러가 뭘 모른단 말씀이시죠?" 나는 물었다. "그게 무슨 말입니까?"—"묻지 마세요." 율리카 부인은 부탁했다. 그러더니 기운을 차려서 똑바로 앉아 새 담배를 꺼냈다. 나는 얼른 라이터를 내밀었다. "나는 담배를 피우면 안 돼요." 그녀는 깜짝 놀란 듯, 아니면 마치 내가 담배를 피우라고 강요라도 한 듯 말했다. 어쨌든 사용하지 않은 라이터에 고맙다는 말도 하지 않았다. "저 사람이 어떻게 알겠어요." 그녀는 혼자 중얼거렸다. "병원에 다녀왔어요—" 율리카 부인은 아무하고도 그 이야기를 하지 않을 작정이었으며, 그 말을 꺼낸 걸 후회하는 게 분명했다. 물론 나는 대답은 하지 않았지만 자세한 설명을 기다렸다. "왼쪽 폐 전부." 그녀는 말했다. "저 사람에겐 아직 알리고 싶지 않아요. 다른 방법이 없대요. 가능한 한 빨리." 그녀의 갑작스러운 평온함, 일종의 침착함, 불평하지 않는 태도는 나를 당황하게 만들었다. 얼마나 침착했는지, 곧이어 그 불행한 여인이 의사가 아니라 자신의 이성이 말하는 의학적 표현을 자신의 입으로 직접 사용했는데도, 본인은 정작 아무것도 모르는 게 아닐까 생각될 정도였다. 그래서 나는 마치 자갈 속에서 뭔가를 찾는 사람처럼 바닥을 응시했으며, 내 뇌리를 파고드는 생각이 표정을 통해 드러날까봐 그녀의 얼굴을 쳐다볼 엄두도 내지 못했다. "네." 그녀는 메마른 말투로 말했다. "그래요." 나도 그녀처럼 메마른 말투로 물었다. "그럼 그 수술을 언제 할 건가요?"—"가능한 한 빨리." 그녀는 좀전에 한 말을 반복했다. "하지만 잘 모르겠어요. 안 무서워지면 바로요." ……곧이어 슈틸러가 새 술병을 들고 돌아왔다. 그는 얼른 글리옹에서 포도를 가져오겠다고 말했다…… "저 사람 좀 말려주세요!" 율리카 부인은 여전히 발레학원에 대한 생각이 문제라는 양 또 한번 말했다. 그녀는 다시 그 소녀 같은 머리카락에 머리를 파묻고 있었다. 나는 그 부인보다 더 고독한 사람은 본 적 없다고 믿는다. 그녀의 고난과 세상 사이에는 뚫고 들어갈 수 없는 벽이 있는 듯 보였다. 단순히 침착함만이 아니라 내 말을 들어주지 않는다는 확신 같은 것. 결코 지울 수 없고 비난의 여지도 없으면서 치유불가능하고 절망적이고 오래도록 쌓인 경험, 파트너가 오로지 자신의 말만 고집한다는 경험. 나는 그녀에게 평생 단 한 번도 사랑을 받지 못했느냐고 묻고 싶은 충동을 느꼈다. 물론 묻지는 않았다. 그녀가 자기 자신은 사랑했을까? 나도 모르게 그녀의 어린 시절 모습을 떠올려보려고 했다. 그녀가 일찍 부모님을 여읜 것에 이유가 있을까? 나는 이제나저제나 율리카 부인이 속마음을 털어놓지 않을까 각오하고 침묵을 지켰지만, 그녀의 규칙적이고 공허한 숨소리만이 들려왔다. 이 사람에게 무슨 일이 있었을까? 사람이 처음부터 이럴 수 있다고는, 극심한 궁지에 몰려서도 이렇듯 무표정할 수 있다고는 믿고 싶지 않았다. 누가 이 여인을 이렇게 만들었을까? 슈틸러가 글리옹에 간 지 이미 15분이 지났는데, 아마 15분은 더 지나야 돌아올 것이었다. "내가 뭔가 말하기를 기다리는 거죠?" 이윽고 율리카 부인은 말문을 열었다. "나는 할 말이 없어요. 내가 어떻게 변하겠어요! 나는 원래 이런 사람인데요. 도대체 슈틸러는 왜 나를 바꾸려고 하죠?"—"그가 그럽니까?"—"난 알아요." 그녀는 말했다. "아마 그 사람은 좋은 뜻에서 그러는 거겠죠. 그 사람은 자신이 날 사랑한다고 확신하고 있어요."—"그럼 부인은요?" 나는 물었다. "부인도 그를 사랑하지요?"—"그 사람을 점점 더 모르겠어요." 그녀는 힘들게 생각을 가다듬은 후 대답했다. "롤프, 당신은 그 사람이 내게 뭘 기대하는지 알겠어요?……" 물론 그녀의 끔찍한 고백을 잊을 수는 없었지만 조금 기분을 풀기 위해서, 나는 슈틸러와 그의 인간적인 성향, 주어진 사실과 가능성, 내가 지난 몇 년 동안 감지한 그의 발전에 대해 그 당시 생각하던 바를 말로 표현하려고 시도했다. 정확히 말하면, 비난하지도 옹호하지도 않고 변명하지도 않는 방식으로. 그러면서 오랫동안 율리카 부인이 내 말을 귀기울여 듣는다는 느낌을 받았다. 나는 확실히 율리카 부인보다는 슈틸러를 '이해하기' 더 쉬웠다. 또한 율리카 부인의 마지막 질문을 받고서, 바로 거기에 내가 당장 해결해야 하는 임무가 있다는 생각도 했다. 나는 말하는 동안 나뭇가지로 자갈에 그림을 그렸다. 내가 남자로서 결정을 내리기 어려운 질문이나 생각에 대해 최소한 표정으로라도 그녀의 의견을 알아볼 셈으로 이따금 위를 올려다보면, 완전히 일그러진 얼굴이 보였다—더이상 얼굴이라고 할 수 없는 그 얼굴을 결코 잊지 못할 것이다. 입이 고대의 가면처럼 벌어져 있었고, 그녀는 헛되이 입술을 깨물려고 했다. 그녀의 입은 파르르 떨며 마비된 듯 벌어져 있었다. 그녀가 흐느끼는 것을 보자, 그 순간 마치 내가 귀머거리가 된 듯했다. 그녀는 눈을 뜨고 있었지만, 그 눈은 초점 없이 멍했고 소리 없는 눈물에 젖어 몽롱했다. 무릎에 놓인 작은 두 주먹, 후들후들 떨리는 몸, 그녀는 아무것도 알아보지 못하고 불러도 들리지 않는 듯 거기 그렇게 앉아 있었다. 그녀에게는 아무런 인간적인 특성도 남아 있지 않았다. 목소리도 남아 있지 않았으며, 오로지 절망에 떠는 몸, 죽음의 공포에 질려 소리 없이 외치는 살덩이만이 남아 있었다. 내가 그때 무엇을 했는지는 이제 기억나지 않는다…… 나중에, 지쳐서 진정된 얼굴과 달리 여전히 경련으로 부르르 떨고 있는 그녀의 작은 두 주먹을 내가 붙잡았을 때, 그녀는 말했다. "그 사람에게 말하면 안 돼요." 나는 어떻게든 도와주려고 고개를 끄덕였다. "약속하세요!" 그녀는 간청했다—

곧이어 슈틸러가 포도를 들고 돌아왔다. 율리카 부인은 얼른 일어나 몸을 옆으로 돌렸다. 그녀는 좀 떨어진 곳에서 사탕에 대해 뭐라 말하고는 멀어졌다. 슈틸러는 나더러 후식으로 가져온 포도를 맛보라며 고집을 부렸다. 그가 실제로 아무 눈치도 못 챘는지 아니면 단순히 그런 척했을 뿐인지, 나는 분간할 수 없었다. 슈틸러는 내가 와서 기쁘다고 단언했으며 성대한 만찬을 약속했다. 슈틸러가 내게 율리카를 어떻게 생각하느냐고 지나가는 말로 물었을 때, 나는 포도주로 화제를 돌렸다. "내 말은 율리카의 건강에 대해 어떻게 생각하느냐는 뜻이야." 그는 말했다. "율리카가 아주 근사해 보이지 않아?" 우리는 왼손을 바지주머니에 넣은 채 서서 포도주를 마셨다. 마침내 사탕을 들고 돌아온 율리카 부인은 모직 재킷을 입고 있었고 아주 근사해 보였다. 그 사이 화장을 한 모양이다. 하지만 그뿐이 아니었다. 그녀 스스로 아무것도 모르는 듯 보였다. 좀전의 그 인물이 아닌 듯, 마치 내가 그 부인의 꿈을 꾼 듯, 나는 혼란스러워졌다. 바깥이 확실히 쌀쌀해졌고, 우리는 집안으로 들어갔다. 나는 그날 저녁을 어떻게 보내게 될지 상상도 가지 않았다! 하지만 슈틸러는 아무렇지 않은 것 같았고, 율리카 부인도 마찬가지였다.

그 무렵 나는 이 기록의 존재를 알지 못했지만, 슈틸러가 구치소에서 일기 비슷한 것을 썼다는 사실은 알고 있었다. 이 후기를 쓰는 목적은 많은 것을 정정하려는 데 있지 않다. 내가 보기에, 이 기록이 지닌 자의성, 슈틸러가 때로는 서슴지 않고 변조한 의도적인 주관성은 충분히 명백해 보이는데, 이런 점은 주관적인 체험에 대한 보고서로서는 솔직한 면일 수 있다. 이 기록에 실린 율리카 부인에 대한 묘사는 나를 당혹스럽게 만들었다. 그런 묘사는 거기에 능멸당한 사람보다 그렇게 묘사한 사람에 대해 더 많은 것을 알려준다고 생각한다. 살아 있는 사람을 묘사하려는 시도에 이미 비인간적인 면이 있지 않느냐는 지적은 중요한 질문이다. 이 물음은 근본적으로 슈틸러에게 해당된다. 우리 대부분은 글로 기록을 남기지는 않지만, 아마 더 흔적 없는 방식으로 기록을 남길지도 모른다. 그리고 그 결과는 어느 경우든 가혹할 것이다.

글리옹에 다녀온 일은 물론 두고두고 내 뇌리에서 떠나지 않았다. 집에 돌아온 직후 나는 율리카 부인에게서 편지를 받았다. 율리카 부인은 편지에서도 이유는 밝히지 않은 채 그 일에 대해 절대로 얘기하지 말라고 다시 한번 신신당부했다. 내가 그 일에 대해 어떻게 생각하든, 부부 사이의 침묵을 밖에서 깨뜨릴 권리는 없었다. 나는 원하지 않는 사이 우연히 그 일에 대해 알게 되었을 뿐 그런 임무를 위임받은 적은 없다. 불행한 율리카 부인은 슈틸러가 이성을 잃고 견디기 어려운 상태를 자초할까봐 두려워했을까? 나는 모른다. 아니면 혹시 수술을 받지 않을 수도 있다는 약간의 희망을 품을 만한 이유가 있었을까? 물론 슈틸러도 내 뇌리를 떠나지 않았다. 슈틸러에게 무슨 일이 일어난 듯 보였다. 우리가 자신을 어떻게 생각하느냐는 그 성가신 물음이 그의 내면에서 침묵했고, 오해받을지 모른다는 두려움이 침묵했다. 그와의 관계에서, 나는 그때까지 거의 의식하지 못했던 강요로부터 자유로워진 듯한 느낌이 들었다. 나 스스로가 더 자유로워진 것이다. 자기 자신을 받아들이지 못하는 사람은 늘 주변으로부터 오해받고 곡해받는다는 두려움에 시달릴 수 있다. 그런 사람에게는 우리가 자신을 어떻게 보느냐가 지나치게 중요하다. 그는 우리에게 엉뚱한 역할을 강요받는다는 고루한 두려움에 시달리며, 또 그 두려움 때문에 어쩔 수 없이 우리마저 고루하게 만든다. 그는 우리가 자신을 자유롭게 두기를 원한다. 하지만 그 자신이 우리를 자유롭게 두지 않는다. 이를테면 그는 우리가 자신을 혼동하는 것을 허락하지 않는다. 누가 누구를 억압하는가? 여기에 대해서는 할 말이 많으리라. 사람을 서서히 또는 갑작스럽게 지금까지의 삶에서 멀어지게 하는 자기인식이란 반드시 필요하지만 결코 충분하지는 않은 첫걸음에 지나지 않는다. 우리는 바로 이 단계에 머무르면서 단순한 자기인식의 우울함에 만족하고 성숙한 척하는 사람들을 얼마나 많이 아는지! 슈틸러는 종적을 감췄을 때 이미 그 단계를 넘어섰다고 나는 믿는다. 그는 훨씬 더 힘든 두번째 걸음을 떼려고 했다. 자신이 기꺼이 되고 싶은 존재가 아니라는 체념으로부터 벗어나서, 현재 있는 그대로의 존재가 되려고 한 것이다. 자기 자신을 받아들이는 것보다 더 어려운 일은 없으므로! 실제로 그것은 소박한 사람들에게만 가능하다. 하지만 나는 그런 좋은 의미에서 소박하다고 일컬을 만한 사람들을 주변에서 별로 보지 못했다. 내가 보기에, 슈틸러는 우리가 구치소에서 만났을 때 이미 그 고통스러운 자기수용을 상당한 수준까지 해냈다. 그런데도 그는 왜 그의 주변 세계, 과거의 친구들을 유치하게 거부했을까? 나는 운좋게도 과거의 그 슈틸러를 직접 알지 못했기에, 그와 분별 있는 관계를 맺기가 훨씬 더 쉬웠다. 우리는 그때야 서로를 알게 되었다. 우리의 친구는 자신을 받아들이고 마침내 자신의 현실을 수용하려는 의지가 확고했는데도, 그때까지 아직 한 가지를 성취하지 못했다. 즉, 세상으로부터 인정받는 것을 포기하지 못한 것이다. 그는 당연히 자신이 다른 사람이라고 느꼈다. 그는 사람들이 곧바로 알아본 슈틸러가 아닌 다른 사람이었으며, 그 점을 모든 이들에게 설득시키려 했다. 유치한 짓이었다. 하지만 우리 스스로도 잘 모르는 우리의 현실, 기껏해야 살아가는 데 급급한 우리의 현실에서, 우리가 최소한 우리의 이웃에게라도 인정받는 것을 어떻게 포기할 수 있겠는가? 초인적인 법정이 우리의 삶을 조정하리라는 확신 없이는, 적어도 그런 법정이 존재한다는 정열적인 희망 없이는, 이는 분명 불가능한 일이다. 슈틸러는 이 사실을 뒤늦게 깨달았다. 과연 깨달은 걸까? 가을에 처음으로 그곳에 다녀온 후, 나는 그런 인상을 받았다. 슈틸러는 그 점과 관련해 한마디도 하지 않았는데, 아마 그래서 바로 그런 인상을 받은 게 아닐까. 슈틸러는 자신의 변화에 대해 스스로 알리고 싶은 욕구를 전혀 느끼지 못했다. 그것은 근본적으로 그가 입을 다문 것과 관련 있을 것이다. 그의 새로운 작업도 표현을 겨냥한 것이 아니었다. 그는 접시와 컵과 쟁반, 순전히 유용한 물건들, 내 생각에는 아주 우아한 물건들을 만들었다. 하지만 그것은 그 자신을 묘사한 것이 아니었다. 그는 인정받지 못한다는 두려움으로부터 자유로웠으며, 그래서 사람들도 답답한 속박에서 벗어난 듯 그에 대해 더 자유롭게 느꼈다. 또한 나는 슈틸러를 좋아하면서도 왜 지금까지 그를 만나는 것을 조금 두려워했는지 이해했다. '입을 다문다'는 말은 혼란을 야기하는 잘못된 말일 것이다. 물론 슈틸러는 결코 과묵하지 않았다. 하지만 자기 자신에게 도달한 사람이 누구나 그렇듯이, 그는 사람들과 사물들을 자신 밖에서 보았다. 그를 둘러싼 것은 그가 세상에서 더이상 찾거나 숨길 필요가 없는 자기 자신의 투사投射가 아닌 다른 것, 세상이 되기 시작했다. 그 자신이 세상에 존재하기 시작한 것이다. 이것은 내가 처음으로 글리옹에 다녀온 후 받은 인상이었다. 더욱이 율리카 부인이 개입되지 않는 한, 그의 편지에서 받은 인상이기도 했다. 과거로부터의 반려자인 율리카 부인과의 관계는 당연히 가장 어려웠다. 예전의 두려움과 파괴적인 혼란으로 돌아가고자 하는 유혹, 슈틸러가 실제로 이미 다른 사람들과의 관계에서 도달한 것만큼 멀리 가지는 않으려는 유혹이 가장 컸다. 공통된 과거는 절대 쉬운 일이 아니었다. 우리의 힘이 자연스럽게 약해질 때마다 고개를 내미는 익숙함, 가는 곳곳마다 나타나는 습관들은 악마적인 것인지도 모른다. 수영하는 사람들에게 덩굴식물과도 같은 것 말이다. 누가 그걸 모르겠는가! 한편 나는 우리의 친구가 도망갈 길이 없다는 사실을 알고 있었다고 믿는다. 옛날의 삶이 그야말로 그대로 있는데 어떤 식으로든 새로운 삶을 시작해봤자 아무런 도움이 되지 않았다. 그 여인과의 관계에서 과거, 두 사람을 단단히 묶어놓은 삭막함을 현실적으로 종식시키는, 즉 거기에서 도망치는 것이 아니라 새롭고 활기찬 현재 속으로 용해하는 것은 더이상 슈틸러의 관심사가 아니었던 걸까? 이 새로운 현재는 다른 방식으로 결코 완전히 현실이 되지 않았다. 하지만 바로 그것, 실현하느냐 아니면 실패하느냐, 숨을 쉬느냐 아니면 질식하느냐, 이런 의미에서 삶이냐 아니면 죽음이냐, 더 정확히 말하면 삶이냐 아니면 병이 드느냐가 문제였다. 물론 결혼이라는 의미에서 여자와의 관계가 항상 이런 최후의 시금석이 될 필요는 없다. 이 경우에는 최후의 시금석이 되었지만. 각양각색의 시금석이 있고, 슈틸러는 어쨌든 자신의 시금석을 발견했다. 이미 언급했듯이, 우리의 희망은 슈틸러가 적어도 친구들과의 관계에서는 활기차고 두려움 없고 자발적일 뿐만 아니라 진정으로 거리낌 없는 흔쾌한 태도에 이르렀다는 것을 직접 즐겁게 체험한 사실에 근거했다. 슈틸러는 자기 자신에 더욱더 깊이 이르렀으며, 자신 밖의 사람들과 사물들에 더욱더 많이 주의를 기울일 수 있었다. 그는 그것들을 사랑했거나 아니면 증오했다. 예를 들어 코Caux를 호되게, 편협하게, 때로는 극도로 증오하곤 했다. 슈틸러는 끝까지 '격정적인 사람', 혼란스러운 사람으로 남았다. 우리의 친구 안에 모든 것을 향한 온유한 사랑은 없었지만, 과거 그 어느 때보다도 많은 사랑이 있었다고 나는 믿는다. 그리고 사랑을 그토록 필요로 하는 율리카 부인에게도 언젠가 그 사랑이 닿으리라는 희망이 있었다.

우리가 또다시 만나는 일 없이 겨울이 지났다. 편지가 올 때마다, 나는 당연히도 수술이 임박했거나 아니면 다행히도 벌써 무사히 끝났음을 알리는 소식을 기다렸다. 나는 이해할 수 없는 모든 암시를 ('PS. 사람이 저주를 받으면 어떻게 행동할까?') 즉각 우리 친구도 이미 그 일에 대해 알고 있다는 의미로 해석했다. 하지만 그에 이은 편지는 율리카의 건강 상태를 묻는 내 질문에 거의 대답하지 않거나 또는 낙관적으로 대답하면서 내 추측을 반박했다. 그러는 동안 어느새 2월에 접어들었다. 우려했던 수술을 반드시 해야 하는 것은 아닌 듯 보였다. 나는 한시름 놓았으며, 다만 내가 무척 마음쓰고 있는 걸 잘 알면서도 율리카 부인이 소식을 전하지 않는 게 의아했다. 하지만 원래 성품이 그런 사람이니까. 언젠가 슈틸러가 구치소 시절 빽빽이 기록한 일곱 권의 노트 꾸러미가 도착했다. "여기 내 글!" 슈틸러는 유일하게 이 말만을 덧붙였다. 한 번도 약속한 적 없는 그 소포를 어떤 동기에서 어떤 목적으로 내게 보냈는지 나로서는 이해할 수 없었다. 그 글의 망령에게 괴롭힘당하는 게 싫어 집안에 두고 싶지 않았던 걸까? 나는 틈틈이 그 글을 읽은 후, 그 글에서 끔찍하게 능멸당한 듯 보이는 율리카 부인과 관련해서도 슈틸러가 마침내 활기찬 현실로 나아갈 수 있기를 예전보다 더욱 더 절실히 바라게 되었다. 그와 동시에 그럴 시간이 아직 충분히 남아 있을까 하는 두려움에 휩싸였다.

3월에 율리카 부인은 수술을 받았다. 우리, 나와 아내는 사전에 아무런 기별도 받지 못한 채 부활절에 글리옹에 갔다. 우리는 부활절에 벨슐란트*를 여행하려는 계획에 맞춰 이삼일 정도 슈틸러를 방문하겠다고 이미 오래전부터 약속해두었다. 놀랍게도 MON REPOS의 문이 닫혀 있었다. 잠시 샬레를 한 바퀴 돌며 사방으로 슈틸러를 부르는 동안, 슈틸러와 그의 부인이 더이상 그곳에, 더이상 글리옹에, 더이상 지구상에 존재하지 않을지도 모른다는 느낌이 들었다. 절대 그들의 소유가 아니었던 이 별나고 유치한 집을 남기고 홀연히 사라졌을지 모른다는 느낌 말이다. 지하로 통하는 유리문은 잠겨 있지 않았지만 도자기 작업장에는 아무도 없었다. 어쨌든 그곳에서 방금 전까지 일한 흔적은 보였다. 원래는 푸른색이었지만 지금은 거의 무색으로 빛바랜 작업용 앞치마가 황급히 벗어던진 듯 탁자 위에 놓여 있었다. 회전반에는 축축

* 스위스에서 프랑스어를 사용하는 지역.

한 점토덩이가 놓여 있었다. 우리는 기다리기로 했다. 비가 오락가락하는 날씨였고, 제네바호수 위에 안개가 드리워져 있었다. 우리는 레인코트 차림으로 축축한 난간에 앉았으며, 불안해야 할 이유가 전혀 없다고 서로를 설득했다. 비에 젖어서 유난히 반짝이는 정원 장식용 난쟁이들, 아이비에 뒤덮이고 작은 벽돌탑이 있는 집, 녹슨 쇠울타리, 글자들이 대부분 떨어져나간 인조대리석 석판, 갈라진 우물 속의 비에 젖어 거무스름한 이끼. 모든 것이 변함없이 예전 그대로였다. 다만 해가 뜨지 않아 많이 우중충할 뿐이었다. 우리는 바로 농담을 주고받으며 분위기를 좀 밝게 하려고 노력했지만 별 성과가 없었다. 빨간 케이블열차가 텅 빈 채 지나갔다. 한 시간 후 날이 어두워지기 시작했다. 아래쪽 골짜기에서 기차가 불을 켜고 달렸고, 몽트뢰의 호텔들이 휘황찬란하게 불을 밝혔다. 주변은 그야말로 음울했으며, 우리 친구의 집은 불이 꺼져 있었다. 나무에서 물방울이 뚝뚝 떨어졌다. "호텔로 가야겠어." 나는 말했다. "그리고 나중에 전화해보자고!" 내 아내는 망설였다. "어차피 오래 기다렸잖아!" 아내는 말했다. 그러고 나서 우리는 담배를 한 대 더 피웠다. 적절한 비교는 아니지만, 몽트뢰의 불빛들은 여러 해 전 그 당시 레인보우바에서 발 아래로 보았던, 희미하게 빛나던 바빌론을 연상시켰다…… 슈틸러는 코트도 입지 않고 모자도 쓰지 않은 채로 왔다. 그는 문에 쪽지를 남기지 않은 것을 사과했다. 맹세하는데 우리가 오는 것을 깜박했다는 것이다. 그는 발몽 병원에서 오는 길이었다. 율리카 부인은 오전에 수술을 받았고, 그는 방금 첫 면회를 다녀왔다. 그는 특히나 두 손을 레인코트 호주머니에 집어넣은 채 마비된 듯 젖은 난간에 앉아 있는 내 아내를 향해 알아듣기도 어려운 설명을 늘어놓았다. 이제 비도 내렸다. 슈틸러는 불안해하면서도 의사의 말을 믿었으며, 수술 경과가 무척 만족스럽다고, 다행히도 아주 좋다고, 더할 나위 없이 좋다고 보고했다. 그가 그 수술의 의미를 이해했는지, 아니면 우리까지 놀라면 차마 견딜 수 없을 것 같아 우리 앞에서 그저 아무렇지도 않은 척했는지, 나로서는 분간이 가지 않았다. 율리카 부인은 그를 알아보지 못했고 말도 할 수 없었다. 슈틸러는 오늘밤이 고비라고 설명했으며, 내일 아침 9시에 다시 면회할 수 있다는 의사의 허락이 객관적인 위로인 양 거기에 매달렸다. "왜 우리가 빗속에 서 있지?" 그는 말했다. "집으로 들어가자고, 두 사람이 오니 좋군!" 우리가 집안으로 들어가 불을 켰을 때, 그의 얼굴은 죽은 사람처럼 창백했다. 그는 부지런히 우리의 트렁크를 나르고, 정식으로 저녁식사로 요리를 해주겠다고 고집했다. 그런 그를 말리기는커녕 오히려 따뜻한 음식이 먹고 싶다며 그에게 동조한 아내의 생각이 옳았다. "그렇지?" 그는 말했다. "그렇죠?" 심지어 내 아내는 그를 거의 돕지도 않았다. 그때 우리의 친구에게는 몸을 움직여 일하는 것만이 긴장을 풀 수 있는 유일한 방법이었으니까. 슈틸러는 내게 설명했다. "그런데, 이런 수술을 하는 사람이 아주 많아." 그의 말을 들으면, 온전한 폐를 가진 사람이 예외인 듯한 생각이 들었다. 그는 재킷을 입은 채로 부엌에서 요리를 하고 일을 하고 식탁을 차렸다. 만일 코트를 입고 있었더라도 마찬가지로 벗지 않았을 것이다. 그는 당장이라도 집을 뛰쳐나갈 사람 같았다. 그러나 가까운 병원의 아침 면회까지는 아직 열네 시간이나 남아 있었다. 슈틸러는 내게 설명했다. "그런데, 아주 갑자기 이렇게 됐어. 수술을 할 수밖에 없었지. 수술을 빨리 할수록 더 좋다고 하더라고." 슈틸러는 우리에게 아주 맛좋은 쌀 요리를 내놓았고, 우리는 오로지 서로에게 용기를 북돋우기 위한 마음에서 그 요리를 먹었다. 그러면서 각자 한 대 이상 담배를 피웠다. 내 아내가 설거지를 맡았고, 슈틸러는 그릇의 물기를 닦았다. 아내는 설거지를 마치고 일찍 방으로 물러났다. 아내가 차를 운전했기에, 슈틸러는 피곤하다는 아내의 말을 믿었다. 슈틸러는 아무런 의심도 할 수 없는 상태에 있었다. 9시 무렵 나하고 단둘이 있게 됐을 때, 그는 그 일이나 율리카 부인에 대해 아예 이야기하고 싶지 않은 듯 보였다. 우리는 두 사람 모두 한때 체스를 둔 적이 있다는 사실을 떠올리고, 아직도 체스를 둘 수 있는지 시험해보자고 했다. 나는 말이나 비숍을 어떻게 배열하는지 거의 기억하지 못했다. 슈틸러가 내게 알려주었다. 체스보드를 어떻게 놓아야 하는지, 오른쪽에 백색 칸이 오는지 아니면 흑색 칸이 오는지는 슈틸러도 알지 못했다. 하지만 우리는 체스를 두었다. 그것은 일종의 야간경비를 서는 일이었다. 우리는 창밖이 서서히 밝아오는 새벽 4시까지 체스를 두었다. 화창한 부활절을 예고하듯, 하늘에 별이 총총했다. 슈틸러는 그것을 징후로 받아들였다.

율리카 부인은 그 밤을 무사히 넘겼다. 더할 나위 없이 아주 훌륭하게. 우리의 친구는 은총을 입은 사람처럼 병원에서 돌아왔다. 우리는 안도의 한숨을 내쉬었다. 게다가 화창한 아침이었고 부활절이었다. 슈틸러는 함께 산책을 하지 않겠느냐고 제안했다. "나를 알아보더라니까!" 그는 말했다. 나는 우리의 친구가 그렇게 행복해하는 모습을 처음 보았다. 우리는 내 아내를 가운데 끼고서 시용성 방향으로 강변 산책로를 따라 느릿느릿 걸었다. 슈틸러는 무척 말이 많았다. 두서없이 떠들어댔다. 모든 것이 뒤죽박죽으로 그의 뇌리에 떠올랐다. 동생 빌프리트가 최근에 다녀간 일, 농담들. 그러더니 로잔에서 새로 사귄 친구들, 어느 서점 주인과 그의 여자친구에 열광했다. 세상에는 순전히 사랑할 만한 사람들만 존재하는 법이라며. 그러다가도 슈틸러는 불쑥불쑥 말이 없어지고 아무 소리도 듣지 못했다. 우리는 햇살이 내리쬐는 철둑의 돌 위에서 도마뱀 두 마리의 부산한 사랑의 유희를 지켜봤다. 나는 우리 친구에게 왜 시용성을 못마땅하게 여기는지 물었다. 그는 편지에서 늘 시용성을 조롱하듯 언급했다. 초콜릿이나 오르골에 그려진 진부한 그림이 아니라 우리 눈앞에 있는 실물을 못마땅하게 여겼다. 그는 전혀 못마땅하게 여기지 않는다고 말했다. 우리는 오전의 햇살에 비친, 성벽에 둘러싸인 시용성이 아주 아름답다고 생각했다. 나는 슈틸러가 예전에 스위스의 모든 점에 대해 불평한 것을 조금 놀렸는데, 그는 그것조차 알아채지 못했다. (그 불평과 관련해 슈틸러는 내게 한 번도 그런 식으로 이야기한 적이 없기 때문에, 나는 그의 노트를 처음 읽으면서 좀 불쾌했다. 내 그런 반응은 아마 부당했으리라. 우리의 친구가 마침내 자기 자신을 받아들인 후, 더이상 이방인인 척할 필요가 없었음은 분명하니까. 그는 자신이 스위스 사람이라는 것을 받아들였다.) 푸르고 연무 낀 3월의 하루였다. 인근의 발리스산이 아주 연하고 가벼운 은회색으로 보였다. "아이들은 어떻게 지내?" 슈틸러는 물었다. 우리가 내 아내를 가운데 끼고 걷는데도, 그는 조금 의식적으로 내 아내가 아니라 내게 계속 물었다. 우리는 빌뇌브의 뒤포르 호텔에서 점심을 먹었다. 주변 산비탈에서 생산된 포도주를 생선에 곁들여 마셨다. 당연히 슈틸러는 사실 거의 끊임없이 율리카 부인을 생각했다. 분명 그곳에서 발몽 병원이 보였을 것이다. 수프와 주요리 사이에 그는 전화를 걸었다. “지금 자고 있대!” 그는 보고했다. 그리 순하지는 않은 백포도주에 슈틸러만 취하지 않았다. 최근 몇 년 동안 슈틸러는 상당히 자주 술을 마셨다. 아침에 교회의 종소리가 그치자, 붐비는 시외도로에서만 부활절이라는 사실을 알 수 있었다. 우리는 포도주에 취한 채 론강의 삼각주를 향해 걸음을 옮겼다. 한낮의 햇살에 조금 눈이 부셨다. 햇볕에 말리려는지 어망이 널려 있었다. 새로 페인트칠을 할 셈인지, 호숫가에 고깃배들이 바닥을 위로 하고 엎어져 있었다. 다른 고깃배들은 운하에서 백조들과 함께 헤엄을 쳤다. “주중에 이곳에 오면 아무도 없어!” 슈틸러는 말했다. 하지만 그때도 사람들은 많지 않았다. 오솔길이 갈대숲을 옆에 끼고 듬성듬성한 수풀을 지났다. 오리나무, 자작나무, 너도밤나무 들이 무리지어 있었고, 여기저기에 떡갈나무가 한 그루씩 서 있었다. 나무들은 아직 잎이 나지 않아 앙상했고, 그래서 끊임없이 푸른 하늘이 보였다. 지난 가을에 떨어진 잿빛 나뭇잎이 아직 초록색에 덮이지 못한 채 땅 위를 굴렀다. 흙에는 군데군데 거의 검은색의 늪이 있었다. 그날은 참 아름다웠던 산보 중의 하나로 내 기억에 남아 있다. 오른쪽으로는 누르스름한 갈대 너머 제네바 호수가 보였고, 왼쪽으로는 가파른 산들에 둘러싸인 평평하고 넓은 론강 골짜기의 또다른 푸른빛이 시야를 채웠다. 우리는 모두 별말 없이 걸음을 옮겼다. 엄청나게 많은 새떼가 멀리 고압전선 위에 모여 있었다. 우리는 어떤 새인지 알아맞히지 못했다. 어쨌든 북쪽으로 머나먼 여행을 떠나기 위해 모인 새들이었다. 파란색 추리닝 바지를 입고 웃통을 벗은 젊은이 둘이 갈대 더미를 불태웠다. 밝고 투명한 불꽃이 일었다. 그 연기가 가을을 연상시켰지만, 때는 3월이었다. 그리고 새들이 지저귀고 있었다. 포도주 기운에 취한 게 유감이었다. 마치 베일을 뒤집어쓴 듯한 기분으로 오랫동안 걸었다. 슈틸러는 많은 것을 알고 싶어했다. 그는 내가 하는 일이나 교육 문제와 관련한 내 견해에 대해 물었다. 우리는 호반의 아주 호젓한 장소를 발견했다. 하지만 사실은 시끌시끌했다. 멀리서 지나가는 기차 소리가 수면 위로 웅웅거렸고, 어느 역에선가 신호 소리가 반복해서 들렸다. 게다가 갈대밭에서는 꾸륵꾸륵 소리가 났다. 여기저기서 사그락거리고 바스락거리는 소리가 들렸고, 새들이 울며 매끄러운 수면을 찰싹 치고 날아올랐다. 해는 따사하게 비쳤지만, 바닥은 축축하고 싸늘했다. 슈틸러는 내 아내가 편안하게 앉을 수 있도록 마른 풀을 한움큼 뜯었다. 그가 좋아하는 시가를 권했는데도, 그 행동을 그만두지 않았다. 마침내 아담한 둥지가 만들어졌다. 내 아내는 당연히 칭송을 아끼지 않았으며, 그곳에 앉아서 햇살을 피해 눈을 감았다. 슈틸러는 내 아내의 이마를 가린 머리카락을 손으로 쓸어올렸다. 이 비슷한 순간이 자주 있는 건 아니지만, 그럴 때마다 내게는 지난 일이 생생하게 떠올랐다. 우리 셋이 함께 있다는 것이 절대로 있을 수 없는 일인 것처럼, 하다못해 예기치 못한 일인 것처럼 나를 당황하게 만들었다. 우리는 시가를 피웠다. 그곳에서는 유감스럽게도 또다시 산 위 코 지역의 볼썽사나운 호텔이 보였고, 슈틸러는 다시금 그 이야기를 꺼내지 않을 수 없었다. 그의 견해는 이랬다. "그 사람들은 저기 산 위에서 기적을 일으킨다니까. 확실해. 가난한 사람들이 아니라 이익을 더 많이 가져오는 듯싶은 부유한 사람들로 기독교를 만들어내고 있어. 저기서 그 작자들은, 노상강도가 실컷 약탈한 후 자기 행동을 반성하고는, 마음의 평화를 위한 대가로, 아니면 적어도 공산주의에 맞서는 더 나은 이데올로기를 제시하는 대가로 2백만, 3백만, 4백만 아니 9백만을 내놓게 하는 데 성공하고 있어. 노인이 되어 자치단체에 짐이 되는 일이 없도록 자신을 위해서는 겨우 백만만 남겨두게 하는 데 성공하고 있다니까. 나는 정말이지 그런 기독교를 못 참겠어. 그자들은 7백만이 한 푼도 없는 것보다 더 낫다고 해. 그러면서 모든 것을 자진해서 인간적인 방식으로 배상하게 하는 탓에, 세계 각국의 노동자들은 어느 정도 눈치만 있으면 그런 노상강도에게 절대 맞서지 않는다니까. 자본주의적인 노상강도가 별안간 반성해서 세상을 내부로부터 개선할 가능성이 있다는 사실이 저기 산 위 호텔에서 명명백백히 입증되었거든. 그러니 제발, 더 나은 세계를 원한다면, 제발 혁명을 일으키지 말라는 거지!" 내 아내는 그 사이 깜박 잠이 들었다. 슈틸러와 나는 말소리로 그녀를 깨우지 않으려고 호숫가로 내려갔고, 그곳에서 기초적인 지식을 토대로 조약돌과 지질학에 대해 이야기를 나누었다. 그런 후, 어린 시절에 그랬듯이 돌을 얇게 쪼개어 호수에서 물수제비를 떴다. 우리는 누가 돌을 더 많이 튀기는지 내기하려고 외출복 상의를 벗었다. 한동안 모든 것이 잊힌 듯했다. 발몽 병원이 보였지만, 가엾은 율리카 부인의 병세가 말하자면 호전되고 있다는 것을 알았으니까. 우리는 우리의 놀이에 정말로 푹 빠졌다. 우리의 숙녀께서 산보를 계속하자고 슬슬 우리를 채근했다. 구름 한 점 없었는데도, 늦은 오후는 갑자기 아침과는 전혀 다른 날인 듯 보였다. 나는 그날 아침이 몇 년 전 일처럼 느껴졌다. 집으로 돌아가는 길에 슈틸러는 오로지 율리카 부인 이야기만 했다. 율리카 부인이 아이가 없어서 후회한다는 말을 나는 본인에게 한 번도 들어본 적이 없었다. 그런데 슈틸러는 그녀가 후회한다고 확신했으며, 그 때문에 자신도 후회한다는 것이다. 혹은 그 반대였거나. 그는 비난하지도 자책하지도 않으며 말했다. 그리고 아마 상황이 달라질 수는 없었을 거라고도 여겼다. 하지만 그 말에는 진실된 후회가 담겨 있었다. 우리가 케이블열차 앞에 섰을 때, 그는 마침내 이런 말로 결론지었다. "당신들 두 사람이 율리카를 실제로 잘 알지 못한다는 게 참 아쉬워!" 앞으로 뭐든 가능하다는 내 대답을 듣고 슈틸러는 스스로에 대해 깜짝 놀란 듯 보였다.

그 부활절 일요일 저녁에 율리카 부인을 면회하러 간 슈틸러는 금방 돌아왔다. 율리카는 아주 괜찮아! 그는 보고했다. 의사는 그에게 면회는 그만두는 게 좋겠다고 당부했다. "내일 다시 갈 수 있어." 슈틸러는 말했다. 그리고 내심 걱정하는 우리의 마음을 즉시 풀어주었다. "율리카는 아주 괜찮아! 하지만 아직은 절대적인 안정이 필요하다네." 우리는 모두 그 말을 이해했고, 슈틸러는 확신에 차 있었다. 그가 이미 여러 번 약속한 라클레트를 준비하는 것을 그 무엇도 막을 수 없었다. 그는 즐겁고 편안한 저녁 시간을 마련하려 벽난로의 불을 지피고 백포도주를 차갑게 식히고 불 위에서 치즈를 돌릴 수 있도록 나무꼬챙이 세 개를 만들었다. 물론 벽난로는 그의 스케치에서 보았던 것 같은 농가의 벽난로가 아니라 인조대리석을 어설픈 아르누보풍으로 장식한 벽난로였지만. 적어도 독일계 스위스인의 관점에 따르면 우리의 라클레트는 훌륭하게 성공했다. 우리는 마침 오래 걸어서 시장한 참이었다. 슈틸러는 그날 저녁 아주 많이 마셨다. 우리가 자리에서 일어날 기미만 보이면, 슈틸러는 새로 병마개를 땄다. 그렇게 적당히 대화를 나누는 사이 11시가 되었다. 그는 취하지 않았다. 그는 작고 길쭉한 바트란트 백포도주잔으로 조금씩 조급하게 마셨지만, 우리보다 정신이 더 말짱했다.

그런데도 그가 우리 말에 귀기울이지 않는 것을 알 수 있었다. 그의 눈은 금방이라도 눈물을 쏟을 것만 같았다. 내가 율리카 부인에 대해 말하려 했지만, 그는 듣지 않았다. 힘들었다. 어쩌면 그가 내 아내하고든 아니면 나하고든 단둘이서만 이야기하고 싶었을 수도 있다. 하지만 우리는 셋이 앉아 있었다. 우리 편에서도 속수무책이었으며, 어떻게든 조금이라도 분위기를 살려보려 궁리했다. 우리보다 슈틸러 자신이 더 하는 일이었지만. 우리는 비교적 즐겁게 30분쯤 함께 지낸 후 슈틸러와 헤어져서 탑에 있는 우리방으로 올라갔다. 슈틸러는 아래층 현관에 서 있었다—그가 밤에 전화를 걸었을 때와 똑같았다. 그러니까 우리가 여러 번 '잘 자' 하고 말했는데도 그는 끝까지 인사말을 하지 않았다. 나는 이미 그런 태도를 고약한 습성으로 여겼다. 감상적으로 강요하는 방식, 내 편에서 수화기를 내려놓거나 문을 닫는 것으로 끝을 낼 때까지 말없이 기다리는 것…… 내 아내와 나는 피곤했는데도 잠을 이루지 못했다.

1시경에 나는 한 번 더 방문을 열고 나가보았다. 현관의 불은 꺼져 있었지만, 거실은 아니었다. 나는 그 차림 그대로, 파자마 바람에 맨발로, 그러니까 거의 소리 없이 아래로 내려갔다. 우리의 친구는 불기 없는 벽난로 앞에 앉아서 잠든 듯 보였다. 나는 뭐라도 덮어주려고 가까이 다가갔다. 하지만 그는 눈을 뜨고 있었다. "왜 안 자?" 슈틸러는 혀 꼬부라진 소리로 물었다. 그는 많이 취해 있었다. "그렇게 계속 마셔봤자 다 부질없는 짓이야……" 나는 말했다. 그는 반항하듯이 다시 술잔을 채웠다. 나는 온갖 이성적인 말을 늘어놓았다. 슈틸러는 술잔을 비웠다. 그리고 자리에서 일어나는데 눈에 띄게 비틀거렸다. "유치하지."

그는 말했다. "난 너무 많이 마셨어. 나도 알아, 천박하고 혐오스럽고 유치해……" 슈틸러는 고개를 절레절레 젓더니 뭔가를 잃어버린 사람처럼 두리번거리며 의자 팔걸이를 붙잡았다. "그 사람, 죽을까?" 그는 내게 시선을 주지 않고 물었다. 나는 진정시키려고 했지만, 그는 내 말을 도통 듣지 않았다. 그는 부젓가락을 손에 들긴 했지만 그걸로 무엇을 해야 할지 몰랐다. 그의 두 눈에 눈물이 가득했지만, 내 마음은 그렇게 취한 모습 앞에서는 별로 움직이지 않았다. "자," 나는 말했다. "침대로 가자고!" 그는 나를 바라보았다. "어제 낮에," 그는 말을 꺼냈다. "그 사람이 죽는다는 생각이 들었을 때—어제 낮에……" 나는 그다음 말을 기다렸지만 허사였다. 그는 문장을 끝맺지 못했다. 슈틸러는 더이상 대화 상대를 원하지 않았으며, 자신이 혀 꼬부라진 소리로 말한다는 걸 의식하고 망설였다. "너무 늦었어." 그는 짧게 말했다. "뭐가?" 나는 물었다. "뭐가 너무 늦었다는 말이야?" 추위에 몸이 오들오들 떨리기 시작했다. "전부 다." 그는 이윽고 말했다. "2년 동안, 이봐, 2년 동안! 나는 노력했어. 빌어먹을, 나는—" 그는 술 트림을 했다. "실례." 그는 웅얼거리고는 입을 다물었다. 그는 어쩌면 내가 처음에 생각했던 것보다 덜 취했을 수도 있었다. 그는 뭔가 말하려 했고, 나는 그가 기억을 되살리도록 도와주었다. "자네가 노력했다고—?" 이제 그는 다시 자리에 앉아야 했다. "아무래도 상관없어." 그는 말했다. 슈틸러의 그런 모습은 전혀 본 적이 없었다. 그가 괴로워하고, 메스꺼워하고, 우스꽝스럽게 구는 것이 불쌍하다는 생각이 들었다. 그런데도 무엇을 해야 할지 알 수 없었다. 내 이성적인 태도가 스스로도 진부하게 느껴졌다. "그 사람, 죽을까?" 슈틸러는 두 손으로 머리를 받치고서 마치 처음 묻듯이 물었다. 어지러운 모양이었다. "자네가 직접 의사하고 이야기했잖아." 나는 대답했다. "의사가 뭐라고 했어? 정확히 뭐라고 말했는데?" 그는 심지어 앉아서도 비틀거렸지만 스스로 깨닫지 못했다. 번번이 성냥개비를 거꾸로 든다는 것도 알아채지 못했다. 그는 결국 성냥개비를 포기했으며, 이미 완전히 구부러지고 으깨지고 불도 붙지 않은 담배를 입에 물고 있었다. "절대 너무 늦지 않았어." 나는 말했다. 스스로도 어설픈 표현이라는 생각이 들었으며, 그 때문에 원래 하려던 말을 잊어버리고 말았다. "절대 너무 늦지 않았다고!" 그는 맥없이 웃으며 말했다. "그냥 처음부터 다시 시작하기. 그런데 그게 잘 안 되면, 안 되면, 안 된다면, 너무 늦어서야?!" 슈틸러는 단번에 정신이 번쩍 드는 듯 보였다. "롤프," 혀 꼬부라진 소리였지만 아주 분명하게, 아주 단호하게 그는 말했다. "—나는 사람을 죽일 수는 있어. 하지만 죽은 사람을 다시 살려낼 수는 없다고……" 슈틸러는 이 말로써 모든 것을 설명했다고 생각하는 모양이었다. 그는 다시 술병을 향해 손을 뻗었다. 하지만 다행히도 술병은 비었고 겨우 몇 방울만 똑똑 떨어졌다. "뭐가," 나는 물었다. "뭐가 안 된다는 거야?" 그는 고개만 가로저었다. "자네는 그녀를 사랑하지?" 나는 물었다. "자네는—" 그는 내 말을 듣지 않고 고개를 가로저었다. "내게서 더이상 아무것도 받을 수 없대." 그가 말했다. "나한테서는 더이상 아무것도 받아들일 수 없다는 거야! 그 사람이 직접 그렇게 말해. 그러면 나는 우두커니 서 있어. 날 내버려둬, 그 사람이 솔직하게 말해. 롤프, 나는 뭐가 안 되는지 모르겠어. 묻지 마. 내가 이 사람을 망가뜨린 거야……" 그의 손가락은 흐물흐물 부서지는 담배를 돌리며 파르르 떨었다. 하지만 그는 적어도 말은 계속했다. "내가 그 사람을 미치게 만드는 거야. 난 알아. 나는 늘 뭔가를 기대하거든. 기적을! 그러면 나는 그 사람을 보기만 해도 부르르 떨기 시작해. 내 잘못일 수 있어. 그럴 가능성이 많지. 그 사람은 그리 많이 변하지 않았어, 그리 많이 변하지 않았다고! 변하고 싶은 생각이 전혀 없는 거야. 날 내버려둬! 그 사람은 말해. 그러면 나는 우두커니 서 있어. 나는 그 사람을 이해 못하겠어. 그게 전부야. 나는 그 사람에게 가닿을 수가 없어. 그러면 증오하게 돼. 간단한 거지. 나는 사랑할 수 없으면 숨이 꼴딱 넘어가는데, 그 사람은—" 그는 담배를 잡아뜯었다. "슈틸러, 자네가 그걸 어떻게 알아, 그녀도—" 그는 고개를 가로저었다. "슈틸러," 나는 말했다. "자네는 독선적이야."—"그러면 그 사람은 아니야?!"—"그녀의 독선은," 나는 말했다. "그녀의 문제야." 그는 침묵을 지켰다. "자네는 사랑을 어떻게 생각해?" 나는 물었지만, 그사이 슈틸러는 다른 술병을 발견했다. 술병의 술은 실제로 그의 잔을 거의 넘실거리게 채웠다. "그만 좀 마셔!" 나는 간청했다. 그는 마셨다. "그건 말도 안 돼." 그는 말했다. "롤프, 지금 덜덜 떨고 있잖아. 이런, 맨발이네…… 내가 사랑을 어떻게 생각하느냐고?" 그는 깊이 생각에 잠긴 채, 이미 빈 잔을 다시 비우려 했다. "나 혼자서 사랑을 할 수는 없어, 롤프. 나는 성자가 아니야……" 정말이지 너무 추웠다. 혹시 담요가 어디 없을까 둘러보았지만 허사였다. 나는 쭈그리고 앉아서 서둘러 탁자의 신문을 집어 벽난로에 구겨넣었다. 전나무 장작 몇 개가 아직 남아 있는데다가 커다란 너도밤나무 통나무도 하나 있었다. 나는 잠시 분주하게 움직였다…… "내가 뭘 해야 하지!" 갑자기 등 뒤에서 슈틸러의 말소리가 들렸다. "내가 뭘 해야 하냐고? 뭘?" 그는 다시 자리에서 일어나 있었다. 게다가 두 주먹으로 자신의 이마를 마구 두드리는 것이 보였다. 그의 얼굴은 백지장처럼 창백했고 두 다리는 여전히 후들거렸다. 하지만 뇌에서는 알코올이 사라지기 시작한 듯 보였다. 더이상 혀 꼬부라진 소리는 아니었다. "왜 내가 이 여자에게 도저히 가닿을 수가 없었을까? 결코! 단 하루도, 롤프, 그 오랜 세월 동안 단 한 시간조차. 결코! 왜 그런 거야?" 그는 물었다. "좀 말해줘."—"자네는 뭘 기대했는데?"—"무엇을 기대했냐고?" 그는 되물었다. "그래." 나는 다시 말했다. "슈틸러, 2년 전에, 그러니까 두 사람이 이곳에 왔을 때, 자네는 뭘 기대했냐고? 함께 살러 왔을 때 말이야. 몰라서 묻는 거야. 자네는 그녀에게 변화를 기대한 거 같거든."—"나 자신한테도 기대했어."—"그걸 나쁘게 생각하지 말라고." 나는 벽난로에 불을 지피면서 말했다. "하지만 그런 건 늘 소설 속에서나 나오는 일이야. 변화? 자신이 다른 누군가와 스스로에게 죄를 지었다는 사실을 깨닫고는, 뒤늦게 어느 날 모든 것을 보상할 각오를 한다—인간이 변한다는 전제 조건 하에서…… 이봐, 그런 기대는 좀 진부하지 않아?"—"내 모든 게 진부해." 그의 말이 들렸다. 나는 그 말에는 대꾸하지 않고 물었다. "아니면 자네가 정말로 기대하는 게 뭔데?" 슈틸러는 깊이 생각에 잠긴 듯 보였다. 나는 불을 지피는 데 신경을 써야 했다. "모든 것이겠지—다만 인간으로서 가능한 것만 빼고 말이야." 결국 나는 스스로 답변했다. "자네의 편지에서도 이따금 자네가 사랑이 아니라 연정—그러니까, 모종의 에로스에 대해 말했다는 생각이 들어. 우리 나이의 남자들에게는 그게 필요하지, 슈틸러. 그리고 그런 게 있기만 하다면야 얼마나 멋지겠어…… 다만," 나는 덧붙였다. "지금 중요한 건 그게 아니라고." 이제 불길이 제대로 훨훨 타오르기 시작했다. 슈틸러는 기대 이상으로 지나치게 조용히 내 말을 듣고 있었다. 어차피 말을 꺼낸 마당이었다. "아까 안 된다고 했지, 그래서 정말로 놀란 거야? 그토록 오랜 세월 겪어보고서도? 그리고 자네는 노력했다고 말해. 무슨 노력을 했는데? 때로는 자네가 스스로를 율리카 부인을 완전히 다른 인물로 바꿀 수 있는 마법사라고 여기는 게 아닌가 하는 생각이 들어. 그리고 자네에게는 오로지 그것만이 중요한 거 같아—말로 표현하기는 좀 어려운데! 율리카는 자네의 인생이 되었어, 슈틸러. 이건 기왕지사 어쩔 수 없는 사실이야. 자네, 왜 멕시코에서 돌아왔어? 바로 그런 뭔가를 경험했기 때문이잖아. 자네 두 사람은 부부라고…… 다시 살려낸다고? 자네의 그 낡은 허튼 생각, 슈틸러, 이렇게 말해서 미안하지만, 그건 자네의 살인적인 오만이야—자네가 자네들 두 사람의 구원자인 양 구는 거 말이야!" 슈틸러는 침묵을 지켰다. "한 가지 점에서," 나는 잠시 기다린 후 다시 말을 이었다. "이 한 가지 점에서 나는 자네를 아주 잘 이해하지 싶어. 인간은 항복하고 또 항복하기 위해 돌아오지만, 절대 완전히 항복하지는 않는 법이야. 누가 알겠어, 만일 그런다면, 그건 다만 지친 체념에 불과할 뿐이야. 다만 그뿐이라고. 타협이고, 그 결과는 모종의 속물적인 삶이지…… 떨린다고 했지. 그러면 그냥 떨어! 내 말이 무슨 뜻인지 잘 알 거야. 늘 번번이, 번번이 항복하라는 똑같은 요구를 받기 때문에 떨리는 거라고—슈틸러?" 나는 그를 불렀다. "무슨 생각 해?" 슈틸러는 서 있었고, 나는 등받이 없는 의자에 앉아 맨발을 따뜻한 불 쪽으로 쭉 뻗었다. 그는 침묵을 지켰다. "설마 어쩌면 더 솔직할지 모를 다른 여자, 이를테면 지빌레 같은 여자와 함께라면 마음속에 품은 모든 것을 돌아볼 수 있다고 착각하는 건 아니지? 아니면 정말 그렇게 착각하는 거야?" 뒤를 돌아보자, 그의 얼굴이 올려다보였다. 그는 나를 지나 벽난로를 응시했다. "자네 스스로도 잘 알고 있으면서 나한테 이런 쓸데없는 말을 하게 하다니." 나는 말을 끊었다. 슈틸러는 잠들지 않았다. 그는 두 손을 바지 주머니에 넣은 채 서 있었다. 눈을 뜨고 있었다. 깨어 있었지만 멍하니 움직이지 않았다. "슈틸러," 나는 말했다. "자네는 그녀를 사랑해!" 그는 아무 말도 듣지 않는 듯 보였다. "혼자 있고 싶으면 말해." 나는 당부했다. 불이 따뜻한 온기를 내뿜자, 갑자기 피로가 다시 몰려오면서 하품이 나오려 했다. "지금 몇 시나 됐지?" 슈틸러가 물었다. 2시가 가까워지고 있었다. "—그 사람은 기다렸어!" 그는 말했다. "그 사람은 기다렸어. 그런데 나는 기다리지 않았어. 그 사람을 기다리지 않았다고! 우리가 처음 함께 산보했을 때부터. 그 사람을, 뭔가 신호를, 표현을, 도움을, 친구들을, 모든 것을, 그 오랜 세월 동안 단 하나의 신호도 안 기다린 거야! 나는 그 사람을 모욕했어. 그런데 그 사람은 나를 모욕하지 않았어! ……그렇지?" 그는 물었다. "누가 그렇게 주장해?" 나는 되물었다. 그러자 그는 찌르는 듯한 눈빛으로 나를 바라보았다. "롤프," 그가 단언했다. "그 사람은 죽으려고 해!" 그는 고개만 끄덕였다. "이건 사실이야!" 나는 5분 내지 10분 동안 그 말을 반박했지만, 그의 귀에는 전혀 들리지 않았다. 그는 트림이 나올 때만 웅얼거렸다. "실례."—"슈틸러, 그러다 정말로 너무 늦어버리기 전에 어서 뭐든 하라고!" 나는 말했다. "그녀는 병원에 누워 있잖아. 그런데 자네는 계속 원망만 하고 있을 거야?" 내가 팔꿈치를 잡아 흔들 때까지, 그는 혼자 생각에 잠겨 있었다. "내 꼴이 우습다는 건 나도 알아." 그는 말했다. "그건 아니야, 슈틸러. 스스로를 웃음거리로 만들 필요는 없어. 자네가 좀전에 한 말은 자네 스스로도 안 믿잖아. 다른 사람을 위해서나 다른 사람에게 해를 끼치기 위해서 죽는 사람이 어디 있겠어! 자네는 스스로를 너무 중요하게 과대평가하고 있어. 그러니까 내 말은 그녀에게 중요한 사람이라고 과대평가한다는 뜻이야. 그녀는 자네가 원하는 만큼 자네를 필요로 하지 않아…… 슈틸러?" 슈틸러가 또다시 술 취한 척하면서 자신 속으로 침잠하려 하자 나는 그를 불렀다. "왜 갑자기 그녀가 죽을까봐 두려워하는 거야?"—"내가 스스로를 너무 중요하게 과대평가한다고?"—"그래." 나는 말했다. "그 여인은 결코 자네를 필생의 과제로 삼은 적이 없어. 나는 자네 혼자서만 그 여인을 그 비슷한 것으로 삼았다고 생각해. 애초부터. 그녀의 구원자로서, 내가 벌써 말했을걸, 자네는 그녀에게 삶을 주고 기쁨을 주는 존재가 되려 했어. 자네가! 이런 의미에서 그녀를 사랑한 거야. 물론 자네 스스로 피 흘릴 때까지 말이야. 자네의 피조물로서 그녀를. 그래서 이제 그녀가 자네를 위해 죽을 수 있다고 두려워하는 거고! 그녀는 자네가 기대했던 대로 되지 않았어. 미완성으로 남은 필생의 작업!……" 슈틸러는 창가에 다가가 창문을 열었다. "몸이 안 좋아?" 나는 물었다. "의자에 앉지그래?" 그는 내게 등을 돌린 채 손수건으로 이마를 훔쳤다. "계속 말해봐." 그는 말했다. "내가 물을 가져오지." 나는 몸을 일으키려고 부젓가락을 내려놓았다. "그 사람이 편지를 많이 보냈어?" 나는 대답했다. "딱 한 통. 왜?" 그는 다시 이마를 훔쳤다. "아무래도 상관없어." 그는 갑자기 입을 다물었다. "슈틸러, 내가 자네 부인을 이해한다고, 자네보다 더 잘 이해한다고 착각하지는 않아. 자네 부인과 나, 우리는 서로 너무 낯설거든. 그러니 우리가 함께 무슨 말을 나눴겠어? 게다가 그 편지는 아주 짧았고." 그는 슬프게 고개를 끄덕였다. "자네는 그 사람을 이해해. 그래, 그래. 그 사람에게 다행이지." 그러더니 말했다. "비참한 기분이야. 미안하지만 잠깐 밖에 나가야겠어." 그런데도 슈틸러는 내 기대와는 달리 마음을 가라앉히러 밖으로 나가지 않았다. 그의 얼굴은 밀랍 같았다. 그의 눈을 보면, 그에게는 실제로 오로지 단 하나의 물음만이 있다는 것을 알 수 있었다. 그녀가 죽을까? 그는 다른 생각을 하려고 애썼다. 그런 점에서 누군가가 말하면 기뻐했다. "좀전에 무슨 말을 하려고 했지?" 그는 물었다. 우리의 대화가 어디서 중단되었는지 나는 기억나지 않았다. 그래서 생각나는 대로 말했다. "그런데…… 자네 글을 읽었어."—"그냥 불태워버려!"—"불태운다고 뭐가 달라져?" 나는 물었다. "어쨌든 자네는 그 글을 썼어…… 흔히 말하듯이 그 여인을 얻기 위해 고군분투했잖아. 아마 나는 오로지 한 가지 점에서만 그녀를 이해할 수 있을 거야. 도대체 누가 자신의 구원자에게 구원자 당신은 어떻게 지내느냐고 물을 생각을 하겠어? 그녀는 자네가 가련하고 나약한 사람이 아니라 자신의 구원자라는 생각에 익숙해 있었어. 이봐, 오랜 세월 거기에 익숙해 있었다고." 슈틸러는 미소 지었다. "왜 솔직히 말을 안 하는데?" 나는 그의 말을 이해하지 못했고, 그의 희미한 미소는 더욱 말할 것도 없었다. 그를 쳐다보자, 그는 온몸을 벌벌 떨고 있었다. 오한이 나는 모양이었다. "아무것도 아니야." 그는 말했다. "바보같이 술을 많이 마셔서 그래!" 그래서 나는 머리를 뒤로 기댈 수 있도록 높은 등받이가 있는 유일한 안락의자로 그를 이끌고는 창문을 닫았다. "침대로 가는 게 낫지 않을까?" 나는 물었고, 그는 고개를 가로저었다. 나는 너도밤나무 통나무를 불 속에 집어넣었다. "뭘," 그는 두 손으로 얼굴을 받치고 물었다. "뭘 해야 하지? 또다시 세상에 나갈 수는 없어. 롤프, 그러고 싶지 않아…… 내 죄가 뭘까? 말해줘. 난 모르겠어. 내가 무슨 짓을 저질렀지? 난 바보 천치야. 제발 말해달라고!"—"자네 글을 읽었어." 나는 좀전에 했던 말을 되풀이했다. "그 글을 보면 자네는 상당히 많은 것을 알고 있어." 그는 얼굴에서 손을 뗐다. "아는 것으로 충분하다면 얼마나 좋겠어!" 그는 말했다. 그러고는 팔꿈치를 무릎에 대고는 두 손을 늘어뜨린 채 말없이 오랫동안 앉아 있었다. "지난 가을 기억나?" 그는 물었다. "우리 셋이 함께 있던 저녁 말이야? 특별한 일은 아니었지. 하지만 괜찮았어. 나는 그렇게 생각했어. 나한테는 축제였거든… 지난 겨울 내내 그 사람하고 나, 우리는 두 번 다시 그런 저녁을 보내지 못했지. 여기 같이 앉아 있었어. 그 사람은 저기에, 나는 여기에. 나는 숨이 꼴딱 넘어갈 것 같은데, 그 사람은 그걸로 충분했다고!"—"슈틸러, 그걸로 충분했는지 어떻게 알아?"—"그럼 그 사람은 왜 소리를 안 지르는데?" 그는 물었다. "나는 오만하고, 그 사람은 아니고? 그 사람은 기다렸어. 내 말 듣고 있어? 내가 깨닫길 기다렸다고. 몇 년 동안 기다렸냐고? 2년, 14년, 그건 상관없어. 그래서 그 사람은 지친 거야, 내 말 알아듣겠어? 내가 그 사람을 망가뜨렸다고. 그런데 그 사람은 나를 망가뜨리지 않았어!"—"누가 그래?"—"그 사람이." 그는 비웃으며 대답하고는 머리를 안락의자의 나무 등받이에 기댔다. "나는 그녀에게 굴욕감을 안겨줬고, 그녀는 내게 굴욕감을 안겨주지 않았을까?"—"슈틸러," 나는 말했다. "지금 자네 자신을 불쌍하게 여기지 말라고! 자네는 대체 뭘 기대했어? 그런 모든 일을 겪은 마당에. 그녀가 무릎이라도 꿇길 기대한 거야? 그것도 자네 앞에서?" 그는 의자 등받이에 머리를 기댄 채 천장을 응시하며 침묵을 지켰다. "슈틸러, 자네가 때로는 모든 것을, 많은 것을 할 각오가 되어 있다는 말, 나는 믿어. 그런데 자네는 거기서 다시 일어나지—자기연민, 증오, 절망에 사로잡혀서 말이야. 자네가 그녀에게서, 사람에게서 은총을 기대하기 때문이야. 안 그래?" 나는 물었다. "자네가 이따금 무릎을 꿇는 것은 온당한 일이 아냐."—"나는 그 사람을 증오해." 그는 혼잣말했다. "가끔은 그 사람이 너무 미워." 그러더니 말했다. "그 사람이 다른 이들 앞에서 하는 말이 나한테 무슨 소용 있어? 그 사람을 기다리는 건 나라고. 나란 말이야! 지혜로운 친구나 존경스러운 이모가 아니라 나라고. 롤프, 신호를 필요로 하는 사람은 나란 말이야." 슈틸러는 분노를 터뜨릴 수 있어서 기뻐하는 듯 보였다. "자네 부부는 왜 헤어지지 않았을까?" 나는 물었다. "자네도 잘 알잖아, 잘되지 않으면 보통은 헤어진다고. 자네, 그때 왜 돌아왔어? 나는 자네가 그녀를 사랑하기 때문이라고 생각해. 그리고 실패한다고 해서 간단히 다른 삶으로 옮아갈 수 없기 때문이기도 하고. 특히 그 때문이야. 거기서 실패한 것은 바로 우리의 삶이거든. 우리의 가장 고유하고 일회적인 삶 말이야. 그리고—" 슈틸러는 내 말을 끊으려고 했다. 하지만 내가 침묵을 지키자 그도 침묵을 지켰다. "난 자네가 뭘 죄라고 여기는지 모르겠어." 나는 말했다. "어쨌든 자네는 더이상 다른 사람들에게서 죄를 찾지 않는 단계에 이르렀어. 잘은 모르겠지만, 혹시 자네는 죄를 피할 수 있었다고 생각하는 게 아닐까? 어쩌면 스스로 피할 수도 있었을 잘못의 합계로서의 죄를 말이야. 그렇게 생각하지 않아? 하지만 나는 죄란 그것과는 다른 거라고 믿어. 우리 자신이 죄지—" 슈틸러는 내 말을 끊었다. "왜 내가 돌아왔냐고?! 자네는 안 겪어봤잖아. 순전히 바보짓, 옹고집! 그걸 이해 못하겠어? 반평생을 문 앞에 서서 두드려봐, 빌어먹을. 내가 이 여자 앞에서 한 것처럼 헛수고를 해보라고. 완전한 헛수고를, 빌어먹을—그런 다음 갈 길을 가보란 말이야! 10년 동안 당신을 들여보내지 않은 문을 잊어보라고! 포기하고 갈 길을 가라고!…… 거기서 사랑이 무슨 의미가 있겠어? 그녀를 잊을 수 없었어. 그게 전부야. 실패를 잊을 수 없는 것처럼. 왜 내가 돌아왔냐고? 술에 취해서, 이봐, 반항심에서. 자네는 지금 고상한 의견이나 늘어놓고 있지! 카지노에 한번 가봐, 사람들이 돈을 잃어도 어떻게 계속 게임을 하는지, 어떻게 계속 앉아 있는지 한번 보라고. 그런 거랑 똑같아! 포기해봤자 아무런 득이 되지 않는 시점이 있기 때문이지. 반항심에서, 그래, 시샘이 나서! 일단 얻은 여자를 잃을 수도 있어. 그러면 다른 남자가 나타나겠지. 그런데 그 여자를 결코 얻은 적이 다면, 결코 가닿은 적이, 마음을 사로잡은 적이 없다면! 그 여자를, 그 문을 잊고 다른 사람이 들어가도록 내버려두고 갈 길을 가보라니까! 자네 말이 맞아. 왜 우리는 헤어지지 않았느냐고? 내가 비겁하기 때문이지." 슈틸러는 웃으려고 했다. "표현은 다르지만, 그게 바로 내가 하고 싶은 말이야." 나는 내 생각을 말했다. "다만 나는 그걸 비겁하다고 여기지 않아."—"희생이라는 말이지? 결국에는 양측 모두 죽는 쌍방의 희생!"—"물론 헤어질 수 있고 헤어져야 하는 경우도 있어." 나는 말했다. "그런 경우에 헤어지지 못한다면, 그거야말로 비겁한 일이고 무기력한 일이지. 내가 얼마나 많은 사람들을 보며 헤어지기를 바라는지 알아? 그런 사람들은 빨리 헤어질수록 더 좋아. 물론 다들 사정이 있지. 결혼하지 않은 사정, 결혼한 사정. 뭔가가 해결되면 끝을 낼 수 있어. 모든 부부가 십자가를 지지는 않는다고! 하지만 어쩔 수 없이 그렇게 되면, 우리가 그렇게 만들었으면, 단순히 사정이 아니라 우리 삶의 이야기라면—" 슈틸러는 이의를 제기했다. "십자가라고!"—"자네 원하는 대로 불러."—"왜 솔직히 말을 안 해?" 그는 물었다. "왜 편지에서도 솔직히 말 안 하냐고?"—"뭐라고?"—"자네는 이렇게 생각하지, 그분의 뜻대로 이루어지소서! 그것은 신의 섭리였다. 그것을 받아들이는 자들은 복되도다. 나처럼 그것을 들을 수도 없고 신의 이름으로 사랑할 수도 없는 자들은 죽은 거나 다름없다. 자신의 힘으로 사랑하려 하는 탓에 증오하는 자들은 나처럼 불행하다. 사랑과 힘과 영광은 오로지 신 안에 있기 때문이다. 이런 뜻 아니야?" 슈틸러는 나를 바라보지 않고 머리를 나무등받이에 기댄 채 다시 희미하게 미소를 지었다. "그리고 자신들이 죽인 것을 살인적인 오만으로 다시 살려내려고 하는 오만한 자들." 그는 말을 이었다. "생각대로 되지 않으면, 가능하지 않으면, 현세에서 앞뒤를 재며 푸념하고 인색하게 후회하는 자들. 현세에서 은총을 바라는 귀먹고 눈먼 자들. 어린애처럼 고통에 반항하는 나 같은 소심한 자들. 그들은 파멸에 이른다. 그렇다. 희망을 저버리고 죄를 짓는 독단적인 자들, 완고한 자들, 믿음이 없는 자들, 행복해지고 싶어하는 탐욕스러운 자들, 그들은 곤드레만드레 취해야 한다. 그렇다. 오만하게 깨어지려 하지 않는 자들, 믿음이 없는 자들, 율리카에게 현세에서 희망을 품는 자들, 그들은 곤드레만드레 취해서 지껄여야 한다! 하지만 다른 이들은 복되도다. 그분의 이름으로 사랑할 수 있는 자들은 복되도다. 왜냐하면 오로지 신 안에……" 그는 물었다. "자네가 내내 말하고 싶어한 게 바로 이거지?"—"나는 자네 친구야." 나는 대답했다. "율리카와 자네, 그리고 두 사람이 서로에게 느끼는 외로움에 대해 내가 어떻게 생각하는지 말하려는 거라고. 그게 전부야."—"그래서 어떻게 생각하는데?" 그는 머리를 나무등받이에 기댄 채 물었다. "벌써 자네에게 말했어." 슈틸러는 기억나지 않는 눈치였다. "자네는 그녀를 사랑해." 나는 다시 한번 말했다. "그건 자네 생각이지." 이런 대답이 돌아왔다. "하지만 자네는 자네의 사랑에서 실제로 기적 같은 것을 기대하고 있어. 이봐, 그런데 그건 가능할 것 같지 않아."—"내가 그 사람을 사랑한다고?"—"그래." 나는 주장했다. "자네의 마음에 들든 들지 않든. 자네는 차라리 다른 누군가를 사랑하고 싶었을 거야. 나는 알아. 그리고 그녀도 알고 있어! 어쩌면 아냐, 아니 이름이 뭐였지? 스페인에서 만난 그 폴란드 여자, 또는 저기 위층의 지빌레…… 다만 율리카로서도 그건 어쩔 수 없어. 자네가 어쩌면 더 행복하게 해줄 수 있었을 여자가 자신이 아니라는 것에 대해서는 말이야."—"그래," 그는 말했다. "율리카도 어쩔 수 없어." "자네는 사랑하면서, 자네가 사랑하는 사람을 행복하게 해주지 못해. 그것이 자네의 고뇌라고. 일단 우리의 모든 허영을 제외하면, 그것은 진정한 고뇌지. 인간은 호주머니 안에서 세상을 꺼내고 삶을 탁자 위로 불러내는 신 역할을 조금은 하고 싶어하거든. 사랑을 하면서 당연히 스스로 행복해지고 싶어하지…… 그런데 그게 항상 들어맞는 건 아니잖아!" 나는 말했다. 그리고 슈틸러가 미소 짓지 않는 걸 보고는 덧붙였다. "내 생각은 대략 이래. 자네가 뭘 해야 하느냐고 묻는다면—" 슈틸러의 생각은 다른 곳에 가 있었다. "가을부터!" 그는 말했다. 그의 입술이 파르르 떨렸다. "가을부터 그 사람은 알고 있었어. 오늘 의사가 그러더라고. 가을부터! 나는 저기 아래 지하실에서 휘파람이나 불고 있었지. 아무것도 모르고, 아무것도…… 내가 뭘 해야 하겠어!" 그는 내게 격렬히 항의했다. "나는 물 위를 걸을 수 없어!"—"누가 자네한테 그러래?"—"어제 낮에 그 사람이 죽을 거란 생각이 들었을 때…… 롤프," 그는 말했다. "나는 엉엉 울었어! 그런 다음 내가—그래서 만일 그 사람을 구할 수 있다면—그 사람과 함께 다시 한번 모든 것을 체험할 생각이 있는지 나 자신에게 물어봤지. 그러고는 고개를 저었어. 엉엉 울기만 했어. 14년 전부터 그 사람은 죽어가고 있어, 하루하루, 나와 함께 식탁에 앉아서……" 나는 슈틸러가 불쌍했다. "그 사람이 혼자 병원에 간 거 알아?" 그는 물었다. "나 없이."—"어째서 자네 없이 혼자서?"—"그 사람은 병원에 가지고 갈 물건을 꾸렸어. 그리고 한 시간 정도 여유가 있었고. 우리는 무슨 말을 해야 할지 몰랐어. 꽃은 아무 소용 없지! 나도 알아. 하지만 꽃을 꼭 사고 싶더라고, 알지. 테리테에는 그 사람 마음에 들 만한 게 없었어. 그래서 내친 김에 몽트뢰까지 갔지! 40분 후 다시 집에 돌아왔어, 정확하게 40분 후—그런데 어땠는지 알아? 그 사람 혼자 병원에 가버린 거야!" 슈틸러는 억지로 미소 지으려고 했다. "아마 자네는 그게 뭐가 이상하냐고 생각할지도 모르지." 그는 덧붙였다. "이성적인 사람이니까!"—"자네는 어떻게 생각하는데?"—"나 없이!" 그는 대답했다. "나 없이! 그 사람은 꽃보다 그걸 더 기뻐해. 어쩌면 이 집에서 마지막으로 나가는 걸음일 수도 있는데 혼자서, 아무도 따라가는 사람 없이 말이야. 그렇겠지, 그것이 이 세상의 모든 꽃보다 더 오래 유지되겠지!" 나는 그의 해석에 동의하지 않았다. "롤프," 그는 이의를 제기했다. "이 사람은 사악해! 사악해졌어. 나 때문일지도 몰라. 그 당시에. 그리고 어느 날 사랑을 더이상 믿을 수 없게 된 거지…… 내가 너무 늦게 왔어!" 슈틸러는 일어나 있었다. 그는 당장이라도 쓰러질 것만 같았다. 무엇이 그를 아직 붙잡아주는지 나는 알지 못했다. "마크*를 한 잔 들자고!" 그는 말했다. "그런 다음 자러 가자고." 하지만 그는 쟁반 위에 놓인 술잔이 빤히 보이는데도 찾지 못했으며, 자신의 제안조차 잊은 듯 보였다. 슈틸러는 마크병을 손에 든 채 말없이 생각에 잠겨 서 있었다. "나는 이 여자보다 더 낯설게 느껴지는 사람은 못 봤어!" 그는 말했다. "자네를 지루하게 하고 싶지는 않아, 롤프. 다만—그러니까 무슨 말이냐면, 율리카가 한 번 더 이 집에 온다면, 나는 감사할 거야. 기적을, 다른 율리카를 기다리지 않고 매일매일 감사할 거야—지금, 그 사람이 병원에 누워 있는 지금은, 내가 잠을 잘 수도 없고 모든 게 너무 늦어버릴까 두려워서 깨어 있을 수도 없는 지금은 그래—롤프!" 그는 말했다. 하지만 기운이 없어서 가까운 창문턱에 앉아 말을 이어야 했다. 그는 고약한 꿈을 꾸고 나서 겁에 질린 아이처럼 말했다. "그 사람이 다시 저기에 앉아 있다면? 그 사람은 저기에, 나는 여기에? 그래서 다시 평소처럼 된다면? 똑같이 그대로 된다면? 그 사람은 저기에, 나는 여기에—" 그는 여전히 마크병을 손에 들고 앉아서는 방을 보았다. 빈 안락의자 두 개를 보았다. "이제 어떡하지?" 그는 자신에게 묻고는 곧바로 내게 물었다. "이제 어떡하지? 이봐, 이제 어떡해야 해? 내가 그 사람에게 짐이 되지 않도록 연기로 변해야 할까? 아니면 어떻게 해야 하지? 그 사람이 신호를 줄 때까지 단식을 하고, 그러다 사람이 굶어죽을 수도 있다는 걸 보여줘야 할까? 아니면 뭘 해야 하지?"—"슈틸러," 나는 대답했다. "다시 예전처럼 되지는 않을 거야.

* 포도주를 만들고 남은 포도 찌꺼기로 빚은 독한 술.

설령 율리카가 절대 변하지 않을지라도 자네에겐 예전과 같지 않을 거야. 어제 낮에 자네는 그녀가 죽을 거라고 믿었어—" 슈틸러는 내 말이 어디에 이를지 깨닫고는 즉시 내 말을 끊었다. "지금 무슨 생각을 하는지 알아." 내가 말을 계속하지 않도록 그는 구역질 난다는 표시를 했고, 나는 입을 다물었다. "내가 무엇을 깨닫고 무슨 결심을 했는지 알기나 해!" 그는 말했다. "그 사람이 다시 여기에 앉아 있다면 뭘 어떡해야 하지? 나 자신이 어떤 사람인지 슬슬 알겠어. 나는 나약해."—"자네 스스로 나약하다는 것을 알게 됐다면," 나는 말했다. "그것만으로도 대단해. 아마 자네는 그걸 처음으로 알게 됐을 거야. 그녀가 죽을 거라고 생각했던 어제 낮에. 자네는 이따금 그녀를 증오한다고 했지. 그녀도 나약하고 가엾기 때문이 아닐까? 그녀는 자네가 필요로 하는 것을 줄 수 없어. 그건 확실해. 그리고 아마 자네에게는 그녀의 사랑이 꼭 필요할 거야. 다른 어떤 사랑보다도. 슈틸러, 꼭 필요한 일들이 있어. 그런데도 우리는 그런 일들을 할 수가 없어. 왜 율리카가 그걸 할 수 있어야 하지? 자네가 그녀를—여전히—숭배하는 걸까, 아니면 사랑하는 걸까?" 슈틸러는 내가 말하도록 가만히 듣고 있었다. "알았어, 알았다고." 그는 말했다. "그런데 현실적으로 말해서, 그 사람은 저기에, 나는 여기에. 내가 어떡해야 하느냐고? 아주 현실적으로!" 그는 나를 바라보았다. "거봐, 롤프, 자네도 해답을 모르잖아!" 슈틸러는 말했다. 그 점이 만족스러운 듯 보였다. "자네는 너무 앞서가고 있어." 나는 말했다. "종종 나는 자네가 딱 한 걸음만 떼면 될 것 같은 느낌이 들어."—"그 말은, 우리가 여기 결혼식 한가운데에 앉아 있다는 뜻이야?"—"율리카가 자네를 자네의 삶으로부터 벗어나게 해주거나 아니면 반대로 자네가 율리카를 율리카의 삶으로부터 벗어나게 해주기를 자네가 더이상 기대하지 않는다는 뜻이야. 이 말이 현실적으로 무슨 뜻인지 알잖아."—"아니."—"변화는 없어." 나는 말했다. "두 사람은 함께 살아갈 거야. 자네는 저기 아래 지하실에서 자네의 일을 하고, 운이 좋으면 그녀는 반쪽 폐로 살아갈 거라고. 유일한 차이점은, 우리가 사람을, 다른 사람이나 우리 자신을 변화시킬 수 있다는 그 잘못된 기대로, 그 가망 없는 오만으로 두 사람이 더이상 날이면 날마다 스스로를 고문하지 않을 거라는 사실이지…… 아주 현실적으로 말해서, 두 사람이 서로를 위해 기도하는 법을 배우는 거야." 슈틸러는 창문턱에서 일어나 있었다. "그래," 나는 결론지었다. "사실 이 일에서 내가 자네에게 말할 수 있는 건 이게 전부야." 슈틸러는 마크병을 작은 탁자에 내려놓았고, 우리는 서로 마주보았다. 좀전의 희미한 미소는 그의 얼굴에 떠오르지 않았다. "기도도 기도 나름이지!" 다만 이렇게 말했을 뿐이다. 그러고는 상당히 긴 침묵이 이어졌다……

훗날, 많은 세월이 지난 후, 내가 그날 밤 예기치 않게도 우정의 가능성을 벗어나는 임무에 직면했을 때 어떻게 행동했어야 했는지 자주 생각해보았다. 슈틸러가 드디어 마음을 진정시키려고 방을 나갔을 때, 나는 어찌할 바를 모르고 서 있었다. 내가 아무런 직책 없는 사람처럼 느껴졌다. 내가 무슨 말을 했더라도, 그것은 어디까지나 내 개인적인 견해에 그쳤기 때문이다. 친구가, 시험에 든 친구가 시험에서 도망치려고 했는데, 나는 기껏해야 우정어린 반박 이상은 할 수 없었다. 나는 마크병을 집어들었다. 10분쯤 후 슈틸러는 어두운 현관에서 유감스럽게도 가구에 부딪쳐 우당탕 시끄러운 소음을 일으키며 돌아와서는, 손에 빈

잔을 들고 있는 나를 발견했다. "괜찮아?" 나는 물었고, 슈틸러는 고개만 끄덕였다. 그는 그 사이 위장을 비우고 얼굴을 씻은 듯했다. 눈이 붉게 충혈된 얼굴은 몹시 창백했다. "대체 몇 시야?" 그는 다시 묻고는 함 위에 앉아서 두 팔을 쭉 뻗어 몸을 지탱했다. "자네 말이 옳아." 그는 말했다. "어리석게 술이나 마시다니—!" 슈틸러는 우리의 중단된 대화에 대해서는 더이상 알고 싶지 않은 듯했다. 우리가 잠들기 위해서는 오로지 진부한 어구, 기대에 찬 상투어가 필요한 듯 보였다. 내일도 시간이 있어! 뭐 그런 비슷한 말. 2시 반이었다. 물론 우리 둘은 병원에서의 시간을 생각했다. 그곳에서 시간은 중요했다. 여기서는 아니었지만. 나도 모르게 율리카의 병실이 눈앞에 떠올랐다. 하얀 침대 옆에 앉아서 율리카의 맥박을 재며 의사를 부를 일이 생기지 않기를 바라는 야간 당직 간호사—그러자 나도 처음으로 두려움이 일었다. 나는 금방이라도 울릴지 모를 함 위의 전화기를 보며 최악의 경우가 닥칠 수도 있다고 생각했다. 지난 저녁의 면회 금지가 뇌리에 떠올랐다. "무슨 생각해?" 슈틸러는 물었고, 나는 뭐든 말해야 했다. "자네가 지금 제정신인 것만으로 충분해, 슈틸러." 나는 주장했다. "자네가 지금 헛것을 보지 않는 것만 해도. 자네는 그녀를 사랑해. 자네는 그녀를 사랑하기 시작했어. 그리고 율리카는 죽지 않았어. 아직 모든 것이 가능해……" 나는 조금 쑥스러웠지만, 바로 그런 말들이 슈틸러를 진정시키는 듯 보였다. "담배 남은 거 있어?" 그는 침대로 가지 않으려고, 혼자 있지 않으려고 물었다. 나는 파자마 차림이었다. 담배는 없었다. "자네 부인은 틀림없이 잠들지 못했을 거야." 슈틸러는 말했다. "나는 자네 부인을 사랑했고—지금도 사랑하고 있어." 그리고 형식적으로 덧붙였다. "하긴 자네도 잘 알지." 그의 침묵이 점점 길어졌다. "그냥 둬." 슈틸러가 빈병에 걸려 넘어지면서 또 시끄러운 소리를 내지 않을까 싶어 병들을 한쪽으로 조금 치우자 그는 웅얼거렸다. "아니면 내가 결코 사랑한 적이 없다고 생각해?" 그는 자신 없이 물었다. "결코 사랑한 적이 없다고?" 이제 그의 얼굴에 피곤한 기색이 완연했다. "빌어먹을, 내 정신은 왜 이렇게 말짱하지!" 그는 말했다. 그러고는 길을 나설 채비가 되어 있는 척했다. "자네는 좀 쉬어야 해." 나는 말했다. "아침 9시에 율리카를 보러 가야지."— 그의 담배, 푸른색 골루아*가 안락의자 옆 양탄자 위에 놓여 있었다. "고마워!" 내가 그 담뱃갑을 내밀자 슈틸러는 말했다. 그는 골루아 한 개비를 입에 물었지만, 내가 불붙은 성냥개비를 내밀었는데도 담배를 다시 입에서 빼냈다. "—아침 9시에 그 사람을 보러 가야지!……" 그러고는 연기가 영양분인 듯 담배를 피웠다. "그러니까 그 사람이 죽을 거라고 믿지 않는단 말이지?" 그는 물었다. 그 말에 나는 그만 경솔하게 대답했다. "슈틸러, 자네 전화기가 울리지 않는 한, 그런 걱정을 할 이유가 없어." 이미 입 밖에 나온 말이었다. 나는 그의 두려움에 눈에 보이는 근거까지 마련해준 그 허튼소리를 주워담을 수 없었다. 슈틸러는 검은 전화통을 바라보았다. 그러는 동안 나는 말을 계속했다. "그럴 경우를 각오해야 해." 나는 말했다. "율리카도 언젠가는 죽을 거야. 언제든 때가 되면. 우리 모두처럼. 자네는 그럴 경우를 각오는 해야 해." 슈틸러는 담배를 피우며 침묵을 지켰다. 그가 무슨 생각을 하는지 나로서는 전혀 짐작이 가지 않았다. 마침내 그는 자리를 털고 일어날 결심을

* 프랑스의 유명 담배 브랜드.

굳히고서 담배를 벽난로 아니면 적어도 그 근처에 던졌다. 나는 추웠다. 벽난로의 불은 꺼져가는 중이었고, 장작도 떨어지고 없었다. "우리가 함께 이야기를 나눈 게 좋았지 싶어—" 나는 다시 좀 상투적으로 말했다. 슈틸러는 확신 없이 고개를 끄덕였으며, 여전히 함 위에 앉아서 두 팔로 몸을 받치고 있었다. 기운이 나길 기다리는 듯 보였다. "그런데, 사실 나는 2년 전에 시작했어야 할 바로 그 지점에 있어." 그가 말했다. "한 발도 앞으로 나가지 못했어! 다시 2년이라는 시간을 잃어버렸을 뿐이야—자네를 지루하게 하고 싶지 않아, 롤프. 하지만……" 그는 내가 덜덜 떠는 것을 보았다. "롤프," 그는 말했다. "잘될 수도 있었을 텐데. 기적 같은 거 없이도. 정말이야, 잘될 수도 있었을 거야. 그 사람과 나. 우리 둘이 있는 그대로—그 당시는 아니었으니! 하지만 지금은, 그러니까 내 말은 2년 전에는. 지금 처음으로, 지금 여기서……" 슈틸러는 울지 않았다. 그저 울음을 참으며 일어섰다. "오늘 오전에 병원에서," 그는 말했다. "—아니, 어제였지—" 조금도 울먹이지 않는 얼굴 위로 눈물이 줄줄 흘렀다. 그는 무슨 말인가를 하려고 했다. "잘될 수도 있었을 텐데—" 그는 같은 말을 되풀이했지만, 다음 말을 잇지는 못했다. "앞으로 잘될 거야." 나는 말했다. "앞으로도 잘되고말고!" 그다음엔 좀 기이했다. 한동안 우리 두 사람은 슈틸러가 전혀 울지 않는 듯 행동했다. 그는 두 손을 바지주머니에 집어넣은 채 말을 잇지 못하고 방 안 어딘가에 서 있었다. 나는 그의 얼굴이 아니라 등을 보았다. 그리고 슈틸러가 울고 있으며, 울고 있어서 아무 소리도 듣지 못한다는 것을 알았다. 나는 다만 말 없는 관객이 되고 싶지 않아서 그의 '노트'에 대해 이야기했다. "—어쨌든 자네는 결정적인 것을 알고 있어." 무엇보다도 이렇게 말했다. "이를테면 제 관자놀이에 총알을 날려도 아무것도 해결되지 않는다는 걸 알고 있잖아. 그런 일을 어떻게 경험했는지 누가 설명할 수 있겠어! 하지만 자네는 그것이 상상할 수 없는 일이라는 걸 알고 있다고. 어쩌면 자네가 신앙심에 대해 유별난 생각을 갖고 있을 수도 있지. 신앙심이 있으면 안전하다, 말하자면 현명해지고 구원도 받는다 같은 생각 말이야. 자네는 자신이 결코 안전하지 않다고 생각해. 그래서 거기 선 채, 자네에게 신앙심이 있다는 것을 믿지 않는 거지. 안 그래? 자네는 신을 상상할 수 없어. 그래서 결코 신을 경험한 적이 없다고 스스로를 설득하고 있어……" 슈틸러는 내가 떠들어서 기뻐하는 듯 보였다. "자네 삶을 돌아보면, 자네는 불안 때문에 번번이 모든 것을 내던졌어. 자네는 진실이 아니야. 그저 인간이고, 종종 거짓을 포기하고 불확실을 택할 준비가 되어 있었어. 슈틸러, 자네가 진실을 믿는다는 것을 빼면 나머지는 무슨 의미가 있지? 우리가 변화시킬 수 없고 절대 죽일 수도 없는 진실, 삶인 진실을—" 현관의 대형 괘종시계가 시간을 알리기 전에 언제나 그렇듯이 쩔그럭 소리를 냈다. 3시였다.
"자네 노트는 좀 우스꽝스러운 데가 있어." 나는 뭐든 떠들기 위해 말했다. "자네는 신과 같은 존재는 받아들이지 않은 채, 자네 자신을 받아들이려고 거듭 시도했어. 이제 그것은 불가능한 것이라는 게 입증됐잖아. 신은 자네가 자신을 진정으로 받아들이도록 도와줄 수 있는 힘이야. 자네는 그 모든 것을 경험했어! 그런데도 기도할 수 없다고 말하고, 또 그걸 글로도 쓰고 있지. 자네는 자기 성품이라고 여기는 무력감에 매달리고 있다고. 그러면서 자네 스스로 그 무력감에 대해 아주 정확히 알고 있더군—이 모든 것은 오로지 자네가 힘 자체가 아니기 때문에 반항심이 치밀어서 그런 거지, 안 그래?" 물론 슈틸러는 대답하지 않았다. "자네는 스스로를 제어해야 하고 그렇지 않으면 앞뒤가 맞지 않는다고 생각해. 허풍 치고 싶지 않거든. 아직도 자네는 신을 믿을 수 있도록 간구해야 한다는 사실에 당황하고 있어. 신이 자네가 만들어낸 허구가 아닐까 두려워하고 있다고……" 나는 한참을 떠들었고, 그러다가 결국 입을 다물었다. 이미 말했듯이, 나는 슈틸러가 내 말에 귀기울이리라 기대하지는 않았으며, 다만 그의 울음을 말없이 구경하는 관객이 되고 싶지 않아서 이야기했을 뿐이다. 그의 생각은 다른 곳에 가 있었다. "그녀의 얼굴," 슈틸러는 말했다. "그건 절대 그녀의 얼굴이 아니야, 롤프. 결코 그녀의 얼굴이 아니었어—!" 그는 자신의 생각을 더이상은 표현할 수 없었다. 슈틸러는 울었다. 나는 그렇게 우는 남자를 거의 본 적이 없었다. 그런데도 그는 똑바로 서 있었다. 두 손을 바지주머니에 넣은 채. 나는 방을 나가지 않았다. 내가 그 자리에 있고 없고는 더이상 중요하지 않았다…… 그 몇 분 동안 나는 그녀의 얼굴을 기억하려고 애썼지만, 지난 가을의 얼굴, 더는 얼굴이라고 할 수 없었던 얼굴만이 눈앞에 떠올랐다. 흐느낌, 벌어진 채로 굳은 입, 무릎에 놓여 있던, 마찬가지로 굳은 작은 두 주먹, 죽음의 공포에 사로잡힌 눈먼 육신의 말 없는 떨림. 하지만 그때는 그 모습을 떠올리고 싶지 않았다. 나도 다음날 아침 율리카 부인을 보러 잠깐이라도 병원에 들르기로 마음먹었다. "뭐든 말해봐." 슈틸러는 울다가 지쳐서 드디어 다시 내 존재를 알아차리고는 간청했다. "내가 자네에게 할 수 있는 말은 벌써 다 했는데—율리카는 죽지 않았어." 나는 똑같은 말을 반복했다. "그리고 자네는 그녀를 사랑하고." 그러자 슈틸러는 내가 무슨 계시라도 말한 양 나를 바라보았다.

그의 두 다리는 여전히 불안했고 두 눈에는 눈물이 글썽거렸지만 그의 정신은 맑았다고 나는 믿는다. 그는 우리의 우정, 자신과 함께 거의 밤을 새운 내 착한 마음씨를 칭송하고는 밀랍처럼 창백한 이마를 문질렀다. "머리가 아프면 위층에서 사리돈을 가져오지." 이 말도 그의 귀에는 더이상 들리지 않았다. "자네 말이 맞아." 그는 이 말만 몇 번이고 되풀이했다. "내일 9시에 그 사람을 보러 가야지―" 마침내 우리는 문지방에 섰다. 나는 금방이라도 쓰러질 듯 피곤했고, 슈틸러는 희미한 불빛을 발하는 샹들리에를 껐다. "그 사람이 죽지 않도록 날 위해서 기도해줘!" 그는 말했고, 우리는 별안간 어둠 속에 서 있었다. 슈틸러가 먼저 현관의 불을 켜는 것을 잊은 것이다. "나는 그녀를 사랑해―" 그의 말이 들려왔다. 마침내 나는 현관의 스위치를 찾아냈고, 우리는 악수를 나누었다. 슈틸러는 정원에 나가려고 했다. "바람 좀 쐬어야겠어." 그는 말했다. "술을 너무 많이 마셨어." 아주 차분했다.

이튿날 아침, 부활절 다음날 월요일에 우리, 내 아내와 나는 9시경 아래층으로 내려갔다. 우리의 아침식사가 열린 창가의 식탁에 이미 차려져 있었다. 커피가 식지 않게 뚜껑이 덮여 있었고, 두 사람이 식사할 수 있도록 만반의 준비가 갖춰져 있었다. 소금통이나 재떨이, 어느 하나 부족한 게 없었다. 냅킨으로 덮어놓은 토스트와 반숙 달걀이 아직 따뜻했다. 달걀 하나에는 지빌레를 위해서 3분간 삶았다고 쓰여 있었다. 우리의 친구는 우리가 씻는 소리를 들은 게 분명했고, 그가 집에서 나간 지는 별로 오래되지 않은 듯했다. 내 아내는 밤에 우당탕 시끄러운 소리를 들었으며, 그 밖에는 우리가 오래 이야기한 것만 알고 있었다. 우리는 물론 슈틸러가 벌써 병원에 있을 거라고 생각했다. 햇살이

식기를 비추는 가운데, 푸른 물망초빛의 제네바호수 너머 눈 덮인 사보이알프스의 멋진 광경을 즐기며 식탁에 앉았을 때, 밤의 긴 대화는 밝은 대낮의 현실과 아무 관계 없는 꿈처럼 여겨졌다. 우리는 병원에서 기쁜 소식이 오리라는 것을 전제하고, 그날 셰브레나 이베르동, 무르텐, 뇌샤텔을 거친 다음 페터섬에서 휴가를 하루 더 보내기로 결정했다. 날씨가 기가 막히게 좋았다. 옆집의 뜰에는 이미 목련이 만발했고, 곳곳에서 개나리가 울타리 너머로 탐스럽게 노란빛을 내뿜었으며, 핏빛의 새빨간 케이블열차는 앵초가 만발한 초록빛 산비탈 사이로 텅 빈 채 내려와서는 행락객들을 가득 태우고 다시 올라갔다. 오로지 부활절에만 볼 수 있는 광경이 어우러져 그야말로 천진난만하게 화려한 세상이 되었다. 귀가 따가울 정도로 새들이 지저귀고, 호수에서는 백색의 유람선이 시용성을 향했다. 어딘가 멀리에서 일요일의 취주악을 연주했고, 기차가 질주했다. 우리가 아직 유유히 아침식사를 하고 있는데, 슈틸러가 나타났다. 우리는 즉시 조금 불안해하며 어떻게 되었는지 물었고, 그 질문은 당연히 율리카 부인의 안부에 대한 것이었다. 하지만 우리의 친구는 병원이 아니라 지하실에서 오는 길이었다. 슈틸러는 전혀 눈을 붙이지 않았다. 지난밤의 나머지는 정원에서, 그리고 새벽은 도자기를 구우며 보낸 듯싶었다. 물론 밤을 꼬박 새워서 그의 얼굴은 해쓱했다. 왜 그가 9시에 병원에 가지 않았는지는 모른다. 그는 면도도 하지 않은 채로 있었다. 두려웠을까? 슈틸러는 율리카 부인이 곧 퇴원할 것처럼 기대에 차서 다른 이야기를 했다. 그는 병원에 전화조차 걸지 않았다. 그러고는 나더러 병원에 가서, 율리카 부인에게 자신은 11시경에 갈 예정이라고 말해달라는 것이다. 그가 둘러댄 핑계들은 하나같이 설득력이 없었다. 자신은 면도를 해야 한다고 했다. 그러더니 여행중인 중요한 인물이 자신의 도자기를 보고 싶어한다는 말이 우리의 귀에 들어왔다. 그 인물은 10시경에 올 예정이라는데, 그건 사실이었지만 적절한 이유는 아니었다. 어쩌면 슈틸러가 싸구려 술 냄새를 풍기며 병상에 나타나기를 꺼렸을 수도 있다. 그가 내 아내에게도 조심스럽게 거리를 두는 것이 눈에 띄었다. "나한테서 고약한 냄새가 나." 슈틸러는 말했다. 실제로 술 냄새가 나든 아니면 냄새가 난다고 생각하든, 포도주 냄새가 최소한 병원에 전화라도 하는 것을 가로막을 수는 없었다. 슈틸러는 전화를 걸고 싶지 않았던 것이다. 내게는 그에게 뭔가를 강요할 권리가 없었다. 결국 내 아내가 나를 태우고 가까운 발몽 병원으로 차를 몰았으며, 차 안에서 내가 돌아오길 기다렸다. 가족이 아닌 사람의 면회가 허락된다 하더라도, 어쨌든 오래 걸리지 않을 터였다. 그리고 현실적으로 우리도 떠나기 전에 최소한 율리카 부인의 얼굴은 봐야 했으니까. 나는 면회 신청을 하면서 이미 단박에 모든 것을 깨달았다. 햇살이 비치는 복도에서, 문 앞에 꽃병이 있고 간호사들이 말없이 오가는 복도에서, 나는 두려움에 떨며 15분을 기다려야 했다. 젊은 의사가 내게 그녀의 죽음을 알려줄 때까지. 나는 슈틸러 씨에게 절대 전화로 알리지 말라고 간절히 부탁해서 약속을 받아냈다. 율리카 부인은 15분 전에 눈을 감았고, 의사도 놀란 눈치였다. 슈틸러 부인을 보고 싶다는 내 또다른 부탁은 이루어지기 곤란했다. 그녀는 이미 병실에 없었으니까. 하지만 내 얼굴로 충분했던 모양이다. 아마 나는 울었을 것이다. 아니면 내 설명이 충분했을까? 어쨌든 수간호사는 나를 시신이 있는 곳으로 안내하라는 지시를 받았다.

“그녀의 머리카락은 붉은색이다. 요즘 유행에 맞게 아주 붉다. 하지만 들장미열매잼보다는 마른 연단 가루에 더 가깝다. 매우 독특하다. 게다가 피부색이 아주 곱다. 주근깨가 있는 설화석고. 마찬가지로 매우 독특하지만 아름답다. 그러면 눈은? 빛난다고 말할 수 있을 것이다. 말하자면 눈물을 흘리지 않을 때도 촉촉하고, 무색의 창유리 가장자리처럼 푸르스름하면서도 초록빛이다. 유감스럽게도 양 눈썹을 가늘게 밀어버렸는데, 그래서 우아하게 완고한 듯한 인상과 함께 가면을 쓴 듯한 느낌을 준다. 마치 놀란 표정이 그대로 굳은 듯하다. 특히 옆에서 보면 코가 무척 기품 있어 보이고 콧구멍이 무의식중에 많은 것을 표현한다. 입술은 내 취향에 비해 지나치게 얇은 감이 있고, 상당히 관능적이지만 먼저 그 관능을 깨워야 한다. 그녀의 흘러내린 머리카락은 멋지고 향긋하고 실크처럼 가벼웠다. 그녀의 앞니는 참으로 보기 좋았다. 땜질한 데는 있었지만, 그 밖에는 진주처럼 아름답게 빛났다. 나는 그녀를 물건처럼 관찰했다. 여자, 어떤 낯선 여자.” ……그녀는 정확히 이런 모습으로 죽음의 침상에 누워 있었다. 슈틸러가 그녀를 처음부터 오로지 죽은 사람으로만 보았을지 모른다는 으스스한 느낌이 불현듯 들었다. 그 어떤 인간적인 말로도 지울 수 없는 절대적이고 깊은 죄의식마저 처음으로 느껴졌다.

그 괴로운 소식을 친구에게 알리는 일이 남아 있었다. 말이 별로 필요 없었다. 슈틸러는 이미 알고 있었다. 내가 병원을 나오고 거의 한 시간이 지났는데도 병원에서는 전화하지 않았다. 하지만 그는 나를 보는 순간 눈치챘다. 더욱이 내가 가져온 소식을 슈틸러 자신의 입으로 직접 말했다고 나는 믿는다. 그가 침착했다고는 말하고 싶지 않다. 그 모습은 보는 사람을 경악하게 하는 얼빠진 침착함이었기 때문이다. 그런 후 나는 슈틸러를 병원에 태워다주려고 오랫동안 기다렸다. 그는 재킷을 가지러 간다며 방에 올라갔다. 우리는 아무 소리도 듣지 못했다. 발걸음 소리도, 흐느낌 소리도. 다만 집 밖에서 시끄럽게 지저귀는 새들 소리만이 들렸다. 시간이 흐르면서 내 아내는 서서히 우리의 친구가 자살할지 모른다며 불안해했다. 나는 그럴 가능성을 단 한순간도 믿지 않았지만, 그가 계속 내려오지 않자 위층에 올라가 방문을 두드렸다. 아무런 대답이 없어서 방문을 열고 들어갔다. 슈틸러는 종종 그랬듯이 두 손을 바지주머니에 넣은 채 방 한가운데에 서 있었다. "내려갈게." 그는 말했다. 나는 그를 병원까지 태워다주고 차 안에서 기다렸다. 죽은 여인의 영상은 내가 눈을 뜨고 보았던 모든 것보다 훨씬 더 강렬했다. 살아생전 그 누구에게도, 특히 인간적인 사랑으로 그녀의 마음을 얻기 위해 고군분투했던 사람에게조차 더없이 인정받지 못하고 사라진 존재의 영상으로서. 15분 만에 벌써 슈틸러는 자동차로 돌아와 내 옆에 앉았다. "그녀는 아름다워." 그는 말했다. 나는 휴가를 연장했고, 내 아내가 떠난 다음에도 며칠 더 글리옹에 머무르며 장례를 치를 수 있도록 여러 가지 일을 도와주었다. 게다가 슈틸러가 나를 필요로 한다는 느낌도 들었다. 우리 사이에 더이상의 대화는 이루어지지 않았다. 그는 의학적인 것에는 관심이 없었고, 그 밖에는 할 말이 별로 없었다. 모든 것이 결정되어 있었다. 낯선 묘지에서 조촐하게 장례식을 치른 날 저녁 내가 그곳을 떠날 때, 슈틸러는 지하실에서 일했다. 적어도 일하려고 시도했다. 그는 익살맞은 푯말이 붙은 작은 철제대문까지 나를 배웅했다. 멍한 표정으로. 그래서 나는 그와 두 번인가 세 번쯤 악수했다. 우리는 가끔 만났다. 그는 더이상 밤에 전화하지 않았다. 그리고 그의 편지는 늘 간결했다. 슈틸러는 글리옹에 머무르며 혼자 살았다.

진정한 정체성을 찾아서

1. 건축가에서 작가로

막스 프리슈는 20세기 스위스문학의 거장이며 독일어권 문학을 대표하는 문인 중의 하나로 손꼽힌다. 『슈틸러』를 비롯해 『호모 파버』 『나를 간텐바인이라고 하자』 같은 소설들은 출간 당시 세계적인 베스트셀러로 극찬을 받았으며 현재는 세계문학을 풍성하게 한 고전으로 굳건히 자리하고 있다. 그뿐만 아니라 『안도라』나 『비더만과 방화범들』 같은 희곡도 현재 끊임없이 무대에 오르는 주옥같은 작품들로 평가받는다.

막스 프리슈는 스위스의 취리히에서 태어나고 자랐으며 일찍부터 문학에 관심이 많았다. 특히 김나지움 시절에는 연극에 열광하고 희곡

작품을 몇 편 집필하기도 했다. 또한 취리히 대학에서 독어독문학을 전공하는 동안에는 스위스의 저명한 일간지 〈노이에 취르허 차이퉁〉의 문예란에 글을 기고했다. 그러다 막스 프리슈는 당시 어려운 가정형편 탓에 학업을 중단할 수밖에 없었다. 그는 여러 신문의 문예란에 글을 쓰는 프리랜서로서의 활동을 시작했으며, 첫 소설 『위르크 라인하르트. 여름의 운명적 여행』을 출간했다.

1936년 막스 프리슈는 스위스의 유력한 출판업자 집안 출신이며 고등학교 동창이었던 베르너 코닉스의 후원을 받아 스물다섯 살의 나이에 취리히 연방공과대학에서 새로이 건축학 학업을 시작한다. 1937년 두번째 소설 『정적으로부터의 답변. 산속에서의 이야기』을 출간하지만 작가로서 자신의 능력에 회의를 품고 집필활동을 중단한다. 그리고 건축가로서의 삶을 살기로 결심하고 그때까지의 모든 원고를 불태운다. 그러나 막스 프리슈는 『정적으로부터의 답변. 산속에서의 이야기』로 문학성을 인정받아 1938년 콘라트 페르디난트 마이어 문학상을 수상한다. 이로써 작가로서의 삶을 포기하기로 했던 결심이 흔들리게 된다. 1940년 막스 프리슈는 다시 글을 쓰기 시작해서 제2차세계대전에 포병으로 참전했던 경험을 기록한 일기 『빵주머니의 종이들. 어느 포병의 일기』를 출간한다.

1941년 취리히 연방공과대학 졸업 후, 막스 프리슈는 취리히 시립 야외수영장 건축 경선에서 일등상을 수상하고 취리히에 건축사무실을 개업하는 등 건축가로서 활발하게 활동한다. 그와 동시에 소설 『나는 불태우는 것을 사랑한다 또는 어려운 사람들』이나 희곡 『산타크루즈』 『만리장성』 등의 문학작품들을 꾸준히 발표해 작가로서의 기반도 다진다. 그러다 1954년 발표한 소설 『슈틸러』가 전 세계적으로 문단의 주목을 받으면서 마흔셋의 막스 프리슈는 일약 세계적인 작가로서의 명성을 얻게 된다. 그는 『슈틸러』의 성공에 힘입어 건축가로서의 직업을 포기하고 작가로서의 삶에 전념하기로 마음을 굳힌다. 그후 4백만 부 이상이 팔린 소설 『호모 파버』나 아주 성공적인 독일어권 희곡작품들로 간주되는 『비더만과 방화범들』 『안도라』 등을 연이어 발표하고 수많은 문학상을 수상하는 등 탁월한 문학성을 인정받는다. 건축가에서 문인으로 변신한 막스 프리슈는 결국 독일어권 문학을 넘어서서 20세기 세계문학을 빛낸 뛰어난 문호로 자리매김되어 있다.

2. 우상을 만들지 말라

1958년 독일 언어문학아카데미는 당시 외국인으로서는 최초로 막스 프리슈에게 독일의 권위 있는 게오르크 뷔히너 문학상을 수여하면서, "이 시대를 살아가는 인간 내면의 긴장을 감지하고 적절한 새로운 가치를 추구하며 그 의미를 예술적으로 진실하게 묘사"했다고 이유를 밝혔다. 또 막스 프리슈의 고향 취리히는 그의 작품들이 현대사회의 존재에 대한 비판과 자기비판을 문학적으로 뛰어나게 형상화한 공로를 높이 사서 취리히 문학상을 수여했다. 여기서 알 수 있듯이, 막스 프리슈는 현대사회의 인간이 마주하게 되는 실존적인 문제들, 즉 현대인의 정체성에 대한 회의와 자기소외, 여기에서 비롯되는 내적 긴장과 자기비판, 역할과 우상 등의 주제를 일평생 문학을 통해 끈질기게 추적하고 해결 방안을 모색하고자 노력했다. 이런 주제들은 『슈틸러』 『호모 파버』 『나를 간텐바인이라고 하자』 『안도라』 『돈 후안 또는 기하학에 대한 사랑』 등 거의 모든 프리슈 문학의 저변을 꿰뚫고 흐르는 핵심 키워드다.

특히 막스 프리슈는 '하느님의 우상을 만들지 말라'는 성서의 계명을 인간에게 확대 적용한다. 그는 『일기』에서 제각기 인간 안에 생동하는 것, 파악할 수 없는 것의 우상을 만들지 말라고 말한다. 사람들을 고정된 사고의 틀에 가두지 말고 원래 있는 그대로, 생동하는 존재로 사랑할 것을 제안한다. 인간의 삶이 활기차게 약동하기 위해서는 편협한 우상의 틀에 갇혀서는 안 되며 항상 변화의 가능성을 향해 열려 있어야 한다는 것이다. 그래야만 인간은 본연의 자아를 실현하고 진정한 정체성을 확보할 수 있다.

고도의 기술 문명과 매스컴의 홍수로 특징지어지는 현대사회에서 이 문제는 무엇보다도 중요하게 부각된다. 현대인은 한편으로는 편리한 기술문명의 세계에 안주하고 다른 한편으로는 텔레비전과 인터넷, 광고물 등의 폭주하는 매스미디어와 지식의 범람에 휘말려, 적극적으로 삶을 향해 돌진하기보다는 이미 형성되어 있는 의견과 삶의 패턴을 수동적으로 받아들이는 데 길들여지기 쉽다. 그러다 보면 자신도 모르게 무비판적으로 주변 환경에 적응하게 되어 스스로 사유하는 능력을 상실할 수 있다. 그 결과 경직된 사고와 선입견의 고정된 틀, 사회적인 우상에 단단히 에워싸여 가족과 친구, 주변 사람들의 생동하는 내적 본질을 인지하고 존중하기보다는 그들을 공고한 우상의 울타리 안에 가둔다. 서로가 서로를 우상의 울타리 안에 가두는 사회에서 인간의 삶은 필연적으로 주위 세계에 의해 만들어진 우상과 주어진 역할에 얽매이게 된다. 여기에서 현대인의 정체성 상실과 자기소외의 위험이 발생한다.

우상과 정체성 상실의 문제는 막스 프리슈의 작품들에서 다면적이고 다양한 양태로 변화되어 나타난다. 예를 들어 『안도라』에서는 주인공 안도라가 주변 사람들이 만들어낸 유대인이라는 선입견과 우상의 감옥에 갇혀 죄없이 비참한 최후를 맞이한다. 『호모 파버』에서는 주인공 호모 파버가 현대 문명의 전형, 합리적인 기술자로서의 우상 속에 스스로를 가둔다. 이 우상에 갇혀 진실한 사태를 직시하지 못하는 호모 파버는 결과적으로 자신의 친딸을 알아보지 못하고 비극적인 근친상간을 저지르기에 이른다. 호모 파버와는 달리 『슈틸러』와 『나를 간텐바인이라고 하자』의 주인공은 사회가 부여하는 역할과 주변 사람들이 만들어내는 우상이 본연의 삶과 진정한 정체성을 방해한다고 느끼고 이로부터의 탈출을 시도한다. 이들은 고정된 역할과 가면처럼 덮어씌워진 우상에서 벗어나, 고착화된 삶이 아닌 변화 가능한 삶, 생동하는 삶의 길을 추구한다.

이처럼 막스 프리슈는 모든 것을 획일화시키고 복제된 삶을 강요하는 현대사회에서 인간이 본연의 정체성을 상실하고 소외된 삶을 영위할 수 있음을 경고하며, 상실된 자아와 진정한 정체성을 회복하여 충만한 삶에 이르는 길을 제시하고자 한다.

3. 20세기의 새로운 고전 『슈틸러』

1954년 『슈틸러』는 발간과 동시에 많은 독자들과 평론가들의 호평을 받으며 문단에 일대 센세이션을 일으켰고, 막스 프리슈는 마르셀 프루스트, 로베르트 무질, 제임스 조이스, 윌리엄 포크너 같은 20세기의 위대한 소설가들에 비견되었다. 이러한 극찬에 고무되어 막스 프리슈는 한창 성공일로에 있던 건축가로서의 삶을 접고 문학가로서의 삶에 전념하게 된다. 오늘날 『슈틸러』는 20세기를 수놓은 고전의 반열에 확고하게 이름을 올렸으며, 정교한 구성과 다성적인 서술방식, 능란한 언어표현과 치밀한 문체, 현대의 기술문명 사회를 살아가는 인간 존재에 대한 심오한 성찰과 인식, 인간 심리에 대한 예리한 분석과 역사적인 통찰력은 지금까지도 많은 이들의 관심을 끌고 있다.

『슈틸러』는 삼십대의 젊은 남자 슈틸러가 외부세계로부터 강요받는 역할과 우상을 거부하고 자신의 진실한 정체성과 본연의 자아를 찾아가는 여정을 그린다. 이 소설에서 막스 프리슈는 평생에 걸쳐 추구한 핵심 주제, 즉 정체성과 우상, 개인의 자아실현의 문제를 두 쌍의 젊은 남녀의 사랑과 결혼 이야기에 흥미진진하게 엮어낸다.

『슈틸러』는 내용면에서뿐만 아니라 형식면에서도 일반적으로 막스 프리슈의 가장 중요하고 가장 정교한 작품으로 인정받는다. 소설은 제1부 '슈틸러의 구치소 기록'과 제2부 '검사의 후기' 두 부분으로 구성되어 있다. 제1부는 슈틸러가 자신은 스위스 시민 아나톨 루트비히 슈틸러가 아니라 미국 시민 제임스 라킨스 화이트라는 것을 증명하고자 구치소에서 남긴 기록이고, 제2부는 슈틸러와 화이트가 동일인물이라는 법원의 판결이 내려진 후 슈틸러의 운명을 묘사하는 검사 롤프의 후기이다. 제1부는 모두 7장으로 이루어져 있다. 1, 3, 5장은 주로 슈틸러가 구치소 수감자로서 겪는 생활담 및 사람들과의 만남, 외국에서의 체험, 생각과 꿈 등을 서술한다. 그리고 2, 4, 6장은 슈틸러의 아내 율리카와 연인 지빌레, 그리고 지빌레의 남편 롤프의 과거에 대해 보고한다. 서로 대칭구조를 이루며 소설의 흐름을 지탱하는 이 두 갈래는 화이트가 슈틸러라는 법원 판결이 내려지는 7장에서 결국 하나로 모인다. 따라서 소설은 시간 흐름에 따라 사건의 전개를 서술하는 연대기적인 형식이 아니라 현재, 과거, 대과거 등 여러 시간층이 교묘하게 얽히고 중첩되는 시간의 그물망을 형성한다. 뿐만 아니라 과거에 대한 보고, 현재의 사건에 대한 묘사, 꿈과 회상, 체험과 성찰 등이 상호 긴밀하게 연관되어 복잡한 시적 구조를 이룬다. 소설 『슈틸러』는 전체적으로 대칭과 균형을 이루는 가운데, 다양한 시점들과 관점들이 교차하면서 여러 층위의 내용들이 촘촘하게 짜여 있는 고도의 치밀한 문학적 형상을 이루고 있다. 이처럼 현대인이 안고 있는 정체성 위기의 존재론적 문제들을 예술적으로 뛰어나게 형상화했다는 점에서 "현대문학사의 중요한 자료"(〈디 차이트〉)를 제공했다는 칭송을 받았다.

4. 역할과 우상으로부터의 탈출

『슈틸러』는 "나는 슈틸러가 아니다!"라는 주인공의 항변으로 시작된다. 주인공 슈틸러는 취리히에서 행방을 감춘 지 약 7년 만에, 위조한 미국 여권을 소지하고 스위스 국경을 넘는 도중 세관원에게 체포되어 구치소에 수감된다. 그는 자신이 행방불명된 스위스인 슈틸러가 아니라 미국 시민 화이트라고 완강하게 주장한다.

스위스에서 종적을 감추기 전까지, 슈틸러는 무의식적으로 사회에서 요구하는 삶을 살았다. 그는 사회에서 부여한 역할을 충실히 수행하고 주변 사람들이 만들어낸 슈틸러라는 우상을 저항 없이 받아들였다. 처음에는 미술평론가들이 만들어낸 미술계의 유망주로서의 삶을, 스페인내전에서는 자유를 위해 투쟁하는 전사로서의 삶을, 아내 율리카와 결혼하고는 내성적이고 허약한 율리카를 구원해줄 수 있는 남편으로서의 삶을 살았다. 그러나 이처럼 주변이 만들어낸 우상과 역할에 얽매인 삶은 슈틸러에게 고독감과 자기소외감을 안겨주었으며, 자기 소외감은 자신에 대한 실망과 좌절감으로 이어졌다. 진정한 자아에서 유리되어 자기소외에 빠진 사람은 생동감 넘치는 충만한 삶을 영위할 수 없기 때문이다. 결국 슈틸러는 자신과 자신이 살고 있는 삶이 주변에서 만들어낸 우상이고 허상이라는 것을 인지하고, 그런 자신과 삶에 작별을 고하기 위해 홀연히 종적을 감춘다. 슈틸러의 실종은 역할과 우상에 갇힌 편협한 삶으로부터의 탈출이며 새롭고 자유로운 삶을 향한 출발이다.

슈틸러는 스위스를 떠나 타국을 떠돌며 참된 정체성을 찾고자 시도한다. 그러다 절망감에 사로잡혀 스스로 목숨을 끊으려는 시도를 하기도 한다. 그러나 진정한 삶을 살지 못한 사람에게는 진정한 죽음도 없다는 것을 죽음의 문턱에서 깨닫는다. 그와 동시에 슈틸러는 자신이 과거의 삶을 떨쳐버리고 새롭게 태어났다는 확신을 느낀다.

나는 결코 삶이 아니었던 삶을 떨쳐버렸다. (…) 내게는 엄청난 자유에 대한 기억이 남아 있었다. 모든 것이 내게 달려 있었다. 나는 한 번 더 살고 싶은지를 결정할 수 있었다. 하지만 이제는 진정한 죽음이 실현되도록 결정할 수도 있었다. 모든 건 오로지 내게 달려 있어, 나는 이렇게 말했다. (…) 지금 막 태어났다는 확실한 느낌이 들었다. 오로지 방금 태어난 인간으로서만 존재할 각오가 되어 있다는 사실을 비웃음까지도 두려워하지 않을 정도로 단호하게 느꼈다. 오로지 내가 떨쳐버릴 수 없는 이 삶만을 찾을 각오가 되어 있음을 느꼈다.

죽음의 문턱에서 다시 태어난 슈틸러는 삶에 대한 엄청난 자유를 느낀다. 그리고 이제부터 그 무엇도 두려워하지 않고 그 어떤 역할이나 우상에도 얽매이지 않는 새로운 삶을 살기로 결심한다. 슈틸러는 미완으로 남아 있는 아내 율리카와의 삶을 통해 본연의 자아를 실현하고 진정한 정체성을 되찾기 위해 스위스로 귀국한다.

5. 진정한 정체성을 찾아서

스위스로 돌아온 슈틸러는 자신을 아나톨 루트비히 슈틸러가 아닌 제임스 라킨스 화이트로 인정해줄 것을 강력하게 요구한다. 슈틸러라는 이름을 부정함으로써, 자신이 더이상 과거의 슈틸러가 아니라 새롭게 다시 태어난 존재임을 알리고자 한다. 즉, 슈틸러라는 이름의 부정은 과거의 고착화된 삶, 획일적인 역할과 우상에 갇힌 삶으로 돌아가지 않겠다는 강한 의지의 표현이다. 그러나 아내 율리카와 동생 빌프리트, 친구들, 변호사를 비롯한 주변의 모든 사람과 스위스 사회는 과거의 슈틸러에 대한 확고부동한 우상에 사로잡혀서 새롭게 변한 슈틸러를 인정하려 하지 않는다. 슈틸러는 특히 아내 율리카와 함께 새로운 삶을 일구고자 하지만, 율리카는 변화된 슈틸러를 알아보지 못하고 과거의 남편에 대한 우상과 선입견에서 단 한 발자국도 벗어나지 않는다. 사람들은 슈틸러를 자신들이 만들어낸 우상의 울타리 안에 단단히 가두고 내보내주지 않는다. 그들은 슈틸러에게 슈틸러라고 자백할 것을 강요한다. 그들 스스로 견고한 우상의 감방에 갇혀 있는 탓에 슈틸러의 변화를 인지할 능력이 없는 것이다. 세상 사람들은 슈틸러에게 자신들이 만들어낸 우상의 가면을 씌우려 하고, 슈틸러는 여기에서 벗어나려고 전력을 다한다. 슈틸러는 세상이 자신에게 존재의 자유와 생동하는 삶이 아니라 우상과 역할로의 도피를 요구한다는 것을 잘 안다.

우상의 구속에서 벗어나 진실한 자아를 실현하려는 슈틸러의 투쟁은, 구치소에 수감된 인물과 행방불명된 인물이 동일인이라는 법원의 판결 앞에서 슈틸러가 침묵하는 것으로 일단 끝을 맺는다. 슈틸러의 침묵은 더이상 진실을 말로 전달할 수 없음을 깨닫고 자신의 변화를 증명하려는 시도를 단념하는 것을 뜻한다. 자신을 증명해야 한다는 압박에서 벗어난 슈틸러는 드디어 내적 자유에 도달한다. 제2부의 후기에서 검사는 슈틸러가 마침내 자기 자신에게 이르렀으며, 사람들에게 인정받지 못한다는 두려움으로부터 자유로워졌다고 말한다. 세상 사람들의 시선이나 강요에 구속받지 않고 내면의 목소리에 따르는 삶에 이른 것이다.

이처럼 『슈틸러』에서 막스 프리슈는 주위에서 만들어낸 우상과 역할에 갇혀 본연의 자아를 상실하고 자기소외의 위험에 처한 현대인의 존재론적 문제를 제기한다. 특히 현대는 개성이 아니라 익명성의 시대, 대중화에 의해 무한 복제가 가능한 시대이다. 매스미디어의 범람과 지식의 홍수 속에서 우리는 많은 것들을 직접 몸으로 체험해서 획득하는 것이 아니라 간접적인 방식으로 보거나 듣거나 읽어서 알고 있다. 즉, 이미 만들어져 있는 것들을 수동적으로 취득하는 복제된 삶을 살고 있다.

> 우리는 복제의 시대에 살고 있다. 우리는 우리의 개인적인 세계상 대부분을 결코 우리 눈으로 직접 경험하지 못했다. 더 정확히 말하자면, 우리 눈으로 경험했을지는 모르지만, 현장에서 직접 경험하지는 못했다. 우리는 먼 데서 보고 먼 데서 듣고 먼 데서 아는 사람들이다. (…) 인간의 내면생활도 마찬가지다. 오늘날에는 누구나 인간의 내면생활에 대해 알 수 있다. (…) 무슨 이런 시대가 있는가!

그 결과 우리는 어쩔 수 없이 개체로서의 고유성과 본연의 자아를 상실하고 피상적인 삶을 살게 되는 위험에 직면하게 된다. 우리 모두는 잠재적인 슈틸러이다. 헤르만 헤세는 슈틸러를 가리켜 "소설 속 등장인물이 아니라 한 개인, 모든 면에서 실제로 존재하며 설득력 있는" 인물이라고 말한다. 그러므로 우리가 생동하는 충만된 삶을 살기 위해서는 외부세계의 요구와 우상으로부터 우리 자신을 분리시켜서 진정한 자아와 정체성을 되찾는 것이 문제된다. 『슈틸러』를 통해 막스 프리슈는 자아 상실의 위험에 처한 우리 모두에게 이런 문제를 절실하게 상기시키고 그 위험성을 주지시키고자 한다. 막스 프리슈의 『슈틸러』는 현대의 복제 사회를 살아가는 우리 모두를 향한 의미심장한 경고를 담고 있다.

김인순

1911년 5월 15일 스위스 취리히에서 건축가인 아버지 브루노 프리슈와 어머니 카롤리나 베티나 프리슈 사이에서 출생.

1924년 취리히 레알김나지움에 입학. 연극에 열광해서 희곡 몇 편을 집필. 제1차세계대전 후, 아버지에게 건축 일감이 들어오지 않아 가정 형편이 어려워짐.

1930년 김나지움 졸업.

1931년 취리히 대학에서 독어독문학을 전공하며 예술사와 라틴어 문학 강의를 수강함. 스위스의 유력한 일간지 〈노이에 취르허 차이퉁 Neue Zürcher Zeitung〉의 문예란에 글을 기고하기 시작함.

1932년 아버지 사망. 경제적인 이유로 〈노이에 취르허 차이퉁〉과 〈취르허 일루스트리르테Zürcher Illustrierte〉 등 여러 신문의 문예란에 글을 기고함.

1933년 프라하, 부다페스트, 아테네, 로마 등 동유럽과 남유럽을 여행하며 기행문을 발표함.

1934년 대학 학업 중단. 나치의 유대인 박해를 피해 스위스에 망명중이던 독일계 유대인 케테 루벤존과 사귀기 시작함. 첫 소설 『위르크 라인하르트. 여름의 운명적 여행*Jürg Reinhart. Eine sommerliche Schicksalsfahrt*』 출간.

1935년 처음으로 독일을 여행하며 민족사회주의 및 반유대주의와 직접 대면하게 됨. 『위르크 라인하르트. 여름의 운명적 여행』으로 스위스 실러 상 수상.

1936년 스위스의 유력한 출판업자 집안 출신이며 고등학교 동창이었던 베르너 코닝크스의 도움을 받아, 취리히 연방공과대학(ETH)에서 다시 건축학을 공부하게 됨. 케테 루벤존에게 청혼하나 거절당함.

1937년 두번째 소설 『정적으로부터의 답변. 산속에서의 이야기*Antwort aus der Stille. Eine Erzählung aus den Bergen*』 출간. 작가로서 능력에 회의를 품고 집필활동을 중단하기로 결심한 후, 지금까지 쓴 모든 원고를 불태움.

1938년 콘라트 페르디난트 마이어 상 수상.

1939년 케테 루벤존과 헤어짐. 제2차세계대전에 포병으로 참전함.

1940년 취리히 연방공과대학 건축학과 졸업, 스승 빌리암 둔켈의 건축사무실에 취업함. 이 무렵 다시 글을 쓰기 시작해, 포병으로 참전한 경험을 기록한 일기 『빵주머니의 종이들. 어느 포병의 일기*Blätter aus dem Brotsack. Tagebuch eines Kanoniers*』 출간. 이 작품으로 스위스 실러 상 수상.

1941년 대학동창이자 건축가인 게르트루트 콘스탄체 폰 마이엔부르크와 교제 시작.

1942년 취리히 시립 야외수영장 건축 경선에서 일등상 수상, 취리히에 건축사무실 개업. 게르트루트 콘스탄체 폰 마이엔부르크와 결혼.

1943년 첫딸 우르줄라 출생. 소설 『나는 불태우는 것을 사랑한다 또는 어려운 사람들*J'adore ce qui me brûle oder Die Schwierigen*』 출간.

1944년 아들 한스 페터 출생. 스위스로 망명한 독일 연극평론가 쿠르트 히르시펠트의 권유로 다시 희곡을 집필하기 시작해 『산타크루즈*Santa Cruz*』를 탈고함.

1945년 소설 『빈 또는 북경 여행*Bin oder Die Reise nach Peking*』 출간. 희곡 『이제 그들은 또 다시 노래를 부른다*Nun singen sie* *wieder*』가 취리히 극장에서 초연. 희곡 『산타크루즈』로 벨티 희곡상 수상.

1946년 독일, 이탈리아, 프랑스 여행. 『만리장성*Die Chinesische Mauer*』이 취리히 극장에서 초연. 『일기*Tagebuch* 1946-1949』 집필 시작.

1947년 극작가 프리드리히 뒤렌마트와 친분을 나눔. 『마리온 일기 *Tagebuch mit Marion*』 출간. 극작가 베르톨트 브레히트를 만나 격렬한 논쟁을 벌임. 이듬해까지 빈, 프라하, 파리, 바르샤바를 여행함. 폴란드 브로츠와프에서 열린 '평화를 위한 지성인들의 국제회의'에 참석함.

1949년 둘째딸 샤를로테 출생. 희곡 『전쟁이 끝났을 때*Als der Krieg zu Ende war*』가 취리히 극장에서 초연.

1950년 스페인을 여행함. 『일기』 출간.

1951년 희곡 『외더란트 백작*Graf Öderland*』이 취리히 극장에서 초연. 미국 록펠러 재단의 연구비를 받아 1년 동안 미국에 체류하면서 멕시코를 여행함. 소설 『슈틸러*Stiller*』를 구상함.

1953년 방송극 『비더만과 방화범들*Biedermann und die Brandstifter*』 및 『립 밴 윙클*Rip van Winkle*』을 바이에른 방송국에서 방송. 『돈 후안 또는 기하학에 대한 사랑*Don Juan oder Die Liebe zur Geometrie*』이 베를린과 취리히에서 동시 초연.

1954년 아내 및 세 자녀와 별거에 들어감. 『슈틸러*Stiller*』 출간. 이 소설이 대성공을 거두어 세계적인 명성을 얻으면서 건축가 일을 그만두고 소설 집필에 전념함.

1955년 소설가 귄터 그라스와 만남. 방송극 『문외한과 건축*Der Laie und die Architektur*』으로 헤센 방송국의 슐로이스너 실러 상 수상. 스위스 실러 상과 빌헬름 라베 상 수상. 루시우스 부르크하르트와 마르쿠스 쿠터와 함께 성명문 「주의하라, 스위스

Achtung: die Schweiz」를 발표해 새로운 도시를 건설할 것을 제안함. 이 글은 50년대 스위스에서 가장 많이 읽힌 동시에 가장 많은 논란을 일으킨 책자로 꼽히게 됨.

1956년 미국, 멕시코, 쿠바 여행. 벨티 희곡상 수상.

1957년 소설 『호모 파버*Homo faber*』를 출간함. 이 작품은 이후 4백만 부 이상이 팔리는 성공을 거둠. 스위스 로잔시의 샤를베이용 상 수상.

1958년 게르트루트 콘스탄체 폰 마이엔부르크와 오랜 별거 후 이혼하고 오스트리아 소설가 잉에보르크 바흐만과 교제를 시작함. 취리히 문학상 및 스위스인으로서는 최초로 독일의 권위 있는 게오르크 뷔히너 문학상을 수상함. 희곡 『비더만과 방화범들』과 『필립 호츠의 커다란 분노*Die große Wut des Philipp Hotz*』 취리히 극장에서 초연.

1960년 잉에보르크 바흐만과 함께 로마에 머무르기 시작. 이후 바흐만과 멀어지고 나서도 로마에서 거주함.

1961년 인종차별과 '우상을 만들지 말라'는 주제를 다룬 희곡 『안도라*Andorra*』를 취리히 극장의 무대에 올려 대대적인 성공을 거둠.

1962년 스물세 살의 대학생 마리안네 욀러스와 사랑에 빠짐. 마르부르크 필립스 대학에서 명예박사 학위 수여받음. 뒤셀도르프 예술대상 수상.

1963년 멕시코 여행. 노르트라인 베스트팔렌 문학상 수상.

1964년 미국 포드재단의 연구비를 받아 베를린 거주. 소설 『나를 간텐바인이라고 하자*Mein Name sei Gantenbein*』 출간.

1965년 스위스로 돌아와 테신과 취리히를 오가며 거주함.

1965년 이스라엘 여행. 예루살렘 문학상과 실러 기념 문학상 수상.

1966년 처음으로 소비에트연방을 여행하고 귀국길에 폴란드와 체코슬로바키아를 방문함. 스위스의 저명한 독문학자 에밀 슈타이거의 강연 '문학과 대중Literatur und Öffentlichkeit'에 답변함으로써 격렬한 취리히 문학 논쟁을 야기함.

1967년 체코슬로바키아 문인협회의 초청으로 프라하 방문. 『전기. 하나의 유희*Biografie. Ein Spiel*』 취리히 극장에서 초연.

1968년 마리안네 욀러스와 결혼. 고리키 문인 회의에 참석하기 위해 소비에트연방을 여행하고, 당시 동독을 대표하는 작가 크리스타 볼프와 만남. 68혁명, 베트남 전쟁, 소련의 체코슬로바키아 침공, 마르틴 루서 킹 살해 등 당대의 중요한 사건들에 대한 정치적 견해를 밝힘. 에세이집 『파트너로서의 대중*Öffentlichkeit als Partner*』과 『브레히트 회고록*Erinnerungen an Brecht*』 출간.

1969년 일본 여행.

1970년 미국 여행. 당시 미국의 국무장관 헨리 키신저의 초청을 받아 백악관 방문. 스위스 문인협회 탈퇴.

1971년 미국에 체류하며 콜롬비아 대학에서 '양식과 표현의 문제'에 대해 강의. 에세이 「학교 수업을 위한 빌헬름 텔*Wilhelm Tell für die Schule*」 발표.

1972년 베를린에 집을 구입. 『일기*Tagebuch* 1966-1971』 출간.

1974년 미국 체류. 미국문예아카데미 명예회원으로 추대됨. 제2차세계대전의 참전 경험을 보고하는 『근무일지*Dienstbüchlein*』 출간. 스위스의 실러 문학대상 수상.

1975년 당시 독일 수상 헬무트 슈미트의 요청으로 중국 방문에 동행함. 잉에보르크 바흐만과의 관계를 다룬 자전적 소설 『몬타우크*Montauk*』 출간.

1976년 전집 『시간 순서에 따른 전집*Gesammelte Werke in zeitlicher Folge*』 출간. 이데올로기를 이용한 대중 선동과 권력 남용에 끈질기게 저항한 공로를 인정받아 독일출판협회 평화상 수상. 기행문 「아니, 나는 마오를 보지 못했다*Nein, Mao habe ich nicht* *gesehen*」 발표.

1978년 희곡 『세폭 제단화*Triptychon*』 출간.

1979년 마리안네 프리슈 욀러스와 이혼. 노년과 고독을 주제로 하는 소설 『인간이 충적세에 등장하다*Der Mensch erscheint im Holozän*』 출간.

1980년 미국의 바드 대학교에서 명예박사 학위 수여받음.

1981년 뉴욕 거주.

1981년 취리히 연방공과대학에 막스 프리슈 문서실 개설.

1982년 소설 『푸른 수염*Blaubart*』 출간. 뉴욕 주립대학에서 명예박사 학위 수여받음.

1984년 취리히로 돌아옴.

1984년 영국의 버밍엄 대학에서 명예박사 학위 수여받음. 예술과 문학 분야에서 크게 공헌한 사람들을 위한 프랑스의 문화예술공로훈장 코망되르 수훈.

1985년 미국의 예술과학아카데미 명예회원으로 추대됨.

1986년 독일어권 작가로는 최초로 미국 노이슈타트 국제문학상 수상. 상금 전액을 니카라과의 학교 건립을 위해 기부함. 75세 생일을 기념해 일곱 권으로 확대된 『전집*Gesammelte Werke*』 출간.

1987년 베를린 공과대학에서 명예박사 학위 수여받음. 미하일 고르바초프가 개최한 포럼 '인류의 생존'에 참석하기 위해 모스크바 여행.

1989년 스위스 군대 폐지와 관련한 국민투표에 즈음하여 산문집 『군대 없는 스위스? 장광설*Schweiz ohne Armee? Ein Palaver*』 출간. 이 작품을 대화극으로 편집한 〈요나스와 그의 노병*Jonas und sein Veteran*〉 취리히와 로잔에서 초연. 하인리히 하이네 상 수상.

1990년 3월, 암에 걸린 것을 알게 됨. 산문집 『고향으로서의 스위스?

50년에 대한 에세이*Schweiz als Heimat? Versuche über 50 Jahre*』 출간.

1991년 투병 끝에 암으로 사망함.

문학동네 세계문학전집 발간에 부쳐

세계문학은 국민문학 혹은 지역문학을 떠나 존재하는 문학이 아니지만 그것들의 총합도 아니다. 세계문학이라는 용어에는 그 나름의 언어와 전통을 갖고 있는 국민문학이나 지역문학의 존재를 인정하면서 그것을 넘어서는 문학의 보편적 질서에 대한 관념이 새겨져 있다. 그 용어를 처음 고안한 19세기 유럽인들은 유럽문학을 중심으로 그 질서를 구축했지만 풍부한 국민문학의 전통을 가지고 있는 현대의 문학 강국들은 나름의 방식으로 세계문학을 이해하면서 정전(正典)의 목록을 작성하고 또 수정한다.

한국에서도 세계문학 관념은 우리 사회와 문화의 변화 속에서 거듭 수정돼왔다. 어느 시기에는 제국 일본의 교양주의를 반영한 세계문학 관념이, 어느 시기에는 제3세계 민족주의에 동조한 세계문학 관념이 출현했고, 그러한 관념을 실천한 전집물이 출판됐다. 21세기 한국에 새로운 세계문학전집이 필요하다는 것은 명백하다. 우리의 지성과 감성의 기준에 부합하는 세계문학을 다시 구상할 때가 되었다.

문학동네 세계문학전집은 범세계적으로 통용되는 고전에 대한 상식을 존중하면서도 지난 반세기 동안 해외 주요 언어권에서 창작과 연구의 진전에 따라 일어난 정전의 변동을 고려하여 편성되었다. 그래서 불멸의 명작은 물론 동시대 세계의 중요한 정치·문화적 실천에 영감을 준 새로운 작품들을 두루 포함시켰다.

창립 이후 지금까지 한국문학 및 번역문학 출판에서 가장 전문적이고 생산적인 그룹을 대표해온 문학동네가 그간 축적한 문학 출판 경험을 바탕으로 새로운 세계문학전집을 펴낸다. 인류가 무지와 몽매의 어둠 속을 방황하면서도 끝내 길을 잃지 않은 것은 세계문학사의 하늘에 떠 있는 빛나는 별들이 길잡이가 되어주었기 때문이다. 우리가 자부심과 사명감 속에서 그리게 될 이 새로운 별자리가 독자들의 관심과 애정에 힘입어 우리 모두의 뿌듯한 자산이 되기를 소망한다.

문학동네 세계문학전집 편집위원

민은경, 박유하, 변현태, 송병선, 이재룡, 홍길표, 남진우, 황종연

지은이 **막스 프리슈**

1911년 스위스 취리히에서 태어났다. 취리히 대학에서 독어독문학을 전공하며 예술사와 라틴어 문학을 공부했고, 1934년 첫 소설 『위르크 라인하르트』를 출간했다. 1939년 2차대전에 포병으로 참전했고, 이듬해 그 경험을 토대로 『빵주머니의 종이들』을 출간했다. 이후 건축가로 일하면서 글을 쓰다 『슈틸러』가 전 세계적으로 성공을 거두면서 전업작가의 길로 들어섰다. 대표작으로 『호모 파버』 『몬타우크』 『나를 간텐바인이라고 하자』 『안도라』 등이 있다. 스위스인으로는 최초로 게오르크 뷔히너 상 수상, 독일어권 작가로는 최초로 미국 노이슈타트 국제문학상을 수상했으며 그 외에도 스위스 실러 상, 빌헬름 라베 상, 뒤셀도르프 예술대상 등을 수상했다. 1991년 암으로 사망했다.

옮긴이 **김인순**

고려대학교 독문과를 졸업하고 독일 카를스루에 대학에서 수학했으며 고려대학교 독문과에서 박사학위를 받았다. 현재 고려대학교와 중앙대학교에 출강중이다. 옮긴 책으로 『저지대』 『인간은 이 세상의 거대한 꿩이다』 『유배중인 나의 왕』 『깊이에의 강요』 『꿈의 해석』 『열정』 『기발한 자살여행』 『종이약국』 『파우스트』 등이 있다.

세계문학전집 178

슈틸러

초판 인쇄 2019년 5월 21일
초판 발행 2019년 5월 31일

지은이 막스 프리슈 | 옮긴이 김인순 | 펴낸이 염현숙

책임편집 박신양 | 편집 황현주
디자인 김마리 최미영 | 저작권 한문숙 김지영
마케팅 정민호 정진아 함유지 김혜연 박지영 김수현 | 홍보 김희숙 김상만 이천희
제작 강신은 김동욱 임현식 | 제작처 영신사

펴낸곳 (주)문학동네
출판등록 1993년 10월 22일 제406-2003-000045호
주소 10881 경기도 파주시 회동길 210
전자우편 editor@munhak.com | 대표전화 031)955-8888 | 팩스 031)955-8855
문의전화 031)955-8862(마케팅), 031)955-1916(편집)
문학동네카페 http://cafe.naver.com/mhdn
문학동네트위터 http://twitter.com/munhakdongne
북클럽문학동네 http://bookclubmunhak.com

ISBN 978-89-546-5666-5 04850
978-89-546-0901-2 (세트)

www.munhak.com

1, 2, 3 안나 카레니나 레프 톨스토이 | 박형규 옮김
4 판탈레온과 특별봉사대 마리오 바르가스 요사 | 송병선 옮김
5 황금 물고기 르 클레지오 | 최수철 옮김
6 템페스트 윌리엄 셰익스피어 | 이경식 옮김
7 위대한 개츠비 F. 스콧 피츠제럴드 | 김영하 옮김
8 아름다운 애너벨 리 싸늘하게 죽다 오에 겐자부로 | 박유하 옮김
9, 10 파우스트 요한 볼프강 폰 괴테 | 이인웅 옮김
11 가면의 고백 미시마 유키오 | 양윤옥 옮김
12 킴 러디어드 키플링 | 하창수 옮김
13 나귀 가죽 오노레 드 발자크 | 이철의 옮김
14 피아노 치는 여자 엘프리데 옐리네크 | 이병애 옮김
15 1984 조지 오웰 | 김기혁 옮김
16 벤야멘타 하인학교 - 야콥 폰 군텐 이야기 로베르트 발저 | 홍길표 옮김
17, 18 적과 흑 스탕달 | 이규식 옮김
19, 20 휴먼 스테인 필립 로스 | 박범수 옮김
21 체스 이야기·낯선 여인의 편지 슈테판 츠바이크 | 김연수 옮김
22 왼손잡이 니콜라이 레스코프 | 이상훈 옮김
23 소송 프란츠 카프카 | 권혁준 옮김
24 마크롤 가비에로의 모험 알바로 무티스 | 송병선 옮김
25 파계 시마자키 도손 | 노영희 옮김
26 내 생명 앗아가주오 앙헬레스 마스트레타 | 강성식 옮김
27 여명 시도니가브리엘 콜레트 | 송기정 옮김
28 한때 흑인이었던 남자의 자서전 제임스 웰든 존슨 | 천승걸 옮김
29 슬픈 짐승 모니카 마론 | 김미선 옮김
30 피로 물든 방 앤절라 카터 | 이귀우 옮김
31 숨그네 헤르타 뮐러 | 박경희 옮김
32 우리 시대의 영웅 미하일 레르몬토프 | 김연경 옮김
33, 34 실낙원 존 밀턴 | 조신권 옮김
35 복낙원 존 밀턴 | 조신권 옮김
36 포로기 오오카 쇼헤이 | 허호 옮김
37 동물농장·파리와 런던의 따라지 인생 조지 오웰 | 김기혁 옮김
38 루이 랑베르 오노레 드 발자크 | 송기정 옮김
39 코틀로반 안드레이 플라토노프 | 김철균 옮김
40 어두운 상점들의 거리 파트릭 모디아노 | 김화영 옮김
41 순교자 김은국 | 도정일 옮김
42 젊은 베르테르의 슬픔 요한 볼프강 폰 괴테 | 안장혁 옮김
43 더블린 사람들 제임스 조이스 | 진선주 옮김
44 설득 제인 오스틴 | 원영선, 전신화 옮김
45 인공호흡 리카르도 피글리아 | 엄지영 옮김
46 정글북 러디어드 키플링 | 손향숙 옮김
47 외로운 남자 외젠 이오네스코 | 이재룡 옮김
48 에피 브리스트 테오도어 폰타네 | 한미희 옮김

49 둔황 이노우에 야스시 | 임용택 옮김
50 미크로메가스·캉디드 혹은 낙관주의 볼테르 | 이병애 옮김
51, 52 염소의 축제 마리오 바르가스 요사 | 송병선 옮김
53 고야산 스님·초롱불 노래 이즈미 교카 | 임태균 옮김
54 다니엘서 E. L. 닥터로 | 정상준 옮김
55 이날을 위한 우산 빌헬름 게나치노 | 박교진 옮김
56 톰 소여의 모험 마크 트웨인 | 강미경 옮김
57 카사노바의 귀향·꿈의 노벨레 아르투어 슈니츨러 | 모명숙 옮김
58 바보들을 위한 학교 사샤 소콜로프 | 권정임 옮김
59 어느 어릿광대의 견해 하인리히 뵐 | 신동도 옮김
60 웃는 늑대 쓰시마 유코 | 김훈아 옮김
61 팔코너 존 치버 | 박영원 옮김
62 한눈팔기 나쓰메 소세키 | 조영석 옮김
63, 64 톰 아저씨의 오두막 해리엇 비처 스토 | 이종인 옮김
65 아버지와 아들 이반 투르게네프 | 이항재 옮김
66 베니스의 상인 윌리엄 셰익스피어 | 이경식 옮김
67 해부학자 페데리코 안다아시 | 조구호 옮김
68 긴 이별을 위한 짧은 편지 페터 한트케 | 안장혁 옮김
69 호텔 뒤락 애니타 브루크너 | 김정 옮김
70 잔해 쥘리앵 그린 | 김종우 옮김
71 절망 블라디미르 나보코프 | 최종술 옮김
72 더버빌가의 테스 토머스 하디 | 유명숙 옮김
73 감상소설 미하일 조셴코 | 백용식 옮김
74 빙하와 어둠의 공포 크리스토프 란스마이어 | 진일상 옮김
75 쓰가루·석별·옛날이야기 다자이 오사무 | 서재곤 옮김
76 이인 일베르 카뮈 | 이기언 옮김
77 달려라, 토끼 존 업다이크 | 정영목 옮김
78 몰락하는 자 토마스 베른하르트 | 박인원 옮김
79, 80 한밤의 아이들 살만 루슈디 | 김진준 옮김
81 죽은 군대의 장군 이스마일 카다레 | 이창실 옮김
82 페레이라가 주장하다 안토니오 타부키 | 이승수 옮김
83, 84 목로주점 에밀 졸라 | 박명숙 옮김
85 아베 일족 모리 오가이 | 권태민 옮김
86 폭풍의 언덕 에밀리 브론테 | 김정아 옮김
87, 88 늦여름 아달베르트 슈티프터 | 박종대 옮김
89 클레브 공작부인 라파예트 부인 | 류재화 옮김
90 P세대 빅토르 펠레빈 | 박혜경 옮김
91 노인과 바다 어니스트 헤밍웨이 | 이인규 옮김
92 물방울 메도루마 슌 | 유은경 옮김
93 도깨비불 피에르 드리외라로셸 | 이재룡 옮김
94 프랑켄슈타인 메리 셸리 | 김선형 옮김
95 래그타임 E. L. 닥터로 | 최용준 옮김

96 캔터빌의 유령 오스카 와일드 | 김미나 옮김

97 만(卍)·시게모토 소장의 어머니 다니자키 준이치로 | 김춘미, 이호철 옮김

98 맨해튼 트랜스퍼 존 더스패서스 | 박경희 옮김

99 단순한 열정 아니 에르노 | 최정수 옮김

100 열세 걸음 모옌 | 임홍빈 옮김

101 데미안 헤르만 헤세 | 안인희 옮김

102 수레바퀴 아래서 헤르만 헤세 | 한미희 옮김

103 소리와 분노 윌리엄 포크너 | 공진호 옮김

104 곰 윌리엄 포크너 | 민은영 옮김

105 롤리타 블라디미르 나보코프 | 김진준 옮김

106, 107 부활 레프 톨스토이 | 백승무 옮김

108, 109 모래그릇 마쓰모토 세이초 | 이병진 옮김

110 은둔자 막심 고리키 | 이강은 옮김

111 불타버린 지도 아베 고보 | 이영미 옮김

112 말라볼리아가의 사람들 조반니 베르가 | 김운찬 옮김

113 디어 라이프 앨리스 먼로 | 정연희 옮김

114 돈 카를로스 프리드리히 실러 | 안인희 옮김

115 인간 짐승 에밀 졸라 | 이철의 옮김

116 빌러비드 토니 모리슨 | 최인자 옮김

117, 118 미국의 목가 필립 로스 | 정영목 옮김

119 대성당 레이먼드 카버 | 김연수 옮김

120 나나 에밀 졸라 | 김치수 옮김

121, 122 제르미날 에밀 졸라 | 박명숙 옮김

123 현기증. 감정들 W. G. 제발트 | 배수아 옮김

124 강 동쪽의 기담 나가이 가후 | 정병호 옮김

125 붉은 밤의 도시들 윌리엄 버로스 | 박인찬 옮김

126 수고양이 무어의 인생관 E. T. A. 호프만 | 박은경 옮김

127 맘브루 R. H. 모레노 두란 | 송병선 옮김

128 익사 오에 겐자부로 | 박유하 옮김

129 땅의 혜택 크누트 함순 | 안미란 옮김

130 불안의 책 페르난두 페소아 | 오진영 옮김

131, 132 사랑과 어둠의 이야기 아모스 오즈 | 최창모 옮김

133 페스트 알베르 카뮈 | 유호식 옮김

134 다마세누 몬테이루의 잃어버린 머리 안토니오 타부키 | 이현경 옮김

135 작은 것들의 신 아룬다티 로이 | 박찬원 옮김

136 시스터 캐리 시어도어 드라이저 | 송은주 옮김

137 고독한 산책자의 몽상 장자크 루소 | 문경자 옮김

138 용의자의 야간열차 다와다 요코 | 이영미 옮김

139 세기아의 고백 알프레드 드 뮈세 | 김미성 옮김

140 햄릿 윌리엄 셰익스피어 | 이경식 옮김

141 카산드라 크리스타 볼프 | 한미희 옮김

142 이 글을 읽는 사람에게 영원한 저주를 마누엘 푸익 | 송병선 옮김

143 마음 나쓰메 소세키 | 유은경 옮김
144 바다 존 밴빌 | 정영목 옮김
145, 146, 147, 148 전쟁과 평화 레프 톨스토이 | 박형규 옮김
149 세 가지 이야기 귀스타브 플로베르 | 고봉만 옮김
150 제5도살장 커트 보니것 | 정영목 옮김
151 알렉시 · 은총의 일격 마르그리트 유르스나르 | 윤진 옮김
152 말라 온다 알베르토 푸겟 | 엄지영 옮김
153 아르세니예프의 인생 이반 부닌 | 이항재 옮김
154 오만과 편견 제인 오스틴 | 류경희 옮김
155 돈 에밀 졸라 | 유기환 옮김
156 젊은 예술가의 초상 제임스 조이스 | 진선주 옮김
157, 158, 159 카라마조프가의 형제들 표도르 도스토옙스키 | 김희숙 옮김
160 진 브로디 선생의 전성기 뮤리얼 스파크 | 서정은 옮김
161 13인당 이야기 오노레 드 발자크 | 송기정 옮김
162 하지 무라트 레프 톨스토이 | 박형규 옮김
163 희망 앙드레 말로 | 김웅권 옮김
164 임멘 호수 · 백마의 기사 · 프시케 테오도어 슈토름 | 배정희 옮김
165 밤은 부드러워라 F. 스콧 피츠제럴드 | 정영목 옮김
166 야간비행 앙투안 드 생텍쥐페리 | 용경식 옮김
167 나이트우드 주나 반스 | 이예원 옮김
168 소년들 앙리 드 몽테를랑 | 유정애 옮김
169, 170 독립기념일 리처드 포드 | 박영원 옮김
171, 172 닥터 지바고 보리스 파스테르나크 | 박형규 옮김
173 싯다르타 헤르만 헤세 | 권혁준 옮김
174 야만인을 기다리며 J. M. 쿳시 | 왕은철 옮김
175 철학편지 볼테르 | 이봉지 옮김
176 거지 소녀 앨리스 먼로 | 민은영 옮김
177 창백한 불꽃 블라디미르 나보코프 | 김윤아 옮김
178 슈틸러 막스 프리슈 | 김인순 옮김

● 문학동네 세계문학전집은 계속 출간됩니다